btb

Angela Amalfi, die in Johannesburg eine große Firma für Straßenbau leitet, trauert um ihren Mann Rick. Er wurde am Strand von Kapstadt ermordet aufgefunden. Weil auf die Polizei ihrer Meinung nach kein Verlass ist, engagiert sie Fish Pescado – der schillernde Ermittler soll die Wahrheit herausfinden. Doch der Preis, den er dafür bezahlen muss, ist ziemlich hoch.

MIKE NICOL lebt als Autor, Journalist und Herausgeber in Kapstadt, wo er geboren wurde, und unterrichtet an der dortigen Universität. Er ist der preisgekrönte Autor international gefeierter Kriminalromane. Die Rechte an seiner erfolgreichen Rache-Trilogie wurde von einer deutschen Filmfirma gekauft.

MIKE NICOL BEI BTB

Die Rache-Trilogie

Payback. Thriller

Killer Country. Thriller

Black Heart. Thriller

Die Kapstadt-Serie

Bad Cop. Thriller

Korrupt. Thriller

Sleeper. Thriller

Das Schlupfloch. Thriller

MIKE NICOL

DAS SCHLUPF LOCH

THRILLER

Aus dem südafrikanischen Englisch
von Mechthild Barth

btb

Die südafrikanische Originalausgabe erschien 2021
unter dem Titel »The Rabbit Hole« bei Umuzi, Penguin Random
House South Africa (Pty) Ltd, Kapstadt.

MIX
Papier aus verantwortungsvollen Quellen
FSC® C014496

Verlagsgruppe Random House FSC® N001967

1. Auflage
Deutsche Erstveröffentlichung Dezember 2021

Published by Arrangement with Michael George Nicol
Dieses Werk wurde vermittelt durch die
Literarische Agentur Schlück GmbH, 30827 Garbsen
Covergestaltung: semper smile, München
nach einem Entwurf von Georgia Demertzis © UMUZI, 2020
Satz: Uhl + Massopust, Aalen
Druck und Einband: GGP Media GmbH, Pößneck
SL · Herstellung: sc
Printed in Germany
ISBN 978-3-442-77065-6

www.btb-verlag.de
www.facebook.com/btbverlag

In Erinnerung an Tamzon 1974–2019

Ob wir fallen durch schnöden Ehrgeiz, Wollust oder Blut:
Wie Diamanten werden wir geschnitten
Mit unserm eignen Staube.

Die Herzogin von Amalfi
(John Webster, aus dem Englischen
von Friedrich Bodenstedt)

»Man sollte reich sein,
wenn man den öffentlichen Dienst verlässt.«

Mike Mlengana,
ehemaliger Generaldirektor des Ministeriums
für Landwirtschaft, Forstwirtschaft und Fischerei

Auftretende Personen

Fish Pescado (Privatdetektiv)
Vicki Kahn (Anwältin, früher für die State Security Agency tätig)

Die Familie Amalfi
Angela Amalfi (Geschäftsführerin von Amalfi Civils, Witwe von Richard »Rick« Khabone Thulo)
Rej Ben Ali (Vorstand für das operative Geschäft von Amalfi Civils, Bruder von Angela, früher bekannt als Reginald Amalfi)
Ferdinand Amalfi (Zwillingsbruder von Angela, bipolar, leidet unter Wahnvorstellungen)

Angestellte von Amalfi Civils
Tyrone Mansoor (Manager von Kestrel Security, einer Tochtergesellschaft)
Juzia Malik (Praktikantin, Geliebte von Rej Ben Ali)

Privatbank Capital Trust
Antony Brennan (leitender Angestellter, Liebhaber von Angela)
Ravi Pollard (Abteilung für Auslandsinvestitionen)

State Security Agency (»die Voliere«)
Oberst Kaiser Vula
Tyrone Mansoor (Agent, direkt Oberst Vula unterstellt)
Chereen Williams (Agentin)
Die Stimme (Leiterin einer verdeckten Operation)

Mart Velaze (Agent bei der verdeckten Operation der Stimme)

Die amerikanische Delegation
John Webster (Wirtschaftsberater für die amerikanische Handelsdelegation, CIA-Agent)
Pellie (örtlicher Agent, für die CIA arbeitend)

Weitere Personen
Sipho Dube (Generaldirektor des Amts für öffentliche Bauarbeiten)
Janet (eine Obdachlose)
Andreas Hansen (ehemaliger Waffenhändler)
Aletta van Niekerk (Psychologin)

Teil eins
Wunderland

Eins

Der Eingang zum Kaninchenbau lief erst geradeaus,
wie ein Tunnel, und ging dann plötzlich abwärts …

Alice's Abenteuer im Wunderland
(Lewis Carroll, aus dem Englischen
von Antonie Zimmermann)

1

Samstag, 27. August 2016. Da ist dieser Typ in Kapstadt auf einem Craft-Beer-Festival. Gönnt sich ein verlängertes Wochenende. Ist von Joburg hierhergekommen, um sich einmal ganz und gar echtem Ale zu widmen. Hellem Ale, bernsteinfarbenem, mildem, bitterem, der Starkbier-Variante. Sagenhafte Richtungen, sagenhafte Geschmäcker. Eine Begegnung unter wahren Connaisseurs. In seinen Worten: Er amüsiert sich ganz köstlich. Eine komplette Auszeit von seinem sonst so hektisch durchgetakteten Leben.

Tag zwei. Der heutige Samstag. Ein herrlicher, strahlender Sonnenaufgang. Er ist früh auf den Beinen, um einen Spaziergang am Strand zu machen.

Nur eine milde Brise auf dem Meer lässt die Luft ein wenig salzig schmecken. In der Bucht ein paar Nebelbänke. Das Licht auf dem Muizenberg goldener Bernstein. Die Farbe eines India Pale Ale.

Er parkt sein Auto vor dem Tiger's Milk und lässt seine Schuhe im Kofferraum. Geht barfuß durch den kühlen Sand. Das Lied in seinem Herzen ist durch und durch klischeehaft. Andererseits ist es so ein Cat-Stevens-Morgen.

Einige frühe Surfer weiter draußen. Die Wellen sind sanft, es herrscht Ebbe. Über ihm zanken sich Möwen. Wasserläufer rennen im Zickzack auf dem Sand dahin. Austernfischer stoßen schrille Schreie aus.

Er schlendert über den feuchten Sand, weg vom Berg. Vor ihm scheint der Strand endlos zu sein und in den Dunstschleiern zu verschwinden. Manchmal sieht er in der Ferne zwei weitere Spaziergänger.

Die Sorte Morgen, die einen begreifen lässt, dass Kapstadt ein Paradies ist. Und an dem man sich fragt, warum man immer noch in einem Vorort von Joburg wohnt. So angenehm Saxonwold sein mag. Man könnte hier leben und so etwas jedes Wochenende machen.

Er watet durch den *Vlei*-Ausläufer. Ein steter Fluss ins Meer. Elritzen tummeln sich im flachen Wasser. Der Nebel am Strand wird dichter, um sich dann wieder aufzulösen. Zwischen dem Weiß blinken Inseln aus Licht. Es fühlt sich an wie der erste Morgen. Je. In der Ferne scheint das Paar manchmal näher, manchmal weiter weg zu sein. Ihre Spuren im Sand.

O Mann, es ist unglaublich schön. Relativiert alles. Lässt die eigenen Probleme klar werden.

Er ruft seine Frau an. Weckt sie damit auf.

»Es ist halb sieben, Rick«, erklärt sie, hörbar gähnend.

Er stellt sie sich in ihrem verdunkelten Schlafzimmer vor. »Ganz kurz, Ange. Ich wollte nur sagen, du hättest mitkommen sollen. Dieser Ort ist wirklich magisch. Wir sollten hier was kaufen. Dich zu deinen Wurzeln zurückführen. Das würde uns guttun.«

»Schon so früh wach?«

»Ich laufe am Strand entlang. Da hat man Zeit zum Nachdenken.«

»Du wolltest mal abschalten.«

»Klar, klar. Tue ich ja auch.«

»Klingt aber nicht so. Wenn du das alles sagst, dann denkst du doch an Rej, oder?«

»Tue ich. Es funktioniert nicht, Ange. Das weißt du. Ich weiß es. Er weiß es. Er stört den Betrieb. Wir verlieren Kunden. Verlieren Projekte.«

»Wenn du wieder hier bist. Dann reden wir. Okay? Nicht

jetzt. Ich schlafe noch halb. Und du bist irgendwo an einem Strand. Nicht jetzt. Das kann warten.«

»Ich meine es ernst. Der Typ stellt eine Bedrohung dar.«

»Der Typ ist mein Bruder.«

»Das ändert nichts. Wir sind am Bluten. Er könnte uns in den Abgrund reißen.« Auf einmal bemerkt er Gestalten, die aus den Dünen kommen. Etwa zweihundert Meter vor ihm.

»Ich höre, was du sagst, aber ich packe diese Unterhaltung gerade nicht. Wir sprechen ein andermal weiter. Am Sonntag, wenn du nach Hause kommst.«

Zwei Männer rennen. Es sind keine Läufer. Keine Jogger. Sie nähern sich dem Paar. Schleudern es zu Boden.

»He! Was zum Teufel!«

»Entschuldige, was hast du gesagt?«

»Muss aufhören.«

Er legt auf. Steckt sein Handy ein. Beginnt zu rennen. Zu rasen. Er ist fit. In seinem Büro gibt es ein voll ausgestattetes Fitnessstudio: mit Heimtrainern, Laufbändern, Rudergeräten, Hantelbänken. Er trainiert dort jeden Tag eine Stunde. Jeden Tag.

Aus dem Augenwinkel sieht er links einen weiteren Mann auftauchen, der langsam schärfer wird. Rick richtet den Blick auf den Überfall. Bemerkt gezückte Messer.

Die Männer brüllen: »Los, los, los. *Djy, djy. Jou ma's se poes. Djy naais.*«

Die Frau weint.

Der Mann sagt: »Bitte. Bitte. Sie können alles nehmen, was wir haben.«

In seinem ausländischen, besonders englischen Englisch.

Rick ist fast dort. Dreißig Meter. Zwanzig Meter. Ruft: »Lasst sie in Ruhe, ihr Dreckskerle, verpisst euch!« Rast auf den kleineren Mann zu.

Aber er ist kein Straßenkämpfer. Im Grunde gar kein Kämpfer. Er weiß nichts von der Gewandtheit eines Messerstechers. Dem Schwung. Dem schnellen Satz, dem Zustoßen, dem Drehen, dem Herausziehen. Er spürt nicht mal, wie das Messer in ihn dringt. Der Kleine tänzelt auf den Zehenspitzen rückwärts.

»Und – du Volltrottel? Wer ist hier der Volltrottel?«

Rick hält inne. Das Messer ist einen Stich von seinem Bauch entfernt.

»Lasst sie. Lasst sie um Himmels willen in Ruhe.« Das Heranrennen lässt ihn keuchen, das Adrenalin in seinen Adern verlangsamt für ihn die ganze Szene. Dort ist die Frau, mit zerfetzten Kleidern. Ihr Mann liegt auf dem Bauch, das Gesicht seitlich im Sand. Der kleine Kerl vor ihm hat sich halb hingehockt, Messer gezückt. Der andere drückt mit seinem Fuß auf den Rücken des Liegenden. Er grinst ihn an. Zeigt auf ihn. Der dritte Mann erscheint rechts oben in seinem Augenwinkel. Verschwommen.

Dann spürt er den Schmerz in seinem Bauch. Schaut an sich hinab und sieht den Blutfleck, der sich auf seinem T-Shirt ausbreitet. In diesem Moment des Abgelenktseins stürzt sich der Messerstecher wieder auf ihn. Er schlägt um sich, will den erneuten Stich abwehren. Die Klinge schneidet in seine Hand, seinen Arm.

Jetzt steht er regungslos da. Blut auf seinem Bauch. Blut tropft von seinen Fingern.

Er hört, wie die Frau fleht, dass sie einfach die Handys und das Geld nehmen sollen. Er sieht, wie der Mann mit dem Messer vor ihm hin und her tänzelt. Der lachende Typ wirkt angespannt. Richtet den Blick auf jemanden, der sich nun nähert.

Der ruft etwas. Befiehlt den Räubern zu verschwinden.

Und das tun sie auch. Weichen zurück. Fliehen.

Er hört, wie die Frau sagt: »Sie sind verletzt. Sie bluten.«

Den Schuss hört er nicht.

Ruhe in Frieden, Richard Khabane Thulo, genannt Rick.

Achtzehn Monate später ist der Mord noch immer ungelöst.

Die Akte liegt auf dem Boden eines Büros des Polizeireviers am Caledon Square. Steckt in einem hüfthohen Stapel, der sich in einer Ecke befindet. Silberfischchen durchwandern die Papiere.

2

Angela, seine Frau, heuerte sofort einen Privatdetektiv an. Einen Kerl namens Fish Pescado. Der Mann lebt vor Ort, kennt die Gegend und den Strand. Erklärte ihr, dass dieser Abschnitt für Überfälle bekannt sei. Ziemlich einsam. Räuber würden gemütlich in den Dünen warten und sich ihre Opfer gezielt aussuchen. Er fragte zuerst seine Polizeikontakte, kam aber nicht weiter. Der Tatort war verwirrend. Chaotisch. Der Sand zu trocken für Spuren. Außerdem wurden keine Aufnahmen gemacht, ehe die Flut alles wegwusch. Es gab nur kryptische Notizen in einigen Büchlein der diensthabenden Polizeibeamten. Protokolliert wurde es als Überfall mit Todesfolge. Keine Aussagen von den Touristen. Keine Kontaktdaten. Fish Pescado hatte von den ermittelnden Polizisten nichts anderes erwartet.

Er forschte nach und fand die Touristen. Oder zumindest entdeckte er, wo sie untergebracht gewesen waren. Hatten in einer Ferienwohnung in Muizenberg gewohnt, ihre verbleibenden zwei Wochen nach dem Überfall sofort abgebrochen und waren noch am selben Abend heimgeflogen.

»Echt eine Superwerbung«, hatte Fish Pescado zu seiner Herzensdame Vicki Kahn gemeint. Vicki Kahn, Agentin der *State Security Agency.* »Macht Kapstadt zu einem wirklich begehrenswerten Reiseziel. Wir sollten dringend etwas dagegen unternehmen.«

»Ach ja, und was, Machomann?«, hatte sie belustigt und mit funkelnden Augen gefragt.

»Uns wehren. Warum auch nicht?«

Dabei hatten sie es zu dem Zeitpunkt belassen. Das Leben war, na ja, eben hektisch.

Fish bekam die Kontaktdaten der Touristen heraus. Er skypte ausführlich mit ihnen, was aber letztlich keine neuen Erkenntnisse brachte.

»Mein Gott, ich hätte vergewaltigt werden können«, sagte die Frau. »Wenn dieser Mann nicht gekommen wäre.«

»Wir verdanken ihm unser Leben«, meinte der Ehemann. »Er ist ein Held.«

Beide gaben ihm unterschiedliche Personenbeschreibungen. Das einzige Gemeinsame: die braune Haut des Killers.

»Also braun gebrannt?«

»Nein, *coloured,* wie Sie das, glaube ich, nennen.«

All das wurde Witwe Angela mitgeteilt, als Fish in Johannesburg seinen ersten Bericht ablieferte. Führte bei ihr zu einem Zusammenbruch. Nachdem Fish ihr ein Glas Wasser gebracht hatte, fuhr er fort: »Ich nehme an, dass es so abgelaufen ist: Der Mörder taucht plötzlich aus dem Nichts auf. Er scheint nicht Teil des Überfalls gewesen zu sein. Laut dem Ehepaar kam er erst später dazu. Hat den beiden Typen zugerufen, sie sollen verschwinden. Dann …« Fish hält inne. Fährt fort: »Dann erschießt er Ihren Mann und verschwindet. Total seltsam. Das Ganze klingt völlig unlogisch.«

Keine sehr hilfreiche Bemerkung. Räumt er selbst ein.

Etwa so hilfreich wie die Polizei. Die erklärte Angela: »Das ist eine gefährliche Gegend. An dem Strand gibt es ständig Überfälle.«

Das löste bei Angela wieder Wut und Trauer aus. »Und was tun Sie dagegen?«

Die Polizisten hatten ihre Blicke gesenkt und mit den Kugelschreibern geklickt.

»So sind sie, die Cops«, meinte Fish.

Die Autopsie stellte nicht-tödliche Messerstiche fest – einer in den Unterbauch ohne Organschäden, der andere in die Hand und den Arm, mit schweren Muskelverletzungen. Der tödliche Schuss: eine Kugel im Kopf. Eingedrungen durch die linke Schläfe. Kleines Kaliber, .22, keine besondere Munition. Die Forensiker nahmen an, dass aufgrund der abnehmenden Geschwindigkeit der Schuss aus etwa drei Metern Entfernung abgegeben wurde.

Fish dachte: Charakteristisch für einen Auftragsmörder. Sprach seine Theorie Vicki gegenüber an.

»Ich finde, es ist so professionell«, sagte er zu ihr an einem Freitagnachmittag bei einem Ale im Tiger's Milk. Fish war gerade vom Surfen in der Muizenberg-Ecke gekommen, während sich Vicki ein Wochenende von der *State Security* freinahm. »Diese Professionalität weist eindeutig auf einen Killer hin, der extra anreist.«

»Könnte sein.«

»Ich würde darauf wetten, dass das niemand vor Ort war.«

»Und woher nimmst du diese Gewissheit?«

»Von dem einen Schuss. Von der Tatsache, dass er eine 22er benutzt hat. Das ist auf keinen Fall typisch für die Gegend hier. Bei einem heimischen Killer wäre das eine Neun-Millimeter-Automatik gewesen.« Wobei er zugeben musste, dass die Einheimischen besser wurden, vor allem im High-

End-Segment. Der Polizei zufolge gab es nach den Morden an einem Taxiboss oder einem Politiker am Tatort für die Spurensicherung nichts zu finden. »Dir«, meinte Fish, »muss ich das natürlich nicht sagen.« Er lächelte Vicki Kahn an. Die ihn mit hochgezogener Augenbraue betrachtete.

»Was hat der Mann gemacht?«

»In puncto Beruf?«

»Geschäftsführer und technischer Berater einer großen Joburger Firma namens Amalfi Civils. In Großbritannien geboren und aufgewachsen. Die Eltern waren während der Apartheid im Exil. Er hat an vielen Projekten in Krisengebieten gearbeitet: Angola, Irak, Afghanistan. Und in Fantasiestaaten wie Dubai oder Katar. 1994 kam er zurück, um am Aufbau des neuen Staates mitzuwirken.«

»Er hätte sich also überall Feinde machen können.«

»Genau, das denke ich auch.«

»Hast du mit deiner Klientin darüber gesprochen?«

»Hab es versucht. Aber sie ist in Trauer und kann nicht. Meinte, ich soll mit ihrem Bruder in der Kapstädter Niederlassung reden.«

»Und?«

»Und nichts. Ich habe ihn gefragt, ob es irgendetwas mit dem Geschäft zu tun haben könnte. Vielleicht ein Konkurrent, ein Wettstreit um einen Auftrag. Antwort war bloß ein Kopfschütteln. Seltsamer Typ. Kühl. Knapp. Hat Bügelfalten in seinen Hemdsärmeln. Du kennst diese Sorte verächtlicher Herablassung. So nach der Art: Für wen hältst du dich, dass du bei uns herumschnüffelst. Absolut nicht hilfreich. Während unseres Gesprächs ließ er mich die ganze Zeit stehen und hat nicht mal die Tür zu seinem Büro geschlossen. Ganz einen auf lässig gemacht. Seiner Meinung nach war der Mord nur das Ergebnis eines willkürlichen Gewaltakts.«

»Hast du ihm gesagt, was du darüber denkst?«

»Hab ich. Seine Reaktion war Schulterzucken und Stirnrunzeln. Interessanterweise hat der Typ übrigens vor etwa zehn Jahren seinen Namen geändert, von Amalfi zu Rej Ben Ali.«

»Er ist Muslim geworden?«

»Offenbar.«

Alles in allem fand Fish, dass es keinen Grund für den Mord an dem Mann zu geben schien. Er flog zur Beerdigung nach Johannesburg, wo er hörte, der Tote sei liebenswert, mitfühlend und kollegial gewesen. Hatte Sinn für Humor. Zeichnete sich durch Großzügigkeit aus. Ein ehrenwerter Bürger. Ein wichtiger Player im Technikbereich. Ein angesehener Geschäftsmann. Zahlte seine Steuern. Spendete für Wohlfahrtsverbände. Hatte keine Affären. Liebte seine Frau. Und liebte das Bierbrauen, bevorzugt India Pale Ale. Mit einer tiefen Bernsteinfarbe, vollmundig, und einem Geschmack, der noch lange im Mund zurückblieb. Angela gab Fish eine Flasche mit. Fish fand, dass Rick problemlos auch ins Biergeschäft hätte einsteigen können. Er gab Ricks Indian Pale eine hohe Bewertung, acht Komma neun von zehn Punkten. Fish war selbst ein India-Pale-Ale-Mann. Da kannte er sich aus.

3

In den vergangenen achtzehn Monaten hat Angela emotional schwere Zeiten durchlebt. Ein Mord ist nichts, was man ohne Weiteres wegschiebt. Ganz im Gegenteil. Um Amalfis Kunden und Angestellten willen riss sie sich zusammen. Ließ sich, wenn nötig, nichts anmerken. Doch sie kann ihr letztes Gespräch nicht vergessen: »He! Was zum Teufel! Muss aufhören!« So typisch Rick. Immer schnell dabei gewesen, wenn es ums Helfen ging, vor allem jenen, die in Schwierigkeiten steckten.

Angela hat lange Sitzungen mit dem Firmenpsychologen. Das hilft ihr, die drei Stadien der Trauer zu verstehen: die Benommenheit mit dem automatischen Weiterfunktionieren, dann die totale Desorientierung.

»Ganz normal, Angela. Selbst wenn es Ihnen jetzt schlecht geht, ist das gesund.«

»Ich fühl mich nicht gesund, verdammt. Ich bin wütend, aufgebracht.«

Gefolgt von Scham. Sie ertappt sich sogar dabei, sich für ihre Schuldgefühle zu entschuldigen. Redet laut mit ihm. »Ich meine das nicht so, Rick. Es tut mir leid. Ich habe nur das Gefühl, als ob du hier wärst. Hier bei mir im Haus. Ich kann dich hören.« Dann lautes Wehklagen. »Bitte, komm zurück.«

Was nicht passieren wird. Das weiß sie.

Der Psychologe führt sie auf das Dach der Firma. An einem klaren Tag kann man hier über Sandton bis zu den Magaliesbergen blicken. Es ist ein klarer Tag.

»Das wird zwar nicht helfen, Angela, aber ich will es trotzdem sagen. Was Sie gerade durchleben, ist ganz normal. Und ich rate Ihnen, für eine Weile keine lebensverändernden Entscheidungen zu treffen.«

Angela sieht zu den fernen Bergen hinüber. Überlegt.

Das Gleiche sagt auch ihr Coach. »Sie haben gute Leute in Ihrem Management. Sie haben die Gesellschafter hinter sich. Bleiben Sie dran.«

Das einzige Problem: Der Umsatz hat nachgelassen. Und damit auch der Gewinn. Okay, gerade gibt es eine Rezession. Außerdem ist keiner bereit zu investieren. Weder aus dem Inland noch aus dem Ausland. Alle halten ihr Geld fest. Schieben es auf die toxische politische Lage. Rick hätte mehr internationale Aufträge an Land gezogen.

»Der globale Markt, Ange«, hatte er immer erklärt. »Dieses Land ist zu klein. Wir müssen mit den Großen spielen.«

Sie hört es ihn noch sagen. Was Tränen in ihr aufsteigen lässt. Manchmal gibt es Tage, an denen sie ständig weinen möchte. Sie hat keine Ahnung, wie sie sich zurechtfinden soll. Ihre Trauer ist so stark, dass sie ihr das Herz brechen könnte. Doch eines Tages merkt sie, dass weniger Tränen, weniger Gedanken an Rick kommen. Mehr Konzentration auf die Arbeit.

»Das dritte Stadium«, erklärt ihr der Psychologe. »Die Phase der Reorganisation. Sie fängt gewöhnlich so nach achtzehn, neunzehn Monaten an. Dort befinden Sie sich jetzt. Es wird gut werden.«

»Unser Mädchen ist zurück«, sagt ihr Coach. Hört sich ihre Businesspläne an. Aggressiveres Branding. Die Konkurrenz muss unterboten, andere Märkte erkundet werden. Er meint: »Wenn Sie irgendwelche wichtigen Entscheidungen treffen wollen, nur zu.«

Die ganze Zeit hindurch hat ihr Bruder Rej sie unterstützt. Wenn er in Kapstadt ist, skypen sie zweimal am Tag. Er verbringt mehr Zeit in Jozi. Vielleicht hatte Rick ihn doch falsch eingeschätzt. Rej, ihre rechte Hand, leitet die Firma, vertritt sie, wenn es sein muss. Was so weit geht, dass Angela denkt: Habe ich das entschieden? Es betrifft einen kleinen Kostenvoranschlag für die Regierung, um eine Landstraße zu verbessern. Nichts, was sie normalerweise machen. Es käme zwar Geld herein, aber kein echter Gewinn.

»Was soll eigentlich dieser Straßenauftrag?«, fragt sie Rej an einem Freitag kurz vor einer Managementsitzung.

»Ist im Grunde ein Gefallen«, erwidert er. »Ein Lockvogel.

Etwas anderes liegt da im Busch. Was Großes. Dafür mussten wir uns ins Spiel bringen.«

»Kannst du mir davon erzählen? So was solltest du mir erzählen.«

Ein rätselhaftes Lächeln. »Freut mich, dass du das sagst. Es ist Zeit, dass wir reden.«

»O ja.« Angela merkt, wie sich ihr Magen verkrampft. Denkt an Ricks Warnung.

4

Worüber Rej sprechen will, ist ein Megaauftrag.

Wortwörtlich aus heiterem Himmel klingelt an einem herrlichen Kapstädter Morgen sein Handy. Rej hat sich in seinem Kippstuhl zurückgelehnt und bewundert die Aussicht: die Hafenanlagen, die Bucht, die fernen Berge. Alles glitzert im Sonnenlicht. Er kämpft dagegen an, die Füße auf den Tisch zu legen. Überlässt sich der Vision, Herr dieses Reichs zu sein. Er hat das Gefühl, Amalfi Civils gehöre ihm.

Sein Handy klingelt. Ein Mann mit einem amerikanischen Akzent meldet sich. Rej versteht seinen Namen nicht. Hört: »Ich arbeite für das amerikanische Ministerium für internationale Zusammenarbeit. Ich berate den Handelsattaché hier im Konsulat. Wir möchten Ihnen ein Angebot machen, das für beide Seiten attraktiv sein könnte. Ich will ganz offen zu Ihnen sein, Mr. Ben Ali: Wir haben uns über Amalfi Civils erkundigt, und was wir erfahren haben, gefällt uns. Ihre bisherigen Projekte. Nicht nur in Südafrika, sondern auch auf dem gesamten Kontinent. International. Vor allem sehen wir aber eine Gelegenheit, in diesem Land Ihrer Regierung dabei behilflich zu sein, das zu richten, was im Argen liegt. Wir sehen eine Chance, die den Bürgern Ihres Landes zugutekommen kann. Ich rede von erhöhter Produktivität und wachsendem Wohlstand. Mehr Arbeitsplätze. Bessere Gesundheit. Wir sollten uns treffen, Sie und ich.«

»Wie, sagten Sie, war Ihr Name?«, will Rej wissen.

»John Webster.«

»Und bei diesem für beide Seiten attraktiven Angebot handelt es sich um welches Gebiet, Mr. Webster?«

»Städtebaulich. Es geht um große bautechnische Projekte zur Trinkwasserführung und Stromversorgung. Vorrangig. Dort erkennen wir Bedürfnisse. Ich bin mir sicher, dass Sie das angesichts der Unruhen in letzter Zeit auch so sehen. Wie nennt man das noch mal? Dienstleistungsproteste?«

»Ich verstehe«, erwidert Rej. »Auf diesen technischen Gebieten haben wir große Erfahrung.«

»Das haben Sie in der Tat, Sir. Wie ich bereits sagte, Mr. Ben Ali, haben wir uns Ihre Firma sehr sorgfältig angeschaut. Einen Moment, man teilt mir gerade etwas mit... Sir, ich weiß, dass es etwas spät sein mag, aber wir möchten Ihnen dennoch unser aufrichtiges Beileid zum Tode von Rick Thulo aussprechen. So ein tragischer, unnötiger Todesfall. Er war ein großartiger Mann. Ein großer Ingenieur, ein großer Geschichtenerzähler. Ich habe ihn vor vielen Jahren in Angola kennengelernt. Ein Mann, den man sofort ins Herz schloss. Direkt. Ohne Bullshit. Sein Ethos zeichnet unseren Recherchen nach noch immer Ihre Firma aus. Darf ich ein Treffen vorschlagen, damit wir Weiteres genauer besprechen können?«

Rej ist zwiegespalten. Er ärgert sich über die Erwähnung von Rick Thulo. Seiner Meinung nach zeichnete sich Rick Thulo vor allem durch Selbstüberhöhung aus. Aber wie kann man ein Angebot der Amerikaner ablehnen. Das geht nicht.

Amerikaner bedeuten Geld. Und für Geld vergisst er auch die Ansichten dieses Mannes über Rick Thulo.

Er tut es, auch wenn er sich professionell distanziert gibt. Sagt: »Das können wir gerne tun.«

Sie vereinbaren, sich um siebzehn Uhr am selben Tag in der Bar One&Only zu treffen. John Webster hat diesen Ort vorgeschlagen. Rej muss es dem Typen lassen: Er scheint sich auszukennen.

Um Viertel vor sitzt Rej an einem Tisch in der Lounge und bestellt ein Bier. Er ist absichtlich früher da, um sehen zu können, wie John Webster eintritt. Will im Vorteil sein. Im Vorteil, mit ansehen zu können, wie der andere auf ihn zukommt.

Aber so läuft es nicht. Ein paar Minuten nach fünf denkt Rej: respektlos. Der Mann will zeigen, wer der Boss ist. Seine amerikanischen Muskeln spielen lassen. Vielleicht sollte er gehen. Trinkt sogar sein Bier aus.

Da spürt er eine Hand auf seiner Schulter. Hört eine fröhliche Stimme: »Hey, Mr. Ben Ali! Sie haben schon ohne mich angefangen.« Ein fester Händedruck. Ein Lächeln mit makellosen Hollywood-Zähnen. Ruhige blaue Augen. Blickt auf Rej herab, der sich in einer seltsamen Position befindet: halb erhoben, sich mit den Oberschenkeln haltend. Als würde er über seinem Stuhl balancieren.

»Setzen Sie sich, setzen Sie sich.« John Webster lässt seine Hand los. »Was trinken Sie?« Schaut sich um. Hebt eine Hand. »Kellner. Noch zweimal das Gleiche.« Er zeigt dabei auf Rejs leeres Glas. Die beiden Männer sitzen nun fast Seite an Seite.

Rej denkt: Und das ist ein Wirtschaftsberater? Sieht eher wie ein Fitnesstrainer aus. Der Typ hat einen Teint, zwischen seine sandfarbenen Haare mischen sich stahlgraue Strähnen. Das Hemd unter einem Blazer steht am Kragen offen.

Marineblaue, makellos gebügelte Hose. Loafers. Seinen Bewegungen nach gut trainiert. Wahrscheinlich in den Fünfzigern. Umgänglich. Beginnt die Unterhaltung mit einem ausführlichen Lob des Hotels, dem fantastischen Blick zum Berg hinüber. Dass er den jungen Angestellten des Konsulats gerne diesen Platz zeigt, weil sie sich hier mehr zu Hause fühlen als im Mount Nelson. »Es sei denn, man steht auf Koloniales.«

Das Bier wird gebracht. Sie stoßen an, prosten sich zu.

John Webster sagt: »Mr. Ben Ali …«

»Rej«, unterbricht ihn Rej.

»Rej«, wiederholt John Webster. »Wir sollten vermutlich Ihre Schwester mit dabeihaben …«

»Das geht schon in Ordnung«, meint Rej. »Sie arbeitet in unserem Johannesburger Büro. Außerdem kümmert sie sich mehr um die praktischen Details unserer augenblicklichen Aufträge. Mein Bereich ist es, mich um neue Projekte zu kümmern. Wir tauschen uns sowieso die ganze Zeit über aus.«

»Es muss schwer für sie gewesen sein, über den Tod ihres Mannes hinwegzukommen.«

»Das war es. Sie hat sehr gelitten.«

»Verständlicherweise. Ich habe noch nie jemanden Nahestehenden verloren. Außer meine Eltern. Aber das erwartet man. Ansonsten habe ich keine nennenswerte Familie. Vor Jahren geschieden, keine Kinder. Sind Sie verheiratet, Rej?«

»Ich bin in einer Beziehung«, antwortet Rej.

»Ja, von denen habe ich auch schon einige hinter mir. Auf die Frauen …« Hebt sein Glas. »… höllisch mit ihnen, höllisch ohne sie.« Sie stoßen miteinander an.

Dann beugt sich John Webster vor und erklärt: »Also, der Plan. Wir vereinen unsere Ressourcen mit Ihrer Ortsexpertise. Es geht konkret um die Investition in ein Projekt mit echter Dynamik.«

Was Angela nicht gerne hören wird, wie Rej aus Erfahrung weiß.

5

Zu Rej gibt es Folgendes zu erzählen: Er hieß ursprünglich Reginald Amalfi. Sollte in die Fußstapfen seines alten Herrn treten. Uniabschluss in Ingenieurswesen an der Universität von Witwatersrand, dann Arbeit für die Firma seines Vaters. War davon ausgegangen, die Geschäfte eines Tages zu übernehmen, wenn sein alter Mann das Rentenalter erreichte. Nur dass der auf einmal Rick Thulo den Vorzug gab. Der alte Mann konnte in dieser Hinsicht ein echtes Arschloch sein.

Zehn Jahre zuvor trat Rej zum muslimischen Glauben über. Sein voller Name lautet seitdem Rejab Ben Ali. Hatte mit seiner damaligen Freundin Nazeema zu tun. Außerdem mit dem Reisebüro ihres Vaters, Eastern Destinations, amtlich eingetragen in Dubai.

Rej begeisterte sich für diese neue Religion, als hätte er sein Leben lang darauf gewartet. Bis zu seiner Konvertierung war er katholisch gewesen. Vielleicht hatte er also tatsächlich so einen Wechsel herbeigesehnt. Er wurde rasch ausgesprochen fromm. Es wurde von Hochzeit gesprochen. Dann zahlte er Nazeemas Vater aus. Die Beziehung zu Nazeema zerbrach. Verließ Johannesburg, ging nach Kapstadt. Eastern Destinations fand einen Markt in dieser südafrikanischen Hauptstadt des Islam. Über dem Reisebüro eröffnete Rej eine Niederlassung von Amalfi Civils. Was ganz neue Aufträge einbrachte. Hatte eine Frau nach der nächsten, führte ein Aufreißerleben. Dabei wurde Rejab zu Rej verkürzt. Nur einen Buchstaben anders als sein ursprünglicher Name Reg. Er ist Angelas älterer Bruder.

Seit Ricks Tod hielt sich Rej mehr in Joburg auf als in Kapstadt.

»Ich bin für dich da, Angela.«

Angela ist sich dessen zwar nicht sicher, aber sie konnte wegen ihrer Trauer nicht klar denken. Damals.

Es gibt noch einen weiteren Bruder namens Ferdi, Angelas Zwilling. Bipolar. Er leidet zudem unter einer seltenen psychischen Störung namens Lykanthropie, er wechselt dabei zwischen Mensch und Wolf. Könnte durch seine Bipolarität ausgelöst worden sein. Wie auch immer. Angelas Einschätzung nach sind seine Anfälle durch die richtige Medikamentierung unter Kontrolle zu halten. Sie hängt an Ferdi. Sieht ihn allerdings nicht allzu häufig. Sie mochten einmal vielleicht den Mutterleib geteilt haben, seitdem aber nicht mehr viel anderes. Polare Gegensätze, scherzt Ferdi. Er entwirft Filmkulissen und versteht im Vergleich zu seiner Schwester nichts von Geld.

»Das brauchst du auch nicht«, meint Rej. »Ich habe das alles im Griff.« Ferdi wohnt in einem Gartenhaus auf seinem Kapstädter Grundstück.

Denn Ferdi hat Bedeutung. Laut Firmengründungsvertrag muss er den Jahresbericht von Amalfi Civils unterschreiben.

Nach dem Mord an Rick klingelte Ferdi an Angelas Haus in Saxonwold. Unangekündigt. Unerwartet. »Ich leide mit dir«, erklärte er seiner Zwillingsschwester.

Angela brach in Tränen aus. Ferdi konnte anstrengend sein. Wenn er einen Rückfall hätte, war sie sich nicht sicher, ob sie damit zurechtkommen würde.

Doch wie sich herausstellte, war Ferdi ein Geschenk der

Götter. Er kümmerte sich um jegliche häusliche Probleme. Sprach sich mit dem Gärtner ab. Den Hausangestellten. Regelte nötige Reparaturen. Erledigte die Einkäufe. Kochte. Beschäftigte sich mit einem Kulissenentwurf.

Angela tat es gut, dass er zu Hause war, wenn sie heimkam. Sie lachten zusammen. Klagten zusammen. Vor allem klagten sie über Rej.

»Rej kann so intrigant sein. Er verheimlicht Sachen vor mir. ›Du hast schon genug zu tun, Angela.‹ Ist das zu fassen? Er lädt den Sekretär des Präsidenten in unseren Konferenzraum zum Mittagessen ein und gibt mir nicht Bescheid. Als ob ich ein Mittagessen nicht schaffen würde. Manchmal treibt er mich zur Weißglut.«

»Du solltest mal erleben, wie es ist, direkt neben ihm zu wohnen. Wenn ich abends ausgehe, will er wissen, wohin. Und wann ich zurückkomme. Sicher, er macht sich Sorgen. Aber das ist doch crazy. Würde ihm zutrauen, dass er auf meinem Handy einen Tracker installiert hat.«

»Glaubst du?« Angela runzelt die Stirn. Das schockiert sie. Andererseits hat Rick Rej nie über den Weg getraut. »Ich weiß, er ist dein Bruder, aber …«

Hat ihn »Ayatollah« genannt.

Achtzehn Monate später, wenige Minuten vor dem Meeting des Managements, meint Rej zu Angela: »Wir sollten umziehen und den Hauptsitz der Firma nach Kapstadt verlegen. Moms Familie stammt aus Kapstadt. Dort leben unsere Leute.«

Sie steht neben dem großen Tisch des Konferenzraums und blickt nicht einmal auf, während sie noch ein paar Dokumente prüft. »Bist du wahnsinnig? Kapstadt, verschlafener geht es nicht.«

Er wischt auf seinem Handy durch ein paar Fotos und zeigt

ihr eines mit einer untergehenden Sonne. Sagt: »Das ist vom Wohnzimmer aus.«

Sie wirft kaum einen Blick darauf. »Schön.«

Rej bugsiert sie zum Fenster hinüber. Gegenüber stehen die Eindruck schindenden Riesenbauten der Rivonia Road. Glas, Stahl, Beton, nachempfundene dorische Säulen, gewaltige Eingänge. Die reichen Unternehmen. Zu denen sie gehören. In dieser Hinsicht kein Problem.

»Du trauerst«, fährt er fort. »Das wirkt sich auf unsere Firma aus. Schau dir nur an, was du trägst.«

Schwarz in Schwarz, wie das Angela immer tut. Der Look der erfolgreichen Businessfrau. Elegant, gepflegt, Respekt einflößend. Umwerfend – so nennen es die Männer (und Frauen), mit denen sie Geschäfte macht, auch gerne. Die rötlichen Hennahaare im italienischen Stil bilden zu dem Schwarz einen wunderbaren Kontrast.

Rej beugt sich zu ihr. »Wir sind nicht mehr am Ball.«

In gewisser Weise stimmt das. Das lässt sich in den Firmenberichten nachlesen. Angela legt die Papiere beiseite. »Und du meinst, ein Umzug würde daran etwas ändern?«

»Ja, das tue ich.«

»Wenn wir aus dem wirtschaftlichen Zentrum in ein Kaff ziehen, soll das gut fürs Geschäft sein? Wie soll das funktionieren?«

»Okay«, erwidert Rej. »Es liegt an dir. Du stehst in Ricks Schatten. Du musst hier raus. Du musst selbst die Zügel in die Hand nehmen.«

»Das tue ich bereits.«

»Ich meine, richtig die Zügel in die Hand nehmen. Komm nach Kapstadt und lerne dort ein paar Leute kennen. Vielleicht stellst du dann fest, dass doch nicht alle Geschäfte ausschließlich hier in Joburg abgewickelt werden können.« Der

Raum beginnt sich mit den Vorstandsmitgliedern zu füllen. Rej nimmt sie am Arm und führt sie außer Hörweite. »Ich rede hier von großen Möglichkeiten. Von viel Asche.«

»Wie bitte? Und in Joburg soll es nicht mehr viel Geld geben?«

»Willst du die Bilanz wieder ändern?«

»Natürlich will ich das.«

»Dann tu mir den Gefallen. Das ist alles, worum ich dich bitte. Ein Besuch in Kapstadt. Ein paar Meetings, ein paar Abendessen.« Er hält die Aufnahme mit dem Sonnenuntergang hoch. »Die Immobilienmaklerin soll dich mal herumführen.«

Angela mustert das Gesicht ihres Bruders – die südländische Nase, der kurz geschnittene Bart, der sein Kinn markanter wirken lässt. Er umgibt seine Lippen und scheint beinahe makellos zu sein. In den braunen Augen ist Reg nicht mehr zu erkennen. Es ist Rejab, der sie durchdringend ansieht. Dieses Islamfieber. Etwas, das sie nicht zu begreifen vermag.

»Lass mich Termine für dich ausmachen.«

Er lässt nicht locker. Und er wird das nicht ad acta legen. »Für den Ayatollah«, meinte Ferdi eines Abends, »ist alles ein heiliger Krieg geworden.«

»Zwei Tage«, erwidert sie. »Höchstens.« Sie wendet sich ab und begrüßt die Anwesenden: »Guten Morgen zusammen. Wollen wir anfangen?«

6

Die Sache ist die, denkt Angela, als sie die vergangenen zweiundzwanzig Monate Revue passieren lässt: Es gibt nie nur einen Auslöser für ein Ereignis. Es gibt vielmehr stets verschiedene Impulsgeber. Nur ist es schwierig, diese im Nachhinein alle dingfest zu machen. Vielleicht scheint es nur so, als wäre der Mord an Rick ein wesentlicher Moment gewesen, obwohl er möglicherweise eine Folge war. Bloß die Wirkung einer ganz anderen Ursache.

Wie zum Beispiel das Bild des Sonnenuntergangs auf Rejs Handy. Ein kurzer Einblick und doch genug. Ein Impulsgeber.

Ein weiterer ist die Luxuswohnung an der Atlantikküste, vermutet sie. Okay, es sind fast zwei Jahre seit Ricks Tod vergangen, aber die Zeit spielt bei der Frage von Ursache und Wirkung immer eine Rolle. Wenn etwas Ausschlaggebendes geschieht, muss es nicht zwangsläufig zu einer sofortigen Folge kommen.

Zum Beispiel ihre Reaktion auf Atlantic Heights 6. In den Akten des exklusiven Immobilienmaklers mit 55 Millionen Rand verzeichnet. Von Angela vor einem Monat zu 41 Millionen Rand erworben. In US-Dollar sind das nach dem momentanen Wechselkurs 3,2 Millionen. Eine hübsche Summe selbst für den Villenstadtteil Clifton.

Nobeladresse.

In dem Wohnblock hat sie fünf Nachbarn: das Mitglied irgendeines europäischen Königshauses, einen Dotcom-Überlebenden, einen örtlichen Mittelsmann des *Black Economic Empowerment*, eine Treuhand-Tussi, die von einem Goldrauscherbe lebt, und den Vorstandsvorsitzenden einer Anlagenbank. Die ersten beiden sowie die Treuhand-Tussi sind Zugvögel. Steuermigranten. Die der Sonne hinterherziehen. Sie lassen ihre Autos – Infinitis, Ghiblis, S-Klasse – in einem bewachten Parkplatz am Flughafen. Irgendein schlauer Kerl führt dort ein Serviceunternehmen, das sich um diese wunderbaren Wagen kümmert, damit die Motoren nicht rosten oder die Reifen an Druck verlieren.

Es waren garantiert nicht die Nachbarn, die für Angela den Ausschlag gaben. Oder die Adresse. Nicht einmal der Ausblick mit seinem grenzenlosen Meer und seinem grenzenlosen Himmel. Atemberaubend. Vor allem die Sonnenuntergänge. Jeden Abend sinkt die rote Kugel in den Ozean. Ein rosafarbener Schimmer in jedem Raum. Was könnte man daran auszusetzen haben?

Nein, das war es nicht.

Es war eine Mischung verschiedener Dinge.

Rick hatte an jenem schicksalhaften Morgen zu ihr gesagt: »Wir sollten hier was kaufen. Dich zu deinen Wurzeln zurückführen. Das würde uns guttun.« Sie konnte ihn noch hören. Dann ein Widerhall dieser Worte bei Rej. Vielleicht war das wirklich ihr Ort.

Und es war auch Ferdis stille Aussage: »Ich könnte dich besuchen, wenn du dort wärst. Es wird nicht besser mit mir, Ange. Inzwischen bin ich öfter krank als früher. Es macht mir Angst.«

Das hatte sie ins Herz getroffen. Wie er ihr nach dem Mord an Rick geholfen hatte. Einfach, indem er da war. Da, ohne sich ihr aufzudrängen. Und er fuhr wieder, als es ihr besser ging. Ihr gestörter Zwillingsbruder. Ihr vernachlässigter Zwillingsbruder. Ihr kranker Zwillingsbruder. Jetzt hatte sie die Möglichkeit, Dinge nachzuholen.

Eine Woche nach dem Meeting des Aufsichtsrats ist sie in Kapstadt. Trifft diesen Mann namens Antony. Antony ohne H, wie er ihr bei einer Cocktailparty erklärt, die Rej mit einigen Bankern organisiert hat.

Sie verlängert ihre Reise. Bleibt übers Wochenende. Antony führt sie zu einer Weinverkostung aus. Sie lässt sich treiben. Seit Ricks Tod zum ersten Mal. Antony ist umgänglich. Attraktiv. Lockerer Haarschnitt, American Style. Häufiges

Lächeln. Filmstarzähne. Fester Händedruck. Trägt auch zu formellen Anlässen keine Krawatte, aber teure Anzüge und Schuhe von Martegani. In der Freizeit dafür stets Baumwollhosen, nie Jeans. Hemden mit offenen Kragen, niemals T-Shirts.

Er ist bei ihr, als sie am Sonntagnachmittag die Wohnung besichtigt.

»Was denken Sie, Antony?« Angela fragt sonst nicht nach der Meinung anderer.

Sie sind im Schlafzimmer. Die gleichen Panoramafenster wie im Wohnzimmer. Dasselbe Licht, das sich im Ozean widerspiegelt.

»Es gefällt mir«, sagt er. »Man hat das Gefühl, auf dem Meer zu sein.« Antony ist allerdings auch ein Segler. Hat schon zweimal Kapstadt–Rio hinter sich gebracht. Und war viermal knapp davor, den Governor's Cup für die Strecke Simon's Town bis St. Helena zu gewinnen. Die meisten Wochenenden verbringt er auf dem Wasser, außerdem jeden Mittwochnachmittag. Wahrscheinlich spürt er, dass sie gute Lust hast, die Wohnung zu nehmen.

Das stimmt auch. Angela gefällt es. Sie kann sich vorstellen, hier zu leben. Sie gibt es nur ungern zu: Vielleicht hat Rej ja recht. Keine Umsiedlung des Hauptsitzes hierher, das wäre zu aufwändig, zu ermüdend, aber Pendeln ist nicht mehr ausgeschlossen. Das würde sie schaffen. Am Montagmorgen rauf nach Joburg, am Donnerstagabend zurück. Lange Wochenenden mit Spaziergängen am Strand. Weinverkostungen. Wanderungen in den Bergen. In den Bistros sitzen. Der Kapstädter Lifestyle. Es könnte funktionieren.

»Ich überlege es mir«, erklärt Angela der Immobilienmaklerin.

»Selbstverständlich«, erwidert diese. »Möchten Sie sich noch andere Objekte ansehen? Vielleicht höher gelegene?«

»Nein, das reicht mir.« Angela schenkt ihr ein Das-war-es-Lächeln und nimmt ihre Visitenkarte entgegen.

Auf dem oberen Parkdeck schüttelt ihr die Maklerin die Hand und meint zum Schluss: »Natürlich ist der Preis verhandelbar.«

»Da bin ich mir sicher«, entgegnet Angela. »Ich habe festgestellt, dass heutzutage alles verhandelbar ist.« Diesmal kein Lächeln.

»Dem Verkäufer ist es wichtig, so schnell wie möglich zu desinvestieren. Sie wissen schon, all diese …« Die Maklerin wedelt vage mit der Hand durch die Luft. »… Probleme. Die Kriminalität. Er ist kaum mehr hier vor Ort.«

Im Auto meint Antony: »Wenn Sie ein Angebot machen, dann zehn Millionen Rand weniger.«

»Ich dachte zuerst einmal an fünf.«

»Zehn. Das ist übrigens ein Insidertipp.«

Angela lacht. »Aha. Und wie sieht es aus mit den Vorgaben für Banker, mit der Diskretion, auf die ihr alle doch so stolz seid?«

»Oh, die ist wichtig. Absolut. Totale Diskretion. Nur nicht bei Arschlöchern.«

Angela lacht erneut.

»Kennen Sie den Verkäufer?«

»Ich habe von ihm gehört.«

Sie fahren inzwischen die Victoria Road entlang, an den zahlreichen Apartmentblocks vorbei, zum Flughafen.

»Und? Raus damit.«

»Unterliegt der Diskretion.« Antony grinst sie breit an.

Angela schlägt ihn auf den Unterarm. Spielerisch. Es ist das erste Mal, dass sie aus sich herausgeht. Sie ist selbst fast schockiert. Denkt: He, Mädchen, wohin soll das hier führen?

Es soll ihr Leben in eine ganze neue Richtung führen.

Am darauf folgenden Donnerstag fliegt sie erneut nach Kapstadt. Nimmt ein Zimmer in einem schicken Hotel in der Kloof Street. Verbringt das Wochenende damit, an den Stränden entlangzulaufen, in die Berge zu gehen, Wein zu trinken. Mit Antony. Einmal fahren sie auch an der Atlantic-Heights-Wohnung vorbei.

»Schon entschieden?«, will Antony wissen.

»Ich überlege noch«, meint Angela.

»Kommen Sie nächstes Wochenende wieder. Dann nehme ich Sie auf eine Segeltour mit.«

Das tut sie. Am Samstagnachmittag segelt er mit ihr auf einer X-79 aus dem Yachtclub Royal Cape. Ein steifer Vierundzwanzig-Knoten-Nordwester fegt über die Wasseroberfläche. Genügend Schaukeln und Gischt, um den Puls hoch und das Adrenalin durch die Adern zu jagen. Genug Kippwinkel beim Wendemanöver, um die Segel nass zu bekommen, sowie genügend Schwung des Baums beim Kurswechsel, dass die Segel knarzen. Sie sieht Atlantic Heights vom Wasser aus. Und ist beeindruckt.

Am Sonntagabend fliegt sie nach Johannesburg zurück.

Am Montag macht sie ein Angebot von 40 Millionen Rand in bar für die Atlantic-Heights-Wohnung. Lockt mit der Aussicht auf sofortiges Geld. Kein Warten auf Kredite, Bonds, Genehmigungen durch Aufsichtsräte, Investitionen. Angela ist durch eine Versicherungsauszahlung in der Lage. Eine große. Anscheinend war nach Ricks Meinung der Tod immer nur um die nächste Ecke entfernt gewesen. Weshalb er sich für eine hohe Summe versichert hatte. Angela sollte nicht auf irgendetwas verzichten müssen. Nicht, dass das jemals wirklich Realität werden würde.

Drei Tage später ruft die Maklerin mit einem Angebot des Verkäufers an: 48 Millionen Rand.

Angela befindet sich gerade in ihrem Büro in der Rivonia Road und blickt auf das Säulengebäude gegenüber.

Antwortet der Maklerin: »Wie wäre es mit einundvierzig Millionen? Können Sie ihm das vorschlagen?«

»Kann ich.« Ihre Stimme klingt zögerlich. Widerstrebend. Angela kennt die Methode: zweifelnd klingen, um den Käufer zu einem höheren Angebot zu bringen. Wenn man an die Provision denkt, würde sie das Gleiche tun. Wieder die Stimme der Frau: »Ich bin mir nicht sicher, ob er darauf eingehen wird.«

»Versuchen Sie es trotzdem.«

Sie tut es. Der Käufer schlägt ein.

»Hab ja gesagt, dass er Dreck am Stecken hat«, meint Antony.

Einen Monat später ist Angela eingezogen. Nicht mit allem Drum und Dran, aber doch mit so viel, dass es sich nach Zuhause anfühlt. Bilder, Möbel, Teppiche, Klamotten. Sie kauft neue Küchenutensilien, Bettdecken und Kissen, Handtücher, einen Fernseher, eine Stereoanlage. Die Immobilie in Saxonwold behält sie, ist noch nicht bereit, sie ganz aufzugeben.

Aus dem tiefen Schlaf im Widerhall der Wellen tauchen die Gesichter geliebter Menschen auf. Sie schlummert wieder ein, während die Wellen heranrollen. Morgens wacht sie zu dem Geräusch von Rauschen und Strudeln auf. Auch während des Tages hört sie es zu seltsamen Zeiten.

»Fast so, als wäre ich auf einem dieser alten Schoner«, beschreibt sie es Antony nach ihrer ersten Nacht in der neuen Wohnung. »Beim Segeln. Du kennst doch diesen Song von Rod Stewart: ›to be free‹.«

Hat auch eine romantische Seite, die gute Angela. Für jemanden, der bisher nie an der Küste wohnte, kann es kaum exotischer werden.

»Danke, dass du die Wohnung gekauft hast«, sagt Ferdi. Als ob sie ihm einen Gefallen getan hätte. Sie umarmt ihn.

»Du wirst es nicht bereuen«, meint Rej. »Von hier stammt unsere Mutter. Wir gehören hierher.«

Angela hört die Anspannung in seiner Stimme. Ihren Vater erwähnt Rej nicht, seine italienische Herkunft.

»Willkommen am wunderschönen Kap.«

7

Ja, am wunderschönen Kap.

Nun gut.

Erster Auftritt.

Nehmen wir den Strand von Muizenberg, wo Rick sein grausames Ende fand.

Seitdem gab es an diesem Abschnitt viele weitere Angriffe. Sieben Vergewaltigungen. Fünfzehn Überfälle. Überfälle, die mit einer großen Brutalität einhergingen, mit Messerattacken und Schlägen.

Keine Verhaftungen. Die Polizei ist morgens und abends auf Patrouille. Die Beamten haben dabei nichts Verdächtiges gesehen. Von einer Festnahme ganz zu schweigen.

Die Polizisten sind den Anwohnern zufolge völlig untauglich. Werden in den sozialen Medien beschimpft. In der Presse kritisiert. Es gibt den Vorschlag, Drohnen einzusetzen. Private Sicherheitsfirmen. Nachbarschaftswachen. Verdeckte Ermittler. Typen von der Bürgerwehr.

Es bleibt bei Gerede.

Inzwischen ist es ein Samstagnachmittag Anfang Juni.

Zwei Gestalten am Strand. Die einzigen Menschen an diesem Abschnitt. Weit hinten, an Surfer's Corner, spielen

Kinder, beobachtet von ihren Eltern. Ein paar Surfer versuchen ihr Glück auf den schwachen Wellen. Doch das Paar hier ist allein. Sie halten Händchen. Ohne zu reden. Einfach nur glücklich, zusammen zu sein.

Wie gesagt – der Strand ist gefährlich. Die Anwohner mögen hier nicht mehr spazieren. Aber Touristen wissen nichts davon.

Es ist Ebbe, das Wasser weit draußen. Das Paar hinterlässt Fußabdrücke im nassen Sand. Die Frau geht auf der Landseite, in der Nähe der Dünen. Sie hat einen kleinen Rucksack. Die Art, wie ihn Touristen gerne benutzen. Der Mann hat seine Jeans über die Waden hochgerollt.

Ein Liebespaar, das den späten Nachmittag genießt. Sorglos. So glücklich wie am ersten Tag.

Aus den Dünen hinter ihnen laufen drei Männer heran. Rasch holen sie das Paar ein. Junge Männer. Mit rasierten Köpfen. In T-Shirts und engen Hosen. Einen irren *Tik*-Ausdruck in den Augen. Grinsende, bleckende Münder.

Die Frau spürt ihr Näherkommen und wirft einen Blick über die Schulter. Zuckt entsetzt zusammen. Rennt los. Zerrt ihren Geliebten mit sich. Er schaut auch nach hinten. Jetzt laufen beide, während sie das wahnsinnige Lachen der Verfolger im Rücken hören.

»Wartet, ihr Hübschen, wartet! He, ihr Hübschen, wir werden euch nichts tun.«

Das Paar ist fit. Sie lassen die drei hinter sich. Haben einen sicheren Vorsprung.

Bis.

Bis die Frau stürzt und den Mann mit sich zu Boden reißt. Sie liegen auf dem feuchten Sand. Die Kerle werden langsamer und beginnen zu schlendern. Sie treten zu ihnen, zwei mit Messern in der Hand.

»Seht ihr«, meint einer, »vor dem Schicksal kann man nicht weglaufen. What will be, will be – was?« Er hält einen Schritt vor dem Paar an, das ängstlich im Sand kauert. »Ihr müsst uns nur was geben. Du zuerst, Lady. Hübsche Lady mit den schönen Beinen.«

Die grinsenden Männer stehen da, warten.

Die Frau nimmt ihren Rucksack ab.

»Wir wollen mehr als das«, sagt der Anführer. »Wir wollen …«

Er beendet den Satz nicht. Starrt auf die Pistole in der Hand der Frau. Der Mann grinst ihn an.

Fok.

Vicki und Fish.

8

Die am Strand spazieren waren.

Vicki hatte Fish ihr Leben erklärt.

Dass sie normal leben wolle.

Wie sehr sie die Ausreden satthabe.

Wie wenig Lust sie noch auf eine dieser verdeckten Ermittlungen für die Voliere habe, sprich den Geheimdienst.

Wie sehr sie der Mord an Henry Davidson – ihrem Betreuer bei der Voliere – schockiert habe. Es habe ihr echte Angst eingejagt. Das könne eines Tages auch sie sein, die tot auf dem Boden in ihrer Wohnung liegen würde. Und wofür? Für Geheimnisse, die fünfzig Jahre später keine Bedeutung mehr hätten.

Es reiche ihr mit ihren Aufträgen an der vordersten Front. Genug von den Beschädigungen und Verletzungen bei der Ausübung ihrer Pflichten. Nachdem ihr Fuß jetzt nach den heftigen Verbrennungen während ihrer letzten Mission gut genug verheilt sei, wolle sie diesen ganzen Mist nicht mehr länger mitmachen.

Sie würde zu ihrer Arbeit als Rechtsanwältin zurückkehren.

Und sie würde wegen ihrer Spielsucht in eine Therapie gehen.

»Ich meine das ganz ernst.«

Sie wolle außerdem eine Weile zu Fish ziehen und von dort in die Stadt pendeln.

Die beiden würden normale Dinge tun: einkaufen, kochen, chillen, Serien gucken.

Ihre Wohnung am Wembley Square wolle sie aber nicht aufgeben. Das sei eine gute Investition. Außerdem könnten sie die Wohnung ja manchmal am Wochenende benutzen. Dann müssten sie nicht den ganzen Weg zurück nach Muizies fahren. Würden sich zum Beispiel im Labia einen Film anschauen und bräuchten sich dann keine Gedanken zu machen, wie viel sie danach trinken dürfen.

Außerdem. Ein großes Plus. Für Fish würde es einfach sein, die guten Surfstellen am Atlantik zu erreichen.

Und? Was hielt er von dem Ganzen?

Fish meint, es klinge gut. Er sagt, dass sie erst mal abwarten sollten, wie es sich entwickle. Vicki war eben Vicki. Und er zeigt sich begeistert.

»Das solltest du tun, Vics, das solltest du wirklich tun. Ich verstehe die Adrenalingeschichte, diese verdeckten Ermittlungen, die Glücksspiele. Aber jetzt ist es auch mal gut. Das könnte sonst dein Leben erheblich verkürzen.«

In diesem Moment kommen die drei Typen auf sie zugerannt. Und sie laufen los. Ohne das Ganze wirklich ernst zu nehmen. Vielmehr müssen sie lachen, weil diese drei von *Tik* vernebelten *Goffels* – Fishs Ausdruck – ihr Glück gerade bei ihnen versuchen.

»Wartet, ihr Hübschen, wartet! He, ihr Hübschen, wir werden euch nichts tun.«

Da habt ihr recht, denkt Fish. Denn ihr werdet uns gar nicht erst einholen.

Genau da stolpert Vicki. Und klammert sich an ihn. Und beide stürzen kopfüber in den Sand.

Nicht so gut.

Aber Vicki hat eine Pistole dabei. Ist also nicht das Ende der Welt.

Schließlich sind die *Tik*-Männer nur mit Messern bewaffnet. Und selbst wenn sie high scheinen, sind sie doch nicht lebensmüde genug, es mit einer Schusswaffe aufzunehmen. Vor allem nachdem dieses Paar nicht wie die üblichen Opfer panisch reagiert. Diese zwei stehen gleich wieder auf. Stehen mit leicht gespreizten Beinen da. Die Frau hält ihre kleine Waffe mit beiden Händen fest. Die Arme sind entspannt. Sie ist bereit abzufeuern.

Einer der Kerle sagt: »Okay, das sieht *kwaai* aus, Schwester. Okay, Süße. Wir sehen uns dann später mal.« Die drei weichen zurück, ehe sie davonjoggend zwischen den Sanddünen verschwinden.

»Verdammt«, sagt Vicki und lässt die Arme sinken.

»Das war krass«, meint Fish. »Ich glaube, ich brauche jetzt erst mal ein Ale.«

Zwanzig Minuten später sitzen sie im Tiger's Milk am Fenster, mit dem Blick auf False Bay. Das Meer vor ihnen schimmert ebenso wie der Berggipfel. Lichter gehen allmählich entlang der Halbinsel an, die sich bis zu der Kralle von Cape Point erstreckt. Im Restaurant ist es laut, während es sich die

Surfer bequem machen und die *Razzler* auf ein schnelles Bier mit Spareribs vorbeischauen. Im Hintergrund, zwischen dem Stimmengewirr, hört man Chris Rea über Daytona singen.

Fish und Vicki sind high vom Adrenalin. Vor ihr steht ein Glas Wein, vor ihm eines mit Ale.

»Wieso hattest du die Waffe dabei?«, will Fish wissen und blickt dabei Vicki an. Sie schaut ihn ebenfalls an.

»Wieso hattest du keine dabei?«, entgegnet sie. »In dieser Zeit. An solchen Orten.«

Er lacht. Sie ist erleichtert.

»Mann, Vics, das war, was man Glück nennt.«

»Nicht Glück – Vorsicht.« Vicki nippt an ihrem Cabernet Merlot. »Man kann nie wissen.«

»Wohl wahr. Wie die gerannt sind. Als könnten sie ihre Beine nicht koordinieren. Arschlöcher.« Fish trinkt einen Schluck Bier. Schneidet eine Grimasse. »Woher haben sie das denn?« Er wendet sich an die nigerianische Kellnerin, die gerade in der Nähe ist. Hält sein Glas hoch. »Was ist das für ein Zeug?«

»Devil's Peak. Schmeckt's nicht?«

»Devil's Pisse. Es sollte Butcher Block sein. Das hattet ihr doch gestern noch.«

»Eingestellt«, meint die Kellnerin. »Tut mir leid.«

»Mir auch«, erwidert Fish. »Jetzt müssen wir einstellen hierherzukommen. Schau dir das an. Schau dir den Schaum an. Man könnte glauben, das ist ein verdammtes Lagerbier.«

»Entscheidung des Managers.« Die Kellnerin schenkt ihm ein schmallippiges Lächeln.

»Schon in Ordnung«, sagt Vicki. »Kein Grund, sich zu entschuldigen. Zumindest der Wein ist gut.«

»Willst du ein anderes? Amstel? Windhoek?«

»Noch schlimmer. Schmeckt nach Blech.«

»Er wird's überleben«, sagt Vicki.

Die Kellnerin geht.

»Wie auch immer. Prost«, meint Fish. »Ein Minuspunkt für die Bösen.« Sie stoßen an. Trinken. Wieder schneidet er eine Grimasse. »Seltsam, dass es gerade dort passiert ist. Erinnerst du dich an den Fall, den ich vor zwei Jahren übernommen habe? Mit dem *Oke*, der an demselben Strand ermordet wurde?«

»Was war das noch mal?« Vicki schaut Fish an. Manchmal würde sie diesen Mann am liebsten auffressen.

»Rick Thulo, Boss von Amalfi Civils. Eine Technologiefirma. Er war mit der Tochter verheiratet.«

»Und?«

»Rick wurde hier am Strand ermordet. Er wollte einem Touristenpärchen helfen, das überfallen wurde. Ich weiß noch, dass ich es dir damals erzählt habe.«

Vicki nickt, während sie auf das dunkler werdende Meer hinausstarrt und sich fragt, was ohne die Pistole passiert wäre. Nichts, was sie sich vorstellen mag. Sagt: »Ich erinnere mich vage. Die Witwe hat dich damals beauftragt. Du warst der Meinung, dass es ein Killer gewesen ist.« Leert ihren Wein in zwei Schlucken.

»Stimmt. Das denke ich immer noch. Jedenfalls tauchte Ricks Name vor kurzem wieder auf. Mein Bankerfreund möchte einen Bericht über diese Familie. Kleine Welt, was? Aber genug – das ist langweilige Arbeit. Wie geht es deinem Fuß nach dem Spaziergang?«

»War kein Problem.«

»Willst du noch ein Glas?«

Vicki schüttelt den Kopf. Sie streckt die Hand aus und streichelt ihm mit funkelnden Augen über den Arm. Dann schiebt sie den Stuhl zurück und flüstert ihm ins Ohr: »Nein.

Lass uns gehen. Trink aus, Blondie, ich habe etwas, was du willst.«

Wovon sie Fish an diesem Nachmittag der besten Absichten nichts erzählt hat, ist ihr Verdacht, dass sie beschattet wird.

Zwei

Ihr wär't derjenige, der ihn,
Es und uns hindertet.

Alice's Abenteuer im Wunderland

1

Samstag, 26. Mai 2018. Zurück am Strand von Muizenberg, wo Rick ermordet wurde. An diesem sonnigen Nachmittag fischt Rej Ben Alis Mann – seine rechte Hand – hier am Strand. Er atmet das berauschende Ozon ein, ganz und gar im Frieden mit der Welt. Sein Name: Tyrone Mansoor.

Tyrone ist ein typischer Schönredner aus den Cape Flats. Ende vierzig. Single. Junggeselle aus Überzeugung. Eltern beide tot. Eine verheiratete Schwester. Steht seinem Neffen nahe, dem elfjährigen Naasir.

Früher einmal war Tyrone Teil einer militanten Bürgerwehrgruppe namens Pagad (People Against Gangsters and Drugs) gewesen. Damals, zur Zeit der Autobomben, Briefbomben, der Detonation im Restaurant Planet Hollywood. Ein Toter. Vierundzwanzig Verletzte. Eine junge britische Schülerin verlor dabei einen Fuß.

Ein Jahr später eine Explosion in St. Elmo's Pizzeria. Diesmal über vierzig Verletzte. Beide Unternehmen amerikanische Franchise-Firmen.

Pagad ließ verlauten, dass es antiamerikanische Aktionen gewesen seien. Erklärte die Attacke zu einem Vergeltungsschlag für Washingtons Angriffe im Sudan und in Afghanistan. Es geht hier um Historisches: die späten Neunziger. Diese Bombenanschläge waren nach den Terrorakten gegen US-amerikanische Botschaften in Ostafrika erfolgt. Opferzahlen dort mehr als zweihundert. Washington setzte Pagad auf seine Liste terroristischer Organisationen.

Es heißt, Tyrone Mansoor sei einer der Dschihadisten gewesen.

Erinnert sich noch jemand an diesen Kerl namens Rashaad Staggie? Großer Drogenboss. Wurde im August 1996 vor seinem Haus in Salt River angeschossen und dann bei lebendigem Leib verbrannt. Tyrone war damals mit dabei. So sagt man jedenfalls.

Als die Polizei den Pagad-Agenten das Leben schwer machte, ließ Tyrone das Ganze hinter sich. Mehr oder weniger. Er begann für eine Minibus-Taxi-Firma zu arbeiten. Wurde zu ihrem wichtigsten Mann. Ihrem Mittelsmann. Ihrem Mann für knifflige Probleme. Stieg so bis in die obere Etage auf. Human-Relations-Manager.

Sie nannten ihn den Hammermann.

In der Taxibranche leben Auftragskiller allerdings nicht ewig.

Und da tauchte Rejab Ben Ali auf. Besuchte dieselbe Moschee, damals noch. Die beiden gingen dem gleichen Hobby nach: Angeln. Nun, damals noch. Inzwischen interessiert sich Rej nicht mehr dafür, findet Angeln zu wenig standesgemäß. Zu jener Zeit jedoch mochte er beides, Strand und Felsen. Vorteil des Strandes: Man bekam küstennahe Fische an den Haken, zum Beispiel Galjoen oder Meerbrassen. Felsen: Dort konnte man die Leine auswerfen und erwischte manchmal sogar Gelbschwanzmakrelen.

Am heutigen Tag ist Tyrone am Strand in der Nähe vom Baden Powell Drive, etwas östlich von der Surfstelle namens Cemetery. Etwas östlich von dem Ort, wo Rick starb. Er hat Naasir dabei. Es ist ein langer Strand von Surfer's Corner bis zu den Klippen bei Wolfgat, etwa dreißig Kilometer. Blickt Richtung False Bay. Ein südöstlicher Wind weht ihm kalte Luft ins Gesicht. Lässt kleine Wellen hereinrollen. Lockt Galjoen an, die nach Futter in den Steinfurchen, Löchern und Rinnen suchen. Galjoen sind die Nationalfische. Starke

Kämpfer, die schäumendes Wasser mögen. Lateinischer Name: Dichistius capensis. Auch als Schwarzfisch bekannt. Wirklich schmackhaft.

Tyrone und Naasir sind barfuß. Tragen gefütterte Jacken. Jeans bis zu den Knien hochgerollt. Wateten hinaus, um die Angel auszuwerfen, und kehrten dann auf den trockenen Sand zurück. Stehen da und starren übers Meer. Ohne zu reden. Die Angeln an den Hüften befestigt. Die Nylonleine zwischen Zeigefinger und Daumen, um die geringste Bewegung zu spüren. Verwenden Angelschnüre mit hoher Reißfestigkeit, leichte Ruten und Center-Pin-Rollen.

Tyrones Handy klingelt.

»He, Naasir«, sagt er, »halt mal meine Angel.«

Naasir nimmt sie mit seiner Rechten. »Da ist ein Fisch am Haken, Onkel. Schnell, schnell.«

»Hol ihn rein. Schaffst du das nicht?«

»Nicht einhändig, Onkel Tyrone. Bitte, schnell.« Der Junge wackelt hin und her.

Tyrone lacht. »Du bist elf, Naasir. Sei kein Baby. Der Fisch ist noch nicht mal richtig am Haken.« Wischt seine Hand an der Jeans trocken und holt ein Samsung aus der hinteren Hosentasche: Rejab Ben Ali. Begrüßt ihn mit dem üblichen »Salām«.

Seit fünf Jahren arbeitet er nun für Rejab. Begleitet ihn wie ein Schatten. In dieser Zeit hat er mehr verdient als in den ganzen vorherigen Jahren zusammen. Außerdem mag er den Mann. Rejab ist niemals bevormundend. Lässt ihn nie sein höheres gesellschaftliches Ansehen spüren.

Fragt ihn um Rat. Nimmt ihn ernst. Auf Tyrones Visitenkarte steht: Sicherheitsmanager. Über der Berufsbezeichnung findet sich das Logo der Firma: Kestrel Logistics. Der Sicherheitszweig von Amalfi Civils. Seine Stelle geht mit einer Aktienoption einher.

Mit Komplizenschaft. Rejabs Mann zu sein, ist nicht unbedingt einfach.

Zum Beispiel gehört es zu Tyrones neuen Aufgaben, sich um Rejabs verrückten Bruder zu kümmern. In den letzten paar Monaten hat dieser Bruder begonnen, sich wie ein Wolf zu benehmen. Heult den Mond an. Dann schickt Rej jedes Mal Tyrone zu ihm, damit dieser ihm eine Spritze gibt, die den *Oke* runterbringt. Er soll dabei auch sicherstellen, dass er angekettet ist und nicht weglaufen kann. Der Typ müsste eigentlich in der Nervenheilanstalt Valkenberg sein wie all die anderen Irren. Aber was kann Tyrone machen? Er ist Rejabs Mann. Zum Glück hat Tyrone keine Angst vor Hunden und kommt mit einem Wolfsmann klar. Selbst wenn der versucht, ihn zu beißen.

Gerade sagt Rejab: »Bist du am Strand?«

»Ja, Sir, bin ich, Mr. Ali«, erwidert Tyrone. Er besteht darauf, dass ihre Beziehung formell bleibt. Vielleicht sind sie altersmäßig nicht allzu weit voneinander entfernt, aber ansonsten gibt es nur Unterschiede.

Zum einen ist da die Frage der Hautfarbe. Rej ist ein weißerer *Coloured* als Tyrone.

Dann der berufliche Titel des Mannes: Leiter des operativen Geschäfts.

Von seinem Geld, seiner Ausbildung, seinem Haus und seinem Auto ganz zu schweigen.

»Bist du am Angeln?«

»Ja. Ist gerade Flut. Galjoen-Wasser, Mr. Ali.«

»Cemetery?«

»Etwas mehr in Richtung Strandfontein.«

»Perfekter Nachmittag fürs Angeln. Ist Naasir bei dir?«

»Hält meine Angel, während wir reden. Er glaubt, dass er einen Riesenfisch am Haken hat.«

»Vielleicht hat er das auch. Solange er nicht so vom Pech verfolgt ist wie du.«

»Was meinen Sie damit? Ich habe beim Angeln immer Glück.«

»War nur ein Scherz, Tyrone. Nur ein Scherz.« Eine Pause. »Hör zu. Ich möchte, dass du etwas für mich erledigst.«

»Jetzt, Mr. Ali?«

»Nein, nein. Nächste Woche. Eigentlich geht es um zwei Dinge. Du kennst doch diese neue Wohnung meiner Schwester. Die in Clifton?«

»Ja, Sir. Eine sehr schöne Wohnung.«

»Sie braucht darin eine Sicherheitsanlage, Tyrone. Mit einer direkten Verbindung zu Kestrel.«

»Kein Problem, Mr. Ali.«

»Muss installiert werden, während sie in Joburg ist. So wird meine Schwester nicht damit belästigt.«

»Kein Problem, Mr. Ali.«

»Und dieser Auftrag läuft nur über dich. Über niemanden sonst. Verstehst du? Über niemanden sonst. Du baust da ein komplettes Audiosystem für mich ein. Kein Video, nur Audio. Alle Aufnahmen werden in der Cloud abgelegt. Schlafzimmer, Badezimmer, auch der Balkon.«

Das ist nichts, was Tyrone nicht schon einmal für Rejab gemacht hat. Der Unterschied liegt in der Zielperson. Zuvor ging es immer um geschäftliche Konkurrenten. Chefs. Finanzvorstände. Aufsichtsratsmitglieder. Sogar Sekretärinnen der Geschäftsleitungen. Gewerkschaftsführer. Einmal das Heim eines Handelsministers. Aber seine eigene Schwester? Das lässt Tyrone die Stirn runzeln. Lässt ihn zum Horizont hinüberschauen. Innerfamiliäre Themen sind etwas, womit er seine Schwierigkeiten hat. Die Schwester ist eine nette Frau. Diese Art von Behandlung verdient sie nicht.

»Wir haben ein Problem, Tyrone. Es dient ihrem eigenen Schutz.«

Als ob Rejab Ben Ali seine Gedanken lesen könnte. Daran wird Tyrone sich nie gewöhnen, diese Fähigkeit von Rejab, sich so einzuklinken. Es hat etwas Beunruhigendes. Schlimm genug, wenn er einen mit seinem durchdringenden Blick anstarrt. Aber echt gruselig wird es, wenn er das Ganze über das Telefon macht.

»Diskret, Tyrone. Verstehst du?«

Tyrone fragt sich, ob er einen Echtzeitauslöser vorschlagen soll. Nein. Das will er nicht. Sonst kommt es noch so weit, dass der Typ seine Schwester beim Vögeln belauscht.

Rejab meint: »Gibt es irgendeine Art von Signal, das du für die Überwachung einbauen könntest? Damit ich sicherstellen kann, dass es ihr gut geht, wenn sie nach Hause kommt.«

Tyrone kann das machen. Gibt sich aber unwissend. »Es wird mit einem Alarmsystem verknüpft sein.«

»Das weiß ich. Es geht mir diesmal um mehr, Tyrone. Ich brauche eine Stimmaktivierung. Mit Verbindung zu meinem Handy.«

»Ja, Sir.«

»Kannst du das machen?«

Tyrone starrt auf False Bay hinaus. Auf die schwachen Wellen, auf Naasir, der zwei Angeln festhält. Solch ein vollkommener Moment. Aber Tyrone weiß, wo er steht. Sagt: »Ja, Sir, Mr. Ali.«

»Das freut mich. Noch etwas. Der Banker Antony Brennan …«

Warum war ihm so sonnenklar, dass das als Nächstes kommen würde? Weil er bei Bürofeiern beobachtet hat, wie Mr. Ali diesen Antony Brennan musterte. Mit diesem Lass-meine-Schwester-in-Ruhe-Blick. Tyrone sah auch, wie Brennan fragend eine Augenbraue hochzog. Verwirrt. Ein irritiertes Lächeln auf seinen Lippen.

»Kannst du etwas in sein Auto einbauen?«

Ebenfalls eine Sache, die er schon öfter für Rejab Ben Ali gemacht hat. Mindestens ein halbes Dutzend Mal. Rejab lässt Leute abhören, als wäre er der Geheimdienst persönlich.

»Einen Peilsender?« Er wusste, dass er noch mehr wollte. Aber Mr. Ali soll es zumindest aussprechen.

»Und, und, und, Tyrone. Stell dich nicht dumm.«

»Kein Problem, Mr. Ali, Sir.«

»Natürlich ist das für dich kein Problem. Viel Spaß noch beim Angeln, Tyrone. Hat dein Neffe inzwischen einen Fisch gefangen?«

2

Was Rej nicht weiß: Tyrone Mansoor hat seine Seele zweimal an den Teufel verkauft. Aber so ist Tyrone. Er hat seine Geheimnisse und kann diskret sein. Außerdem schätzt er Geld. Nicht um damit anzugeben. Nein, er braucht keine schicken Anzüge, schnittigen Autos und Single Malts für tausend Rand. Er übt sich in Zurückhaltung. Zwei-Zimmer-Apartment in Salt River. Klamotten aus dem Kaufhaus. Fährt einen VW Golf. Das Geld wird beiseitegelegt. Um es zu investieren.

Das erste Mal, dass er sich mit dem Teufel einließ, ist lange her, noch zu Pagad-Tagen. Nach den Bombenanschlägen.

An einem regnerischen Samstag angelt der junge Tyrone auf den Felsen von Buffels Bay, als drei weitere Männer eintreffen. Werfen ihre Angeln ebenfalls in die Felstümpel voller Seetang. Einer kommt zu ihm und bietet ihm eine Zigarette an. Sie plaudern, wie Angler das gerne tun.

Dann folgt der Mephisto-Moment.

»Bruder, wir wissen, dass du bei Pagad bist. Wir wissen, dass du das warst mit Planet Hollywood.«

»Nein, *Bru*«, erwidert Tyrone, der sofort überzeugt ist, Polizisten vor sich zu haben. »Ihr irrt euch. Das war ich nicht. Ich bin Angler. Und wen meinst du überhaupt mit ›wir‹?«

Inzwischen sind auch die anderen beiden näher getreten.

Es ist ein wunderschöner Ort, die Felsen bei Buffels Bay. Mitten im Cape-Point-Reservat, fernab von allem. Im winterlichen Wetter menschenleer.

»Entspann dich, *Bru*, wir sind keine Polizei. Wir sind vom Geheimdienst.«

Das führt bei Tyrone nicht gerade zur Entspannung. Vor allem da ihn die Männer nun eingekreist haben. Einer sagt: »Wir wollen, dass du uns einen Gefallen tust.«

»Ach. Und was für einen, Bruder?«, fragt Tyrone. Wobei er genau weiß, um welche Art von Gefallen es gehen wird.

Der Typ holt ein Bündel blauer Hundert-Rand-Scheine heraus. Zählt sie. Eintausend Rand, direkt, in bar. Damals ist das für Tyrones knappes Budget viel Geld. Der Mann erklärt: »Wir brauchen ein paar Namen.«

Tyrone schaut zuerst die Scheine und dann den Kerl an. Fragt: »Welche Namen?«

»Namen, die ich dir nenne. Und andere Namen, die du uns nennst.«

Tyrone hat den Blick erneut auf das Geld gerichtet. »Einverstanden, *Bru*.«

Sie spielen das Namensspiel. Nicht allzu schwierig.

»Wenn noch weiteres Geld in deine Richtung fließen soll«, erklärt der Haupttyp danach, »erzählst du uns, was geplant ist.«

»Einverstanden, *Bru*«, sagt Tyrone.

Die Männer holen ihre Angeln ein. Verstauen ihr Zeug. Steigen in ihren zerbeulten Cortina und brettern in einer Wolke blauer Abgase davon.

Tyrone angelt weiter. Der Regen prasselt kalt auf sein Gesicht. Der Wind bläst Sprühnebel über das Meer. Die Scheine in seiner Hosentasche sind ordentlich zusammengefaltet. Ein ziemlich dicker Packen. Frage: Was soll er mit ihnen machen? Sein Imam hat die Antwort: »Treibe Handel, mein Sohn. Allah erlaubt das.« Er empfiehlt ihm einen Scharia-konformen Fonds. Iss halal. Investiere halal. Damit beginnt Tyrones Laufbahn als Kapitalanleger. Sein Geld wird zu einem Bündel reiner Anlagefonds. Ein bescheidener Anfang. Aber ein Anfang.

Jetzt steht er auf der Gehaltsliste der National Intelligence Agency. Die irgendwann in die SSA eingegliedert wurde, die *State Security Agency*. Eigentlich steht er nicht auf deren Gehaltsliste, sondern hat eher ein Arrangement für schnelles Bares mit ihnen. Tyrone bleibt stets ein untergeordneter Zulieferant. Er gab der NIA genug, um sie zufriedenzustellen, und tut nun das Gleiche bei der SSA. Verkauft ein paar Informationen, um weiter investieren zu können.

Dann beginnt er für Rej zu arbeiten. Finanziell ist er jetzt ganz anders aufgestellt. Seine Investitionen befinden sich auf einem viel höheren Level. Er benötigt die Zuzahlungen durch die SSA nicht mehr. Aber die lässt ihn nicht ziehen.

»Hör zu, Tyrone. Wir brauchen überall Augen und Ohren«, erklärt man ihm. »Man weiß schließlich nie, was alles los ist. Könnte Bestechung sein. Steuerhinterziehung. Geldwäsche. Verstöße gegen die Devisenkontrolle. Außerdem willst du doch sicher nicht, dass Kestrel von uns erfährt, oder?«

Tyrone versteht. Ziemlich schnell. Erkennt außerdem

einen Vorteil: Er könnte Rej vor einem Interesse der SSA an seiner Firma warnen. Das würde Rej gefallen. Aber noch gibt es keinen Anlass, Rej ins Bild zu setzen. Was Tyrone nicht weiter stört. Er kann die Dinge voneinander trennen.

Bei der SSA wird sein Betreuer ein gewisser Oberst Kaiser Vula. Ein Fallschirmjäger in einem Rollstuhl. Ein verbitterter, zorniger Fallschirmjäger in einem Rollstuhl. Kann den Willen Allahs nicht akzeptieren – so sieht das Tyrone. Die Verbitterung des Obersts wird noch schlimmer dadurch, dass er eigentlich ein zupackender Soldat ist, der die Dinge auf seine Weise regelt. Was Tyrone entgegenkommt. Zum Beispiel hält er sich erst gar nicht groß damit auf, was legal ist und was nicht.

»Auch Terroristen reden, Tyrone. Wir müssen hören, was sie sagen.«

Für seine Stelle bei Rej plündert Tyrone die Abhörgeräte der SSA. Nicht die Art von Geräten, die man in einem normalen Laden kauft. Sondern die Art, für welche die SSA ein Vermögen ausgegeben hat. Er lässt sie sich von Oberst Vula abzeichnen, wenn er sie mitnimmt.

»Wo du schon dabei bist, kannst du auch gleich noch einen Job für mich erledigen«, sagt der Oberst.

Für diese Art von Auftrag gibt es ein strenges SSA-Protokoll, dem man zu folgen hat. Man müsste Unterlagen einreichen. Techniker entsenden.

Oberst Vula macht sich aber über die Techniker als »nutzlose *Coloureds*« lustig. »Wenn man auf die warten muss, wartet man ewig.«

Gäbe es eine Volkszählung, würde Tyrone das Kästchen hinter ›Coloured‹ ankreuzen. Das weiß der Oberst allerdings nicht. Er hält ihn für indischstämmig.

Nicht dass Tyrone darüber nachdenken würde. Tyrone

konzentriert sich ausschließlich auf den Auftrag. Zuerst kommen die schwierigeren Aufgaben an die Reihe. Er verkleidet sich als Angestellter der Telkom. Und stattet einen Hausbesuch ab. Was eine lange Fahrt die Halbinsel hinunter bedeutet. Und dann ist niemand zu Hause. Aber das wusste er zuvor. Er bricht ein. Arbeitet schnell. Versieht Küche, Schlafzimmer, Wohnzimmer mit Abhörgeräten. Von dem Chaos in der Küche nach zu urteilen – Laptop auf dem Tisch, überall herumliegende Papiere –, vermutet er, dass sich hier das meiste abspielt. Baut dort also zwei ein. Eine Wanze in einer Steckdose, die andere in der Hauptlampe. Verbindet beide mit dem Strom. Dann verlässt er die Wohnung durch die Hintertür.

Draußen sitzt eine Frau. Eine *Bergie*. Sieht so aus, als würde sie auf dem Berg leben.

»Hey, du«, sagt sie. »Bist du ein *Skollie*, der da eingebrochen ist?«

»Nein, ein Telefontechniker. Von Telkom.« Tyrone zeigt auf die Plakette an seiner Brusttasche und hebt die Tasche mit den Apparaten hoch.

»Hab ich doch gesagt«, erwidert die Frau. »Schrott. Ein Nichtsnutz. Die Herrschaften sind nicht zu Hause.«

Tyrone geht nicht darauf ein. »Bist du hier die Hausangestellte?«

»Wer ich bin, ist unwichtig. Das hier ist mein Stuhl. Ich sitze hier. *Voertsek*, du Telkom-*Skollie*!«

Fok. Eine betrunkene *Bergie* ist das Letzte, was Tyrone hier erwartet hat. Er holt sein Handy aus der Tasche.

»Wen rufst du an?«

»Die Polizei.«

Das stimmt nicht, aber er will die Frau einschüchtern.

»Siehst du diese Tür?«, fragt sie. Zeigt mit dem Finger

durch den Hintergarten zu einem Schuppen. »Da ist mein Zimmer. Kannst sogar reingucken.«

Tyrone schüttelt den Kopf und sagt ins Handy: »Ich will einen Eindringling melden.«

Die Frau kreischt: *»Djay bliksem, djay ma se poes!«* Springt hoch und stürzt sich auf ihn. Sie jagt ihn zu seinem Auto.

Der nächste Teil von Tyrones Auftrag findet in einer Tiefgarage statt. Auf der Ebene B steht das Auto, um das es geht, in einer Parkbucht, die für die Capital Trust Private Bank reserviert ist. Tyrone hat einen Schlüssel zu dem Wagen, einen Funkschlüssel. Mit freundlichen Grüßen von Rej. Wie Rej daran kam, bleibt ein Geheimnis.

Der Abhörapparat passt in seine Hand und hat eine Batterie, die eine Woche lang hält. Es handelt sich um eine Einwahl-Wanze, die sowohl eine Stimmaktivierung als auch einen Peilsender aufweist. Das einzige Problem: das Ersetzen der Batterie. Heißt, dass man jede Woche vorbeischauen muss. Heißt, man muss einer bestimmten Routine folgen. Tyrone mag keine Routine. Routine kann Falle bedeuten.

Der Audi RS3 Sportback dürfte neu ein paar Cents unter einer Million kosten. In Tyrones Einschätzung kein schlechter Schlitten. Innenausstattung grau. Edel. Hat diesen Geruch nach neuem Leder. Der Mann hält seinen Wagen sauber. Keine Schuhabdrücke auf der Fußmatte der Fahrerseite. Tyrone befestigt das Gerät mit Klebeknete unter dem Beifahrersitz. Er steigt aus und betätigt im Weggehen den Funkschlüssel. Der Auftrag hat ihn zweiunddreißig Sekunden vom Aufmachen bis zum Schließen gekostet.

Das Verwanzen von Angelas Wohnung dauert eine Stunde. Alles easy. Auch hier hat Rej ihm einen Schlüssel gegeben und den Code der Alarmanlage genannt. Tyrone fährt an einem Mittwochnachmittag dorthin. Ist schwer beeindruckt. Für weiße *Coloureds* haben es die Amalfis wirklich weit gebracht. Die Möbel, die Landschaftsbilder an den Wänden, die Kaffeemaschine. Er beginnt über Immobilieninvestitionen nachzudenken. Etwas, was er noch nicht gemacht hat. Ihm gehört zwar die Wohnung, in der er lebt, aber das ist Kleinkram. Vielleicht sollte man etwas Gehobeneres erwerben. Immobilienpreise steigen schnell. Die Einkünfte daraus sind gut. Das einzige Problem: der Wassermangel. Könnte den Markt zusammenbrechen lassen. Was wiederum keine schlechte Zeit zum Kaufen wäre. In shā' Allah, eines Tages muss es schließlich wieder regnen.

Während Tyrone überlegt, macht er sich einen Latte. Entdeckt die Milch vom vergangenen Wochenende im Kühlschrank. Noch nicht sauer. In den Küchenschränken ist kein Zucker zu finden, weshalb er einen Teelöffel Honig in den Kaffee rühren muss. Er nimmt seinen Latte auf den Balkon hinaus. *Fok*, Mann. Ein endloser Ozean. Zu seinen Füßen Wellen. Wenn man hier lebt, kann man vom Balkon aus angeln. Zum ersten Mal stellt er sich vor, wie es wäre, im Luxus zu leben. Das hier ist natürlich außerhalb seiner Liga. Aber weiter als Salt River schafft er es allemal. Vielleicht nach Gardens. Oder in einen der grünen Vororte.

Er trinkt seinen Kaffee und fantasiert vor sich hin. Tyrone Mansoor aus Oranjezicht. Seine Ma würde es nicht glauben können. Seine Tanten würden sich überschlagen. Wenn seine Ma noch am Leben wäre. Oder seine Tanten.

Nachdem er den Auftrag erledigt hat, ruft er Rej an und teilt es ihm mit.

Rej sagt: »Spül deinen Kaffeebecher aus. Vergiss das nicht.«

Tyrone starrt zur Küchendecke hinauf. Kann dort keine Kamera entdecken. »Haben Sie hier eine Kamera installiert, Mr. Ali?«

Er hört Rej lachen. »Nein, Tyrone. Habe ich nicht. Aber ich kenne dich. Du hattest doch einen Kaffee, oder?«

»Nur eine Tasse, Mr. Ali. Ihre Schwester hat guten Kaffee. Sie hat auch eine schöne Wohnung.«

3

9. Juni 2018, Samstagmorgen. Rej kann nicht widerstehen. Zum ersten Mal, seit Angela die Wochenenden zu Hause verbringt, will er das neue Abhörsystem testen. Er weiß, dass sie morgens nicht lange ausschläft. Schaltet sich also kurz nach sieben dazu. Das Audiosystem läuft über die Lautsprecher seines Handys.

Er sitzt in seinem Wohnzimmer auf seinem Chesterfield-Sofa. Hat gerade die Akte noch einmal gelesen, die er von John Webster bekam. Keine schlechte Lektüre. Lässt Rej über Yachten aus dem Mittelmeer fantasieren. Er malt sich aus, Mallorca anzusegeln, Cassis, Marseille, Portofino, die Küste, die seinen Nachnamen trägt. Die griechischen Inseln. Wenn dieser Deal etwas wird, braucht er nie mehr einen Finger krumm zu machen.

Rej träumt so vor sich hin, während er beobachtet, wie die Sprinkler auf seinem Rasen Wasser in hohen Bögen verteilen. Ein üppiges Grün. Ein Dollarscheingrün. Vergiss die Wasserbeschränkungen. Rej zahlt schließlich für sein Grün. Er mag es, wenn die Hagedasch-Ibisse ihre langen Schnäbel in seinen Rasen bohren und die Wassertropfen auf ihrem Gefieder in der Sonne funkeln. Er sieht gerne, wie die Sonne auf den hinteren Teil von Devil's Peak fällt. Der Anblick hat etwas Wärmendes. Vielversprechendes. Diese Zeit des Tages ist für ihn die beste.

Samstagmorgens trägt Rej einen *Thawb*. Sein Lieblingsgewand, um sich zu entspannen. Locker geschnitten. Und doch sexy, findet er.

Jetzt hört er Angela pinkeln.

Er schenkt sich einen schwachen Kamillentee ein und wirft zwei Würfelzucker hinein. Rührt um.

Hört, wie sie sich anstrengt. Seufzt. Das Reißen von Toilettenpapier. Die Spülung. Das Spritzen von Wasser im Waschbecken. Sie putzt die Zähne, spuckt aus, gurgelt.

Rej nickt zufrieden über die ausgezeichneten Geräte, die Tyrone installiert hat. Schlürft seinen Tee.

Gerade ist nichts zu hören. Er stellt sich vor, wie Angela barfuß durch die Küche tapst. Vielleicht bleibt sie stehen und bewundert den Ozean, der um diese Tageszeit besonders herrlich glitzert und funkelt. Vielleicht dankt sie ihm stumm sogar dafür, dass er ihr den Anstoß für diese Veränderung ihres Lebensstils gab. Als Nächstes wird sie hier auch im Büro mehr präsent sein wollen. Kapstadt als ihre Geschäftsadresse verwenden. Die Mitarbeiter vor Ort unterstützen.

Alles Dinge, die Rej schon in der Hinterhand hat. Für den richtigen Moment.

Jetzt hört er Geräusche, die er nicht zuordnen kann. Dann das laute Mahlen von Kaffeebohnen. Minuten später Geschirrklappern. Ihr morgendlicher Espresso.

Gefolgt von lautem Bluesrock.

»Das ist ja cool«, sagt Juzia. »Seit wann hörst du denn den?«

Ihre Stimme erwischt Rej kalt. Ihr plötzliches Auftauchen in seinem Wohnzimmer. Da ist sie. Geht über den dicken Wollteppichboden auf ihn zu, mehr oder weniger nackt. Nun, genau genommen trägt sie ein Schlafhemd, aber das ist sehr eng anliegend und sehr durchsichtig.

Ganz und gar irritierend. Genauso stark wie am Anfang.

»Das darfst du nicht tragen«, sagte er damals zu ihr. »Das ist unzüchtig.« Tatsächlich war es extrem aufreizend. Und führte bei ihm zu einem ziemlichen Blutstau.

»Ansichtssache«, meinte Juzia. »Außerdem soll es das sein. Wie ich deutlich sehen kann. Und du sagst mir nicht, was ich trage. Ich sage ja auch nichts zu deiner Robe.«

Was Rej damals die Sprache verschlug. Dass ihm diese junge Frau einfach so etwas entgegensetzte. Ihm widersprach. Ihn nicht respektierte. Diese junge Frau aus einer angesehenen muslimischen Familie. Einer Familie von Wirtschaftsprüfern.

Andererseits. Rej konnte ja schlecht sagen: Ich bin dein Chef.

Juzia Malik ist Rechtsreferendarin aus dem Büro in Joburg. Zweiundzwanzig Jahre alt. Inzwischen nach Kapstadt versetzt. Wohnt in St. Martini Gardens mit einem Blick über Company's Garden. Wenn sie nicht bei ihm in Bishopscourt abhängt. Was oft der Fall ist.

Doch zurück zum Ausgangspunkt. Rej fragt: »Wer? Über wen redest du?« Er versucht, nicht auf die hervorspitzenden Brüste unter ihrem Schlafhemd zu starren.

»Na, Joe Bonamassa. Das musst du doch wissen.«

»Weiß ich aber nicht. Wer ist Joe Bonamassa?«

»Eine Legende. Einer meiner Gitarrenhelden.« Sie kommt näher. »He, bist du am Streamen? Beeindruckend, Kumpel. Noch dazu über dein Handy. Lässig.« Sie will ihm das Gerät wegnehmen.

Rej umklammert es jedoch und fasst sie an der Hand. »Nein, lass das. Okay?« In seinen Augen zeigt sich dieses unangenehme Funkeln.

Juzia hält inne. »Ich wollte nur sagen: Falls du eh gerade

ein paar Songs runterlädst, da gibt's einen von Leonard Cohen, den hat er gecovert. ›*Bird on a Wire*‹. Musst du dir unbedingt anhören.«

Der Song wechselt von *When the Fire Hits the Sea* zu *Quarryman's Lament*. Das Klingeln eines Telefons ertönt im Hintergrund. Die Stimme einer Frau antwortet.

Beide halten inne. Rej unterbricht die Verbindung. Juzia schaut ihn an. Ihre Mundwinkel zucken belustigt.

»Du bist gar nicht am Streamen.«

»Nein«, erwidert Rej. »Bin ich nicht. Ende. Keine weiteren Fragen.«

»Das ist nicht legal. Das kann gar nicht legal sein.« Juzia hat sich auf einer Armlehne des Chesterfield niedergelassen. Mit überkreuzten Fußknöcheln. Ihre lackierten Zehennägel heben sich dunkel gegen den Teppichboden ab.

»Was habe ich gesagt?«, will Rej wissen. »Ende der Geschichte.« Aber ist es das auch? Das beunruhigt Rej. Erkannte Juzia die Stimme? Vielleicht. Sie arbeitet seit sechs Monaten für die Firma und hatte sowohl in Joburg als auch in Kapstadt Kontakt mit Angela. Selbst das flüchtige »Hallo« könnte bereits genügen.

Es war offenbar genug.

Juzia lächelt, allerdings mit geschlossenen Lippen. »Dein Geheimnis ist sicher, Kumpel. Wobei ich sagen muss, das finde ich ziemlich schräg.«

4

Eine halbe Stunde später ist Juzia zu ihrer Spinning-Stunde aufgebrochen, und Rej erkundet erneut Tyrone Mansoors Werk. Lauscht erneut Joe Bonamassa. Nach seiner Einschätzung bloßer Lärm. Er kann nicht verstehen, was Angela an dieser jaulenden Gitarre und der rauen Stimme gefällt. Wichtiger ist allerdings, dass er Angela auch akustisch nicht verstehen kann. Schaltet sich durch die Mikrofone. Entdeckt sie im Badezimmer, wo die Dusche läuft. Zwei Minuten später wird das Wasser abgedreht. Angela nimmt die Dürre ernst. Er hört, wie Schubladen aufgehen und ein Fön angeschaltet wird. Joe Bonamassa läuft dabei ständig im Hintergrund.

Bis es an der Gegensprechanlage klingelt.

Angela mit fröhlicher Stimme: »Ich komme runter.«

Joe Bonamassa verstummt. Das Alarmsystem wird aktiviert, die Wohnungstür fällt ins Schloss.

Rej schaltet die Verbindung ab. Stattdessen macht er das Gerät in Antony Brennans Auto an. Für die folgenden zwanzig Minuten lauscht er seichtem Geplauder. In dem Stil:

Antony: Ich dachte, an so einem wunderbaren Morgen wäre ein frühes Frühstück schön.

Angela: Tolle Idee. Wo fahren wir hin?

Antony: Zu einem Lokal namens Open Door. Die machen eine getoastete Brioche, wie du sie noch nie gegessen hast. Schon davon gehört? Von dem Lokal, meine ich, nicht der getoasteten Brioche.

Angela (lachend): Weder noch. Wenn ich ehrlich bin. Lokale sind nichts, wo ich immer up to date bin.

Antony: Es ist auf der Farm Constantia Uitsig. Mit herrlichem Bergblick. Nur um dir zu zeigen, dass ich nicht nur aus Meer bestehe.

Angela: Ach, das hätte ich auch nie angenommen.

Lockeres Geschwafel. Keine unangenehmen Schweigepausen. Angela und Antony sind beide hörbar entspannt und genießen die Gegenwart des anderen. Keine Situation, über die sich Rej freut. Antony umgarnt Angela. Sie hat offenbar ganz und gar nichts dagegen. Rej glaubt zwar, dass sie noch kein Paar sind, aber Angelas ausgelassener Stimme nach zu urteilen ist das nur noch eine Frage der Zeit. Antony macht sich zu schnell in Angelas Leben breit.

Was Rej und seinen Plan gewaltig stört.

5

Später am selben Samstag – wesentlich später – nutzt Oberst Kaiser Vula ebenfalls Tyrone Mansoors Können. Er hatte sich bereits mehrmals zugeschaltet. Zu allen möglichen Tages- und Nachtzeiten. Nada. Diese Leute scheinen nie zu Hause zu sein. Einmal hörte er Laute aus der Küche. Das Herausspringen eines Toasts. Das Klirren von Geschirr. Die Stimme einer Frau, die mit sich selbst zu sprechen schien. Ein Kap-Dialekt. Leises Fluchen. Nicht die Stimme, die er erwartete.

Er sitzt in seinem Rollstuhl im Arbeitszimmer in Parklands. Das Fenster schaut in den Garten hinaus. Ein kleiner Gemüsegarten. Seine Frau ist draußen beschäftigt. Dort wachsen Spinat, Rucola, Kräuter, Tomaten. Ein Beet mit Inkomfe, afrikanischen Kartoffeln. Seine Frau hat ihm erklärt, die seien für seinen Diabetes Typ 2. Vor drei Monaten diagnostiziert. Eine genetische Veranlagung. Allerdings bei seiner Gewichtszunahme auch nicht weiter verwunderlich. Ein Querschnittsgelähmter kann nicht viel Sport treiben. Noch muss er nicht Insulin spritzen. Noch nicht. Sein Arzt hat ihm eine Veränderung seines Lebensstils ans Herz gelegt: keine Süßigkeiten mehr, eine gesunde Ernährung, Abnehmübungen. Seine Frau interpretierte das als Inkomfe zweimal täglich, zum Mittag- und zum Abendessen. Sie führt ein strenges Regime: Sex (ihr Vorschlag) dreimal die Woche:

Freitagabend, Sonntagmorgen, Dienstagabend. Morgens in den Fitnessclub Virgin Active, und zwar samstags, montags und mittwochs. Wassertherapie am Donnerstag.

Oberst Kaiser Vula sieht nicht, was das alles bringen soll. Er hasst, was mit ihm geschehen ist. Wütet innerlich gegen seine Vorfahren.

Diabetes ist nur eines seiner Probleme. Die anderen sind die Wunden. Sie schmerzen. Vor allem die Wunde in seinem Bauch.

Die Kugel, die ihn dort traf, zerstörte die Gedärme. Folge: ein Stoma. Eine schwere Erniedrigung. Außerdem verletzte sie die Rückenwirbel und beförderte ihn so in den Rollstuhl. Eine weitere Erniedrigung.

Oberst Kaiser Vula hatte bisher nichts mit Erniedrigungen zu tun gehabt. Er ist Soldat. Unbesiegbar.

Eine weitere Wunde entstand durch einen Schuss in die Brust. Die Neun-Millimeter-Kugel prallte von seinem Brustbein ab. Ließ es allerdings zertrümmert zurück. Dort sitzt jetzt eine Metallplatte.

Diese Kugeln fing er für den Präsidenten ab. Den früheren Präsidenten. Wurde dadurch in einen höheren Rang befördert. Außerdem stellte man ihm eine Frühpensionierung in Aussicht. Mit voller Rente.

Seine Antwort: Ich bin Soldat. Der Tod ist meine Pensionierung.

»Sie können nicht mehr laufen, Oberst«, meinte der Genosse Sekretär des neuen Präsidenten. »Der Geheimdienst wird Sie entlassen. Mit der ungeschmälerten Pension Ihres höheren Militärgrads.«

»Ich bitte Sie das zu verhindern, Genosse Sekretär.«

Seiner Bitte wurde entsprochen. Die *State Security Agency* bot ihm eine umgebaute Toilette, ein neues Büro mit einem

Blick auf das Regierungsviertel, eine breitere Tür. Eine Schachtel mit handgefertigten Pralinen als Willkommensgeschenk. (Von seiner Frau pflichtbewusst konfisziert.)

Der neue Präsident rief ihn an. »Sagt Ihnen dieses Arrangement zu, Oberst?«

»Ja, das tut es. Ich danke Ihnen, Herr Präsident.«

»Wir wissen jeden Einsatz zu schätzen, Oberst. Wir stehen zwar am Beginn eines neuen Zeitalters, aber deshalb darf man die Vergangenheit nicht vergessen.«

»Das verstehe ich, Herr Präsident. Ich bin Soldat.«

Ein leises Lachen von der anderen Seite. »Ausgezeichnet. Wir brauchen Soldaten des Staates, um uns zu beschützen. Haben Sie von dort einen schönen Ausblick auf den Berg?«

»Ich habe einen schönen Ausblick, Herr Präsident.«

Besser als der Ausblick auf seine Frau im Gemüsegarten.

»Es gibt viel zu tun, Oberst. Unser Land ist Ihnen tief verbunden.«

»Ja, ich danke Ihnen, Herr Präsident.«

Er hat also weiterhin eine Stelle. Mit ihr kommen Informationen. Er hat Zugang zu Geheimoperationen. Zu Geschäften, Verträgen, Abmachungen, Transaktionen. Kaiser Vula hat darin zwei günstige Möglichkeiten erkannt. Die eine läuft auf Persönliches, die andere auf Finanzielles hinaus. Denn Kaiser Vula findet, er habe nicht nur eine Medaille, nicht nur einen Posten verdient, sondern auch eine Wiedergutmachung. Bares. Woher, ist unwichtig. Von irgendwoher, von irgendjemandem. Man muss für sein Leben als Behinderter zahlen. Die andere Sache ist beruflich. Es geht um US-amerikanische verdeckte Operationen, vor allem um solche auf südafrikanischem Boden. Kaiser Vula hat das Gefühl, dass die USA ungestraft davonkommen wollen. Als ob souveräne Staaten nicht existierten. Kaiser Vula stolperte zum Beispiel vor kurzem über einen Mitschnitt mit dem Titel »Extrem-Operation«, der zwei Monate zurücklag. Die Operation wurde zu dem Zeitpunkt abgebrochen. Doch wurde die weitere, sporadische Überwachung von zwei Kapstädtern vorgeschlagen: Vicki Kahn und Fish Pescado.

Was das Interesse des Obersts weckt. Er lässt sich die biografischen Hintergründe des Paares kommen.

Vicki Kahn, eine frühere SSA-Agentin. Bei ihrem ersten Auftrag entdeckte sie ein Kinderhandelssyndikat, in das der Sohn des früheren Präsidenten verwickelt gewesen zu sein schien. Es kam jedoch zu keiner Anklage. Sie kündigte neun Monate später und trat einer Nichtregierungsorganisation für rechtliche Fragen bei. Weiterhin auf der Liste der SSA. Momentan aus persönlichen Gründen unbefristet beurlaubt. Hatte vor der Ermordung ihres früheren Betreuers Henry Davidson Kontakt mit ihm. In jüngerer Zeit keine registrierten Kontaktaufnahmen mit der Agentur und ehemaligen oder jetzigen Mitarbeitern.

Fish Pescado, offizieller Name: Bartholomeu Pescado. Privatdetektiv, vorrangig kommerzielle Aufträge. Laut Polizeiakten wurde er vor zwei Jahren angeklagt wegen fahrlässiger Tötung, als er einen Eindringling in Notwehr erschoss. Verfahren eingestellt. Vor drei Monaten zur Befragung nach dem geheimnisvollen Verschwinden seines Nachbarn, eines Polizeibeamten, in Polizeigewahrsam behalten. Ohne Anklage freigelassen. Wurde privat kontaktiert, um den Mord an dem Energieminister Victor Kweza zu untersuchen. Stand der Ermittlungen: ergebnislos.

Was Oberst Kaiser Vula an dem Ganzen neugierig macht, ist das Interesse der Amerikaner. Das könnte wiederum vielleicht die Chinesen interessieren. Und der chinesische Geheimdienst belohnt Informationen ausgesprochen großzügig.

Das gefällt Oberst Kaiser Vula. Außerdem sieht er auch keinen Grund, warum die Amerikaner die beiden Leute beobachten lassen. Dafür muss es einen Grund geben.

Er hört auf einmal ferne Stimmen. Eine Tür öffnet sich und schließt sich wieder.

Eine weibliche Stimme: »Ich dachte, du wärst beim Surfen.«

Das muss Vicki Kahn sein. Nicht dieselbe Stimme wie zuvor. Diese hier klingt sonor, sehr angenehm, um ihr zuzuhören. Er hat ein Foto von ihr: das schwarze Haar zu einem Pferdeschwanz zusammengebunden, dunkle Augenbrauen, dunkle Augen, entschlossener Mund, ein symmetrisches Gesicht.

Eine männliche Stimme: »Schon erledigt.«

Vermutlich Fish Pescado.

Vicki Kahn: »Es ist herrlich draußen. Wir sollten einen Spaziergang am Strand machen. Oder vielleicht den Fußweg nach St. James.«

Fish Pescado: »Bin gleich fertig.«

Vicki Kahn: »Womit fertig?«

Fish Pescado: »Mit den Personenprofilen, von denen ich dir erzählt habe. Für meinen Banker-Kunden, Antony Brennan. Capital Trust. Er wollte Informationen über die Chefs von Amalfi Civils, die scheinen ein echt großes Projekt an Land zu ziehen. Es geht um einen Riesenhaufen Kohle. Eine gewaltige amerikanische Investition. Die wird Südafrikas Schulden für Generationen binden.«

Vicki Kahn: »Interessant?«

Fish Pescado: »Sehr. Die Amalfis sind spannend, man muss nur etwas tiefer bohren. Eine wilde Mischung: offensichtlich italienisch, aber am Kap, auch britisch, vielleicht sogar *Khoikhoi*, wenn man weit genug zurückgeht. Der Dad war Italiener. Wurde hier im Zweiten Weltkrieg als Kriegsgefangener behalten, hat die Straße am Chapman's Peak mit ausgebaut. Es muss ihm so viel Spaß gemacht haben, dass er nach dem Krieg hierblieb und seine Ingenieursfirma zum Laufen brachte. Hat spät geheiratet, eine junge Kapstädter Schönheit, damals waren Ehen zwischen Schwarzen und Weißen noch illegal. Das Nächste, was ich weiß, ist, dass er eine Firma namens Amalfi Civils in Joburg registrieren lässt. Ein ziemlicher *Boykie*, der gute Papa Amalfi. Lässt seine Kinder alle antreten, um die Firma weiterzuführen. Seltsamerweise hat einer von ihnen seinen Namen geändert. Er nennt sich jetzt Ben Ali.«

»Ich erinnere mich. Das musst du mir schon mal erzählt haben.«

»Wirklich? Hab ich das?«

»Irgendetwas klingelt da bei mir.«

»Okay. Meinst du das übrigens ernst mit dem Spaziergang? Nach dem letzten Mal?«

Vicki Kahn: »Ich hatte die hier, meine kleine Beschützerin. Du solltest auch eine mitnehmen.«

Kaiser Vula fragt sich, was wohl beim letzten Mal passiert ist. Überlegt, warum Vicki Kahn eine Waffe brauchte. Andererseits trägt die Hälfte der Bevölkerung eine Waffe mit sich herum.

Vicki Kahn: »Komm schon. Die Arbeit kann warten. Ein Spaziergang. Und ein Bier im Tiger's Milk.«

Fish Pescado: »Ach, was soll's. Warum nicht?«

Kaum das Geplauder von Verschwörern. Wobei die Erwähnung einer amerikanischen Verbindung etwas ist, dem er genauer nachgehen sollte.

Oberst Kaiser Vula betrachtet seine Frau im Gemüsebeet. Er hasst sie und kann doch nicht ohne sie. Sie ist besessen von seinen nutzlosen Beinen. Die Massagen, die Cremes, der Wechsel des Stomabeutels. Ihre Sexkur.

Er hasst sein Leben. Dieses Herumsitzen. Dieses Warten darauf, dass etwas geschieht.

Damals, als er noch laufen konnte, hatte Oberst Kaiser Vula nichts dagegen, einer Situation beim Entstehen zuzuschauen. Er fand es aufregend, wenn nach und nach die Puzzleteile ein Bild zu ergeben begannen.

Jetzt ist er nur genervt. Unglaublich, wahnsinnig genervt wegen seiner Unfähigkeit, an dem Spaß teilzunehmen, den die anderen zu haben scheinen.

Drei

Willst du denn nicht, willst du denn nicht,
willst du kommen zu dem Tanz? Willst du denn nicht,
willst du denn nicht, willst du kommen zu dem Tanz?

Alice's Abenteuer im Wunderland

1

Montag, 9. Juni 2018. Fish denkt an Spaß.

Morgens rollt er aus dem Bett, wobei er Surfer's Corner im Kopf hat. In der Küche sieht er auf dem Laptop nach, wie das Wetter werden soll: vor der Küste Nordwester mit einer Windstärke von etwa dreißig Stundenkilometern. Kaltfront im Anmarsch. Dunkle Wolken über dem Muizenberg. Im Corner könnte das eine gute Surfwelle bedeuten. Er muss den Amalfi-Bericht um 14 Uhr Antony Brennan übergeben – also alles *no problemo.*

»Wie sieht dein Tagesplan aus? Könnten wir uns später zusammen einen Film anschauen?« Vickis Stimme kommt aus dem Schlafzimmer.

»Ich muss um zwei zu Capital. Sollte um vier zu Hause sein«, erwidert Fish.

»Bitte sag mir, dass du jetzt nicht surfen gehst.«

»Sag ich nicht.«

»Einmal ein Surfer, immer ein Surfer.«

In ihrer Stimme schwingt nicht der kleinste Groll mit. Trotzdem meint Fish: »Du klingst wie Estelle.«

Fishs Mutter. Die Vicki »dein indisches Mädel« nennt. Die ihn damit nervt, dass er endlich einen Abschluss in Jura machen und sein Leben als Privatdetektiv aufgeben soll. »Du bist nicht Magnum, Barto.«

Vicki hat sich in einen *Kikoi* gewickelt und steht jetzt unter der Tür. Fish tritt auf sie zu. Schmiegt sich Lende an Lende.

»Lass das.« Ein Lächeln in ihrer Stimme, nicht auf ihren Lippen.

Fish küsst sie, wobei er etwas die Zunge benutzt.

»Geh surfen«, sagt sie. »Lass mir meinen Frieden.«

Zwanzig Minuten später paddelt Fish im Meer. Der Wellengang ist durch den Wind vor der Küste recht flach. Das Wasser kalt, grün. Er muss an diesen Song über den großen weißen Hai, den Schatten, denken. Immer der Schatten, der da draußen lauert.

If she takes me…

Fish versucht, nicht mehr daran zu denken.

Am Line-up setzt er sein Board aufs Wasser und schaut sich um. Zwischen den Wellengängen ist die See ruhig. Nicht viele sind an diesem grauen Tag draußen. Es ist die Ruhe vor den Schulkindern, vor den Assen. Ein Stück entfernt sitzt ein anderer Mann auf seinem Surfbrett. Strähnige Haare, abgenutzter Neoprenanzug. Könnte fast der Songautor höchstpersönlich sein.

Then let her take me…

Fish hebt zum Gruß die Hand, der andere erwidert ihn mit der gleichen Geste. Bloß keinen Kameraden in seiner Ruhe am Line Up stören.

Die beiden sitzen da und versuchen, die richtige Welle beim Heranrollen auszumachen. Dann legen sie sich flach auf ihre Boards und paddeln in Position. Beide steuern in Richtung der Felsen, um einen guten Moment für den Break zu erwischen. Sie kreuzen hin und her und landen ein paar Cutbacks. Genug, um das Adrenalin etwas rauschen zu lassen.

Fish überlässt die erste Welle dem anderen Typen. Aus Achtung vor dem Alter. Die zweite Welle ist außerdem immer die größere. Die erste bricht. Jetzt kommt Nummer zwei auf ihn zu, sich langsam aufbauend. Er muss grinsen. Sucht sich den richtigen Winkel, beginnt zu rudern. Er wird hochgehoben, von der Welle getragen. Springt auf die Füße und fährt mit dem Brett die Kurve entlang. Gischt und Wind in seinem Gesicht.

Ein Mann beobachtet ihn vom Strand aus mit einem Fernglas.

Fish beendet das Ganze mit einem Wipe Out. Er war zu lange auf der Welle, sodass diese über ihm zusammenschlägt. Stürzt ins Wasser und wird wie in einer Waschmaschine hin- und hergeschleudert. Manchmal kann einen der Corner überraschen. Einen heftig vom Brett reißen – auf den Sand werfen, das Board gegen die Rippen knallen. Es kann zu Wunden und blauen Flecken kommen. Doch Fish ist zum Glück nicht verletzt. Nur ein Schlag gegen den Kopf lässt es einen Moment lang schwarz vor seinen Augen werden.

If she takes me…

Er taucht hustend aus dem Wasser auf, ringt nach Luft und blinzelt, um sich wieder orientieren zu können. Paddelt ernüchtert zum Strand zurück. Eine gute Erinnerung daran, dass auch noch andere Mächte mit im Spiel sind.

Wie der Professor. Der anruft, während sich Fish aus seinem Neoprenanzug schält. Ein Tanz, der nicht einfach ist: Man muss diesen Anzug wie eine zweite Haut von sich ziehen. Zur Belustigung des Mannes mit dem Fernglas, das um seinen Hals baumelt. Er befindet sich an der Bahnschranke neben den Gleisen. Lehnt sich dort gegen den Zaun, lässig und über das Schauspiel grinsend. Sieht so aus, als würde Fish eine wütende Schlange bekämpfen.

»Professor«, sagt Fish, wobei er das Handy in einem Winkel zum Ohr hält und etwas atemlos klingt.

»Höre ich da das Donnern der Wellen im Hintergrund, Mr. Sugarman?«, fragt Professor Summers, ein langjähriger *Dagga*-Kunde aus Fishs Highend-Klientel. Jene Kunden, die sich nicht auf der Straße beim Kauf von Drogen sehen lassen wollen: Akademiker, Anwälte, Ärzte, Therapeuten, Wirtschaftsprüfer, ein oder zwei Vorstände, Mütter aus den reicheren Vororten, sogar ein Rentner. »Sie haben offenbar auf laut gestellt. Wie gewagt. Schließlich weiß man nie, wer mithört.«

»Das tun die bei diesem Anschluss eh«, meint Fish.

Professor Summers lacht. »Hoho, das nenne ich das Schicksal herausfordern. Unsere Teufel in Versuchung führen. Sind Sie heute tollkühn, Surferboy? Man sollte unseren gewissenhaften Geheimdienst nicht unnötig provozieren.«

Fish entledigt sich endlich seines Neoprenanzugs. Er erklärt dem Professor, dass die Vorräte niedrig seien und er sich zudem überlege, den Service ganz herunterzufahren.

»Unsinn«, entgegnet der Professor überschwänglich. Eine Stimme, veredelt durch *Doobies*, Zigaretten, Whisky und Erdnüsse. »Das ist wie das Surfen, mein Freund, danach sind Sie lebenslang süchtig. Also, wie sieht es aus mit einem Päckchen Ihres Feinsten? Warum schauen Sie nicht morgen vorbei? Ich bin den ganzen Tag zu Hause, muss die Aufsätze unserer ungebildeten Jugend korrigieren. Die mögen zwar ›Hashtag *Fallists*‹ sein und fordern, dass die Rhodes-Stipendien und die Studiengebühren abgeschafft werden, aber ›Hashtag *Failists*‹ sind sie alle miteinander. Gut, Sie wollen sicher nicht meine Meinung über die postkolonialen Studenten heutzutage hören. Allerdings sollten Sie sich meine Meinung hinsichtlich einer Geschäftsidee anhören. Was Sie davon überzeugen wird, dass ein Herunterfahren, wie Sie das nennen, die völlig falsche finanzielle Entscheidung wäre. Tatarata, mein Vorschlag: Cannabisöl. Hergestellt durch Männer wissenschaftlichen Hintergrunds – und ich meine tatsächlich Männer, da es sich um ein männliches Unterfangen handelt. Und zwar hergestellt aus Pflanzen, die unter Laborbedingungen in meinem geschätzten Institut gezüchtet wurden. Klopfe jetzt mit dem Finger gegen meine Nase – sprich: goldene Nase. Diese Pflanzen erzeugen nämlich ein medizinisches Produkt höchstmöglicher Qualität. Zur Schmerzlinderung. Krebsreduzierung. Angstlösung. Zum Stressabbau. Zur Erleichterung von Arthritis. Als Schlafhilfe. Ein wahrhaft magisches Elixier. Das Einzige, was wir noch brauchen, sind Ihre außergewöhnlich guten Marketingfähigkeiten. Mr. Sugarman, werden Sie zum Apotheker vor Ort, der private Haushalte beliefert. Kurzum: Werden Sie Dr. Siebenhundertzehn – das steht für Öl, falls Sie sprachlich noch nicht ganz im Wissenschaftsjargon angekommen sind.«

»Sehr witzig. Hat Ihr Öl denn die CBD-Komponente?«

»Oh, nicht nur eine hübsche Larve, sondern auch ein Chemiker, der Gute. Das hat es in der Tat, plus THC für unsere Rezeptoren.«

»Wenn die Pflanzen das Beste sind, warum rauchen Sie dann nicht diese?«

»Es gibt strenge Regeln, strenge Überwachungskriterien, ständige Prüfungen. Außerdem missbrauchen wir doch nicht das, was wir herstellen – zugegeben, diese ethische Herangehensweise mag heutzutage ungewöhnlich sein.«

Fish legt das Handy auf die Kühlerhaube seines *Bakkie*. Zieht einen Pulli an. »Lassen Sie mich darüber nachdenken.«

»Denken Sie nicht zu lange nach. Wir sitzen auf einem ziemlichen Vorrat. Und müssen das Produkt bald weiterschaffen.«

»Wie viel Produkt?«

»Ein Liter. Bei tausend Rand pro hundert Milliliter – den Rest können Sie selbst nachrechnen. Deutlich lukrativer als Ihr üblicher *Zol*. Auch viel einfacher zu lagern. Und superleicht auf einem Markt an den Mann zu bringen, der nach dem magischen Elixier nur so dürstet.«

»Ich melde mich.«

»Wann?«

»Morgen, Professor. Okay. Entspannen Sie sich.«

Der Mann an der Bahnschranke steht noch dort, als Fish in seinem Auto davonbrettert.

2

Zu Hause sitzt Vicki am Küchentisch, hat vor sich allen möglichen Papierkram ausgebreitet, ihr Laptop hochgefahren. Sie ist von ihrem täglichen Lauf zurück, hat geduscht, trägt eine Jogginghose, einen von Fishs Pullis, die Füße stecken in pelzigen Hausschuhen. Ihr Blick richtet sich auf den unbeständigen Himmel vor dem Küchenfenster, während sie in Gedanken ganz woanders ist. Bei einem Toten: Henry Davidson. Ihrem früheren Boss bei der *State Security Agency*, auch die Voliere genannt. Auslöser war eine E-Mail in ihrem Posteingang. Eine E-Mail von der Voliere, in der sie zu seiner Gedenkfeier eingeladen wird. Drei Monate nach seiner Ermordung. Echt, Leute? Warum macht ihr euch jetzt noch die Mühe?

Vicki überlegt. Genau: warum gerade jetzt? Es hatte so ausgesehen, als ob die Voliere es sein lassen würde. Sich nicht belasten wollte mit einer offiziellen Gedenkfeier. Zu viel alter Ballast, der an Henry Davidson hing. Und dann auf einmal diese Mail. Es muss einen Grund geben, der weiter reicht als nur der Wunsch, Henrys zu gedenken. Irgendetwas ist passiert.

Verquerer und verquerer. Wie Henry sicher zitiert hätte.

Vicki senkt den Blick vom Himmel zu ihren Papieren. Sie stammen aus Henry Davidsons Akten, vorrangig historische

Fälle, die bis in die 1960er zurückreichen, seine Kommunisten-Jahre in Ostberlin. Jahrzehnte, ehe sie überhaupt geboren wurde. Mehr enthielt sein privates Schließfach nicht. Das und eine Ausgabe von *Alice im Wunderland.* Das Buch, das den Toupet tragenden Henry mit endlosen Zitaten versorgte.

Was Vicki zudem Sorgen macht und dazu führt, dass sie gedanklich weit abdriftet: Wie wahrscheinlich ist es, dass jemand vor ihr Henrys Schließfach durchwühlt hat? Das eigentlich Wertvolle mitnahm? Und genügend zurückließ, um es so aussehen zu lassen, als fehle nichts? Die Frage ist die: Wer weiß sonst noch Bescheid?

Hat sich der verschwiegene, paranoide, misstrauische Henry Davidson noch anderen anvertraut? »Sie sind die Einzige, die von diesem Schließfach weiß, Vicki.« So seine Worte.

Was nicht hieß, dass sie auch der Wahrheit entsprachen.

»Falls etwas passiert.«

»Na klar, Henry. Und was sollte passieren?«

»Das weiß man nie.« Dieses ironische Lächeln, die Hand, die zu seinem Haarteil hochhuschte und dieses selbstvergessen tätschelte.

Und dann passierte etwas. Ihm wurde die Kehle durchtrennt. Und sie entdeckte seine Leiche. Und meldete den Mord nicht. Ließ den Dingen ihren Lauf.

»Wie kannst du so was tun? Du musst die Voliere informieren, Vics.« Fish war von ihrer Haltung ziemlich entsetzt. »Wir können ihn dort nicht liegen lassen. Er war ein Arsch, aber deshalb dürfen wir ihm trotzdem jetzt nicht einfach den Rücken zukehren. Er wurde ermordet.«

»Es reicht, Fish. Das weiß ich alles. Okay? Ich weiß das. Aber ich will nicht, dass wir da reingezogen werden. Für die SSA hatte ich seit meiner Kündigung nichts mehr mit Henry zu tun. Und das muss auch so bleiben.«

»Das ist verdammt herzlos.«

»Ich habe meine Gründe.«

»Zweifelsohne. Und welche?«

»Die kann ich dir nicht verraten.«

»Warum wusste ich, dass du das sagen würdest? Vicki und ihre verdammten Geheimnisse.«

»Nicht nur Geheimnisse. Überleg doch mal. Wie soll ich erklären, dass wir in seiner Wohnung waren? Wie sind wir reingekommen? Wir halten uns da raus, Fish.«

»Deine Verantwortung.«

Und die war sie auch. Tagelang quälte sie diese Verantwortung. Bis endlich Henry Davidsons Nachbarn die Polizei kontaktierten, weil es so stark roch. Und die Beamten informierten die Voliere.

Trotzdem hatte Vicki noch einmal drei Wochen gewartet, bis sie das Schließfach leerte. Sie zwang sich dazu, es hinauszuzögern. Vielleicht wurde sie beobachtet? Das Gefühl war immer da.

Fish hatte sie nichts davon erzählt. Sie wollte nicht so wirken, als würde sie versuchen, Verfolger abzuschütteln, wenn sie draußen unterwegs war. Wollte vermeiden zu signalisieren, dass sie von der Beobachtung wusste. Wollte denjenigen vielmehr vermitteln, dass sie sich in einer Krise befand.

In einer großen emotionalen Krise. Dass sie ihr Leben in die richtigen Bahnen zu lenken versuchte. Und dass sie mit dem Spielen aufhören wollte.

Deshalb auch die Termine zweimal pro Woche bei einer Psychotherapeutin. Bei Aletta van Niekerk, Mitte fünfzig, mit ihrer Nikotinsträhne in den grauen Haaren. Mit ihrer dunklen Stimme und dem bräunlichen Hautton. Vicki stellte sich Aletta in ihren besten Tagen vor, Brandy und Cola vertilgend. Wahrscheinlich wachte sie damals nicht selten irgendwo auf dem Erdboden liegend auf und starrte einem davonfahrenden Wagen hinterher.

»Ich bin hier, Vicki. Sie bezahlen mich dafür. Wenn Sie mich anlügen wollen, ist das Ihre Sache. Der Mensch, den Sie betrügen, sind nur Sie selbst. Wir sind alle für unsere Selbstzerstörung verantwortlich. *Nou ja*, jetzt erzählen Sie mir mal, warum Sie mit dem Glücksspiel aufhören wollen?«

»Ich will nicht. Ich muss.«

»*Pragtig!* Guter Anfang«, erwiderte Aletta. »Sie müssen also auch noch die Anonymen Spieler besuchen.«

Deshalb keine Kartenspiele mehr in der Wohnung des Hippies in Gardens. Und auch kein Online-Poker.

Deshalb der Einzug bei Fish. Garantiert nicht ihr übliches Verhalten. Zuvor war sie stark auf ihre Unabhängigkeit bedacht gewesen. Miss Unabhängig. Jetzt stellte sie sicher, dass sie kaum mehr je allein war. Sie und Fish geradezu unzertrennlich.

Auch ihr Bild nach außen veränderte sich: Sie verkaufte ihr Auto, einen roten MiTo. Eine Entscheidung, die ihr fast das Herz brach. Erwarb stattdessen einen gebrauchten weißen Polo. Gab es ein besseres Symbol für Gewöhnlichkeit?

Sie brachte Fish auch dazu, seinen geliebten Perana zu verkaufen – einen Cortina V6, rot mit schwarzem Innenleben, einem schwarzen Streifen über der Kühlerhaube und Alufelgen. Sein großer Stolz. Er stellte ihn auf die örtliche Kleinanzeigenseite, um ihn möglichst rasch loszuwerden. Wenn auch unter Protest: »Das kann ich nicht. Das ist mein Auto. So bin ich, ich fahre keinen Polo.«

»Damit fällst du auf, Fish. Du bist Privatdetektiv. Du musst weniger auffallen.«

Tatsächlich ging es darum, dass sie weniger auffallen wollte.

Fish konnte sich eine ganze Weile nicht entschließen. Doch dann hatte er ein Einsehen. Fügte sich. Brachte bei der Gelegenheit auch sein Lieblingszitat an: »For you I killa da bull …«

Was dazu führte, dass nun zwei weiße Polos in der Einfahrt stehen. Gekauft bei einem Gebrauchtwagenhändler in Plumstead. Ein paar Tausend Kilometer auf dem Tacho. Genaue Wartungsdetails. Sicher. Unverfänglich. Fish nennt seinen Wagen die Gehhilfe.

Eine weitere Verhaltensänderung: das Einkaufen. Vicki begann, Lebensmittel zu kaufen, durch die Supermärkte zu ziehen, Woolworth-Sonderangebote wahrzunehmen. Sie ging sogar zu A P Jones, um dort die Klamotten anzuprobieren – *Wir kleiden seit 1928 die ganze Familie ein.* In der Videothek stellte sie sicher, dass sie regelmäßig Filme auslieh, die einen gemütlichen Abend mit Fish auf der Couch versprachen.

Der mitmachte. Meistens.

Auf sein »Alles in Ordnung, Vics? Du benimmst dich so seltsam« gab sie lässig zurück: »Absolut. Magst du mich denn nicht bei dir haben? Ich hab dir doch schon erklärt: Ich will ein Leben wie von Mr. und Mrs. Normalo führen.« Sie sagte es spielerisch, wohl wissend, dass er so nicht weiter nachhaken würde.

Was er tatsächlich auch nicht tat.

In Wirklichkeit wollte sie den Beobachtern ein Bild von einer Frau vermitteln, die häuslich geworden ist. Die ihren Lebensstil ändert. Sich ihren psychischen Problemen stellt. Die ausprobiert, wie es ist, endlich mit ihrem Freund zusammenzuwohnen. Die sich als festes Paar versucht. Sich sinnvoll auf jemanden einlässt. Wenn sie ihre Apothekeneinkäufe kontrollierten, würden sie feststellen, dass sie einen Schwangerschaftstest kaufte. Daraufhin würden sie in ihrer Akte vermerken: »Möglicherweise schwanger.« Sie würden Scherze über die weiblichen Hormone machen, die hier offenbar im Spiel waren. Würden sich darüber auslassen, wie es sein musste, eine Frau mit einem dringenden Kinderwunsch zu sein.

Dann holte sie die Dokumente aus Henrys privatem Schließfach.

Verkündete Fish gegenüber, sie würde »mit den Mädels« in Chart Farm zu Mittag essen. Was sie tat. An einem strahlend blauen Freitag, die Berge in winterliche Schatten gehüllt. Es war herrlich, draußen auf der Terrasse zu sitzen. Vicki erklärte, dass sie plane, die Sache mit ihrem blonden Surfer auf eine ernstere Ebene zu heben.

»Du meinst, so richtig ernst?«, fragte eine ihrer Freundinnen.

»Ja, das meine ich«, erwiderte sie, während sie sich fragte, ob sie diejenige sein würde, die diese Information weiterleiten würde.

»Also, den Bund der Ehe und so?«

»Genau den.«

»Na, dann Prost.«

Die Sektgläser klirrten leise, als sie alle miteinander anstießen.

Zuvor auf der Autobahn hatte Vicki ihren Schatten entdeckt. Ein dunkelblauer Jetta. Zwei Stunden später verabschiedete sie sich mit Küsschen von den Mädels und sah ihn in einer Ecke des Chart-Farm-Parkplatzes stehen.

Auf dem De Waal Drive hielt er sich einige Autos hinter ihr. Folgte ihr den Mandela Boulevard hinunter, bog mit ihr in die Strand Street ab, dann Adderley hoch in die Wale, bis ganz nach oben zum BoKaap. Wo Vicki Verwandte besuchte. Und ihre fünfzehnjährige Nichte losschickte – in einer Skinny-Jeans, mit einem Kopftuch und Nikes –, um Henrys

Schließfach aufzusuchen und zu leeren. Das Schließfach, von dem nur Vicki wusste. Jedenfalls Henry Davidson zufolge.

Sie fuhr vor dem Feierabendverkehr nach Hause, zu Fish, Henry Davidsons Geheimleben neben sich auf dem Beifahrersitz. Der Jetta spielte hinter ihr zwischen den anderen Autos Verstecken.

Dennoch verbarg sie den Inhalt des Schließfachs. Was in Fishs Haus nicht weiter schwierig war. Sie stopfte es in eine Plastiktüte und schob diese dann unter die Couch. Las nichts davon. Wartete ab. Wochenlang.

Jetzt jedoch liegt Henrys geheimes Leben ausgebreitet vor ihr auf dem Küchentisch. Seine Geheimnisse entschlüsseln sich ihr allerdings weiterhin nicht.

Vicki kehrt in Gedanken in die Gegenwart zurück. Nimmt die *Alice*-Ausgabe zur Hand, findet folgende Widmung: *Für Henry, beste Geburtstagswünsche des Boten der Herzkönigin, Andreas Hansen.* Laut fragt sie: »Was wolltest du mir mitteilen, Henry Davidson?«

Sie hört das Eintreffen von Fishs Wagen. Schnell räumt sie Henrys Hinterlassenschaft weg. Blickt auf. Fish steht auf der Schwelle der Hintertür, seinen tropfnassen Neoprenanzug in einer Hand.

»Kennst du jemanden, der an Cannabisöl interessiert sein könnte?«

3

Eine Frage, die Fish später auch Antony Brennan stellt. Ein wenig scherzhaft.

Als Antwort erhält er die Gegenfrage: »Wofür soll das gut sein?«

»Gegen Stress.«

»Ich bin nicht gestresst.«

»Ach ja«, meint Fish. »Da wäre übrigens noch das.« Er streckt ihm eine kleine schwarze Box entgegen.

»Was ist das?«

»Im Grunde ein Ohr«, erwidert Fish. Er befindet sich gerade in der Capital Trust Private Bank und will seinen Bericht abliefern. Die Steckbriefe von Angela Amalfi, Rejab Ben Ali alias Reginald Amalfi und Ferdinand Amalfi.

»Das haben Sie in meinem Auto entdeckt? Wieso sollte jemand mein Auto verwanzen? Dämliche Frage – müssen Sie nicht beantworten.« Antony Brennan nimmt das kleine Gerät vorsichtig zwischen Daumen und Zeigefinger. »Eigentlich ein Wunder der Technik.« Er sieht Fish an. »Sonst nirgendwo etwas?«

»Nein, sonst ist alles sauber.«

Zu Fishs Aufgaben gehört in diesem Fall auch eine Durchsuchung des Büros. Eine monatliche Reinigung. Beim ersten Mal entdeckte er eine Kamera plus ein separates Mikro im Konferenzraum, Mikros in den Büros des Vorstandsvorsitzenden, des Finanzchefs und beim Empfang. Die Batterie der Kamera war leer, die Mikro hatte man hingegen an den Strom in den jeweiligen Räumen angeschlossen.

»Ich würde sagen, das waren zwei verschiedene Jobs«, erklärte Fish damals Antony Brennan. Inzwischen ist es ein Jahr her, seitdem er den Auftrag erhielt. »Die Kamera hat man zuerst eingebaut, und später kamen dann die Mikros dazu. Solche Abhörgeräte habe ich noch nie gesehen. Das ist nichts, was man bei Spy World kriegt. Die Kamera vielleicht schon. Damit kann man eine, vielleicht eineinhalb Stunden aufnehmen. Mehr nicht. Es muss also um etwas Bestimmtes gegangen sein. Zum Beispiel eine spezielle Vorstandssitzung.«

»Nehmen Sie die Dinger raus«, wies ihn Antony Brennan an. »Können Sie wöchentlich nachsehen, damit die Wahrscheinlichkeit, abgehört zu werden, sinkt? Mitsamt den Autos?«

Was Fish tat. Monat für Monat. Bis die kleine schwarze Box unter dem Beifahrersitz von Antony Brennans Audi auftauchte.

»Der Ton ist nicht aktiviert«, erklärt Fish. »Das funktioniert über ein Einwahlverfahren. Stichprobenartige Kontrollen. Nicht sehr sinnvoll, es sei denn, man weiß, dass Sie in Ihrem Wagen sitzen.«

»Warum sollte jemand so etwas tun? Das ergibt überhaupt keinen Sinn.«

»Der Akku hält dadurch länger. Man muss nicht ständig kommen und ihn austauschen. Vielleicht stehen Sie noch auf andere Weise unter Beobachtung?«

»Das ist doch verrückt.« Antony Brennan hat sich hinter seinem Schreibtisch erhoben. Er spielt mit dem kleinen Apparat zwischen Daumen und Zeigefinger.

»Ich weiß nicht. Man spricht im Auto, erzählt Dinge.«

»Ich nicht. Ich erledige keine Geschäfte in meinem Wagen.«

Fish denkt: Mann, *China*, vielleicht geht es ja nicht um Geschäftliches. Sagt: »Da ist wohl jemand an Ihrem Privatleben interessiert.« Offenbar scheint das eine Möglichkeit zu sein, wenn man das aus der sichtbaren Verkrampfung von Brennans Gesichtszügen schließen kann. »Soll ich herausfinden, wer Sie da gelegentlich abhört?«

»Ginge das?«

»Denke schon. In dem Apparat ist eine SIM-Karte, die wahrscheinlich die anrufende Nummer gespeichert hat. Ich kenne jemanden, der sich mit so was auskennt. Oder …« Fish hält inne. Er schaut auf die Straßen hinunter, die sich um die

Stadt schlängeln, auf den Industriebereich des Hafens, die zahlreichen Frachtcontainer. Vielleicht sehen Banker gerne diese ganze Industrie, das Kapital bei der Arbeit.

»Oder was?«

»Oder wir könnten eine Kamera oberhalb Ihres Parkplatzes installieren. Und dann beobachten, wer zum Wechseln des Akkus kommt.«

Antony Brennan reicht Fish den Apparat. »Machen Sie beides. Aber ich will nicht, dass derjenige weiß, dass ich es weiß.«

Das gefällt Fish. Das zeigt Gerissenheit und Hinterlistigkeit. Dabei präsentiert sich der Banker ganz anders. »Ich werde mich darum kümmern.«

»So schnell wie möglich.«

»Noch heute Nachmittag.«

»Sie sind ein guter Mann, Fish Pescado.«

Ja, super. Damit hat er sich die Möglichkeit, mit Vicki ins Tiger's Milk zu gehen, für heute verbaut.

4

Derjenige ist in diesem Fall Rej Ben Ali, der gerade zwei Anzugherren in dem Restaurant in Company's Garden die Hand schüttelt. Allgemeines Lächeln. Das Mittagessen ist beendet. Rej Ben Ali geht gemeinsam mit dem älteren der beiden Männer zu dem Tor, das auf die Queen Victoria Street führt. Der andere Mann läuft in Richtung Government Avenue. Er wird bald einen Anruf tätigen.

Hinter ihm trinkt ein Typ in einer schwarzen Lederjacke sein Mineralwasser aus und gibt dem Kellner das Zeichen, dass er zahlen möchte. Er knausert nicht mit dem Trinkgeld, ehe er hastig dem jungen Mann folgt. Die Government Avenue hinunter bis zur Adderley Street, rechts in die Straße neben der Slave Lodge, links in die Biegung zur Spin, die Plein Street hinauf und schließlich rechts in die Lelie.

An diesem Punkt schlendert der Mann mit den Händen in seiner Lederjacke die Plein weiter entlang bis zu einer katholischen Kirche. Es handelt sich um Mart Velaze, Mitglied einer Geheimoperation, die schon so lange so geheim ist, dass sich vermutlich keiner mehr daran erinnern kann. Nimmt er jedenfalls an. Allerdings fließt Monat für Monat Geld auf sein Konto. Und es gibt weiterhin seine Betreuerin, die Stimme am Telefon.

Um mit der Stimme Kontakt aufzunehmen, folgt er einem einfachen Protokoll. Schritt eins: Er schickt ihr eine E-Mail. Schritt zwei: Sie ruft an, und sie reden. Er holt also sein Handy heraus und versendet die Nachricht.

Gewöhnlich dauert es zehn, fünfzehn Sekunden, ehe sie reagiert. Höchstens eine halbe Minute.

Mart Velaze fragt sich schon lange nicht mehr, was für ein Mensch seine Betreuerin eigentlich sein mag. Er glaubt, dass sie um die fünfzig ist, groß, mit einer hohen Stirn, kurzen Braids und einem weicher werdenden Körper. Er sieht sie vor einer Reihe von Monitoren sitzen, auf denen sie zahlreiche Live-Video-Feeds aus verwanzten Büros, Häusern und Hotelzimmern erhält. Auf ihrem Schreibtisch steht bestimmt ein Laptop, auf dem alle Abhörmikrofone zusammenlaufen. Wahrscheinlich hat sie auch ein ganzes Tablett voller Handys. Dass sie so schnell zurückruft, findet Mart Velaze inzwischen nicht mehr sonderlich beeindruckend.

Er erkämpft sich einen Weg durch eine Gruppe tobender Schulkinder, die Richtung Bahnhof laufen. Jetzt stellt er sich die Stimme an einem ganz anderen Ort vor. In einem Haus eines wohlhabenden Vororts im Hochland. Ibisse stolzieren über die braun gebrannten Rasenflächen, ein Gärtner schneidet die Hecke. Der Beginn einer trockenen Periode. Sein Handy vibriert.

»Häuptling«, begrüßt ihn die Stimme. »Gutes Mittagessen? Angeblich sollen Fish and Chips dort besonders gut sein, hat man mir gesagt.«

Mart Velaze antwortet, dass es gut gewesen sei.

»Und unsere Freunde haben ihr Mittagessen auch genossen?«

Mart Velaze erwidert, er habe durchaus den Eindruck gehabt.

»Scheint jedenfalls so auf den Bildern, die Sie mir geschickt haben. Wirkt alles bester Stimmung. Geplauder und Gelächter. Nur unser Mann sah angespannt aus. Warum? Was denken Sie? Wird unser Mann vom rechten Weg abgebracht?«

Mart Velaze weiß, dass sie die Frage rhetorisch meint.

»Um Sie auf dem Laufenden zu halten, Häuptling: Der Mann rechts von unserem Ravi Pollard ist Sipho Dube, Generaldirektor des Amts für öffentliche Bauarbeiten, der Boss für jede Art von Ausschreibung. Musste schon einige interne Untersuchungen erdulden – wegen des Verdachts, Bestechungen anzunehmen und nicht die vorgeschriebenen Wege zu gehen. Bisher konnte man ihm nichts nachweisen. Angeblich soll er aalglatt sein, ein höchst charmanter Zeitgenosse. Der dritte ist mir nicht bekannt, ich konnte auch nichts über ihn in der Datenbank finden. Wahrscheinlich vom privaten Sektor. Der ist für Sie, Häuptling. Finden Sie heraus, wer das ist. Ich will es wissen.«

Es folgt Stille. Als ob aufgelegt worden wäre.

Mart Velaze überquert die Kreuzung und wehrt einen *Bergie* ab, der mit einem Einkaufswagen den Bürgersteig entlangschwankt. Wartet. Das Handy am Ohr. Er vermutet, dass die Stimme während dieser stillen Momente mit anderen hereinkommenden Informationen beschäftigt ist, mit Sprachnachrichten, Bildern von Überwachungskameras, abgehörten Telefonaten.

Dann: »Wo sind Sie jetzt, Häuptling?«

»Auf den Stufen von Our Lady of the Flight into Egypt.«

»Wie bitte?«

»Our Lady of the Flight into Egypt.«

Stille. Wieder wartet Mart Velaze, dass sie weiterspricht. Er schaut über die Kreuzung zu den protzigen Säulen des neuen Parlaments und den weiteren angrenzenden Regierungsgebäuden. Irgendwo dort lauert der besorgt wirkende Ravi Pollard.

Dann die ernste Stimme der Stimme: »Wo befindet sich unsere Zielperson, Häuptling?«

Mart Velaze sagt es ihr.

»Die Voliere hat dort Büros.« Es klingt eher wie ein laut geäußerter Gedanke, nicht wie ein notwendiges Detail. »Interessant, dass unser junger Ravi nach dem Mittagessen gleich dort vorbeischaut. Ist schließlich ein langer Weg bis zu seiner Zentrale, nicht wahr?«

Die Büros der Capital Trust Private Bank, am unteren Ende der Heerengracht. Wo Mart Velaze begann, ihn zu verfolgen. Ja, wahrhaft ein langer Weg.

»Ah. Jetzt sehe ich, wo Sie gerade sind. Vor einer Kirche. Eine schöne Kirche. Welches Wunder Google Maps doch ist. Our Lady of the Flight into Egypt. In Kapstadt habt ihr schicke Namen für eure Kirchen. Aber jetzt, Häuptling: Warum isst Ravi mit Sipho Dube und einem Unbekannten zu Mittag? Das müssen wir herausfinden. Sie sind am Ball?«

Das bin ich, denkt Mart Velaze, seit dem Moment, als du Ravi Pollard ins Visier genommen hast. »Bei dem Kerl«, hatte sie gesagt, »geht es um direktes Einschreiten. Finden Sie heraus, was da los ist, und verhindern Sie es.«

»Bin ich«, erwidert er.

»Gut, gut, gut. Und an der anderen Front: Wie sieht es mit Ravis Liebesleben aus?«

»Entwickelt sich«, meint Mart Velaze.

»Oh, sehr schön. Sehr romantisch. Es gibt nichts Wunderbareres als junge Liebe, Häuptling. Wissen Sie sicher selbst aus Erfahrung mit Ihrer schönen Mossad-Freundin. Wie die Songs uns immer erzählen, ist es die Liebe, die die Welt am Drehen hält. Mögen die Vorfahren mit Ihnen sein, Häuptling. Mögen sie Sie gut leiten.«

5

Wie Mart Velaze weiß, ist Ravi Pollard verliebt. Schwer verliebt.

Das kaum übersehbare Objekt seiner Begierde ist eine gewisse Chereen Williams. Anfang zwanzig. Mit einem frechen Mundwerk. Eine Frau, die gerne flirtet und ein strahlend rotes Lächeln hat. Ravi begegnete ihr an einem Freitagabend in dem Club The Rising Sun in der Bree Street. Begegnete ihr buchstäblich. Sie rempelte ihn an, als sie aus der Bar kam, einen Whisky Soda in der Hand. Kawumm, prallten die beiden aufeinander. Der Drink wurde verschüttet, das Glas ging kaputt. Es folgten wortreiche Entschuldigungen.

»Es tut mir so leid. Wirklich. Wirklich, Verzeihung. Kann ich … Kann ich dich zu einem neuen Drink einladen?« Ravis erste Worte an Chereen. Über die laute Tanzmusik hinweg gebrüllt.

Als Antwort blitzte sie ihn aus grünen Augen an und

schenkte ihm ihr bezauberndes Lächeln. »Warum nicht?« Chereens erste Worte an Ravi. In sein Ohr gerufen.

Ravi denkt: Was für ein Glück. Vielleicht.

Bisher hat er in Liebessachen nie Glück gehabt. Es fällt ihm schwer, die Dinge zum Laufen zu bringen, und genauso schwer, sie dann am Laufen zu halten.

»Dein Problem«, meinte seine letzte Freundin vor zwei Monaten, »ist dein Handy. Lass es in Ruhe.«

Das erklärte sie ihm, nachdem sie gevögelt hatten. Kaum war sie zum Höhepunkt gekommen – darin war er gut, stets auf das Vergnügen seiner Partnerin bedacht –, hatte er sein Smartphone in der Hand. Britischer Aktienindex FTSE-100 um 28 Prozent gefallen. Hang-Seng-Handelsvolumen um 1,1 Prozent gesunken. Dow-Jones-Industriewerte um 13 Prozent gestiegen. Johannesburger Börse gleichbleibend bei einem stärkeren Rand.

Was Ravi dazu bringt, nach Gründen zu suchen. Könnte an der augenblicklichen amerikanischen Präsidentschaft liegen, die zu einem Sinken des Dollars führt. Oder an der drohenden Steigerung des Zinssatzes. Könnte aber auch der Goldpreis sein.

Was die mit dem frischen Orgasmus dazu bringt, ihm zu sagen: »Lass das sein, verdammt noch mal. Weißt du eigentlich, dass du so was von uncool bist? Ein totales Arschloch.«

Und das war das.

Sie lag – liegt – nicht ganz falsch. Ravi lebt mit seinem Handy. Er muss ständig verbunden sein. Muss wissen, was gerade passiert: Schwankungen des Marktes, Wechselkurse, Kapitalbewegungen in alle möglichen Richtungen.

Jetzt strengt er sich extrem an, keinen Blick auf sein Handy zu werfen. Und sich stattdessen auf diese Tussi zu konzentrieren.

Nicht Tussi. Sag nicht Tussi. Das haben ihm die Freundinnen seiner Schwester erklärt. Also nicht *die* Freundinnen seiner Schwester. Sondern Freundinnen. Ihre weiblichen Vertrauten.

»Du solltest immer alles filtern, Ravi. Wir halten dich eigentlich für keinen hirnlosen Macker.«

Nur als sie damals am Swimmingpool seine Oberarmmuskeln befingern wollten. Auch wenn er nichts dagegen gehabt hatte.

Jetzt blickt er tief in diese grünen Seen. »Was möchtest du?«

»Ich hatte gerade einen Whisky Soda bestellt.« Das strahlend rote Lächeln. Weiße, ebenso strahlende Zähne.

»Alles klar.«

»Jetzt möchte ich aber etwas anderes. Kann ich zu Champagner wechseln? Wenn du nichts dagegen hast?«

In diesem Moment hätte Ravi nichts dagegen, wenn sie einen Moët bestellt hätte. Tut sie aber nicht.

Sie streckt dem Barkeeper zwei Finger entgegen und sagt: »Cap Classiques.«

Eine viel günstigere Alternative.

Während sie auf die Getränke warten, stellt sie sich vor. »Ich bin Chereen. Und wer bist du?«

Er beantwortet ihre Frage. Als Nächstes: »Bist du allein?«

Chereen schaut sich in dem vollen Club um, wo jeder zum Electro Mash des DJs tanzt. »Na ja, nicht wirklich.«

Ravi beugt sich zu ihr und nimmt ihren Geruch wahr – einen scharfen Duft, der ganz und gar nicht süß ist. Ausgesprochen sexy. Verführerisch. »Ich meine, bist du allein hierhergekommen?«

»Hm.« Chereen nickt und nimmt das Sektglas entgegen, das ihr der Barkeeper reicht. »Du?«

»Ja, ich auch.«

»Two lonely people together.«

»Wie bitte? Was meinst du damit?«

»Nichts. Aus einem Lied, das mein Vater gerne gehört hat. Immer wieder. Ein uralter Schlager von Engelbert Humperdinck. Zum Würgen.«

Ravi stößt mit ihr an. »Wie auch immer. Prost.« Sie nippen. »Wollen wir uns wo hinsetzen?«

Sie will.

Ravi kann sein Glück kaum fassen. Er führt sie in eine hintere Lounge. Dort lümmeln sich fünf Leute in Sitzsäcken und rauchen Hasch. Sie finden eine Ecke, wo sie sich niederlassen können.

Das einzige Problem ist jetzt, dass er nicht weiß, was er sagen soll. Nachdem er es geschafft hat, diese Tussi dazu zu bringen, mit ihm Sekt in einer dunklen Clubecke zu trinken, hat es ihm die Sprache verschlagen. Ravis immer wiederkehrende Schwierigkeit. Sobald es darauf ankommt: peinliches Schweigen. Chereen rettet die Situation.

»Was machst du beruflich, Ravi? Wenn du nicht in Clubs abhängst.«

»Das willst du gar nicht wissen.«

»Natürlich will ich das. Ich tippe mal auf Buchhalter, vielleicht Wirtschaftsprüfer. Oder hey, ein Banker. Investmentberater.«

»Sehe ich so grau aus?«

»Grau ist gut. Ich bin grau. Bilanzbuchhalterin.«

Ravi hat das Gefühl, dass der Tag der Entscheidung endlich gekommen ist. Er läuft ein in den Heimathafen. Am frühen Samstagmorgen bietet er ihr an, sie nach Hause zu fahren. »Das tu ich gerne, ehrlich.«

Sie bedankt sich, doch dann: »Nein. Aber echt nett von dir.

Ich nehm ein Uber.« Sie umarmt ihn und gibt ihm ein paar Küsschen auf die Wangen.

Eine sexy Lady, die offenbar nicht vorhat, es ihm allzu leicht zu machen. Allerdings hat er sich mit ihr am Sonntag zu einem Kaffee verabredet. Mal sehen, wohin das führt.

Führt zu weiteren Dates. Mittagessen. Abendessen. Spaziergängen am Strand. Kino am Sonntagnachmittag. Einer weiteren Nacht in einem Club. Er zappelt am Haken. Wie Mart weiß: bis über beide Ohren verliebt.

Tatsächlich hat Chereen ihn verfolgt. Über LinkedIn, Facebook, Instagram bis zu The Rising Sun.

Der Untergang vieler Männer. Arm oder reich.

6

Vor The Rising Sun, vor LinkedIn, Facebook und Instagram war Mart Velaze.

Er setzte sie auf Ravi Pollard an.

»Du musst nichts überstürzen«, erklärte er ihr.

Die beiden trafen sich eines Mittags in einem Parkhaus über einem Einkaufszentrum. Versteckspiel im öffentlichen Raum. Sie saßen in Marts Auto. Er war bereits eine halbe Stunde früher gekommen, um sich umzusehen. Es schien sich niemand für ihn und seine Präsenz im Parkhaus zu interessieren.

Er beobachtete, wie Chereen Williams die Rolltreppe hochkam und nach der Reihennummer suchte, die er ihr gesimst hatte. Sie trug eine enge Jeans und einen schweren Rollkragenpulli. Sehr sexy. Auf den ersten Blick war sie zudem sauber – keine erkennbaren Waffen.

»Interessanter Treffpunkt«, sagte sie, als Mart Velaze das Auto entriegelte. »Aus dem Lehrbuch.«

Was ihn fast zum Grinsen brachte. Er mochte ihre unverfrorene Art, behielt aber trotzdem seine undurchdringliche Miene bei.

Mart hatte sie während ihrer Ausbildung immer wieder in der Voliere gesehen. Hatte sich ihre Akte angeschaut. Abschluss in Politikwissenschaften. Polizeiabsolventin. Schwarzer Karategürtel, Schießergebnisse, die einem die Sprache verschlugen. Für Mart in diesem Fall allerdings noch ausschlaggebender: heiß.

»Ich brauche dich für etwas. Nur wir beide.« So hatte er sie eines Tages im Korridor angesprochen.

Ihre Erwiderung: »Das sagen sie alle.«

»Ich meine es ernst.«

Chereen deutete ein Lächeln an. Ihre Augen blitzten. »Ich auch.«

»Ich schreibe dir eine SMS.«

Mart Velaze war weitergegangen. Hatte eine Woche gewartet, ehe er ihr den Treffpunkt im Parkhaus gesimst hatte. Er war gespannt, ob sie kommen würde.

Auf die Stichelei hinsichtlich Lehrbuch antwortete er: »Ist nie falsch, wenn man sich an Vorgaben hält.«

Dann erzählte er ihr von Ravi Pollard. Erklärte, was gewünscht war. Zeigte ihr Fotos.

»Ein Süßer«, war ihr Kommentar.

Er schlug vor, dass sie Ravi über die sozialen Medien auskundschaften und so einen Weg finden sollte, ihn kennenzulernen. »Wenn es dann so weit ist, kannst du es langsam angehen.«

Er beobachtete, wie sie diese Information verdaute. Mit ausdrucksloser Miene fragte sie dann: »Du meinst, ich soll ihn nicht sofort vögeln?«

Sie flirtete mit ihm.

Mart Velaze gab sich weiterhin betont sachlich. »Nein. Nicht, wenn du nicht willst.«

»Aber irgendwann schon?«

»Vielleicht kommt es dazu. Vielleicht auch nicht. Alles ist möglich.«

Sie wiederholte das Wort »möglich«. Überlegte.

Sagte: »Nur dass wir uns richtig verstehen. Das ist eine private Vereinbarung. Eine dieser sogenannten verdeckten Operationen.«

Mart Velaze dachte: Falls er die Mossadi ersetzen müsste, wäre Chereen für ihn die neue Spitzenkandidatin. Eine Frau, die ihm gefiel.

»So kann man es nennen.«

»Bezahlt.«

Mart Velaze zog einen braunen Umschlag aus seiner Jackentasche. Wieder unterdrückte er ein Lächeln. Die Frau hatte Mumm. »Eine erste Anzahlung.«

Chereen nahm den Umschlag und blätterte mit dem Daumen kurz durch die Scheine darin. »Ich melde mich.« Sie wandte sich zur Tür, um auszusteigen.

»Mit dem hier«, sagte Mart Velaze. »Wenn du mich kontaktieren willst, dann benutze das hier. Nur das.« Reichte ihr ein altes Nokia.

»Ziemlich retro.«

»Und nur per SMS.« Er ging die drei Codes mit ihr durch. Für »Kontakt erstellt«: *Hab echt Spaß*. Für »muss reden«: *Lass uns mal wieder quatschen*. Für echte Schwierigkeiten: *Party!* Er sagte: »Hör zu. Wenn es Probleme gibt, schreibst du mir pronto. Spiel nicht Superwoman. Keine Sprachnachricht. Nur eine SMS mit *Party!* Lass das Handy an, ich finde dich dann.«

»Kann es denn Probleme geben?«

»Vermutlich nicht.«

»Aber alles ist möglich.«

Damit stieg Chereen aus und ging in ihrer engen Jeans davon. Mart Velaze dachte: Ravi Pollard kann sich echt glücklich schätzen.

7

Gierschlund, denkt Rej Ben Ali. Verdammt noch mal. Konkret meint er damit: Sipho Dube. Der nach dem Mittagessen zu ihm gesagt hatte: »Wir müssen uns jetzt echt ins Zeug legen, Bruder.«

Eins. Zwei. Drei. Nach vier Schritten hatte Rej geantwortet: »Ich bin dran.« Er wusste, was Sipho Dube als Nächstes sagen würde.

Die beiden liefen die Queen Victoria Street hinunter.

»Wie wäre es mit einer Art Kaution?«, meinte Sipho Dube und hielt vor der Kathedrale. »Nennen Sie es eine Erfolgsprämie. Zur Sicherheit.«

Rej hatte das erwartet. Tatsächlich war er überrascht, dass Sipho Dube es nicht schon vorgeschlagen hatte.

»Es ist eine große Sache. Ich kann die anderen Mitspieler nicht aufhalten, da will jeder mitmischen. Sie sollten mal die Angebote sehen, die hereinkommen. Ich werde angerufen. Delegationen schauen vorbei. Es herrscht Druck, Bruder, echter Druck. Auch von oben. Sie verstehen mich?«

Rej verstand ihn genau. Die ersten eröffnenden Züge sind immer nervenaufreibend. Trotz der beruhigenden Worte des Amerikaners John Webster. »Nur eine Frage der Zeit, Rej. Die Papiere werden gerade unterzeichnet. Alles läuft wie geplant. Sie werden von uns bald Betriebskapital bekommen.«

Nicht schnell genug für diese Hyänen. Dube an der Spitze des Rudels.

»Ich dachte, das war der Zweck dieses Mittagessens. Um alles ins Rollen zu bringen.«

»Natürlich. Aber für mich wird es allmählich immer enger. Vielleicht wäre eine klare Vereinbarung zu diesem Zeitpunkt nicht schlecht.«

»Sie reden von …«

»Eins fünf.«

Rej überlegte. Der Mann hielt sich in seinen Erwartungen nicht gerade zurück: eineinhalb Millionen als erste Anzahlung.

»Ich brauche ein paar Tage. Davor sollten Sie noch meine Schwester kennenlernen.«

»Ihre Schwester?«

»Sie ist die Geschäftsführerin.«

»Ihr Boss? Echt jetzt, Mann?« Sipho Dube lacht.

»Für den Moment noch.«

Gierschlund, denkt Rej Ben Ali. Er sitzt auf seinem Sofa, nippt an einem Scotch, die Füße hochgelegt. Spielt mit seinen neuen Apparaten. Auf dem Couchtisch liegt sein Handy, das über Bluetooth mit einem smarten Lautsprecher verbunden ist. Er hat den ganzen Abend für sich. Eine Tiefkühl-Lasagne brutzelt im Ofen, der Duft zieht durch das Haus. Um zweiundzwanzig Uhr trifft Juzias Flieger aus Johannesburg ein, sie bleibt für zwei Nächte. Eine erfreuliche Aussicht. Die Vorstellung von Sex mit ihr. Rej wird ganz unruhig, wenn er nur daran denkt.

Seit einer Viertelstunde hört er Antony Brennan zu, wie dieser Radio hört. Eine Finanzsendung. Ein Typ von Standard & Poor's setzt eine Herabstufung der Bonität mit einer totalen Entwürdigung gleich. »Es bedeutet, dass Südafrika als hohes Investitionsrisiko gilt. Zu viel politische Unsicherheit, zu viel Bestechung« – so lautet seine Schlussfolgerung. Antony Brennan seufzt und murmelt etwas über die Idioten im Radio, wie das Leute gerne tun. Dann macht er einen Anruf. Angela hebt ab.

»Ich stecke fest. Höllischer Verkehr. Es dauert sicher noch zehn Minuten oder so.«

Ihre fröhliche Antwort: »Hier wird nichts schlecht. Ich habe allerdings schon mal mit dem Wein angefangen.«

»Heb mir ein Glas auf.«

»Mal sehen.«

»Gut, dass ich noch eine Flasche dabeihabe.«

»Sehr gut.«

Ihr Geturtel ärgert Rej. Er schaltet zu Angela hinüber. Dort spielt schon wieder dieser verdammte Joe Bonamassa, und er hört, wie Angela dazu singt. Verdreht die Augen. Die Frau ist fünfundvierzig. Vorstandsvorsitzende einer großen Firma. Es ist offenbar wirklich an der Zeit, dass sie erwachsen wird.

Rej will gerade die Verbindung unterbrechen, als ihr Handy klingelt. »Ferdi.« Rej muss lächeln. Ferdi ruft sie aus Rejs Gartenhaus an. Schön – die ganze Familie in Kontakt miteinander.

Ferdi klingt angespannt. Er hält sich mit keinerlei Floskeln auf, sondern kommt gleich zum Grund seines Anrufs. »Ich muss dich sehen, Ange. Ich werde noch verrückt.«

Nichts Neues, Ferdi, denkt Rej. Du bekommst schon die nötigen Medikamente.

Er hört, wie Ange die besorgte Zwillingsschwester gibt. Endet mit: »Wir können auch jetzt miteinander reden.«

Ferdi murmelt: »Nein. Nicht am Telefon. Kann ich zu dir kommen?«

»Klar, Ferds. Wann?«

»Jetzt. Ich nehme ein Uber.«

»Ist Rej zu Hause? Kannst du nicht mit ihm reden?« Angela hält kurz inne. »Wirken die Medikamente nicht? Oder ist es …«

Sag es, denkt Rej. Die Wolfsmann-Wahnvorstellungen.

»Ferds, ich denke, es ist das Beste, dass du dortbleibst. Sprich mit Rej. Wenn du eine Spritze brauchst, kann er dir eine geben. Das wird dich beruhigen.«

»Kann nicht.« Er redet so leise, dass Rej ihn kaum versteht.

Einen Moment lang herrscht Stille. Dann: »Ferdi, was ist los? Warum kannst du nicht mit Rej sprechen?«

Rej denkt: Genau, Ferdi. Warum kannst du nicht mit Rej sprechen?

Ferdis Stimme klingt auf einmal wieder kräftiger. »Morgen, Ange. Ich komme morgen zu dir. Bitte.« Das »Bitte« zieht er in die Länge.

So verzweifelt, unser Ferdi, denkt Rej.

»Es wird alles gut. Bist du dir sicher, dass es bis morgen geht?«

»Klar, das geht. Echt, Ange, mach dir keine Sorgen.«

»Wo bist du gerade, Ferds? Im Gartenhaus? Ferds? Ferds! Ach, verdammt noch mal!«

Rej bricht die Verbindung ab. Er weiß, was als Nächstes passieren wird: ein Anruf von Angela. Ich habe gerade mit Ferdi gesprochen, er klingt so seltsam, Rej, dann war er weg, und kannst du mal zu ihm rübergehen. Klar, kein Problem. Ruf mich zurück, damit ich weiß, ob er okay ist.

Also schlendert Rej über den Rasen zu Ferdi hinüber. Der kriecht auf allen vieren. Rej gibt ihm eine Beruhigungstablette. Nicht so wirkungsvoll wie eine Spritze, aber ein praktischer erster Helfer. Danach ruft er Tyrone Mansoor an, der sich um Weiteres kümmern soll.

Zehn Minuten später meldet er sich wieder bei Angela. Erklärt ihr, dass Ferdi okay sei. Die Panik lasse nach, die Beruhigungstablette werde ihn schläfrig machen. Während sie miteinander telefonieren, klingelt es bei ihr an der Tür. »Ich muss öffnen«, sagt sie. »Du schaust später noch mal nach ihm, oder?«

»Klar, Ange. Mach dir keine Sorgen.«

Rej legt auf. Schaltet die Abhöranlage ein.

Hört, wie sie sich begrüßen. Hi – hi. Dann Stille. Rej hockt am Rand seines Sofas. Will aufstehen. Beugt sich vor, um besser lauschen zu können. Dreht am Lautsprecher. Stille. Dreißig Sekunden der Stille.

Dann vernimmt er von Angela ein langes »Hmmmm«. »Das war aber eine schöne Überraschung.«

»Noch mal?«

»Mmmm.«

Rej wird bewusst, dass sie sich küssen.

Er hört Angela leise murmeln: »Komm. Komm mit.« Ihre Stimme klingt ein wenig heiser.

Wohl wissend, wohin das führen wird, schüttet Rej den letzten Rest Scotch in sich hinein und geht dann zum Barschrank, um das Glas wieder aufzufüllen. Drei Finger breit, ein Eiswürfel. Nippt. Denkt: Nicht gut. Gar nicht gut. Wie die Kaninchen. So weit also zu Angelas angeblichen Sorgen hinsichtlich Ferdi.

Es riecht angebrannt.

Rej stellt fest, dass die Lasagne auf einer Seite knusprig schwarz geworden ist, eine Wolke Rauch schlägt ihm entgegen. Mit einem Geschirrtuch holt er die Aluschale heraus und verbrennt sich dabei die Finger. Beinahe lässt er das Ding fallen. Mist. Rej wedelt mit der Hand durch die Luft und dreht das Wasser an. Vergiss die Dürre. Es läuft über seine Finger, der Schmerz ebbt ein wenig ab. Dann kratzt er die schwärzesten Stellen von der Lasagne und trägt den Rest auf einem Tablett ins Wohnzimmer.

Viel ist über die Lautsprecher nicht zu hören. Rej hat sie ganz hochgedreht. Aber dennoch nimmt er kein Knarzen der Matratze, kein Keuchen, kein Murmeln wahr. Er isst ein paar Gabeln Lasagne. Inzwischen trinkt er seinen vierten Scotch. Schließlich hört er Antony: »Schläfst du?«

Angela: »Ich genieße.« Sie schnurrt fast. »Das war herrlich.«

Antony: »Auf jeden Fall unerwartet.«

Angela: »Das wohl nicht ganz.« Beide lachen. Angela wird plötzlich lauter. »Wein. Essen. Ich bin am Verhungern. Rühr dich nicht vom Fleck.«

In diesem Moment ruft Juzia durch die Haustür: »Überraschung! Ich bin früher da!« Das Klappern ihrer Absätze auf dem Marmorboden. »Was zum Teufel ist hier verbrannt, Rej?«

8

»Nichts auf dem Herd?«, meint Fish zu Vicki. »Kein kleines Curry am Köcheln?«

»Heute Abend lassen wir uns was kommen«, erwidert sie. Schenkt ihm ihr schönstes Lächeln. Die Zähne blitzweiß. »Sushi, Pizza, Fish and Chips?« Die verschiedenen Speisekarten liegen über den Tisch ausgebreitet. Vickis aufgeklappter Laptop steht dort ebenfalls. Sie dreht ihn so, dass Fish den Bildschirm sehen kann. »Was hältst du davon?«

Die Einladungsmail zu Henry Davidsons Erinnerungsfeier.

Fish liest sie durch. »Reichlich spät.«

»Kann man wohl sagen.«

»Gehst du hin?« Fish entkorkt eine Flasche Weißwein und schenkt Vicki nach.

»Wir gehen beide.«

»Du musst aber nicht.«

»Doch, muss ich. Ich mochte Henry. Und du begleitest mich.«

Fish schneidet eine Grimasse. »Kann mir kaum Schöneres vorstellen als eine Versammlung von Agenten.« Er befreit eine Flasche Butcher Block aus der Vierer-Plastikverpackung. »Für dich würde ich alles tun.«

»Du bist ein guter Mann, Fish Pescado.«

»Allmählich fange ich an, es selbst zu glauben. Du bist heute schon die zweite Person, die mir das sagt.«

»Wer war die erste?«

Er nennt Antony Brennan von der Capital Trust Private Bank.

Das bringt sie derart zum Lachen, dass sie das Weinglas auf den Küchentisch stellen muss. Trotzdem schwappt etwas Sauvignon blanc über ihre Finger. Sie leckt den Wein ab. »Du bist ein guter Mann, Fish Pescado.«

Fish öffnet sein Bier und schenkt es sich in ein Weinglas ein. »Haha, sehr witzig.«

»Das ist es. Und was hat zu diesem Lob geführt?«

»Das hier.« Fish tippt auf seinem Handy herum und öffnet ein Foto des Abhörgeräts, das er in Antony Brennans Auto fand. »So was habe ich noch nie gesehen. Niedlich, oder?«

Vicki vergrößert das Bild. Überlegt. »Ich kenne das.«

»Echt?«

»Ja. Und zwar aus dem Lager der Voliere, ob du es glaubst oder nicht. So ein Apparat ist von Profis.«

»Das habe ich ihm auch gesagt. Jedenfalls habe ich jetzt

einen Typen darauf angesetzt.« Fish schlürft den Schaum von seinem Ale und blättert durch die Speisekarten. »Wie wäre es mit Sushi oder Pizza?«

»Pizza, Mister Fish. Ich bin für Pizza. Ist schon lange her, dass Sie Pizza bestellt haben.« Die Stimme der stets wiederauftauchenden Janet dringt durch die offen stehende Hintertür zu ihnen.

»Wie geht's, Janet? Hab mich schon gefragt, wo du steckst.«

»Ich bin mal hier und mal da, Mister Fish. Aber jetzt bin ich zurück. Für Pizza. Sagen Sie ihm, was Sie wollen, Miss Vicki. Für mich ist es immer eine Margarita mit Anchovis. Plus ein paar darübergestreute Oliven.«

»Ach, echt, Janet«, entgegnet Fish. »Ist das eine Margarita oder eine Margherita?« Zuerst spricht er mit einem amerikanischen und dann einem italienischen Akzent.

»Das habe ich doch gesagt, Mister Fish. Können Sie mich nicht hören? Haben Sie jetzt so schlechte Surferohren?«

»Vorsicht, Janet«, meint Vicki. »Da ist Fish ganz empfindlich.«

»Ok, tut mir leid, tut mir leid, Miss Vicki. Aber mit Männern muss man manchmal hart sein. Wissen Sie, was ich meine?«

Vicki droht Fish mit dem Finger.

Der daraufhin sagt: »Seit wann sind wir denn auch für dein Essen zuständig, Janet? Denkst du, das hier ist ein Airbnb?«

»Ich bitte nur um einen Gefallen, weil ich etwas anzubieten habe. Im Austausch, könnte man sagen.«

»Und was wäre das? Dass wir dir erlaubt haben, in den Schuppen zu ziehen?«

»Im Austausch gegen Informationen. So nennt man das doch wohl.« Janet zwinkert Fish zu. »Sehen Sie, ich kenne mich da aus, nicht wahr, Miss Vicki?«

»Offensichtlich. Dann erzähl uns mal deine Informationen.«

»Nicht so, Mann«, entgegnet Janet. »Kommen Sie, kommen Sie.« Sie bedeutet den beiden, ihr in den Hinterhof zu folgen.

Vicki und Fish treten hinaus.

Janet legt jeweils einen Arm um die beiden und zieht sie herunter, so dass sie die Köpfe zusammenstecken. Sie flüstert. »Wir dürfen nicht in der Küche reden. Für alle Fälle.« Sie schaut von einem zum anderen, während Fish und Vicki warten. »In Ihrem Haus war so ein Typ von der Telkom.«

Fish und Vicki antworten zeitgleich: »Was?«

»Ja.«

»Im Haus?«

»Ja. Ein *Coloured.*«

»Wann?«

»Ich wollte ihn zuerst verjagen, Mister Fish. Aber er wollte die Polizei rufen. Und die kennen Sie, Mister Fish. Wenn die mich erwischt, bin ich weg. Also habe ich mich lieber für ein paar Tage verdünnisiert. Tut mir leid, Mann, tut mir echt leid.«

»Wann? Wann, Janet? Wann?«

»Woher soll ich das jetzt noch wissen? Irgendwann vor dem letzten Wochenende.«

Dann erzählt sie Fish und Vicki die ganze Geschichte: wie der Mann mit dem Werkzeugkasten für eine halbe Stunde ins Haus gegangen ist.

Daraufhin holt Fish seinen eigenen Werkzeugkasten, und die beiden durchsuchen die Räume. Sie entdecken Wanzen in der Küche, im Schlafzimmer und im Wohnzimmer.

»Lassen wir sie einfach dort?«, fragt Vicki. Inzwischen sind die drei wieder draußen im Freien.

»Ja, würde ich vorschlagen.«

Vicki nickt zustimmend. Eine gute Idee. »Auch nicht die handelsüblichen Apparate. Eher von Profis.«

»So wie der, den ich dir auf dem Foto gezeigt habe?«

»Könnte sein.«

»Auch wie aus dem Lagerraum der Voliere?«

»Könnte sein. Die Frage ist nur, warum?«

Genau das überlegt auch Fish. Warum? Wer soll abgehört werden? Er oder Vicki? Er betrachtet Vicki, die in der frischen Luft die Arme um sich geschlungen hat. In einer Hand das Glas Wein. Er sagt: »Die Wanzen sind mit dem Stromkreis verbunden. Schalten wir den aus und essen bei Kerzenschein.«

Vicki meint: »Romantisch.«

Janet meint: »Bestellen Sie jetzt Pizza, Mister Fish?«

9

Dienstag, 10. Juni 2018. Angela wacht zum Rauschen der Wellen auf. Sie liegt nackt in der Mitte des Bettes, Arme und Beine ausgestreckt. Da-Vinci-Style (wenn er eine Frau gezeichnet hätte). Fühlt sich sinnlich. Merkt, dass sie lächelt. So ist es gut. Das ist so, wie das Leben früher war. Flüstert: »Tut mir leid, Rick.« Schüttelt den Kopf. Warum sagt sie das? Eine Andeutung von Melancholie in ihrem Herzen. Die verschwindet, sobald sie an Antony denkt, an das herrliche Gefühl seines Körpers, an seine warme Stimme in ihrem Ohr. Das Lächeln kehrt zurück. »Dummes Mädchen.« Du stürzt dich Hals über Kopf hinein. Geh es langsamer an. Doch sie weiß, dass es kein Langsamer gibt. Warum auch? Das Leben ist kein Zuckerschlecken, plötzlich ist man alt – es gibt also keinen Grund, es langsamer anzugehen.

Damit steht sie auf.

Sie duscht, zieht sich an (schwarze Hose, weiße Bluse), frühstückt (Müsli und Joghurt, ein Latte), arbeitet an ihrem Esszimmertisch (Ricks Lieblingsstück). Rechts von ihr sieht sie das endlose Meer. Sie macht ihre wöchentliche Bilanzprüfung: laufende Projekte, Einkommen, Ausgaben, Angebote, zukünftige Optionen.

Um neun ruft sie Ferdi an. Seine Voicemail schaltet sich ein. Nicht gut. Sie hinterlässt eine Nachricht: »Ferds, bist du schon auf dem Weg hierher? Ich kann noch eine halbe Stunde warten. Ruf mich an. Lass mich wissen, dass du kommst.«

Die Sache ist die: Ferdi hat möglicherweise völlig vergessen, dass er sie besuchen wollte. Seine Verzweiflung vom Abend zuvor konnte Rej vielleicht durch Medikamente mildern.

Angela ruft Rej an.

»Ehe du fragst«, sagt er. »Ferdi geht es gut. Er schläft. Ich habe nachgesehen.«

»Das ist eine Erleichterung.«

»Er wird dich nicht besuchen.«

»Das dachte ich mir.« Angela fragt sich, woher Rej das weiß. Sie nimmt an, dass Ferdi ihm davon erzählt haben muss. »Was war los?«

»Wieder seine Wahnvorstellungen.«

»Das Wolf-Ding. Mein Gott.«

»Das passiert jetzt immer öfter. Ich weiß nicht, warum. Er nimmt eigentlich alle Medikamente, die ihm verschrieben wurden.«

»Wie oft hat er denn diese Attacken?«

»Vielleicht zwei-, dreimal in den letzten sechs Wochen.«

»Warum hast du mir nichts gesagt?« Diese Wolfssache war beunruhigend genug. Dass sie schlimmer wird, ist noch verstörender. Es verletzt sie, dass man sie darüber nicht informiert hat.

»Du hattest mit dir selbst zu kämpfen. Und ich habe das schon hingekriegt.«

Darum geht es zwar nicht, aber es stimmt. Angela sagt nichts weiter dazu. Stattdessen fragt sie: »Müssen wir …« Sie hält inne. Ihn in eine Einrichtung stecken, will sie eigentlich sagen. Doch bestimmte Dinge brauchen nicht ausgesprochen zu werden.

»Vielleicht«, meint Rej. »Das Problem ist, dass er immer wieder aufhört, seine Medikamente zu nehmen. Was er gerne tut, wenn es ihm scheinbar besser geht. Und dann: peng. Für jetzt kann ich mich darum kümmern, aber auf Dauer müssen wir uns ein anderes Arrangement überlegen.«

Das findet Angela auch. Es hat ihr wenig gefallen, alles Rej zu überlassen. Auch wenn er derjenige war, der sich angeboten hat. »Ich habe das Gartenhaus. Da kann er wohnen. Das ist perfekt. Es sind ständig Leute da. Die Hausangestellten. Der Gärtner.«

Nur dass es eben nicht perfekt ist. Ferdi hat noch immer seine Anfälle. Das würde sich nie ganz ändern.

»Wir müssen Entscheidungen treffen«, meint Rej.

Allerdings. Aber Angela fliegt mittags nach Joburg und kehrt erst in ein paar Tagen zurück.

»Ich kenne deinen Terminkalender«, erklärt Rej. »Das kann noch etwas warten.«

Angela ist erleichtert. Rej, der Fels in der Brandung. Ohne ihn – wo wäre sie da? Wo wäre die Firma?

Rej beendet das Telefonat mit der Ankündigung: »Nur dass du Bescheid weißt: Ich vereinbare ein Mittagessen mit einem Generaldirektor. Könnten ein paar interessante Projekte für uns rausspringen.«

»Okay«, erwidert Angela und fügt ein neutrales »Klingt spannend« hinzu. Sie fragt sich, wie Rej das einfädeln will. Als eine Firma mit Hauptsitz in Johannesburg sind ihre *BEE*-Einstufungen nicht großartig. Auf ihrem Gebiet zählt *Black Economic Empowerment* nicht viel. Allerdings waren bisher auch Regierungsprojekte nicht ihr Ding. Ricks Motto lautete immer: Wir lassen uns nicht fürs Nichtstun bezahlen.

10

Was Rej Angela nicht gesagt hat:
1) warum sein Gartenhaus für Ferdi so perfekt ist;
2) warum er es mit einem Eisenring ausgestattet hat;
3) dass er eine lange Kette, ein metallenes Halsband und ein Vorhängeschloss gekauft hat;
4) dass er vorhat, Ferdi an den Eisenring zu ketten;
5) was Tyrone Mansoor bei den Anfällen tut;
6) dass die Anfälle viel häufiger kommen, als er zugegeben hat.

Das Gartenhaus ist perfekt, weil es sich auf Rejs Grundstück befindet, von der Straße nicht eingesehen werden kann und auch die Nachbarn nichts hören können. Jedes Heulen, jeder Schrei verläuft sich in den Hecken, den Bäumen, im Wind oder im herabströmenden Regen.

Ferdi schrie das erste Mal, als Rej Tyrone Mansoor zu ihm hineinschickte. Heulte auch. Er hatte eine seiner manischen Wolfs-Wahnphasen und sprang Tyrone an, um ihn in den Hals zu beißen. Er schien scharf darauf, dem Mann seine Zähne ins Fleisch zu schlagen, um die Schlagader und auch sonst alles herauszureißen. Doch Tyrone hielt ihn ab, indem er ihm die Handfläche gegen die Nase drückte und ihn so auf Abstand hielt. Danach setzte er die Abwehr mit gezielten Hieben in die Nieren fort. Ferdi brach keuchend zusammen.

Tyrone trat einen Schritt zurück, um zu sehen, wie das Wesen reagierte. Unter anderen Umständen hätte er noch nachgelegt und den armen Mistkerl für ein paar Stunden von seinen Qualen befreit. Aber Rejs Bruder musste mit Samthandschuhen behandelt werden.

Als Ferdi wieder normal atmen konnte, begann er zu knurren. Ein tiefer Ton, der einem Wolf in Tyrones Ohren erstaunlich ähnlich klang. Ziemlich beängstigend. Dann war Ferdi auf den Knien, warf den Kopf zurück und heulte, filmreif. Das jagte Tyrone einen echten Schrecken ein. Aber er war Rejs Mann. Deshalb wartete er erst mal ab.

Ferdi stürzte blitzschnell auf ihn zu, so wie ein Wolf angreift. Es überraschte Tyrone, auch wenn er sich nicht in Panik versetzen ließ. Er ging zu Boden, und Ferdi biss so tief in Tyrones Handgelenk, dass später eine Tetanusspritze notwendig war. Davor verprügelte Tyrone den Burschen allerdings noch. Was den Wolfsmann dämpfte. Ohne Schläge ins Gesicht, ohne sichtbare Verletzungen. Aber Tyrone wusste, dass der Mann Schmerzen hatte. Jeder, der derart verprügelt wird, hat Schmerzen. Er gab ihm seine Medikamente mit der Spritze. Befestigte die Kette an dem Eisenring und ihr anderes Ende an dem Eisenband um Ferdis Hals.

So lief das drei- bis viermal, ehe Ferdi friedlicher wurde. Zumindest wirkte es so. Er wich zurück, wenn Tyrone den Raum betrat, unterwürfig, ja sogar sich duckend. Tyrone blieb vorsichtig. Er wusste von Züchtern seines Viertels, dass man einem wilden Hund nie trauen darf. Man musste ihm einen Maulkorb verpassen. Das machten sie so mit Kampfhunden. Tyrone besorgte also eine Kapuze für Ferdi: halb Maulkorb, halb Hannibal-Lecter-Maske. Es funktionierte.

Die Angst sah man in Ferdis Augen weiterhin. Den Hass. Aber er versuchte nichts mehr. Er gab sich unterwürfig. Ertrug die Spritzen. Ließ sich anketten.

Es ist nicht Tyrones Lieblingsbeschäftigung, aber er denkt, dass er und Ferdi zu einem Einvernehmen gekommen sind. Kein Kampf, keine Schmerzen.

11

An diesem Dienstagmorgen denkt Oberst Kaiser Vula über menschliche Leidenschaften nach. Über Lust. Sex. Liebe. Speziell, welchen Einfluss diese auf Ravi Pollard haben. Er sitzt in seinem Rollstuhl in seinem Büro der *State Security Agency* und blickt auf das menschenleere Regierungsviertel hinunter. Das Kopfsteinpflaster schimmert taufeucht, nirgendwo sind Fußabdrücke zu sehen. Diese Ecke der Demokratie ist von der restlichen Stadt abgeschirmt.

Liebe, denkt er, kann die meisten ins Verderben stürzen. Vor allem Ravi Pollard. Auch sein eigenes Leben konnte durch Liebe ruiniert werden, als er noch ein ganzer Mann war. Als er bei den Frauen Triumphe feierte. Als noch kein Stoma an seinem Bauch hing. Sicher ist es nur eine Frage der Zeit, bis Ravi Pollard seiner neuen Angebeteten alles erzählen wird. Bis er ihr seine Sünden gesteht, mit seinen Errungenschaften prahlt. Ihr ins Ohr flüstert, dass er ein Geheimagent ist. Bis er auf ihrer weichen Brust ruht und ihr seine geheimen Aktionen beichtet.

Das weiß Oberst Kaiser Vula. Das ist so sicher wie das Amen in der Kirche. Ravi Pollard mag zwar eine Verschwiegenheitsklausel bei der Capital Trust Private Bank unterzeichnet haben. Er mag auch der Typus Buchhalter sein. Ein Mann, umgeben von Informationsbarrieren. Aber Ravi Pollard ist ein Romantiker. Ein Mann der Rosen und der Kniefälle. Er wird sich offenbaren. Das tun hilflos Liebende. Er wird ihr seine Seele auf einem Tablett servieren. Denn Ravi Pollard ist zudem auch ein Moralist. Ein Whistleblower. Ein redlicher Mann. Der ein Unrechtsbewusstsein hat. Und ihn auf Generaldirektor Sipho Dubes geldgierige Absichten aufmerksam machte.

Tatsächlich hat Ravi Pollard bereits gestanden. Allerdings keine selbstverschuldete Sünde. Und zum Glück nur seinem Betreuer gegenüber. Er hat seine Gefühle offenbart. Er konnte nicht anders.

»Ich habe eine Frau kennengelernt.«

Das erklärte er am Tag zuvor bei der Nachbesprechung. Eigentlich nach der Nachbesprechung. Ravi Pollard hatte seine Hände um einen Becher mit Tee geknotet und sah so aus, als würde er überlegen.

Oberst Kaiser Vula hatte geahnt, was kommen würde.

»Ich habe eine Frau kennengelernt.« Ravi Pollard sah ihn kurz von unten herauf an. Seine Wangen waren verräterisch gerötet.

»Hm. Ich freue mich, dass Sie mir davon erzählen.« Das gehörte zu Kaiser Vulas Bedingungen. Eine klare Anweisung an seine Agenten: »Wenn Sie eine romantische Beziehung eingehen, lassen Sie es mich wissen. Wie? Wann? Wer? In dieser Reihenfolge.«

Wie?

In einem Club.

Wann?

Noch nicht lange her. Vor einer Woche. Oder eher zehn Tagen.

Wer?

Chereen Williams, Wirtschaftsprüferin.

Das gefällt Oberst Kaiser Vula gar nicht. Das klingt zu sehr nach Zufall. Er baut einen Agenten auf, und schnapp, wird der Agent von einer Frau geangelt. Kaiser Vula bietet Ravi Pollard ein Bonbon an, die er stets bei sich trägt. Zum Teufel mit dem Diabetes.

»Vor zehn Tagen? Da haben Sie sich Zeit gelassen.« Ravi Pollard lehnt das Bonbon dankend ab.

»Ich war mir nicht sicher.«

»Aber jetzt sind Sie es. Nach wie vielen Treffen?«

»Dreimal. Aber während des Tages.«

»Drei Dates. Und Sie werden sie wiedersehen?«

»Ja.« Ravi Pollard wirft Kaiser Vula erneut einen raschen Blick zu. »Diesmal treffen wir uns zum Abendessen. Am Freitag.«

»Haben Sie ein Bild?«

Ravi Pollard wischt durch die Fotos auf seinem Handy. Er entdeckt eines: ein Selfie mit beiden, die Köpfe zusammengesteckt, eine Rose in ihren Haaren. Er reicht das Handy dem Oberst über den Tisch hinweg.

Kaiser Vula sieht das glückliche Gesicht seines Agenten. Kein Hinweis auf den Ort. Er saugt an seinem Bonbon. »Wo war das?«

»An der Waterfront.«

Wo hätte es auch anders sein können als an einem so öffentlichen Platz? Eine Vertrauenserklärung. »Sind Sie schon bei ihr zu Hause gewesen?«

»Nein, noch nicht.«

»Aber Sie kennen ihre Adresse?«

Ravi Pollard schüttelt den Kopf.

Schade. »Ist sie bei Ihnen zu Hause gewesen?«

Wieder ein Kopfschütteln. Ravi Pollards Lippen spannen sich nervös an.

»Es freut mich, dass Sie mir davon erzählt haben.« Kaiser Vula reicht ihm das Handy zurück. »Sie ist sehr hübsch.« Er beobachtet, wie Ravi Pollard die Fotos auf dem Handy schließt. »Sie sagen, Sie haben sich in einem Club kennengelernt. Ich wusste nicht, dass Sie ein Clubgänger sind. Sie haben offenbar ein geheimes Leben, Mr. Pollard.«

Sein Agent rutscht auf seinem Stuhl hin und her. »Nein. Ja. Manchmal gehe ich in Clubs.«

»Und Sie haben schon früher einmal in Clubs Frauen kennengelernt?«

Ein Nicken. Ravi Pollard ist die Frage sichtlich peinlich. Oberst Kaiser Vula lächelt. »Denken Sie immer an die Rosen, Mr. Pollard. Und halten Sie mich hinsichtlich Mr. Dube auf dem Laufenden, wenn Sie ihn wieder sehen. Es sind wichtige Leute, die sich dafür interessieren.«

Deshalb denkt Oberst Kaiser Vula an diesem Wintermorgen auch über menschliche Leidenschaften nach. Er macht sich Sorgen, dass menschliche Leidenschaften alles in Schutt und Asche legen könnten.

Jetzt wendet er sich an Tyrone Mansoor, der nun auf demselben Platz sitzt wie tags zuvor Ravi Pollard. Kaiser Vula rollt ein Stückchen weiter zum Geschäftsbereich seines Schreibtisches. Fragt: »Sie sind nicht verheiratet, Mr. Mansoor?«

»Nein, Oberst.«

»Haben Sie eine Freundin?«

»Manchmal.«

»Manchmal ist das Beste. Lernen Sie Frauen in Clubs kennen?«

Tyrone Mansoor runzelt die Stirn. »Nein, ich mag diese Clubs nicht.«

Auf der Straße, denkt Oberst Kaiser Vula. Dort lernt Tyrone Mansoor manchmal seine Frauen kennen. »Ich habe gehört, dass für einen Muslim Jungfrauen im Paradies warten. Vielleicht ist es besser, auf das Paradies zu warten, wenn man sich um keine anderen Angelegenheiten mehr kümmern muss.« Er seufzt. »Ach ja, Mansoor, es ist für einen Mann im Diesseits nicht leicht.«

Er mustert seinen Agenten. »Was machen Sie heute?«

Tyrone Mansoor wirft dem Oberst einen kurzen Blick zu. »Ich muss die Abhörgeräte austauschen, die Batterien dürften bald am Ende sein.«

»Gut. Danach habe ich noch einen Auftrag für Sie.« Vula hält ein Bild hoch. »Sehen Sie diesen Mann?«

Tyrone Mansoor lehnt sich vor.

»Ja, Oberst.«

»Er heißt Ravi Pollard, aber das ist nicht wichtig. Wichtig ist die Schwäche, die dieser Mann hat. Wir müssen ihn beschützen.«

Er erklärt Tyrone Mansoor, dass Ravi Pollard für die Capital Trust Private Bank arbeitet. Nennt ihm das genaue Gebäude seines Büros. Erklärt ihm, dass er die Freundin des Mannes namens Chereen Williams ausfindig machen soll. »Dann reden Sie mit ihr. Auf eine Weise, dass sie versteht, warum sie Ravi Pollard besser vergisst.« Kaiser Vula mustert immer noch Tyrone Mansoor. »Sie muss genau begreifen, was sie tun soll. Kapieren Sie?«

Tyrone Mansoor blinzelt. »Ja, Oberst.«

»Vielleicht wäre es das Beste, wenn sie nach Joburg ginge. Ja, ich denke, das wäre eine gute Idee.« Kaiser Vula denkt über diese Möglichkeit nach. »Genau, Joburg ist ein feiner Ort für junge Leute. In dieser Stadt gibt es viele Stellen für Wirtschaftsprüfer, und die Firmen dort bezahlen mehr. Ein Umzug wäre eine schöne Lösung. Sagen Sie ihr das, Agent Mansoor. Ganz schnell sollte sie nach Joburg ziehen. Einer jungen Frau mit ihren Qualifikationen werden alle Türen offen stehen. Ich garantiere ihr, dass junge Wirtschaftsprüferinnen beste Chancen in Joburg haben. Verklickern Sie ihr das, Mansoor. Und stellen Sie sicher, dass sie es kapiert und es zu keinen Missverständnissen kommt. Sie muss die Koffer packen. Sagen Sie ihr: *Hamba wena, Sisi.* Verpass nicht den Zug.«

Oberst Kaiser Vula rollt etwas zurück. »Ist das klar?«

»Ja, Oberst.«

»Jagen Sie ihr tüchtig Angst ein.«

»Ja, Oberst.«

12

An diesem Wintermorgen denkt auch Rej über menschliche Leidenschaften nach. Sex. Lust. Liebe. Vor allem wenn sie Angela betreffen und ihre Affäre mit Antony. Die emotional intensiver zu werden scheint, befürchtet Rej. Sex war nur eine Frage der Zeit. Eigentlich überraschend, dass sie nicht schon früher damit anfingen. Sex macht Rej keine Sorgen. Als er noch religiös war, wäre das etwas anderes gewesen. Aber jetzt kümmert es ihn so wenig wie vor seinem Übertritt zum Islam. Rej hat nichts gegen Lust, sie ist menschlich. Was ihn wirklich beunruhigt, ist die Sache mit der Liebe.

Angela verliebt sich. Rej nicht. Er versteht nicht, was es bringen soll, sich an einen Menschen zu binden. Keinesfalls hat er vor, sich ernsthaft auf Juzia einzulassen, so strahlend und lebensfroh sie auch sein mag. Dafür gibt es zu viele andere strahlende, lebensfrohe Sterne da draußen.

Rej malt sich an diesem Morgen auf dem Weg ins Büro also mögliche Szenarien aus, die mit Liebe beginnen. Während er in der äußeren Spur um Hospital Bend jagt, überlegt er:

Was, wenn Lust zu Liebe führt?

Was, wenn Liebe zu einer Verlobung führt?

Was, wenn diese zu einer Hochzeit führt?

Eine Hochzeit bereitet Rej Sorgen. Angela würde keine Witwe mehr sein. Angela als Witwe ist nützlich. Da ist zum einen der Mitleidsfaktor. Die tragisch zurückgebliebene Ehefrau. Die schöne Frau in Trauer. *Ihr Mann wurde ermordet, wissen Sie. An einem Strand von irgendwelchen Kleinkriminellen niedergestochen. Schrecklich. Der Mord hat ihr wirklich den Boden unter den Füßen weggezogen. Können Sie sich vorstellen, wie man sich fühlen muss, wenn einem der Mann mitten aus dem Leben gerissen wird?*

Auch in der Geschäftswelt ist ihr Witwenstatus nützlich: ihre Charakterstärke, ihre Fähigkeit, unter widrigsten Umständen weiterzumachen, ihr Mut und ihre Entschlossenheit. *Man muss es ihr lassen. Sie hat nicht den Kopf verloren. Trotz ihrer Trauer hat sie gezeigt, was in ihr steckt, indem sie die Firma mit fester Hand gelenkt hat.*

Sogar ihrem öffentlichen Bild als Frau kommt der Witwenstatus entgegen: eine Trauernde, die sich einen Platz in einer Männerwelt erkämpft, eine Frau an der Spitze einer Technologiefirma, eine in höchster Position. Sie punktet auf der gesamten Genderskala. *Diese Angela Amalfi ist eine Taffe. Mit der will man sich nicht anlegen. Die verspeist dich zum Frühstück.*

Und dann noch: ihr Aussehen. Sie ist höchst attraktiv. Grüne Augen, ein offenes Lächeln. Ein herausfordernder Blick. Ein Kleid mit einem Ausschnitt, der zeigt, dass sie umwerfend sexy ist. Männer starren sie an. Bewundern ihre Fesseln, ihre Waden, die Form ihres Hinterns. *So eine würde ich nicht von der Bettkante stoßen, nie im Leben.*

Angela, die Witwe, ist der Knüller. Angela, neu verheiratet, wäre das nicht. *Sie hat ihren Banker geheiratet, wusstest du das? Hat es allein nicht geschafft. Ist ja auch nicht leicht für eine Frau in der Baubranche.*

Eine neu verheiratete Angela wäre nicht gut fürs Geschäft. Als ihr Bruder würde Rej ihr davon abraten.

Denn was wäre, wenn Antony mit in die Firma einsteigen würde?

Was, wenn Antony Anteile bekäme?

Was, wenn Antony in den Vorstand gewählt werden würde?

Was, wenn Antony den Posten des Geschäftsführers übernähme?

Diese Szenarien gefallen Rej ganz und gar nicht. Sie bedrohen seine bisherigen Einkünfte. Und sie könnten seine Pläne zerstören.

13

Allein zu Hause denkt auch Vicki über menschliche Leidenschaften nach. Vor allem über die Jagdleidenschaft. Die Leidenschaft zu verfolgen. Das Gewehr zu heben. Den Abstand einzuschätzen. Das Zielfernrohr einzustellen. Zu beobachten, wie sich das Opfer der Gefahr bewusst wird. Wie es sich umsieht. Der Moment, ehe der Schuss erfolgt.

Sie sitzt am Küchentisch und betrachtet die Mikrokamera, die vor ihr liegt. Ein Apparat, den sie entdeckte und von dem sie Fish nichts erzählte. Er befand sich auf dem Kleiderschrank, zwischen den Koffern, die dort lagern, seine kleine Linse auf das Bett gerichtet. Sauberer Job. Winzig, mit Bewegungsmelder, Batterie für acht Stunden, speichert auf einen USB-Stick. Kann aus der Ferne bedient werden.

Problem: Wenn die Batterie leer ist, funktioniert auch die Kamera nicht mehr. Was bedeutet, dass man sie irgendwann wieder abholen muss.

Fragen über Fragen: Wer riskiert so etwas? Warum ist sie eine Zielperson? Wer ist der Jäger?

Vicki folgt ihrem Bauchgefühl und glaubt, es gehe um sie. Es muss mit ihrem letzten Auftrag für Henry Davidson zu tun haben. Sie ist überzeugt, dass die Amerikaner etwas damit zu tun haben.

Sie schiebt den USB-Stick in ihren Laptop.

Als Erstes sieht sie Bilder ihres Alltags: Sie und Fish betreten das Schlafzimmer, verlassen es wieder. Ziehen sich aus, ziehen sich an, lesen im Bett. Die Kamera schaltet sich nach dreißig Sekunden ab, wenn es keine Bewegung mehr gibt. Nicht gut. Verdammt ekelhaft. Und es wird schlimmer: Irgendwo in den Aufnahmen sind sie nackt und haben Sex.

Grundgütiger!

Da ist sie, ihr Rücken zur Kamera, auf Fish sitzend.

Sie hört sich selbst sagen: »Beweg dich nicht. Beweg dich gar nicht.«

Fish liegt da, die Arme an seinen Seiten, zu ihr hochblickend. Sie sieht, wie sie sich vorbeugt und mit den Brüsten über sein Gesicht streift. Einmal, zweimal. Dann richtet sie sich wieder auf, mit erhobenen Armen, die Hände in ihren Haaren.

Fish murmelt: »Ich kann nicht … Ich muss.« Er legt eine Hand auf ihren Schenkel und knetet ihn.

»Nicht.« Sie schiebt mit ihrer Rechten seine Hand fort.

Beide sind angespannt, ihre Körper regungslos. Ganz langsam beginnt sie, ihre Hüften zu bewegen und sich an ihm zu reiben.

Dann legt sie sich auf seinen Brustkorb, streckt die Beine neben ihm aus und nimmt ihn so in die Zange.

Man kann ihr Murmeln hören: »Bleib so. Gib jetzt nicht auf. Ich bin noch nicht fertig mit dir.«

Vicki drückt auf Pause. Sie schiebt den Stuhl zurück, steht auf, läuft durch die Küche. Kann vor Zorn kaum klar denken. Wer? Wann? Warum? Offensichtlich der Telkom-*Skollie*. Aber wer war er? Wer war sein Auftraggeber? Und wieso? Wieso, wenn sie doch seit Wochen, nach dem letzten Job für Henry Davidson, nach dessen Tod, nicht mehr auf der Bildfläche erschienen ist, sondern darum bemüht war, ihr eigenes, persönliches Leben endlich wieder zurückzubekommen?

Sie lehnt sich in einer Ecke gegen einen Küchenschrank. Schließt die Augen und massiert sich die Stirn. Sagt sich, sie müsse sich beruhigen, nachdenken, das Ganze langsam angehen. Sie wollen, dass sie wütend wird. Sie wollen, dass man in Panik ausbricht. Sie wollen, dass man kopflos Fehler begeht. Kontakt zu alten Bekannten aufnimmt, mit diesen redet, das verrät, was man begraben hat.

Wer auch immer ›sie‹ sein mögen.

Vicki schaut auf den Bildschirm ihres Laptops: ihr nackter Körper, die Arme zu beiden Seiten von Fishs Kopf, ihr Gesicht in seinem Nacken vergraben, ihre Schulterblätter, die Kuhle am unteren Ende ihrer Wirbelsäule, die Wölbung ihrer Pobacken. Ihre langen Beine eng an den seinen.

Sie betrachtet dieses Bild des Übergriffs. Ihr Gesicht ist erhitzt, ihr Herz pocht wild in ihrer Brust. Sie ist entsetzt und angewidert, dass ein anderer oder vielleicht auch mehrere andere das gesehen haben, diesen Einblick in ihr höchst intimes Leben hatten. Dass sie dasaßen und einem Porno zuschauten. Vielleicht belustigt. Vermutlich erregt. Vermutlich ihren Körper kommentierend. Sich überlegend, was sie gerne mit ihr machen würden. Lachend. Sie malt sich aus, wie sie die Szene immer wieder abspielen, das Bild heranzoomen, die Lautstärke hochdrehen. Ihr intimes Geflüster verspotten. Jene Momente in ihrem Leben, die ganz ihr gehörten. Die ihr jetzt genommen wurden. Besudelt. Archiviert, für andere auf immer zugänglich gemacht.

Vicki kehrt zum Küchentisch zurück, setzt sich und spielt die Aufnahmen bis zum Ende ab. Der Rest ist unwichtig. Das Leben in einem Schlafzimmer, bis die Batterie leer ist.

Wieder ruhiger, überlegt sie sich die Möglichkeiten, die sich nun ergeben: Dass der Telkom-*Skollie* zurückkehrt, um die Batterie auszutauschen. Unwahrscheinlich. Dass derjenige, der die Kamera dort platzierte, davon ausgeht, sie würde irgendwann gefunden werden. Höchstwahrscheinlich. Damit verbunden eine Art Botschaft: Wir haben dich im Blick.

Ein guter Grund, um das Ganze geheim zu halten. Ihr neues Leben weiterzuführen. Garantiert Fish nichts davon zu erzählen. Fish könnte alles verkomplizieren. Eine Konfrontation erzwingen. Obwohl Vicki sich zwar liebend gern rächen würde, hält sie es momentan für geschickter abzuwarten. Es wird nur ein paar Tage dauern, ehe Fishs Kontakt die Herkunft der anderen Apparate ermittelt haben wird. Und dann: Zeit für Action.

Das einzige Problem ist jetzt das Warten.

Online-Poker würde das Warten erträglicher machen.

14

Auch Fish wartet. Und überlegt. Denkt über doppeltes Spiel nach. Über Täuschung. Die Frage der zwei Gesichter. Wie es sein muss, sich hinter einem öffentlichen Gesicht zu verbergen.

Er denkt über diese Frage in der Parkgarage unter den Büros der Capital Trust Private Bank nach. Sitzt in seinem unauffälligen Auto zwei Reihen hinter Antony Brennans Audi RS3, der auf seinem reservierten Platz steht. Um ihn herum die Wagen der Büroangestellten, deren Motoren nach der morgendlichen Fahrt abkühlen. Fish kann das Pochen der Klimaanlage im Keller und das gelegentliche Quietschen von Reifen auf dem glatten Betonboden hören. Er wartet. Gewöhnt sich an die Umgebung. Findet heraus, wer sich hier aufhält. Ein Sicherheitstyp schlendert an Fishs Auto vorbei, ohne ihn zu bemerken. Zwei Männer in Anzügen werden von einem Lift verschluckt. Fish beschließt, noch fünf Minuten zu warten.

Währenddessen denkt er über die neue Version seiner Geliebten nach. Er möchte an ihre Häuslichkeit glauben. An die Psychotherapie. An die Treffen der Spielsüchtigen. Es ist schön, sie jeden Tag zu Hause zu haben, aber es ist einfach nicht Vicki. Völlig untypisch für sie. In den wenigen Jahren ihrer Bekanntschaft wechselte sie von Anwältin über Geheimdienstoffizierin bis zur Agentin. Und jetzt eine Frau, die gerne zu Hause bleibt. Das fühlt sich so falsch an. Er hasst sich für diese Gedanken, kann aber nichts dagegen tun. Vielleicht ist sie dabei, sich nach außen hin neu zu erfinden. Soweit er weiß, tun Agenten so etwas. Vor allem solche, die nicht mehr als Spione arbeiten. Laut sagt er: »Nein, Fish Pescado. Manchmal muss man einfach vertrauen.« Er beschließt, genau das zu tun: ihr zu glauben, ihr einen Vertrauensbonus zu geben.

Wirft einen Blick auf sein Handy. Die fünf Minuten sind abgelaufen. Dennoch bleibt er sitzen und denkt jetzt über das doppelte Spiel von Antony Brennan nach. Der Mann plant etwas. Etwas, was einen anderen stört. Wahrscheinlich geht es nicht um Geschäftliches, vermutet Fish. Bei lässig glatten Typen wie Brennan ist meist eine Frau im Spiel. Jedenfalls Fishs Erfahrung nach.

Auf dem Sitz neben ihm liegt eine Überwachungskamera. Klein, unauffällig. Könnte auch ein Rauchmelder sein. Man befestigt sie an der Wand, stellt den Bewegungssensor ein, und schon nimmt sie alles auf, was um Brennans Auto herum passiert. Fish erhält dann die jeweiligen Bilder auf sein Handy. Gerade will er aussteigen und den Job erledigen, als sich die Lifttür öffnet und ein Mann aussteigt.

Ein Typ Anfang vierzig. Gut gekleidet: schwarzes Jackett, Anzughose, Businessschuhe. Der Kerl bleibt stehen und schaut sich um. Zögert. Tut so, als würde ihn alles nichts angehen. Drückt den Knopf, um den Lift wieder zu holen.

Fish wartet, bis er verschwunden ist. Dann macht er sich an die Arbeit. Erledigt alles so schnell wie möglich. Er bringt die Kamera mit einem doppelseitigen Klebeband hoch oben an der Wand an. Zum Schluss kontrolliert er noch das Bild: Das Auto steht mittig und gut sichtbar da.

Zwei Stunden später isst Fish ein klebriges, süßes Teilchen und starrt auf den Seegang vor Queens. Es sind schöne, klare Wellen, die ein Typ da draußen ganz für sich alleine hat.

Im Kofferraum hat Fish seinen Neoprenanzug dabei. Aus dem hinteren Fenster ragt sein Twin-Fins-Retroboard heraus, vorne rund mit einem Fish Tail. Fish denkt: Rück rüber, *Boykie*, du bekommst Gesellschaft. Da surrt sein Handy.

Auf dem Display ist ein Bild von Antony Brennans Auto mit diesem Kerl in dem schwarzen Jackett, dem weißen Hemd samt Krawatte und der Anzughose zu sehen, wie er gerade die Beifahrertür öffnet, sich umschaut und sich dann ins Innere des Wagens beugt.

Der Mann ist schnell. Er fummelt unter dem Sitz herum,

holt den Peilsender heraus und wechselt die Batterie. Alles ganz ruhig. Die alten Batterien wandern in seine Jacketttasche. Er setzt den Peilsender wieder an seinen alten Platz. Schlägt die Tür zu, verschwindet aus dem Bild. Von ferne verriegelt er das Auto, wobei die Blinker vorne aufleuchten.

»Meine Fresse«, sagt Fish laut. »Und wer bist du genau, *China*?«

Er stopft sich den letzten Rest des Teilchens in den Mund und ruft Antony Brennan an. Erklärt mit vollem Mund: »Ich hab da etwas, was Sie sehen sollten. Können wir uns in ein paar Stunden treffen?«

»Worum geht's?«

Fish schluckt. »Ein Filmchen, das Sie sich anschauen sollten. Ein Typ war in Ihrem Wagen.«

»Ach?«

»Ja, ach. Ich kann um halb vier herum bei Ihnen im Büro sein.«

»Was war das für ein Typ?«

»Schick gekleidet. Nicht auffallend. Sieht fit aus. Mindestens Mitte dreißig. Man kann sein Gesicht genau erkennen.«

»Hautfarbe?«

»Heutzutage haben alle Hautfarbe.«

»Sie wissen, was ich meine.«

»*Coloured.*«

Antony Brennan schnalzt mit der Zunge.

»Soll ich die Wanze aus Ihrem Auto entfernen?«

Weiteres Zungenschnalzen.

»Nein, lassen Sie sie drin.« Schweigen. »Hören Sie, Fish. Ich bin nicht in Kapstadt, sondern erst in zwei Tagen wieder da. Das muss bis dahin warten. Rufen Sie meine Sekretärin an und vereinbaren Sie für Freitag einen Termin.«

Fish legt auf. Kein Problem, Mr. Antonio. Ziemlich gerissener Typ, der den Sender nicht entfernt haben möchte. Zehn Minuten später paddelt Fish auf einen wirklich guten Reef Break zu.

15

Das wunderschöne Kap.

Zweiter Auftritt.

Der Spazierweg von den Muizies bis nach St. James an einem ruhigen Abend wie diesem. Ein hübscher Küstenweg oberhalb der Felsen. Der Stadt von einem reichen Geschäftsmann geschenkt, um seinen Weg zur Synagoge besonders angenehm zu gestalten. Abseits der befahrenen Straßen. Gischt und Wind, die seinen Gebeten die richtige Würze verleihen sollten. Die Schreie der Austernfischer, die seine Seele durchdrangen.

Viele Jahre später betritt ein Paar Hand in Hand nach Bailey's Cottage den Pfad, der dort nach unten bis zu jenem Teil führt, wo es eben dahingeht. Vor ihnen steht ein Mann, der aufs Meer hinausblickt und dabei in sein Handy spricht. Jüngerer Typ in weiten Jeans, einem Kapuzenpulli und eingehüllt in den süßen Duft von *Doob*, den der Wind zu dem Paar hinüberträgt.

Das Pärchen lässt die Hände los, und die Frau will an dem Typen vorbei. Dort ist der Weg schmal, es passen gerade zwei Leute nebeneinander.

Der junge Mann sieht die beiden an und grinst. Grüßt: »Abend.« Zieht an seinem Joint und murmelt wieder etwas in sein Handy.

Das Paar grüßt undeutlich zurück, schlängelt sich an ihm entlang und geht weiter. Beide lauschen, ob sie Geräusche in ihrem Rücken vernehmen.

Jetzt läuft ein Mann auf sie zu, ein Jogger. Er bleibt stehen, schwer keuchend lehnt er sich an das Geländer. Meint: »Sie sollten nicht weitergehen. Da hinten sind ein paar *Skelm*-Typen. Lungern in der Nähe der Unterführung rum.« Weist mit dem Daumen hinter sich.

Das Paar dankt ihm. Die beiden beobachten, wie er an dem Jointraucher vorbeiläuft.

»Ach, Mann, Fish. Ich wollte nur mal spazieren.« Vicki zögert.

»Ich auch.«

»Gehen wir zurück.«

»Ich weiß nicht.«

Sie schauen sich an, zucken mit den Achseln und setzen ihren Weg fort. Weiter vorne hängen wie angekündigt zwei Männer herum. *Skelm*-Typen. Ziemlich unangenehm aussehende Kerle. Die sie böse anstarren.

Vicki und Fish bleiben stehen. Die Männer sind etwa zwanzig Meter von ihnen entfernt. Ruhelos. Mit harten Augen. Die Messer werden gezückt. Und springen auf. Zehn Zentimeter lange, dünne Klingen. *Skelm* eins tritt nach vorn. *Skelm* zwei hält sich hinter ihm.

Das Paar wartet.

»Handys«, sagt *Skelm* eins. »Geld.«

Das Paar ändert seine Positionen. Fish befindet sich in der Nähe des Geländers, Vicki steht an der Felsenseite.

Skelm eins rennt auf sie zu und hält dabei sein Messer so, als ob er zustechen wollte. Er nähert sich rasch. Nur noch zehn Meter.

Fish spannt sich an. »Du hast den Beschützer? Solltest du denen zeigen.«

»Er ist in meiner Hand.«

Skelm eins, jetzt etwa zwei Meter von ihnen entfernt, ignoriert das, was Vicki ihm entgegenreckt. Stattdessen fuchtelt er wild mit dem Messer durch die Luft und stürzt sich auf Fish. Der bleibt ungerührt stehen und drückt den Kerl zur Seite, sodass dieser halb über das Geländer hängt. Vicki tritt daraufhin nach seinen Füßen und stößt ihn, woraufhin er zwei Meter tief auf die schwarzen Felsen fällt und stöhnend dort unten liegen bleibt.

Skelm zwei weicht zurück. Hält das Messer warnend hoch. Und rennt dann kopflos davon.

»Lass ihn«, meint Fish.

Vicki dreht sich zu ihm. »Du blutest. Du blutest am Kopf.«

Vier

Er lehrte Zebräisch und Greifisch …

Alice's Abenteuer im Wunderland

1

Freitag, 13. Juni 2018. Dickkopf Fish Pescado, all seiner goldenen Lockenpracht beraubt, betritt Antony Brennans Büro. Über seinem rechten Ohr klebt ein fünfzehn Zentimeter langes Pflaster. An ein paar Stellen sickert noch etwas Blut durch den Verband.

Antony Brennan zieht hörbar die Luft ein. Atmet aus. »Mann! Was zum Teufel ist denn Ihnen passiert?«

Fish grinst verlegen. »Heutzutage kann man einfach nicht mehr friedlich spazieren gehen. Wir wurden von ein paar Typen überfallen. Das geschieht ja leider immer wieder, wie Sie wissen.«

»Das liegt allein an Ihnen, Fish. Ich kenne sonst niemanden, der überfallen wurde. Nur Sie. Sie scheinen so etwas anzuziehen.« Antony Brennans Blick wandert zu dem Blutfleck. »Sieht scheußlich aus.«

»Musste genäht werden. Das heißt, nicht genäht, sondern geklebt, wie das heutzutage gemacht wird.« Fish lässt sich gegenüber von Antony Brennan nieder und legt sein Handy auf den Tisch. Lacht. »Sie glauben also, dass ich Überfälle erleben will? Sie meinen, ich bin eine Art verdammter Magnet?«

»Was soll ich sagen? Die Beweise sprechen für sich. Da muss es doch irgendein lateinisches Sprichwort geben, oder? Verum est verum oder so. Und was hat es mit dem glänzenden Schädel auf sich?«

»Na ja, wenn man die Hälfte abrasiert, muss auch die andere daran glauben. Sonst sieht das seltsam aus. Auch wenn ich es mir kurz überlegt habe. Ob ich es nicht stehen lasse.« Er zeigt auf sein Handy, tippt ein Icon an und öffnet den kleinen Film. »Schauen Sie mal.«

Antony Brennan nickt. Er beugt sich über seinen Schreibtisch.

Fish drückt auf Start. Lässt das Video einundzwanzig Sekunden lang ablaufen.

»Einfach so«, meint Brennan und lehnt sich zurück. »Als wäre es das Normalste der Welt. Das muss man dem Typen lassen – er ist verdammt schnell.« Lässt die Aufnahme noch mal laufen, um sie an der Stelle anzuhalten, wo der Mann die Wagentür öffnet. Vergrößert das Bild.

»Erkennen Sie ihn?« Fish bemerkt eine leichte Irritation um Antony Brennans Lippen.

»Nein«, erwidert er. »Ich dachte für einen Moment … Aber nein.«

Ja klar, denkt Fish. Du kennst den Kerl. Warum willst du es mir nicht verraten? Sagt: »Ich habe außerdem eine Nummer desjenigen, der sich in diesen Apparat einwählt. Die SIM-Karte ist auf einen Toten registriert. Die Adresse gibt es nicht. Hatte auch nicht viel anderes erwartet. Wollen Sie die Nummer?«

»Ja, um alles zu dokumentieren. Und das Video. Ich muss das jemandem zeigen.«

Fish liest ihm die Nummer vor. Schickt ihm den Film über WhatsApp. *Wenn Sie möchten, dass ich mich darum kümmere, kann ich das gerne machen.*

»Vielleicht schon, Fish. Vielleicht schon. Zuerst möchte ich ein paar Nachforschungen anstellen. Aber Sie könnten noch zwei andere Dinge für mich erledigen.«

»Und welche?«

»Wie sieht Ihr Tag bisher aus?«

Eine Schadensersatzforderung unter die Lupe nehmen.

Eine Einstellungsuntersuchung. Den Wellengang anschauen. »Es gibt nichts, was nicht verschoben werden könnte.«

»Da wäre zunächst ein Mittagessen.«

2

Das Mittagessen, das Rejab organisiert hat. Ein Teil von Rejs größerem Plan.

Er wählt Harbour House unten in Kalk Bay. Er wählt es wegen seiner malerischen Eigenartigkeit. Ein kleiner funktionierender Hafen, wo Fischer ihren Tagesfang ausladen: Snoek, Meerbrassen, vielleicht Stumpnoses oder zwischendurch mal eine Gelbflossenbarbe. Frauen entfernen die Schuppen und nehmen die Fische auf großen Steinplatten aus. Möwen kreisen darüber, Robben liegen in der Sonne am Hafen oder draußen auf den Felsen. Dieser Ort verfehlt nie seine Wirkung auf Bewohner des Landesinneren, Touristen oder ausländische Geschäftsleute. Rej ist sich sicher, dass Angela begeistert sein wird.

Er ruft sie am Mittwoch an. Sie arbeitet zwei Tage im Johannesburger Büro. Er weiß, dass gerade auch Antony Brennan dort ist. »Wie wäre es mit einem Millionenprojekt?«

»Hängt von dem Projekt ab.«

»Abwasserreinigungsfabriken. Umspannwerke. Neu. Hochziehen und instand halten. Wir reden von fünfzig verschiedenen Kommunen.«

»Tun wir das! Das ist mehr als ein Millionenprojekt. Ist vielleicht sogar mehr, als wir hinbekommen.«

»Es ist ein Gemeinschaftsprojekt. Mit ausländischen Partnern.«

»Kennst du die?«

»Ich habe sie einmal getroffen. Bisher ist es noch nicht weitergegangen. Willst du sie kennenlernen? Solltest du. Das ist eine große Sache, Angela.«

»Also gut. Und wann?«

»Freitag. Freitag zum Mittagessen.«

»Ich komme Donnerstagabend zurück.«

»Genau. Ich habe dir ja gesagt, dass es hier unten neue Chancen gibt. Ich dachte für das Mittagessen an Harbour House in Kalk Bay.«

Ehe sie auflegt, fragt Angela: »Hast du nach Ferdi geschaut, Rej?«

»Es geht ihm gut. Keine Sorge.«

»Keine weiteren psychotischen Anfälle?«

»Du musst dir keine Gedanken machen. Alles in Ordnung.«

»Hast du ihn heute Morgen gesehen?«

»Hab ich. Auf dem Weg ins Büro. Ich habe kurz bei ihm reingeschaut. Er hat tief geschlafen.«

»Keine weiteren Wahnvorstellungen?«

»Sagte ich doch gerade. Es geht ihm gut, keinerlei Wahnvorstellungen.«

Jetzt also Freitagmittag. Angela steht auf dem Parkplatz hinter dem Restaurant und bewundert die Aussicht. Das Meer. Die Berge. Den Himmel bis zum Horizont. Sagenhaft.

Sie nahm die lange Strecke bis hierher – die Halbinsel am Atlantik entlang über Chapman's Peak. Joe Bonamassa laut aufgedreht. Die CD *Black Rock* ist augenblicklich ihre Lieblingsmusik. Hätte Rejs Praktikantin, diese Juzia, beeindruckt. Hier am Rand der Welt gibt es wahrlich nichts Besseres als Joe Bonamassa.

Als sie gerade die Chappies-Haarnadelkurven nahm, rief Antony an.

»Ich habe gehört, dass du dich zum Mittagessen im Harbour House triffst.«

»Ach ja. Wie hast du das denn erfahren?«

»Von einem Kollegen. Er wird auch da sein.«

»Du nicht?«

»Andere Abteilung.«

»Und in welcher Abteilung ist dann dein Kollege, wenn ich fragen darf?«

»Ausländische Direktinvestitionen. Ich wollte dich nur vorwarnen. Er heißt Ravi Pollard. Interessanter Typ. Junger Kerl. Einer dieser aufsteigenden Sterne am Finanzfirmament. Ziemlich schweigsam. Aber jetzt zu Wichtigerem: Hast du Lust, morgen mit mir segeln zu fahren? Soll windig werden. Also aufregend.«

Angela sagte zu. Ihr Herz tat einen kleinen Sprung. Legte auf. Drehte den Rock-Blues-Mann wieder lauter. Sie fragte sich, warum Rej nicht erwähnt hatte, dass ein Banker von Capital Trust dabei sein würde. Im Grunde war es egal. Es bedeutete nur, dass er bereits weiter fortgeschritten war, als er ihr gegenüber signalisiert hatte.

»Ich weiß, er ist dein Bruder.« Rick hatte diesen Satz sicher ein Dutzend Mal von sich gegeben. »Aber er ist eine tickende Zeitbombe. Man darf ihn nie aus den Augen lassen.«

Nicht dass Angela irgendwelche Illusionen hinsichtlich ihres Bruders Rej hätte. Ihn im Auge behalten war noch ihre geringste Sorge.

Sie ist die Letzte, die eintrifft. Sobald sie da ist, springt Rej auf und begrüßt sie mit einem Küsschen. Zwei weitere Männer sitzen am Tisch. Rej stellt sie als Sipho Dube und Ravi Pollard vor.

Sipho Dube ist Generaldirektor des Amts für öffentliche Bauarbeiten, Ausschreibungen und Auftragsvergaben.

Er sagt: »Ich habe über Rej erfahren, dass ich Ihren Mann kannte.« Dabei hält er ihre Hand lange in der seinen.

»Ach?« Angela zieht ihre Hand sanft fort und setzt sich neben Sipho Dube, mit dem Blick aufs Meer. Ravi Pollard befindet sich ihr gegenüber. Rej ist am Kopfende platziert, die See im Rücken. So sieht er nicht, wie sich schäumende Wellen an einem Riff überschlagen oder wie der Tang gegen die Felsen gespült wird.

»Mein Beileid. *Ag*, das hier kann ein schlechter, böser Ort sein.«

»Das kann es«, erwidert Angela. »Woher kannten Sie Rick?«

»Von vielen Orten. Irak. Kongo. Ruanda. Angola. Ich bin auch Ingenieur. Nachdem diese Länder zerstört waren, brauchten sie alle Ingenieure zum Wiederaufbau. Ich saß einige Male mit Rick in leeren Bars und trank ein paar Bier in der Hitze. Schreckliches örtliches Bier. Deshalb sind wir hier Ale-Anhänger. Etwas ganz anderes als *Umqombothi*-Bier.«

»Das kenne ich nicht.«

»Unser traditionelles Bier, gebraut aus Maismehl. Ich habe mich inzwischen spannenderen Geschmacksrichtungen zugewandt.«

»Brauen Sie auch Ihr eigenes Ale?«

»Ich nenne es Mpumalanga Sunrise. Es hat eine Bernsteinfarbe wie der Sonnenaufgang. Und das flüchtige Braun jagender Hunde im ersten Licht.«

Angela lacht und tunkt dann ein Stückchen Ciabatta in eine Sauce aus Balsamico und Olivenöl, wobei sie mehr Öl dazugießt. »Vielleicht sollten Sie ja auch Gedichte schreiben, Mr. Dube.«

»Sie verstehen mich.« Der rundgesichtige Mann strahlt sie an und bricht sich ebenfalls ein Stück Brot ab. »Ich habe bereits einige Gedichte im Internet veröffentlicht. Ganz ehrlich.«

»Ich glaube Ihnen, Mr. Dube. Ich werde sie mir anschauen.« Sie wendet ihre Aufmerksamkeit Ravi Pollard zu. »Und Sie. Ravi? Schreiben Sie ebenfalls Gedichte?«

»Das ist leider nicht so mein Ding.« Soweit Angela das sehen kann, werden seine Wangen rot.

»Nicht einmal Liebesgedichte? So mit roten Rosen und Ähnlichem?«

»Apropos rot«, mischt sich Rej ein und schaut von der Weinkarte auf. »Rot oder weiß?«

Es ist Freitag. Der heilige Tag in der Woche der Muslime. Aber Rej hat seinen Gebetsteppich schon seit Jahren nicht mehr ausgerollt. So ist Rej. Er hat auch nie so ganz dem Alkohol abgeschworen. Warum ihn aufgeben, lautet seine Haltung. Kapstadt ist eine Stadt des Weins. Hier putzt man seine Zähne mit Pinotage.

Angela möchte Weißwein. Die anderen sind einverstanden. Rej wählt einen Chardonnay.

»Wo sind die Partner?«, will Angela wissen. »Ich dachte, sie wären der Grund, warum wir hier sind.«

Rej nickt. »Das sind sie. Ravi kümmert sich um ihre Geschäfte bei Capital Trust.«

Auch Ravi nickt. »Stimmt genau«, sagt er. »Ich bin der Vermittler und Betreuer, der Verbindungsmann zwischen ihnen und den Firmen, in die sie investieren.«

»Aber Sie sind nicht sie? Also, Sie arbeiten nicht für sie?«

»Ich genieße ihr Vertrauen. Ich kann für sie sprechen.«

»Als Vermittler?« Angela legt den Kopf zur Seite. »So was ist mir neu.«

»Man braucht heutzutage Vermittler und Betreuer«, erklärt Rej.

Der Kellner wartet stumm neben dem Tisch.

Sie bestellen: Austern als Vorspeise, gefolgt vom Fisch des Tages, den alle nehmen: Marmorbrasse an Dillsauce.

»Ein wirklich schöner Ort, Rej«, meint Angela, während sie sich im Restaurant umschaut und dann aufs Meer hinauszeigt. »Gute Idee.« Sie wendet sich wieder Sipho Dube zu. »Rej hat mir erzählt, es ginge um eine Auftragsausschreibung, Mr. Dube?«

»Bitte Sipho. Nennen Sie mich doch Sipho.«

Sie tut es. »Sipho.«

Sipho erklärt ihr, was sie schon von Rej weiß. Es klingt gut. Es klingt machbar. In Siphos Worten: »Bereitstellung von Dienstleistungen ist heutzutage das A und O.« Was Angela allerdings nicht versteht: Warum das Mittagessen? Sie fragt, was mit den normalen Bewerbungsschritten bei derartigen Ausschreibungen sei.

»Natürlich, die hat es gegeben«, erwidert Sipho. »Wir haben eine Ausschreibung gemacht. Wir haben den ganzen Prozess korrekt durchlaufen. Fürs Protokoll.«

»Fürs Protokoll?«

Sipho hebt das Glas Chardonnay und stößt mit ihr an. Weicht ihrem Blick nicht aus.

Angela weiß, was er damit sagen will. Was ihr nicht gefällt.

Hastig meldet sich Rej zu Wort. »Alles gut, Angela. Wir haben uns an der Ausschreibung beteiligt.«

»Hast du? Verstehe. Fein.« Das ist auch neu für sie. Verdammt neu, um genau zu sein. Rej tanzt offenbar total aus der Reihe. Das muss seit Monaten geplant gewesen sein. Ganz offenbar will Bruder Rej vollendete Tatsachen schaffen. Bruder Rej tobt sich aus. Das Letzte, was sie will oder brauchen kann.

»Und diese ausländischen Investoren, Ravi? Wissen die über unsere Kapazitäten Bescheid?«

»Ja, das tun sie.«

Eine Verschwörung hat hinter ihrem Rücken stattgefunden. Das beunruhigt Angela. Gut, es geht um einen großen Auftrag, um viel Geld … Aber wenn Rej anfängt, Kaninchen aus dem Hut zu zaubern wie diese von ihr nie abgesegneten Anträge, weiß sie, dass es nicht um diesen Trick geht. Es geht um einen anderen Trick.

Herauszufinden was dieses andere sein kann, wird nicht leicht werden. Es gibt nur eine Möglichkeit, junge Pferde zu fangen.

Immer langsam.

Angela schlägt einen anderen Kurs ein. Bringt das Thema auf den jüngsten Skandal. Weitere Hausdurchsuchungen von Kabinettsministern durch die Finanzbehörde. Sipho äußert sogleich starke Kritik am früheren Präsidenten. Bezeichnet das als Hinweise auf einen Coup. Als Staatseroberung. Nur ohne Eingreifen des Militärs. Eine Revolution durch elektronischen Zahlungsverkehr. Angela lässt die Jungs ihr Ding machen: Rej und Sipho geben sich ganz und gar empört. Ravi schweigt. Vielleicht hört er nicht einmal zu.

Beim Hauptgericht fragt Angela: »Und was genau ist eigentlich Ihre Rolle, Ravi? Als Vermittler und Betreuer bei Capital Trust, meine ich.« Sie hat einen Ton in der Stimme, der von Rej – wie sie sieht – sofort wahrgenommen wird. Aber das ist auch klar. Er kennt diesen Ton seit Kindertagen.

»Finanzmanagement«, antwortet Ravi.

»Mit meiner Autorisierung«, fügt Sipho hinzu. »Sobald es eine Genehmigung für einen Auftrag in dieser Größenordnung vonseiten der Regierung gibt, bekommt die Bank – in dem Fall Capital Trust – die Freigabe, Sie – also den Dienstleister, der den Auftrag erhält – zu bezahlen.«

Angela hört genau zu. Sie hat Gabel und Messer gezückt,

um das letzte Stück zu zerlegen. Rejs starren Blick beachtet sie nicht.

Ravi sagt: »Im Grunde gibt es drei Einkommensströme. Gelder von unseren Investoren vor Ort. Geld von der Regierung. Und ausländisches Kapital. Capital Trust ist die Bank, bei der alles zusammenläuft. Sozusagen die Agentur, der Schnittpunkt und Tummelplatz, wenn Sie wollen. Wir teilen die jeweiligen Zahlungen den einzelnen Projekten zu, wie zum Beispiel in diesem Fall Amalfi Civils.«

Ach ja. So was hat Angela schon mal gehört.

Sie drängt: »Im Voraus? Ich meine das Geld. Teilen Sie das im Voraus zu? Oder ist Amalfi Civils Ihr Investor vor Ort? Bekommen wir das Projekt, indem wir unser eigenes Kapital einsetzen, ehe es die Freigabe für das tatsächlich investierte Geld gibt? In anderen Worten: Müssen wir dem ständig hinterherhecheln? Selbstfinanzierung über große Zeiträume hinweg? Wie lange? Sechzig Tage? Neunzig Tage? Wie lange?«

»So funktioniert das nicht, Angela«, sagt Rej.

Ravi schaut nicht glücklich drein. Als wäre seine Marmorbrasse doch nicht der frischeste Fang des Tages gewesen.

»Da ist zum einen das Geld«, erklärt Sipho Dube. Tupft sich den Mund mit einer Serviette ab. Legt Messer und Gabel nebeneinander auf seinen Teller. »Aber worum es wirklich geht, Angela, ist die Schaffung von Arbeitsplätzen. Das ist der tatsächliche Bonus des Ganzen. Dort draußen in den kleinen Städten …« Er weist mit der Hand vage in Richtung der fernen Berge. »… herrscht eine hohe Arbeitslosigkeit. Sie haben dort nur kleine Renten, Sozialunterstützung, Behindertenförderung. Mit diesem Projekt, die Kommunen zu richten, geben wir diesen Menschen wieder Hoffnung.«

»Warte nur, bis du das Angebot siehst«, meint Rej. »Wir

entsprechen allen Bemessungsgrundlagen fürs *Black Economic Empowerment.*«

Sipho Dube lehnt sich zurück und hebt sein Glas. »Deshalb treffen wir uns auch hier. Bitte, noch einen Toast.«

Angela tut ihm den Gefallen.

»Auf unsere Zusammenarbeit. Wir sind eine Allianz: Regierung und Unternehmen.«

Der Rest des Weins wird getrunken.

Angela kennt diese Geschichte in- und auswendig. Die Geschichte von der Partnerschaft zwischen dem öffentlichen und dem privaten Sektor. Über das gemeinsame Aufbauen des Landes. Viele Male hat sie bereits gesehen, wie es zum Streit kam. Geschäfte mit der Regierung stehen garantiert nicht weit oben auf ihrer Prioritätenliste.

Aber in finanziell gebeutelten Zeiten muss man Abstriche machen.

Da steht der Teufel am Steuerrad.

In einer Rezession nimmt man, was man kriegen kann. Man einigt sich auf den kleinsten gemeinsamen Nenner.

Das tut auch Angela. Von Rej einmal abgesehen, könnte das den Aufsichtsrat zufriedenstellen.

Sie bestellt Crème brûlée als Nachtisch. Gefolgt von einem doppelten Espresso.

Beim Abschied fragt sie Sipho: »Wie sieht das noch mal mit dem Zeitplan aus?«

Er zuckt mit den Achseln und wedelt unbestimmt durch die Luft. »Möglichst bald. Wir sind bereit. Und die Amerikaner auch.«

»Die Amerikaner?«

»Das sind die Investoren«, sagt Rej. »Das habe ich dir doch erzählt.«

Hatte er das? Angela kann sich nicht erinnern, dass er ihr

davon berichtet hat. Aber er gibt sich unerschütterlich und nickt bestimmt.

»Weißt du noch? Ich habe dir erzählt, dass mich ein Mann namens John Webster kontaktiert hat. Wirtschaftsberater des Handelsattachés im Konsulat. Er hatte den Kontakt zu Ravi.« Rej legt eine Hand auf Ravis Arm. »Denken Sie auch, dass alles bereit ist?«

Der Vermittler von Capital Trust räuspert sich und erklärt dann, das sei es.

Er sagt es so leise, dass Angela überlegt, ob Ravi Pollard vielleicht ein unglücklicher Mann sein könnte. Er ist mit etwas anderem beschäftigt.

3

Vicki schaut auf ihre Uhr: Fünf Minuten sind vergangen. Sie sitzt im Wartezimmer der Psychotherapeutin. Es ist ein altes Haus in einem Vorort, Teil einer Reihe von viktorianischen Doppelhaushälften. Das Haus enthält lauter Praxen: einen Zahnarzt, einen Allgemeinmediziner, einen Raum, den abwechselnd Podologen, Physiotherapeuten und Chiropraktiker benutzen. Am Ende eines Gangs liegt das Behandlungszimmer der Therapeutin. Als Vicki dort eintraf, meinte die Sprechstundenhilfe: »Aletta wird sofort für Sie da sein, Miss Kahn.«

Fünf Minuten später sagt sie: »Sie können jetzt hineingehen.«

Niemand ist in der Zwischenzeit herausgekommen.

Vicki geht einen düsteren Gang entlang. Hinter einer Tür hört sie das Surren einer Bohrmaschine, hinter einer anderen ein leises Murmeln. Es riecht nach Staub und hundert Jahre altem Schimmel.

Aletta van Niekerk steht hinter ihrem Schreibtisch. Sie trägt die für sie typischen Klamotten: graue Leggings, eine schlichte braune Tunika, eine große Kette aus Samenschoten. Die Haare in einem Dutt. Kein Make-up. Zwischen den Papieren auf ihrem Tisch liegen eine Zigarettenschachtel und ein altes goldenes Feuerzeug. Vicki nimmt einen Hauch von Zigarettenrauch, gemischt mit etwas wie Estée Lauders White Linen wahr.

»*Nou ja*, das ist eine Überraschung – Vicki«, sagt Aletta. »Ihren nächsten Termin haben Sie eigentlich in drei Tagen. Ist etwas passiert?«

Vicki nickt.

Aletta zeigt auf einen Sessel und setzt sich dann auf einen Drehstuhl aus schwarzem Leder.

Vicki weiß, wie es abläuft. Aletta wird dasitzen und sie so lange anschauen, bis sie redet. Sie besitzt die Geduld, jegliches Schweigen zu ertragen. Vicki kann auch schweigen. Nur hier nicht. Hier ist sie die Patientin, hier muss sie sprechen.

Und das tut sie jetzt. Sie erzählt Aletta van Niekerk von ihrer Spielrunde online.

Aletta macht sich Notizen. Vicki fragt sich, was zum Teufel sie in dem Fall aufschreiben kann.

»Finden Sie das klug?«

Immer dieselbe bissige Frage. Aletta hält sich nicht lange mit Therapeutengeschwätz auf. Tatsächlich mag Vicki diese Aletta, sie mag ihre knallharte Afrikaans-Art, die sie in Kampfmodus bringt.

»Nein.«

»Also *hoekom*? Warum dann?«

Vicki schweigt einen Moment. Sie schneidet eine Grimasse und zuckt mit den Achseln. »Ich weiß es nicht. War eine Beschäftigung.«

»Und was soll das heißen? Sie hätten stattdessen auch spazieren gehen können. Ins Kino. Eine Freundin anrufen. Ihren Geldgeber kontaktieren. Sie hätten viele andere Dinge tun können, Vicki.«

»Hab ich aber nicht.«

»*Nee*, das haben Sie nicht. Sie haben sich für die leichte Variante entschieden. Auf welcher Seite waren Sie? Poker Stars? Full Tilt? Oder sind Ihnen die nationalen diesmal zu klein gewesen? Wollten Sie es lieber international? Pogo? 247? Zynga? Wie Sie sehen, meine liebe *Juffrou* Kahn, ich kenne sie alle.«

»247.«

»*Wragtig*? Und? Haben Sie was gewonnen?«

Vicki war klar, dass diese Frage kommen würde. Aletta will immer wissen, wie viel sie gewonnen und verloren hat. Sie behauptet: »Sechshundert Dollar.«

»Dollar. *Lekker*. Das sind etwa siebentausend Rand. Sehr schön. Hilft Ihnen, die Stunden bei mir zu bezahlen. Ist das Ihre Art, Vicki? Immer beide Parteien gegeneinander ausspielen?«

»Nein, das ist nicht meine Art.« Vicki weicht ihrem Blick aus, als ob sie etwas verbergen will. Sie betrachtet die Wände: verwaschene Karoo-Aquarelle, gerahmte Zertifikate, das gemalte Bild eines kleinen Mädchens von einer glücklichen Familie.

»Ich denke schon. Aber lassen wir das für den Moment.« Aletta spielt nun mit dem Feuerzeug zwischen Zeigefinger und Daumen, was sie gerne tut. »Werden Sie es Ihrem Freund erzählen?«

»Wir führen unsere Leben unabhängig voneinander.«

»Das beantwortet nicht meine Frage.« Sie hört auf, mit dem Feuerzeug zu spielen. »Vicki, Augenkontakt. Schauen Sie mich an.«

Vicki gehorcht. Findet, dass Aletta eine gute Betreuerin in der Voliere geworden wäre.

»Gut. Werden Sie es ihm erzählen?«

»Nein, werde ich nicht.« Vicki schaut wieder weg, wie es von ihr erwartet wird.

»Weil Sie sich schämen.«

Ein kaum hörbares Ja.

»*Liewe hemel.* Ehrlich, Vicki Kahn, das ist doch zum Heulen.« Erneut dreht sie das Feuerzeug zwischen den Fingern, diesmal schneller als zuvor. »Und warum haben Sie es getan? Sie haben mir gesagt, dass Sie aufhören wollen.«

»Das will ich auch. Es war ein Ausrutscher.« Vicki fragt sich, wer wohl das kleine Mädchen ist, das dieses Bild gemalt hat. Die Tochter? Die Enkelin? Alettas Stimme bringt sie in die Gegenwart zurück. Dieser schulmeisterliche Tonfall.

»Wissen Sie, das glaube ich nicht. Wenn ich Sie betrachte, sehe ich Miss Doppelspiel. Sehr gut gekleidet, sehr respektabel, sehr kontrolliert. Sie kommt in meine Praxis und gesteht. Ich habe einen Fehler begangen, Aletta. Bitte, können Sie mir helfen, Aletta. Das zerstört mein Leben, Aletta.«

»Das tut es.«

»*Kak.* Sie kennen das Afrikaans-Wort »kak«? *Nou praat jy kak.* Sie reden totalen Unsinn, *Juffrou.* Aber *kak* trifft es besser. *Luister nou*, hören Sie mir zu. Wenn Sie zu mir kommen und Ihr Geld verschwenden wollen, dann ist das Ihre Sache. Wir können über die Dürre oder Bitcoin oder Staatskorruption oder Cricket reden. Selbst über den skandalösen Preis von Butter. Wir können plaudern, ist mir recht. Aber falls Sie es ernst meinen, Vicki, dann müssen Sie auch ernst sein. Denn ich glaube Ihnen nicht. Ich glaube, Sie kommen hierher, weil Sie wollen, dass andere denken, Vicki Kahn sei ein braves Mädchen.« Sie steht auf und nimmt die Schachtel mit

Zigaretten. »Kommen Sie. Wir können draußen weiterreden. Ich brauche eine Fluppe.«

Alettas Behandlungszimmer hat eine Schiebetür, die auf eine kleine Terrasse hinausführt. Dort gibt es nichts anderes als zwei Plastikstühle unter einer Markise und einen Flecken Kies. Sie setzen sich auf die Stühle. Aletta zündet ihre Zigarette an, zieht und schnipst dann die erste Asche auf die Steinchen.

Vicki wartet, bis sie den Rauch ausgeatmet hat, und fragt: »Welche anderen?«

»Wie bitte?«

»Welche anderen meinen Sie?«

»Keine Ahnung. Ihr Freund. Ihre Freunde. Woher soll ich wissen, welche anderen Leute es in Ihrem Leben gibt. Ich weiß nur, dass Sie Anwältin sind. Sie arbeiten für Legal Aid. Sie joggen am Wasser entlang zum Yachtclub und zurück. Sie leben mit einem Mann zusammen in Muizenberg. Was macht er beruflich? Ich weiß es nicht. Sie haben eine Wohnung in der Stadt, die Sie nicht aufgeben wollen. Warum nicht? Ich weiß es nicht. Wie sieht es mit Familie aus? Mutter, Vater, Tanten, Cousins?«

»Meine Eltern sind tot.«

»Selbst das wusste ich nicht. Es tut mir leid, das zu hören.« Jedes Mal, wenn Aletta die Zigarette zum Mund führt, klingt das Saugen daran nach einer Erleichterung. »Wann sind sie gestorben?«

»Vor Jahren.« Vicki kennt diese Art Gespräch. Sie weiß, wie sie allmählich damit herausrückt.

»Als Sie noch sehr jung waren?«

»Ich war jung. Ich war zwölf.«

»Darf ich fragen, was passiert ist? Ein Autounfall?«

»Sie wurden zu Tode gefoltert.«

»*Sê weer?*« Vicki weiß, dass diese Aussage immer zu einer verblüfften Reaktion führt. »Wie bitte?«

»Sie starben im Polizeigewahrsam.«

»Zu Tode gefoltert.«

»Durch die Sicherheitspolizei.«

»Damals …«

»Ja.«

Vicki beobachtet ihre Psychotherapeutin. Das Einsaugen und Ausatmen des Rauchs, die Zigarette, die sich ganz nahe am Gesicht der Frau befindet, bis sie in einem Glasaschenbecher ausgedrückt wird. Dann dreht sich Aletta zu ihr. Betrachtet sie gequält mit gerunzelter Stirn. »Das ist schrecklich. Ich möchte dafür um Verzeihung bitten.«

Auch das kennt Vicki. Die Scham, das Schuldgefühl, die Entschuldigungen.

»Es war nicht Ihre Schuld.«

»*Nee*, es war nicht meine Schuld. Aber es ist meine Geschichte. Und die lastet als Schuld auf uns. Danke, dass Sie mir das gesagt haben. Es ist wichtig zu wissen.« Sie klopft mit einer weiteren Zigarette auf die Schachtel, schüttelt dann den Kopf und schiebt sie zurück. »Später.« Lächelt Vicki an. »Das erklärt vielleicht etwas. Vielleicht auch nicht. Aber mehr wissen wir nicht über Vicki Kahn. Dementsprechend kann ich Ihnen nur sagen, was ich spüre. Und ich spüre, dass etwas fehlt, dass Sie nicht ganz ehrlich mit mir sind. Sie sind nicht echt. Ich habe nicht das Gefühl, als ob Sie mit dem Spielen aufhören wollen. Nicht wirklich. Kommen Sie.« Sie steht auf. »Drinnen ist es wärmer.«

»Ich bin hier«, entgegnet Vicki. »Ich hatte einen Rückfall. Echter kann ich nicht sein.«

»Ja, vielleicht. Aber hierherkommen reicht nicht. Ich kann Ihnen nicht helfen, wenn Sie mir gegenüber nicht Ihr Herz öffnen. Welches Geheimnis verbirgt sich in Vicki Kahns Herzen? Vielleicht Wut. Vielleicht Schmerz.«

Vicki Kahn ist sich selbst nicht sicher, welches Geheimnis es sein könnte. Sie ist sich nicht mal sicher, ein Geheimnis zu haben. Aber sie ist sauer. Ganz generell. Wütend, ja. Schmerz? Hängt davon ab. Hängt davon ab, wie man Schmerz definiert, findet Vicki. Ruhelos, angespannt, brennend? Dann ja. Angefressen.

»Wütend«, sagt sie.

»Gut«, sagt Aletta. »Worauf wütend? Wütend auf Vicki Kahn oder auf etwas anderes? Auf jemand anders?«

»Nicht auf mich selbst.«

»Nicht, weil Sie gespielt haben?«

»Nein.«

»Aber Sie haben mir gesagt, dass Sie mit dem Spielen aufhören wollen. Dass Sie damit aufgehört *haben*. Und dann machen Sie einfach so weiter.« Aletta schnipst mit den Fingern. »Sie geben nach und spielen erneut – um Himmels willen! – Poker online.«

»So leicht war das nicht.«

»Nun ja, so scheint es aber.«

»Ich habe nicht einfach nachgegeben.«

»Das behaupten Sie. Ich denke, Sie dachten: Ach, was kann ein kleines Spielchen schon schaden? Vielleicht muss ich nicht mal Aletta davon erzählen.«

»Ich habe es Ihnen aber erzählt.«

»Um damit anzugeben – nicht wahr? Um mir zu zeigen, dass Vicki alles tut, was Vicki tun will. Zum Teufel mit der Therapie. Habe ich recht?«

»Sie können glauben, was Sie wollen.«

»Genau das meine ich. Vicki ist es schnurzegal, was ihre Therapeutin glaubt. Hauptsache, Vicki zieht ihr Ding durch.«

»Das stimmt nicht. Es ist, wie ich schon gesagt habe: Ich bin hier, weil ich einen Rückfall hatte. Echter kann ich nicht sein.« Vicki verliert allmählich die Nerven. Eine derart knallharte Therapeutin wollte sie nicht. Eher eine Teilen-Sie-Ihre-Gefühle-mit-mir-, Ich-kann-Ihr-Leid-verstehen-Therapeutin. Keine herausfordernde. Jemanden, der ihren Geständnissen lauscht und dann ein paar harmlose Plattitüden von sich gibt. Nicht eine, die so skeptisch ist.

Die sagt: »Das haben Sie mir jetzt bereits zweimal erklärt. Sie protestieren zu stark, Vicki Kahn.«

Dann klappt Aletta ihr Notizbuch zu und wendet ihren Trick »Aus heiterem Himmel« an, den Vicki immer schon im Voraus erahnt. Sie sagt: »Folgt er Ihnen noch?«

Vicki erzählte ihr nämlich bei ihrer ersten Sitzung davon. Ein möglicher Hinweis auf Paranoia.

»Ja. Sie glauben mir?«

Aletta nickt automatisch, während sie wieder mit ihrem Feuerzeug spielt. »Kennen Sie den Ausdruck *ja nie*, Ja und nein?«

Vicki nickt.

»Ja, ich glaube Ihnen. Nein, ich glaube nicht, dass es ihn gibt.«

»Er sitzt in einem Jetta am anderen Ende der Straße«, erklärt Vicki. »In diesem Moment.« Sie springt auf und eilt auf die Tür zu. Wirft einen Blick über die Schulter zurück. »Ich zeige es Ihnen.«

Wie erwartet folgt ihr Aletta. Sie treten auf die Straße hinaus. Dort ist kein parkender Jetta. Es gibt überhaupt keine parkenden Autos.

»*Ja nie*«, sagt Aletta.

4

Als Ravi Pollard seinem Betreuer Oberst Kaiser Vula von dem Mittagessen mit Angela Amalfi und dem Generaldirektor des Amts für öffentliche Bauarbeiten erzählt, denkt dieser: *Haaita.* Endlich. Endlich etwas Brauchbares. Das sind interessante Informationen. Der Oberst kennt den Spruch: Man sollte reich sein, wenn man den öffentlichen Dienst verlässt.

»Halten Sie mich auf dem Laufenden«, sagt er. »Das ist sehr hilfreich.« Er lauscht den Hintergrundgeräuschen am anderen Ende der Leitung. »Sie sind wie vereinbart in einen Drogeriemarkt gegangen, um mich dort von dem öffentlichen Telefon aus anzurufen, oder?«

»Ja, natürlich.«

»Gut.« Ravi Pollard ist ein echter Gewinn. Ein treuer Diener. Doch es gibt noch etwas, das dringend geregelt werden muss. Äußerst dringend. »Eine Sache noch …« Der Oberst hält einen Moment lang inne. »Wie geht es Chereen? Haben Sie an die Rosen gedacht?«

Ravi Pollard stottert unverständlich.

Der Oberst weiß, dass Ravi Pollard sich fragen wird, warum er sich daran erinnert. Warum er überhaupt nachhakt. Interessiert er sich wirklich, oder will er wissen, ob ich sie heute Abend wie verabredet treffe? Kaiser Vula wartet.

»Ja. Ja, wir sehen uns heute Abend.«

Oberst Kaiser Vula schlägt einen väterlichen Ton an. »Das hatten Sie erzählt. Was Schönes geplant?«

»Wir gehen ins Silo.«

»Oh, sehr gut. Sehr elegant. Ich selbst bin noch nicht dort gewesen. Kerzenlicht und Rosen.« Dümmliches Geplauder, aber manchmal führt dümmliches Geplauder dazu, dass das Gegenüber unachtsam wird.

Ravi Pollard gibt allerdings eine einsilbige Antwort: »Ja.«

Was Oberst Vula belustigt. »Kommen Sie, Ravi. Sie sind jung. Chereen Williams ist hübsch. Das Leben besteht nicht nur aus Arbeit. Sie müssen sich auch mal amüsieren. Wie heißt es so schön auf Lateinisch? Carpe diem.« Ein Lachen. »Sehen Sie, Ihr Oberst kennt sich da aus.« Beschließt, erneut seine Allgegenwart zu unterstreichen. »Hm, hm, hm. Es gibt wenig, was Ihr Oberst nicht weiß, mein Freund. Vergessen Sie die Rosen nicht.«

Oberst Kaiser Vula legt auf. Ruft als Nächstes Tyrone Mansoor an, dem er eine Sprachnachricht hinterlässt. Kurz und knapp: »Heute Abend. Im Silo.«

5

Vicki braucht einen Wein. Dringend. Nach einer Sitzung mit Aletta braucht jeder halbwegs normale Mensch einen Wein. Im Kühlschrank steht noch ein Sauvignon blanc. Sie holt die Flasche heraus, schraubt den Deckel ab, gießt sich ein viertel Glas davon ein und trinkt es mit einem Schluck leer. Schenkt nach.

Sie hört Janet sagen: »Miss Vicki, da hatten Sie aber 'nen mächtigen Durst.«

Sie dreht sich zu ihrem persönlichen *Bergie* um. Janet steht auf der Schwelle der Hintertür. »Möchtest du auch ein Glas?«

»Ich bin ein Alki, Miss Vicki. Die Frage gibt es für mich nicht.«

»Willst du oder willst du nicht?« Vicki ist nicht in der Laune, irgendwelche Höflichkeiten auszutauschen.

»Ich will.«

»Okay.« Vicki holt noch ein Glas aus dem Schrank über der Spüle und füllt es zur Hälfte.

Sie setzen sich an den Küchentisch. Die Hintertür steht offen, das schwächer werdende Tageslicht fällt herein.

»Gott hilf uns, Miss Vicki. Wenn jetzt Mister Fish hereinkommt, was wird er dann denken? Dass wir zwei *Dronkies* zusammen *lekker gesuip* werden.«

Vicki betrachtet ihre Hinterhofbewohnerin. Die wachen Augen, das Lächeln. Vor vielen Jahren war sie vermutlich einmal hübsch gewesen. Hätte sich an Fish herangemacht. »Fish ist beim Surfen.«

»Mein ja nur.«

»Er surft. Wir trinken.« Sie stoßen miteinander an.

Vicki ist ganz woanders, irgendwo in einem Paralleluniversum. In der Welt des alten Spions Henry Davidson. Ihres Exbosses Henry Davidson. Des ermordeten Henry Davidson. In der Welt, die sie nicht freigibt. Die ihr ständig auf den Fersen ist. Wie ein Erbe, das Henry ihr hinterlassen hat. Etwas, was sie wissen sollte.

»Ich sehe, wo Sie heute waren, Miss Vicki. Bei Mrs. Aletta. Die Frau ist *kwaai*, wissen Sie, aber auch sehr schwierig. Diese ganze Raucherei. Bin selber schon dort gewesen. Wegen meines Problems. Das sie immer die teuflische Trinkerei genannt hat.«

Vicki liegt es auf der Zunge zu antworten: Scheint nichts gebracht zu haben. Stattdessen sagt sie jedoch so neutral wie möglich: »Ah ja.«

Janet nimmt einen Schluck Wein. »Mrs. Aletta hat sehr geholfen. Umsonst, übrigens. Sie haben mich vorher erlebt, Miss Vicki – in der Gosse, sturzbesoffen. Im Vergleich dazu bin ich jetzt geheilt. Weil man von Mrs. Aletta echte Erkenntnisse kriegt. Was einen selbst betrifft und warum man so ist, wie man ist.« Ein weiterer Schluck. »Was ist Ihr Problem, Miss Vicki?«

Vicki lächelt über die Frage. Sie nippt an ihrem Wein, allmählich heben die frischen Aromen ihre Laune. Sie denkt: Janet ist im Grunde ein Betreuer. Sie weiß alles über ihr Leben. Sitzt im Hinterhof, beobachtet, hört zu. Stellt scheinbar zufällige Fragen. Wie eine Agentin. Vicki antwortet: »Mein Problem? Das Leben, Janet, das ist mein Problem. Das Leben. Aber was hast du denn eigentlich da drüben gemacht?« Aletta van Niekerks Praxis liegt etwa vier bis fünf Kilometer entfernt.

»Manchmal laufe ich durch die Gegend, Miss Vicki. Um zu sehen, ob ich irgendwas Interessantes finde.« Janet beugt sich über den Tisch. Flüstert. »Heute Nachmittag habe ich einen Mann in seinem Auto gefunden. Denselben Mann, den ich schon mal in seinem Auto gesehen habe. Einmal am Strand. Einmal sogar hier am Ende der Straße.«

Vicki klickt eine Playlist auf ihrem Handy an. Man hört Wainwrights: »Hallelujah«. »Was für eine Art Mann?«

»Vielleicht so fünfzig. Oder sechzig. Bei Weißen kann ich das Alter nie einschätzen.«

»Was für ein Wagen?«

Janet zieht ihr Handy heraus und öffnet ein Foto. Von einem dunkelblauen Jetta. »Zehn Minuten lang ist er dort gesessen, nachdem Sie zu Mrs. Aletta reingegangen sind.«

Vicki bleibt ungezwungen. Sie zieht die Augenbrauen hoch und wackelt mit dem Kopf. »Du meinst, du hast den Wagen schon vorher mal gesehen?« Das hat sie auch. Sie hat ihn bereits viel zu häufig gesehen. »Vielleicht ist er ein Nachbar.«

»Er ist kein Nachbar, garantiert nicht. *Nay,* Miss Vicki, ich kenne hier jeden, alle, die kommen und gehen.« Janet hebt warnend einen Zeigefinger. »Da kommt Mister Fish.«

Wegen der Musik hat Vicki nichts bemerkt. Jetzt hört sie, dass eine Autotür zugeschlagen wird. Dann taucht Fish auf, in seiner besten Jeans und einer Lederjacke.

Was Janet einen bewundernden Pfiff ausstoßen lässt. »Oh, là, là, Mister Fish. Sie sehen aus wie ein Woolworth-Model. Miss Vickis höchstpersönlicher Bruce Willis. Top.«

Diesmal schafft es Fish, Vicki zu überraschen. »Warst du nicht surfen?«

»Manche von uns müssen Geld verdienen.« Beugt sich zu ihr, um ihr einen Kuss zu geben.

»Oh, wie ekelhaft.« Vicki schmeckt Bier, als er versucht, ihr seine Zunge in den Mund zu schieben. Sie wendet den Kopf weg. »Und warum so schick?«

»Mittagessen im Harbour House.« Fish formt die Wörter nur mit dem Lippen.

Vicki nickt. Denkt: Ohne Locken sieht Fish viel älter aus. Ernster. Sie ist sich nicht sicher, ob sie das gut findet. Sagt: »Nicht schlecht. Auf Spesen, vermute ich.«

»Natürlich. Weißt du, wer noch da war?«

»Keine Ahnung. Klär mich auf.« Vicki klingt schärfer.

Fish schaut sie stirnrunzelnd an. »Alles in Ordnung? Ihr zwei sitzt also hier und trinkt Wein zu Martha-Musik.«

»Alles wunderbar.« Vicki mustert Fish. Ihr veränderter Tonfall irritiert ihn sichtbar. »Willst du mir jetzt verraten, wer noch da war?«

»Unser alter Freund.« Fish formt Mart Velazes Namen mit den Lippen. »Mit einer Frau, die nach Libanesin oder Israelin oder so aussah.«

Mossad, denkt Vicki. Bei Mart Velaze wird es nicht nur eine Freundin gewesen sein.

»Haben dort gemeinsam Mittag gegessen, halt irgendein verliebtes Pärchen.«

»Zufall?«

»Bezweifle ich. Wenn man bedenkt, wen ich observiert habe.« Er dreht den »Hallelujah«-Chor lauter. »Einer ein Generaldirektor, der andere meine Zielperson von Capital Trust und dann – Überraschung! – eine frühere Klientin sowie ein *Larney*-Geschäftsmann namens Rej Ben Ali. Bruder besagter früherer Klientin Angela Amalfi. Über die beiden sollte ich Profile für Capital Trust anlegen.«

»Haben sie dich nicht erkannt?«

»He, ich bin mit dem Verband auf meinem kahlen Kopf ziemlich gut verkleidet. Vorher war ich immer dieser blonde Surferboy.«

»Wenn Sie sich einen Lutscher besorgen, können Sie jetzt als Kojak durchgehen«, meint Janet.

»Kojak? Wer ist Kojak, Janet? Bleib bei Bruce.«

»Sie sind auch *mos* zu jung für Kojak, Mister Fish. Ich habe das kollektive Gedächtnis.«

Fish schüttelt den Kopf und reicht Vicki sein Handy. »Schau dir diesen gruseligen Mist mal an.« Er wischt mit einem Finger über das Handydisplay. Wählt das Video-Icon aus.

Janet rutscht so, dass sie auch einen Blick auf das Handy hat. »Ich wollte gerade gehen, Mister Fish. Hab Miss Vicki nur Gesellschaft geleistet. Weil niemand allein trinken sollte.« Sie rührt sich nicht von der Stelle.

Janet und Vicki sehen nun einen Mann in einer Trainingsanzugjacke, aber ohne dazu passende Hose, der ein eisernes Band um den Hals hat. Dieses Band ist an einer Kette befestigt, die wiederum an einer Wand hängt. Der Mann kriecht auf allen vieren zwischen Möbeln hin und her. Gelegentlich hebt er den Kopf und heult, wie es ein Hund tun würde. Oder ein Wolf.

»*Jirre*, was für ein *kak*«, sagt Janet. Zeigt mit dem Finger auf das Handy. Flüstert: »In Valkies haben sie solche Leute. Leute, die glauben, ein Schakal zu sein. Hab ich selbst gesehen.«

»Das ist aber nicht aus dem Irrenhaus«, entgegnet Fish. »Das ist nicht Valkies. Das ist Bishopscourt.«

Vicki schaut sich den Clip noch einmal an. »Wer ist er?«

»Keine Ahnung. Also, noch keine Ahnung. Ich sollte eine Villa im Canterbury Drive unter die Lupe nehmen. Ein riesiges zweistöckiges Haus. Wie ein kleines Hotel. Ein Typ wohnt da ganz allein. Hinten gibt's ein Gartenhaus, und in dem befindet sich Mr. Wolfman hier. Ist doch eine seltsame Situation für einen Geschäftsmann, findest du nicht? Ein Geschäftsmann namens Rej Ben Ali.«

»Von Amalfi Civils! Wow. Dieses Heulen lässt einem echt das Blut in den Adern gefrieren.« Vicki schüttelt sich, als sie das Handy auf den Tisch legt. »Echt scheußlich.«

»Kann man wohl sagen. Die ganze Angelegenheit ist verrückt.« Fish öffnet eine Flasche IPA und gießt sich ein Glas ein. Schlürft zuerst den Schaum.

»Hast du das deinem Kunden erzählt? Ich meine Capital Trust.«

»Noch nicht. Ich habe eine Nachricht hinterlassen. In dem Zimmer sind überall Exkremente verteilt.«

»Mein Gott, Fish. Das musst du melden.«

»Zuerst dem Klienten.« Fish streckt eine Hand Janet entgegen: »Handy, bitte.«

Sie gibt es ihm. Er öffnet ein weiteres Video. Hält das Display Janet hin. »Hast du diesen Typen schon mal gesehen?« Er lässt das Video abspielen, auf dem der Mann in Antony Brennans Audi einbricht. Hält es an der Stelle an, wo Mr. Schnellfinger gerade die Wagentür öffnet. Vergrößert das Gesicht.

Janet beugt sich vor. Ihre Augen weiten sich. »Ja, Mister

Fish. Das ist er, Mister Fish. Echt wahr. Das ist der Telkom-*Skollie.*«

»Dachte ich mir«, meint Fish. »Verwendet die gleichen Apparate, die wir hier gefunden haben.«

6

Die junge Frau steht unter der Dusche. Sie ist eine gute Bürgerin, die in einem Eimer zu ihren Füßen das schmutzige Wasser sammelt, um damit den Garten zu wässern. Alicia Keys ist laut aufgedreht: »Girl on Fire«. Die junge Frau singt lautstark mit. Hält den Ton. Sie schwebt auf Wolken.

Draußen parkt gerade ein BMW-Geländewagen hinter ihrem Fiat 500. Darin sitzen drei Männer. Der Motor wird abgeschaltet, die Lichter ebenfalls. Die Typen sitzen da, die Augen auf die Straße gerichtet. Es ist früher Abend. Dunkler Winter in Kapstadt. Niemand unterwegs.

Die junge Frau in der Dusche streckt sich mit erhobenen Armen. Dann massiert sie sich die Kopfhaut unter ihren kurz geschnittenen Haaren. Das Gesicht hält sie in das herabprasselnde Wasser und lässt es einen anstrengenden Tag von ihrem Körper waschen. Ein fester Sportstudiokörper. Wo sie jetzt eigentlich auch sein sollte – auf dem Laufband, um ihre üblichen Kilometer hinzulegen. Für sich. Für den Job. Aber sie hat ein Date. Ein Date, für das sie gearbeitet hat. Der große Abend ist gekommen. Der zu allem führen könnte.

Je nachdem.

Allerdings hat sie auch nichts dagegen, wenn es wirklich dazu käme.

In dem Geländewagen schaut der Mann hinter dem Steuer auf seine Armbanduhr. 19:23. »Es ist Zeit.« Den beiden Männern gibt er noch auf den Weg: »Sagt ihr, dass sie besser sofort nach Joburg zieht.«

Er beobachtet, wie sie über den Bürgersteig zum Gartentor laufen. Dann eilen sie den Weg hinauf zur Haustür.

Die junge Frau in der Dusche genießt noch ein paar Sekunden lang den Wasserstrahl. Ein seltener Luxus. Dann bringt sie ihr Gewissen dazu, Wasser zu sparen und abzudrehen. Sie seufzt. Trocknet sich mit einem roten Handtuch ab.

Alicia Keys singt: *If I ain't got you.*

Das Date soll in dem neuen, schicken Silo stattfinden. Wer isst schon Snacks an einer Hotelbar? Seine Entscheidung. Soweit sie informiert ist, war er dort bereits für ein paar Mittagessen und auch einige spätabendliche Drinks. Mit Geschäftsführern, Finanzvorständen, Generaldirektoren aus verschiedenen Regierungsabteilungen. Der Generaldirektor des Amts für öffentliche Bauarbeiten steht häufig auf der Gästeliste. Der Mann muss eine Spesenabrechnung haben, wie sie das bisher noch nie gesehen hat.

Die Beleuchtung auf der *Stoep* ist angeschaltet, sodass man die beiden Männer von der Straße aus bestens sehen kann. Durch das Milchglasfenster der Haustür schimmert Licht. Es handelt sich um eine dieser Reihenhaushälften der 1920er-Jahre. Die Schlafzimmer liegen jeweils nach vorne, entlang eines langen Gangs, der zu Wohnzimmer, Küche und Bad führt.

Die Männer haben einen Schlüssel. Ein einfaches Yale-Schloss. Rasch sind sie im Haus und drücken die Tür hinter sich zu.

Eine Katze miaut. Der erste der beiden Männer beugt sich herab und krault dem Tier den Kopf. Den Gang entlang ertönt Musik, die junge Frau singt dazu.

Der erste Mann schiebt die schnurrende Katze sanft beiseite und richtet sich auf. Er zeigt in Richtung der Stimme.

Die beiden setzen ihre Masken auf: Bruder Hase und Bruder Fuchs. Ansonsten tragen sie jeweils neutrale schwarze Turnschuhe, Armeehosen, Bomberjacken. Bewaffnet mit Neun-Millimeter-Pistolen und Tränengas. In ihren Taschen haben sie Plastikfesseln.

Die junge Frau wickelt sich in ihr rotes Handtuch und betrachtet ihre Gestalt im Spiegel. Sie fragt sich, wie weit sie bei diesem Date wohl gehen wird.

»Du kannst es langsam angehen«, meinte ihr geheimnisvoller Betreuer Mart Velaze zu ihr.

Mart Velaze. Sie hatte ihn während ihrer Ausbildung immer wieder in der Voliere gesehen. Einer der Geheimdienstveteranen, zumindest den Gerüchten zufolge. Über ihn wurde nur hinter verschlossenen Türen geflüstert. Er hatte sie noch vor dem Ende ihrer Ausbildung ins Auge gefasst. Wenn sie ehrlich war, interessierte sie sich mehr für Mart Velaze als für diesen Bankertypen.

Bruder Fuchs lässt den Strahl einer Taschenlampe durch die Zimmer wandern. Das linke Schlafzimmer vorne ist das der jungen Frau. Doppelbett. Die Bettdecke noch so zurückgeschlagen, wie sie diese am Morgen, als sie aufstand, hinterlassen hat. Kleid, Jeggings, BH, Höschen, allesamt auf dem Boden liegend. Auf dem Bett ein Jackett. Eine Kommode mit Lippenstift und Haarbürste auf einem Tablett. Auch ein paar Kerzen stehen dort. Darüber hängt ein ovaler Spiegel in einem

Holzrahmen. Die Wände sind weiß gestrichen. Keine Bilder, aber Landkarten. Eine Weltkarte. Eine Karte von Afrika. Eine von Südafrika. Eine weitere von Indonesien. Schwere Vorhänge verdecken ein Erkerfenster. An der Türklinke baumelt ein kleiner Rucksack. Bruder Fuchs schiebt seine Hand in den Rucksack. Zieht eine Pistole heraus.

Eine Grand Power K100 Whisper. Keine Handfeuerwaffe, der man täglich begegnet. Nicht mit diesem Schalldämpfer. Er schiebt sich die Pistole in seine Tasche an seinem Oberschenkel.

Vorne rechts ist das Gästezimmer. Der Lichtstrahl der Taschenlampe beleuchtet ein paar Dinge. Ein Trainingsrad. Ungeöffnete Kartons. Ein Bodyboard, Schwimmflossen, einen Neoprenanzug in einem Plastikeimer. Einen zusammengerollten Teppich unter dem Fenster. Die Vorhänge sind auch hier zugezogen.

Die Männer bleiben einen Moment lang im Flur stehen und lauschen. Alicia Keys singt noch immer lautstark. Jetzt wird sie allerdings nicht mehr von der anderen Stimme begleitet. Die Katze reibt sich schnurrend an Bruder Fuchs. Vor ihnen sehen sie das flackernde Licht von Kerzen im Wohnzimmer. Die Frau scheint etwas für Kerzen übrigzuhaben.

Sie betreten das Wohnzimmer. Die Katze läuft voran und springt auf ein Zweiersofa, haut dort ihre Krallen in das Kunstleder. Bruder Fuchs setzt sich neben sie, Bruder Hase gegenüber. Entspannte Männer. Die Beine ausgestreckt. Bruder Hase hat seine Hände hinter dem Kopf verschränkt, die Hängeohren verdecken seine Handgelenke. Sie sitzen einer geschlossenen Tür gegenüber.

Die junge Frau öffnet die Tür zum Wohnzimmer. Sieht die zwei Männer mit den seltsamen Masken dort sitzen. Stößt einen Schrei aus. Einen wirklich lauten Schrei. So hat man es ihr beigebracht. Was die beiden überrascht. Reagiere schnell. Tu, was man nicht von dir erwartet. Sie erwarten, dass du fliehst. Wegrennst. Sie tut es nicht. Sie rennt direkt auf sie zu. Haut Bruder Fuchs mit einem Ellbogenschlag gegen die Kehle um. Hört, wie die Katze kreischt. Duckt sich unter die Arme von Bruder Hase und versetzt ihm mit harten Fäusten zwei Schläge: in die Nieren und die Eier. Er krümmt sich zusammen und wird beiseitegestoßen.

Noch immer schreiend eilt die junge Frau in ihr Schlafzimmer. Hoffentlich haben die beiden ihre zweite Waffe nicht gefunden. Die K100 war klar, die konnte man nicht übersehen. Männern mit Disney-Masken würde so etwas nicht entgehen.

Die zweite Pistole liegt in ihrer Unterwäsche-Schublade. Nicht unbedingt das originellste Versteck. Sie sollte eigentlich in einem Safe verschlossen sein. Aber was nützt sie da, wenn man es eilig hat?

Sie ist noch dort.

Eine Z88. Neun Millimeter, fünfzehn Schuss. Eine alte Polizeiwaffe. Eine, die sie gekauft hat, als sie die Polizei verließ. Als Reserve. Für Augenblicke wie diesen. Allerdings hatte sie Augenblicke wie diesen nicht so bald erwartet.

Sie lädt durch und dreht sich um, als Bruder Fuchs unter der Tür steht. Hebt die Z mit beiden Händen.

Noch immer hat sie ihr rotes Handtuch um sich gewickelt.

Er zielt ebenfalls mit einer Waffe auf sie. Ruft: »Runter damit, Chereen. Wir wollen nur reden.«

Na klar, denkt sie. Fragt: »Wer ist wir?«

»Freunde.«

»Natürlich seid ihr das.« Sie schießt, und Bruder Fuchs fliegt quer durch den Flur, um an der gegenüberliegenden

Wand, eine Blutspur hinterlassend, auf den Boden zu rutschen. Genug mit dem Geplauder.

Bleibt noch Bruder Hase.

Aus dem Wohnzimmer ist kein Laut zu vernehmen.

Chereen tritt zur Seite, sodass man sie von der Diele aus nicht sehen kann. Falls Bruder Hase zu ihr ins Schlafzimmer spähen will, muss er sich zum Feuern nach links drehen. Dadurch würde sich sein Körper genügend unter der Tür zeigen, um für sie zum Ziel zu werden. Sie hält die Z88 in beiden Händen und richtet sie unverwandt Richtung Gang.

Sie wartet.

Die Dielen knarzen. Der Vorteil eines alten Hauses. Sie hält die Pistole fester. Wieder ächzt der Boden.

Der Typ ist keiner, der redet.

Sie überlegt, ob sie ihn in ein Gespräch verwickeln soll. He, Bruder Hase, was soll das? Scheiße, Mann, das ist doch verrückt. Wer seid ihr Jungs? Lass uns quatschen. Aber das würde ihm einen Vorteil verschaffen.

Es ist besser, auf das Knarzen des Bodens zu achten, während er näher kommt. Wie du willst, Bruder Hase.

Draußen im BMW sah der Fahrer das Mündungsfeuer einer Pistole aufflammen und hörte auch den Schuss. Schüsse sind in den Vororten nichts Ungewöhnliches, aber ein Schuss ist ein Schuss: laut und aufschreckend. Bringt gute Bürger dazu, eine WhatsApp an die Nachbarschaftswache zu schicken. Er bleibt sitzen. Starrt auf das Haus, beobachtet die Straße. Niemand rührt sich. Keine *Stoep*-Beleuchtung geht an, keine neugierigen Nachbarn öffnen ihre Haustüren und treten hinaus. Was nicht bedeutet, dass es bei WhatsApp nicht surrt. Er regt sich nicht. Eine Hand am Zündschlüssel, bereit, den Motor anzulassen. Er erwartet die Brüder Hase und Fuchs jeden Moment. Aber sie kommen nicht. Stattdessen: ein zweites Mündungsfeuer. Diesmal ist der Schuss so laut wie das mittägliche Kanonendonnern. Er wird garantiert brave Bürger auf die Straße treiben. Zwei Häuser weiter unten gehen die Lichter an. Ein Mann taucht unter der Tür auf, hinter ihm eine Frau. Er schaut den Bürgersteig entlang, ruft der Frau zu: »Alles in Ordnung. Sag ihnen, dass alles in Ordnung ist.« Der Fahrer lässt sich auf dem Sitz nach unten gleiten. Beobachtet, wie das Paar wieder im Haus verschwindet. Wartet noch mal zwei Minuten. Dann steigt er aus und eilt auf das Haus zu.

Die Katze kommt zuerst herein. Dann ist er unter der Tür, Bruder Hase mit den Flauschohren. Wie sie sich dachte. Er lässt die Hand mit der Waffe durch den Raum wandern. Der Körper ist durch die Tür geschützt. Er steckt den Kopf ins Zimmer. Die einzigen Möglichkeiten: die Hand mit der Waffe außer Gefecht setzen oder ein Kopfschuss. Beides sind kleine Ziele. Aber kleine Ziele haben Chereen noch nie ein Problem bereitet. Sie würde beide treffen. Ihn außer Gefecht setzen, wäre menschlicher. Sie entscheidet sich fürs Unmenschliche. Streckt ihn mit einem Neun-Millimeter-NATO-Geschoss in die Schläfe nieder. Blut und Gehirn spritzen an die Wand. Bruder Hase stürzt kopfüber in ihr Schlafzimmer.

Jetzt verblutet der Hase dort auf dem Boden, während sein Kollege Fuchs dasselbe im Flur macht.

Nicht gerade ideal.

Bei Chereen hat das Adrenalin-Zittern noch nicht eingesetzt. Sie hält das Handy ruhig in der Hand. Das Handy, das sie mit Mart Velaze verbindet. Es war noch in der Jackentasche, wo sie es deponiert hatte. So viel zu den Durchsuchungsmethoden der Brüder.

Sie schickt eine Nachricht: *Party!*

Zieht sich rasch an: Jeans, T-Shirt, Kapuzenpulli, Turnschuhe.

Hastig tastet sie die Leichen nach irgendwelchen Hinweisen auf ihre Identität ab. Nichts. Wie sie es erwartet hat. Es gibt einige Möglichkeiten, um wen es sich handelt: ausländische Agenten, privater Sicherheitsdienst, angeheuerte Helfer, Kollegen aus der Voliere. Wenn sie an Mart Velaze denkt, tippt sie auf letztere Option.

Sie nimmt die Katze in die Arme. Das Zittern beginnt jetzt. Das grauenhafte Verstehen, was da gerade passiert ist. Es ist nicht ihr erster Toter, aber sie hat ihre Gesamtzahl gerade um zweihundert Prozent nach oben gejagt. Sie muss jetzt in Bewegung bleiben. Chereen steigt über Bruder Fuchs, läuft den Gang hinunter zur Küche. Dort sperrt sie die Katze und sich selbst ein. Schaltet Alicia Keys aus: »You Don't Know My Name«. Wartet auf Mart Velazes Anruf, während sie sich an einem Küchenstuhl festhält, um das Zittern unter Kontrolle zu bekommen.

Der Fahrer schraubt den Schalldämpfer an seine PB. Dann steigt er aus und hastet zur Haustür. Der Schlüssel steckt im Schloss. Er hält einen Moment lang inne und lauscht. Aus dem Inneren dringen keine Laute heraus. Dreht den Schlüssel und schiebt langsam die Tür mit seinem Fuß auf. Zuerst sieht er die Stiefel und die Beine von Bruder Fuchs. Er tritt ein, schließt leise die Tür hinter sich. Dann entdeckt er Bruder Hase der Länge nach auf dem Boden liegen. *Fok.* Er prüft mit dem Finger am Hals, ob sie noch leben. Beide tot. Das Mädchen ist nirgendwo zu sehen.

Was für eine Frau.

Der Fahrer, Pistole gezückt, wirft einen Blick in das zweite Zimmer und geht Schritt für Schritt den Flur weiter. Vermutlich hat sie sich durch die Hintertür verdrückt. Wenn sie dort draußen auf den Straßen unterwegs ist, wird er sie nicht finden. Ihre Flucht könnte für ihn zu einem Riesenproblem werden.

Zu einem echten Rückschlag.

Fok, sie hat zwei Männer gekillt. Erfahrene Agenten.

Er tritt vorsichtig auf. Die Dielenbretter knarzen. Er betritt das Wohnzimmer, findet das Bad. Als Nächstes steht er vor einer geschlossenen Tür. Drückt die Klinke herunter. Öffnet.

»Mart?«, fragt eine Stimme. »Gott sei Dank.«

Er hebt die Waffe. Sagt: »*Ag*, sorry. Ich bin nicht Mart. Ich bin Tyrone. Sie sind eine gefährliche Lady, Chereen. Wir müssen reden.«

7

Mart Velaze sitzt in seinem Auto. Zeit: 19 Uhr 20. Ort: Upper High Level Road, Sea Point. Sein Blick ist auf den Ausgang eines Wohnblocks gerichtet. Er denkt: Komm schon raus, *Buti*, du sollst in vierzig Minuten dort sein.

Er stellt sich Ravi Pollard in seinem Apartment vor. Wie er sich Aftershave auf seine Wangen klatscht und seine Zähne nach Essensresten absucht. Wie er ein Mundspray ansetzt. Ravi Pollard in einem hellrosa Hemd mit offenem Kragen, eng geschnittenen, steingrauen Timberland-Hosen, blauen Loafers von Mezlan. Wie er eine Bomberjacke von Bally aus braunem Wildleder überzieht. Ravi Pollard, der Markenmann.

Er hat eine Wohnung, in der man zu fliegen glaubt. Breitet man dort die Arme aus, kann man sich vorstellen, Superman zu sein: Im Schlafzimmer und im Wohnzimmer reichen die

Fenster bis zum Boden, und unten sieht man dann das Meer. Man fühlt sich wie der Herrscher der Welt.

Im Wohnzimmer stehen Sofas aus Kuduleder, dahinter erstreckt sich eine offene und teuer ausgestattete Küche, die selten benutzt wird. Ravi Pollard ist ein Mann, der meist in Restaurants isst. Oder er holt sich was bei Giovanni's Deli, wenn er mal zu Hause Hunger hat.

Mart Velaze ist in seiner Wohnung gewesen. Ohne Einladung. Vor einer Woche. Hat sie nach Wanzen abgesucht. Bisher hört keiner Ravi Pollards Leben ab. Was Mart Velaze seltsam findet, wenn man Ravi Pollards Stellung bei Capital Trust bedenkt, ebenso wie seine Kontakte aus dem privaten und dem öffentlichen Sektor. Da könnte man eigentlich annehmen, dass seine außerhäusigen Aktivitäten für so manchen von Interesse wären.

Da: Ravi Pollards silberner Lexus kommt aus der Garage.

Mr. Ravi Pollard ist pünktlich. Mart Velaze fiel bereits auf, dass Ravi immer der Erste ist, der eintrifft, egal, ob es sich um ein Meeting, ein Date oder eine gesellschaftliche Verpflichtung handelt. Er sieht sich gerne zuerst einmal um. Ein Verhalten, das eher für das Personal aus Mart Velazes Umfeld typisch ist. Doch bei Ravi Pollards Hintergrundcheck ergab sich keine Verbindung zu irgendeinem Geheimdienst. Was allerdings nicht bedeutet, dass es keine gibt.

Die einzige Abweichung findet statt, wenn er den Club besucht. Es ist zwar immer The Rising Sun, aber zu unterschiedlichen Zeiten – 22 Uhr oder um Mitternacht oder auch sehr spät, gegen halb zwei. An unterschiedlichen Tagen. Manchmal freitags, manchmal samstags. Wie es ihm offenbar gerade einfällt, es gibt kein Muster. Ravi Pollard schafft es auch, einen Monat lang gar nicht in den Club zu gehen.

Ravi Pollard ist ein interessantes Exemplar.

Sein angloindischer Vater traf in den 1970ern in Südafrika ein, begann als Bilanzbuchhalter zu arbeiten und heiratete im darauffolgenden Jahr. Im Dezember 1982 erblickte Ravi Pollard das Licht der Welt. Drei Jahrzehnte später ist er gut vernetzt. So gut, dass er unter Beobachtung steht.

Mart Velaze lässt den Motor an. Er wartet einen Moment, um zu sehen, ob noch ein anderer Ravi Pollard im Visier hat. Wenn man natürlich weiß, wohin er fährt – und das würde man –, wäre man bereits dort. Es sei denn, man macht sich wie Mart Velaze Sorgen, dass Ravi Pollard auf dem Weg dorthin jemanden kontaktiert. Wie das bereits dreimal passiert ist.

Ein Zwischenhalt in einer Drogerie – immer in derselben Apotheke. Das erste Mal kaufte er eine Rolle Pfefferminzbonbons, das zweite Mal einen Lippenpflegestift und das dritte Mal etwas Entzündungshemmendes. Hinterlässt er so Nachrichten? Oder sind es Rückmeldungen? Mart Velaze ist sich nicht sicher.

Ein Grund für seine erhöhte Aufmerksamkeit.

Nur Mart Velaze in seinem weißen VW Golf 1.8 folgt dem Lexus. Bis zur Ampel auf der High Level Road, links den Hügel hinunter, rechts in die York bis zur Ampel an der Main Road. Dort hält er an und eilt in die Drogerie. Was Mart Velaze gewisse Probleme bereitet. Wie soll er auf Ravi Pollard in einer hochfrequentierten Zone warten? Der einzige Parkplatz, der sich ihm bietet, ist die Einfahrt zu einer Tiefgarage. Dort hält er, schaltet die Warnblinkanlage an, lässt den Motor laufen. Nicht gerade unauffällig. Zwei Minuten später taucht Ravi Pollard wieder auf. Fährt zum Kreisverkehr, verlässt ihn auf der gegenüberliegenden Seite, vorbei am Stadion zur Kreisstraße um die Waterfront. Schließlich gelangen sie in das Parkhaus unterhalb des Silo. Mart Velaze befindet sich zwei Wagen hinter ihm. Er beobachtet, wie Ravi Pollard seinen Lexus mit der Fernbedienung verriegelt und raschen Schrittes seinem Date mit der schönen Chereen entgegeneilt.

Genau da trifft ihre SMS auf dem Kontakthandy ein: *Party!*

Mart Velaze ist sofort wieder auf der Straße.

Er braucht eine Viertelstunde, um die Stadtmitte zu verlassen und die schmalen Straßen von Observatory zu erreichen. Er fährt einmal an ihrem Haus vorbei. Das Licht auf der *Stoep* brennt, ebenso ist das Schlafzimmer beleuchtet. Hinter der Milchglasscheibe der Haustür schimmert es auch gelblich durch. Alles sieht so aus, wie es aussehen soll.

Keine parkenden Autos mit Männern, die hier nicht hergehören.

Mart Velaze findet in einer Nebenstraße einen Parkplatz. Er läuft auf dem gegenüberliegenden Gehweg zurück zum Haus. Um diese Zeit wirkt jeder auf dem Bürgersteig verdächtig. Und wird wahrscheinlich einer der WhatsApp-Nachbarschaftsgruppen gemeldet.

Er überquert rasch die Fahrbahn zu Chereens Haus und sperrt mit einem Schlüssel auf. Chereen wusste nicht, dass Mart Velaze jederzeit Zugang zu ihrem Haus hat. Manchmal verbrachte er sogar eine ganze Weile in ihren vier Wänden.

Nachdem er die Haustür leise geschlossen hat, steht er im Gang und schaut auf das vergossene Blut. Auf das Muster an den Wänden. Ein riesiger Fleck im Gang, ein kleinerer im Schlafzimmer. Er hat seine Pistole gezückt. Läuft in den hinteren Teil des Hauses. Im Wohnzimmer faucht ihn die Katze an und versteckt sich hinter einem Sessel. Es gibt keine Katze, der er begegnet, die nicht sofort die Haare aufstellt und zu fauchen beginnt.

Mart Velaze bleibt stehen, um zu lauschen. Im Haus ist es still. Zu still.

Er ruft: »Chereen!«

Keine Antwort.

Lauter: »Chereen!«

Er entdeckt sie in der Küche. Ein Schuss durch die Brust, der sie sicher auf der Stelle getötet hat. Außerdem ein Kopfschuss, bei dem der Schütze nach unten gezielt hat. Keine Patronenhülsen. Ihre Waffe ist nirgendwo zu sehen. Sorgfältige Arbeit. Er durchsucht ihre Taschen, schaut sich in der Küche um. Schiebt ihren Leichnam zur Seite. Kein Handy.

Ein Problem.

Wenn das Leute von der Voliere waren, dann haben sie Möglichkeiten: den Anschluss ausfindig machen, triangulieren, das Handy orten. Beobachten, wie es in diese Richtung wandert. Sie würden zurückkehren. Für Mart Velaze handelt es sich zweifellos um eine Operation der Voliere.

Er schaltet sein Kontakthandy ab und nimmt den Akku heraus. Betrachtet ein letztes Mal den toten Körper seiner Agentin. Er seufzt voll Bedauern, Traurigkeit und Reue darüber, dass es so gekommen ist. Seine Wut darüber, dass die Botschaft derart brutal sein musste, hält er unter Verschluss.

Laut sagt er: »*Hamba kahle,* Chereen. Ruhe in Frieden, *Sisi.* Ich werde mich darum kümmern.«

Selbst für Mart Velaze ist das ein grausamer Mord, der so nicht stehen bleiben kann.

Dann verlässt er das Haus durch die Hintertür, durchquert den Garten und schlüpft auf die hintere Gasse hinaus.

Zwanzig Minuten später ist er am Silo zurück, oder vielmehr steht er an einem benachbarten Kai. Ein alter Fischkutter liegt dort vor Anker, ein taiwanesisches Schiff, auf dem ein paar Matrosen an der Reling lehnen und ihn rauchend beobachten. Allerdings nicht lange. Dann werfen sie ihre Kippen ins Wasser und verschwinden unter Deck. Man hört das kreischende Gelächter einer Frau in der Stille. Am Kai stinkt es nach Fisch, Diesel, Motorenöl.

Mart Velaze schlendert zum Rand des Kais. Dort lässt er die SIM-Karte ins Wasser fallen und schleudert das Handy in die Dunkelheit hinaus. Das Platschen ist beinahe nicht zu hören. Den Akku behält er. Akkus sind nützlich.

Er kehrt zur Tiefgarage zurück. Von seinem Auto aus schickt er der Stimme eine E-Mail. Ohne Nachricht, nur die Mail. Dann wartet er auf ihren Rückruf. Denkt dabei an Chereen. Wenn er die Augen schließt, sieht er sie tot daliegen. Diese Dreckskerle. Und gleichzeitig…

Und gleichzeitig war da das Blut im Gang und in ihrem Schlafzimmer. Woher kam das? Sie musste ihre Gegner auch verletzt haben. In der Küche gab es keine Blutspuren. Sie hatte gekämpft. Sie hatte sich gegen eine ganze Gruppe gewehrt.

Sein Handy vibriert. Die Stimme.

»Warum will ich nichts von Ihnen hören, Häuptling? Sie befinden sich nicht im Silo. Er ist nicht dabei, mit ihr zu flirten. Es wurde alles gegen die Wand gefahren.« Die Stimme hat eine Schwäche für Formulierungen, die nicht ganz alltäglich sind und manchmal aus einer anderen Gegend der Welt zu stammen scheinen.

»Sie ist tot«, sagt Mart Velaze. »Erschossen. Mit zwei Kugeln.«

»Ich verstehe.« Schweigen. Einer dieser langen Schweigemomente, bei denen sich Mart Velaze immer wieder fragt, ob sie überhaupt noch dran ist. Dann: »Jemand von uns? Was denken Sie?«

»Ja.«

»Weil?«

»Weil eine oder mehrere Leichen entfernt wurden. Ebenso die Patronenhülsen.«

»Sie hat also auch Schaden angerichtet?«

»Ja.«

»Braves Mädchen. Sieht es eher nach einer oder mehreren Leichen aus?«

»Nach mehreren.«

Wieder Schweigen. Diesmal nur kurz.

»Es müssen also drei gewesen sein, die als Team arbeiteten. Um nichts zu riskieren. Sie haben recht: Das war eine interne Operation.«

Mart Velaze beobachtet fröhliche Menschen, gestylte Menschen, die lachend Autotüren zuschlagen und auf das Silo zusteuern, um dort Spaß zu haben. Zweifelsohne wird dort oben auch ein verwirrter und ratloser Ravi Pollard in der Rooftop Lounge warten und auf Chereens Handy zahllose Nachrichten sprechen und sich fragen, ob sie ihn einfach sitzen gelassen hat.

»Das muss es gewesen sein.« Die Stimme meldet sich wieder am anderen Ende der Leitung. »Es muss mit uns zu tun haben, Häuptling. Mit unserer Operation. Das sollte eine klare Botschaft sein.«

»Was für eine Botschaft.«

»Stimmt. Eine völlig unnötige. Aber das sind die Menschen, unter denen wir leben, Häuptling. Extreme, gefährliche Typen.« Er hört ein Klick, Klick, Klick, während sie mit einem Stift gegen ihre Zähne klopft. »Wissen Sie, damals, in den Zeiten des Kampfes, hatten wir auch dieses Problem. Immer sind es die Machtverrückten, diese Fraktion gegen jene Fraktion. Man wusste nie, wer Freund und wer Feind ist. Wer Verrat begehen würde. Jeder konnte ein *Impimpi* sein. Das ist nicht gut, diese Art von willkürlichem Morden.« Klick, Klick, Klick. »Einen Moment, warten Sie bitte.«

Während Mart Velaze wartet, tritt auf einmal ein Mann

in sein Sichtfeld, den er kennt. Er hat ihn schon öfter in der Voliere gesehen. Tyrone Mansoor. Er ist nicht fürs Silo gekleidet, sondern trägt eine schwarze Jeans, High Tops und eine Lederjacke, als wollte er eher eine *Shebeen* aufsuchen. Steigt in den Lift, um nach oben zu fahren.

Ein gefährlicher Mann, mit den Allüren eines Gangsters. Tyrone Mansoor steht nie still. Wenn er steht, dann zucken seine Arme, und wenn er sitzt, wippt sein Knie. Ein Mann, der schnell zusticht. Die Stimme würde ihn wohl einen *Impimpi* nennen, einen, der anderen in den Rücken fällt. Das Silo ist für einen solchen Typen ein ungewöhnlicher Ort.

Die Stimme wieder in seinem Ohr: »Wir sind nicht aufgeflogen, Häuptling. Es ist ein herber Rückschlag, aber aufgeflogen sind wir nicht. Gewarnt wurden wir. Man ist uns auf den Fersen. Jemand ahnt von uns. Oder verdächtigt uns. Wenn die von Chereen wussten, könnten Sie der Nächste sein.«

»Sie könnten auch nichts gewusst haben.«

»Vielleicht. Vielleicht war es nur Zufall. Vielleicht hat Chereen sie überrascht. Vielleicht haben sie keine Wildkatze erwartet. Jetzt brauchen wir allerdings eine neue Chereen, Häuptling. Die gebührenden Abstand hält. Die nicht zu uns zurückgeführt werden kann. Es liegt in Ihren Händen. Seien Sie vorsichtig. Verstehen Sie mich, Häuptling? Es geht um Erfahrung. Gewitztheit. Eine gewisse Dreistigkeit. Mögen die Vorfahren mit Ihnen sein.«

Mart Velaze legt auf.

Mögen die Vorfahren mit mir sein. Offenbar sind keine Vorfahren mit Chereen gewesen. Ihre ganzen Verstorbenen hatten wohl gerade dienstfrei.

Eine halbe Stunde später sitzt er noch immer im gelblichen Licht der Tiefgarage. Fragt sich, ob er nach oben gehen sollte.

Nachsehen, ob dieser Mansoor Kontakt zu Ravi Pollard aufgenommen hat. Es wäre gut, das herauszufinden. Gleichzeitig ist es keine gute Idee. Wenn Mansoor ihn sieht, ist das Spiel aus. Mart Velaze bleibt also im Auto sitzen.

Zuerst tritt Tyrone Mansoor aus dem Lift. Schnodderig, seinen Kopf hochhaltend, tänzelt er zu seinem Wagen. Mart Velaze rutscht auf seinem Sitz nach unten. Er hört, wie Mansoors BMW an den parkenden Autos einmal vor und zurück fährt, ehe er die Tiefgarage verlässt. Mart Velaze setzt sich wieder auf.

In diesem Moment taucht Ravi Pollard auf und läuft nach links zu seinem Lexus. Er sieht verdammt niedergeschlagen aus.

Wieder heftet sich Mart Velaze an seine Fersen. Diesmal hält Ravi Pollard nicht bei der Drogerie. Sondern fährt ohne Umweg nach Hause.

8

Oberst Kaiser Vula fühlt sich nicht verdammt niedergeschlagen, er fühlt sich verdammt wütend. Er hat gerade einen Anruf von Tyrone Mansoor erhalten. Jetzt ist er so wütend, dass er kaum an sich halten kann. Das sprengt den Begriff Wut, das liegt jenseits einer Wutskala. Allerdings bleibt ihm nichts anderes übrig, als diese Wut im Zaum zu halten. Wegen seines Rollstuhls. Was ziemlich herausfordernd ist.

Er sitzt in seinem Arbeitszimmer und starrt in die dunkle Nacht seiner Seele. Nur dass es gerade sein Hintergarten ist. Eigentlich nicht einmal sein Hintergarten, sondern sein Spiegelbild in der Fensterscheibe. Sein angespannter Körper steckt in einem engen Pulli mit V-Ausschnitt, darunter trägt er ein ebenso enges weißes Hemd mit Kragen und eine gemusterte Krawatte. Er hört, wie seine Frau das Abendessen herrichtet. Weiß, dass sie ihn bald mit ihrer glücklichen Singsang-Stimme rufen wird – ihn, ihren Gefangenen. Er weiß außerdem, dass er seinen Stomabeutel vorher noch leeren muss. Wenn Kaiser Vula etwas hasst, dann ist es das große Leeren dieses verdammten Beutels.

Sein Gesicht spiegelt seine Wut wider. Die tiefen Stirnfalten, die starren Augen, die aufeinandergepressten Lippen. Man sieht, was alles in ihm brodelt. Dass er jeden Moment explodieren kann. Man sieht das, wenn man jemand anders ist als seine Frau.

»Kaisie, das Essen ist fertig!«

Kaisie rührt sich nicht von der Stelle. Nur die Finger umklammern die Armlehnen noch fester.

Auf seinem Schreibtisch liegt ein gläserner Briefbeschwerer. In dem Glas befinden sich die Kugel, die man aus seinem Rückgrat geholt hat, und deren Patronenhülse. Eine Erinnerung an all das, was man ihm schuldet. An all das, was er noch zurückzufordern plant.

Ganz oben auf der Liste steht Generaldirektor Sipho Dube.

Gleich danach folgt Rej Ben Ali. Allein aus dem Grund, dass er ein reicher *Coloured* ist, der den Generaldirektor vom rechten Weg abbrachte.

Vula nimmt den Briefbeschwerer in die Hand. Am liebsten würde er ihn durch das Fenster schleudern. Er hebt sogar seinen Arm, als ob … Aber er tut es nicht. Er legt ihn wieder hin. Nimmt sein Handy und ruft Tyrone Mansoor an. Sagt: »Erzählen Sie es mir noch einmal. Von Anfang an.«

Das tut Tyrone Mansoor. Wie zuerst die zwei Agenten ins Haus gingen, wie dann die Schüsse fielen und er Bruder Fuchs und Bruder Hase tot auffand. Daraufhin Chereen in der Küche. Die ihn erschießen wollte. Aber er erschoss sie zuerst.

Oberst Kaiser Vula starrt auf sein Spiegelbild. Am liebsten würde er sagen: Du beschissen hirnloser Volltrottel. Stattdessen erklärt er: »Ich habe von einschüchtern gesprochen.«

»Ja, Herr Oberst.«

»Die Leichen der Agenten?«

»Weggebracht, Herr Oberst.«

»Und die junge Frau?«

»Dort zurückgelassen.«

»Was ist mit den Familien der Agenten?«

»Man wird sie informieren, Herr Oberst.«

»Das ist ein totales Schlamassel geworden.«

»Ja, Herr Oberst.«

Ein Schlamassel, da es Fragen zu den toten Agenten geben wird. Er braucht jetzt eine Verschleierungsgeschichte. Etwas wie einen Schusswechsel bei einer Operation wegen Abalonen-Wilderei. Oder einen Schusswechsel, während eine Gang hochgehen sollte. Oder bei der Verhaftung eines russischen oder tschetschenischen Mafiabosses. Im Grunde ist es egal. Einfach eine Geschichte, die sich leicht stricken lässt. Dennoch: Die Einzelheiten sind irritierend. Vor allem wird es Ravi Pollard einen ziemlichen Schrecken einjagen.

»Danach sind Sie ins Silo gegangen. Dort haben Sie Ravi Pollard gesehen. Aber mit ihm gesprochen haben Sie nicht?«

»Nein, Herr Oberst. Der Mann ist nach Hause gefahren.«

Ravi Pollard muss annehmen, dass man ihn sitzen gelassen hat. Irgendwann wird er aufhören, sie anzurufen. Irgendwann wird er in der Zeitung von ihrem Tod erfahren und lesen, sie sei in ihrem Haus von Räubern überrascht worden. Ein alltäglicher Vorfall. Reiner Zufall. Pech. Das Leben in Kapstadt. Es würde sein romantisches Herz brechen. Er würde sich nach einer anderen Brust zum Ausweinen umsehen.

Der Glückliche.

Oberst Kaiser Vula legt auf. Hört, wie seine Frau ruft: »Kaisie, Liebling, das Essen wird kalt.« Er rollt zur Toilette, um seinen Beutel zu leeren.

9

Fish und Vicki nebeneinander, ohne sich zu berühren. Ein Doppelbett kann manchmal wie ein weiter Ozean sein.

»Du bist die Zielperson, Fish, nicht ich.«

Fish denkt: Im Ernst jetzt? Du bist diejenige, die auf etwas wartet. Laut sagt er: »Was ist los mit dir? Den ganzen Abend wolltest du nicht darüber reden. Es ist diese verdammte van Niekerk. Jedes Mal, wenn du dort bist, wirst du auf irgendeine Weise panisch.«

»Ich bin nicht panisch.« Vicki schleudert die Decke weg, springt auf und schlüpft in ihre Jeans. Sie zeigt in Richtung Küche. Formt mit den Lippen die Worte: »Hier können wir nicht sprechen. Draußen.«

Sie ziehen sich beide an und fahren schweigend zum Strand. Dort laufen sie barfuß über den Sand. Es herrscht gerade Ebbe. Fish bleibt stehen. Die Kälte sticht in seine Füße.

»Weit genug?«

Vicki dreht sich zu ihm. »Wir sind beide mögliche Zielpersonen, Fish. Das wussten wir, sobald wir herausfanden, dass unser Haus verwanzt wurde. Jetzt wissen wir, wer es war. Der Kerl, der den Wagen deines Klienten bearbeitet hat, ist Mr. Telkom-Skollie. Also bist du die Zielperson. Nicht ich. Du. Mein Gott, Fish. In was bist du da verwickelt? Das muss mit

Capital Trust und Amalfi Civils zu tun haben. Das ist Mart-Velaze-Zeug. Das ist nicht deine Liga.«

»Aber die deine?«

»Ich bin raus aus der Sache.«

»Bist du das?«

»Du weißt, dass ich das bin.«

»Außer dass du zur Erinnerungsfeier von Henry Davidson gehst?«

»Das ist etwas anderes. Er war ein Kollege. Ich will da hin.«

Fish lässt es gut sein. Findet es verrückt. Mitten in der Nacht zum Strand hinunterzufahren, um miteinander zu reden. Auch das lässt er gut sein. Er sagt: »Capital Trust ist eine Bank, Vicki. Dort gibt es reiche Investoren. Ihre Klienten gehen mit Leuten von der Regierung zum Mittagessen. Das ist nichts Besonderes. Du weißt, wie so etwas läuft. Das fröhliche Leben des Privatsektors. Unternehmensspionage. Manager, die zeigen wollen, was sie in der Hose haben. Du kennst diese Typen. Immer auf der Suche nach dem großen Deal. Dass Velaze dabei ist, macht es noch nicht zu einer Verschwörung.«

»Velaze geht nirgendwo ohne Grund hin. Wenn er dort war, bedeutet das eine Riesensache. Da geht es um verdammt viel – und wir hatten uns darauf geeinigt, keine großen Dinger zu übernehmen. Komm schon, Fish, ich mache alles, was ich machen kann. Ich arbeite nicht mehr für die Regierung. Du musst auch clean bleiben. Kein Regierungszeug. Bitte. Ich bitte dich darum. Echt.«

Fish sieht sie an. Von der Straße und den Gebäuden fällt genügend orangefarbenes Licht zu ihnen herab, um ihr besorgtes Gesicht zu erkennen. Sogar Angst kann er darin entdecken. »Was ich nicht verstehe«, sagt er und bohrt die Zehen in den kalten Sand, »ist, warum du dich so aufregst, wenn ich die Zielperson bin?« Er schleudert Sand in Richtung Meer.

»Wie kannst du das sagen? Ehrlich, wie kannst du so etwas sagen?« Sie entfernt sich ein paar Schritte und wirft dann einen Blick zu ihm zurück. »Was tue ich denn die ganze Zeit, Fish? Was tue ich jeden Tag mit dir? Hä? Was glaubst du, worum es hier geht? Wofür ist deiner Meinung nach die Therapie? Ich versuche einen echten Neubeginn. Und dazu brauche ich deine Hilfe. Ich muss von der Bildfläche verschwinden. Ich muss Miss Supernormal werden. Ich bin verängstigt, Fish. Das letzte Mal hätte ich tot sein können. Und wozu? Für ein paar Tausend Rand. Für irgendeine merkwürdige CIA-Operation gegen den Iran oder ISIS oder wen auch immer. Für nichts und wieder nichts. Ich will das nicht mehr. Ich bitte dich für uns, für unsere Zukunft, damit wir etwas zusammen haben. Ich bitte dich darum, dich auf nichts einzulassen, was nach der Voliere riecht. Bitte. Es gibt unendlich viel Arbeit, die nichts mit der Regierung zu tun hat. Ich habe Angst, Fish. Angst um uns. Regierungen sind organisierte Verbrecherbanden, die bloß einen anderen Namen haben.« Vicki steht wieder neben ihm. Eine Hand liegt auf seinem Arm. Sie blickt ihn flehend an.

Bei diesem Blick kann Fish nur schwach werden.

»Verdammt, Vicki.« Er zieht sie an sich. Die beiden stehen eng aneinandergeschmiegt auf dem feuchten Sand, ihr Kopf unter seinem Kinn. Fish starrt auf den dunklen Ozean und fühlt ihren warmen Atem auf seiner Wange. Aus den Schatten hinter ihnen ist ein heiseres Krächzen zu hören.

»Mein Gott! Was war das?« Vicki löst sich hastig aus seinen Armen und ist sofort im Verteidigungsmodus.

»Ein Fischreiher«, meint Fish lachend und zeigt auf einen grauen Umriss in der Nähe. »Beim Jagen von Krebsen. Wenn du ein Fischreiher wärst, würdest du das auch tun. Die Frage ist eher, was wir eigentlich hier draußen suchen?«

10

Angela Amalfi sieht zu, wie Antony Brennan eine Wasserkaraffe über ihren Whisky hält.

»Nur ganz wenig.«

Sie liegen im Yachtclub Cape Royal vor Anker, in ihre Daunenjacken gehüllt, nach aufregenden Stunden draußen bei Robben Island.

»Hier ist es wie auf der dunklen Seite des Mondes.« So beschrieb Antony Brennan die Stimmung, als sie vom Horizont mithilfe eines Windes zurückgetragen wurden. Eines kalten Windes.

Inzwischen versinkt die Sonne hinter der Segelstange. Nur ihre Begeisterung hält sie jetzt warm.

»Prost.«

Und das Feuer des Single Malt, der ihre Kehlen hinunterrinnt.

Angelas Augen strahlen noch von dem Segeltörn: der Wind, das Wasser, das Geräusch der Wellen. Das Gefühl, draußen am Horizont zu sein, und das Land nur noch als fernen Flecken zu sehen – selbst den Berg. Ihr Körper kribbelt. Weil sie mit diesem Mann, Antony Brennan, zusammen ist.

Ein intelligenter Mann. Ein energiegeladener Mann. Erstellt genauso gut Bilanzen, wie er Segel setzt. Gerade sind seine Haare etwas vom Wind zerzaust, das Gesicht ist noch erhitzt, dadurch sieht er umso schelmischer aus. Sie findet ihn ziemlich scharf. Oder auch sexy. Wie er dort so auf den Kissen liegt. Sie anstrahlt.

Den Plankenweg entlang kommen andere Segler, die Richtung Bar wandern. Männer, Frauen, Kinder, belebt von einem

Nachmittag in der salzigen Gischt. Sie sprechen mit lauten Stimmen, grüßen fröhlich und ausgelassen.

Als es wieder still ist, beugt sich Antony zu ihr vor. Angela sieht, wie sich seine Miene ändert, ernst wird.

»Es gibt etwas«, erklärt er zögernd. »Etwas ist mir zur Kenntnis gebracht worden, sollte ich besser sagen.«

»Plötzlich so ernst.« Angela lacht kurz auf. »Was kann denn so ernst sein?«

»Das hier«, erwidert Antony. Er holt sein Handy heraus und wischt über das Display. »Schau dir das mal an.«

Angela tut es. Sie verfolgt den Clip eines Mannes, der in Antonys Wagen einsteigt. Spielt ihn noch einmal ab. Und drückt auf Pause, als sich der Mann umdreht. Sie vergrößert das Bild. Tyrone Mansoor.

»O nein! O mein Gott!« Sie sieht Antony an. »Was macht er da?« Es ist offensichtlich, was er tut. Die wichtigere Frage, die ihr nun bewusst wird, ist die nach dem Warum. »Er versteckt eine Wanze – nicht wahr?«

»Genau. Oder vielmehr wechselt er gerade die Batterie. Das Gerät war zu dem Zeitpunkt mindestens eine Woche in meinem Auto. Du kennst den Mann?«

»Natürlich. Er arbeitet für uns. Er ist der Sicherheitsmanager bei Kestrel. Tyrone Mansoor. Aber was macht er in deinem Auto? Warum baut er das ein?«

»Gute Frage.«

Angelas Augen wandern von Tyrone Mansoors Bild zu Antony Brennans regungslosem Gesicht und dann wieder zu dem Bild. Sie denkt: Das ist seltsam. Das ist echt unglaublich. Das könnte zu ernsten Folgen führen, wenn das herauskäme. Zu allen möglichen geschäftlichen Konsequenzen. Es könnte Investoren verunsichern, Auftraggeber abschrecken, Projekte verhindern.

Sie hört Antony Brennan ihren Namen sagen. »Angela, Angela!« Seine Stimme scheint weit weg zu sein. Sie sieht, wie er die Hand nach ihr ausstreckt und sie auf ihre Schulter legt.

Mit einem Schütteln des Kopfes kehrt sie in die Wirklichkeit zurück. »Entschuldige. Das ist verstörend. Das ist tief verstörend. Ich kann es gar nicht fassen.«

Antony Brennan lässt sie nicht aus den Augen. »Angela, was weißt du über diesen Mann?«

»Nichts. Absolut nichts.« Angela schlägt die Hände über dem Kopf zusammen. »Nur dass er für unsere Sicherheitsabteilung arbeitet. Ich weiß nicht einmal, seit wann. Seit zehn Jahren? Seit zwölf? Wahrscheinlich so um den Dreh. Ich weiß, dass ich ihn öfters gesehen habe. In beiden Büros, hier und in Johannesburg. Rej kümmert sich um diese Seite der Dinge. Das hat er schon immer getan. Auch als Rick noch lebte. Das Letzte, womit sich Rick beschäftigen wollte, war Sicherheit. Rej hat das einfach übernommen. Und wir waren dankbar dafür.«

Antony Brennan nickt, ermutigt sie zum Weiterreden.

»Rick und ich haben ihn machen lassen. Rej konnte einstellen, wen er wollte. Das war sein Bereich. Der lief auch sehr gut, es gab nie irgendwelche Probleme. Ob es um Sicherheitsleute ging oder um die entsprechende Ausrüstung – das war alles sein Gebiet. Gut, er ist ziemlich anspruchsvoll, und die Leute wechselten häufig. *Zu* anspruchsvoll, wenn man das heute betrachtet. Aber das ist eine andere Sache. Was ich sagen will: Dieser Mann …« Sie zeigt auf das Handy. »… Dieser Mann muss gut sein, weil er noch immer für uns arbeitet.« Sie schlägt die Hände vor das Gesicht. Lässt den Kopf sinken. »Mein Gott, das ist schrecklich. Abscheulich. Furchtbar peinlich. Es tut mir so leid, Antony. Ich weiß nicht, was ich sagen soll.«

»Du musst gar nichts sagen. Auf keinen Fall musst du dich entschuldigen. Das hat nichts mit dir zu tun. Das weiß ich. Mein Problem ist, dass ich nicht weiß, womit es etwas zu tun hat.«

Angela hebt den Kopf und streicht die Haare zurück. »Ich werde Rej direkt darauf ansprechen.«

»Rej? Hm. Rej. Vielleicht noch nicht.«

»Er ist Tyrone Mansoors Boss.«

»Trotzdem. Ich frage mich, ob du nicht ein bisschen warten solltest.«

»Was meinst du mit warten? Antony! Mansoor hat deinen Wagen abgehört. Das ist eine Straftat. Du könntest zur Polizei gehen. Ihn verhaften lassen.« Sie stöhnt auf. »Mir ist richtig schlecht. Körperlich schlecht. Ich könnte mich übergeben.«

»Weißt du, ich denke, es muss sich um diesen Regierungsantrag handeln. Wir sind eure Bank. Aber ich habe nicht einmal etwas damit zu tun. Ich habe mich bewusst davon ferngehalten. Ravi Pollard ist euer Betreuer, er kümmert sich um alles. Deshalb ergibt es auch keinen Sinn.«

»Diesen Auftrag hat Rej an Land gezogen. Bis gestern wusste ich nicht einmal, dass er überhaupt existiert. Angeblich stecken die Amerikaner mit drin. Ist dir das klar gewesen?«

»Ich habe es mitbekommen.«

»Ein Wirtschaftsberater aus dem Konsulat. Jemand namens John Webster hat mit Rej gesprochen. Mehr als nur gesprochen. Er hat den Stein ins Rollen gebracht.«

»Den Namen hatte ich noch nicht gehört. Aber es gibt auch keinen Grund, dass ich ihn kennen sollte. Weshalb will man also mich abhören? Das ist völlig unlogisch, Angela. Ich habe das noch niemandem erzählt. Bisher habe ich es für mich behalten. Meine Kollegen wissen nichts davon, weil ich zuerst mit dir reden wollte. Und wie ich schon sagte, bin ich mir nicht sicher, ob du jetzt schon Rej auf die Geschichte ansprechen solltest.«

»Natürlich muss ich mit ihm reden.«

»Ja, ich weiß. Aber noch nicht gleich. Hör zu, ich möchte dir etwas vorschlagen. Ich möchte deine Wohnung durchsuchen lassen. Elektronisch durchsuchen lassen.«

»Glaubst du, dass ich auch abgehört werde? Denkst du, dass Rej dahintersteckt? Mein eigener Bruder? Dass er in meiner Wohnung Wanzen installiert hat? Wozu würde er so etwas tun?«

»Das sage ich nicht. Ich will es nicht einmal denken.«

»Doch genau das tust du.«

Antony hält eine Hand hoch. »Stopp. Bitte, lass uns nicht die Nerven verlieren. Das ist eine schwierige Angelegenheit. Wir dürfen da nicht so emotional sein.«

»Es ist aber emotional. Einer meiner Angestellten beziehungsweise einer von Rejs Angestellten spioniert dich aus. Das macht mich zu einer Mitschuldigen. Haftbar. Nenn es, wie du willst.«

Angela hält inne und trinkt einen Schluck Whisky. Sie überlegt. Rick nannte Rej den Ajatollah. Aus gutem Grund: wegen seiner Launen, seiner Forderung nach Loyalität und seiner Willkür. Das war der Rej, den sie kannte, der Rej, der sie gerade am Tag zuvor ohne Vorwarnung über den staatlichen Auftrag in Kenntnis gesetzt hatte. Würde er sie ausspionieren? Ein unglaublicher Gedanke.

»Wir müssen das trennen, diese Angelegenheit und unsere Emotionen. Das ist eine geschäftliche Sache, Angela. Ich weiß nicht, warum. Ich kann mir keinen Grund dafür vorstellen. Aber gibt es eine andere Erklärung?«

Angela sieht ihm zu, wie er sein Glas leert und sich nachschenkt. Er hält die Flasche auch in ihre Richtung. »Nein, für mich nicht mehr. Danke.« Sie weiß nicht, was sie fühlen soll. Ihr ist übel. Zutiefst übel. Der Whisky kommt ihr einen Augenblick lang wieder hoch, und sie schluckt. Es fällt ihr schwer.

»Ich will nicht überreagieren. Deshalb wäre es mir lieber, wenn du Rej noch nicht darauf ansprichst. Bitte lass zuerst den Mann, der das für mich herausgefunden hat, deine Wohnung checken.«

»Ich weiß, was du damit andeutest.«

»Ich deute gar nichts damit an. Ich sage, dass es sich um eine geschäftliche Sache handelt.«

»Du willst damit andeuten, dass es um uns geht, um dich und mich.«

»Du ziehst Schlussfolgerungen, an die ich gar nicht denke, Angela. Genau das will ich vermeiden. Bitte, lass uns zuerst mehr Informationen zusammentragen. Lass uns über diesen Tyrone Mansoor etwas herausfinden und deine Wohnung durchsuchen. Einverstanden?«

Angela antwortet nicht. Sie sitzt da und starrt in die Dämmerung. Hört, wie die Segel der Yacht in dem leichten Wind klackende Geräusche von sich geben und wie die Möwen kreischen. Sie hört auch das Rauschen des Bluts in ihren Ohren. Einen Moment lang massiert sie ihre schmerzenden Schläfen und sagt dann: »Ich muss nach Hause. Bitte, Antony.«

»Natürlich.« Er steht auf und beugt sich herab, um die Gläser zu nehmen. »Ich weiß, dass das ein Schock sein muss. Falls du weiter mit mir reden willst – ich habe einen Tisch bei Den Anker reserviert.«

Nicht einmal ein schwaches Lächeln. Angela ist völlig am Ende. Zerstört. Als ob jemand sie mit einem Brotmesser aufgeschlitzt und ihre Innereien herausgerissen hätte. »Ich kann nicht. Ein andermal.«

»Natürlich. Nur …«

Angela weiß, was er sagen will. Sie unterbricht ihn. »Ich werde darüber nachdenken.«

Fünf

Die Katze schien zu glauben, dass jetzt genug
von ihr sichtbar sei, und es erschien weiter nichts.

Alice's Abenteuer im Wunderland

1

Angela verbringt den Sonntag damit, über Rej nachzudenken.

Über Rej und Tyrone Mansoor.

Über Rej und Sipho Dube.

Über Rej und Ravi Pollard.

Über Rej, den Ajatollah.

Über Rej und sie.

Sie sitzt mit einem Kaffee auf dem Balkon. Der Kaffee wird kalt. Sie trinkt ihn trotzdem. Macht sich noch einen. Wechselt um die Mittagszeit zu einem Weißwein. Knabbert zum Mittagessen an Käse und Crackern. Nachmittags öffnet sie einen Shiraz, der mit Viognier gemischt wurde. Trocken. Klar. Der Tag war warm, doch jetzt wird es kühl.

Die ganzen Stunden über surrt regelmäßig ihr Handy. Manchmal ist es Antony: »Bitte ruf mich an.« Manchmal sind es Freunde: Komm doch heute Abend auf einen Wein zu uns. Lust auf einen Spaziergang am Strand später? Einmal auch Rej: »Hast du dir schon die Zahlen angesehen? Wir müssen über den Vertrag mit der Regierung sprechen.«

»Ach nein, müssen wir das?«, erwidert Angela laut. Sie ist sich recht sicher, dass auf dem Balkon keine Mikrofone angebracht sind. Deshalb sitzt sie dort draußen. Antony hat ihr mit seiner Gruselgeschichte, ihre Wohnung könnte abgehört werden, einen ziemlichen Schreck eingejagt. Plus die sehr reale Möglichkeit, dass Rej dahintersteckt. Er und sein Sidekick, dieser seltsame, unterwürfige Tyrone Mansoor, der einen auch ohne diese neue Informationen erschaudern lässt. Angela wendet sich wieder den Papieren auf ihrem Schreibtisch zu, den Zahlen, zu denen Rej eine Auskunft möchte.

Das Regierungsprojekt besteht aus Tabellen, die sie den ganzen Tag über durchgerechnet hat: angenommene Ausgaben, wirkliche Einnahmequellen, Gewinnberechnungen. Ungewöhnlich hohe Gewinnberechnungen. Was Angela nervös machte. Sie dazu brachte, auf dem Balkon hin- und herzulaufen. Lange aufs Meer hinauszustarren. Daran zu denken, wie herrlich es dort draußen sein muss, mit Wasserski über eine fast glasklare Fläche zu sausen. Gestern war Wind. Heute ist es still. Gestern fühlte sich ihr berufliches und ihr privates Leben noch so sicher an. Heute herrscht Verunsicherung.

Was sie wieder zu Rej und Tyrone Mansoor zurückführt.

Soweit sie sich erinnern kann, tauchte dieser unerwartet früh in Rejs muslimischer Phase auf und überdauerte diese auch. Er entwickelte sich zu einem starken Mann, auf den Rej nicht mehr verzichten wollte. Ein Mann, der immer im Hintergrund ist, ein aufmerksamer Beobachter. Rick sagte über ihn: »Wir müssen ihn wieder loswerden, Ange. Der Kerl ist knallhart. Ein früherer Gangster.«

Aber sie entließen ihn nicht. Rej setzte sich durch. Gib ihm eine Chance. Zeig Mitgefühl, sei solidarisch unseren Brüdern und Schwestern gegenüber. Wir sind die Gesegneten. Wir müssen anderen helfen, denen es weniger gut im Leben ging als uns.

Genau wie Sipho Dube. Ein Schönredner, charmant, hinterlistig. Der Bonze Sipho Dube mit seinem Craft-Bier und den Gedichten. Hält Sipho die Hand auf? Bietet Rej ihm etwas, um … Um was? Worum geht es hier? Um Kapitalfluss? Geschäfte? Persönliche Gier. Angela hat bisher echte Gier nie miterlebt. Aber mit diesem Deal hat man sie überrascht. Du bist überrollt worden, hätte Rick gesagt.

Und Ravi Pollard? Dieser stille, zurückhaltende Ravi Pollard, dem das Ganze vielleicht ein paar Nummern zu groß ist. Die Amerikaner auf der einen Seite, der fordernde Rej auf der anderen.

Angela holt ihren Laptop. Stellt Joe B. so laut wie möglich. *Black Rock.* Schreibt eine E-Mail an Rej. Kein höfliches »Lieber Rej«, sondern direkt auf das Wesentliche kommend: »Habe mir die Unterlagen für das Regierungsprojekt jetzt genau angesehen. Mein Gefühl sagt eindeutig Nein. Es ist zu einfach. Die Provision ist zu hoch. Bitte ziehe unser Angebot zurück, ehe es auf dem Schreibtisch des Ombudsmannes landet.« Sie liest noch einmal durch, was sie geschrieben hat. Fügt hinzu: »Ich meine es ernst, Rej. Wir wollen nicht mal in der Nähe sein, wenn die Sprichwörtliche so richtig am Dampfen ist. Und das wird passieren. Ich meine es ernst. Hol uns da wieder raus.«

2

Natürlich hat Rej nicht die geringste Absicht, so etwas zu tun. Er sitzt gerade gemütlich mit Juzia auf dem Sofa und schaut sich *Die Brücke* an, als Angelas Mail mit einem leisen Klingelton auf seinem Handy eintrifft.

»Ach nein, Rejie«, seufzt Juzia und lässt eine Hand über seine Genitalien wandern. »Lass das doch jetzt.«

Rej lässt es nicht, ganz gleich, wo Juzia gerade ihre Hand hat. Er öffnet Angelas Mail. Liest sie, und noch ehe er am Ende angekommen ist, sagt er laut: »Garantiert nicht!«

»Garantiert was nicht?« Juzia beobachtet fasziniert, wie Saga Norén loszieht, um einen willigen Mann zu finden.

»Garantiert werde ich unser Angebot für diesen Regierungsauftrag nicht zurücknehmen.«

Juzia horcht sofort auf. »Oh, wow. Das kann sie doch nicht

ernst meinen, oder? So was ist doch mindestens ein paar Fantastillionen wert.«

Ganz genau.

Rej springt von der Couch. Stürzt sich in eine Tirade über Angela und was sie sich eigentlich dabei denke. Offenbar sei sie wieder mal auf einem Machttrip. Sie müsse ihn dabei zuerst konsultieren, eindeutig. Außerdem sei es viel zu spät für so eine Art von Rückzug. Er werde da hundertprozentig nicht mitmachen. »Das ist eine ihrer verrückten Ideen. Sie setzt sich was in den Kopf und ist dann unfähig, davon noch abzusehen. Das war schon immer ihr Problem. Auf dem Schreibtisch des Ombudsmannes – lächerlich! Das ist mein Projekt. Ich habe monatelang auf diesen Vertrag hingearbeitet. Mich abgerackert, um die richtigen Sponsoren und ein passendes Finanzmodell zu finden. Du weißt doch, wie schwierig es war, jemanden dazu zu bringen, Geld auf den Tisch zu legen. Du weißt, mit wie vielen Bankern ich reden musste! Bitte, Sir, können Sie uns helfen, Sir. Im momentanen wirtschaftlichen Klima will einem niemand Geld leihen. Alle haben ihren Gürtel enger geschnallt als … als …«

»Normalerweise?«, schlägt Juzia vor.

»Was? Ja, genau«, murmelt Rej und schimpft dann weiter. »Draußen herrscht Krieg. Das weiß sie auch. Überall gehen Technologiefirmen den Bach hinunter. Nur wir nicht. Amalfi Civils steht immer noch aufrecht da, bei uns läuft es weiterhin, wir kriegen Aufträge, wir haben Aussichten. Dieser Vertrag mit der Regierung wird uns jahrelang über Wasser halten. Das ist für unser Überleben absolut notwendig.«

Rej hält inne. Er schaut Juzia an, die ihn neugierig betrachtet. Ihm wird klar, dass er zu viel gesagt hat. Ach, was soll's? Schließlich gehört sie nicht zum Aufsichtsrat. »Ja, genau so ist es. Aber das bleibt unter uns. Das verlässt diese vier Wände nicht, nichts von all dem, was ich gesagt habe. Okay? Hast du mich verstanden?«

Juzia nickt wie einer dieser Wackeldackel auf der Hutablage eines Autos. »Klar.«

Rej hat warnend den Zeigefinger erhoben und starrt sie finster an. »Kein Sterbenswort. Zu niemandem. Nicht mal geflüstert auf dem Damenklo.«

Er geht in sein Arbeitszimmer – seine Mackerhöhle, wie Juzia es nennt –, um Sipho Dube anzurufen.

Dube gibt sich schmeichlerisch. Einnehmend. Hallo, wie geht es uns, Bruder? Wie geht es Ihrer hinreißenden Schwester? Was für eine kluge und schöne Frau.

Rej unterbricht ihn: »Wir müssen diesen Regierungsauftrag so schnell wie möglich unterzeichnen. Ich meine es ernst, Sipho. So schnell wie möglich. Morgen.«

»Entspannen Sie sich, Bruder. Entspannen Sie sich. Natürlich. Das hat auch in meiner Abteilung erste Priorität. Die Akte, die ganz oben liegt. Schließlich sprechen wir hier von Dienstleistungen. In unserer neuen Nation geht es um die schnelle Umsetzung von Dienstleistungen. Das kann ich Ihnen gerne bestätigen, die Unterschrift ist bloß eine Formalität. Sobald das Geld durch ist, gehört der Auftrag Ihnen. Das wissen Sie, Sie sind der bevorzugte Anbieter. Wir sind alle am Start und warten nur noch darauf, dass Sie uns das Geld zukommen lassen, um uns zu zeigen, wie ernst Sie es meinen.«

Was Rej dazu bringt, die Augen zu schließen und bis zehn zu zählen. Dann öffnet er die Augen wieder. »Ich habe es Ihnen doch schon gesagt. Das Geld wird organisiert. Um solche Summen freizuschalten, bedarf es Zeit. Darauf will ich aber nicht warten. Es gibt keinen Grund, darauf zu warten. Ich komme morgen zu Ihnen ins Büro und hole die Verträge.

So funktioniert das, Bruder. Sie müssen mir vertrauen und meinem Wort glauben.«

»Das tue ich auch, Bruder, ohne die geringsten Bedenken. Wie wäre es, wenn wir uns mit Mr. Ravi Pollard treffen, um eventuelle Missverständnisse auszuräumen.«

Als Nächstes ruft Rej Ravi Pollard an, bei dem er nur die Voicemail erreicht.

Daraufhin probiert er es bei Tyrone Mansoor. Auch dort wird er zur Voicemail durchgestellt.

Denn …

3

Denn Tyrone Mansoor ist anderweitig beschäftigt.

»Jemand folgt uns«, sagt Fish zu Vicki. »Warum folgt uns jemand?«

Die beiden sitzen in Fishs weißem Polo. Vicki zuckt mit den Achseln. »Bist du dir sicher? Kannst du das in diesem Licht erkennen?«

Es herrscht die Dämmerung eines späten Sonntagnachmittags.

»Ich meine in diesem Verkehr.«

Die beiden sausen die Blue Route entlang Richtung Stadt. Auf dem Weg zur Erinnerungsfeier für Henry Davidson.

»Bräunlicher Audi«, erwidert Fish. »Folgt uns bereits seit längerer Zeit. Fast von zu Hause aus. Ich sehe so was.«

»Mr. Adlerauge hat wahrscheinlich einen gestörten Kunden.« Vicki streckt eine Hand aus und kneift ihn sanft ins Knie. Sie lässt sie über seinen Schenkel gleiten und weiter nach oben wandern.

»He«, protestiert Fish. »Ich fahre.«

»Das magst du doch, das weiß ich.«

Fish grinst ein wenig dämlich, während er versucht, ihre Hand wegzuschieben. »Ich meine es ernst.«

»Ich auch.« Sie reibt.

»Vics! Ich meine es ernst – zwei Wagen hinter uns.«

Vicki zieht ihre Finger zurück und seufzt. »So viel zur Romantik.« Sie klappt ihre Sonnenblende herunter und schaut in den Spiegel. »Ich kann nichts sehen.«

»Er ist aber da. Du wirst mir sicher gleich erklären, dass ich die Zielperson bin.«

»Das werde ich auch. Alles deutet darauf hin.«

Was Fishs Wange kurz zucken lässt.

»Außerdem hab ich's dir doch schon gesagt: Ich bin sauber.« Vicki fühlt sich inzwischen wieder wesentlich besser als am Freitagabend.

Leider kann Fish nie abschätzen, wann die gut gelaunte, verspielte Vicki eigentlich in Wirklichkeit die geheimnisvolle Vicki ist. Wenn sie übersprudelt wie Champagner, beginnt er, sich ernsthaft Sorgen zu machen. Außerdem glaubt er noch lange nicht, dass er die Zielperson ist. Trotz der Verbindung zu Mart Velaze sieht er keinen Grund, warum sich jemand auf ihn stürzen sollte. Vicki hingegen könnte für so manchen von Interesse sein. Trotz ihrer Unschuldsbeteuerungen. Denn die übersprudelnde Vicki ist nicht die normale Vicki. Vor allem nicht kurz vor der Erinnerungsfeier an ihren ermordeten Betreuer. Gut, in den Tagen nach dem Mord an Henry Davidson war sie auffallend still gewesen. Allerdings hatte ihn das auch nicht weiter verwundert, da der Anblick eines auf dem Boden liegenden Henry Davidson mit durchtrennter Kehle alles andere als amüsant genannt werden kann. Das würde wahrscheinlich sogar einem Gerichtsmediziner die gute Laune verderben. Allerdings konnte dieses Schweigen in den Tagen danach kein Ausdruck ihrer Trauer sein, denn sie hatte den Mann ja im Grunde kaum gekannt.

Trotz Vickis Protesten lässt der braune Audi hinter ihnen Fish daran zweifeln, dass er nichts mit ihr zu tun hat.

Doch für den Moment kümmert es ihn wenig, wer die Zielperson ist. Er sollte nichts riskieren, sondern sich seinem Bauchgefühl überlassen. Der braune Audi befindet sich nun vier Autos hinter ihnen. Kommt näher. Wie ein Hai, der auch zuerst seine Runden dreht, ehe er sich auf sein Opfer stürzt.

Ein Ablenkungsmanöver wäre also nicht schlecht. Vor ihnen liegt die Ausfahrt Ladies Mile, der sie sich schnell nähern. Ein Schlenker nach links in letzter Minute würde Mr. Audi vermutlich irritieren.

Irritieren – ein Ausdruck seiner Mutter Estelle. Sie hat ein Faible (ein weiteres Estelle-Wort) für gehobene Sprache. »Wenn du Englisch redest, dann auch korrekt. Nicht wie diese ganzen Sprachverbrecher. Warum reden die so falsch?«

Fish reißt den Lenker mit quietschenden Reifen nach links. Vicki wird zur Seite geschleudert, der Sicherheitsgurt schneidet ihr ins Fleisch.

»Mann, Fish.« Sie streckt sich, um sich am Armaturenbrett abzustützen. »Was zum …«

Fish hat den Blick auf den Rückspiegel gerichtet. Mr. Audi wird das Manöver als das erkannt haben, was es ist. Muss jetzt entscheiden: hinterher oder nicht?

Fish selbst würde an der Zielperson dranbleiben, um den Druck nicht schwächer werden zu lassen. Doch niemand folgt ihnen die lange kurvige Ausfahrt hinunter.

»Also, Teufelskerl«, sagt Vicki, die sich auf dem Beifahrersitz nach hinten umgedreht hat. »Das war jetzt keine gelungene Gegenüberwachung. Du sollst dem anderen doch nicht zeigen, dass man von seiner Existenz weiß. Aber wirkungsvoll. Muss ich dir lassen.«

»Wenn man annimmt, dass ich recht hatte. Dass er uns gefolgt ist.«

»Klar, wenn man das annimmt.« Sie setzt sich wieder gerade hin und reibt ihren Nacken an der Stelle, wo der Sicherheitsgurt eingeschnitten hat. »Ziemlich machomäßig. Ein echtes Jason-Bourne-Manöver.« Vicki fragt sich, warum sich der Verfolger so offensichtlich verhält. Offenbar will man den Druck erhöhen. Wer auch immer. Oder der Typ wird nachlässig. Beides ist möglich.

»Das ergibt keinen Sinn«, sagt Fish, »dass jemand mir folgen soll. Uns. Sie wissen doch garantiert, wohin wir fahren. Sie brauchen uns ja nur abzuhören. Schließlich sind wir vierundzwanzig Stunden auf Sendung. Bist du dir sicher, dass es nicht dir gilt? Vielleicht ein Agent aus deiner Agentenvergangenheit.«

»Ich bin mir sicher.«

Fish hat Constantia hinter sich gelassen und ist den Southern Cross Drive hochgefahren. Jetzt biegt er rechts in den Rhodes Drive, durchquert den Wald. Vicki erinnert sich, wie er früher mit dem Perana hier entlangschoss und nur in den Kurven herunterschaltete, ganz im Monza-Stil. Zum Fürchten. Der Polo-Stil ist wesentlich entspannter.

Sie sagt: »Was ich damit meine, ist, dass sie dir bewusst so sichtbar folgen. Um dich nervös zu machen.«

Fish wirft ihr einen gespielt entsetzten Blick zu. »Ich bin Surfer. Ich bewege mich da, wo die großen weißen Haie unterwegs sind.«

»Trotzdem.«

Sie fahren unter den dunkler werdenden Bäumen in Kirstenbosch Gardens vorbei. An der Ampel biegt Fish links in

Richtung Newlands Forest ein. Und dort auf einem Parkplatz steht der braune Audi.

Vicki denkt: Unverfroren. Offensichtlicher geht es nicht mehr.

»Da! Siehst du, da!« Fish zeigt triumphierend auf das Auto, als sie daran vorbeikommen. Er wird langsamer und fährt dann an den Bordstein heran.

»Du kannst hier nicht halten, Fish! Fahr um Himmels willen weiter!«

Hinter ihnen hupen Autos.

»Kann ich sehr wohl«, entgegnet Fish. Er bleibt stehen. »Es gibt nur einen Weg, herauszufinden, was er will.« Öffnet schon die Tür.

»Nein, Fish, nein. Lass es. Wir haben andere Möglichkeiten, damit umzugehen.« Vicki fasst nach seiner Jacke, um ihn im Wagen zu halten.

Der Verkehr neben ihnen wird chaotisch, überall wird laut gehupt. Und der braune Audi gleitet auf der äußeren Fahrbahn geschmeidig an ihnen vorbei.

Vicki ändert plötzlich ihren Ton. »Er haut ab, Fish, los, hinterher! Wir brauchen sein Kennzeichen!«

Doch sie haben keine Chance. Fish muss seine gesamte Dreistigkeit schon dafür einsetzen, sich bloß in die Wagenkolonne neben ihnen hineinzudrängen. »Jetzt glaubst du mir.« Er grinst sie an.

»Sagen wir, vielleicht.« Vicki denkt: nicht schön, die Gejagte zu sein.

4

Eine Empfindung, die Ravi Pollard gerade ziemlich gut nachvollziehen kann. Ein Grund, warum Rejs Anruf zur Voicemail durchgestellt wurde: Ravi Pollards Hände hören nicht auf zu zittern, ganz gleich, wie steif er seine Finger macht. Ein Glas Wasser könnte er gar nicht halten, er würde garantiert alles verschütten.

Die Sonntagszeitung liegt offen auf seinem Sofa. Er steht in seiner Wohnung mit dem Blick in die Unendlichkeit. Er starrt in diese Unendlichkeit, die eigentlich der Horizont ist, wo das Meer zum Himmel wird. Seine Hände hängen wie lebendige Tiere an ihm herab.

Er setzt sich wieder auf das Sofa und liest noch einmal den Bericht. Es ist ein knapper, einspaltiger Artikel mit der Schlagzeile: Frau in Wohnung erschossen. Chereen Williams. Bilanzbuchhalterin. Sie habe allein gelebt. Hinweise auf einen Einbruch habe es nicht gegeben. Die Polizei ermittle wegen Mord und Raub. Ein Nachbar vermute, sie müsse dem Verbrecher selbst die Tür geöffnet haben. Er habe mindestens drei Schüsse gehört. Ihr Leichnam sei in der Küche gefunden worden.

Ravi Pollard fragt sich, ob er der Polizei mitteilen solle, dass er Chereen Williams gekannt habe. Dass sie sich an dem Abend zu einem Date treffen wollten. Dass er gedacht habe, sie habe ihn versetzt. Während sie in Wahrheit tot war. Ermordet.

Ravi Pollard weiß, er muss den Oberst kontaktieren. Er sitzt auf seinem Sofa mit dem Blick über die Bucht, die Horrorgeschichte vor sich liegend. Er sollte zu der Drogerie gehen und den Anruf tätigen.

Aber er kann nicht. Schon oft hat er den Ausdruck »Das ist mir auf den Magen geschlagen« gehört, aber erlebt hat er es bisher noch nicht. Diese Übelkeit. Dieses Rumoren in den Gedärmen. Der Druck auf der Blase. Das Herzrasen.

Er steht auf und läuft durchs Zimmer. Mit den Händen fasst er sich in seine dichten schwarzen Haare. Seine lässige Frisur ist heute nicht zu erkennen. Er beugt sich vor, um die Magenkrämpfe etwas zu lösen. Sein Atem geht schnell, als wäre er eine Treppe hochgerannt. Dann richtet er sich auf und schaut in die Bucht hinaus, über der sich Wolken zu sammeln beginnen.

Ravi Pollard weiß, dass es nur eine Option für ihn gibt: den Oberst.

5

Der Mercedes fährt zwischen den weißen Säulen des Tors hindurch. Oberst Kaiser Vula sitzt auf der Rückbank, Agent Tyrone Mansoor hinter dem Steuer.

Oberst Kaiser Vula ist aus verschiedenen Gründen unglaublich zornig. Zum einen wird sein Sonntag durch diese Erinnerungsfeier gestört. Zum anderen muss er sich wegen Budgetkürzungen mit einem Agenten als Chauffeur begnügen. Die Erinnerungsfeier ist das Letzte, was er jetzt brauchen kann. Das Mount Nelson ist zudem der letzte Ort, an dem er sich aufhalten will.

»Haben die beiden Sie gesehen, Mansoor?«

»Nein, Oberst. Nicht mich. Den Wagen.«

»Sind Sie sich sicher?«

»Ja, Oberst. Sie können mir vertrauen, Herr Oberst.«

Ein Satz, den Kaiser Vula schon oft von vielen gehört hat.

»Wieso sind Sie sich sicher?«

»Der Surfer wollte mich *bliksem*. Er ist fast aus seinem Auto ausgestiegen.«

»Dann hat er Sie gesehen. Er kann Sie wiedererkennen.«

»Nein, Herr Oberst. Garantiert nicht. Ich bin viel zu gut für so etwas.«

Worte, die Kaiser Vula auch schon unzählige Male gehört hat.

Agent Tyrone Mansoor fährt die lange Auffahrt hoch. Der Palast schimmert mattrosa zwischen Palmen hervor. Sturmwolken sammeln sich über dem Berg.

Ein seltsamer Ort für die Abschiedsfeier eines alten Kommunisten. Für eine Lobrede, zwischen Symbolen des kolonialen Reichtums. Dieser Gedanke lässt Oberst Kaiser Vula angewidert die Lippen verziehen. Hier zu sein fühlt sich so an, als würde er auf den Gräbern der Vorfahren stehen. Der mächtigen Krieger.

Seine Frau kommt gerne mit ihren Freundinnen, den Gattinnen der Kabinettsminister, zum Tee hierher. Um zwischen zartem Porzellan, Silbertabletts und dekadenten Kuchen miteinander zu plaudern. Den kleinen Finger bei jedem Schlückchen zierlich abgespreizt.

Für Kaiser Vula stets ein Affront. »Wie kannst du nur dorthin gehen?«

»Warum nicht? Das tun alle«, entgegnet seine Frau neckend. Seine Frau, die so stolz auf ihren Helden im Rollstuhl ist.

»Ich sehe darin ein Symbol der Unterdrückung.«

»Wir gehen dorthin, um Tee zu trinken, Kaisie.« Seine Frau schaut kopfschüttelnd zu ihm herab. »Einmal war sogar der Ombudsmann mit dem Polizeipräsidenten dort zum Tee. Das ist ein ganz normaler Ort.«

»Was halten Sie von diesem Hotel, Mansoor?«, will Kaiser Vula wissen.

»Es gefällt mir«, erwidert dieser und hält den Wagen vor dem Eingangsbereich an. »Ich habe schon Frauen hierhergebracht.«

»Zum Tee?«

»Nein, Herr Oberst.«

Kaiser Vula antwortet nicht. Er konzentriert sich auf seine Mimik. Als er noch zu Fuß unterwegs war, ging auch er mit Freundinnen in Hotels. Aber nie ins Mount Nelson. Immer in die neuen Absteigen an der Waterfront.

Mansoor holt den Rollstuhl aus dem Kofferraum und klappt ihn auf. Rollt ihn zur hinteren Autotür. Er fasst in den Wagen und hebt den Oberst heraus.

Diesen Moment hasst Kaiser Vula. Die Hände eines anderen Mannes unter seinen Achseln, der Atem des anderen auf seinen Wangen. Wie ein intimer Tanz. Seine nutzlosen Beine baumeln in der Luft.

Die Beine, die seine Frau massiert. Die sie mit ihren Salben eincremt. Seine Frau, die gerne reitet. Die dabei nichts gegen den Beutel hat, der an seinem Bauch hängt. Reiben. Reiben. Mit geschlossenen Augen. Mit offenem Mund. Ihr Dildo-Bursche.

Es reicht.

»Lassen Sie mich«, sagt Kaiser Vula und fasst nach den Armlehnen des Rollstuhls. »Ich komme jetzt zurecht. Sie können den Wagen parken.« Er rollt durch die Eingangstüren ins Foyer. Über den Teppich in einen Raum voller Menschen. Einige Gesichter erkennt er. Die meisten nicht. Köpfe senken sich, um ihn flüsternd zu begrüßen. Hallo, wie geht es so?

»Freut mich, Sie zu sehen, Bruder.«

»Sawabona.«

»*Unjani?*«

Hände schütteln die seine.

Mir geht es so, wie ich aussehe, würde er am liebsten antworten. Ich kann nicht mehr laufen. Ich kacke in einen Beutel. Sollen sie doch von seinem Leid erfahren. Seinem Einsatz. Derart angeschossen, um seinen Präsidenten zu schützen.

Er sieht die Frau mit ihrem Surfer. Eine attraktive Frau. Viel zu gut für den Burschen. Früher hätte er versucht, sich an sie heranzumachen. Eine Spielerin, eine Mata Hari. Undurchsichtig. Die dem Surfer nichts von ihrer Abtreibung erzählt. So sind die Geheimnisse der Frauen. So ist der Liebling von Henry Davidson. Das Objekt amerikanischen Interesses.

Er erträgt die Reden. Die Würdigungen von Henry Davidson. Für diesen Mann? Wer war er denn? Ein Verräter, vielleicht beim MI6, vielleicht ein Kommunist, vielleicht einer, der an einem Komplott gegen den Präsidenten beteiligt war. Ein Urgestein aus den Zeiten des Ancien Régime.

Kaiser Vula beobachtet. Er sieht, wie der Surfer den Raum verlässt. Sieht, wie auch der neue Amerikaner im Konsulat den Raum verlässt. Sieht, wer mit dieser Inderin spricht. Nicht viele. Einige Agenten und Betreuer. Meist steht sie allein da und beobachtet ebenfalls. Als ihr Blick kurz auf ihn fällt, schaut Kaiser Vula ihr nicht in die Augen. Er spürt, dass seine Wangen heiß werden.

Sein Handy klingelt. Eine Rufnummer, die er kennt. Er hebt ab. Flüstert: »Jetzt geht es nicht.« Legt auf. Es ist Zeit zu gehen.

6

Unerwartet viele Leute, denkt Mart Velaze. In dem Raum stehen zahlreiche Gruppen zusammen, balancieren Weingläser und Teller mit Häppchen in Händen. Sie sprechen gedämpft. Einige erkennt er: Angestellte der Voliere, ein paar Politiker und den Mann, der überall auftaucht: Tyrone Mansoor. Er bleibt für sich, in der Nähe der Tür, mit einem Glas Wasser und einem Teller voller Würstchen in Blätterteig. Genügend Würstchen, um als Abendessen zu reichen.

Es gibt keinen Grund für Tyrone Mansoor, hier zu sein. Er ist rangmäßig zu untergeordnet, um Henry Davidson gekannt zu haben. Mart Velaze vermutet, dass ihn jemand abgestellt haben muss. Die Frage ist nur, wer einen Agenten hierherschickt? Und warum? Sicher nicht der Namen wegen. Es wird schon zahlreiche Kameras in Jackenaufschlägen, Verzierungen und Alarmanlagen geben. Als Bodyguard? Als Helfer? Mart Velaze setzt über Tyrone Mansoor ein Fragezeichen.

Hört die Stimme in sein Ohr flüstern. »Ich grüße Sie, Häuptling, zu diesem tristen Anlass. Sie sind auch passend gekleidet, wie ich sehe. Schwarzer Anzug, sehr trauervoll. Sehr finster dreinblickend. Sie scheinen sich aber nicht zu amüsieren. Das brauchen Sie mir nicht zu beantworten. Eine ganze Menge Gäste für den alten Henry, muss schon sagen. Einige sehr ranghohe Leute. Einige Vertreter von noch höher Stehenden. Er wäre sicher überrascht gewesen. Überrascht, dass ein alter Spion so viele anlockt. Hm.«

Ihr Hm geht in Stille über.

Mart Velaze sieht sie in Gedanken in einem großen Ledersessel vor sich, an einem Eichentisch, in einem Zimmer voller

Schatten. Schwere Vorhänge sind vor den Fenstern zugezogen. Die Stimme beugt sich vor, um den Bildschirm genauer zu betrachten. Mit dem Finger auf dem Tastenfeld lässt sie ihr elektronisches Auge, das im Kronleuchter versteckt ist, durch die Menge wandern und auf bestimmte Gesichter zoomen.

Gesichter, die sie aufmerken lassen.

»Der Oberst, Häuptling. Der Oberst im Rollstuhl: Kaiser Vula. Keiner, der gekommen ist, um die letzte Ehre zu erweisen. Und dann dieser aufrechte Mann in der Lederjacke: CIA, getarnt als Wirtschaftsberater des Handelsattachés. Neu in Kapstadt. Hört auf den Namen John Webster, gerne hinter Frauen her. Grundgütiger, Häuptling, eine wahre Versammlung der Clans. Ich kann Ihre engelhafte Mossadi, ein paar alte Knochen vom FSB und das undurchdringliche Gesicht des MI6 sehen. Deutsche, Portugiesen, Chinesen, Inder. Apropos: Wo ist unser Mädchen?«

Mart Velaze steht bei einer Gruppe von Strategen. Neben ihnen. Er könnte dazugehören, tut es aber nicht. Hört, wie sie über Tennis reden: Wimbledon, Venus Williams, Caroline Wozniacki, Simona Halep. Wer gut ist. Wer scharf. Namen, die ihm nichts sagen. Er schaut sich um. Entdeckt Vicki Kahn, die neben der Tür stehen bleibt und ihren Blick durch den Raum wandern lässt. Hinter ihr kommt Kahlkopf und drängt sie weiterzugehen.

»Tür«, sagt Mart Velaze Richtung Schulter und hustet künstlich.

»Ganz der Profi, Häuptling. Ah ja, da ist sie. Und das ist also ihr Surfer. Nicht übel, muss schon sagen. Sehr nett. Mir gefällt der rasierte Kopf. Ein hübsches Paar. Leute mit einem durchschnittlich normalen Leben – wie aus dem Bilderbuch. Sie ist eine ausgezeichnete Wahl für diese Mission, Häuptling. Wenn das funktioniert – und warum sollte es das nicht –, wird Ravi Pollard für immer in Ihrer Schuld stehen, weil er eine so schöne Frau sozusagen auf dem Silbertablett präsentiert bekommt. Heuern Sie sie an, Häuptling. Heuern Sie Vicki Kahn an. Kümmern Sie sich um das Arrangement.«

Mart Velaze beobachtet weiter. Er sieht, wer Vicki Kahn begrüßt, und bemerkt die Überraschung auf ihrem Gesicht, als ein alter Mann in einem Blazer an ihr vorbeieilt und dabei ein Stückchen Papier in ihre Hand schiebt.

Während der Reden kommt Mart Velaze näher an Vicki Kahn heran. Er bleibt neben dem Büfett stehen. Ihm ist klar, dass die Stimme ihn im Blick hat und vermutlich auch andere, die später diese Aufnahmen analysieren werden.

Er sieht, wie Fish Pescado den Raum verlässt. Der Amerikaner folgt ihm.

Dann die Stimme in seinem Ohr: »Worauf warten Sie, Häuptling? Jetzt ist sie allein. Kein Grund, warum Sie nicht mit ihr sprechen sollten. Ein Mann mit Ihrem Ruf.«

Er spürt, wie sich seine Kiefermuskeln anspannen. Rührt sich nicht von der Stelle.

»Häuptling?«

Achtet nicht auf die Stimme.

Eine Sprecherin für das Ministerium für Staatssicherheit klopft gegen ein Glas und räuspert sich. Sie redet von dem traurigen Anlass, von dem Verlust eines hochgeschätzten Kollegen. Die tragische Art seines Todes. Dass man alles tun werde, seinen Mörder zu finden. Wie man die eigenen Leute beschützen müsse.

Natürlich, denkt Mart Velaze.

Als Nächstes erinnert sich der Leiter der Voliere an Henry Davidsons Sinn für Humor, an seine häufigen Zitate aus englischen Kinderbüchern, an seine Schals, sein Toupet, sein phänomenales Gedächtnis, das auch das Gedächtnis dieser Organisation gewesen sei. »Wir haben nicht nur einen Freund, sondern auch die Vergangenheit verloren.«

Wie poetisch, denkt Mart Velaze. Die Reden sind vorbei. Die Stimme in seinem Ohr sagt: »Und jetzt bitte Miss Kahn.«

Mart Velaze rührt sich immer noch nicht. Er sieht, wie der Oberst einen Anruf entgegennimmt und gleich wieder auflegt. Wie er eine Hand hebt und zur Tür zeigt. Mart Velaze bemerkt Tyrone Mansoors Nicken und dass er sich die restlichen Würstchen im Blätterteig in die Tasche stopft. Mehr als genug für sein Abendessen. Wartet, bis der Oberst rasch durch den Raum gerollt kommt. Die Leute weichen wie das Rote Meer zurück. Erst jetzt tritt Mart Velaze auf Vicki Kahn zu. Sie wendet sich zu ihm. Er streckt die Hand aus, berührt ihren Arm. Fragt: »Können wir sprechen?«

Erhält eine knappe Antwort. »Nein. Ich brauche Sie nicht, Mart Velaze.«

»Sie kennen mich also! Hey! Nicht schlecht. Hat unser Fish Sie auf mich aufmerksam gemacht?«

»Verschwinden Sie! Soll ich laut werden?«

»Beruhigen Sie sich, okay. Vergessen Sie nicht, wo wir sind.« Mart Velaze blickt sich um. Einige schauen bereits in ihre Richtung. Manche lächeln. »Ich habe eine Nachricht für Sie.«

»Ich will keine Nachricht hören.«

»Diese schon.«

»Ach, Sie wissen also, was ich will?«

»Diesmal. Seien Sie nett, Vicki Kahn. Sie schulden mir mehr, als Sie wissen.«

»Ich schulde Ihnen gar nichts.«

»Eines Tages rechnen wir zusammen. Bis dahin geben Sie mir die Hand.«

»Warum sollte ich?«

»Stopp.« Er senkt die Stimme. »Stopp, okay? Geben Sie mir die Hand und nehmen Sie das Handy, das sich in meiner Hand befindet. Es gibt jemanden, der mit Ihnen sprechen will. Bleiben Sie im Raum, sie beobachtet Sie.«

Vicki Kahn schüttelt den Kopf und lächelt ungläubig. »Mein Gott. Ihre Leute. Sogar hier.«

»Gerade hier«, entgegnet Mart Velaze und spürt, wie ihre Hand souverän unauffällig das Handy aus der seinen nimmt.

»Miss Kahn, danke, dass Sie meinen Anruf entgegennehmen. Es ist eine verschlüsselte Verbindung, wir können also offen miteinander reden.«

»Wer sind Sie?«

»Das kann ich Ihnen noch nicht verraten. Wenn Sie mich unbedingt bei einem Namen nennen wollen, nennen Sie mich einfach V.«

»Wer sind Sie, V.?«

»Eine Freundin Ihrer Familie. Ich habe Ihre Mutter und Ihren Vater gekannt, wissen Sie. Ihr Vater hat mich offiziell sogar vertreten, als mein Repräsentant. Als mich damals in den Zeiten des Kampfes der Geheimdienst verhaftet hat. Ein zuvorkommender Mann. Ein Gentleman.«

»Was wollen Sie, V?«

»Ihnen einen Job anbieten.«

»Ich brauche keinen Job.«

»Nein. Nein, ich weiß, dass Sie keinen brauchen. Sie arbeiten jetzt Vollzeit daran, Mrs. Pescado zu werden.«

»Wie bitte?«

»Ist es das nicht, was Sie tun? Ich dachte es. Sie bauen sich eine Tarnung. Eine plausible Geschichte. Miss Vicki Kahns Verwandlung von der Geheimagentin zur Anwältin und schließlich zur Ehefrau. Diesmal vielleicht sogar zur Mutter?«

Schweigen.

»Hören Sie, was wollen Sie von mir?«

»Sie.«

»Kapieren Sie nicht? Ich stehe nicht zur Verfügung.«

»Oh doch, ich kapiere das. Ich bin schon in der gleichen Situation gewesen. Ich weiß, dass dieses Leben, das wir führen, scheußlich sein kann. Aber es ist wie mit dem Spielen. Man lässt es nicht bleiben. Sie müssen wieder am Spieltisch sitzen und die Magie in Händen halten. Gegen das Können anderer oder auch gegen das Universum wetten.«

»Wer sind Sie? Meine Therapeutin?«

»Ich glaube kaum, dass ich Aletta van Niekerk jemals ersetzen könnte. Will ich gar nicht. Nein, Vicki Kahn, ich bin nicht Ihre Therapeutin und habe nicht vor, sie zu werden. Ich bin mehr als das. Ich bin Ihr Mephisto. Was heißt, dass Sie alles zurückhaben können und zwar zu Ihren eigenen Bedingungen. Die Karten. Die Adrenalinkicks. Ihre Geheimnisse, Ms. Kahn. Sie können Ihre Geheimnisse haben und Sie auch behalten.«

»Kein Interesse.«

»Das glaube ich nicht. Tief drin sind Sie interessiert.«

Vicki gibt nach. Warum soll sie nicht herausfinden, was geboten wird? »Und was müsste ich dafür tun?«

»Einen kleinen Gefallen. Für Sie wäre dieser kleine Gefallen das, was man ein Kinderspiel nennt. Es wird Sie nicht mehr als zehn Tage kosten. Höchstens. Danach bekommen Sie von mir Zugang zu den Akten über Henry Davidson.«

»Was?«

»Sie haben mich verstanden.«

»Was für Akten?«

»Akten, die ich gar nicht haben sollte, Miss Kahn. Akten, die in meinen Besitz gelangt sind. Wie das manchmal passiert. Sie bieten eine interessante Lektüre. So viel kann ich Ihnen verraten.«

»Ich muss mehr über diesen kleinen Gefallen erfahren.«

»Musik in meinen Ohren, Miss Kahn. Eine entschlussfreudige Frau. Ich mag Frauen, die wissen, was sie wollen. Es geht bei diesem kleinen Gefallen darum, dass Sie jemandem näherkommen und ihn dazu ermutigen, zum Whistleblower zu werden.«

»Ihn?«

»Ein Kätzchen. Garantiert niemand, mit dem Sie Probleme haben könnten.«

»Innerhalb von zehn Tagen?«

»Wie gesagt: ein Kätzchen. Der Mann ist emotional ein Wrack.«

»Das ist alles, was Sie mir verraten?«

»Kenntnis nur bei Bedarf, Vicki Kahn. Es reicht ein grobes Bild. Kurz gesagt: Überzeugen Sie jemanden, der schon halb entschlossen ist, alles auszuplaudern.«

»Nein.« Vicki klingt entschlossen. Das willst du nicht. All das lässt du doch gerade hinter dir. Nein. Aber. Aber da sind die Akten über Henry Davidson. Da ist ihr Bedürfnis herauszufinden, warum er sterben musste. Seinen Mörder dingfest zu machen.

»Kommen Sie, Miss Kahn. Ich merke doch, dass es Sie reizt. Mir gegenüber müssen Sie nicht den geläuterten Engel spielen. Ich weiß, wie es tief in Ihrem Herzen aussieht. Ich kenne Ihre Akte. Und ich bin überzeugt, dass Sie für diesen Auftrag die Beste sind. Sie waren und bleiben Henrys strahlendes Mädchen, Ihre Akte spricht für sich. Sie sind ein Gewinn. Ich bitte Sie also um Ihre Mithilfe.«

»Ohne mir irgendetwas zu sagen.«

Es herrscht Schweigen. Eine Stille, als ob aufgelegt worden

sei. Dann: »Ich kann Ihnen so viel verraten: Es geht um eine finanzielle Angelegenheit, bei der wir, die gewöhnlichen Bürger dieses Landes, für Generationen verschuldet sein würden. Das wünsche ich unseren Kindern nicht, Miss Kahn. Ich denke vielmehr, es lohnt sich, das zu verhindern. Sie nicht?«

»Ich brauche etwas Zeit, um mich zu entscheiden.«

»Das verstehe ich. Bis morgen bei Geschäftsschluss. Behalten Sie das Handy, unseren Kanal. Wie ich schon sagte: Es ist verschlüsselt. Niemand kann uns belauschen.«

7

CIA-Emblem
Informationstypus: Sprachaufnahme
Sammlung: GEHEIM SÜDLICHES AFRIKA
Aktennummer (VO): 0000414371
Ursprüngliche Klassifizierung: (50X1)
Datum der Aufnahme: 18. Juni 2018
Fallnr.: John Webster-2017-00550
Operation Fynbos
Einführung
Transkription Textverarbeitung: TS

Anmerkung: Am Sonntag, den 17. Juni 2018, besuchte ich als Beobachter die Gedenkfeier des früheren südafrikanischen Geheimdienstanalytikers Henry Davidson. Dabei wurde ich auf die frühere Agentin und augenblickliche Anwältin Vicki Kahn und ihren Partner, den Privatermittler Bartholomeu Pescado hingewiesen, da sie laut unseren Akten Personen von besonderem Interesse sind. Auf Vicki Kahn wurde ich das erste Mal aufmerksam, als sie in eine frühere Operation verwickelt war, bei der iranische Agenten versuchten, Nuklearmaterial aus den südafrikanischen Lagerbeständen an sich zu bringen. Während dieser Operation kamen zwei US-amerikanische Agenten zu Tode. Sowohl Kahn als auch Pescado waren für uns Personen von besonderem Interesse, weil sie in Kontakt zu Henry Davidson stand und er wiederum in einer Beziehung zu ihr. Ich entschloss mich, sie über Pescado zu kontaktieren.

Er war sichtlich das fünfte Rad am Wagen bei dieser Gedenkfeier und verließ irgendwann den Raum. Ich folgte ihm. Er rauchte einen Marihuana-Joint, in Südafrika als *Dagga Zol* bekannt.

Er war in den Garten geschlendert, fort von zwei anderen Rauchern, die aber offenbar konventionelle Zigaretten konsumierten. Ich folgte ihm und nahm den unverkennbaren Haschgeruch wahr. Als er meine Schritte auf dem Kiesweg hörte, drehte er sich um. Er war weder dreist, noch versuchte er, den illegalen Drogenkonsum zu verheimlichen. Ich begann unser Gespräch mit einem Stottern. Es ist eine entwaffnende Herangehensweise und gibt dem Gegenüber sofort ein Gefühl der Kooperation. Es folgt die Transkription unserer Unterhaltung mit Anmerkungen. Pescado wird Fish genannt. Abgekürzt habe ich ihn FP. Die Transkription wurde von den zuständigen Beamten erstellt.

JW: R-r-riecht n-n-nach g-gutem St-stoff. K-k-k-kann äh …
FP: Wollen Sie mal ziehen?
JW: Äh … Wenn ich d-d-darf.

Anmerkung: Er reichte mir den Joint, der kompakt gerollt und etwa so lang wie eine Zigarette war. Wir standen im Garten des Hotelgeländes. Es war niemand in unserer Nähe, da die zwei Zigarettenraucher wieder hineingegangen waren. Ich zog, ohne zu inhalieren. Als ich ausatmete, hustete ich um des Effekts willen und zog dann noch einmal, ohne zu inhalieren. Ich wies auf den Raum, den wir gerade verlassen hatten.

JW: Kannten Sie den Mann? Den Verstorbenen.
FP: Nein, nicht wirklich.

Anmerkung: Ich gab ihm den Joint zurück. Er zog erneut und bot ihn mir wieder an. Ich lehnte nicht ab, sondern fingierte erneut ein Inhalieren, ehe der Joint an ihn zurückging. Er schnipste die Asche mit einem Fingernagel weg und beugte sich hinunter, um die Glut auf der Spitze auszudrücken, ehe er den Joint in ein Brillenetui legte. All das erfolgte schnell und entspannt. Ich nickte ihm zu, um mich zu bedanken. Er sah mich nicht an, sondern hielt den Blick auf den Raum gerichtet, den wir gerade verlassen hatten. Seine nächste Bemerkung überraschte mich.

FP: Sind Sie von der CIA?
[JW lacht.]
JW: Nicht jeder mit einem amerikanischen Akzent ist von der CIA.
FP: Das beantwortet nicht meine Frage.
JW: Vom Konsulat. W-Wirtschaftsberater für den Handelsattaché.
FP: Ja, klar.

Anmerkung: Er wandte sich zum Gehen.

JW: W-wirklich gutes Kraut. Gibt es einen Ort, wo ich das bekommen kann?

Anmerkung: Er musterte mich einen Moment lang eindringlich, bis er irgendwann lächelte. Allerdings blieb seine Haltung aggressiv/defensiv.

FP: Sie wollen ein Tütchen?
JW: Ja. Das wäre schön.
FP: Mr. CIA will ein Tütchen mit *Dagga*? Wollen Sie mich in eine Falle locken, *China*?

Anmerkung: Ich verfiel wieder ins Stottern.

JW: G-g-g-g-gar nicht. Hö-hö-hören Sie, v-v-v-vergessen Sie's.

Anmerkung: Er lächelte weiterhin.

FP: Das wäre ein Spaß. Die CIA mit Drogen versorgen.
[Ein gestotterter Protest von JW, der nicht verständlich ist.]
FP: Muizenberg. Schon mal von Muizenberg gehört?

Anmerkung: Ich schüttelte den Kopf, um zu bedeuten, dass ich noch nicht davon gehört hatte.

FP: Dort am Ende des Strandparkplatzes, in der Nähe der Restaurants. Morgen früh. Wenn die Wellen gut sind, warten Sie, bis ich aus dem Wasser komme.

Anmerkung: Er drängte sich an mir vorbei, um in den Raum zurückzukehren, wo die Gedenkfeier stattfand. Trotz seines Surfer-Styles kann Fish Pescado ziemlich aggressiv wirken.

JW: Vicki Kahn.

Anmerkung: Er blieb stehen und drehte sich abrupt um. Dann kam er zu mir zurück. Er schien auf Konfrontationskurs zu sein.

FP: Was haben Sie gesagt?
JW: Ich habe einen Namen erwähnt. Vicki Kahn.
FP: Warum?
JW: Sie ist von Interesse.
FP: Noch einmal: warum?
JW: Aus verschiedenen Gründen, die ich nicht preisgeben kann. Ich kann nur sagen, dass ein Treffen beiden Seiten zugutekäme.
FP: Sie ist drinnen. Reden Sie selbst mit ihr.
JW: Das könnte ich. Sehr leicht könnte ich das. Aber es wäre sinnlos, sie jetzt zu stören. Unsere Angelegenheit hat noch ein paar Tage Zeit. Vielleicht geben Sie ihr meine Karte?
FP: John Webster, Ministerium für internationale Zusammenarbeit.
JW: Das bin ich. Sie kann mich im Konsulat anrufen, wenn sie möchte. Wir sollten ebenfalls reden, Mr. Pescado. Ich habe Ihnen ein paar Dinge zu erzählen. Ein paar Dinge, die Sie ü-ü-über Miss Vicki Kahn wissen sollten.
FP: Dann reden Sie.
JW: L-lieber nicht hier. Lassen Sie uns treffen. Ich meine das ernst mit dem Tütchen.
FP: Verdammte CIA. Ich wusste es. Ihr seid alle gleich.

Anmerkung: Ich bin mir nicht sicher, wie sich die Sache entwickeln wird.

8

Es ist Montagmorgen. Vicki ist häusliche Vicki, buttert Toast und pochiert Eier. Der Kaffee gurgelt in der Bialetti. Sie trägt eine weite Jogginghose, einen Pulli von Fish und Schafleder-Hausschuhe. Ihre Haare sind nicht gekämmt und vom Schlaf noch zerzaust. Sie fühlt sich großartig. Da ist wieder diese Aufregung in ihr, die sie so lange zu unterdrücken versuchte.

Fish schlurft beim Duft von Toast und Kaffee in die Küche. Das Handy ist gegen sein Ohr gedrückt. Er sagt gerade: »Ja, das kann ich heute machen. Ja, elf ist gut. Warten Sie, ich schreibe mir schnell die Adresse auf.« Nimmt einen Stift, notiert etwas auf einen Block. Legt auf. Zu Vicki meint er: »Da gibt es eine Sache, die ich dir noch nicht erzählt habe. Von gestern Abend.«

Vicki denkt: Ach ja? Sie spürte, dass etwas nicht stimmte. Laut sagt sie: »Und die wäre?« Wirft ihm einen schnellen Blick zu. »Willst du dein Eigelb weich?« Sie hört, wie er einen Stuhl am Küchentisch herauszieht. Spürt seinen Blick auf sich.

»Wie immer.«

»Worum geht es also?«

»Ein Ami will was von dir. Wahrscheinlich CIA.«

Kleiner geht's nicht? Sie bemüht sich, locker zu bleiben: »Ach ja. Sind die nicht alle bei der CIA?«

»Ich meine es ernst.«

»Und das fällt dir erst jetzt ein?«

»Musste es verarbeiten.«

»Na, herzlichen Dank. Mein Mann kümmert sich um die möglichen Fallstricke in meinem Leben.« Sie sieht, wie Fish zusammenzuckt, was ihr kein bisschen leidtut. »Nachdem du es nun verarbeitet hast, kommt jetzt was?«

»Deine Entscheidung.«

»Wow, Babe, echt?«

»Du weißt, was ich meine.«

»Nicht wirklich.«

»Okay, na ja, wie auch immer – er will dich treffen. Und wenn du aus der ganzen Sache raus bist, ganz und gar raus, dann musst du ihm das selbst sagen.«

Vicki seufzt. »Ich bin raus, Fish. Und wenn ich ihn nicht treffen will?«

»Das musst du wissen. Ich werde dich auf keine Fallstricke hinweisen.« Fish streckt ihr die Visitenkarte des Amerikaners entgegen. Vicki wirft über die pochierenden Eier hinweg einen Blick darauf.

Liest: »›John Webster, Ministerium für internationale Zusammenarbeit.‹ Unechter geht es wohl kaum.«

»Dachte ich mir auch. Ich treffe ihn diese Woche, um ihm etwas Hasch zu verkaufen.«

Vicki muss lachen. »Das ist eine Falle.«

»Natürlich ist es das. Umso interessanter. Als Lockmittel für dich sagte er, dass ein Treffen beiden Seiten zugutekommen würde.«

»Kann ich mir vorstellen.« Vicki lächelt, den Blick auf die Eier gerichtet, die sie mit einem Messerrücken testet. »Bei pochierten Eiern weiß ich nie, wann sie fertig sind.«

»Und? Triffst du ihn?«

Mein Gott, natürlich, Fish, was glaubst du denn? Das sagt sie aber nicht laut. Sie fühlt sich so, als hätte sie gerade einen Straight Flush gespielt. Adrenalin rauscht durch ihre Adern.

Am Abend zuvor waren sie gegen zwanzig Uhr nach Hause gekommen. Den ganzen Weg zurück sprachen sie über die Gedenkfeier: Wer war da gewesen? Wer hatte mit wem geredet? Hatte er Velaze gesehen? Ja. Nahm sie den Kerl wahr, der die vielen Würstchen in Blätterteig gegessen hat? Nein. Das war dieser Mansoor. Wirklich? Mr. Telkom-*Skollie.* Den hätte sie nie wiedererkannt. Witzig. Wie stark sich Leute digital und im echten Leben unterscheiden. So sehr, dass man keine Verkleidung braucht. Dann ist er wahrscheinlich einer aus der Voliere. Dann hört uns die Voliere ab. Warum aber tut sie das? Hat vermutlich mit einem deiner Kunden zu tun. Sie hoffen auf mehr Informationen. Dass du mir Dinge erzählst, die du mir nicht erzählen solltest.

Fish zweifelte ihre Analyse der Situation nicht an. Für den Moment wollte er das beiseiteschieben. Er fragte stattdessen, wer denn der Mann im Rollstuhl gewesen sei. Viele Leute begrüßten ihn. Unglaublich. Ein früherer Mann des Präsidenten, des früheren Präsidenten. Hat für ihn eine Kugel abgefangen. Echt tragisch, hätte uns viele Probleme erspart, wenn er das nicht getan hätte. Ich hab gehört, dass er eine spezielle Stelle in der Voliere bekommen hat. Stimmt das? Für Vögel mit gestutzten Flügeln, haha. So in die Richtung. Hat Velaze mit dir geredet? Yep. Er hat mich begrüßt. Hab ihn abgewimmelt. Bist du für eine Tüte nach draußen gegangen? Ganz schön frech. Brauchte etwas frische Luft. Natürlich. Was war da los? Nicht viel. Ein paar Zigarettenraucher. Garantiert Spione, die über Ware geplaudert haben. Als ob du etwas über Ware wüsstest. Ich kenne zumindest die Ausdrücke.

Während des Rückwegs plauderten sie so dahin.

Zu Hause machte Vicki Kaffee, schenkte Wein ein. Sie ließen sich aufs Sofa plumpsen und schauten vier Folgen von *Borgen.* Danach gingen sie ins Bett.

Jetzt wiederholt Fish, den Blick auf Vickis Gesicht gerichtet: »Triffst du ihn?«

Da klopft es an die Hintertür. Sie öffnet sich, und Janet kommt herein.

Sagt: »Morgen, Miss Vicki, Mister Fish. Ist schön, euch die ganze Zeit als glückliche Family zu sehen. Könnt ihr vielleicht für Janet etwas Toast und Tee erübrigen? Ich hab heute auch Zeit zu saugen – quid pro quo.« Sie sieht Fish an. »Das ist Lateinisch.«

»Yeah«, erwidert Fish. »Hab davon gehört.«

Janet macht sich ans Werk. Füllt den Wasserkessel, steckt ein paar Scheiben Brot in den Toaster. »Ihr könnt ruhig weiterreden, *mos*«, meint sie und schaufelt ein paar Löffel Zucker in einen Becher. »Tut einfach so, als wäre ich nicht hier.« Dem Zucker folgen zwei Teebeutel. »Allerdings solltet ihr wissen, dass gestern Abend ein Mann hier war.«

Vicki wirft Fish einen raschen Blick zu und schaut dann die triumphierende Janet an. Sie zeigt auf den Hinterhof. Draußen fragt sie: »Was für ein Mann?«

»Nicht sehr groß, nicht sehr klein. Ein Weißer.«

Fish hakt nach. »Das kannst du im Dunkeln sehen?«

»Kenne den Unterschied.« Auf den Lippen zeigt sich kein Lächeln.

»Dich hat er nicht bemerkt?«

»Keiner bemerkt Janet, Miss Vicki. Ich bin der Schatten unter Schatten.«

»Ist das passiert, ehe wir zurück waren?«

»Nein, Mann, Mister Fish. Eine halbe Stunde später.«

»Verdammt, Janet!« Fish schlägt die Hände über dem Kopf zusammen. »Warum hast du uns nicht gewarnt? Warum hast du nicht gerufen?«

»Ihr habt ferngesehen, Mister Fish. Da hört ihr doch keine Rufe. Habt es euch auf dem Sofa bequem gemacht. Ihr wart außerdem in Sicherheit. Der Mann stand nur in eurem Hinterhof.«

»Er stand?«

»Ja, er stand da. Das hab ich gesehen.«

»Und hat nichts gemacht?« Vickis Stimme klingt gelassen. Ihre Hand liegt auf Fishs Arm – nicht um ihn direkt zurückzuhalten, aber um ihn zu beruhigen. In ihren Ohren surrt es vor Aufregung.

»Ich habe ein Video.«

»Das sagst du uns erst jetzt.« Fish tritt auf Janet zu.

»Wollt ihr es euch anschauen?«

»Nein, Janet. Uns ist es egal, ob jemand nachts in unser Haus guckt. Wir wollen nicht wissen, wer das war. Alles cool.«

»Sarkasmus, Mister Fish, ist die niedrigste Stufe des Witzes, sagen die Professoren immer.« Sie reicht Vicki ihr Handy.

Die den Clip anklickt. Man sieht eine dunkle Gestalt, mit dem Rücken zur Kamera. Die Gestalt steht etwa zwei Minuten regungslos da und verschwindet dann wieder in der Nacht. Es ist niemand, den sie erkennt.

»Nicht sehr hilfreich«, meint Fish hinter ihrer Schulter.

»Ich weiß nicht.« Vicki spielt den Clip noch mal ab. »Wir haben eine Form, eine Größe. Und der Mann trägt gute Schuhe. Schnürschuhe. Vermutlich Budapester, würde ich mal raten.«

»Ach ja? Vicki, die Herrenschuhkennerin.«

»Was hat Janet gerade über Sarkasmus gesagt? Schau es dir genau an. Schau dir an, wie er wegschleicht. Diese Schuhe sind keine üblichen Sneakers.«

Fish nimmt das Handy und betrachtet mit zusammengekniffenen Augen den Bildschirm. »Stimmt. Ist aber etwas übertrieben, das gleich als Budapester zu bezeichnen.«

»Glauben Sie, ich wäre eine gute Spionin für den Staatssicherheitsdienst, Miss Vicki?«

»Solltest es ausprobieren.« Fish gibt Janet das Handy zurück. »Die nehmen heutzutage alle möglichen Leute.«

»Also bitte.« Vicki lächelt ihn mit hochgezogenen Augenbrauen an.

Die Toastscheiben springen heraus. Janet stürzt sofort in die Küche, die beiden anderen folgen ihr. Sie schnappt sich die zwei Brote und den Tee, ehe sie wieder nach draußen geht. »Wenn ich saugen soll, lasst es mich wissen!«

»Maaann!« Fish atmet laut und deutlich durch.

Janet dreht sich halb zu ihm um. »Sie klingen wie eine Möwe, Mister Fish.« Eilt mit ihrem Frühstück von dannen.

»Und jetzt?«, fragt Fish, während er sich an der Rückenlehne eines Stuhls festhält und Vicki betrachtet. Sie bemerkt die Anspannung um seinen Mund. »Zuerst der Kerl, der uns dorthin gefolgt ist, und jetzt das.«

Sie nimmt die Kaffeekanne vom Herd und schenkt zwei Tassen voll. Flüstert ihm ins Ohr: »Sprich mit deinem Klienten bei Capital Trust. Das sind die Leute, die Mansoor abhört.«

Fish verarbeitet innerlich ihren ausdruckslosen Blick. Dahinter kann sich sowohl Wahrheit als auch Lüge verbergen. Es ist unmöglich, den Unterschied zu erkennen.

»Ich taste auch im Dunklen, Fish. Das ist für mich genauso ein Rätsel wie für dich.« Vicki kippt die pochierten Eier auf ein paar Scheiben Toast und schiebt Fish einen Teller hin. »Wann triffst du denn Mr. American?« Sie sieht zu, wie Fish Salz über die Eier streut. Ein echter Salzjunkie. Dann nimmt er eine große Gabel voll Ei und Toast.

»Hab ich doch schon gesagt. Demnächst.«

»Und wo findet das Treffen statt?«

»Am Strand.«

»Etwas sehr ungeschützt.« Vicki steht auf und stellt ihren leeren Teller in die Spüle. Sie trinkt den letzten Rest Kaffee. »Denk nur daran, dass jemand euch beobachten wird.« Sie fragt sich, ob sie darauf warten soll, bis Fish diesen John Webster getroffen hat, oder ihn schon vorher kontaktiert. Es kann warten. Sie hat erst einmal andere Dinge zu erledigen. Sagt: »Du solltest dich beeilen, wenn du um elf in der Stadt sein willst. Ich dusche jetzt. Seifst du mir den Rücken ein?«

9

Trotz des Rückeneinseifens und Ähnlichem schafft es Fish rechtzeitig zu seinem Termin. Jetzt steht er auf Angela Amalfis Balkon und blickt aufs Meer hinaus. Kein schlechter Wellengang heute. Vermutlich wäre der Break bei Queens recht gut. Allerdings ist es heute eher unwahrscheinlich, dass er noch zum Surfen kommt. Er telefoniert gerade mit Antony Brennan.

»Vier Mikrofone! Und eines im Schlafzimmer und eines im Bad?«, hakt Antony Brennan nach, als ob er es beim ersten Mal nicht richtig verstanden hätte.

»Genau. Das habe ich gesagt.«

»Unfassbar! Das nenne ich gründlich.«

»Sehr. Wissen Sie eigentlich, dass Angela Amalfi mich damals kontaktiert hat, als ihr Mann erschossen wurde?«

»Was? Sie hat was getan?«

»Sie hat mich beauftragt, den Mörder ihres Mannes zu finden.«

»Und Sie hielten es nicht für nötig, mir das mitzuteilen?«

»Das habe ich gerade.«

»Schon früher. Sie hätten mir das mitteilen können, als ich Ihnen den Auftrag für die Personenprofile gegeben habe.«

»Das hätte ich. Damals schien es allerdings nicht relevant zu sein. Außerdem habe ich gelernt, dass es sich manchmal lohnt, nicht alle Karten auf einmal auf den Tisch zu legen.«

»Was halten Sie noch zurück?«

»Nichts. Ich habe den Kerl nie gefunden. Es war eine wirklich seltsame Sache, als ob es sich um einen Auftragsmord gehandelt hätte.«

»Ach, wirklich? Und warum schien das so?«

Fish erklärt es ihm und erzählt alles bis hin zu dem Skype-Anruf bei den überfallenen britischen Touristen.

Am anderen Ende der Leitung herrscht Schweigen. Fish dreht dem Ort den Rücken zu, wo er jetzt lieber wäre, und schaut in die Wohnung hinein. Betrachtet Angelas schlichten Luxus. Alles befindet sich an seinem Platz. Mit der Genauigkeit eines schicken Hotels. Sogar hotelübliche Bilder hängen an den Wänden. Wie kann man so ordentlich leben? Keine Fotografien. Keine Notizzettel am Kühlschrank. Keine Pinnwand für Krimskrams. Nicht der geringste Hinweis darauf, welche Art von Geschäft Angela Amalfi führt. Dennoch interessiert sich jemand offenbar sehr für ihr Leben, was dieses auch immer sein mag. Hier finden sich keinerlei Hinweise auf das echte Leben der Angela Amalfi. Nur in der Stereoanlage liegt eine CD mit dem Titel *Blues of Desperation*, deren Hülle nirgendwo zu sehen ist. Für Fish liefert das einen ersten Anknüpfungspunkt. Blues hätte er mit dieser Wohnung nie in Verbindung gebracht. Eines ist jedenfalls sicher: Jemand wollte hören, was sie tut, wenn sie zu Hause ist. Wahrscheinlich vernahm dieser Jemand viel von des Lebens Verzweiflung.

Fish stellt den Lautsprecher des Handys an und reibt sich sein heißes Ohr. Er hält es in einem Winkel zu seinem Mund. Antony Brennans Zögern beginnt, ihn zu ärgern. Er fragt: »Sind Sie noch da? Soll ich sie entfernen?« Keine Antwort. Er wiederholt die Frage.

»Vielleicht. Ich weiß es nicht. Was denken Sie? Sind das welche mit Sprachaktivierung oder mit Einwahl?«

»Ich würde sagen, mit Einwahl. Wie das Ding, das ich in Ihrem Wagen gefunden habe. Sie sehen für mich sogar gleich aus. Ganz ähnliche Apparate. Wahrscheinlich sind sie miteinander verbunden, und der Zuhörer kann zwischen ihnen hin- und herwechseln.«

»Im Badezimmer! Wer installiert so was im Badezimmer? Das Schlafzimmer ist schlimm genug. Aber das Badezimmer: einfach nur pervers. Immerhin sind es keine Kameras.«

So kann man es auch betrachten, denkt Fish. Dann hakt er noch einmal nach. »Soll ich sie entfernen?«

»Es gibt keine Möglichkeit herauszufinden, wer da zuhört?«

»Nur, wenn sich derjenige einwählt.«

»Darauf müsste man warten?«

»Genau.«

Antony Brennan überlegt erneut. Dann: »Okay, lassen Sie sie drin. Für den Moment lassen wir sie an Ort und Stelle.«

»Verstanden«, erwidert Fish. Nach einem kurzen Augenblick fügt er hinzu: »Haben Sie eigentlich das Video von diesem Wolfsmann gesehen, das ich Ihnen gestern geschickt habe?«

»Hab ich. Danke.«

»Wollen Sie mir verraten, was das genau soll?«

»Nein. Das ist eine private Angelegenheit.«

»Das ist verdammt heftig, Mann.«

»Ist klar, Fish. Ich kümmere mich darum. Okay?«

»Okay.« Fish denkt: alles andere als okay. Antony Brennans private Angelegenheiten beginnen, ihn zu nerven.

10

Antony Brennan kümmert sich um diese Angelegenheit, indem er Angela Amalfi das Video weiterleitet. Eine Weile kämpfte er mit seinem Gewissen, ob er es tun oder lassen sollte. Dann entschied er, dass sie Bescheid wissen müsse. Sie flippte aus. Wie kam er an diesen Clip? Seit wann hatte er ihn? Warum hatte man ihn ihm geschickt? Sie legte auf, ehe Antony auch nur eine ihrer Fragen beantworten konnte. Danach verlor sie ihrem Bruder Rej gegenüber die Nerven. Die Tirade begann an der Gegensprechanlage seines Gartentors, in die Angela völlig außer sich brüllte. Sie schrie, dass er widerwärtiger Abschaum sei, ein unmenschlicher, grausamer, mittelalterlicher Kretin, wenn er den armen Ferdi so behandle.

»Ihn anzuketten, Rej! Ihn am Hals anzuketten – mein Gott! Was hast du dir dabei gedacht?«

Angela hupt, damit Rej das Tor öffnet. Jetzt. Du Arschloch. Als es endlich aufgeht, rast sie majestätisch mit ihrem Pajero die steile Einfahrt hoch und schafft es sogar, mit einem Schlittern zum Halten zu kommen.

Rej steht im Anzug unter dem Säuleneingang. Er wirkt alles andere als souverän und ruhig. Sein Gesicht ist rot angelaufen, und die Wut zeigt sich in seinen geballten Fäusten. Über ihm sieht Angela eine Bewegung und für einen Moment das Gesicht einer jungen Frau, die zu ihnen hinabschaut.

Angela ist inzwischen Rej ins Hausinnere gefolgt und verlangt nun zornesrot von ihm, auf der Stelle Ferdi sehen zu können.

Rej entgegnet: »Beruhige dich erst mal, okay? Ferdi geht es gut. Ich vermute, dass er noch gemütlich in seinem Bett schläft. Wovon sprichst du eigentlich? Angekettet? Wie kommst du auf die Idee, ich hätte ihn angekettet?«

»Deshalb.« Angela hält ihr Handy mit dem Video von Ferdi hoch. Man sieht ihn, wie er an die Wand angekettet ist, auf allen vieren, von der Taille an nackt, laut heulend. Rej wirft einen Blick darauf. Winkt lässig ab. Lächelt höhnisch.

»Ach, komm schon, Angela. Darauf bist du reingefallen? Das ist so amateurhaft. Sieht nicht mal wie Ferdi aus. Ganz offensichtlich hat man das manipuliert.«

»Es ist Ferdi«, erwidert Angela. »Ich erkenne ihn. Sein Gesicht. Seinen Körper.«

»Es gibt nur eine Möglichkeit, das zu klären.« Rej geht zur Haustür.

»Ich will ihn sehen.«

»Genau das wirst du gleich tun. Dann kannst du auch hören, was er dazu zu sagen hat.«

Rej durchquert die Veranda, läuft die Stufen zwischen den Säulen hinunter und eilt dann einen Kiespfad entlang. »Von wem hast du das denn bloß? Ich bin enttäuscht, Angela. So denkst über mich? Du glaubst wirklich, dass ich so bin?«

»Ich weiß nicht mehr, was ich glauben soll. Ich weiß nicht mehr, wer du bist, Rej. Oder was du denkst tun zu können. Ich weiß nicht, welches Spiel du treibst.« Angela hastet ihm hinterher. Ihre Schritte knirschen auf dem Kies. Sie sagt mehr, als sie eigentlich will, aber sie kann nicht anders. Merkt, dass Rej ihre Andeutungen nicht entgehen.

»Was meinst du mit Spiel? Was für ein Spiel treibe ich denn deiner Meinung nach? Ganz ehrlich, Angela, wir sind Familie. Wir führen eine Firma zusammen. Wir stehen knapp davor, einen Multimilliardenvertrag zu unterschreiben. Das Spiel, das ich treibe, besteht aus langer, harter Arbeit, um diesen Vertrag auf den Tisch zu bekommen. Das waren nicht nur nette Mittagessen im Harbour House.«

Angela bleibt stehen. »Ich habe dir gesagt, dass du das abblasen sollst. Zieh das Angebot für dieses staatliche Projekt zurück.«

»Du denkst nicht klar.«

»Das ist keine Bitte, Rej. Das ist eine Anweisung. Soweit ich weiß, bin ich immer noch Geschäftsführerin. Ich entscheide solche Angelegenheiten.«

»Du bist emotional verwirrt. Dein Urteilsvermögen ist aus dem Lot.«

Angela steht kurz davor, so richtig wütend zu werden. Doch sie reißt sich zusammen. Es geht jetzt um Ferdi und nicht um dieses staatliche Projekt oder Rejs bevormundende Art. »Darüber können wir später im Büro reden. Jetzt will ich wissen, was mit Ferdi los ist. Ich will ihn sehen.«

Rej steht vor dem Gartenhaus und klopft mit den Fingerknöcheln gegen die Glasscheibe der Tür. »Genau das sollst du auch. Ihn sehen.« Er ruft: »Ferdi, Angela ist hier, um dich zu besuchen.« Wendet sich wieder Angela zu. »Verrätst du mir, wer dir das geschickt hat?«

»Nein.«

»Das ist bösartig, so etwas zu tun. Echt bösartig. Verleumderisch. Und du glaubst es sogar. Das macht es noch schlimmer. Für mich ist das ein Vertrauensbruch. Ein Vertrauensbruch zwischen Bruder und Schwester. Wenn du mich verletzen wolltest, Angela, dann ist dir das gelungen. Nach all dem, was ich für dich tue, für uns, für unsere Firma. Es trifft mich tief, Angela, dass du glaubst, ich könnte unseren Bruder so behandeln.«

Die Tür geht auf, und da steht Ferdi, barfuß in einer Jogginghose und einem T-Shirt, die Arme um seinen Oberkörper geschlungen. Er sieht ganz und gar nicht wie ein Wolf aus. »Kommt rein, kommt rein. Es ist kühl draußen.«

Angela tritt ein. Sie ist schon oft hier gewesen. Jetzt sucht sie nach dem Eisenring in der Wand. Sie will das Zimmer aus der Perspektive des Videos wahrnehmen. Mit anderen Möbeln – das heißt, kaum möbliert. Doch wo der Eisenring sein sollte, ist die Wand leer.

»Schau dich auch im Schlafzimmer um«, schlägt Rej vor. Er steht da, eine Hand beruhigend auf Ferdis Schulter gelegt.

Aber das tut Angela nicht. Sie hat das Gefühl, Rej genügend getestet zu haben.

»Was ist los, Angela?«, fragt Ferdi und schaut sie verwirrt an. »Ich wusste gar nicht, dass du mich besuchen wolltest.«

Angela möchte es zwar eigentlich nicht tun, aber sie muss sehen, wie Ferdi reagiert. Sie hält das Handy hoch, damit er das Bild von sich selbst betrachtet, wie er an die Wand gekettet ist. »Ich habe das hier erhalten, Ferdi. Deshalb bin ich hier.«

Er spielt das Video ein paarmal ab. Runzelt die Stirn. Wirkt überraschend gelassen. »Der sieht aus wie ich. Wie kann ich das sein? Ich kann mich an so etwas nicht erinnern. Sonst habe ich ein Gefühl für diese Schübe, aber in dem Fall nicht. Das ist echt seltsam. Warum sollte ich angekettet sein?«

»Ich weiß es nicht, Ferds. Das versuche ich auch zu verstehen. Ich versuche herauszufinden, was hier los ist.«

»Ich war nicht angekettet. Jedenfalls kann ich mich nicht erinnern. Ehrlich, das war ich nicht. Sonst würde ich mich doch garantiert erinnern. Ich meine, Rej, war ich angekettet? Musstest du das machen? Ich nehme die Medikamente. Ich fühle mich gut. Natürlich kann es sein, dass ich einen Rückfall hatte. Aber ich habe nicht das Gefühl, dass ich Wahnvorstellungen hatte.«

»Hej, Bruder. Hattest du auch nicht. Es ging dir gut. Da

erlaubt sich jemand einen Scherz. Jemand hat am Computer herumgefummelt, um uns alle zu verletzen.«

Ferdi wird sichtlich nervös. Er reibt sich die Oberarme. »Aber warum?«

Rej zuckt mit den Schultern. »Vielleicht wegen der Firma? Wer weiß. Mach dir keine Sorgen, Ferdi. Ich werde mich darum kümmern. Angela und ich werden uns darum kümmern. Alles gut. Du warst nie angekettet. Das Ganze hat nichts mit dir zu tun.«

Angela ist sich dann immer noch nicht so sicher. Aber sie sieht, dass es Ferdi aufzuregen beginnt und ihn nervös macht. Er kratzt sich und tritt unruhig von einem Fuß auf den anderen. In seiner Gegenwart will sie nicht nachbohren. Rej hat weiterhin seine Hand auf diese bevormundende Weise auf der Schulter seines Bruders, wodurch dieser nicht von der Stelle kann. Die andere Hand streckt er jetzt Angela entgegen. Sie weicht einen Schritt zurück.

»Es ist alles in Ordnung, Ferds. Ich wollte nur schauen, ob es dir gut geht. Und es geht dir gut. Du siehst entspannt aus. Ich gehe jetzt. Du legst dich wieder ins Bett, das ist der wärmste Platz. Rej hat recht. Jemand will uns aus unbekannten Gründen verletzen oder durcheinanderbringen. Hier bist du sicher. Ich fliege heute für ein paar Tage nach Johannesburg. Vielleicht schaue ich am Donnerstagnachmittag wieder bei dir vorbei. Einverstanden?«

So reißt sich Angela von der Sache fürs Erste los. Sie verlässt das Gartenhaus und wirft dabei noch Rej einen Blick zu, der ihre Verwirrung signalisiert. Ihr Misstrauen. Ihr Unbehagen. Als sie ihren Pajero startet, bemerkt sie eine junge Frau, die in einem Trainingsanzug auf der Veranda steht. Die Frau winkt zögerlich, worauf Angela nicht reagiert. Im Rückspiegel sieht sie, wie die Frau ihr bis zum Eingangstor nachschaut.

11

Cape Town International Airport, in der Business-Lounge. Angela sitzt mit einem Glas Mineralwasser in der Hand da. Ihre Finger zittern noch immer ein wenig. Sie hat sich beruhigt. Für den Moment hat sie Rej in Gedanken beiseitegelegt. Jetzt ruft sie Antony Brennan an.

Der ihren Anruf mit den Worten beantwortet: »Ich habe schon angefangen, mir Sorgen zu machen. Ich hoffe, du verstehst, warum ich dir das Video geschickt habe.«

»Mir war das sofort klar.« Ein Schluck Wasser. »Aber ich muss wissen, wie du daran gelangt bist. Und noch wichtiger: woher du wusstest, dass es so etwas geben könnte.«

»Das wusste ich nicht.«

»Und wie ist es dann dazu gekommen?«

»Durch Zufall. Es kam heraus, während Kontrollinvestigationen durchgeführt wurden.«

»Kontrollinvestigationen?«

»So wie ihr sicher auch haben wir dafür einen Privatermittler engagiert.«

»Um meinen Bruder auszukundschaften? Was fällt dir ein. Ohne mich vorher darüber zu informieren?«

»Das konnte ich dir doch nicht einfach mitteilen.«

»Und bei mir? Dasselbe? Oder stellst du deine Investigationen über mich höchstpersönlich an?«

Antony schweigt. Dann: »Ich glaube, es wäre besser, wenn wir später weitersprechen.«

Angela trinkt noch einen Schluck Wasser. Sie zwingt sich dazu, sitzen zu bleiben und sich zu beruhigen. Später ist keine Option. Sie will jetzt darüber reden. »Nein, warte. Das war unfair. Sprich bitte weiter.«

»Es gehört zu unseren üblichen Maßnahmen, Angela. Wir stehen kurz davor, Amalfi Civils eine bedeutende Summe Geld zu leihen. Wir müssen wissen, wem wir das Geld leihen.«

»Ihr seid unsere Bank. Ihr kennt unsere finanziellen Verhältnisse.«

»Eure neue Bank.«

»Na und? Euch liegen unsere Bilanzen, Kontobewegungen, die Jahresberichte der letzten zehn Jahre, Steuererklärungen und Vermögensverhältnisse vor. Was könntet ihr noch von uns wollen?«

»Wir schauen uns auch den Lebensstil an.«

»Ach wirklich? Den Lebensstil?«

»Das tun wir immer, wenn es um hohe Summen geht. Alle werden unter die Lupe genommen, da gibt es keine Ausnahme. So läuft das bei uns.«

»Du hast also einen Privatdetektiv im Haus meines Bruders schnüffeln lassen?«

»Ich muss zugeben, dass er seinen Auftrag etwas übertrieben hat. Aber das Video hätte ich doch wohl kaum vor dir verheimlichen dürfen, oder? Dein Bruder Ferdinand hat Prokura. Ohne seine Unterschrift auf den Jahresberichten sind sie unvollständig. Ich muss dir wohl kaum sagen, dass ohne seine Unterschrift deine Firma ihrem Auftrag nicht gerecht werden würde. Du würdest in großen Schwierigkeiten stecken. Tatsächlich würdest du einen Vertragsbruch begehen. Man könnte dich von weiteren Geschäften ausschließen. Du musst dich darum kümmern. Ich bin mir nicht sicher, ob wir das Darlehen unter diesen Umständen überhaupt geben können. Ich weiß, dass dein Bruder nicht gesund ist, Angela. Du hast mir davon erzählt. Aber das hast du mir verschwiegen. Dieser Mann zeigt Symptome schwerer Wahnvorstellungen. Hat ihn Rejab deshalb angekettet?«

»Er war nicht angekettet. Ich war gerade bei ihm. Ich weiß nicht, warum euer Privatdetektiv diesen Unsinn verbreiten wollte, aber mein Bruder war nie angekettet. Als ich ihn sah, war er völlig klar bei Verstand. Wir haben ihn aufgeweckt. Er trug seinen Pyjama. Nirgendwo waren Ketten zu sehen. In der Wand befand sich kein Eisenring. Es gab keinerlei Hinweise darauf, dass jemals irgendwo ein Eisenring gewesen wäre. Ich weiß nicht, woher das kommt. Wahrscheinlich hat es jemand digital gefälscht.«

»Du willst mir also sagen, dass dein Bruder unter keinen Wahnvorstellungen leidet?«

»Ja, das will ich dir damit sagen. Er ist als bipolar diagnostiziert. Für diese Erkrankung bekommt er Medikamente. Er leidet außerdem unter einer seltenen Krankheit, die sich gelegentlich, sehr gelegentlich zeigt – der sogenannten Lykanthropie. Er kann seinen geschäftlichen Verpflichtungen absolut nachkommen. Seine Unterschrift ist gültig. Er ist geschäftsfähig.«

Antony Brennan antwortet nicht.

»Noch etwas. Ich habe Rej mitgeteilt, dass ich gegen dieses staatliche Projekt bin. Ich habe ihn gebeten, das Ganze abzublasen. Wir werden nicht weiter daran teilnehmen. Deine Nachforschungen waren also unnötig. Reine Zeitverschwendung.«

Als sie auflegt, kann sie ihr entschlossenes Gesicht in der Scheibe der Business Lounge deutlich widergespiegelt sehen.

12

Wie Vicki, die in Jeans, Bluse und Leinenjackett ihr Spiegelbild im Schlafzimmerspiegel betrachtet. Sie hat ihre kleine .32 Guardian in ihrer Umhängetasche. Ein Sechsermagazin mit bleifreien Hohlspitzgeschossen plus eines im Lauf. Die Art von Waffe, die man rasch aus einer Tasche ziehen kann. Klare Linien, keine Hindernisse, verhakt sich nicht.

Frisch zurück von ihrer morgendlichen Laufrunde, fährt sie nun ihren Polo rückwärts auf die Straße. Keine Beobachter. Sie fährt Richtung *Vlei* – über die Brücke, über die Zuggleise auf die Main Road. Dort ist der Audi, der ihr bei der Brücke auffiel, vier Autos hinter ihr. Bleibt dort. Sie lässt sich nicht beunruhigen. Sorglos. Eine Frau, die ein paar alltägliche Erledigungen zu machen hat. Hält sich unterwegs zur Blue Route an die Geschwindigkeitsbegrenzung. Selbst auf der Autobahn fährt sie lockere neunzig, fünfundneunzig. Der Audi liegt etwas zurück, hübsch versteckt hinter anderen Fahrzeugen. Den Wynberg-Hügel hinauf ruft sie ein Uber an, damit sie in vierzig Minuten beim O'Ways Teacafé in Claremont abgeholt wird. Ziel: Gardens-Einkaufszentrum.

Im Parkhaus des Cavendish Square stellt sie den Polo in der dritten Etage ab, zwei Reihen vom Lift entfernt. Sie sieht, wie der Audi einen Platz in einer Bucht rechts von ihr findet. Der Fahrer steigt nicht aus.

Vicki schlendert durch das Einkaufszentrum. Schaufensterbummeln. Blättert durch Bücher mit Stoffmustern. Ein potenzieller Beobachter ist nicht zu sehen, nicht einmal als Spiegelbild in den Schaufensterscheiben. Wer auch immer ihr folgt, ist gut darin.

Zehn Minuten vor der Zeit verlässt sie das Einkaufszentrum und schlendert die Dreyer Street zu O'Ways hinunter. Dort steht bereits das Uber und wartet auf sie. Mit einem Fuß im Wagen dreht sich Vicki um. Miss Jeans ist fünfzig Meter hinter ihr und ruft jemanden an.

»Los geht's«, sagt Vicki zu dem Fahrer. Sie entfernt die Rückseite ihres Handys, nimmt Akku und SIM-Karte heraus. Um sicher zu sein. Sie bemerkt, wie sie der Uber-Fahrer über den Rückspiegel beobachtet.

»Wollen Sie zur Mill Street oder zum oberen Eingang, Lady?«

Sie antwortet Mill Street.

Ihr Plan: dort die zwei Blocks bis zum SunSquare Hotel laufen und ein wartendes Taxi nehmen, das sie dann nach Oranjezicht fährt. In die Straße oberhalb derjenigen, in die sie will. Genau so passiert es.

13

In der Zwischenzeit schäumt Oberst Kaiser Vula über der Nachricht, dass Vicki Kahn entwischt ist. Er beschimpft seine Agenten als inkompetent und völlig unfähig. In leisem und beherrschtem Ton nennt er sie Trottel, *moegoes*, *poepols*, Idioten, wobei es ihn nicht im Geringsten kümmert, dass ein nervöser Ravi Pollard auf der anderen Seite seines Schreibtischs sitzt und die Hände im Schoß verknotet.

»Finden Sie sie! Vorher brauchen Sie sich nicht mehr bei mir zu melden!« Er legt auf, indem er mit spitzem Finger den Knopf drückt. Als hätte er damit lieber das Herz des Agenten durchbohrt. Er schaut aus verkniffenen Augen Ravi Pollard an. »Was gibt es so Dringendes?«

Ravi Pollard holt aus seiner Jacketttasche den Zeitungsartikel über den Mord an Chereen Williams. Er faltet ihn auseinander und schiebt das Papier dem Oberst hin. »Das stand in der Zeitung.«

»Ja, das sehe ich.« Kaiser Vula liest den Artikel und fragt: »Wer ist das?«

»Das ist sie.«

»Ihre Freundin aus dem Club?«

Kaiser Vula sieht, wie Ravi Pollard nickt und ihm dabei Tränen in die Augen steigen. »Es tut mir sehr leid für Sie, mein Freund. Das ist eine schreckliche Tragödie. Eine noch so junge Frau.«

»Ich habe es erst gestern gelesen. An dem Abend, an dem es passierte, sollten wir uns treffen. Ich war wütend. Ich dachte, sie hätte mich sitzen lassen. Aber sie war tot. Ermordet.«

»So ist das Land, in dem wir leben. Kein Respekt für das Leben. Kein Respekt füreinander.« Er wartet, während Ravi Pollard mit seiner Trauer kämpft. Bietet ihm ein Bonbon an. Das Ravi Pollard ablehnt. Kaiser Vula wickelt eines für sich selbst aus.

»Entschuldigen Sie, Herr Oberst«, sagt Ravi Pollard, steht auf und streckt den Arm über den Tisch, nimmt den Artikel wieder an sich. »Ich bin nicht gekommen, um Sie damit zu belasten.«

»Aber bitte. Sie belasten mich nicht.« Vula lächelt kurz und weist mit der Hand auf den Stuhl. Er bleibt militärisch gerade in seinem Rollstuhl sitzen, während Ravi Pollard den Artikel wieder zusammenfaltet und in seiner Tasche verstaut. »Haben Sie jemanden, mit dem Sie sprechen können? Einen Therapeuten? Vielleicht sogar einen Priester? Trauer ist nicht leicht allein zu bewältigen. Wenn Trauer das Ergebnis eines Gewaltakts ist, wird es eher noch schwerer. Gewalt lässt alles so willkürlich erscheinen. Zufällig. Sie beraubt unser Leben einer Bedeutung. Ich weiß das. Ich habe es selbst erlebt.« Er saugt an dem Bonbon.

Ravi Pollard hält den Blick gesenkt und schweigt.

Was Oberst Kaiser Vula vermuten lässt, dass es noch um etwas anderes geht. »Sie können mir alles anvertrauen …« Bewusst beendet er den Satz nicht.

»Ich bin gekommen, um Sie von einem Treffen zu informieren«, sagt Ravi Pollard.

Kaiser Vula regt nicht einen Muskel. Er wartet und starrt dabei auf das schwarze gegelte Haar seines Informanten. Eine Frisur, typisch für einen jungen, draufgängerischen Mann. Wobei dieser Mann alles andere als draufgängerisch ist. Ravi Pollard hebt das Gesicht, ohne sein Gegenüber anzusehen.

»Fahren Sie fort.«

»Es war nicht geplant. Ich wurde heute Morgen kontaktiert.« Seine Augen treffen kurz auf die des Obersts und schauen dann rasch wieder in eine andere Richtung.

»Telefonisch?«

»Ja. Dieses Treffen habe ich in einer Stunde.«

»Ist etwas passiert? Ist es das, was Sie annehmen? Wer hat Sie angerufen? Dube? Die Amerikaner? Rej Ben Ali?«

»Rej Ben Ali.«

»Wo findet es statt?«

»Im Café Mozart.«

»In der Church Street. Ich kenne es. Ich werde da sein.« Oberst Kaiser Vula rollt um seinen Schreibtisch. Streckt eine Hand aus. »Noch einmal, mein Beileid, mein Freund.« Er spürt, wie Ravi Pollards schlaffe Hand in die seine gleitet – ohne Druck, ohne Festigkeit. Denkt: Wenn ich nichts von Chereen Williams wüsste, würde ich dich für einen *moffie* halten. Der korrekt wirkende Mann verlässt rasch sein Büro. Dann bricht Kaiser Vula seine eigene Regel und ruft den

Agenten auf der Straße an. »Haben Sie diese schlaue Inderin schon wiedergefunden?«

»Wir wissen, dass das Uber-Taxi sie am SunSquare Hotel abgesetzt hat, Herr Oberst. Vor fünfzehn Minuten.«

»Fahren Sie dorthin?«

»Ja, Herr Oberst.«

Wo bist du, schlaue Inderin?, fragt sich Oberst Kaiser Vula. Was machst du gerade?

14

Vicki Kahn stand gerade auf einem Bürgersteig und blickte zu einem Haus hinauf, das hinter hohen Mauern mit Stacheldraht lag. Kameras über dem Eingang. Der Lifestyle des Oranjezicht-Pöbels. Hinter ihnen ragte der Berg in den Himmel, vor ihnen lag die Stadt, die sich bis zu der fernen glitzernden Bucht erstreckte.

In ihrer Hand hält sie die Visitenkarte von Andreas Hansen, dessen Name weiß und erhaben auf einem hellgrauen Hintergrund gedruckt ist.

Sie klingelt. Nennt ihren Namen. Das schwere Eisentor öffnet sich. Dahinter eine Reihe von Stufen, die nach oben zur Eingangstür führen. Dort wartet eine Frau, eine Hausangestellte in Uniform und mit Schürze. Sie führt Vicki in ein sonnendurchflutetes Zimmer, an dessen Wänden zahlreiche Gemälde mit großen Segelschiffen hängen. Einem offenen Kamin gegenüber stehen Sessel aus dunklem Holz und mit Samt bezogen.

In der Mitte des Raums steht auf einem Perserteppich Andreas Hansen – in einer feinen blauen Kordhose, einem weißen Hemd und einer Weste.

Ein Mann mit einem feuchten Händedruck. Ein Mann, der heute sehr schwer atmet.

»Miss Kahn, bitte.« Er bietet ihr Tee an, Ceylon oder Rooibos, französischen Kaffee und Karottenkuchen. Alles steht auf einem Servierwagen aus Eiche. »Ein ausgezeichneter Kuchen, sehr feucht.« Er spricht mit ausländischem Akzent.

Vicki nimmt sich ein Stück Karottenkuchen und einen schwachen Rooibos.

Während sie sich bedient, spricht Andreas Hansen über seine Beziehung zu Henry Davidson. »Sie hatten mit ihm erst in seinen letzten Jahren zu tun, ich dagegen seit den Siebzigern, aber so richtig lernten wir uns in den Achtzigern kennen. Ich wusste nie, was Henry gerade dachte. Er war ein Mann mit einem Herzen voller Geheimnisse.«

»Waren Sie Freunde? Kollegen?«

»Keine Freunde. Nicht mal Kollegen. Wir haben uns jahrelang nicht mehr gesehen. Es ging nicht, unter anderem weil ich im Gefängnis saß.« Andreas Hansen lässt sich schwerfällig nieder. »Vielleicht könnten Sie mir einen Tee einschenken. Ohne Milch und Zucker. Nur eine Scheibe Zitrone, wenn Sie so nett wären.«

Vicki tut ihm den Gefallen und reicht ihm den Tee. Die Tasse klappert auf der Untertasse in seiner Hand. Eine Hand voller Leberflecken.

Er nippt an dem Tee. »Wir hatten ein paarmal geschäftlich miteinander zu tun.« Trinkt mehr Tee.

»Warum bin ich hier, Mr. Hansen? Ich habe Ihren Namen das erste Mal in der *Alice*-Ausgabe gelesen, die Sie Henry offenbar schenkten. Dann haben Sie mir gestern Abend Ihre Karte in die Hand gedrückt. Im Vorübergehen.«

»Ja. So etwas war typisch für Henrys Stil. Ich muss Ihnen etwas sagen. Und etwas geben. Es geht um Henrys Leben und um Henrys Tod.« Andreas Hansen macht keinerlei Anstalten weiterzureden.

Jetzt mach schon, denkt Vicki. Fragt: »Warum waren Sie im Gefängnis?«

Andreas Hansen lacht pfeifend und hustet dann in ein Taschentuch. »Zuerst also die offensichtliche Frage. Mir gefällt Ihre Direktheit.« Er hustet erneut. »Wegen Steuerhinterziehung, Miss Kahn. Nichtoffenbarung von Vermögenswerten. Betrug. Was man die Bücher frisieren nennt. Teilweise hat es gestimmt. Teilweise war es eine Frage der Auslegung. Bilanzen sind wie Romane. Sie lassen Fiktion wie die Wirklichkeit aussehen. Ich verrate Ihnen meine geschäftlichen Interessen: Ich bin … Ich war im Schiffswesen tätig. Vor vielen Jahren in Dänemark. Jetzt bin ich in meinem eigenen Land persona non grata. Die würden mich sofort verhaften, wenn ich nach Hause führe.«

»Auch wegen Steuerhinterziehung?«

Seine Lippen zucken kurz, als er tief Luft holt. »In Dänemark ist es wegen Waffenhandel.«

»Ach.« Vicki runzelt die Stirn und schiebt den Teller mit Bröseln zur Seite. »Übrigens wirklich ein köstlicher Kuchen.«

»Er hat Ihnen geschmeckt! Das freut mich. Bitte, nehmen Sie sich noch ein Stück. Ansonsten bekommen ihn die Bediensteten.«

Dann sollen sie Kuchen essen, denkt Vicki. Laut sagt sie: »Sie müssen ein interessantes Leben geführt haben, Mr. Hansen – als Waffenhändler.«

»Verurteilen Sie mich?«

»Ganz und gar nicht. Ich meine nur.«

Der einzige Laut im Raum ist das keuchende Atmen von Andreas Hansen. »Wir alle haben unsere Vergangenheit, Miss Kahn. Wir alle haben Dinge getan. Selbst Sie, würde ich vermuten, wenn Sie Henrys Kollegin waren. Nicht wahr?«

Vicki senkt vage den Kopf.

»Sie sollten Poker spielen, Miss Kahn. Sie wären sehr gut darin.«

Weiß er Bescheid?, denkt Vicki. Aber woher sollte er? Sie hört, wie er sagt: »Ich möchte keinen falschen Eindruck hinterlassen. Ich war nicht für den Einkauf von Waffen zuständig, sondern habe diese nur auf meinem Schiff transportiert.« Er schweigt einen Moment, während er erneut pfeifend ausatmet. »Es war sehr spannend. Wir fuhren mit meinem Schiff, der *Alvida*, von Kopenhagen nach Rostock, um dort zu verladen, und dann ging es über den wilden Atlantik, wo wir das Schiff umbenannten: *Pia Alice*. Unter diesem Namen löschten wir unsere Fracht in Kapstadt.«

»Das war ziemlich dreist«, sagt Vicki. »Schwerer Regelbruch in den Jahren der Apartheid.«

Ein schwaches Lächeln. »So dreist auch wieder nicht. Viele waren an diesen Geschäften beteiligt. Amerikaner, Franzosen, Briten, Russen, meine Freunde, die Ostdeutschen. Haben Sie schon mal den Namen Detlef Schroeder gehört?«

Das überrascht Vicki. Detlef Schroeder, der Liebhaber ihrer Tante. Detlef Schroeder, der Mann, den sie tot in seiner Berliner Wohnung aufgefunden hatte.

»Ja, das habe ich.« Sie lässt sich nichts anmerken. Sieht, wie Andreas Hansen sich keuchend vorbeugt und ihr seine leere Tasse entgegenstreckt. »Bitte, könnten Sie mir nachschenken?«

»Es geht Ihnen nicht gut«, sagt Vicki. »Sie müssen mir das alles nicht erzählen. Geben Sie mir einfach, was Henry Ihnen gegeben hat, und ich gehe wieder.«

Er winkt ab. »Ein Stasi-Mann. Detlef Schroeder war ein Stasi-Mann. Ein Kollege von Henry in der Welt der Spione. Ich traf Detlef im grauen Rostock zum Beladen des Schiffes,

Miss Kahn, und im sonnigen Kapstadt traf ich dann Henry zum Entladen. So war unsere Vereinbarung.«

Vicki betrachtet ihre übereinanderliegenden Knöchel. Dann schaut sie zu dem roten Gesicht von Andreas Hansen auf. Der Mann pfeift aus dem letzten Loch, denkt sie. Wie hat er es überhaupt zu der Gedenkfeier geschafft? Ich sollte gehen. Sie meint: »Sie wollen mir also sagen, dass Henry von Detlef Waffen gekauft hat – von den Ostdeutschen für das Apartheidsregime?« Es ist nichts Neues für sie, dass Henry auch Doppelagent war, er gab es selbst einmal zu. Den aktiven Waffenhandel behielt er allerdings für sich.

»Da ist noch etwas. Genau darum geht es.«

»Wenn Sie diese Waffen transportiert haben, warum dürfen Sie dann hier leben? Sie müssten als Staatsfeind gelten.«

»Ja, das sollte man denken, nicht wahr?« Es ist beinahe ein Flüstern. »Aber es gibt noch andere Überlegungen.«

»Die da wären?«

»Es gibt Dinge, die ich weiß, Miss Kahn. Dinge, die ich für Leute in der Regierung getan habe. Früher waren diese Dinge einmal meine Lebensversicherung. Inzwischen fühle ich mich nicht mehr so geschützt.« Andreas Hansen legt den Kopf zurück und schließt die Augen. »Sie sehen, dass es mir nicht gut geht. Vielleicht bleibt mir noch ein Jahr. Vielleicht auch nicht. Mein ganzes Leben lang habe ich Geheimnisse bewahrt, denn es war besser so. Das tun wir, wenn noch Jahre vor uns liegen. Dann behalten wir unser Wissen für uns. Aber alten Männern kann man nicht trauen. Zum einen liegen nicht mehr Jahre vor ihnen. Zum anderen haben sie das Bedürfnis, reinen Tisch zu machen.« Er hält inne und ringt um Atem. Auf seiner Stirn stehen Schweißperlen. »Alte Männer wollen manchmal ein Geständnis ablegen. Vielleicht suchen wir nach Vergebung unserer Sünden. Vielleicht wollen wir auch, dass die Wahrheit ans Licht kommt. Wenn man alt ist, bedeuten Lebensversicherungen nichts mehr. Deshalb machen sich manche Leute Sorgen, dass alte Männer mit ihren alten Erinnerungen diese alten Lebensversicherungen einfach zerreißen könnten. Für diese Leute wäre so etwas Drastisches sehr unangenehm. Das Letzte, was sie wollen, ist, dass die Vergangenheit ans Licht kommt. Die Geschichte soll zusammen mit den alten Männern begraben werden.«

»Droht Ihnen jemand?«

Was hatte Detlef Schroeder damals zu ihr gesagt: »Sie müssen eines verstehen. Es gibt immer noch Leute, die mich töten wollen.« Er hatte angedeutet, dass es an seinem Wissen lag. Oder an dem Wunsch nach Rache wegen eines doppelten Spiels. »Sie müssen diese Arbeit ernst nehmen, Miss Vicki Kahn. Es ist kein Spiel, was wir hier treiben.«

»Natürlich. Mir wurde schon vor langer Zeit eingeschärft, in dieser Angelegenheit zu schweigen.« Andreas Hansen zeigt auf seine Tasse. »Bitte, könnten Sie mir etwas Tee nachschenken? Eine halbe Tasse.« Er keucht, und seine Brust hebt und senkt sich so, als wäre er eine Treppe hinaufgestiegen. »Möchten Sie auch noch einen Tee?«

Vicki schüttelt den Kopf.

»Also. Also, jetzt erzähle ich Ihnen genau, worum es geht.« Er nimmt von einem Beistelltischchen einen DIN-A4-Umschlag und reicht ihn ihr mit zittriger Hand.

Vicki denkt: Diesem Mann bleiben eher Wochen als Monate, von einem Jahr ganz zu schweigen. Sie legt den Umschlag beiseite und gießt ihm Tee nach.

»Um diese Informationen geheim zu halten, ist Ihre Tante Amina gestorben«, sagt Andreas Hansen, »ebenso wie Detlef Schroeder und Henry. Alle drei wurden ermordet. Ich bin der Letzte, der noch davon weiß.« Er nimmt die Tasse in beide

Hände. Vicki bleibt stehen. »Das Geld für den Transport bekam ich aus der Schweiz. Das wusste ich damals schon. Später fand ich heraus, dass das Schweizer Geld tatsächlich aus den USA kam. Ich erfuhr auch, wer dieses Geld schickte. Eine Frau in der amerikanischen Regierungsverwaltung. Eine Frau, die dann verschwand. Damals war sie nicht so wichtig. Vielleicht wurde sie sogar von anderen in die vorderste Linie gestellt, um deren wahre Identität zu verbergen. Doch in unserer Welt ändert sich alles ständig. Diejenigen aus den kleinen Büros bekommen größere. Und das geschah auch mit dieser Frau. Sie war eine Geheimagentin. Als wir mit den Transporten begannen, stand noch ihr Name dort. Später ist er verschwunden.« Andreas Hansen belässt es dabei.

Vicki denkt: Mein Gott, ein Cleaner. Die Amerikaner haben einen Cleaner geschickt. Der Henry völlig unvorbereitet erwischt hat. Sie fragt: »Wer ist die Frau?«

Andreas Hansen zeigt mit zitternder Hand auf den Umschlag. »Sie werden ihren Namen erkennen.«

»Wenn sie Henry erwischt haben, dann können sie auch Sie erwischen.«

Ein schwaches Lächeln. »So leicht ist das nicht. Dieses Land bietet ein gutes Versteck. Das Gefängnis war auch ein gutes Versteck.«

Andreas Hansen trinkt seinen Tee aus und stellt die Tasse klirrend auf die Untertasse. »Diese Information ist von Henry. Etwa eine Woche bevor er ermordet wurde, fand ich den Umschlag in meinem Briefkasten. Fünfundzwanzig Jahre lang hatten wir keinen Kontakt. Vor allem gab es keine Telefonate. Das durfte es nicht geben. Außerdem war ich zehn Jahre lang bis vor zwei Monaten ein Häftling. Ich wusste nicht einmal, ob er wusste, dass ich überhaupt noch lebte. Aber Henry ließ nichts und niemanden aus den Augen. Damit wollte er mich warnen.«

Vicki reißt den Umschlag auf. Sie holt redigierte Kontoauszüge, Quittungen, Einzahlungsscheine, Telegramme, Ladungsmanifeste, Schiffsfrachtbriefe, Belege für Kaigebühren, Liegegebühren, Verladekosten, Entladungsgebühren, Zölle, Verbrauchssteuer, Zollabfertigungspapiere und Transportpläne heraus. Alle aus den Achtzigerjahren. Alle mit den jeweiligen Hafennamen.

»Wie sagt man so schön: keine halben Sachen.«

Vicki überlegt im Uber zurück zum Cavendish Square. Die Sache ist die: Ihre Verfolger wissen jetzt, dass sie sie bemerkt hat. Sie wissen, dass sie insgesamt ein paar Stunden unterhalb des Radars handelte. Wahrscheinlich haben sie einen Peilsender an ihrem Auto befestigt und warten darauf, dass sie ihr Handysignal orten können, sobald sie den Akku wieder eingelegt hat.

Es ist jetzt ein anderes Spiel geworden.

Ihr Puls schlägt schneller. So wie bei dem Telefonat mit dieser Frau. »Nennen Sie mich V.«

15

»Haben Sie sie wieder?«

»Ja, haben wir, Herr Oberst. Sie hat ihre Kreditkarte benutzt.«

Kaiser Vula sitzt in seinem Rollstuhl am Fenster seines Büros. Nickt und beobachtet eine einsame Raucherin im Parlamentsviertel, die in ihr Handy spricht. Sein eigenes Handy hält er in einem Winkel vor sein Gesicht.

»Wo ist sie?«

»In einem Uber auf dem Weg zum Cavendish.«

»Von woher kommt sie?«

»Sie wurde vor dem Parktor zum Molteno Reservoir abgeholt. Irgendwo dort rief sie auch das Uber.«

Die Frau unten beendet ihr Telefonat. Steckt ihre E-Zigarette ein. Wirft einen Blick über den Platz auf die imposante Lodge de Goede Hoop und dann zum Parlamentsgebäude hoch. Verschickt eine Handynachricht.

Er erkennt die Frau. Sie ist eine Kabinettsministerin. Gehört zu den leuchtenden Strahlen am neuen Firmament. Wie gerne würde er wissen, worum es in ihrem Telefonat ging. Oder was in ihrer Nachricht steht. Informationen. Je mehr Informanten er hat, je mehr Leute draußen in der Welt, desto besser wird er positioniert sein. Dann kann die Sonne über dem Berg auch in ihrer ganzen Pracht aufgehen. Weiter reicht Kaiser Vulas poetische Ader nicht. Nach seinem Treffen unter den nackten winterlichen Bäumen des Café Mozart ist er in einer solch poetischen Stimmung.

»Über eine Stunde. Wo hat sie über eine Stunde lang gesteckt? Glauben Sie, sie könnte zu Fuß dorthin gegangen sein? Hat sie jemanden getroffen? Vielleicht war sie in ihrer Wohnung in Wembley Park und hat sich mit einem Liebhaber getroffen, von dem Surferboy nichts weiß. Unsere Frau hat Geheimnisse. Kontrollieren Sie die Überwachungskameras der Gegend. Der Peilsender befindet sich an ihrem Wagen?«

»Ja, Herr Oberst.«

Das hört er gern. Es bestätigt, dass er die Sache allmählich wieder in den Griff bekommt. Mit einem Lächeln zieht er einen Rekorder aus seiner Jackentasche und spielt die letzte Aufnahme ab. Die mit den Worten beginnt: »Guten Tag, meine Herren. Darf ich mich vorstellen. Ich heiße Kaiser Vula, Oberst Kaiser Vula. Ich bin hier, um Ihnen Schutz anzubieten. Sicherheit. Informationen.«

Wie er sie überrascht hatte, als er direkt an ihren Tisch gerollt war, in die Lücke zwischen Rej Ben Ali und Sipho Dube. Nach dieser Einführung begrüßte er alle drei mit ihren Namen. Bestellte mit lauter Stimme einen Milchkaffee. Winkte ab, als Rej Ben Ali meinte: »Wir haben unseren eigenen Sicherheitsdienst.«

Ja, den hast du, hätte Kaiser Vula am liebsten geantwortet. Aber Tyrone Mansoor ist zuerst einmal mein Mann. Stattdessen sagte er leise und lächelnd: »Ich glaube, Sie verstehen nicht, was ich meine, Mr. Ben Ali. Sie brauchen Schutz. Wie Mr. Dube wissen wird, werden Sie durch diesen Auftrag exponiert sein. Und das meine ich nicht in finanzieller Hinsicht.«

Als wäre Sipho Dube instruiert, erklärte er sogleich: »Vielleicht sollte man das in Betracht ziehen. Denken Sie nicht auch?« Seine Augen wanderten von Rej Ben Ali zu Ravi Pollard.

Woraufhin Rej Ben Ali entgegnete: »Nein. Dieser Mann will Geld. Einen Anteil. Er hat nichts zu bieten. Welche Informationen wären das denn, Mr. Vula?«

»Oberst.«

»Ich weiß nicht, ob Sie ein Oberst sind. Sie tragen keine Uniform, und wir kennen Sie nicht.«

»Googeln Sie mich. Dann finden Sie alles, was Sie zu wissen brauchen. Es gibt auch Fotos von mir.«

»Das werde ich.«

Während Rej Ben Ali das tat, erkundigte sich Sipho Dube, woran der Oberst denn denke. Genauer: Gibt es ein Problem, von dem Sie wissen, Herr Oberst?

Der Mitschnitt verzeichnet Schweigen. In dieser Stille kann man die Hintergrundgeräusche gut hören: Verkehr, Begrüßungsrufe, sogar das Rascheln eines Bettlers, der zwischen den Tischen vorbeilief.

Und dann: »Mr. Dube, Sie werden genau unter die Lupe genommen, wenn Sie diesen Vertrag unterzeichnen. Wir leben in einem neuen Zeitalter. Die Ära des Plünderns und der Gangster ist vorbei. Jetzt sind wir die Diener unseres Volkes.«

»Diener unseres Volkes« gibt dem Ganzen einen hübschen Touch, dachte Kaiser Vula.

»Und Sie können also sicherstellen, dass man uns nicht unter die Lupe nimmt?«

Man musste Sipho Dube einfach mögen. Dieser Mann war ein Geschenk des Himmels. Selbst wenn er Teil eines abgekarteten Spiels gewesen wäre, hätte er nicht besser sein können.

»Natürlich«, erwiderte Kaiser Vula selbstbewusst. Im Tonfall eines Obersts bei einer Militärparade.

Ein Tonfall, den der misstrauische Rej Ben Ali ignorierte. »Das kann jeder sagen. Sie können nichts garantieren.«

Kaiser Vula drehte seinen Rollstuhl so hin, dass er Rej Ben Ali direkt gegenübersaß. »Haben Sie inzwischen mein Profil auf Google gefunden?«

»Ich schaue es mir gerade an.«

»Nachdem Sie jetzt wissen, wer ich bin, lade ich Sie ein, mich jederzeit in meinem Büro der *State Security Agency* zu besuchen.« Damit verteilte er seine Visitenkarten an die drei Männer. »Das ist meine Büroanschrift. Nach Büroschluss kann ich Ihnen dort Kaffee, Tee oder einen Drink anbieten. Ich serviere auch Schokoladenkekse, Mantelli's Buttergebäck oder *Kudu Biltong*, je nach Tageszeit. Beehren Sie mich dort, Mr. Ben Ali. Man schaut von meinem Büro aus aufs Parlamentsgebäude hinunter. Oder zum Berg hinauf. Sie werden sehen, dass ich nicht nur so daherrede. Ich sehe Sie dort, Mr. Ben Ali. Ich sehe Sie dort.«

»Der Herr Oberst wird seine Absichten bekräftigen?« Das Himmelsgeschenk meldete sich erneut genau im rechten Moment.

»Darauf können Sie sich verlassen, Mr. Dube.«

Rejab fügte dem misstrauisch hinzu: »Worte sind Schall und Rauch.«

Was Anlass für eine kurze Predigt bot. »In meiner Welt, Mr. Ben Ali, erlebe ich größte Täuschungen, größte Vertrauensbrüche. Aber auch größtes Vertrauen. Sie sind Geschäftsmann. Als Geschäftsmann muss man lernen zu vertrauen. Was sind wir ohne Vertrauen? Selbst diejenigen, die Sie wahrscheinlich als Wilde bezeichnen, kennen Ehre. Und ich sage Ihnen eines: In einem Dorf werden Sie mehr Ehrgefühl finden als in unseren großen Firmen. Sie müssen mir nur vertrauen, Mr. Ben Ali. Ich kann Ihnen Schutz bieten. Ich kann sicherstellen, dass Hindernisse aus Ihrem Weg geräumt werden. Ich kann diejenigen, die Ihr Geschäft bedrohen, dazu bringen, Feindseligkeiten bleiben zu lassen. Ihr Projekt mit Mr. Dube steckt voller Gefahren. Die Geier werden sich auf Sie stürzen. Die Hyänen werden das Geld riechen. Ich kann Ihr Beschützer sein.«

»Zu welchem Preis?«

Der Mann war in seiner Aggressivität wirklich unbezahlbar.

»Betrachten Sie mich als Ihren geschäftlichen Agenten. Nun, wie viel bekommen Agenten gewöhnlich? Zehn Prozent? Ich glaube, zehn Prozent ist die gängige Rate. Was ich Ihnen für zehn Prozent anbiete, lohnt sich über die Maßen. Sie werden davon profitieren. Schlussendlich will auch die Regierungspartei durch eine Spende bei dem Ganzen profitieren. Auf diese Weise sind alle zufrieden. Denken Sie nicht, Mr. Dube? Ist das nicht einfach menschlich?«

Ein wütender Ausruf. »Sipho – wollen Sie, dass wir das akzeptieren?«

»Für eine solche Dienstleistung erscheint mir das fair.« So der wunderbare Sipho Dube.

Daraufhin die Stimme der Vernunft. »Denken Sie doch einmal nach, Mr. Ben Ali. Sie haben einen lukrativen Regierungsauftrag, Sie haben dafür die staatliche Genehmigung, Sie haben private Unternehmen auf Ihrer Seite, gelenkt durch die Capital Trust Private Bank, vertreten hier durch Mr. Ravi Pollard.«

Oberst Kaiser Vula erinnert sich, wie er seinen Arm ausstreckte und mit der Hand auf seinen indischen Informanten wies. Und wie Ravi Pollard auf seinem Stuhl zurückgewichen war, als ob er sich fürchten würde. Der arme Ravi Pollard, der das ganze Gespräch über keinen Ton von sich gab. »Was wollen Sie noch mehr?«

Dennoch hatte Rej Ben Ali nur seinen Kaffee ausgetrunken und den Kopf geschüttelt. »Ihre zehn Prozent bedeuten für uns, dass sich dieses Unterfangen nicht lohnt. Sorry, Herr Oberst, aber das zahlt sich nicht aus. Die Extrakosten sind damit deutlich zu hoch.«

Doch das ließ Kaiser Vula so nicht stehen. »Das glaube ich nicht. Wie ich schon sagte, Mr. Ben Ali: Denken Sie nach. Schauen Sie sich noch mal die Zahlen an. Ich bin mir sicher, es gibt Verbesserungsmöglichkeiten. Adjustierungen. Seien Sie einfallsreich. Seien Sie ein Buchhalter.«

Damit hatte er die Räder seines Rollstuhls ergriffen. Sein Milchkaffee blieb unberührt auf dem Tisch stehen. »Lassen Sie mich wissen, wie Sie sich entscheiden, meine Herren. Bei Geschäftsschluss heute Nachmittag.« Dann war er durch das Einkaufszentrum bis zur Long Street gerollt, wo ein schwarzer Mercedes auf ihn wartete.

Oberst Kaiser Vula lädt nun an seinem Schreibtisch den Mitschnitt auf seinen Laptop herunter. Er ist sich sicher, dass die Entscheidung wie geplant ausfallen wird. Was braucht es schon groß, um ein paar Zahlen durch andere zu ersetzen? Das ist in wenigen Sekunden erledigt.

Er gibt einen Code in seinen Laptop ein und öffnet damit eine Karte auf seinem Bildschirm. Ein roter Punkt bewegt sich den Bishopscourt-Hügel hinauf, fährt über den Rücken, dort hinunter und nimmt dann die erste Ausfahrt. Zwei Minuten später hält er auf einem Parkplatz beim Einkaufszentrum von Constantia Village.

»Finden Sie Vicki Kahn«, weist Oberst Kaiser Vula seine Agenten an. »Ich will wissen, wen sie trifft und was sie dort macht.«

16

Was Vicki Kahn macht: Sie folgt dem üblichen Standardverfahren, dem Alice-Prinzip. Ans Licht bringen. Löschen. Initiieren. Containern. Erfüllen. Henry Davidsons Fünf-Stufen-Szenario, das er ihr immer wieder nahegelegt hatte: zuerst einmal das Problem ans Licht bringen; dann den Schaden löschen; Alternativen initiieren; Auswirkungen eindämmen (in Container verpacken, wie Henry das hier nannte); den eigenen Plan erfüllen. Was Vicki Kahn lächeln lässt. Henry Davidson hatte für alles derartige Abkürzungen parat.

Nachdem sie also geparkt hat, tastet sie mit der Hand das Innere des vorderen Radkastens ab. Nichts. Sie wandert zum hinteren rechten Reifen, über dem sie einen Peilsender entdeckt. Zwar ist er dort festgeklebt, kann aber mithilfe eines Schraubenziehers gelöst werden. Als Drittes kauft Vicki im

Supermarkt Klebeknete. Als Viertes pappt sie den Peilsender an einen Nissan Qashqai, der in einer benachbarten Parkbucht steht. Und als Letztes fährt sie davon, nachdem sie erneut den Akku aus ihrem Handy entfernt hat. Fünfzehn Minuten später und zehn Kilometer weiter rollt sie in eine Tiefgarage im Steenberg Village Centre. Hier geht sie die Papiere durch, die sie von Andreas Hansen erhalten hat.

Sie entdeckt einen Namen auf den frühen Dokumenten, den sie sofort erkennt: Amelia Lockhart, heute stellvertretende Direktorin der CIA. Eine Frau, die für Höheres bestimmt scheint. Eine Frau mit einem gewissen Ruf: früher einmal Geheimagentin, die verdeckte Operationen leitete – Auslieferungen, Festnahmen, Vernehmungen –, angeblich von einer geheimen Einrichtung in Malaysia aus. Über sie gibt es das Gerücht, für besonders brutale Verhörmethoden grünes Licht zu geben, für Waterboarding und Folter. Vielleicht stimmte sie auch dem Verschwindenlassen von Personen oder Ermordungen zu. Es gibt keine Beweise. Keine Dokumente, keine Tonaufnahmen, keine Clips. Nur gelegentlich weitere Gerüchte über geschredderte Akten oder zerstörte Videos, die irgendwie mit ihr zu tun hatten. Eine Frau, die ihre Geschichte bereinigt, die sich selbst oder ihr Land makellos erscheinen lassen will. Eine gefährliche Frau.

»Mein Gott«, flüstert Vicki Kahn. Könnte diese Frau als Cleaner fungiert und ihre Indiskretionen von vor langer Zeit gelöscht haben? Wirklich? Ernsthaft? Ist das eine derart große Sache? Okay, was Henry Davidson, der Däne Andreas Hansen, der Deutsche Detlef Schroeder, die amerikanische Regierung und die Schweizer Banken getan hatten, war illegal, moralisch abstoßend, anrüchig, ekelhaft und korrupt – aber wen interessierte das jetzt noch? Das war Geschichte. In einer Welt der Fake News hatten alte News keinen Marktwert. Außer für diese Frau. Man muss kein Historiker sein, um zu wissen, dass es in der Welt immer um Ehrgeiz, Eifersucht, Kränkungen und Ängste ging. Wie Henry Davidson mit einem *Alice*-Zitat gesagt hätte: »Es ist die dümmste Teegesellschaft, in der ich in meinem ganzen Leben war!« Aber eine der Frauen bei dieser Teegesellschaft hat jemanden da draußen, der ihre Anordnungen befolgt.

Vicki denkt lange nach. Die Wanzen im Haus. Die Überwachung generell. Der Amerikaner, der Fish Angebote macht. Die amerikanische Verbindung in den Waffenversandpapieren. Die latente Präsenz der Amis. Sie denkt auch daran, wie Mart Velaze auf sie zukam und was diese geheimnisvolle Frau namens V. von ihr will. Sie beschließt, dass es nun vielleicht doch an der Zeit ist, sich Unterstützung zu holen.

Vicki holt das Handy heraus, das Mart Velaze ihr gegeben hat, und wählt die einzige Nummer in der Kontaktliste.

Es klingelt fünfmal. »Freut mich, von Ihnen zu hören, Miss Kahn«, begrüßt sie die Stimme. »Haben Sie gute Nachrichten für mich?«

»Das kommt darauf an«, erwidert Vicki.

»Das tut es fast immer.« Vicki spürt das Lächeln in der Stimme der Frau. Als ob es um ein Spiel ginge. Ein Spiel, das auch sie sehr wohl zu spielen versteht. »Welchen Haken gibt es denn?«

»Henry Davidsons Akten.«

»Aha.«

»Wenn ich das für Sie tue, was auch immer es ist, will ich sie zuerst.«

Es folgt ein längeres Schweigen. Vicki steht knapp davor, zu fragen, ob sie noch da sei.

»Lassen Sie mich das besser erklären. Das, worum es geht, ist eine Infiltration. Sie sollen sich an einen jungen Mann heranmachen. Einen attraktiven jungen Mann. Einen sehr sympathischen jungen Mann. Sie sollen ihn überzeugen, Ihnen bestimmte Dokumente zu geben. Kurz gesagt: einige skrupellose Mistkerle zu verraten. Aber ich verstehe, dass das vielleicht etwas ist, was Sie nicht tun möchten. Können Sie es denn tun?«

»Das kommt darauf an.«

»Natürlich. Darauf, wie nahe Sie ransollen, nehme ich an?«

»Ja.«

»Dann muss ich sagen, dass alles möglich ist, um das Ziel zu erreichen und die Papiere zu bekommen, die wir haben wollen. Sie kennen den Ausdruck ›heimtückische Taten‹?«

»Ja.«

»Wir müssen diesen Leuten ihre heimtückischen Taten nachweisen. Hieb- und stichfest. Ohne den geringsten Spielraum.«

»Dann soll ich also mit ihm ins Bett gehen, wenn es das ist, was ihn dazu bringt.«

»Miss Kahn, ein Agent im Einsatz hat in dieser Hinsicht eine Blankovollmacht. Ich kann Ihnen da keine Vorschriften machen. Sie werden selbst wissen, auf welche Weise Sie am besten vorgehen.«

»Nennen Sie es doch beim Namen. Sie wollen, dass ich ihn vögle.«

Schweigen.

Vicki denkt: Mann, was ist das für eine Frau? Sie sagt: »Dann will ich zuerst die Akte.«

»Nun, ich glaube nicht, dass das eine so gute Idee ist. Sobald Sie die Akte haben, könnten Sie mich jederzeit im Stich lassen.«

»Das werde ich nicht.«

»Das behaupten Sie. Aber ich arbeite gerne mit einer gewissen Sicherheit.« Wieder dieses Schweigen. Diesmal wartet Vicki. »Vielleicht ein Kompromiss? Sie nehmen mit der Zielperson Kontakt auf, und ich lasse Ihnen einen Teil der Akte zukommen. Wie wäre es mit einem Handel, Vicki Kahn: Ware gegen Ware? Was meinen Sie?«

Vicki meint Ja.

»Ausgezeichnet. Von nun an lautet Ihr Codename Alice. Henry würde das sicher mehr als billigen, da bin ich mir sicher.«

Ungeachtet Henrys Billigung ist Vickis Zusage mit einigen Komplikationen verbunden.

Wie soll sie Fish erklären, dass sie eine Weile ausziehen wird?

Ganz abgesehen von der weiteren Frage, wie sie ihn vor dem Amerikaner warnen soll.

17

CIA-Emblem
Informationstypus: Sprachaufnahme
Sammlung: GEHEIM SÜDLICHES AFRIKA
Aktennummer (VO): 0000414387
Ursprüngliche Klassifizierung: (50X1)
Datum der Aufnahme: 30. Juni 2018
Fallnr.: John Webster-2017-00550
Operation Fynbos
Kontextanmerkungen
Transkription Textverarbeitung: TS

Hinweis zur Erläuterung: Ich folgte Vicki Kahn und Fish Pescado nach der Gedenkfeier zu ihrem Haus im südlichen

Teil der Halbinsel. Ihnen nachts durch die Straßen von Kapstadt auf der Spur zu bleiben verlangte keine großen Fähigkeiten, da die Straßen in diesen Vororten fast überall gut beleuchtet sind. Sie versuchten keinerlei Gegenüberwachung, weshalb ich sicher bin, dass sie mich nicht bemerkten. Ich betrachte das entweder als Gedankenlosigkeit oder als Hinweis darauf, dass sie annehmen, sie seien nicht von Interesse. Natürlich können sie mich auch bemerkt und beschlossen haben, es sei besser, mich nicht darauf aufmerksam zu machen. Diese Möglichkeit ist in solchen Situationen immer gegeben. Ich blieb wachsam und hielt genügend Abstand.

Nachdem sie eine halbe Stunde lang zu Hause waren, untersuchte ich die Immobilie. Im Gegensatz zu vielen ihrer Landsleute haben die beiden kein Tor, das durch Fernbedienung geöffnet wird, keine hohen Mauern, keinen Elektrozaun, kein Alarmsystem mit Sensoren und auch keine Kameras mit Bewegungsmeldern. Ich konnte das Grundstück betreten, um das Haus herum und in den Hintergarten laufen, ohne durch irgendetwas daran gehindert zu werden. Es war eindeutig, dass Vicki Kahn und Fish Pescado ohne Neurosen und paranoide Ängste leben. Ich empfand das als naiv und leichtsinnig.

Einige Vormittage später (am Freitag, den 29. Juni 2018) war ich am Strand von Muizenberg, in jenem Abschnitt, der sich Surfer's Corner nennt, und beobachtete, wie Fish Pescado auf den Wellen ritt, während eine Kaltfront die Küste traf.

Zur Tarnung wurde ich von einer hübschen Dame zu dem nahe gelegenen Knead Café zum Frühstück begleitet. Von unserem Tisch hatte ich einen Blick auf den Parkplatz und Pescados Wagen, der von den Ansässigen oft gern als *Bakkie* bezeichnet wird.

Während die hübsche Dame und ich in Position saßen, bemerkte ich einen Fotografen am oberen Ende der Kehre. Dieser Fotograf richtete seine Kamera auf Fish Pescado, als er aus dem Meer kam und über den Parkplatz in Richtung seines Autos lief. Das vereitelte leider meinen Plan, Marihuana von Pescado zu kaufen, um unseren Kontakt mehr zu festigen.

Ich informierte Fish Pescado über WhatsApp, dass er das Interesse eines Fotografen geweckt habe. Ich sah, wie er die Nachricht las und sich dann abtrocknete und seinen Neoprenanzug bis zur Taille auszog. Unauffällig schaute er sich währenddessen auf dem Parkplatz um und trank dabei aus einer Wasserflasche. Danach fasste er unter den Vordersitz seines Wagens, doch ich konnte nicht sehen, was er genau tat. Er tauchte mit einem Radkreuz wieder auf.

Kurz darauf verließ der Fotograf den Parkplatz, einen barfüßigen Fish Pescado knapp auf den Fersen. Möglicherweise wurde der Fotograf einmal von Pescado am Rücken getroffen, da sein Motorrad gefährlich ins Schwanken geriet, ehe es davonbrauste.

Später traf ich Pescado im Minimarkt einer nahe gelegenen Tankstelle. Die hübsche Dame wartete im Wagen, während ich hineinging. Ich sprach ihn in einer der Gänge an, wo es keine anderen Kunden gab. In diesem Teil des Ladens befanden sich auch keine Überwachungskameras.

JW: Ah, der Star. Offenbar sind Sie kein Mann, mit dem man sich sehen lassen kann, Mr. Pescado.

FP: Das bringt der Job so mit sich. Danke für die Warnung.

JW: Kein Problem. Wer war das?

FP: Nicht die geringste Ahnung. Es gibt eine ganze Reihe von Möglichkeiten.

JW: Ohne Scherz? Ich hatte schon gehört, dass diese Stadt spannend sein kann.

FP: Hat seine amüsanten Momente.

JW: Und das war einer.

Anmerkung: Pescado reagierte mit einem Achselzucken. Er verkaufte mir das Marihuana in einem kleinen wiederverschließbaren Plastiktütchen, ähnlich den Tüten, die auch von Banken in Südafrika verwendet werden. Ich nahm es und zahlte ihm die veranschlagte Summe von 140 Rand für zwei Gramm. Nach dieser Transaktion sprachen wir weiter.

FP: Also, was haben Sie mir über Vicki Kahn zu erzählen?

JW: Das ist kein Ort für ein solches Gespräch. Wir müssen uns dort treffen, wo keine Fotografen herumlungern. Wer weiß. Ihr Fotograf könnte gerade den Eingang dieses Minimarkts im Visier haben.

FP: Das bezweifle ich. Außerdem gibt es hier einen Hinterausgang, den ich immer benutze. So bin ich auch hereingekommen. Ihr Ruf ist sicher. Aber unsere Unterhaltung wird fortgesetzt. Ich habe Ihre Nummer, ich melde mich.

JW: Warten Sie nicht zu lange. Der Stein ist bereits ins Rollen gekommen.

FP: Ach. Und wie genau sieht dieser Stein aus?

JW: Er hat verschiedene Facetten.

FP: Über die wir besser an einem anderen Ort reden sollten.

JW: Sie lernen schnell.

FP: Angeblich. Nennen Sie mir demnächst auch mal Ihren richtigen Namen, John Webster?

JW: Das ist mein richtiger Name.

FP: Tut mir leid, wenn ich das bezweifelt habe.

Anmerkung: Ich steckte das Tütchen mit Marihuana in die Innentasche meiner Windjacke und hielt mein Handy hoch. Dann ahmte ich mit meinem Zeigefinger die alte Bewegung des Wählens nach. Pescado gab mir zu verstehen, dass er verstanden habe. Er wandte sich dem hinteren Teil des Minimarkts zu. Ich kaufte von dem Regal neben der Kasse eine Schachtel mit Lindt-Kugeln für die hübsche Dame und um den Grund für meinen Besuch des Minimarkts zu zeigen, sollte ich unter Beobachtung stehen.

Dann kehrte ich zusammen mit der hübschen Dame zum Konsulat zurück, nachdem wir sichergestellt hatten, dass man uns nicht folgte. Ich legte das Marihuana in die Aktenbox der Operation Fynbos.

Teil zwei
Spiegel

Eins

… wenn wir nicht etwa alle Teile desselben Traumes sind.

Alice hinter den Spiegeln
(Lewis Carroll, aus dem Englischen
von Helene Scheu-Riezs)

1

CIA-Emblem
Informationstypus: Sprachaufnahme
Sammlung: GEHEIM SÜDLICHES AFRIKA
Aktennummer (VO): 0000414401
Ursprüngliche Klassifizierung: (50X1)
Datum der Aufnahme: 16. Juli 2018
Fallnr.: John Webster-2017-00550
Operation Fynbos
Kontextanmerkungen und Transkriptionen
Transkription Textverarbeitung: TS

Anmerkung: Mr. Fish Pescado versuchte, mich mehrmals nach unserem Treffen im Minimarkt im Juni zu kontaktieren. Ich hörte nichts von Miss Vicki Kahn und nehme an, dass er ihr meine Bitte, sie zu treffen, nicht übermittelte. Er hinterließ die folgenden Nachrichten auf der Voicemail meines Handys.

FP: Ich wollte ein Treffen mit Ihnen vereinbaren, um Ihre Informationen hinsichtlich Vicki Kahn zu besprechen. Bitte rufen Sie mich zurück. (26. Juni)

FP: He, Mann, kommen Sie. Ich warte noch immer auf Ihren Rückruf. Sie können nicht so viel zu tun haben, um mich nicht für eine halbe Stunde zu treffen. Rufen Sie mich an. (30. Juni)

FP: Hören Sie, John Webster. Melden Sie sich endlich und hören Sie auf, mich hinzuhalten. (4. Juli)

Anmerkung: Nach seiner Nachricht vom Mittwoch, den 4. Juli, rief er im Konsulat an und wollte mit mir verbunden werden. Man teilte ihm mit, dass ich in den USA sei und dort verschiedene Konferenzen zu besuchen hätte. Ich schickte ihm folgende Nachricht:

JW: Ich bin augenblicklich nicht im Lande. Melde mich bei Ihnen, wenn ich zurück bin.

Anmerkung: Am Donnerstag, den 5. Juli, erhielt von ihm folgende Nachricht:

FP: Mich werden Sie nicht los, *China*. Ich bleibe dran.

Anmerkung: Ab dem 25. Juni wurden sowohl Fish Pescado als auch Vicki Kahn beobachtet. Einmal wandte Kahn Gegenüberwachungstaktiken an und entwischte unserem Team. Wir entdeckten sie auf Andreas Hansens Grundstück wieder. Bemerkt wurde zudem, dass sie zu dieser Zeit auch unter Beobachtung eines anderen Geheimdienstes stand, der sie aber nicht bis zur Hansen-Immobilie verfolgen konnte. Später bekamen wir heraus, dass diese andere Operation von einem Oberst Kaiser Vula von der *State Security Agency* geleitet wurde. Zu diesem Zeitpunkt konnte noch nicht eruiert werden, welches Interesse die Südafrikaner an ihr haben könnten. Außer jenem Zwischenfall gab es keine weiteren Verdachtsmomente, und Vicki Kahn führte einen sehr häuslichen Lebensstil. Einmal die Woche besuchte sie eine Therapeutin namens Aletta van Niekerk, um eine Stunde an ihrer Spielsucht zu arbeiten.

Augenscheinlich zog Kahn wegen eines erhöhten Arbeitsaufwands für die Nichtregierungsorganisation Legal Resource

Centre, wo sie unter Vertrag steht, aus Pescados Muizenberg-Haus aus. Sie hatte einige Monate lang bei ihm gelebt und schien das auch dauerhaft vorzuhaben, wobei sie ihre Wohnung am Wembley Square beibehielt. Dorthin kehrte sie Ende Juni zurück. Es ist nicht klar, ob es ein Zerwürfnis in der Beziehung zu Pescado gab. Im Juli begann sie, regelmäßig einen Banker der Capital Trust Private Bank zu Kaffees und Drinks zu treffen. Es handelt sich um Mr. Ravi Pollard, der im Übrigen den Geldtransfer zwischen USAID, Amalfi Civils und dem südafrikanischen Amt für öffentliche Bauarbeiten vermittelt hat und das Projekt Renaissance verantwortlich betreut. Projekt Renaissance ist ein gewaltiges Unterfangen, mit dem Strom- und Kanalisationsanlagen in vielen Gemeinden des ganzen Landes errichtet und erhalten werden sollen. Sie scheinen sich zufällig kennengelernt zu haben. Wenn es um Zufall geht, gibt es immer einen Grund, andere Motive dahinter zu vermuten. Bisher sind solche Motive allerdings noch unklar.

Pescado ging währenddessen seinem üblichen Geschäft als Privatdetektiv nach. Interessanterweise gehört die Capital Trust Private Bank zu seinen Klienten, wobei sein Kontakt dort ein gewisser Mr. Antony Brennan ist. Wir haben Grund zu vermuten, dass Mr. Antony Brennan mit Angela Amalfi liiert ist, der Geschäftsführerin von Amalfi Civils, Witwe von Rick Khabone Thulo, der vor zwei Jahren einem tödlichen Überfall am Strand zum Opfer fiel. Bisher zeigte Pescado keine Anzeichen des Kummers über die »Trennung« von Kahn. Sie verbringt weiterhin die Wochenenden mit ihm und tat das auch am letzten Wochenende. In seiner Freizeit sieht man Pescado häufig am Strand beim Surfen.

Als wir Wanzen in seinem Haus installierten, stellten wir fest, dass er auch noch durch andere Apparate abgehört wird. Diese standen in Zusammenhang mit Oberst Kaiser Vulas Operation. Es ist nicht klar, ob die Zielperson der SSA Pescado oder Kahn war. Wenn man allerdings an ihren Besuch bei Hansen denkt, ist zu vermuten, dass es um Kahn geht. Wegen ihrer Gegenmaßnahmen war es uns nicht möglich, ihre Wohnung mit Abhörgeräten auszustatten. Sie hat Kameras installiert, die jegliche Aktivität in ihrem Apartment am Wembley Square aufzeichnen.

Nach meiner SMS vom Mittwoch, den 4. Juli, an Pescado gab es keine weiteren Nachrichten mehr bis heute (16. Juli), als es zu folgendem Austausch kam.

FP: Ich weiß, dass Sie im Land sind, John Webster. Wir müssen uns treffen.

JW: Gerade zurück. Gibt ein paar Dinge zu erledigen. Räume meinen Schreibtisch auf, dann melde ich mich.

FP: Spielen Sie nicht Verstecken mit mir. Ich brauche klare Angaben: Zeit und Ort.

JW: Wie wäre Freitag, 11 Uhr? Warum kommen Sie nicht ins Konsulat? Ich zeige es Ihnen.

FP: Kann es kaum erwarten.

Anmerkung: Es ist unklar, woher Pescado wusste, dass ich im Land war. Vielleicht hat er nur geraten. Auf seine letzte Nachricht erhielt er keine weitere Antwort.

2

Während dieser Zeit gibt es für diejenigen, die das verfolgen, Bilder auf Instagram: Fish Pescado und Tyrone Mansoor; Vicki Kahn und Ravi Pollard; Angela Amalfi und Juzia Malik;

Rej Ben Ali und Antony Brennan; Sipho Dube und ein Unbekannter. Außer dem ersten Gruppenbild, aufgenommen am Harbour House, sind es meist Fotos von Paaren – abgesehen von einem, das eine Eisenkette zeigt, die an einer Wand befestigt ist. Meist an öffentlichen Plätzen. Es wirkt so, als ob jemand eine Geschichte zusammenbauen würde. Eine Dokumentation anhand von Beweisbildern.

Was auch jemand tut. Mit dem Segen, das heißt im Auftrag, der Stimme.

Dieser Jemand ist in dem Fall Mart Velaze.

»Tun Sie es, Häuptling«, befiehlt die Stimme. »Wir brauchen das, was man ein Metanarrativ nennt. Wir müssen eine Hinterlassenschaft stiften. Überreste einer Geschichte. Etwas Besonderes für die Historiker. Zweifelsohne wird es jemand aus der Generation Y verstehen. Es wird sich in den sozialen Medien wie ein Lauffeuer verbreiten. Zudem garantiert ziemlichen Staub in verschiedenen Richtungen aufwirbeln. Umso besser. Verdienen tun sie das alle. Scheint mir für uns eine echte Win-win-Situation zu sein.«

Als guter Soldat macht sich Mart Velaze sogleich daran, Instagram zu erobern. Unter dem Namen Stem Izwi. Postet das alles in dieser Reihenfolge:

Bild von Sipho Dube, Rej Ben Ali, Ravi Pollard und Angela Amalfi, die zusammen an einem Tisch im Restaurant Harbour House sitzen. Hinter ihnen ein Fenster zum Meer hinaus. Alle wirken so, als hätten sie Spaß. Sie essen, reden, trinken Wein. Rej blickt direkt vom Fenster aus Richtung Kamera, während Angela Amalfi, Ravi Pollard und Sipho Dube im Profil abgebildet sind. Er hat gerade sein Messer erhoben und redet auf Angela ihm gegenüber ein.

Bild von Fish und Tyrone Mansoor. Sie sind zwar auf dem gleichen Foto, aber nicht zusammen. Es ist eine Straßenszene:

St. Georges Mall, den Schatten nach zu urteilen am späten Nachmittag, ein Menschenstrom auf dem Weg zur Bahnhofsstation. Diesmal ist das Bild von hinten und etwas seitlich aufgenommen. Tyrone Mansoor vorne. Erkennbar durch seine Gestalt, Kleidung, den unbeschwerten Gang. Fishs Gesicht im Halbprofil. Ein Flaum nachwachsender blonder Haare.

Bild von Tyrone Mansoor und Oberst Kaiser Vula auf den Vordersitzen eines Autos mit Regierungsnummernschild. Gesichter beide unverkennbar. Von links aufgenommen, wobei man den Oberst fast von vorne sieht. Tyrone Mansoor etwas im Schatten, aber eindeutig er. Keiner der beiden lächelt. Beide zeigen eher grimmige Mienen. Vermutlich dabei, etwas Unangenehmes zu erledigen.

Bild von Vicki Kahn und Ravi Pollard an einem Tisch vor Lily's in Mouille Point. Es ist später Nachmittag, die Anwohner schauen auf ein Glas Wein oder Bier nach der Arbeit vorbei. Vicki hat ihre Frisur geändert und sich für einen wuscheligen Kurzhaarschnitt entschieden. Lässt sie schelmischer aussehen. Überhaupt nicht mehr mondän. Verspielt, neckisch. Was Ravi Pollard total anmacht. Niemand würde darauf kommen, dass seine Freundin erst vor ein paar Wochen ermordet wurde. Wenn man das Bild betrachtet, hat man den Eindruck, es handelt sich um zwei Verliebte, die sich jeden Augenblick die Kleider vom Leib reißen wollen.

Bild von Sipho Dube und einer Gestalt, die Kaiser Vula sein könnte. In einem Auto bei schlechten Lichtverhältnissen. Das Auto steht an einer Kreuzung. Das Foto wurde von der Fahrerseite aus aufgenommen. Sipho Dube sitzt hinter dem Steuer. Das Licht der Ampel spiegelt sich in der Windschutzscheibe, sodass fast das ganze Foto unkenntlich ist. Trotzdem kann man die Panik in Sipho Dubes Gesicht sehen, als erwarte er jeden Moment einen Angriff. Er hat eine Hand erhoben. Um sich zu verteidigen? Oder um sein Gesicht zu verbergen? Die andere Person schneidet eine Grimasse. Man sieht weiße Zähne blitzen.

Bild von Angela Amalfi und Juzia Malik auf einem Parkplatz an einem unbekannten Ort. Man erkennt nur ein Schild für einen Valet-Parkservice. Es ist Nacht und die Beleuchtung fluoreszierend. Der Parkplatz befindet sich entweder in einer Tiefgarage oder ist umzäunt. Die beiden Frauen stehen zwischen den Autos. Der Kofferraum von Angelas Wagen steht offen. Angela bewegt sich auf Juzia Malik zu, als wolle sie diese trösten. Juzia, die in einer Hand einen Aktenkoffer hält, presst die andere Hand auf ihre Brust. Eine Sonnenbrille steckt in ihren Haaren. Ihr Gesicht wirkt angstverzerrt, die Augen sind weit aufgerissen, die Brauen nach oben gezogen. Angela wirkt besorgt – die Lippen leicht geöffnet, die Arme ausgestreckt. Das Bild ist schon für sich genommen interessant, doch im Hintergrund kann man neben einer Säule einen Teil einer dritten Gestalt sehen: einen Mann, der mit seinem Handy beide Frauen fotografiert.

Ein Bild von Rej Ben Ali und Antony Brennan vor dem Royal Cape Yacht Club, aufgenommen aus der Ferne und mit Signal Hill im Hintergrund, ganz links gerade noch Lion's Head. Die beiden Männer befinden sich auf der Duncan Road. Antony Brennan trägt eine Chinohose, eine blaue Daunenjacke und Converse-Sneakers. Er könnte unterwegs zu einem Mittagessen sein, denn nach einem Segeltörn sieht er nicht aus. Rej Ben Ali hat eine schwarze Hose und einen offenen schwarzen Trenchcoat an. Ganz der ernste, seriöse Typ. Er hat beide Arme erhoben und scheint in voller Aggro-Laune zu sein. Der Kamera hat er den Rücken zugewandt. Antony Brennan versucht, an ihm vorbeizukommen, wobei er Rej Ben Ali mit einer Schulter abwehren will und den Kopf gesenkt hält. Hinten rechts kann man einen Wachmann erkennen, der auf die beiden zusteuert.

Ein Bild von einer Eisenkette, die an einem Ring an einer Wand befestigt ist. Am Ende der Kette befindet sich ein metallenes Halsband. Daneben liegt ein Vorhängeschloss. Das Foto entstand durch eine offene Tür und zeigt das Ende eines Bettes, das aus einer Matratze auf dem Boden und einer Wolldecke besteht.

Die Stimme meint zu Mart Velaze: »Gute Arbeit, Häuptling. Jetzt müssen wir nur noch abwarten, dass die Scheiße so richtig zu dampfen beginnt.«

3

Wütend, mehr als wütend, eigentlich brodelnd vor Zorn, verstört, kummervoll und gekränkt folgt Fish Pescado heimlich Tyrone Mansoor. So wie er sich fühlt, könnte er dem Mann auch einfach auf die Schulter tippen, »He, Mann« sagen und ihm, sobald er sich umdreht, mit der Faust ins Gesicht schlagen oder ihm die Eier eintreten. Er könnte die Ruger ziehen, den Lauf in das Ohr des Kerls stecken und sagen: »Willst du am Leben bleiben? Dann erzähl mir, was hier los ist. Fang damit an, warum du mein Haus verwanzt hast. Du hast fünf Minuten. Ab jetzt.« Aber das tut Fish nicht. Er hält sich zurück, weil er weiß, dass mehr auf dem Spiel steht. Viel mehr. Er hat sich auf Tyrone Mansoor eingeschossen, weil es dessen SIM-Karten-Spur in Antony Brennans Audi war. Wenn man die richtigen Kontakte bei den Serviceanbietern hat, kann man alles herausfinden. Als guter Privatdetektiv besitzt Fish die richtigen Kontakte. Alles für ein paar *Bankies* von erstklassigem Kraut plus zweihundert Milliliter Cannabisöl mit CBD-Komponente.

»Meine Mom hat verdammt starke Schmerzen«, sagte der Techniker bei der Telefongesellschaft. »Ich brauche das richtige Zeug, du weißt schon, für Krebs.«

»Kein Problem«, erwiderte Fish. Lieferte noch am selben Nachmittag das Gewünschte.

»Funktioniert fantastisch«, bestätigte der Techniker. Im Austausch gab er Fish die eigentlich geschützten Daten der SIM-Karte. Es stellte sich heraus, dass diese einem gewissen Naasir Jacobs aus dem Tuna Way in Nooitgedacht gehörte. Wo Naasir in einem schnuckligen, reetgedeckten Haus lebt. Der Garten voller Dahlien, Rosenbüsche, Lavendel. Fish öffnet das Gartentor. Betonplatten, von künstlichem Gras gesäumt, geleiten ihn zur Haustür. Er klopft. Die Tür wird geöffnet.

Salām alaikum.

Wie geht's?, fragt Fish. Wa-'alaikum s-salām. Lächelt. »Ich suche Naasir Jacobs?«

»Ich bin seine Mutter«, antwortet die Frau.

Gleich wird klar: Naasir Jacobs ist elf Jahre alt. Fish überlegte sich vorher eine Geschichte, die im Grunde der Wahrheit entspricht – dass nämlich eine SIM-Karte im Namen von Naasir Jacobs bei einem Betrug verwendet wurde.

Mrs. Jacobs scheint überrascht und verwirrt zu sein. Unmöglich, das kann nicht sein. Naasir hat ein Tablet, aber die SIM-Karte läuft unter dem Namen seines Vaters. Bitte, kommen Sie herein, Sir. Während ich seinen Vater frage.

Im Wohnzimmer ruft Mrs. Jacobs Mr. Jacobs an. Sie reicht Fish das Telefon. Mr. Jacobs will wissen, wer er sei. Wen er vertrete. Fish wird zu einem Detektiv eines Betrugsdezernats. Was Mr. Jacobs beruhigt.

»Es tut mir leid, Detective ...«

»Captain«, sagt Fish.

»Captain«, verbessert sich Mr. Jacobs. »Es muss sich um eine Verwechslung handeln.«

»Ja, wir werden uns darum kümmern«, entgegnet Fish. »Ich komme wieder, um Ihre Aussage aufzunehmen.« Er reicht das Telefon Mrs. Jacobs zurück.

Ehe er geht, zeigt er auf ein Foto in einem Silberrahmen, das zwischen mehreren Familienbildern auf dem Kaminsims steht. »Ist das Naasir? Mit der Angel?«

»Ja, das ist er«, sagt Mrs. Jacobs. »Der Junge liebt Angeln. Das ist seine Leidenschaft. Strandangeln. Felsenangeln. Er möchte unbedingt auch mal mit einem Boot rausfahren, um Gelbschwanzmakrelen zu fangen.«

»So etwas mögen Jungen«, meint Fish. »Ist das sein Vater neben ihm?«

»Sein Onkel. Mein Bruder Tyrone. Aber momentan hat er nicht mehr viel Zeit. Seine Chefs brauchen ihn immer für irgendwelche Sicherheitsfragen.«

»Ich angle auch«, erklärt Fish. »In False Bay von einem Boot aus, einem großen Schlauchboot.« Das ist nicht völlig erfunden. Fish hat früher mit einem Nachbarn, der Polizist war, geangelt. Das einzige Problem: Besagter Polizist beging bei ihrem letzten gemeinsamen Angelausflug Selbstmord. Band einen Anker um seinen Fußknöchel und sprang über Bord ins tiefe Wasser. Das Zodiac-Schlauchboot wurde von der Polizei beschlagnahmt. Lag noch immer dort fest. »Gelbschwanzmakrelen gibt es momentan viele«, fährt Fish fort. »Sie können mit mir raus. Glauben Sie, das würde Naasir gefallen?«

»Oh, Sir. Naasir wäre begeistert.«

»Okay. Haben Sie die Nummer Ihres Bruders? Ich werde ihn anrufen. Um etwas auszumachen.«

Und einfach so bekam Fish Tyrone Mansoors Handynummer.

Er fragt nach: »Ist das seine Privatnummer?«

Mrs. Jacobs nickt breit lächelnd.

Sie schütteln Hände. Fish stellt eine letzte Frage: »Für wen arbeitet Ihr Bruder denn?«

»Crystal. Kestrel, Castrol. Ach nein, das ist das Öl. Aber es klingt so ähnlich.«

»Kenne ich nicht«, meint Fish mit ernster Miene. »Aber heutzutage gibt es ja Hunderte solcher Firmen.«

Zehn Minuten später steht er in einer Seitenstraße und googelt. Für Kestrel findet er eine Website. Tyrone Mansoor wird dort als Manager genannt, und das Porträtfoto identifiziert ihn eindeutig: Naasirs angelnder Onkel.

So kommt es, dass der wütende, verdammt wütende, verstörte, kummervolle und gekränkte Fish Tyrone Mansoor auf der St. Georges Mall folgt. Er ist hinter ihm her, seitdem Tyrone das Bürogebäude an der Waterkant Street verlassen hat, wo sich Kestrel befindet. Im gleichen Gebäude wie Amalfi Civils. Fish erkennt sehr viele Punkte, weiß aber noch nicht, wie sie zu einem Bild werden: Antony Brennan, die Amalfis, das Abhörgerät in Antony Brennans Auto, diejenigen in Angela Amalfis Wohnung, der Wolfsmann im Gartenhaus von Rej Ben Ali, die Wanzen, die Mansoor in seinem eigenen Haus verteilt hat. Alle sind irgendwie mit Tyrone Mansoor verbunden. Anders betrachtet: Tyrone Mansoor hat alle miteinander verbunden.

Auch darum kann der wütende, verdammt wütende, verstörte, kummervolle und gekränkte Fish Tyrone Mansoor nicht mitten auf der St. Georges Mall am späten Nachmittag niederschlagen. Er will mehr über diesen Mann herausfinden.

So folgt er ihm gegen den Strom von Menschen, die auf dem Nachhauseweg sind. Läuft die Shortmarket Street hinunter, biegt rechts in die Adderley, geht rasch und unaufmerksam durch die Bureau, zwischen Autos zur Spin hinüber, dann rechts in die Plein, zweihundert Meter hoch bis zur Lelie. Dort stolziert Mansoor in die Tiefgarage der Regierung, als sei er dort ein häufiger Gast.

Fish hängt in der Plein Street herum. Seine Regel heißt: Wenn ein Beobachteter ein Gebäude betritt, halt die Füße still. Meist dauert die Wartezeit nicht länger als fünfzehn Minuten. Im Höchstfall eine Stunde.

Währenddessen schreibt er dem Amerikaner John Webster eine SMS. Er schätzt jetzt einfach mal, dass dieser wieder im Land sein könnte. Hofft, den Typen etwas zu verunsichern. Erhält eine unverbindliche Antwort. Zumindest legt sich der Kerl diesmal auf einen Termin und einen Treffpunkt fest. Das verdammte amerikanische Konsulat, von allen Orten, ausgerechnet! Als ob das nicht einschüchternd wäre. Fish erwidert lässig: Kann es kaum erwarten. Er schaut von seinem Handy hoch und sieht einen schwarzen Mercedes, der aus der Tiefgarage kommt. Tyrone Mansoor sitzt hinter dem Steuer, hinten ein Unbekannter.

Fish muss tatenlos auf dem Bürgersteig zurückbleiben, wütend, verdammt wütend, verstört, kummervoll und gekränkt. Nicht nur, weil sein Auto am Ende der Stadt geparkt ist, sondern auch weil …

4

Weil Vicki ihr gemeinsames Idyll beendet hat. Einfach so an dem Tag, nachdem sie mit Andreas Hansen gesprochen hatte.

Sie erklärte Fish: »Sorry, Babes, aber ich muss zurück zum Wembley Square. Es ist einfacher für mich, wenn ich wieder dort wohne.«

Das hatte Fish zusammenzucken lassen. Er hielt abrupt inne. »Was? Woher kommt das auf einmal?« Starrte sie an und musterte ihr Gesicht nach Hinweisen. Ihr Pokergesicht. Spielte sie wieder? War sie in ein weiteres Agentenabenteuer verwickelt? Ihrer Miene war nichts zu entnehmen. Sie sah ihn nur an. Mit herausforderndem Blick.

Sie liefen den Fußweg nach St. James entlang. Etwas nach siebzehn Uhr. Die Sonne war hinter dem Berg verschwunden, der Strand lag bereits im kalten Schatten, der Weg menschenleer. Die beiden marschierten nebeneinander her, Seite an Seite, Hand in Hand. Wir fordern das Schicksal heraus, hatte Fish gesagt, als sie von zu Hause aufgebrochen waren. Man darf sich nicht von Verbrechern davon abhalten lassen, normale Dinge zu tun, hatte Vicki erwidert. Sie waren bis zu dem Gezeitentümpel gelaufen und befanden sich auf dem Rückweg.

Als Vicki sagte: »Legal Aid braucht mich. Wegen eines Whistleblowers.«

Woraufhin Fish ihre Hand losließ und die Schultern in einer Was-zum-Teufel-Geste hob. »Ach, komm schon, Vics, warum gerade dich? Es gibt doch Anwälte wie Sand am Meer.«

»Es geht um Finanzen. Ich habe das Hintergrundwissen. Außerdem …«

»Außerdem was?«

»Ich muss was tun.«

»Ich dachte, wir tun hier etwas. Ich dachte, wir tun alles, was du dir wünschst. Ich dachte, wir sind so tief unter dem Radar, dass sich selbst die Beobachter langweilen. Ich dachte, dir würde diese Zeit tatsächlich gefallen. Mann, Vics, das ist doch, was du wolltest. Ein neues Leben. Keine Glücksspiele, keine Spionage, sondern spießig, außerhalb jeder Gefahr.«

Ihm kam ein Gedanke: die Therapeutin Aletta van Niekerk. »Hast du mit deiner Therapeutin darüber gesprochen?«

»Ja. Sie meint, es sei eine gute Idee. Meine Art von Persönlichkeit braucht Ablenkung. Ich bin obsessiv. Ich muss arbeiten. Ich bin nicht der häusliche Typ, Fish.« Sie hebt ihre Hand zu seinem Gesicht. »Schau uns an. Wo sind wir? Nirgendwo. Verloren. Was tun wir denn? Wir versuchen, einen ganz auf harmlos zu machen. Wie absurd ist das eigentlich?«

»Ich habe kein Problem damit.«

»Du nicht, weil du einen Job hast. Ich sitze daheim und drehe Däumchen. Ich tue so, als wäre ich Miss Reihenhaus. Joggerin in Lycra. Einkaufstouren bei Woolies. Die Frau, die sich bei A P Jones nach Klamotten umschaut. Die Tussi, die im C'est la Vie Latte mit entrahmter Milch trinkt. So bin ich nicht, Fish. Ich brauche eine Arbeit. Ich muss mich mit realen Dingen beschäftigen. Leuten helfen, für Gerechtigkeit zu kämpfen.«

Ein Flehen in ihren Augen.

»Wir sind keine Reihenhaus-Menschen, Fish. Ich bin es nicht. Du bist es nicht. Wir machen uns nichts aus einem gemütlichen Nest. Aber wie auch immer. Ich will mich gar nicht rechtfertigen. Ich will nur sagen, dass ich wieder arbeiten werde. Sie haben mich angerufen und mich gebeten reinzukommen.«

»Sie? Legal Aid? Oder die Agentur?«

»Legal Aid. Warum erwähnst du die Agentur überhaupt? Ich habe dir doch gesagt, dass die Voliere für mich abgeschlossen ist.«

»Das hast du letztes Mal auch gesagt.«

»Damals hat mich Henry Davidson zurückgelockt. Jetzt sind die Schulden beglichen. Die Sache ist vorbei. Tragisch beendet.« Sie nahm seinen Arm und zog ihn Richtung Muizenberg. Erklärte ihm, dass es da einen Mann gebe, einen Banker, der Informationen über ein gigantisches Projekt in Rückvergütungen habe. Ein Regierungsauftrag, der ausgeschrieben wurde, wobei diese Ausschreibung dann mit allem Drum und Dran durch Bestechung gewonnen wurde. Eine finanzielle Unterstützung durch die Amerikaner würde das Land über Generationen hinweg verschulden. Dieser Banker wolle auspacken. Nur habe er Angst. Er habe alle möglichen Geschichten über Whistleblower gehört, die ihre Arbeit verloren hätten, deren Familien bedroht oder vielleicht sogar ermordet worden seien.

Wie das ja auch dem letzten Whistleblower passiert ist, mit dem du zusammengearbeitet hast, dachte Fish, ohne es laut zu sagen. Einem Mann namens Dr. Robert Wainwright, einem Nuklearwissenschaftler. Erschossen an seinem Gartentor, Wochen nachdem er den Diebstahl von Nuklearmaterial aus einem Atommülllager gemeldet hatte.

»Dieser Mann braucht Hilfe, Fish. Er hat sich an die großen Anwälte gewandt, und deren Pro-bono-Vertretung hat uns kontaktiert. Bei so etwas ist Legal Aid gut. Wir können diesen Mann beschützen. Ihm den richtigen Rat geben. Ihn verstecken, falls nötig. Es geht um Regierungskriminalität, Fish. Um Leute, die den Staat bestehlen. Größer wird es nicht.«

Sie waren schweigend weitergelaufen. Fish dachte: Ich wusste, dass das passieren würde. Wusste, dass dieses Glückliche-Familie-Ding zu schön aussah, um länger anzuhalten. War es denn überhaupt eine glückliche Familie gewesen? Die Abhörgeräte. Männer, die hinter ihrem Haus herumlungerten. Wenn Vicki ausging, hatte sie dann wirklich ihre Freundinnen, ihre Familie gesehen? Woher sollte er wissen, ob sie nicht stattdessen online Texas Hold'em gespielt hatte? Das war die Sache mit Vicki: Man wusste nie genau, was gerade geschah. Wenn sie da war, dann ganz und gar. Aber danach? Wohin ging sie? Wenn sie nebeneinander im Bett lagen, wo war sie da in Gedanken?

»Es wird sich nichts ändern, Fish. Es wird sein wie immer. Du kannst am Wembley Square übernachten, und ich verbringe die Wochenenden bei dir. Nun ja, soweit ich Zeit dazu habe.«

Fish hörte, was sie sagte, und spürte eine große Traurigkeit in seiner Brust. Es war gut gewesen, Vicki bei sich zu haben, jede Nacht und jeden Morgen. Jemanden, zu dem er nach Hause kam. Jemanden, der nicht Janet war. Aber es war auch unwirklich gewesen. Tief in seinem Herzen hatte er das gewusst. Vicki war Vicki. Eine unbezähmbare Frau. Er dachte: Mach dir nichts vor, *Boykie*, vielleicht bist du auch nicht der beste Fang, den ein Mädchen machen kann.

Hörte, wie Vicki sagte: »Ist ja nicht so, als hätten wir kein WhatsApp.«

Er hielt sie an, drehte ihren Körper zu sich und presste seine Lippen fest auf die ihren. Spürte ihre Erwiderung, spürte, dass sie sich ihm hingab. Es gab da eine Wahrheit: Verlangen, vielleicht sogar Liebe. Nach mehreren Minuten lösten sie sich voneinander. »Okay«, murmelte er ein wenig atemlos. »Und wann?«

»Morgen«, antwortete sie.

Was Fish über die letzten Wochen hinweg sich wütend, verdammt wütend, verstört, kummervoll und gekränkt fühlen ließ.

Denn er hatte es wirklich genossen, zu seiner kleinen Frau nach Hause kommen zu können.

5

Jetzt läuft er in die verschattete Stadt zurück, zu den Büros der Capital Trust Private Bank. Wo Antony Brennan gerade dabei ist, nach Hause zu fahren.

»Was geht hier vor sich?«, fragt er unter der Tür zu Antony Brennans Büro, noch schlechter gelaunt nach seinem Spaziergang durch die Straßen voller Menschen, die heimwärts eilten. Hinter ihm steht eine stammelnde, nervöse Rezeptionistin.

»Ist schon in Ordnung«, sagt Antony Brennan zu ihr. Zu Fish: »Hallo, Fish. Was soll vor sich gehen?«

»Kommen Sie mir nicht so«, entgegnet Fish und lässt sich auf einen Stuhl fallen. »Der Typ, der Ihr Auto verwanzt hat, wahrscheinlich auch Angela Amalfis Wohnung, auf jeden Fall mein Haus, arbeitet für Kestrel Security. Einen Ableger von Amalfi Civils, wie Sie wissen. Tyrone Mansoor ist der Manager bei Kestrel. Er ist auch derjenige, der die Geräte installiert hat. Warum hört Amalfi Civils sich selbst, Sie und mich ab?« Fish beschließt, Tyrone Mansoors Verbindungen zur Regierung erst mal nicht zu erwähnen.

Antony Brennan setzt sich. Das Kissen seufzt ebenso auf wie er. Sagt: »Ich weiß es nicht.«

»Sie könnten mich engagieren, um es herauszufinden.«

»Könnte ich.«

Fish wartet. Sonst kommt nichts. Er beugt sich vor: »Also gut. Ein paar Schritte zurück. Etwas, was ich noch nicht verstanden habe: Was sollte ich bei dem Mittagessen im Harbour House?«

»Mich wissen lassen, wer daran teilnimmt.«

»Sie hätten Angela fragen können, sie ist schließlich Ihre Kundin.«

»Natürlich. Das habe ich. Aber es gibt Dinge, die man seine Kunden nicht fragen kann. Es soll nicht wie ein Verhör klingen.«

Fish schnitt eine Grimasse. »Da könnten Sie recht haben. Vielleicht. Und? Wer hat daran teilgenommen? Das haben Sie mir nie gesagt.«

»Genau genommen geht Sie das auch nichts an.«

»Nun, das hat sich inzwischen geändert. Jetzt bin ich persönlich verwickelt. Ich bin sogar eine ganze Weile schon persönlich verwickelt gewesen, auch wenn ich es nicht wusste. Wer sind also diese Leute?« Er wischt durch Fotos auf seinem Handy, bis er zu einem am Tisch im Harbour House kommt. »Okay. Das ist Angela, das ist Rej. Und wer ist der Mann? Bitte samt Berufsbezeichnung.«

Antony Brennan sagt es ihm.

Fish fragt: »Also geht es hier um eine Art Regierungsausschreibung?«

»Streng genommen gehört das nicht zu unserer Abmachung, Ihrer und meiner.«

»Das denke ich schon. Ich mache es Ihnen leichter. Ich sage, dass es genau darum geht: eine Art Ausschreibung.« Fish beobachtet Antony Brennan. Der Mann hat den Blick gesenkt und fährt sich mit einer Hand über die Stoppeln auf seinem markanten Kinn.

»Also gut. Ich verrate es Ihnen. Die Ausschreibung ist riesig. Umfasst den Bau und die Wartung von Anlagen in zahlreichen Gemeinden des ganzen Landes.«

»Du meine Güte. Verdammt nett.«

»So könnte man es nennen.«

»Und er ist Ihr Mann, dieser Ravi Pollard? Er ist das Finanzgenie bei Capital Trust?«

Ein Nicken von Antony Brennan.

»Seltsam. Wenn Sie einen Mann dort hatten, warum sollte ich dann alles beobachten?«

»Pollard ist nicht mein Mann im strengen Sinne. Er arbeitet für die Finanzabteilung.«

»Also vertrauen Sie ihm nicht?«

»Ich vertraue ihm. Es ist nur so, dass die Dinge manchmal angespannt sein können, wissen Sie.«

»Wie angespannt?«

»Wir reden hier von sehr viel Geld. Wir reden von Haftung. Wir reden von amerikanischen Investitionen. Devisenmarkt. Dollar.«

»Sie sind eine Bank. Es geht immer um viel Geld. Na schön – was tut eigentlich die Finanzabteilung normalerweise hier im Haus?«

»Sie bemühen sich um Investitionen, national und international. Legen dort an, wo sich die Rendite lohnt. Solche Dinge.«

»Mit anderen Worten: Die ganze Zeit über fließt sehr viel Knete in ihre Richtung. Wie bei einer Verrechnungsstelle.«

»Ja.«

»Vertrauenswürdig?«

»Ja.«

»Was mich wieder zu der Frage bringt, warum Sie mich im Harbour House dabeihaben wollten.«

»Wenn Sie es unbedingt wissen wollen: wegen der Aufnahme. Ich brauchte einen Beleg.«

»Raffiniert. Das heißt, Sie vertrauen all diesen Leuten nicht? Sie trauen den Amalfis nicht? Sie trauen diesem Generaldirektor nicht, diesem …«

»Sipho Dube.«

»Genau. Dem.«

Fish steckt das Handy wieder ein. Grinst Antony Brennan

an. »Für mich, aus meiner Position, wird das alles immer mehr wie unklarer Wellengang. Man weiß nicht, wann eine Welle kommt und einen in ein tiefes Loch reißt. Nun die Frage: Warum hat dieser Tyrone Sie und Angela verwanzt? Wie passt das in das Gesamtbild?«

Antony Brennan zuckt mit den Achseln. »Ich habe keine Ahnung, Fish. Helfen Sie mir weiter.«

Fish fährt sich mit der Hand über den Kopf. Die Wunde ist verheilt, und die Haare wachsen recht schnell. »Kann ich machen. Also, ich sage Ihnen jetzt mal, was ich glaube. Das habe ich mir auf dem Weg hierher überlegt. Von den Profilen, die ich für Sie erstellt habe, weiß ich, dass Angela der Chef ist, die Geschäftsführerin. Bruder Rejab mit dem muslimischen Namen ist die Nummer zwei, der Vorstand für das operative Geschäft. Aus der Liste der Firmenverantwortlichkeiten lässt sich vermuten, dass Kestrel zu seinen Bereichen gehört, was bedeutet, dass unser Tyrone ihm Rechenschaft ablegt. Das macht unseren Tyrone zu niemand anderem als einem Laufburschen. Vielleicht ist es Rej, der Sie in Ihrem Auto abhören will und der auch in Angelas Wohnung Ohren haben möchte. Warum vertraut er seiner eigenen Schwester nicht?« Fish grinst erneut.

Wieder lässt Antony Brennan ein resigniertes Seufzen hören. »Also gut. Es geht Sie zwar überhaupt nichts an, aber ich sage es Ihnen trotzdem: Angela und ich sind verlobt. Seit kurzem. Im Stillen. Bisher haben wir noch nichts verlauten lassen. Das werden wir erst, wenn der richtige Zeitpunkt da ist. Ich bitte Sie auch, es für sich zu behalten. Nicht einmal ihr Bruder weiß davon.«

»Kein Problem«, erwidert Fish und zählt eins und eins zusammen: Eine Verlobung zwischen Brennan und Amalfi, eine geplante Hochzeit, hätte geschäftliche Auswirkungen sowohl auf die Firma als auch auf die Bank. Es würde schlecht aussehen. Das Timing wäre sehr schwierig, fast wie der Ritt auf einer zu schnellen Welle. Man konnte ins Stürzen kommen. Oh, das muss den lieben Bruder Rej quälen. Fish genießt diese Erkenntnis. Sie hilft ihm etwas darüber hinweg, dass ihm Tyrone Mansoor entwischt ist. Er sagt: »Die Frage bleibt: Wenn Rej diese Abhörgeräte installieren ließ, warum stehe dann auch ich auf seiner Liste?« Er erhebt sich. »Eine Möglichkeit, es herauszufinden, wäre, ihn direkt zu fragen.«

»Keine gute Idee«, entgegnet Antony Brennan. »Das würde ich an Ihrer Stelle nicht tun.«

6

Das tut Fish auch nicht. Jedenfalls nicht sofort.

Er ist außerdem mit Vicki beschäftigt. Sie hat weder seine WhatsApp-Nachrichten noch seine Anrufe beantwortet. Nicht auf ihrem Handy und auch nicht im Büro.

Weshalb er zur Niederlassung von Legal Aid in der Harrington Street fährt. Redet mit jemandem, der noch spät arbeitet, über die Gegensprechanlage. Vicki sei nach Hause gegangen. Vielleicht vor einer halben Stunde. Könne er ein andermal wiederkommen? Kein Problem, sagt er, er sei ein Freund von ihr und versuche es bei ihrer Wohnung. Als Nächstes fährt er von der Harrington zum Wembley Square. An der Ecke Roeland Street herrscht ein Verkehrschaos. Zwei Krankenwagen, normale Polizisten, Verkehrspolizisten. Schaulustige hängen herum.

Fish lässt das Fenster herunter und fragt, was denn passiert sei.

Eine versuchte Entführung. Jemand habe eine Frau angeschossen, erfährt er.

Die verdammte Stadt werde immer unsicherer, hört er.

Die Frau sei nicht tot, sondern in einem der Krankenwagen, wird ihm mitgeteilt.

Eine Joggerin, die in einen Schusswechsel geraten ist, heißt es.

Die erwischen einen nicht am Strand oder in den Bergen, sie erwischen einen sogar in den Straßen, sagt man ihm.

Fish bedankt sich, fährt die Roeland entlang, biegt rechts in die Drury Lane und findet einen Parkplatz direkt am Wembley Square. Im dritten Stock oben ist Vickis Schlafzimmerfenster.

Es reicht, denkt er. Sitzt in seinem Auto und spielt mit dem Schlüssel zu ihrer Wohnung. Wenn du nicht da bist, warte ich, bis du kommst.

Über die Wochen hinweg wurden von Vicki immer wieder Verabredungen getroffen und gebrochen. Versprechen nicht gehalten. Treffen abgesagt. Alle Erklärungen hatten mit ihrer Arbeit zu tun. Doch bisher hatte es noch nie einen völligen Kontaktabbruch gegeben. Totales Schweigen. Was Fish besonders alarmiert nach dem, was vergangenen Freitag passierte.

Am letzten Freitagabend tauchte Vicki überraschend bei ihm auf. Mit einer neuen Frisur: Pixie Cut. Der Wahnsinn, Mann. Sie sah wie ein anderer Mensch aus. Wie eine scharfe Tussi. Der Schnitt stand ihr, was aber auch verstörend wirkte. Als ob sie auf einmal einen lange verborgenen Traum ausleben würde. Das beunruhigte Fish sofort. Es beunruhigt ihn noch immer. Denn Vicki war seltsam. Und weil sie etwas Irritierendes gesagt hatte.

Sie war von einer aufgeregten Janet begrüßt worden. Janet krächzte wie eine Möwe.

»Miss Vicki, Miss Vicki! Wir sehen Sie ja kaum mehr. Sie dürfen uns nicht vergessen, Miss Vicki. Aber *ek sê haaibo* – der Haarschnitt! Sexbombe, hat was. Cooler Schnitt für eine Agentin. Wow, Miss Vicki. Sie müssen wieder öfter kommen. Mister Fish braucht viel Liebe, Miss Vicki. Er ist einsam. Ich sehe ihn abends in seiner Küche sitzen, Cowboy-Musik hören und einen langen Joint rauchen. Ist nicht gut für einen Mann, Miss Vicki. Stimmt doch.«

Fish hatte Janet Marmeladentoast und Tee gegeben und sie dann mit den Worten aus der Küche bugsiert: »Lass uns etwas Raum, okay?«

Was Janet mit einem Zwinkern beantwortete. Einem Zahnlücken-Lächeln. »Ist gut für Sie, Mister Fish. All the loving.« Sie summt den Song.

»All my loving«, korrigierte sie Fish.

»Was, Mister Fish?«

»*Ag*, egal«, erwiderte Fish. »Ist okay. Ciao, Janet.« Schloss die Tür. Sah Vicki am Tisch sitzen, die Augen auf ihn gerichtet. »Was ist los?«

Das war der Moment, als sie zu ihm sagte: »Ich liebe dich.«

Ließ Fish mitten in der Bewegung innehalten.

»Ich will, dass du das weißt. Egal, was passiert.«

»Langsam. Egal, was passiert? Das klingt beängstigend. Was ist los, Vics?«

»Ich bin da in eine miese Geschichte reingeraten, Babes.«

»Dann geh da wieder raus. Hau ab. Dafür ist es nie zu spät.«

Was ihr Tränen in die Augen steigen ließ. »Ich kann nicht.«

Fish trat zu ihr und zog einen Stuhl heran. Sie saßen Knie an Knie und hielten sich an den Händen. »Spielst du wieder? Schuldest du wem Geld?«

»Nein, das ist es nicht.«

»Ich habe ein paar Ersparnisse. Ich kann dir helfen.«

»Das ist es nicht.«

»Geht es um diesen Whistleblower-Job?«

»Teilweise.«

»Was meinst du mit teilweise?«

»Es geht noch um etwas anderes.«

Fish blickte ihr in die Augen und sah Angst in ihren braunen Tiefen. Angst war nichts, was er bisher bei Vicki erlebt hatte.

»Um Himmels willen, sag es mir.«

Sie schüttelte den Kopf, stand auf und führte ihn an der Hand ins Schlafzimmer.

Danach war es unmöglich, ganz gleich, wie sehr Fish sich bemühte, zu dieser Angst zurückzukehren. Vicki wich aus, ging in Deckung, tat seine Sorge mit einem Kuss ab, einer Zärtlichkeit, einem glanzlosen Lächeln. Vicki war wieder ganz die Alte, entspannt, guter Dinge. Sie hatten ein wenig Cannabisöl verwendet, Fish kochte eine Paella. Sie öffneten eine Flasche Malbec. Ergebnis: Vicki verbrachte das Wochenende bei ihm. Am Montagmorgen verschwand sie im allgemeinen Verkehr Richtung Stadt. Da waren sie zum letzten Mal zusammen gewesen.

Vor etwas über einer Woche. Es hatte Telefonate gegeben, WhatsApp-Nachrichten, aber diese Versuche, sich zu treffen, die Versprechen, zu übernachten, führten zu nichts. Dann flüsterte der Amerikaner John Webster etwas Hässliches in Fishs Ohr. Was ihn so wütend, verdammt wütend, verstört, kummervoll und gekränkt machte.

Er fährt mit dem Lift zu Vickis Wohnung hoch. Er hat einen Déjà-vu-Moment. Vor etwa einem Jahr war Vicki in Berlin gewesen. Sie hatte sich damals wie jetzt benommen. Das zweite Mal vor nicht langer Zeit, als sie für Henry Davidson eine Undercover-Operation unternahm. Das war auch nicht gelaufen. Fish steckt den Schlüssel ins Schloss. Denkt: Was will ich in ihrer Wohnung? Herumschnüffeln? Ihre Sachen durchsuchen? Wonach? Nach einem Treuebruch? Lügen? Täuschungen? Zumindest nach Kameras und Abhörgeräten. Dann auf ihrer Couch sitzen, den Fernseher anstarren und warten, bis sie zurückkommt. Und schließlich? Wut? Sie konfrontieren? Dinge sagen, die man nicht zurücknehmen kann? Reue? Tiefreichende Zerknirschung?

Das will er nicht. Da ist die Geschichte, die ihm John Webster erzählt hat. Die muss geklärt werden. Aber Fish will es auf keinen Fall so klären, dass es kein Zurück mehr gibt. Dafür bedeutet ihm Vicki zu viel. Er kann lange auf einer Welle reiten, ehe er müde wird. Ganz gleich, wie wütend, wie verdammt wütend, wie verstört, kummervoll und gekränkt er sein mag – sein Herz ist immer noch wichtiger als alles andere. Er zieht den Schlüssel aus dem Schloss. Läuft die Treppen hinunter in den Innenhof mit dem Restaurant.

Fish ist überdreht. Durch die Verfolgung von Tyrone Mansoor, durch das Gespräch mit Antony Brennan. Er beschließt, das zu tun, was er angekündigt hat: Rej Ben Ali nach den Abhörgeräten zu fragen.

Er fährt zu dem Haus in Bishopscourt und betritt das Grundstück genauso wie letztes Mal – über die Mauer. Wenn man den Dreh raushat, können einen auch Elektrozäune nicht abhalten. Zuerst einmal geht Fish zu dem Gartenhaus hinunter.

Und dort ist wieder Ferdi, der Wolfsmann, an die Wand gekettet. Auf allen vieren läuft er kreuz und quer durchs Zimmer, wie es die Länge der Kette zulässt. Grauenvoll. Fish macht ein paar neue Fotos. Die vorherigen zeigte er Professor Summers, als er das Cannabisöl abholte.

»Lykanthropie«, sagte der Professor. »Googeln Sie es, Mr. Sugarman. Wird Ihnen guttun, mal etwas selbst zu recherchieren.«

Fish tat es. Und fand dabei Folgendes: »Klinische Lykanthropie ist eine seltene Erkrankung, die sich vor allem durch eine eigenwillige Manifestation einer Psychose charakterisiert, welche durch eine andere Krankheit wie zum Beispiel Schizophrenie, Bipolarität oder klinische Depression ausgelöst wird.« Einfach gesagt: »Eine Form des Wahnsinns, bei der man glaubt, ein Tier zu sein, meist ein Wolf, und sich dementsprechend benimmt.« Es ist an der Zeit, die Amalfis zu outen, findet Fish. Wolfsmann Ferdi braucht dringend eine richtige Betreuung.

Fish läuft zum Haupthaus hinüber. Er sieht Rej und eine junge Frau mit einer Flasche Wein im Wohnzimmer sitzen. Entspannt, lachend. Die junge Frau hat ihre Beine hochgezogen, wie das Frauen gerne tun. Sie ist höchstens fünfundzwanzig. Unglaublich attraktiv. Sexy. Er kann hier unmöglich ein Foto machen, findet aber, dass die gute Laune der beiden ruhig unterbrochen werden darf. Also kehrt er zu seinem Wagen zurück und ruft Rej auf seinem Handy an.

»Ist das Rejab Ben Ali?«

Als Antwort erhält er ein belustigtes »Mal sehen. Wer will das wissen?«

Fish beschließt, beim ernsten Tonfall zu bleiben: »Vorstand für das operative Geschäft von Amalfi Civils?«

»Wer sind Sie, Mann?«

»Gehört Kestrel Security zu Ihrer Firma?«

»Was soll das?«

»Ist Tyrone Mansoor Ihr Mann?«

»Wenn Sie mir nicht gleich sagen, worum es geht, lege ich auf.«

»Das wäre unhöflich. Wir sollten reden.« Fish grinst. Das Spiel gefällt ihm.

»He, Sie, anonymer Typ, hören Sie: Name oder Schluss.«

Fish ändert seine Taktik. »Ich höre Sie, Rej. Klar und deutlich. Was ich wissen will, Rej, ist, warum Ihr Mann mein Haus verwanzt hat. Ich meine, welche Bedeutung habe ich für Sie? Für Amalfi Civils, dass Sie so etwas veranlassen?«

»Keine Ahnung, wovon Sie sprechen. Ich lege jetzt auf. Ich habe Ihre Nummer. Ich finde heraus, wer Sie sind.«

»Das wissen Sie bereits, *China*, sonst hätten Sie mein Haus nicht verwanzt. Ich heiße Fish Pescado, falls Sie sich nicht erinnern können. Wenn ich nicht surfe, arbeite ich als Privatdetektiv. Vielleicht sollte ich mich mal auf Sie ansetzen, Rej. Ich habe nämlich einen Zeugen, der gesehen hat, wie Ihr Mann Ty in mein Haus eingedrungen ist, indem er sich als Telkom-Mitarbeiter ausgegeben hat. Und ich habe die Wanzen, die er dabei installiert hat.«

»Das hat nichts mit mir zu tun, Mr. Privatdetektiv. Ich weiß nicht, wer Sie sind. Ich weiß nicht, warum Tyrone Mansoor so etwas tun sollte, wenn er das tatsächlich war. Sind Sie sich sicher, dass er es war?«

Hab dich, denkt Fish. Sagt: »Ganz sicher. Eine Verwechslung ist nicht möglich. Wenn Sie ihn zu mir schicken wollen, um sich seine Apparate wieder abzuholen, können Sie das gerne tun. Ich würde ihn gerne persönlich kennenlernen.«

»Behalten Sie die, mein Freund. Das Ganze klingt nach einem schlechten Scherz. Warum versuchen Sie es mit Ihren Schwindeleien nicht bei anderen? Rufen Sie mich nicht noch mal an, oder ich besorge mir eine einstweilige Verfügung gegen Sie.«

Ende des Gesprächs. Fish überlegt. Vielleicht weiß Rej tatsächlich nicht, wer er ist. Vielleicht hatte Vicki recht, und es sind keine handelsüblichen Apparate. Möglicherweise treibt dieser Ty ein doppeltes Spiel. Denn auf einmal wird Fish klar, dass in dem Gebäude, in dem Tyrone Mansoor verschwand, die Voliere ein Nest hat. Was ist, wenn Ty gleichzeitig für die *State Security* arbeitet? Weshalb er ihn auch auf Henry Davidsons Gedenkfeier sah. Was ist, wenn es in Wahrheit doch um Vicki ging, wie er von Anfang an vermutet hatte? Was ist, wenn Vicki davon wusste? War das der Grund für ihren Auszug? Und der Grund für ihre Angst?

In dieser Art von Situation, findet Fish, bedarf es einer allgemeinen Verunsicherung. Damit alle glauben, etwas sei nicht in Ordnung.

Deshalb ruft er Tyrone Mansoor an.

»He, Mann, Sie kennen mich nicht. Haben Sie einen Moment? Können wir reden?« Er spricht einfach weiter, ohne auf das Zögern am anderen Ende der Leitung zu achten. Erzählt Mansoor, wie er an seine Nummer gekommen ist. Schlägt einen gemeinsamen Angelausflug vor. »Für den Jungen, Ihren Neffen. Naasir, nicht wahr? Ich habe ein Boot.«

Eine Pause. Fish lächelt, während er sich vorstellt, wie Tyrone Mansoor versucht, den Anruf einzuordnen.

»Sie sagen, Sie sind bei der Polizei?«

»Ja, Mann, das bin ich. Detective. Betrugsdezernat. In meiner Freizeit angle ich. Und, wollen Sie und der Junge mit mir zusammen rausfahren?«

»Können wir machen. Wenn meine Schwester das in Ordnung findet.« Wieder eine Pause. »Wer sind Sie genau?«

»Ich heiße Flip«, erwidert Fish. Fügt nichts weiter hinzu.

»Flip.«

»Captain Flip, wenn Sie es genau wissen wollen.« Fish lacht. »Kapitän zur See. Also, haben Sie Lust?«

»Gern.«

»Kommendes Wochenende? Soll gutes Wetter geben.«

»Ich frage bei meiner Schwester nach.«

»Lassen Sie es mich wissen. Würde sicher *lekker* für den Jungen. Vielleicht fangen wir ein paar Gelbschwanzmakrelen oder so. Vielleicht auch *Snoek*. He, Sie arbeiten im Sicherheitsdienst, hat mir Ihre Schwester erzählt. Dann haben wir ja ein paar Dinge gemeinsam. Aber auf dem Meer reden wir nicht über Berufe. Nur übers Angeln. Noch eine schnelle Frage: Sie sind bei Kestrel? Ist das eine… Wie nennt man das… ach ja, eine Tochterfirma von Amalfi Civils? Die sind doch im technischen Bereich tätig, oder?«

»Ja.«

»Und Ihr Boss ist der Typ namens Rejab Ben Ali?«

»Warum fragen Sie?«

»Nur so. Haben Sie schon mal von der Capital Trust Private Bank gehört? Wahrscheinlich nicht. Aber manchmal gibt es echt irre Zufälle. *Ag*, es heißt ja, dass man über sieben Ecken mit jedem Fremden bekannt ist, den man trifft. Unglaublich, bei so vielen Menschen auf der Welt. Wie auch immer. Rufen Sie mich an. Und wir vereinbaren ein Angeltreffen.«

Damit fährt Fish nach Hause. Zum ersten Mal seit Stunden fühlt er sich besser.

7

Ganz im Gegensatz zu Tyrone Mansoor.

Er wartet in der Dunkelheit in dem Regierungs-Mercedes, der in der Einfahrt eines Hauses in Pinelands geparkt ist. Hohe Mauern, aber kein Elektrozaun. Das automatische Tor schloss sich hinter dem Auto wieder. Im Inneren des Hauses bespricht sich Oberst Kaiser Vula unter vier Augen mit Generaldirektor Sipho Dube. Er kann die beiden Männer im Wohnzimmer sitzen sehen. Vula aufrecht in seinem Rollstuhl, die Hände umfassen die Armlehnen. Der Generaldirektor sitzt kleinlaut auf dem Rand eines Sofas, mit gesenktem Blick. Manchmal schaut er kurz zum Oberst auf, dann aber wieder nach unten.

Der Generaldirektor ist ganz offensichtlich ziemlich verstört.

So wie Tyrone Mansoor, nachdem er mit Captain Flip gesprochen hat. Er klopft mit dem Handy gegen das Lenkrad und überlegt, was er tun soll. Als Erstes ruft er seine Schwester an. Erfährt, dass ein sehr netter Polizeibeamter am Vormittag bei ihnen gewesen sei. Er meinte, er würde es für Naasir ermöglichen, auf einem Boot angeln zu fahren. Und dass er Tyrone anrufen würde.

»Hast du ihm meine Nummer gegeben?«

»Warum nicht? Du hast doch nichts dagegen, oder?«

Tyrone Mansoor hat sehr viel dagegen, hält sich aber zurück.

»Ihr seid beide im Sicherheitsbereich tätig. Ich habe darin kein Problem gesehen. Er war außerdem sehr freundlich, ein gesprächiger Mann.«

»Was wollte er?« Tyrone bemüht sich um eine leise Stimme, um nicht scharf zu klingen.

»Es gab irgendeine Verwechslung mit Naasirs Namen im Zusammenhang mit einer SIM-Karte. Nichts Ernstes, meinte der Mann.«

Die SIM-Karte des Abhörgeräts in Antony Brennans Wagen. Was bedeutet, dass Brennan Bescheid weiß. Und dass dieser Polizist oder wer auch immer er war, für Brennan arbeitet. »Hat er dir seinen Namen genannt?«

»Ich glaube nicht. Er meinte, er sei Captain bei einem Betrugsdezernat. Hat er dich angerufen? Vereinbarst du also ein Treffen, damit ihr, du und Naasir, zum Angeln rausfahren könnt? Er meinte, er hätte eines dieser Schlauchboote. Die sind doch sicher, oder? Ich meine, ihr tragt da ja Schwimmwesten und so.«

Tyrone bekommt noch einen Anruf. Er blickt auf das Display: Rej Ben Ali. Erklärt seiner Schwester, dass er auflegen muss.

»Mach etwas aus für Naasir, Ty. Bitte, *Boetie*, er würde sich so freuen.«

Er drückt sie weg. Rej Ben Alis Stimme an seinem Ohr fragt: »Wer ist Fish Pescado, Tyrone? Warum hast du ihn abgehört?«

Das ist unangenehm. Tyrone beginnt zu sprechen, aber Rej unterbricht ihn.

»Wo bist du? Ich will, dass du sofort herkommst. Hörst du mich: sofort.«

Was natürlich nicht so schnell geschehen wird. Der Oberst ist immer noch dabei, dem Generaldirektor die Leviten zu lesen. Wie es nur der Oberst kann. Das weiß Tyrone aus Erfahrung. Und Tyrone weiß auch, dass er sich in diesem Fall besonders erregt.

Er macht sich vor allem über den amerikanischen Aspekt Sorgen. USAID kommt mit Weltbank, internationalem Währungsfonds, riesigen Schulden. Auf dem Weg zu Sipho Dube redete sich der Oberst so richtig in Rage. Dass die Schulden an die Amerikaner nie zurückgezahlt werden können. Dass sie das Land versklaven. Eine andere Form westlicher Kolonialisierung darstellen. Jedenfalls sieht der Oberst das so. Seiner Meinung nach wäre es besser, sich Geld von den Chinesen zu leihen. Die Chinesen sind keine Kapitalisten. Keine Ausbeuter. Die Chinesen wollen bei der Entwicklung des Landes helfen. Wie auch immer – Tyrone Mansoor weiß, dass der Oberst einen größeren Anteil für seine Beteiligung an dem Projekt möchte, vor allem wenn es sich um USAID handelt. An diesem Punkt geht es ausschließlich um Geld. Und egal, woher es kommt: Es geht um amerikanische Dollar. Der Oberst ist amerikanischen Dollar gegenüber nicht abgeneigt. Weshalb er Sipho Dube jetzt auch auf den neuesten Stand bringt.

Nachdem seine beiden Herren und Meister nun seine Dienste zeitgleich verlangen, muss sich Tyrone Mansoor etwas überlegen. Er beschließt, Rej Ben Ali zu verunsichern. »Mr. Ali, ich möchte Sie wissen lassen, dass ich Neuigkeiten habe. Das Betrugsdezernat interessiert sich für Kestrel.«

»Wer hat das gesagt? Das Betrugsdezernat? Wann ist das passiert?«

»Gerade eben, Mr. Ali. Gerade vorhin.«

»Was ist mit Kestrel? Was hat man dich gefragt?«

»Mr. Ali, man wollte wissen, ob Mr. Ali der Vorstand für das operative Geschäft von Amalfi Civils ist. Außerdem wollte man wissen, ob Kestrel zu Amalfi Civils gehört, Mr. Ali.«

»Hast du einen Namen?«

»Ein Captain Flip, Mr. Ali.«

»Captain Flip! Verdammt noch mal, was für ein Name soll das denn sein? Ist das ein Witz? Hast du auch einen richtigen Namen bekommen?«

»Das hat er zu mir gesagt, Mr. Ali. Außerdem hat er mich gefragt, ob ich schon mal von der Capital Bank gehört habe, Mr. Ali.«

8

Rej Ben Ali gefällt nicht, was er hört. Er läuft unruhig auf und ab. Dabei strengt er sich an, nicht loszuschreien oder sein Glas Wein durchs Zimmer zu schleudern. Er weiß, dass Juzia ihn beobachtet, mit einem Ausdruck fragender Belustigung. Was sexy ist. Diese Miene findet Rej ausgesprochen anturnend. Aber es macht ihn auch wütend. Als ob sie etwas wüsste, was er nicht weiß. Als ob sie seine Mutter wäre. Als ob diese junge Frau seine Gedanken und Gefühle lesen könnte. Verstörend.

»Capital? Er hat die Capital Trust Private Bank erwähnt?«

»Nicht den ganzen Namen, Mr. Ali. Er nannte sie nur Capital Bank.«

»Und wieder die Frage: Warum hörst du einen Privatdetektiv ab?«

»Das mache ich nicht, Mr. Ali. Ich schwöre.«

»Ich weiß nicht, Tyrone. Heute Abend höre ich wirklich seltsame Dinge. Komm einfach jetzt hierher. So schnell wie möglich.«

»Ich bin jetzt ganz woanders, Mr. Ali«, antwortet Tyrone. »Ich muss einen langen Weg fahren. Es wird dauern.«

Ende des Gesprächs. Rej wirft das Handy aufs Sofa. Schenkt sich den letzten Rest Wein ein und kippt ihn in einem Schwung herunter.

»Ich brauche etwas Stärkeres.«

Aber er bewegt sich nicht. Starrt auf das Fenster, schaut in die Dunkelheit hinaus. Die Lichter aus Ferdis Gartenhaus. Er erkennt sein eigenes Spiegelbild in der Scheibe. Wird von schlechten Gedanken überrannt – wie laut marschierende Armeestiefel.

Rej macht sich nämlich auch ernsthafte Sorgen wegen seiner Schwester Angela. Er sieht, wie sie und Antony Brennan sich einander immer näher kommen. Das ist alles andere als gut. Viel zu viel Geturtel. Brennan stellt eine echte Bedrohung dar. Wenn er und Angela tatsächlich heiraten würden, würde er vermutlich einen Putsch im Vorstand versuchen. Soll er nur. Schlimmer wäre das Ende des Regierungsauftrags. Eine Milliarde plus, plus, plus einfach weg. Das darf auf keinen Fall geschehen.

Außerdem will er ebenso wenig, dass die Polizei herumschnüffelt.

Sollten die Amerikaner erfahren, dass sich die Polizei für den Auftrag interessiert, würden sie das Ganze wie eine heiße Kartoffel fallen lassen. Man wäre gezwungen, alles mit den Chinesen zu verhandeln. Was eine echte Schererei wäre. Es muss eine undichte Stelle geben. Einen Whistleblower. Einen Speichellecker. Weshalb sonst ist jemand auf ihren Fersen? Und wer kann das sein? Wohl kaum Dube – bei der Beteiligung, die für ihn herausspringen würde. Genauso wenig kann es der Rollstuhl-Oberst sein, der auch auf das Geld scharf ist. Damit bleibt nur der Mann von Capital Trust, Ravi Pollard. Aber warum? Wenn man die Bankgebühren, die Provision, die Vermittlungsbeteiligung und die Zinsen betrachtet: Welcher Banker würde sich unter solchen Bedingungen dagegen entscheiden? Ausländische Investoren. Das wollen alle. Besser als Kobalt, besser als Lithium.

»Verdammt unglaublich«, meint Rej. »Absolut verdammt unglaublich sagenhaft.« Er wendet sich vom Fenster ab und erklärt erneut: »Ich brauche etwas Stärkeres.«

»Ich schenke dir einen Scotch ein.« Juzia steht auf und ist mit einem Sprung am Barschrank. »Was ist unglaublich?«

»Dieses ganze verdammte Chaos.«

»Das Projekt Renaissance?« Juzia ist nicht auf den Kopf gefallen. Sie hält die Ohren offen und liest vertrauliche Akten, die herumliegen. Schaut in Rejs Kalender nach, wenn er sein Handy irgendwo vergisst. Daher weiß sie auch, mit wem er zu Mittag isst. Sie weiß, wen er trifft. Und sammelt diese Informationen für schlechtere Tage.

»Das und mehr.« Rej läuft wieder auf und ab. »Wir stehen kurz davor. Ganz knapp vor der Unterzeichnung. Das ist ein Riesending. Nicht nur für uns, für das ganze Land. Die Amerikaner machen solche Entwicklungsprojekte inzwischen eigentlich nicht mehr. Aber für uns sind sie noch mal bereit.« Er schlägt mit der Faust auf den Tisch. »Um uns von dem Misthaufen zu befreien, den uns unsere nutzlose Regierung hinterlassen hat. Und jetzt hat uns plötzlich das Betrugsdezernat im Visier.«

»Das Betrugsdezernat?«

»Ja, genau. Wie auch immer die heißen. Laut Tyrone ein gewisser Captain Flip. Der Idiot hat nicht mal seinen Nachnamen mitgekriegt. Zum Glück gibt es sicher eine Nummer auf Tyrones Handy.«

»Es sei denn, sie wurde unterdrückt.«

»Sag das bloß nicht! Aber klar, sie muss unterdrückt worden sein. Ein Bulle wird ja wohl kaum seine Nummer anzeigen lassen. Nie im Leben. Tyrone hat echt Grütze im Kopf.« Rej tut jetzt das mit seinem Weinglas, was er schon vorher tun wollte. Er schleudert es gegen die Wand.

Knall!

Glassplitter fliegen durch den Raum. Juzia zuckt zusammen und verschüttet etwas Whisky. »Mann, Rejie, entspann dich. Tu das nicht. Du machst mich ganz nervös.« Reicht ihm den Scotch. Rej kippt ihn herunter. »Krass. Noch einen?«

Rej nickt und nimmt sein Handy. Er wählt Angelas Nummer. Sagt: »Wir müssen uns treffen. Gleich morgen früh.«

»Ich bin in Joburg, Rej.«

»Dann über Skype.«

»Worum geht es denn?«

»Der Regierungsauftrag. Das Projekt Renaissance.«

Schweigen. Rej hört, wie Angela eine Tasse auf eine Untertasse stellt. »Ich habe dir doch gesagt, dass du aussteigst.«

»Das werde ich nicht tun. Wir haben es besprochen. Ich glaube, du kannst nicht klar denken.«

»Doch, ich denke klar. Da gibt es etwas, was ich nicht mag. Außerdem habe ich meine Entscheidung längst gefällt. Schon vor Wochen.«

»Es läuft aber weiterhin, Angela. Ich werde es nicht sein lassen. Was hast du eigentlich für ein Problem?«

»Die Amerikaner.«

»Hättest du lieber die Chinesen?«

»Ich hätte lieber die Amerikaner und die Chinesen.«

»Das ist also das Problem? Die Amerikaner sind das Problem? Du willst nicht, dass die Amerikaner finanziell beteiligt sind?«

»Wir sollten andere Partner haben.«

»Wir brauchen keine anderen Partner. Sie wollen mitmachen. Sie haben sich an uns gewandt. Alles ist bereits mit Dube vereinbart. Die Amerikaner leihen uns das Geld, bezahlen die Bauunternehmer, bezahlen uns, bekommen ihren Gewinn. Am Ende des Projekts zahlt die Staatskasse das Geld zurück. Was damit Teil der jährlichen Schuldentilgung wird. Sauber, ordentlich, alles eingetütet. Eine Dienstleistung für die Armen und Bedürftigen. Dann müssen sie auch nicht länger als wilde Horden durch die Straßen ziehen und Regierungsgebäude niederbrennen.«

»Das ist zu groß für uns, Rej. Wir haben nicht die Kapazitäten, nicht die Leute.«

»Wir brauchen keine Kapazitäten. Zu dem Deal gehört, dass amerikanische Firmen die Arbeiten übernehmen. Keiner will unsere Ingenieure. Sie wollen unsere Unterschriften. Unsere Aufsicht. Sie wollen uns als Renaissance-Manager. Denk doch nach, Angela. Noch einmal mit frischen Augen.«

»Ich habe nachgedacht. Lange und genau, das darfst du mir glauben. Und ich habe meine Entscheidung getroffen, okay? Wir können morgen reden, aber ich weiß, wo ich stehe. Und ich möchte auch, dass du dir Antonys Meinung dazu anhörst.«

»Zum Teufel, Angela! Antony Brennan ist nicht Capital. Er ist ein lausiger Manager. Das Projekt betrifft nicht mal seine Abteilung. Was will er schon dazu sagen? ›Macht es.‹ Sie brauchen den Auftrag. Sie wollen das ganze Drumherum, die Publicity. Auch für Capital steckt viel Geld drin. Wir müssen uns seine Meinung nicht anhören. Wir müssen es einfach tun.«

Damit legt er auf. Nimmt das Glas Whisky, das Juzia ihm hinhält. »Diese dumme, dumme Frau.« Trinkt auch diesen Scotch in einem Zug.

Juzia ist verblüfft. »Wow, Rejie, krass! Noch einen?«

Er gibt ihr das Glas zurück. Brüllt: »Was denkst du denn? Einen doppelten!« Dann: »Wie soll ich eigentlich diese Firma leiten? Wie soll ich die Gehälter bezahlen? Diese verdammte Frau. Wir stehen kurz davor, mehr Geld zu machen als jemals zuvor, und sie? Sie will nicht. Will, dass Kapitän Antony das Ruder übernimmt. Antony! Wer zum Teufel ist Antony-mit-seiner-Yacht? Antony hier, Antony dort. Meine Scheißschwester kann ohne diesen Antony nicht mehr leben. Ich dachte damals, dass Ricky eine Katastrophe war. Aber der hier ist noch schlimmer. Er ist ein Betrüger. Er ist hinter der Firma her. Das ist es, was Brennan will: Er will Amalfi Civils. Tja, Mr. Antony Großkotz Brennan, das wird leider nicht passieren. Wenn du das tust, triffst du Ricky-Boy oben in den Wolken. Kannst schon mal deine Harfe stimmen, Antony, denn du wirst bald in himmlischen Chören spielen.«

»Hier.« Juzia reicht ihm seinen dritten Whisky. Die Flasche Laphroaig hält sie in der anderen Hand. »Setz dich, Rej. Du machst mich mit diesem ganzen Hin- und Hergelaufe nervös. Du musst ruhig überlegen.«

»Halt's Maul. Ich muss überhaupt nichts ruhig überlegen. Ich hab alles genau überlegt. Was für eine totale Scheiße. Angela tickt nicht mehr richtig. Sie hat kein Recht, keine Befugnis, ein Projekt aufzuhalten, das gut für uns ist, gut für dieses ganze verdammte Land. Wir werden das machen. Ich werde es machen. Ich. Ich werde es machen. Interessiert mich nicht die Bohne, was sie will. Sie sollte mir besser nicht in die Quere kommen, denn sonst war's das für sie. Für sie beide.«

Er kippt Nummer drei. Juzia schenkt ihm einen vierten Scotch nach.

9

Mart Velaze sitzt in einem schwarzen Nissan Almera im Dunkeln in der Canterbury Street. Er beobachtete, wie Fish Pescado über die Mauer kletterte und fünf Minuten später wieder auf demselben Weg zurückkam. Dann saß Fish fünf Minuten lang in seinem Auto. Vermutlich machte er ein paar Anrufe. Nach einer Weile fuhr Pescado davon. Mart Velaze wartete, bis seine Scheinwerfer nicht mehr zu sehen waren, dann folgte er ihm langsam.

Bis nach Muizenberg. Am Strandparkplatz rief er die Stimme an.

»Höre ich da Wellen, Häuptling? Sie sind um diese späte

Stunde noch am Strand? Wie herrlich. Treffen Sie die kleine Mossadi für einen romantischen Spaziergang? Vorsicht, es gibt Wegelagerer.«

Wegelagerer? Wer nannte diese Leute noch Wegelagerer?

»Ich habe gehört, dass das unangenehm sein kann. Aber da Sie in einer Stadt der Morde leben, wissen Sie das natürlich.« Eine Pause, als ob die Verbindung abgebrochen wäre. Mart Velaze wartet. So ist die Stimme. Bis er sie wieder hört: »Es passieren so viele Dinge, Häuptling. Und Ihre entzückende Pixie-Missy ist wirklich ausgezeichnet. Ihr Einsatz sollte sich lohnen, da bin ich mir sicher. Was für ein spannendes Leben diese Agenten doch führen. Wahre Wegbereiter der Spionagewelt. Nun erzählen Sie mir von unserem Freund, dem liebeskranken Pescado.«

Mart Velaze tut es.

»Für einen mit gebrochenem Herzen kommt er ganz schön herum. Was halten Sie davon?«

»Ich glaube, er ermittelt.«

»Aus eigenem Antrieb?«

»Ja.«

»Vielleicht wird er unseren Job für uns erledigen, Häuptling. Vielleicht macht er uns einen Strich durch die Rechnung. Oder er kriegt selbstständig einen Ball in den Korb. Das würde uns gefallen. Nun, Häuptling, Zeit für die Mossadi. Mögen die Vorfahren mit Ihnen sein.«

Warum nicht, denkt Mart Velaze. Aber das Handy der Mossadi teilt ihm mit, dass sie nicht in der Stadt ist.

10

Nicht weit vom Strandparkplatz skypt Fish gerade mit Großbritannien. Er verhält sich wie ein guter Privatdetektiv: Er handelt nach Bauchgefühl. Er hat sich ein Butcher Block eingeschenkt, es sich am Küchentisch bequem gemacht und Skype auf seinem Laptop geöffnet. Der Bildschirm zeigt eine Frau mit vorstehenden Zähnen hinter sehr roten Lippen. Als ob sie gerade Lippenstift aufgelegt hätte, ehe sie den Anruf entgegennahm. Hinter ihr steht ein Mann in einem Rollkragenpulli und raucht eine E-Zigarette.

Fish erinnert sie daran, wer er ist.

»O ja, stimmt «, sagt die Frau.

Er fasst kurz und knapp den Mord an Richard Khabane Thulo zusammen.

»Okay«, meint der Mann.

»Nicht gerade etwas, was man leicht wegsteckt«, fügt die Frau hinzu.

Fish erklärt ihnen, dass er ihnen ein Bild von einem Mann zeigen wolle. Um zu erfahren, was sie so denken.

»Oh«, sagt die Frau. »Hat die Polizei inzwischen jemanden verhaftet?«

»Nein«, erwidert Fish. »Das Bild tauchte in einem anderen Fall auf, an dem ich arbeite. Die Polizei hat nichts damit zu tun.«

»Okay«, sagt der Mann.

»Das Bild ist auf meinem Handy«, fährt Fish fort. »Ich habe es so groß gemacht, wie es geht, ehe es unscharf wird.« Er hält das Bild an die Laptopkamera. »Können Sie es erkennen?«

»Okay …«, sagt der Mann, während er sich vorbeugt.

»Das ist so lange her«, meint die Frau. »Und das Bild ist nicht sehr gut.«

»Ich würde sagen, wir haben ihn«, erklärt der Mann. Er tritt einen Schritt zurück und zeigt mit seiner E-Zigarette auf den Bildschirm. »Ich bin mir sogar absolut sicher. Das ist er. Verdammter Dreckskerl. Kein Gesicht, das ich so schnell vergessen werde.«

Seine Frau zweifelt. »Ich weiß nicht, Honigbärchen. Du kannst dir nicht so sicher sein. Das ist jetzt Jahre her.«

»Das macht nichts. Ich würde es beschwören. Hand aufs Herz. Wenn Sie eine eidesstattliche Erklärung von mir brauchen, kann ich morgen hier zur Polizei gehen und sie abgeben.«

»Glaubst du wirklich, Honigbär?«

»Absolut. Ich habe ihn gesehen. Ich habe gesehen, wie er den Mann erschossen hat. Keine Frage. Das ist dieser mordende Abschaum.«

»Vielen Dank«, sagt Fish und legt das Handy beiseite. »Sie haben mir sehr geholfen. Danke. Wenn ich mehr brauche, melde ich mich noch einmal bei Ihnen.«

Der Mann zieht hektisch an seiner E-Zigarette, während die Frau ihre Zähne zeigt. Er winkt ihnen zum Abschied. Denkt: Hab dich, Mr. Tyrone Mansoor. Hab dich.

Er wählt ein letztes Mal Vickis Nummer. Hinterlässt ihr eine Nachricht: »Wo bist du, Honigbärchen?«

Zwei

Du hast an Türen gelauscht!

Alice hinter den Spiegeln

1

Du bist süß, denkt Vicki Kahn, während sie ihre Finger zwischen die seinen schiebt. Aber.

Aber du bist nicht mein Typ.

Etwas, was sie überwinden muss.

Momentan ist ihr Typ am anderen Ende der Halbinsel und steht wahrscheinlich auf einem Surfboard. Muskulöser Körper, blonde Haare, na ja, blonder Flaum, blaue Augen. Ein Verrückter.

Und Ravi Pollard hat nun mal so gar nichts von einem Verrückten. Er macht sie nicht an. Er ist süß: kauft ihr Blumen. Er ist aufmerksam: hält ihr immer die Tür auf. Er ist beschützend: wählt für sich die äußere Seite des Bürgersteigs. Er ist rücksichtsvoll: schickt eine WhatsApp, ehe er anruft. Er ist großzügig: hat bisher drei Abendessen und zweimal Kino bezahlt.

Er ist offenbar verknallt. Aber unsicher. Weil sie flirtet und ihn nicht einfach so an sich heranlässt.

Sie ist bisher fünfmal in seiner Wohnung gewesen. Dreimal am Wochenende. Das erste Mal, als er eine Jacke holen wollte. Da waren sie nur kurz da und bewunderten die Aussicht. Einmal zum Mittagessen an einem Samstag, das er bei Giovanni's Deli am Ende der Straße gekauft hatte. Er hatte sich wirklich bemüht. Hatte eine hübsche Auswahl für sie auf den Tisch gestellt: Ciabatta, eingelegten Tintenfisch, spanische Artischocken, drei verschiedene Pasteten, einen französischen Brie, Oliven, eine Flasche gekühlten Viognier, der teuer schmeckte. Verführerisch.

»Mein Notfall-Lokal«, scherzte er.

Beim dritten Mal gab es Kaffee. Ein überraschender Besuch am Vormittag. Sie hatte unten geklingelt. »Kam gerade hier vorbei. Lädst du mich zu einem Kaffee ein?«

Das tat er. Ravi stand barfuß in der Tür, die Haare nass und leicht abstehend. Er war gerade aus der Dusche gekommen, trug ein weißes T-Shirt mit U-Ausschnitt und eine Jeans. Bei Fish wäre Vicki das Wasser im Mund zusammengelaufen.

Beim vierten Mal hatten sie sich nach der Arbeit auf einen Drink getroffen. Danach meinte er: »Ich habe von gestern Abend noch Lamm Vindaloo übrig. Selbst gemacht. Hilf mir, es aufzuessen.«

»Deine Mutter kocht für dich?«

»Mein Vater. Er kocht indisch. Meine Mutter ist indisch, kocht aber italienisch. Frag nicht.«

Vicki nahm die Einladung an. Während des Essens kamen sie auf das Thema Whistleblower. Sie erzählte ihm von einer früheren Geschichte. Eine gute Geschichte mit einem glücklichen Ende.

Ravi sagte: »Eine mutige Frau.« Sein Gesicht ernst und angespannt.

»Ich kenne auch Fälle von mutigen Männern.« Vicki lachte, um es leichter für ihn zu machen.

»Dazu braucht man Mut. Ich bin mir nicht sicher, ob ich den Mut hätte.«

»Na ja.« Vicki nagte an einem Knochen. »Du hast doch moralische Werte. Ich kann mir bei dir nicht vorstellen, dass du zum Beispiel Korruption so einfach durchgehen lassen würdest.«

Er lächelte – dankbar, wie sie fand. Damit war die Unterhaltung zu Ende.

Wieder am Wembley Square wurde sie von der Stimme kontaktiert. »Macht Ravis Vater ein gutes Vindaloo, Missy?«

Was Vicki erschreckte. Mein Gott, sie hörten seine Wohnung ab.

»Wozu brauchen Sie mich, wenn Sie ihn eh belauschen?«

»Es geht um die Inside-Story, Missy. Die Namen, die Einzelheiten. Wie entwickelt sich das?«

Gar nicht.

»Schneller, Missy. Wir müssen dringend auf- und überholen.«

Ende des Gesprächs.

Das nächste Mal saß Vicki bei Sonnenuntergang auf seinem Balkon. Alles sehr romantisch. Es gab einen Méthode champenoise. Champagner war zwar nicht gerade ihr Lieblingsgetränk, aber sie ließ es sich nicht anmerken. Ein rasch zubereitetes Abendessen lehnte sie ab.

»Ah, Ravi, leider, ich kann nicht. Ich muss noch ein paar Dinge für morgen vorbereiten.« Zum Trost hatte sie ihm einen langen Kuss gegeben. Sie spürte, dass er begeistert war. Wenn es Fish gewesen wäre, hätte es im Bett geendet. Da es jedoch Ravi Pollard war, löste sie sich von ihm und verschwand, Kusshändchen werfend, aus der Wohnung.

Auf dem Weg zu ihrem Wagen bekam sie ein fröhliches »*Hamba kahle, sisi*« von den Sicherheitsleuten. Genau das, was sie wollte. Vertrautheit. Jeder wusste und akzeptierte, dass sie kam und ging.

Die Stimme war dennoch nicht angetan. »Infos, Missy. Informationen. Namen. Ich muss weiterkommen. Das dauert alles zu lange.«

Was Vicki klar war.

Weshalb sie jetzt auch am späten Nachmittag bei Lily's sitzt und Ravi Pollards Hand drückt. Mit einem schelmischen Lächeln. Flirtend. Sexy.

Im Hinterkopf hat sie allerdings Fish. Ihren Mann.

Und den Amerikaner, John Webster.

Und eine Frau namens Amelia Lockhart, die Nummer zwei bei der CIA.

Und Henry Davidsons Erbe.

Und die Sache mit Andreas Hansen.

2

Die zehn Tage zuvor eine dramatische Wendung nahm.

Vicki hatte seinen Anruf verpasst. Als sie ihn zurückrief, wurde sie zu seiner Voicemail durchgestellt. Viermal. Sie saß an ihrem Schreibtisch im Legal Ressource Centre und starrte auf das Poster von John Lennon an der gegenüberliegenden Wand. Es stammte von ihrem Vorgänger. Ein gnomenhafter John Lennon.

Imagine.

Sie hatte ein schlechtes Gefühl, was Andreas Hansen betraf. Und entschied spontan, ihn noch einmal aufzusuchen. Allerdings nicht ohne ziemliche Vorbereitungen, da sie ja unter Beobachtung stand. Meistens waren ihre Verfolger nicht sonderlich diskret. Sie schienen sie vielmehr daran erinnern zu wollen: Wir haben dich im Blick. Dann gab es wiederum Momente, in denen sie niemanden entdecken konnte. Entweder waren sie so gut oder gar nicht da. Wer auch immer sie waren. Das hatte sie noch nicht herausgefunden. Kamen sie von der Voliere? Oder waren es Amerikaner? Sie kannte das Spiel: Sie wollten sie verunsichern und dazu bringen, sich panisch zu verhalten. Denn in einer Stadt namens Paranoia, wie Henry Davidson gesagt hatte, konnte man einen damit in die Flucht schlagen.

»Nicht diese Missy«, sagte Vicki Kahn laut zu John Lennon

und schob ein paar Akten in eine Tasche. »Dafür braucht es schon mehr.«

Aber wer waren sie?

Dieser Gedanke verfolgte sie den ganzen Weg nach Hause. Wobei sie sich kein einziges Mal umdrehte. Die Harrington hinaus, nahm eine Hundekurve zu Food Lover's auf der Roeland, wo sie einen Beutel Salat, zwei Äpfel und dreihundert Gramm Mandeln kaufte. Kam von der McKenzie Street auf den Wembley Square. Hing etwas an der Theke von Knead herum, entschied sich dann aber gegen den letzten Brownie. Als sie gehen wollte, entdeckte sie ein Gesicht, das sie bei Food Lover's gesehen hatte – eine junge Frau in einem beigen Trainingsanzug, die Haare zu einem Zopf gefasst. Vielleicht auf dem Weg zum Sportstudio. Vielleicht eine Bewohnerin des Square. Vielleicht ein Schatten. Vicki behielt ihre undurchdringliche Miene bei, als ob sie nichts bemerkt hätte.

In ihrer Wohnung drehte sie eine CD von Wendy Oldfield laut: Musik für mögliche Zuhörer. Sie war sich recht sicher, dass alles aufgrund ihrer Kameras sauber war. Andererseits hatte sie Fish in den letzten Wochen nicht noch einmal gebeten, die Zimmer abzusuchen. Das ging nicht. Die Sache mit Fish war gerade chaotisch, ihr Leben war chaotisch. Wie das auch Aletta diagnostiziert hatte.

Genau genommen hatte sie gesagt: »Machen wir uns nichts vor, Vicki: Sie lieben diesen Kick. Deshalb spielen Sie. Deshalb verschulden Sie sich. Deshalb können Sie sich auf keine Beziehung so richtig einlassen. Sie lieben das Unklare. Ich weiß eigentlich gar nicht, warum Sie überhaupt noch zu mir kommen.«

Gute Frage. Vickis Antwort: Sie redete gerne mit Aletta. Sie saß gerne auf deren hinterer *Stoep* und erfand Geschichten, während Aletta rauchte. Sie probierte gerne deren Wirkung auf Alettas Skepsis aus. Sie spielte gerne die geheimnisvolle Frau.

»Das können Sie Ihrem Mann nicht antun«, hatte Aletta van Niekerk gesagt.

Und nein, das konnte sie nicht. Aber. Aber wenn Fish sie wollte, dann war das nur so möglich: What you see is what you get.

Jetzt sitzt Vicki da und schaut sich ihre persönlichen Videoüberwachungsaufnahmen an. Den ganzen Tag über gab es keine Eindringlinge. So war es in der Stadt der Paranoia: Man musste sich auch mit nicht greifbaren Eindringlingen beschäftigen. Doch bisher schienen diese nur draußen vor der Tür zu kreisen.

Vicki machte sich in Leggings, Kapuzenpulli, Laufsocken und Sneakers auf den Weg – als ob sie zum Joggen wollte. Auf dem Platz sah sie die Pferdeschwanz-Frau im vida e caffè sitzen und einen Latte trinken. Pferdeschwanz-Frau rührte sich nicht von der Stelle. Entweder folgte sie ihr doch nicht, oder es gab jemanden, der übernahm. Vicki lief die Straßen in Richtung Devil's Peak hinauf. Joggte die Anhöhe der Virginia Avenue hoch, wobei sie sich sicher war, dass ihr niemand folgte. Machte kehrt und tauchte über den Straßeneingang in die Tiefgarage, in der ihr Polo stand. Zehn Minuten waren vergangen. Gewöhnlich dauerte ihr abendlicher Lauf etwa eine halbe Stunde.

Vicki parkte einen Block von Andreas Hansens Haus entfernt. Sie lief auf dem gegenüberliegenden Gehsteig dorthin. Im Garten war niemand zu sehen. Gelegentlich fuhr ein Auto durch die Straße. Nichts Ungewöhnliches. Sie überquerte die Straße und wollte gerade an dem Metalltor läuten, als sie bemerkte, dass es offen stand. Klingelte trotzdem. Niemand antwortete.

Mit aufgesetzter Kapuze eilte Vicki die Stufen hinauf, das Gesicht gesenkt, um von möglichen Kameras nicht erkannt zu werden. Bis sie sah, dass sie sich diese Mühe gar nicht hätte machen müssen, denn die Objektive waren allesamt mit schwarzer Farbe zugesprüht worden. Auch die Haustür stand offen. Diesmal gab es kein Angestellte in Uniform und Schürze, die auf sie wartete. Keinen Kaffeeduft. Vicki trat ein. Sie blieb stehen und lauschte. Ein Fernseher lief mit leisem Ton in einem fernen Zimmer. Aus der Nachbarschaft waren Kinderstimmen zu hören.

»Andreas«, rief sie. »Andreas Hansen!«

Keine Antwort.

Der Fernseher lief weiter. Im Garten mit den Kindern bellte ein aufgeregter Hund, der von begeistert kreischenden Stimmen begrüßt wurde.

Vicki wünschte sich, eine Pistole dabeizuhaben. Ihre kleine .32 Guardian mit den Hohlspitzgeschossen wäre jetzt beruhigend gewesen. Aber die befand sich in einem Aktenkoffer in ihrer Wohnung. Sollte sie momentan immer mitführen. Du bist ohne los? Vicki kann Fish förmlich schimpfen hören. Du nimmst sie mit an den Strand, aber du hast sie nicht bei dir, wenn du joggen gehst?

Auf Zehenspitzen schlich sie einen Gang hinunter zu dem Zimmer voller Schiffsgemälde. Um diese späte Nachmittagsstunde war es ein kalter Raum, in graues Licht getaucht. Eine halb ausgetrunkene Tasse Tee stand auf dem Tischchen neben dem Sofa. Ein unberührtes Stück Karottenkuchen. Als ob Andreas Hansen nur kurz weggegangen wäre, um sich um etwas anderes zu kümmern. Er hatte zurückkommen wollen.

Oder man hatte ihn zum Gehen gezwungen.

Vicki zog ihre Ärmel über ihre Hände, um keine Fingerabdrücke zu hinterlassen, und begann, das Haus Zimmer für Zimmer zu durchsuchen. Alles war an seinem Platz, ordentlich, geputzt und gestaubsaugt. Oben im Schlafzimmer befand sich eine zerwühlte Wolldecke auf dem Bett, ein Kopfabdruck im Kissen. Hinweis auf ein nachmittägliches Nickerchen von Andreas Hansen. Neben dem Bett stand ein Glas Wasser. Die Schranktüren waren geschlossen. Kein Hinweis auf einen Kampf.

Sie hielt inne, um zu lauschen. Konnte den Fernseher nicht mehr hören. Ebenso wenig die Kinderstimmen. Ihr Bauchgefühl sagte ihr: Verschwinde, los, verschwinde. Aber sie tat es nicht. Sie stellte sich Andreas Hansen vor, der vor Angst mucksmäuschenstill war. Keiner, den man durch Angst zum Schweigen brachte. Es sei denn, es war Angst um jemand anders? Die Hausangestellte? Vielleicht bedrohten Männer die Hausangestellte.

Oder Männer bedrohten sie beide. Es mussten mehr als einer sein. Einer allein würde das nicht schaffen.

Sie warf einen Blick in zwei Gästezimmer, zwei Bäder. Unten in das Esszimmer und das Arbeitszimmer. Auf Hansens Schreibtisch lagen die Kabel zu einem fehlenden Laptop. Ein Kalender. Kein Besuch war für den heutigen Tag eingetragen. Für den folgenden stand ein Arzttermin drin. Eine Erinnerung, Kaminholz zu bestellen. Zwei Tage zuvor gab es ein Fragezeichen. Keine Erklärung, nur das Fragezeichen. Vorrangig der leere Kalender eines Mannes, den man vergessen hatte.

In der Küche lag Gemüse zum Schongaren bereit. Neben dem Ofen ein Shepherd's Pie. Die Hintertür war von innen abgesperrt. Am Ende der Küche gab es einen Eingang zu den Räumen der Bediensteten. Im Zimmer der Angestellten lief der Fernseher: junge Leute, die über Rassismus redeten. Vicki kehrte in den Gang zurück. Bemerkte eine Tür, die ihr vorher nicht aufgefallen war. Stufen, die zu einer leeren Garage hinunterführten.

Man hatte sie im Auto weggebracht. Einfach so, ohne Probleme.

Verschwinde, los, verschwinde.

Ehe sie verschwinden konnte, hörte sie, wie das Gartentor aufging. Sah das Garagentor langsam hochgleiten. Rasch lief sie nach oben. Hielt inne, um ihre Flucht zu planen: hoch zu den Schlafzimmern, durch ein Fenster auf das Dach. Im Gang zögerte sie. Verborgen wagte sie einen Blick nach unten, um zu sehen, wie ein Auto hineinfuhr. Der Motor wurde abgestellt. Ein Mann stieg aus: Anfang fünfzig, Weste über einem langärmeligen Hemd, Leinenhose, italienische Loafer. Athletische Bewegungen, geschmeidig und selbstbewusst. Er hängte die Schlüssel an ein Bord an der Wand, als ob er das schon öfter getan hätte. Drückte die Fernbedienung, woraufhin sich das Garagentor hinter ihm schloss. Draußen hörte man kurz darauf das Kratzen des Gartentors, das ebenfalls zuging. Stimmen von der Straße. Eine Autotür fiel ins Schloss, das Auto fuhr weg. Vicki war wieder allein im Haus.

Sie lief die Treppe hinunter in die Garage. Ein Volvo, frühes 2000er Modell. Ein Auto, das zu Andreas Hansen passte. Sie lief um es herum: keine Abriebspuren auf den Reifen. Das Innere roch nach Zigarettenrauch. Aber sie fand weder Asche noch Kippen im Aschenbecher. Im Fußraum kein Sand und kein Kies. Alles makellos. Was zu Andreas Hansen passte. Sie öffnete den Kofferraum. Er war leer und sauber.

Verschwinde, los, verschwinde.

Diesmal tat sie es. Ließ alles so, wie sie es vorgefunden hatte. Nur die Haustür zog sie zu, schloss auch den Eingang für Fußgänger am Gartentor. Warum sollte alles für einen zufällig vorbeikommenden Obdachlosen leicht zugänglich sein?

überquerte die Straße und lief auf demselben Weg wie zuvor zu ihrem Wagen zurück. Draußen spielten keine Kinder mehr. Ein stiller Vorort. Sie überlegte, was wohl passiert war.

Höchstwahrscheinlich waren Andreas Hansen und seine Hausangestellte mit dem Volvo weggebracht worden. Um als Geiseln festgehalten zu werden? Um befragt zu werden? Wie nannte man das noch mal? Erweiterte Verhörtechniken? Einfach gesagt: Foltermethoden. Sollten sie getötet werden? Grundgütiger. Darum war es gegangen. Geht es. Zuerst ihre Tante Amina. Dann Detlef Schroeder. Dann Henry Davidson. Jetzt Andreas Hansen. Da ihr Hansen die Akten gegeben hatte – stand auch sie auf der Liste der Killer?

Eines war damit ihrer Meinung nach sicher: Das war nicht die Voliere, das war viel systematischer, genauer geplant, kontrollierter. Das hatte eine große Reichweite. Sie musste sich um eine sorgfältigere Spionagepraxis bemühen.

Vicki fuhr zum Wembley Square zurück. Parkte in ihrer Bucht, lief zehn Minuten lang durch die Gegend, um gebührend verschwitzt zu wirken, und betrat wieder dort den Food Court, wo sie ihn verlassen hatte. Miss Pferdeschwanz war verschwunden. Einige Pärchen tranken im Café Cappuccino. In der Bar standen ein paar erste Gäste. Jeder von diesen Leuten konnte sie im Auge haben. Oder keiner.

Wie auch immer – es war am besten, auf Nummer sicher zu gehen. Vicki packte eine Tasche und machte sich auf den Weg zu Fish. Bei einem Schusswechsel waren zwei besser als nur einer allein.

Aber es gab keinen Schusswechsel.

Stattdessen hatte sie eine schöne Zeit mit Fish. Bis die Stimme am Sonntagabend anrief.

»Ich will die Infos, Missy. Sie haben eine Woche. Höchstens zehn Tage.«

»Sonst?«

»Sie wollen mich garantiert nicht *sonst*-en, Missy. Sie erledigen diesen Auftrag.«

3

Und das bedeutet: Drinks mit Ravi Pollard am Montag, den 16. Juli 2018, im Lily's, ihre Finger mit den seinen verschränkt. Ihr Gespräch ist nach dem Zusammenfassen des jeweiligen Tages zu einem gewissen Stillstand gekommen. Daher streckte Vicki auch den Arm über den Tisch und fasste nach seiner Hand. Ihre Finger ineinandergetaucht, die Erregung der Berührung, die Wärme seiner Haut.

O mein Gott, dieser Druck seiner Finger. Der Mann verlässt die Deckung.

Seit sie sich kennenlernten, hat er sie noch kein einziges Mal von sich aus berührt. Was seltsam ist. Männer reagieren gewöhnlich stark auf Vicki. Wollen sie anfassen und umarmen, wenn sie nur die geringste Chance dafür bekommen. Etwas, womit Vicki umzugehen lernte. Ein Wein, ausgeschüttet auf einen teuren Anzug, ein Schuhabsatz in einen Fuß gerammt, ein Knie zwischen die Beine, falls das nötig sein sollte.

Sie hatte sich gefragt, ob Ravi Pollard schwul war. Ob er zwar gerne mit Frauen abhing, aber keine Freundin wollte. Es war möglich. Der Club, in dem sie sich an ihn herangemacht hatte, galt als metrosexuell. Wenn man sich für beide Seiten interessierte, dann ging man dorthin, um sich umzusehen. Auch ein Mädchen, das auf Fischzug war, tauchte dort auf. Keine Frage. Und Ravi hatte angebissen. Aber er war jemand, der gerne langsam eingeholt werden wollte. Sie hatte nichts dagegen.

Dieser Druck seiner Finger lässt sie in seine Augen schauen. Sie sind weich geworden. Der Jetzt-oder-nie-Moment ist gekommen.

»Vielleicht sollten wir zu dir?«, schlägt Vicki vor. Vielleicht? Garantiert. Sie lächelt. Muss zugeben, dass auch ihr Herz schneller schlägt. Sie hat einen Frosch im Hals. Ravi ist attraktiv. Ein guter Körper, soweit sie das bisher beurteilen kann.

Offenbar ist er reif. Trinkt seinen letzten Weißwein mit einem Schluck aus. Lässt sich die Rechnung bringen. Blitzschnell sind sie aus dem Lokal. Vicki, in ihrem weißen Polo, folgt Ravis silbernem Lexus.

Vicki denkt: Okay, das könnte Spaß machen. Während ihrer Zeit mit Fish ist sie kein einziges Mal fremdgegangen. Der Gedanke war ihr nie gekommen. Na gut, doch, ein- oder zweimal hatte sie daran gedacht. Als ein besonders gut gebauter Typ am Strand an ihr vorbeiging, während Fish draußen surfte. In früheren Beziehungen war das anders gewesen. Da hatte sie es zwar nicht ganz so wild getrieben wie ihre Freundinnen, aber sie hatte einen Fang gemacht, wenn ihr danach war.

Es ähnelte Poker: etwas Glück, etwas Geduld, ein geheimnisvolles Auftreten. Straight Flush.

Sie fahren in die Tiefgarage, der Sicherheitsmann begrüßt sie mit hochgerecktem Daumen. Vicki winkt königlich huldvoll und unverbindlich.

Sie beginnt mit Ravi im Lift, drückt sich eng an ihn, ihren Mund auf dem seinen. Er wird gegen den Spiegel gepresst, seine Laptoptasche schlägt gegen das Glas. Vicki war erleichtert, als sie den Laptop sah. Der Laptop ist der Joker im Spiel. Sie weiß noch nicht, wie sie darankommt, aber eines nach dem anderen.

Zuerst einmal das Gefummel an der Wohnungstür. Ravi schafft es nicht, den Schlüssel ins Schloss zu stecken, sondern lässt ihn fallen. Sie kichern. Berühren sich. Vicki ist an seiner Gürtelschnalle, noch bevor sie in der Wohnung sind. Die Tür fällt zu. Beide stolpern halb ausgezogen durchs Wohnzimmer und fallen auf die Couch. Er ist unter ihr, sie sitzt auf ihm und befingert seine Hemdknöpfe wie ein Ibis, der nach Würmern sucht. Seine Hände sind unter ihrem Rock und wandern ihre Schenkel hoch. Ihre Finger an seinem Mund.

»Nicht hier«, schafft es Ravi noch und lässt sie einen Moment innehalten. »Schlafzimmer.«

Vicki ist alles recht. Wobei es das Bett leichter macht. Mehr Platz.

Danach Ravi im glücklichen Schlaf der postkoitalen Seligkeit. Während Vicki daliegt und sich fragt, ob er aufwacht, wenn sie sich bewegt. Ist das einfach das Einnicken nach dem Sex? Könnte er jeden Moment die Augen öffnen? Sollte sie seinen Laptop nehmen und seine Festplatte herunterladen? Oder noch warten?

Sie wartet.

Eine Stunde später. Jetzt sind sie im Wohnzimmer auf der Couch und essen Ravioli aus der Mikrowelle. Sie trägt eine seiner Trainingshosen und ein T-Shirt, ebenfalls von Ravi. Auf ihrem Plan steht eine Übernachtung. Sie hat ihr Handy auf Flugmodus gestellt, wobei sie bemerkte, dass sie einen Anruf verpasst hat. Von Fish.

Schuldgefühle.

Aletta van Niekerk: »Wir machen uns unsere eigenen Probleme, Vicki. Schuldzuweisungen funktionieren nicht. Ziehen Sie die Konsequenzen. Es ist Ihre Schuld. Setzen Sie sich damit auseinander.«

Danke, Aletta.

Sie lehnt sich zu Ravi und bietet ihm eine Gabel mit Ravioli an. »Ich kann nicht mehr. Ich bin satt.« Vicki sitzt mit übereinandergeschlagenen Beinen da, den Teller auf ihrem Schoß. Sie greift nach ihrem Wein und trinkt ihn in einem Zug. »Sie haben einen sehr guten Weingeschmack, Mr. Pollard.«

»Mehr?« Ravi schluckt die Ravioli hinunter und weist mit der Gabel auf ihr leeres Glas. »Du bleibst doch, oder?« Dieser flehende Blick in seinen Augen »Komm schon. Morgen ist morgen.«

Vicki zieht ihre Augenbrauen hoch.

»Du bist sowieso schon über dem Limit.« Er steht auf, um eine weitere Flasche zu öffnen.

»Okay.« Vicki denkt: Mehr Wein, mehr Sex, und Ravi wird selig schlafen. Das Laptop gehört dann ihr. »Ja, warum nicht?«

Und so läuft es auch. Zuerst sitzen die beiden an den gegenüberliegenden Enden des Sofas, sodass er ihre Zehen massieren kann. Sie sprechen über politische Skandale, klagen über den Stand der Dinge, leeren die Flasche. Ihre Zehen finden seinen Schritt. Eines führt zum anderen. Führt zurück ins Schlafzimmer.

Ein weiterer Zeitsprung, diesmal bis zur Geisterstunde. Ravi ist im Schlummerland, Vicki im Wohnzimmer, wo sie seinen Laptop angeworfen hat und seine Dateien auf eine externe Festplatte kopiert. Kein schneller Prozess, denn es gibt massenweise kleine Dateien, voller Informationen. Vicki horcht auf jedes Knarren des Betts, jedes unregelmäßige Atmen.

Zehn Minuten. Fünfzehn. Zwanzig.

Er ruft. Vicki ist sofort bei ihm. Aber Ravi träumt offenbar nur.

Dann klingelt sein Handy. Es klingelt. Und klingelt. Und er wacht auf, um abzuheben.

Vicki ist im Wohnzimmer. Sie fährt seinen Laptop herunter und stopft die externe Festplatte hastig in ihren Aktenkoffer. Sie hört sein verschlafenes »Hallo?« Nichts weiter. Bis er unter der Schlafzimmertür steht und sich einen Sarong zubindet. »Warum bist du wach?«

Vicki hält ein Glas Wasser hoch. »Ich war durstig. Wir haben ziemlich viel Wein getrunken. Wer war das?«

»Arbeit.«

»Um diese Uhrzeit?«

»Die Amerikaner. Du weißt doch, wie das ist. Die geben nie Ruhe.«

Vicki denkt: Vielleicht. Aber das war eine ziemlich einseitige Unterhaltung. Laut sagt sie: »Haben sie angerufen, um dir etwas zu sagen? Da hätten sie genauso gut eine E-Mail schreiben können.«

»Nicht diese Typen. Für einige Dinge wollen diese Typen mündlichen Kontakt.«

Ravi sieht alles andere als entspannt aus. Seine Arme sind vor der Brust verschränkt. Seine Augen wandern im Raum umher.

Am liebsten hätte Vicki gefragt, wer diese Typen waren. Das würde zu weit gehen. Stattdessen meint sie: »Seltsam.«

»Das mag so erscheinen. Aber bei einigen dieser Projekte geht es um sehr viel Geld.«

Vicki nächste ungestellte Frage lautet: Welche Projekte? Doch sie nimmt nur seine Hand und führt ihn zurück zum Bett. Der Mann ist zu angespannt, um einen hochzukriegen. Jedenfalls zuerst.

Wahnsinn.

4

Dienstag, 17. Juli 2018. Der Anruf kam von Oberst Kaiser Vula. Der zu diesem Zeitpunkt in seinem Rollstuhl an seinem Schreibtisch saß. Ein Gelähmter in einem Morgenmantel. Auf seinem Handy betrachtet er Fotos von Ravi Pollard und einer Frau im Lily's. Bei einem intimen Moment. Die beiden halten Händchen und schauen einander tief in die Augen. Weiter unten gibt es Bilder von Ravi Pollards Lexus, der in die Tiefgarage seines Wohnblocks fährt. Ihm folgt ein weißer Polo.

»Das ist das Auto der Frau«, hatte Tyrone Mansoor dem Oberst erklärt.

Aber Oberst Vula wusste das bereits. Er wusste, wer die Frau war. »Bleiben Sie dort«, lautete sein Befehl. »Ich will wissen, wann sie die Garage verlässt.«

Um Mitternacht rief Tyrone Mansoor mit einem Lagebericht an, dem zufolge die Frau offenbar nicht vorhatte, so schnell wieder nach Hause zu fahren. Aber er würde nun seinen Platz räumen. Vula hatte eine halbe Stunde lang darüber nachgedacht und überlegt, was es jetzt zu tun gäbe, während er gleichzeitig versuchte, nicht in Wut auszubrechen. Dann hatte er Ravi Pollard angerufen. Zehn Uhr früh. In meinem Büro.

Jetzt ist es zehn.

Ravi Pollard steht vor dem Schreibtisch des Obersts. Dahinter sitzt der Oberst in seinem Rollstuhl. Oberst Vula trägt Anzug und Krawatte. Das Muster der Krawatte zeigt die Insignien der Regierungspartei.

»Wie lange sind Sie bereits mit dieser Frau zusammen?« Oberst Vula hält sein Handy hoch. Man kann das niedliche Bild der beiden Turteltauben bei Lily's sehen. Er spricht leise und ruhig, wobei er am liebsten gebrüllt hätte.

Ein Murmeln von Ravi Pollard.

»Was sagen Sie? Sprechen Sie lauter, mein Bruder.«

»Seit ein paar Wochen.«

»Erst ein paar Wochen. Ein paar Wochen bedeutet in der englischsprachigen Welt zwei Wochen. Entsprechen diese paar Wochen der englischsprachigen Welt?«

Weiteres Murmeln.

»Schauen Sie mich an, mein Bruder, oder ich muss denken, dass Sie mich mit diesen vagen Formulierungen belügen wollen. Dass Sie diese Worte wählen, um die Wahrheit vor mir zu verbergen.«

Der Oberst beobachtet, wie Ravi Pollard den Kopf hebt. Ihre Blicke treffen sich, dann schaut Ravi Pollard wieder weg. Er sagt: »Ich lüge nicht.«

Das ist die Sache mit Agent Pollard: Er hält keinen Blickkontakt. Der Oberst bevorzugt inzwischen westliche Angewohnheiten, denn da kann man die Täuschung meist genau in den Augen erkennen.

»Das freut mich zu hören. Sie sind ein wichtiger Mann, mein Bruder. Sie sind in einer wichtigen Position. Wir müssen aufpassen. Sie müssen aufpassen. Verstehen Sie, was ich damit meine?«

Ein Nicken von Ravi Pollard.

»Mir macht Sorgen, dass es so schnell eine neue Freundin gibt. Die eine stirbt, und schon haben Sie eine neue. Gut, bei jedem anderen Mann wäre das kein Problem. Männer mögen Frauen. Als ich noch meine Beine hatte, bin ich auch nicht tatenlos herumgesessen. Das ist nur natürlich.«

»Ich habe ein Privatleben.«

Der Oberst lässt sich zurückrollen. »Nein, mein Bruder. Das haben Sie nicht mehr. Während Sie für mich arbeiten, gibt es kein Privatleben. Vielleicht ist diese Frau eine Agentin.

Haben Sie mal daran gedacht? Erzählen Sie mir, was Sie von ihr wissen. Haben Sie eine Ahnung, wo sie überhaupt wohnt?«

Ravi Pollard schüttelt den Kopf.

»Haben Sie ihre Freunde kennengelernt? Wissen Sie, wo sie arbeitet? Sind Sie dort gewesen?«

Ravi Pollard antwortet nicht und hält den Kopf gesenkt.

»Schauen Sie mich an, mein Bruder. Sie lachen mit ihr, Sie reden mit ihr, Sie gehen mit ihr ins Bett. Aber Sie haben keine Ahnung, wer diese Frau eigentlich ist.«

Schweigen.

»Sie kennen diese Frau nicht, mein Bruder. Stimmt's?«

»Sie ist eine Anwältin, Oberst. Keine Agentin.«

Der Oberst rollt sich zum Fenster. Schaut auf den Regierungsbezirk hinunter. Niemand ist dort zu sehen. Seine Hände umklammern die Armlehnen seines Rollstuhls. »Wie lautete unsere Vereinbarung, mein Bruder? Sie müssen mir mitteilen, wenn es Änderungen in Ihrem Leben gibt. Sie müssen mich regelmäßig anrufen, damit ich weiß, dass es Ihnen gut geht. Wenn Sie Informationen haben, bringen Sie mir diese. So lautete unsere Vereinbarung. Habe ich recht?«

»Ja, Herr Oberst.«

»Aber jetzt haben Sie sich nicht daran gehalten. Sie haben sich wie das sprichwörtliche Stachelschwein benommen, das nachts in den Büschen herumwühlt. Sind Sie ein Stachelschwein, mein Bruder? Haben Sie Geheimnisse vor mir, die Sie mir sagen sollten?« Der Oberst wirbelt in seinem Rollstuhl herum und starrt Ravi Pollard an. Er brüllt: »Haben Sie?« Er fährt blitzschnell durchs Zimmer. »Haben Sie, Agent Pollard?«

Ravi Pollard weicht zurück. Er streckt die Hände aus, um sich gegen den Mann im Rollstuhl zu wehren. Oberst Vula hält kurz vor einem Zusammenstoß an.

»Was Sie tun werden, ist Folgendes, Pollard: Sie warten

zwei Tage, ehe Sie diese Frau wiedersehen. Wie heißt sie noch mal?«

»Vicki Kahn.«

Dieselbe Frau, die von den Amerikanern beobachtet wird, hat sich nun plötzlich an seinen Mann herangemacht. Und benutzt ihren eigenen Namen. Nichts unter falscher Flagge. Eine Kühnheit, die ihn interessiert.

»Sie warten zwei Tage, bevor Sie diese Vicki Kahn wiedersehen. Wenn Sie sie dann treffen, treten Sie wie vereinbart mit mir in Telefonkontakt. Hintergehen Sie mich nicht, mein Bruder. Das wäre keine kluge Entscheidung. Wurde ich deutlich?« Damit gibt der Oberst zu verstehen, dass Ravi Pollard gehen kann.

Als sich die Tür hinter ihm geschlossen hat, gibt Kaiser Vula Vicki Kahns Namen in seinen Laptop ein. Er findet ihre Hintergrundbiografie. Es ärgert Kaiser Vula, dass er Ravi Pollard nicht genau genug beobachtet hat. Er ließ die Dinge laufen. Dachte, Pollard sei zu eingeschüchtert, um weitere Frauen kennenzulernen. Stattdessen hatte dieser Inder fröhlich weitergemacht. Es lief immer auf dasselbe hinaus: Jeder konnte einen hinterrücks niederstechen. Jemand wie Vicki Kahn allemal.

Oberst Kaiser Vula trommelt mit den Fingern auf seinen Tisch. Zuerst nimmt sie sich unbefristeten Urlaub. Dann entkommt sie ihren Beobachtern. Und schließlich erscheint sie in Ravi Pollards Leben, gerade als es um viel amerikanisches Geld geht. Vicki Kahn ist zu gerissen. Vielleicht sollte Vicki Kahn für eine Weile verschwinden. Damit sie Zeit hat, über ihre Möglichkeiten nachzudenken. Oberst Kaiser Vula ruft Tyrone Mansoor an.

»Sie sind schon mal im Haus von Vicki Kahn gewesen, oder? Wo ist das?«

Er erfährt: Muizenberg.

»Wissen Sie auch, wo sie arbeitet?«

Das weiß Tyrone Mansoor.

»Es wird Zeit, dass ich mit ihr rede, Agent Mansoor. Dafür sollten wir an einen ruhigen Ort fahren. Vielleicht auf eine Farm nicht weit von der Stadt. Oder in den Bergen. Ich will nicht, dass wir unterbrochen werden.«

»Ja, Herr Oberst. An welchen Zeitpunkt hat Herr Oberst genau gedacht?«

5

Ravi Pollard hat das Büro des Obersts verlassen. Hastig läuft er die Gänge der Voliere entlang, den Blick gesenkt, niemanden grüßend. Er nimmt die Treppe und geht durch die Drehtür auf die Straße hinaus. Plötzlich wieder Verkehrslärm, Stimmen, ein Bettler, der etwas in seine Richtung zischt. Ravi Pollard holt tief Luft, um sich zu beruhigen. Er zittert. Kann das Zittern nicht abschütteln und auch das heftige Herzklopfen nicht kontrollieren.

Der *Bergie* ist immer noch in seiner Nähe. Er hat eine Hand ausgestreckt, während er mit der anderen an seiner Jacke zieht. »Sir, Sir, Sir. Bitte, mein Herr.«

Ravi Pollard will ihn loswerden.

»Nein. Lassen Sie mich.«

Er hat nur eine Absicht: Vicki Kahn warnen. Er hat bereits das Handy in der Hand, weiß aber, dass hier der falsche Ort für einen Anruf wäre. Man wird ihn beobachten, um zu erfahren, was er tut, wohin er geht. Der *Bergie* könnte einer von ihnen sein.

Mit diesem Gedanken beginnt er die Plein Street hinaufzulaufen. An der Kreuzung schaut er zurück. Der *Bergie* ist verschwunden, aber andere Fußgänger bewegen sich in seine Richtung: ein Kurier mit einer großen Tasche, eine junge Frau am Handy, ein Händchen haltendes Paar, ein Handwerker mit vielen Schachteln. Der Handwerker trägt einen Overall. Die Schachteln könnten leer sein, unter dem Overall könnte sich ein Anzug verbergen. Ravi Pollard hat genügend Spionagekrimis gelesen, um zu wissen, wie so etwas funktioniert. Er geht weiter, mit langen Schritten. Beschließt, in Vickis Kanzlei vorbeizuschauen. Um es ihr persönlich zu sagen. Um ihr zu sagen: Bitte verschwinde. Bitte komm nicht zu meiner Wohnung. Ruf mich nicht an. Versuch nicht, mich zu sehen. Sie werden dich umbringen. Die Wahrheit über Chereens Tod ist ihm auf einmal sonnenklar. Das war kein willkürlicher Raubüberfall. Sondern Absicht. Das war Vula. Wegen des amerikanischen Deals. So musste es sein. Er hat sie ermorden lassen, weil er alle verdächtigt. Alle und jeden.

Bei der Buitenkant Street kürzt Ravi Pollard seinen Weg ab, indem er am Truth Coffee vorbeieilt und dann vor der Polizei am Caledon Square stehen bleibt.

Hier sind mehr Menschen unterwegs. Sie könnten sich unter sie gemischt haben. Jeder könnte es sein.

Ihre Kanzlei ist nur einen Block entfernt. Geh dorthin. Geh nicht dorthin. Ruf sie an. Ruf sie nicht an.

Geh.

Er rennt jetzt – über die Straße, die Barrack hoch in die Harrington und ins Büro des Legal Resource Centre. Es ist ihm egal, ob ihm jemand folgte, er ist nur erleichtert, nicht mehr auf der Straße zu sein.

»Hoppla. Langsam, Mann, ganz entspannt«, sagt ein Typ mit kurzen Rastalocken. »Vor wem rennen Sie davon? Zu wem wollen Sie?«

Ravi Pollard keucht atemlos. »Zu Vicki. Vicki Kahn.«

»Gute Wahl. Den Gang runter, vierte Tür links.«

Allerdings ist Vicki Kahn nicht in ihrem Büro.

»Rufen Sie sie an«, schlägt der Mann mit den Rastalocken vor. »Ist kein Problem. Sie ist da ganz entspannt.«

»Ja. Natürlich. Kann ich Ihr Handy benutzen? Mein Akku ist leer.« Ravi Pollard hat geschaltet. Er will nicht, dass jemand mithört. Zeigt dem Mann sein unbrauchbares Handy.

Rastalocke zeigt auf das Telefon, das an der Rezeption steht. »Bitte, bedienen Sie sich.« Ravi Pollard betrachtet den Apparat, als ob es sich um den Teleporter eines Aliens handeln würde.

»Okay, danke. Es ist nur etwas, wissen Sie …«

»Klar, Mann. Verstehe.« Rastalocke führt ihn in ein leeres Büro. »Machen Sie es sich hier bequem.« Damit verlässt er den Raum und schließt die Tür hinter sich.

Auf einem Seitentischchen steht ein Telefon, daneben ein Block und ein paar Bleistifte in einem Behälter. Vicki Kahn hebt nach dem vierten Klingeln ab. Fragt: »Wer ist das?«

»Ich. Ravi.«

»Ravi! Komische Nummer. He, ich rufe dich gleich zurück. Kann gerade nicht sprechen.«

»Nein. Nein, nein, nein. Warte. Leg nicht auf. Bitte, hör mir zu. Du darfst mich nicht anrufen.«

»Was?«

»Nein, hör zu, bitte hör zu. Kannst du verschwinden? Verreisen? Du musst weg, die Stadt verlassen. Heute noch. Heute Nachmittag. Es ist nicht sicher für dich. Sie könnten versuchen, dich umzubringen.«

»Mein Gott, Ravi, wovon redest du? Sie? Welche sie? Das klingt alles sehr dramatisch, findest du nicht? Mich umbringen. Wer will mich umbringen? Das ist doch Blödsinn. Niemand will mich umbringen.«

»Ich meine es ernst. Du musst raus aus der Stadt.«

»Hör zu, ich ruf dich zurück, okay? Ich kann mich jetzt nicht darüber unterhalten.«

»Bitte, Vicki, bitte.«

»Bleib realistisch, Ravi. Ich kann nicht einfach gehen und verschwinden. Ich habe eine Stelle. Verpflichtungen. Das hier ist die reale Welt.«

»Du musst. Für mich. Du musst einfach. Bitte.«

»Das wird jetzt echt seltsam. Ich verstehe nicht, was du sagen willst. Du wirst mir unheimlich, Ravi. Wie wäre es also, wenn wir Folgendes machen? Wir gehen einen Schritt zurück. Okay? Zuerst einmal sagst du mir, wo du gerade bist.«

»In deinem Büro.«

»Meinem Büro? Was tust du da? Okay, beantworte das nicht. Warte dort. Ich werde in … Ich weiß nicht, ich brauche eine halbe Stunde, bei mehr Verkehr vielleicht vierzig Minuten. Bleib dort. Trink eine Tasse Tee. Aber warte auf mich. Machst du das, Ravi? Du wartest auf mich?«

Ravi Pollard starrt auf eine Wand, an der ein Terminkalender mit Gerichtsterminen hängt. Er ist mehr als ein Jahr alt.

»Ja, ja. Bitte komm hierher. Ich warte auf dich. Ich mache keine Scherze, Vicki. Sie haben meine letzte Freundin umgebracht. Sie werden auch dich umbringen. Das werden sie. Das ist es, was sie tun.«

6

»Ich muss los«, sagt Vicki Kahn zu Mart Velaze. Sie drückt den Anruf von Ravi Pollard weg.

»*Ag* nein, *Sisi*, ich bin doch gerade erst eingetroffen.« Mart

Velaze in Scherzlaune. Presst die Hand spielerisch auf sein Herz.

Vicki achtet nicht darauf, sondern fragt: »Haben Sie gehört, was er gesagt hat?«

»Hab ich.« Er nimmt die Hand vom Herz. »Das meiste. Ihr Freund klingt etwas gestresst.«

»Er dreht durch, würde es eher treffen. Und er ist nicht mein Freund.«

»Nein?« Ein Grinsen. »Einige würden das anders betrachten.«

»Um *Ihnen* das zu verschaffen, was *Sie* wollen.«

»Ein wenig Sex in Ausübung Ihrer Pflichten. Wie sollte das ein Problem darstellen, Schwester?«

»Sie können mich mal, Velaze.«

Die beiden sitzen in Vickis Polo auf der Tafelberg Road, ein ganzes Stück von der unteren Seilbahnstation entfernt. Der von Mart Velaze festgelegte Treffpunkt. Oberhalb der Stadt, mit dem Rücken zum Berg. Seine Anweisungen: »Kommen Sie sauber. Parken Sie. Ich werde Sie finden.«

»Alles sehr spionagefilmmäßig«, sagte sie, als er eingestiegen war.

»Teil des Spiels.« Mart Velazes Miene blieb undurchdringlich. Ein starker Duft erfüllte den Wagen. »Vor allem notwendig, um Sie wieder an Ihr altes, aufregendes Leben zu erinnern.«

Arschloch, dachte Vicki. Sagte: »Pour Homme. Ziemlich offensichtlich, würde ich behaupten.«

»Nur für aufmerksame *Sistas* wie Vicki Kahn.«

In diesem Moment klingelte ihr Handy. Eine unbekannte Nummer.

»Ich gehe ran?«

»Zweifelsohne. Bitte, wir haben den ganzen Vormittag.«

Die Stimme von Ravi Pollard. Und die seltsamen Dinge, die er sagte – bis hin zu: Sie haben meine letzte Freundin umgebracht. Sie werden auch dich umbringen. Das werden sie. Das ist es, was sie tun.

Vicki setzt sich so zurecht, dass sie Mart Velaze von der Seite sehen kann. »Wen genau meint er mit ›sie‹?«

Mart Velaze schaut sie nicht an. Er blickt über die Stadt. »Nicht die leiseste Ahnung, *Sisi*. Ich bin nur das Fußvolk.«

»Na klar. Kommen Sie, Velaze, lassen Sie den Scheiß. Was ist hier los?«

»Haben Sie ihn denn nicht gefragt, als Sie sich so süß und liebevoll an ihn schmiegten?«

»Nein, hab ich nicht, machen Sie sich nicht lächerlich. Ich habe den Auftrag erledigt, den Sie mir gegeben haben. Grundgütiger, reden Sie, Mann.«

»Meine Lippen sind versiegelt. Kenntnis nur bei Bedarf.«

»Ja, ja. Schon kapiert. Aber verdammt, es besteht Bedarf. Ich muss das wissen. Ich muss wissen, in welche Scheiße Sie mich reingeritten haben.«

Er neigt leicht den Kopf und schaut sie einen kurzen Augenblick lang an. »Hängt davon ab, was Sie für mich haben.«

»Das hier.« Vicki fasst in ihren Aktenkoffer und holt die Festplatte heraus. »Alles, was sich auf seinem Laptop befunden hat.«

»Ich bin beeindruckt.« Mart Velaze macht keine Anstalten, die Festplatte entgegenzunehmen. Er lässt die Hände ruhig in seinem Schoß liegen. »Haben Sie es sich angeschaut?«

»Und wann soll ich dazu Zeit gehabt haben?« Was nur teilweise stimmt. Sie kopierte alles auf eine weitere Festplatte. Öffnete die jüngsten Dateien mit dem Namen *Projekt Renaissance*. »Tauschgeschäft?«

»Wie soll das aussehen?«

»Ich gebe Ihnen das hier, und Sie erzählen mir von dem trüben Tümpel, durch den Pollard gerade watet. Und in was Sie mich da reingebracht haben.«

»Kein Deal.«

»Mein Gott, warum nicht? Um welches verdammte Geheimnis geht es? Geben Sie mir irgendwas, Velaze. Sie haben ihn gehört, er hat panische Angst. Erzählen Sie mir wenigstens, was passiert ist.« Vicki hält die Festplatte noch immer in der Hand, und Mart Velaze hat offenbar auch nicht vor, sie ihr zu entreißen. »Beginnen wir doch mit der Frage, wer mir folgt. Warum ist der- oder diejenige so wahnsinnig interessiert an mir?«

»Kurze Antwort auf beides: Ich habe keine Ahnung.«

»Dann raten Sie.«

»Sie sind ein harter Brocken, wissen Sie das? Ihr Freund würde ich garantiert nicht sein wollen.«

»Keine Sorge. Wird auch nicht passieren. Also?«

»Also – ich kann Ihnen diesen Rat umsonst geben. Tun Sie sich den Gefallen und hören Sie auf Pollard.«

»Ich will keinen Rat. Ich will Informationen.«

»Ich habe aber nur einen Rat: Machen Sie Urlaub. Irgendwo weit weg. Geben Sie Ihrem anderen Freund eine neue Chance und verwöhnen Sie ihn zum Beispiel mit einem Surfurlaub in Thailand. Wunderbares Essen, warmes Meer, entspanntes Leben. Sie wollen raus? Dann verschwinden Sie. Sie können für den Moment nicht bleiben.«

»Und warum nicht?«

»Hören Sie nicht, was ich sage? Wollen Sie, dass ich es Ihnen vorsinge? Ge-eld, Ma-acht. Das sind keine Leute, die Sie verärgern wollen.«

»Ich höre totalen Bullshit.«

»Hören Sie, was Sie wollen. Ich komme Ihnen entgegen, ich biete Ihnen einen Ausweg. Wenn Sie klug sind, Miss Knallhart Vicki Kahn, dann nehmen Sie den. Und jetzt genug vom Kummerkastenonkel. Geben Sie mir das. Alles meins.«

Vicki schaut von Mart Velazes dunklen Augen zu seinen wackelnden Fingern. Dann beschließt sie, es einfach zu wagen.

»Es sind die Amerikaner, nicht wahr? Sowohl in diesem Fall …«, sie schwenkt die Festplatte an ihrem Kabel hin und her, »… als auch bei Henry Davidson.«

»Wie ich schon sagte: keine Leute, die man verärgern möchte.« Mart Velaze greift nach der Festplatte. Öffnet die Wagentür. »Thailand. Kata Beach. Phuket. Nehmen Sie Surferboy mit, der wird begeistert sein. Echte Wellen dort. Und in der Zwischenzeit lassen Sie den Banker fallen.«

7

Der Banker ist verschwunden, als Vicki bei Legal Aid eintrifft.

Rastalocke, alias der Praktikant, steht am Empfang und erklärt ihr nervös: »Nein, Mann, der ist abgehauen. Nachdem er das Telefon benutzt hat. Wirkte echt mega gestresst, der Typ. Er rannte hier raus, und ich frage ihn noch, ob wir irgendwas für ihn tun können. Er sagt …«

»Was?«

»Er sagt, ich soll dir das hier geben.« Rastalocke reicht ihr ein zusammengefaltetes Papier.

Vicki nimmt es. Liest: *Glaub es mir.* »Ist das alles?«

»Ja.« Rastalocke starrt auf die Nachricht in Vickis Hand. »Seltsam.«

»Du sagst, er wirkte mega gestresst? Wie gestresst?«

»Er hat gezittert. Als er mir die Nachricht gegeben hat, zitterte seine Hand.«

Nicht der grinsende, entspannte Ravi Pollard, den sie um sechs einen Abschiedskuss gab.

»Ich habe schon miterlebt, wenn jemand echte Angst hatte. Nämlich so.«

Vicki ruft von ihrem Büro aus die Capital Trust Private Bank an. Sie fragt nach Ravi Pollard. Erfährt, dass er heute im Homeoffice arbeite. Also ruft sie ihn über Festnetz auf seinem Handy an. Die Voicemail schaltet sich ein. Sie überlegt: Soll ich vorbeischauen? Soll ich warten? Wenn Mart Velaze recht hat und wenn Ravi recht hat, dann wird sie weiterhin stark beschattet. Oder noch schlimmer: Ein Killer ist ihr auf den Fersen.

Sei schlau, Vicki Kahn, sagt sie sich selbst, nimm jetzt tatsächlich Fish und flieg mit ihm nach Thailand.

Aber das tut sie nicht. Stattdessen öffnet sie Ravi Pollards Dateien auf ihrem Laptop. Verliert sich stundenlang in den Geldspuren, die sie dort findet.

Sie folgt den prognostizierten US-Kapitalzuflüssen an Capital Trust; den prognostizierten Mittelabflüssen (internationalen und nationalen) für Provisionszahlungen an Tochtergesellschaften, Berater, Vermittler; Investitionskapital für technische Firmen, die meisten amerikanisch, eine südafrikanisch: Amalfi Civils.

Sie erinnert sich daran, dass Fish für seinen Kunden bei Capital Trust, Antony Brennan, Profile über die Leute bei Amalfi anfertigen sollte. Googelt Antony Brennan. Auf Facebook findet sie Bilder von Antony Brennan und Angela Amalfi, Geschäftsführerin von Amalfi Civils. Sie hat sich bei ihm untergehakt. Auf den ersten Blick muss das nichts heißen. Aber Fish wüsste Bescheid.

Es wird Zeit, nach Hause zu Fish zu gehen. Doch sie ist von den vielen Details fasziniert.

Irgendwann ruft die Stimme auf dem Kontakthandy an.

»Gute Ware, Vicki Kahn. Ich bin beeindruckt. Hat etwas gebraucht, aber ich bin beeindruckt.«

Vicki starrt die Zahlenkolonnen auf ihrem Bildschirm an und denkt: Das sind dieselben Worte, die Mart Velaze benutzt hat. Und: Das war schnell. Laut sagt sie: »Sie haben sich das schon angesehen?«

»Noch nicht ganz. Nur genügend, um zu wissen, dass Sie viele Türen aufgestoßen haben, und das ist mehr, als wir erhofft hatten. Ich möchte Ihnen ausdrücklich sagen, dass ich Ihren Einsatz sehr zu schätzen weiß. Sie gingen über Ihre übliche Pflicht hinaus.«

Vicki rollt mit den Augen. Denkt: Wer wollte noch vor ein paar Tagen, dass ich mich prostituiere? Echt nett, Nennen-Sie-mich-V.

Die Stimme fährt fort: »Nach meiner Erfahrung ist eine solche Bereitschaft bei einem Agenten ein seltenes Gut.«

Gut! Grundgütiger!

»Ich salutiere vor Ihnen, Vicki Kahn. Ich weiß, was dafür nötig war.«

Vicki denkt: Du hast nicht die leiseste Ahnung. Sie sagt: »Das wäre es also. Geben Sie mir jetzt die Dokumente über Henry Davidson?«

»Schauen Sie in Ihren Posteingang. Sie sollten bereits da sein.«

Das tut sie. Da ist eine E-Mail von einer Hotmail-Adresse mit einigen Anhängen. Sie öffnet einen. Er sieht aus wie die Kopie eines der Dokumente, das Andreas Hansen ihr gab.

»Sie sind angekommen.«

»Dann habe ich noch einen Rat für Sie, Vicki Kahn. Nachdem Sie jetzt die Informationen haben: Lassen Sie es gut sein.«

»Mart Velaze hat das auch schon gesagt.«

»Hören Sie auf uns. Sie wollen da nicht hineingeraten. Das sind keine Kleinkriminellen aus einer Bananenrepublik, das sind Leute aus der strahlendsten aller Demokratien. Legen Sie sich nicht mit denen an.«

Vicki antwortet nicht. Konzentriert sich stattdessen auf John Lennon.

»Sie sind ein Trotzkopf, Vicki Kahn. Sie sollten mit Aletta van Niekerk über diese Charakterschwäche sprechen. Sie wollen nicht, dass die sich als tödlich erweist. Nun, wir müssen weiter. Sie werden Angaben zu einem Bankkonto erhalten. Auf dieses Bankkonto erhalten Sie Ihre Bezahlung.«

»Und das war's?«

»Wenn Sie wollen. Ich freue mich, wenn die Türe offen bleibt. Sie haben das Handy. Ich könnte eine Agentin wie Sie in dieser neuen Zeit gut gebrauchen. Aber dafür müssen Sie clean sein, Vicki Kahn. Ich brauche niemanden, der eine Zielperson ist. Ich möchte nämlich nicht im Kreuzfeuer erwischt werden. Kapiert?«

Damit ist die Verbindung abgebrochen. Vicki legt ebenfalls auf. Sagt zu John Lennon: »Ich brauche niemanden, der eine Zielperson ist. Ich möchte nämlich nicht im Kreuzfeuer erwischt werden. Kapiert?«

Kapiert. Eine seltsame Frau, die eine seltsame Operation leitet. Kein Hinweis darauf, wie das Ganze mit dem restlichen Geheimdienst in Verbindung steht. Die Stimme und Mart Velaze scheinen völlige Einzelgänger zu sein. Was Vicki gefällt. Sie lächelt, schüttelt den Kopf und öffnet die Dateien zu Henry Davidson. Die enttäuschend sind. Es gibt kaum etwas, was sie nicht schon weiß. Außer einer kurzen MP3-Audiodatei. Auf der Henry Davidson mit einer Frau spricht, die einen amerikanischen Akzent hat. Zunächst der übliche Austausch von Höflichkeiten zwischen alten Bekannten. Dann:

Frau: »Haben Sie meine neuen Perspektiven mitbekommen?«

HD: »Habe ich. Und ich bin ausgesprochen beeindruckt. Aber ich habe mir immer gedacht, dass Sie eine steile Karriere hinlegen werden. Vielleicht sogar hinauf bis in ein politisches Amt.«

Frau: »Ich fühle mich geschmeichelt. Aber es gibt eine Sache, die mir Sorgen macht, Henry.«

HD: »Und was könnte das in aller Welt sein?«

Frau: »Ich vermute, dass Sie Akten haben. Lassen Sie mich das anders formulieren: Ich weiß, dass Sie Akten haben.«

HD: »Wie Sie zweifelsohne auch.«

Frau: »Verbrennen Sie sie.«

HD: »Ach, kommen Sie, Amelia. Kein Grund, so dramatisch zu sein. Ich nehme auch hin, dass ich in Ihren Akten auftauche. Wir haben alle solche Akten. Das ist unser Beruf.«

Frau: »Verbrennen Sie sie. Ich meine es ernst.«

HD: »Natürlich tun Sie das. Und wenn ich sage, ich mache es, könnten Sie mir dann vertrauen? Nein. Würden Sie mir vertrauen, dass ich es tue? Nein. Selbst wenn Ihr Ehrgeiz Sie eines Tages zur Präsidentin der mächtigen Vereinigten Staaten werden ließe, würden Sie sich weiterhin Sorgen um meine Akten machen. So soll es auch sein, meine liebe Amelia. Gegenseitiges Misstrauen. Unsere Vorsorge gewährleistet, dass die Welt für uns alle ein sicherer Ort bleibt. Hm? Gehört das nicht zu unserem Gründungssatz? Unserem Manifest? Wunderbar, mit Ihnen gesprochen zu haben, Amelia. Ich muss jetzt weiter. Wie Alice zur Raupe sagte: ›Ist das alles?‹«

Frau: »Sie zitieren also noch immer *Alice*, Henry. Ich bin

mir nicht sicher, ob das bewundernswert oder absurd ist. Sie sollten Ihre Lektüre etwas erweitern. Versuchen Sie es einmal mit Suzanne Collins. Jugendliteratur gilt als der neueste Schrei. Und ansonsten rate ich Ihnen, meinem Tipp zu folgen: Lassen Sie die Akten in Rauch aufgehen. Es ist das einzig Richtige. Das einzig Kluge. Auf Wiedersehen, Henry. Schön, mit Ihnen zu reden. Alles Gute, mein Freund. Alles Gute.«

Amelia Lockhart.

Die Audiodatei war eine Woche vor der Entdeckung von Henrys Leichnam aufgenommen worden.

Vicki Kahns bisheriger Erfahrung nach können Morddrohungen nicht viel expliziter werden.

Das Problem, das sich ihr jetzt stellt: Wer weiß, dass sie Bescheid weiß? Außer der Stimme. Mit dieser beunruhigenden Überlegung im Hinterkopf wendet sie sich wieder den Tabellen des Projekts Renaissance zu.

Am späten Nachmittag beschließt sie, Fish zu informieren. Seine Klienten sind darin verwickelt, er sollte gewarnt sein. Und sie braucht nach der Ravi-Geschichte einen Neustart. Es würde ihr guttun, Fish-Zeit zu verbringen. Zuerst mailt sie also die Projekt-Renaissance-Dateien zu dem blonden Surfer. Dann lädt sie die Davidson-Dateien in die Cloud hoch. Sperrt die Festplatte in den Tresor von Legal Aid. Macht sich auf den Nachhauseweg, die Harrington Street hinauf.

Zu dieser Tageszeit liegt die Straße im Schatten und ist fast menschenleer. Keine Beobachter lungern nun in den Eingängen herum. Keine *Bergies* durchwühlen Abfalleimer. Keine verdächtigen Autos.

Dennoch ist sie besonders wachsam, mehr als bisher, da sie noch die Warnungen im Ohr hat. Sie bleibt immer wieder stehen und dreht sich um. Drei Blocks hinter ihr taucht eine Gestalt aus einer Seitenstraße auf und schlägt rasch ihre

Richtung ein. Vicki geht schneller. Hat die .32 Guardian in ihrem Aktenkoffer. Was gedankenlos war. Sie hätte sie in ihre Jackentasche stecken sollen.

Sie befindet sich jetzt zweihundert Meter von der Roeland Street entfernt, auf der sich der Feierabendverkehr dahinschiebt. Überlegt, ob sie die Commercial hinunter zur Buitenkant soll, um dort in der Book Lounge abzutauchen. Das hat sie schon mal gemacht, aber damals war Fish zur Hand. Jetzt ist sie allein. Die Gestalt hinter ihr verschwindet und wird durch eine Frau abgelöst, die ihr auf dem gegenüberliegenden Bürgersteig entgegenkommt. Sie ist jung und trägt Joggingklamotten. Den Kopf hält sie gesenkt, und sie scheint sich auf ihr Handy zu konzentrieren. Es ist Miss Pferdeschwanz.

Vicki biegt in die Commercial ein und eilt die kurze Strecke bis zur Buitenkant. Pferdeschwanz folgt ihr nicht. Hier ist es heller, die Straße breiter, es scheint noch nicht so dunkel zu sein. Sie bemüht sich um ruhiges Atmen, öffnet und schließt die Finger ihrer freien Hand. Vor dem Halaal-Café balanciert sie ihren Aktenkoffer auf einem erhobenen Knie und holt die kleine Pistole heraus. Ihr Gewicht fühlt sich in ihrer Hand beruhigend an. Da Fish stets darauf besteht, ist sie mit Hohlspitzgeschossen geladen. Sein Rat: »Keine Marshmallow-Kugeln für einen richtigen Kampf.« Stimmt. Sie schiebt sich die Waffe in die Jackentasche. Die Pistole ist ihre Beschützerin, angefertigt von North American Arms. Vicki fragt sich, ob das ironisch betrachtet werden könnte.

An der Roeland Street beginnt sie den Hügel hochzulaufen. Es sind Leute auf dem gegenüberliegenden Bürgersteig. Andere eilen zum Bahnhof. Lachende Menschen in Ausgehlaune schlendern zum Kimberley Hotel. Niemand befindet sich vor ihr. Ihr Blickfeld ist bis zur Drury Lane frei. Vicki wirft einen raschen Blick zurück. Die Ampel steht auf Rot, vier oder fünf Wagen warten dort. An der Kreuzung warten weitere, um nach rechts abzubiegen. Eines der Fahrzeuge ist ein Minibus. Es ist dieses Taxi, das an der Bordkante neben ihr hält und zwei Männer ausspuckt.

Und sie sind es auch, die sich Vicki schnappen. Während ihre Hand den Pistolengriff umfasst, packen die zwei Männer sie. Zu spät merkt sie, dass es kein Taxi, sondern ein Transporter ist. Die Kerle rammen sie und stoßen sie in Richtung der offenen Schiebetür. Die Waffe wird ihr dabei aus der Hand geschleudert. Sie schreit, tritt um sich, schlägt mit der Faust und dem Aktenkoffer nach ihnen. Aber die Männer sind geübt, nehmen sie zwischen sich und heben sie hoch. Während sie sich wehrt, sieht sie, wie Miss Pferdeschwanz auf sie zurennt, schreit und eine Waffe aus einem Schulterholster reißt. Das ist merkwürdig – Pferdeschwanz sollte doch eine von denen sein. Ein Schuss fällt. Ein lauter Knall, der ihr in den Ohren dröhnt. Pferdeschwanz geht zu Boden. Dann wird Vicki in den Transporter geworfen, die Tür schließt sich, und Fäuste beginnen zu prasseln.

Drei

Das ist ein sehr armseliges Gedächtnis,
das nur nach rückwärts arbeitet …

Alice hinter den Spiegeln

1

Angela Amalfi hört, wie ihr Name gerufen wird. Sie hat ihren Kofferraum geöffnet und wuchtet gerade ihren Koffer hinein.

»Miss Amalfi! Miss Amalfi!«

Es ist Mittwochabend, der 18. Juli 2018, und bereits spät. Angela ist im Valet-Parkbereich des Kapstädter Flughafens. Sie blickt auf und runzelt erstaunt die Stirn, als sie die junge Frau erkennt, die auf sie zukommt.

»Miss Amalfi, ich bin Juzia Malik, eine Praktikantin bei Ihnen in der Firma.«

Tatsächlich hat Angela sie bereits in der Abflughalle im O. R. Tambo International bemerkt und dann wieder im Flugzeug. Sie hat ihr lächelnd zugenickt und sie gegrüßt, aber nichts weiter gesagt. Sie bevorzugt es, sich nicht mit den jungen Angestellten der Firma zu freundschaftlich zu stellen. Vor allem mit keiner, die mit ihrem Bruder ins Bett geht. Außerdem hatte sie Papiere durchzulesen und sich Gedanken über besagten Bruder Rej zu machen.

Noch ehe sie sich heute Morgen anzog, hatte sie einen Anruf von Antony Brennan erhalten. Einen Anruf, der sie den ganzen Tag über beschäftigt hat.

Jetzt begrüßt sie die junge Frau. Diese sagt: »Dürfte ich kurz mit Ihnen sprechen? Es ist wirklich wichtig.«

»Um diese Uhrzeit?«, erwidert Angela. »Kann es nicht bis morgen im Büro warten?«

»Lieber nicht. Es tut mir leid. Bitte, es ist wirklich krass, ich habe mir schon den ganzen Tag über Sorgen gemacht. Und als ich Sie jetzt im Flugzeug gesehen habe…«

»Ja?«

»Sie müssen davon wissen.«

»Wovon?«

»Es geht um Ihren Bruder, Mr. Ben Ali.«

»Ja. Nein. Warten Sie. Was ist mit meinem Bruder?« Fast automatisch denkt Angela an sexuelle Belästigung. Es hat früher schon einmal derartige Beschwerden gegeben, eigentlich eher vage Beschuldigungen, die Rej immer kategorisch von sich gewiesen hat. Weiter kam es bisher nie, denn diese Angelegenheiten wurden stets höchst taktvoll von der Personalabteilung geregelt. Jedes Mal war zu befürchten gewesen, es werde Anklage erhoben. Doch man konnte es immer vorher klären. Rick hatte diesen Lösungen geglaubt. Jedes Mal hatte er sich laut bei Angela darüber gewundert, warum die jungen Frauen die Firma verließen.

Junge Frauen wie diese Juzia Malik. Attraktiv, klug, ehrgeizig, in ihrem schwarzen Bleistiftkleid, mit dem Aktenkoffer, der Sonnenbrille in den Haaren, die wie ein Accessoire wirkt. Aber vielleicht hat sie die Brille auch nur vergessen. Juzia scheint aufgewühlt zu sein. Sie zittert, wobei sie versucht, es nicht zu zeigen. Ihre Augen sind voller Tränen.

»Er hat wild vor sich hin geredet. Er war betrunken, okay, ich kenne das, aber er hat mir Angst gemacht. Die Dinge, die er gesagt hat …«

Angela ist überrascht. Zumindest geht es zum Glück diesmal nicht um Belästigung. »Es tut mir leid, ich kann nicht ganz folgen.«

»Als Sie gestern Abend mit ihm telefoniert haben, war ich dabei. Ich war bei ihm.«

Die junge Frau hält jetzt nichts mehr, sie beginnt zu weinen, und Angela liegt ihr eine Hand auf die Schulter, um sie zu beruhigen. Sie sagt: »Sie waren im Haus meines Bruders? Sie sind …« Das ist zwar unaufrichtig, aber besser als einfach zu erklären: Ja, sicher, ich weiß, er geht mit Ihnen ins Bett, flüstert Ihnen süße Worte der Verlockung ein. Sie sind das Mädchen im Trainingsanzug. Die mir an dem Tag, als ich wegen Ferdi dort war, zugewunken hat. Angela tut lieber überrascht. Denn jetzt scheint die attraktive, kluge, junge Frau zu viel gehört zu haben. Und zweifelt.

»Er hat gesagt«, schluchzt Juzia, »er wird das Regierungsprojekt durchziehen. Er meinte, dass Sie ihm besser nicht in die Quere kommen. Sie und Mr. Brennan von Capital Trust.«

»Hören Sie…« Angela tritt einen Schritt von Juzia Malik zurück und schließt den Kofferraum. »Wir können hier nicht reden. Sie sollten erst einmal darüber schlafen. Ich muss mich auch erholen. Ich verstehe gerade gar nichts. Ich bin zu müde. In Ordnung?« Die junge Frau nickt. Angela lächelt sie flüchtig an. »Warum kommen Sie nicht morgen Vormittag zu mir in meine Wohnung?« Sie holt einen Notizblock aus dem Auto und schreibt die Adresse auf. »Dann können wir in Ruhe miteinander sprechen. Alles klären.« Sie hält inne, weil sie sicherstellen will, dass die junge Frau nicht gleich zu Rej zurückgeht. »Sie fahren jetzt zu sich nach Hause, oder? Wohnen Sie hier in Kapstadt?«

Die junge Frau wischt sich über die Augen. Ihre Stimme klingt heiser. »Ja. Ich habe eine Wohnung in der Queen Victoria Street, St. Martini Gardens.«

Angela reißt den Zettel mit der Adresse ab und reicht ihn Juzia. »Gut. Schaffen Sie es, selbst zu fahren? Ich kann Ihnen auch ein Uber rufen. Und morgen jemanden schicken, der Ihr Auto holt.« Angela hat nicht vor, sie selbst in die Stadt mitzunehmen. Sie hat nicht vor, sich um diese Uhrzeit schreckliche Wahrheiten über Rej in ihrem Auto anzuhören.

»Das geht schon. Es wird gleich wieder besser sein. Mein Wagen steht dort.« Mit der Hand, in der sie das Stück Papier hält, zeigt sie auf ein kleines blaues Auto in einer Bucht schräg gegenüber. »Ich kann fahren. Wirklich, kein Problem.«

»Wie wäre es dann morgen früh um neun? Kommen Sie zum Frühstück.« Sie glaubt Dankbarkeit in den Augen der jungen Frau zu erkennen. »Und, Juzia, machen Sie sich keine Sorgen. Das bleibt alles unter uns. Weder Sie noch Ihr Job sind in Gefahr. Ich schätze es sehr, dass Sie mich angesprochen haben. Wirklich. Dafür braucht es Mut. Jetzt fahren Sie nach Hause. Schlafen Sie sich erst einmal aus.« Sie lächelt. »Wenn auch nicht mehr viel von der Nacht übrig ist. Wir sehen uns morgen früh.« Angela geht zur Fahrertür und steigt ein. Sie will so schnell wie möglich fort. Die junge Frau verabschiedet sich, dankt ihr und eilt zu ihrem eigenen Wagen.

Auf der Autobahn flucht Angela innerlich vor sich hin. Sie schimpft über Rej, der ein verdammter Idiot ist, endlich erwachsen werden muss und seine Affären mit Frauen außerhalb der Firma führen soll. Er soll seine Pfoten von den Praktikantinnen lassen. Was zum Teufel denkt er sich eigentlich, mit seinen Untergebenen ins Bett zu springen? Verdammt noch mal, die Firma ist nicht sein Harem. Und was seine Annahme betrifft, das Regierungsprojekt, sein verklärtes Projekt Renaissance, einfach durchzuboxen und dabei das Land über Generationen hinweg zu verschulden – diese fixe Idee kann er sich ein für alle Mal abschreiben. Ausländische Direktinvestitionen. Ausländische Besitzübernahme. Das wird nicht passieren. Nicht mit ihr als Geschäftsführerin.

»Es reicht, Rej«, sagt sie laut. »Diesmal bist du zu weit gegangen. Viel zu weit.«

Sie ruft Antony Brennan an. Beginnt sofort mit: »Planänderung für morgen. Kein Frühstück mehr. Etwas Geschäftliches ist dazwischengekommen. Tut mir leid. Ich rufe dich danach an. Vielleicht können wir später in Company's Garden spazieren gehen?«

»Angela«, sagt Antony Brennan, als sie kurz einmal Luft holt. »Ich habe wirklich traurige und schockierende Neuigkeiten.«

2

Zu den wirklich traurigen und schockierenden Neuigkeiten kam es folgendermaßen:

Am frühen Mittwochmorgen hat sich Angela Amalfi bei Skype eingeloggt. Antony Brennan erscheint auf dem Bildschirm. Sie hat sich gerade geduscht. Hat sich in ein Handtuch gewickelt und trocknet sich mit einem anderen die Haare. Es ist zehn nach sieben. Die Sonne zeichnet sich gelb hinter den Vorhängen des Hotelfensters ab. Sie ist zwar in Johannesburg, aber nicht in ihrem Haus in Saxonwold. Das steht inzwischen zum Verkauf, weil sie beschlossen hat, ganz nach Kapstadt zu wechseln. Antony Brennan ist genau dort und bereits angezogen. Sein Hemdkragen steht noch offen, und er hat eine Krawatte um den Hals geschlungen, die darauf wartet, richtig geknotet zu werden.

Angela hat ihn angerufen. Nach einer unruhigen Nacht, in der sie ständig über das Projekt nachdachte, erwachte sie aufgewühlt. Rejs Festhalten an Renaissance ließ ihr keine Ruhe. Fast so, als ob er emotional darin verwickelt wäre.

Sie sagt gerade: »Ich mag dieses Regierungsprojekt ganz und gar nicht. Es kommt mir so vor, als ob wir dazu gezwungen werden sollten.«

Antony Brennan ist gerade nicht zu sehen. Man hört das Mahlen von Kaffee, während er erwidert: »Ich spiele jetzt einmal den Advocatus Diaboli.« Auf dem Bildschirm sieht man seine Küche: aufgehängte Töpfe und Bratpfannen, Sauteusen vor dem Fenster. Farbenfrohe Le Creusets, in denen sich das frühe Morgenlicht spiegelt.

»Das brauche ich nicht.«

»Nein, warte. Lass uns das durchgehen. Vergiss nicht, dass es um sehr viel Geld in einer Zeit geht, in der das Land daniederliegt. Dieses Projekt wird neue Jobs schaffen und die Dinge in Ordnung bringen, die unser früherer räuberischer Präsident und seine Handlanger so gnadenlos ruiniert haben.«

»Ich weiß. Ich weiß, aber zu welchem Preis?«

»Und zu welchem Preis, wenn wir es nicht machen?« Jetzt zeigt sich Antonys Gesicht wieder auf dem Bildschirm. Um seinen Mund ist etwas Orangenmarmelade zu sehen.

Angela berührt ihre eigenen Lippen. »Du hast Marmelade am Mund kleben.«

Seine lange Zunge kommt heraus. Was Angela zum Lachen bringt.

»Das ist zu ordinär. Ich weiß gar nicht, wie du es schaffst, mit der Zunge so weit zu gelangen.«

»Ich gehöre zu den Illuminati.« Sagt es in einer sonoren Stimme. »Wir haben Echsenzungen.« Dann wischt er sich den Mund mit einem Geschirrtuch ab. »Marmelade darf man nicht vergeuden.«

Angela setzt sich direkt vor die Kamera. »Jetzt mal ernst. Ich finde, wenn wir das Projekt annehmen, signalisieren wir damit, dass es in Ordnung ist, das Land über Generationen hinweg zu verschulden.«

»Aber uns bleibt keine andere Wahl. Entweder das, oder wir gehen in einem kompletten Chaos aus Bankrott unter.«

»Die Schulden, Antony. Diese Schulden werden absolut

horrend sein. Als Land bleiben wir damit ein hoffnungsloser Fall, eine typische Bananenrepublik der Dritten Welt, arm, unfähig und korrupt. Das wird nie mehr enden. Das ist ein Erbe, das wir den heutigen Kindern hinterlassen.«

»Ich sehe keine andere Möglichkeit.«

»Wir sind keine Politiker. Es gehört nicht zu unserem Job, das zu richten, was kaputt ist.«

»Okay, der Advocatus Diaboli gibt auf. Warte kurz, der Kaffee kommt gerade durch.« Wieder verschwindet er.

Was Angela Zeit gibt, eine Entscheidung zu treffen. »Ich habe mich eigentlich schon vor Tagen dazu entschlossen, nicht mitzumachen. Ich will kein Teil davon sein. Etwas an dem Ganzen ist mir wirklich nicht geheuer. Angefangen bei diesem schmierigen Generaldirektor mit seiner Dichterei und den Sonnenaufgang-Ales bis hin zu der Tatsache, dass die Amerikaner alles bestimmen. Es ist einfach falsch. Ich weiß, Rej hängt daran, und er hat wirklich viel Arbeit hineingesteckt und tut es für das Wohl der Firma, das Wohl unserer Angestellten. Ich weiß auch, dass er behauptet, es wäre gut für das Land und für uns, aber ich kann nicht. Ich will nicht daran beteiligt sein, wenn man die zukünftigen Generationen gnadenlos verschuldet. Es muss andere Wege geben, die Dinge zu richten. Ich werde Rej also noch einmal erklären, dass er das Ganze absagen soll.«

»Dieser Auftrag steht kurz vor dem Abschluss.« Antony Brennan ist wieder auf dem Bildschirm zu sehen, diesmal mit einer kleinen Espressotasse in der Hand. »Bei Capital Trust, meine ich.«

»Das tut mir leid. Ich hätte früher eingreifen sollen.«

»Du kannst nicht alles machen.«

»Es ist mir egal, wie weit uns Rej schon hineingebracht hat – wir ziehen uns zurück.«

»Du weißt, ich bin ganz deiner Meinung. Aber offensichtlich ist das nicht meine Entscheidung bei Capital Trust, sondern die des Vorstands, und der hat sie auch gefällt. Sie wollen das Geschäft. Es geht um Geld, das reinkommt, und Geld, das rausfließt. Ein Strom. Ein Strom aus Dollar. Und alles legal.«

Angela sieht zu, wie Antony an seinem Espresso nippt. Schaut an ihm vorbei in die Küche, in der sie schon oft gesessen und Wein getrunken hat, während Antony eines seiner Standardgerichte kochte: Spaghetti Carbonara oder Spaghetti Bolognese. Sie sollte sich anziehen und ihren Tag beginnen. Aber sie bleibt sitzen. Sagt: »Er hat mich gestern Abend angerufen. Ich meine Rej. Er war etwas betrunken, vielleicht zu viel Wein oder zu viel Whisky oder beides. Jedenfalls wurde er wütend. Ich habe ihm gesagt, dass wir noch andere Partner brauchen, nicht nur die Amerikaner, andere Investoren, nicht nur die Amerikaner. Ich habe ihm auch gesagt, dass ich mit dir reden wolle, um in dieser Sache deinen Rat einzuholen.«

»Das wird ihn wohl kaum begeistert haben.«

»Hat es nicht. Er hat geflucht und geschrien, wie ich das schon lange nicht mehr gehört habe. Meinte, du seist nur ein lausiger Manager, und wir bräuchten dich nicht. Dann hat er aufgelegt. Manchmal habe ich keine Ahnung, wer Rej eigentlich ist. Sind wir wirklich zusammen aufgewachsen? Es wird Zeit, Klartext mit ihm zu reden, Antony. Und ich meine Klartext. Alles. Über unsere Verlobung. Diese Überwachungsapparate in deinem Wagen und warum ein Gangster unseren Sicherheitsdienst führt.«

Antony nickt zustimmend. »Also gut. Das musste eines Tages ja so kommen. Es wird hässlich werden, aber ich sehe auch keine andere Möglichkeit. Ich sage dir: Ich bin in großer Sorge wegen deines Bruders. Ehrlich, er macht mir Angst.

Jeder, der so etwas seinem Bruder antut, was er Ferdi angetan hat, ist beängstigend. Er mochte Rick nicht, er mag mich nicht – und ich gehöre noch nicht einmal zur Familie.«

»Rej ist nur ein Schwätzer.«

»Da bin ich mir nicht so sicher.«

»Was meinst du damit?«

»Das sollten wir nicht über Skype besprechen. Wenn du heute Abend zurück bist, reden wir.«

»Ich lande erst sehr spät. Komme mit dem letzten Flug zurück.«

»Dann morgen.«

Angela ist sich nicht sicher, ob sie es dabei belassen will. Aber Antony knotet bereits seine Krawatte, um zu signalisieren, dass er jetzt ins Büro muss.

3

Was Antony Brennan nicht über Skype besprechen wollte, war das, was er kaum eine halbe Stunde zuvor von Fish Pescado erfahren hatte.

»Gestern Abend habe ich mit zwei Leuten gesprochen, die Tyrone Mansoor als den Mörder von Rick Thulo identifiziert haben.«

Was Antony Brennan sehr nachdenklich stimmt. Er setzt sich erst einmal auf sein Bett.

»Eindeutig? Sie können ihn eindeutig identifizieren?«

»Eindeutig genug. Anhand eines Fotos.«

»Was auch einen Irrtum möglich macht.«

»*China*, ja, vor Gericht. Aber wir reden nicht von einem Gericht. Noch nicht. Wir reden von dem Kerl, der Ihr Auto und mein Haus und auch die Wohnung Ihrer Verlobten verwanzt hat. Wir reden davon, für wen er arbeitet, für Kestrel Security. Die Frage ist jetzt: Was unternehmen Sie dagegen?«

Eine längere Pause. Dann: »Überlassen Sie das mir.«

»Kein Problem«, hört er Fish antworten. »Ich gehe jetzt erst mal surfen. Danach überlege ich mir, ob ich nicht mal mit Bro Tyrone reden will.«

Antony Brennan entgegnet rasch: »Daran kann ich Sie natürlich nicht hindern. Aber kann ich Sie bitten, damit noch eine Weile zu warten?«

»Hängt davon ab. Was meinen Sie mit einer Weile?«

»Einen Tag. Oder zwei.«

»Warum?«

»Es geht um das richtige Timing. Ich muss zuerst mit Angela sprechen. Sie kommt heute Nacht sehr spät aus Johannesburg zurück. Das kann ich nicht übers Telefon machen. Das hat eine große Tragweite. Und große Folgen.«

»Das kann man wohl sagen. Wie zum Beispiel all diese vielen amerikanischen Dollar.«

»Das ist etwas anderes.«

»Ihre Sache, Mr. Brennan. Ich gehe jetzt surfen. Wir sprechen später.«

4

Nur dass Fish nicht surfen geht. Er will. Er läuft sogar kurz am Strand entlang, um zu sehen, wie der Wellengang aussieht. Der fantastisch ist. Klare Wellen rollen herein. Das Haar wird ihm von einem angenehm starken Küstenwind gebürstet. Die Morgendämmerungspatrouille ist schon draußen, kommen vom Corner angeschossen, reiten daher, springen in die Luft. Die Wellen müssen ziemliche Kraft haben. Es herrschen die Bedingungen, die Fish am liebsten hat. Aber er bleibt am Ufer.

Seufzt tief und lange. Denkt: Mist, *Bru*. Das macht mir keinen Spaß. Joggt zum Haus zurück. Wo Janet wartet.

»Mister Fish, Mister Fish«, ruft sie ihm entgegen. »Er war wieder da, Mister Fish. Ich hab ihm gesagt, dass er *mos* ein *Skollie* ist, der Kerl.« Janet rennt direkt auf Fish zu.

»Whoa.« Fish packt sie, als sie gegen ihn prallt. Er spürt ihre Arme an seinem Rücken und wie sie zudrückt. Scheint eher eine Umarmung zu sein und nicht der Versuch, ihn über den Haufen zu werfen. Die beiden schwanken, eng aneinandergepresst, hin und her, wobei sie versuchen, nicht zu stürzen. Fish schafft es schließlich, sie ins Gleichgewicht zu bringen.

»Okay, Janet. Lass los.« Sanft entzieht er sich Janets Armen. »Welcher *Skollie*?«

»Ein sehr erschreckender Mann, Mister Fish. Mit blauen Handschuhen, wie aus dem Fernsehen.«

Fish steht da und schaut sie an. Janet hält sich jetzt mit beiden Händen am Kragen ihres Hausmantels fest.

»Das ist ein Spion, Mister Fish. Er ist direkt in Ihr Haus rein.«

»Du meinst in die Küche?«

»Ja, Mann, ich sage Ihnen, Sie müssen dringend Ihre Tür verriegeln. Auch wenn Sie nur für fünf Minuten weg sind. Ich kann nicht immer Wachhund Janet sein, Mister Fish, während Sie die Wellen betrachten – nicht bei solchen gefährlichen Männern.«

»Das ist der Typ, der schon mal hier war?«

»Der Telkom-*Skollie*. Wer sonst?«

»Hat er dich gesehen?«

»Nein, Mister Fish. Ich hatte mein Nachthemd an. Das,

was Miss Vicki bei Woolies gekauft hat. Es ist *mos* oh, là, là, *ek se*, ganz schön durchsichtig. Bringt die Jungs auf alle möglichen Ideen. Wollen Sie es sehen?« Sie beginnt ihren Hausmantel aufzuknöpfen.

Fish hält beide Hände hoch. »Stopp. Das braucht es nicht. Ich kann es mir vorstellen. Dieser Kerl, wie lange war der denn im Haus?«

»Nicht mal eine Minute. Ich habe an meinem Fenster gestanden und eine geraucht.« Sie zeigt auf den Schuppen hinter sich. »Ich hab nicht mal ein weiteres Mal an der Zigarette gezogen, als er wieder rauskam. Aber jetzt, Mister Fish, jetzt kam er mit einer Knarre raus. Mit einem Schalldämpfer. Ich hab solche Waffen schon im Fernsehen gesehen.«

Und das ist er, denkt Fish. Der O-mein-Gott-Moment. Der Moment, der alles ändert. Der Moment, in dem die Waffe gezückt wird. *Boykie*, dann solltest du dich besser auch ausrüsten. Und zwar sofort. Wobei es überhaupt keinen Sinn ergibt, warum Tyrone Mansoor ihn oder Vicki oder beide würde töten wollen. Weshalb? Der Kerl kann doch nicht die leiseste Ahnung haben. Er muss also auf Befehl handeln. Aber auf wessen Befehl?

»Machen Sie jetzt Frühstück, Mister Fish? Großen Tee mit sechs Zuckerstücken gegen das Zittern. *Asseblief*, Mann. Bitte.«

Babbelas-Zittern, denkt Fish, von zu viel Fusel. Sagt aber nichts.

»Ich wusste ja nicht, dass es schrecklich sein kann, mit Ihnen zu leben. Sie müssen Miss Vicki wieder hierherkriegen. Miss Vicki würde dem schon *hamba wena* hinterherrufen. Miss Vicki ist dafür trainiert. Spion gegen Spion. Wie in *Mad*.«

Fish geht in die Küche. Er erinnert sich daran, Tyrone

Mansoor in einem Auto der Regierung gesehen zu haben. Denkt: Voliere. Denkt: Mart Velaze. Denkt: zuerst Vicki. Aber erreicht nur Vickis Voicemail. Nachdem er Kaffee aufgesetzt und Brot für Toast geschnitten hat, schaut er in seinen Gmail-Account. Und da findet er eine Mail von Vicki.

Die lautet: *Das dürfte dich wegen deines Kunden Capital Trust interessieren. Bin auf dem Weg mit Cheeseburgern. Öffne schon mal den Wein (Smiley).*

Beigefügt sind Dateien über die Finanzierung von etwas namens Projekt Renaissance.

Um die Zeit, als sie die Mail verschickte, war er bei Antony Brennan gewesen. Danach hatte er ihr Büro und ihre Wohnung aufgesucht und war dann zu Rej Ben Alis Haus gefahren. Hatte noch mal nach dem angeketteten Wolfsmann gesehen. Hatte Tyrone als Captain Flip angerufen. Hatte es anschließend noch ein halbes Dutzend Mal bei Vicki versucht.

In Fishs Innerem breitet sich Kälte aus. Sie wandert durch seine Venen in seine Arme und lässt das Blut in seinen Beinen gefrieren.

Verdammt. Noch so ein Moment, der alles ändert.

»Wie geht es meinem Tee, Mister Fish?«, fragt Janet von der Türschwelle aus.

5

Tyrone Mansoor lässt die Anrufe von Rej Ben Ali unbeantwortet. An diesem Mittwochmorgen waren es bisher drei. Drei Voicemails hintereinander, in einem Abstand von etwa zehn Minuten.

Die erste: »Wo bist du, Tyrone?«

Die zweite: »Du solltest gestern Abend herkommen. Was ist passiert? Ich erwarte eine Nachricht. Ruf mich so schnell wie möglich an.«

Die dritte: »In meinem Büro. Um halb zehn. Du tauchst besser auf. Das wäre sonst übel für deine Prämie.«

Tyrone Mansoor hörte alle drei und schnitt jedes Mal eine gequälte Grimasse. Der letzten zeigte er den Stinkefinger. Mr. Ali ist niemand mehr, den er bewundert. Aber Mr. Ali zahlt gutes Geld. Und Tyrone Mansoor gefällt es, seinen Investitionen beim Wachsen zuzusehen.

Seit Tyrone Angela Amalfis Wohnung verwanzt hat, interessiert er sich für Immobilien an der Atlantikküste. Die sind riesig. Für ihn nicht erreichbar. Aber sein Imam hat eine Lösung.

»Mach es wie ich.«

Was heißt: Kaufe eine Immobilie mit Meerblick, wobei du so viel investierst, wie du kannst. Nimm einen Islam-konformen Bankkredit zu einer festen Rate und ohne Zinsen bei einer Bank auf, deren Miteigentümer du bist.

»Wir nennen es Muscharaka, mein Sohn. Ein sehr ehrenwertes Finanzsystem. Möge Allah uns wohlgesonnen sein.«

Aber zieh dort nicht selbst ein, sagt der Imam. Vermiete es. »Es gibt viele, die an der Atlantikküste wohnen wollen, sogar ein paar der Juden, die noch hier sind. Denke an den Propheten. Der Frieden und Segen Allahs sei mit ihm, der auch Geschäfte mit Juden machte. Alles koscher, mein Sohn.« Der Imam gestattet sich ein kurzes Lachen.

Während du also in deiner bescheidenen Wohnung mit der bescheidenen Miete bleibst, rät ihm der Imam, gehört dir eine Immobilie im Wert von Millionen. Dank der Mieter.

»Alles gemäß der Scharia, mein Sohn. Inschallah.«

Ein Rat, den Tyrone so bald wie möglich befolgen will. Inschallah.

Also kann er Mr. Ali nicht viel länger aus dem Weg gehen. Er braucht diese Prämie. Er muss ihm zeigen, dass er weiterhin sein guter und treuer Diener ist.

Aber.

Aber Tyrone Mansoor arbeitet gerade für Oberst Kaiser Vula. Das tut er seit sechs Uhr am Mittwochmorgen. Schlich um den Wembley Square herum und brach dann in Vicki Kahns Wohnung ein. Sicherheitsdienst, Alarmsystem – alles kein Problem. Mithilfe der *State Security Agency* gelangt man überall hinein. Natürlich war Vicki Kahn nicht da. Ist seit dreiundzwanzig Uhr am Abend zuvor nicht zu Hause gewesen. Ganz offensichtlich war sie schon länger nicht mehr daheim. Der einzig andere Ort, wo sie sein könnte, vermutet Tyrone, ist beim blonden Surfer. Eine ärgerlich weite Entfernung, aber um diese morgendliche Stunde zumindest ohne Verkehr.

Er trifft um 8 Uhr 14 dort ein und entdeckt, dass die Hintertür unverschlossen ist. Wer lässt seine Tür unverschlossen? Vor allem in Muizenberg mit den ganzen *Tik*-Abhängigen, die zu jeder Tageszeit irgendwo einzubrechen versuchen.

Vicki Kahn hier herauszuholen, sieht Tyrone Mansoor als unproblematisch an. Erst mal den Surfer in seinem Bett ausschalten. Dann wird die Frau sofort kapieren, was los ist. Sie mag zwar eine Ausbildung bei der SSA haben, aber wer in eine Neun-Millimeter-Beretta mit Schalldämpfer blickt, befolgt jeden Befehl. Vor allem wenn der Befehlende weder Maske noch Handschuhe trägt. So ein Mann meint es ernst. Dem sind Fingerabdrücke und Ähnliches völlig egal.

Das einzige Problem: Vicki Kahn ist nicht da. Zum Glück für Surferboy ist auch er nicht zu Hause, sondern vermutlich unten am Strand beim Wellenreiten. Trotzdem: ein Problem. Der Oberst wird nicht entzückt sein. Der Oberst wird vielmehr kochen vor Wut. Dann platzen. In seinem Rollstuhl sitzen, regungslos wie eine Kobra, und vielleicht einen Moment lang schwanken, ehe er zubeißt.

Tyrone parkt den Wagen in der Roeland Street, ganz in der Nähe der katholischen Kathedrale. Eilt raschen Schrittes zur Voliere, während das Handy in seiner Tasche vibriert. Muss Mr. Ali sein. Dumm für ihn, aber er wird erneut zur Voicemail weitergeleitet. Tatsächlich war Tyrone beinahe am Edinburgh Drive abgebogen und hätte sich durch Bishopscourt zum Canterbury Drive geschlängelt, nur um den Mann zu beschwichtigen. Ihm irgendeinen Unsinn zu erzählen.

Aber der Oberst stellt gerade Priorität Nummer eins dar. Der Oberst lässt sich nicht abspeisen.

Also eilt Tyrone zum Eingang der Voliere, die Treppen hinauf, den Korridor entlang bis zum Ende, wo sich das Zimmer mit dem Bergblick befindet. Trifft dort um 9 Uhr 21 ein. Wo Oberst Vula im Anzug in seinem Rollstuhl sitzt, mit dem Rücken zur Tür. Schaut aus dem Fenster und lutscht ein Bonbon. Die Tür ist angelehnt. Tyrone klopft.

»Herr Oberst.«

»Kommen Sie herein.«

Tyrone tritt ein. »Guten Morgen, Herr Oberst. Geht es dem Herrn Oberst gut?«

»Machen Sie die Tür zu.«

Tyrone schließt die Tür. Er sieht, wie der Oberst in seinem Rollstuhl herumwirbelt. Trägt an diesem Morgen einen grauen Anzug. Eine blaue Krawatte. In der Nacht zuvor hatte er Sex mit seiner Frau, ganz gemäß ihrem Zeitplan. Hat ihn mit einem unangenehmen Gefühl zurückgelassen.

»Also?« Oberst Vula rollt hinter seinen Schreibtisch. Schiebt einen aufgeklappten Laptop zur Seite. »Ich sehe sie nirgendwo, Mansoor. Sie sollten sie hierherbringen. Zu mir. Heute Morgen.«

»Ja, Herr Oberst. Ich weiß, Herr Oberst. Sie ist verschwunden, Herr Oberst.«

Tyrone Mansoor beobachtet, wie der Oberst rot anläuft. Er hätte nie geglaubt, dass ein *Darkie* rot werden kann, aber es ist wahr. Das tut er. Es erinnert ihn an eine Kobra, die ihre Haube ausbreitet.

Er wartet auf eine Antwort. Der Oberst hat sich meist gut im Griff. Spricht mit leiser Stimme. Blinzelt nicht. Und schlägt dann blitzschnell zu. Sein Zorn ist blutrot.

»Verschwunden. Ha. Verschwunden. Wirklich? Nirgendwo zu finden. Verschluckt. Was genau soll ›verschwunden‹ heißen, Mansoor?«

Tyrone erklärt. Fasst seine Suche von gestern Abend und heute früh zusammen.

Die rote Farbe des Obersts lässt nach. Er wird nicht zuschlagen. Allerdings schaut er Tyrone auch nicht an. Er haut mit seiner rechten Faust in seine linke Handfläche. Er zerbeißt das Bonbon.

Tyrone entspannt sich. Steht locker da. Die Füße leicht auseinander. Die Hände hinter dem Rücken. Das kennt er von Soldaten.

»Sie war also nicht bei dem Banker?« Das Schlagen der Faust wird weniger.

»Nein, Herr Oberst.«

»Sind Sie sich sicher?«

»Wie ich sagte: Dort war ich, nachdem ich Herrn Oberst gestern abgesetzt habe. Da war niemand zu Hause.«

»Nicht mal der Banker?«

»Nein, Herr Oberst.«

Tyrone weiß das sicher. Hat es von den Sicherheitsleuten im Haus erfahren. »Nein, keiner ist daheim«, erklärten sie ihm, als er ihnen ihr Bild und seine SSA-Marke zeigte. »Der

Charra auch nicht?« Mit unbeweglichen Mienen schütteln sie den Kopf. Er glaubte ihnen. Warum sollten sie lügen? Aber er hatte nicht nachgeschaut. Hatte nicht selbst in Ravi Pollards Wohnung nachgesehen. Was er hätte tun sollen. Zugegebenermaßen.

Der Oberst starrt ihn an. Mit diesen ausdruckslosen Augen. »Finden Sie sie, Mansoor.«

»Und dann, Herr Oberst? Will Herr Oberst weiterhin mit ihr reden?«

Diese ausdruckslosen Augen starren ihn an. Bei *Darkies*, findet Tyrone, weiß man nie, was sie denken. Man kann ihre Gesichter nicht lesen.

»Ja, Mansoor, der Herr Oberst will weiterhin mit ihr reden.« Oberst Vula zeigt zur Tür. Eine kurze abweisende Geste. »Finden Sie sie.«

Tyrone Mansoor ist sich nicht sicher, wie er das tun soll. Außer vielleicht den Surfer zu überreden, ihm zu helfen. Mit Mr. Berettas Assistenz natürlich. Aber zuvor muss er erst einmal Mr. Ali beschwichtigen. Tyrone Mansoor hat manchmal das Gefühl, dass von ihm ziemlich viel verlangt wird.

6

Rej Ben Ali hat Tyrone dreimal angerufen. Das wird motivierend genug gewesen sein. Auf gute Weise, findet er. Musste grinsen, als er die letzte Nachricht hinterließ:

»In meinem Büro. Um halb zehn. Du tauchst besser auf. Das wäre sonst übel für deine Prämie.« Sollte er erst mal Muffensausen kriegen, der Idiot.

Rej steht vor einem Ganzkörperspiegel. Er trägt einen schwarzen Genitalschutz mit roter Umrandung und hält in jeder Hand eine Fünfzehn-Kilo-Hantel. Er atmet schwer. Keucht allerdings nicht. Das ist der Unterschied: Beim Keuchen ist man erschöpft. Beim schweren Atmen testet man seine Grenzen aus, hat aber nicht die Kontrolle verloren. Rej stieg zuvor nach einer Zehn-Kilometer-Tour von seinem Heimtrainer. Sein Körper schimmert. Er lässt seine Bauchmuskeln spielen. Bewundert sein Spiegelbild. Kein schlechtes Waschbrett für einen Zweiundvierzigjährigen.

Diese Übungen finden in einer Ecke seines Schlafzimmers statt. Es ist ein großes Schlafzimmer, an das ein begehbarer Kleiderschrank grenzt, in den ein ganzes dieser staatlich subventionierten *RDP*-Häuser passen würde. Er trainiert gerne, während Juzia noch im Bett liegt und ihn beobachtet. Tatsächlich blickt sie mit einem Auge auf ihr Tablet und mit dem anderen auf ihn. Er stellt sich vor, dass sie es sexy findet, seinen nackten Hintern und seine festen Pobacken zu sehen. Rej ist stolz darauf, wie er mit seinem sportlichen Körper im Anzug aussieht und wie er darin die Hose ausfüllt.

Jetzt beginnt er seine Hantelroutine. Ein Arm nach dem anderen; beide Arme zusammen. Die Brustmuskeln spannen sich an, der Bizeps geht hoch, die Speicherarterien auf seinen Oberarmen werden sichtbar. Sein Waschbrettbauch, trommelfest. Schade, dass Juzia den frühen Flug nach Johannesburg erwischen musste. Rej schätzt einen Quickie als Abschluss seines morgendlichen Trainings: ein paar Liegestütze über ihr.

Er packt die Hanteln beiseite, zieht den Genitalschutz aus und betrachtet sich im Spiegel. Einen fitten *Oke* würde man ihn garantiert in der Umkleide von Planet Fitness oder Virgin Active nennen. Er ist bei beiden Studios Mitglied. Wenn man in dieser Welt bestehen will, muss man sich um seinen Körper kümmern. Starker Körper, starker Geist.

Rej geht duschen. In der Stereoanlage spielt Freddie Mercurys »It's a Beautiful Day« voll aufgedreht. Noch lauter, und die Boxen würden zerreißen. Er singt mit und brüllt die Zeilen, dass ihn jetzt niemand mehr aufhalten könne. Es ist sinnlos, es auch nur zu versuchen. Er fühlt sich gut, er fühlt sich stark. Er fühlt sich schlecht. *No one's gonna stop me now, oh yeah!*

Yeah. Rej hat seine Wut überschlafen. Zum Teufel mit allen, einschließlich Angela. Projekt Renaissance wird steigen. Ganz gleich, wer versucht, sich ihm in den Weg zu stellen.

Rej rasiert sich, gelt seine Haare vorne so, dass sie hochstehen. Kleidet sich in einen marineblauen, schmal geschnittenen Anzug über einem weißen Hemd. Blaue Krawatte mit roten Punkten. Schnürhalbschuhe.

Ehe er zum Frühstück nach unten geht, ruft er noch seine Wanze in Antony Brennans Auto an. Etwas, was er jeden Morgen tut. Wenn Juzia da ist, nimmt er jegliche Unterhaltung auf, um sie später abhören zu können. Sonst lässt er sie im Hintergrund laufen, während er frühstückt. Nur für den Fall. Nur für den Fall hat sich ausgezahlt. Er konnte die Entwicklung der Affäre Angela & Antony genau mitverfolgen. Die beiden plaudern liebend gerne am Anfang des Tages miteinander. Er hörte sie also beim Turteln und solche Dinge zueinander sagen, wie er sie nie zu einer Frau sagen würde. Schon gar nicht zu Juzia. Dinge wie: Du fehlst mir. Ich kann es kaum erwarten, dich wiederzusehen. Wie wäre es mit Übernachten? Flüstere mir irgendwas ins Ohr. Das für ihn Schlimmste ist, wenn Antony sagt: »Ich möchte dich drücken.« Und Angela erwidert: »Drücken oder bestücken?« Und wie sie beide dann lachen. Echt! Diese verschämte Koketterie. Warum sagen sie nicht einfach: Ich will Sex. Bisher war es nur das: Sex. Keine Hinweise auf eine Verlobung oder

Heirat. Aber Rej kennt seine Schwester. Angela ist für ernsthafte Beziehungen. Sie mag keine flüchtigen Affären. Bei ihr heißt es immer alles oder nichts. Ein Mann, den sie in ihr Bett lässt, muss auch zu einem Teil ihres Lebens werden.

An diesem kühlen Morgen hört Antony Brennan eine Talkshow im Radio, und Rej fragt sich, wie sich ein erwachsener Mann so was reinziehen kann. Zum Beispiel Bürgerstimmen mit solchen Kommentaren: »Ich finde, die Leute verdienen eine schnelle Gerichtsverhandlung, damit man jemanden nicht zu einem Kriminellen abstempelt, nur weil man ihn monatelang im Gefängnis auf seinen Prozess warten lässt.« Gefolgt von: »Wenn ich meinen Rasierapparat nicht finden kann, weiß ich, dass er in der Dusche ist, weil ihn meine Frau benutzt, um sich damit die Beine zu rasieren.« Rej schüttelt den Kopf: Welche Art Mensch ruft wegen so was beim Radio an? Laut sagt er: »Dämliches Volk. Dämliches, dämliches, dämliches Volk.« Erst jetzt merkt er, dass Brennan telefoniert. Beziehungsweise von jemandem am anderen Ende der Leitung zugetextet wird. Brennan murmelt immer wieder seine Zustimmung: natürlich, klar, sehe ich genauso, ganz und gar derselben Meinung. Dann: »Wir reden später darüber. Ich werde sie fragen.« Danach: »Einverstanden. Das ist gut. Danke für den Anruf.« So verabschiedet sich der offizielle Antony bei seinen Geschäftskunden. Bei Angela ist es meist »Ti amo«. Was Rej als »Tie ammo« hört und annimmt, dass es eine seltsame Liebessprache sein muss, die die beiden miteinander entwickelt haben. Er wartet, während Antony jemand anders anruft, diesmal über die Freisprechanlage.

Rej tritt zum Fenster. Zieht den Vorhang beiseite. Betrachtet Ferdis Gartenhaus. Er ermahnt sich innerlich, nicht zu vergessen, nach dem Wolfsmann zu schauen, ehe er geht.

»Antony, jetzt schon.«

Angela. Wenig überraschend.

»Kannst du reden?«

»Ich bin am Auschecken, aber das kann warten. Was ist los?«

»Anscheinend sind unsere Leute bei dem Regierungsprojekt auf ein paar Dinge aufmerksam geworden.«

»Ich habe dir doch gesagt, dass wir nicht mitmachen werden.«

»Ich weiß. Aber du solltest dir das trotzdem anhören. Es ist ernst.«

»Wie ernst?«

»Wir müssen reden. Du musst dich mit ihnen treffen.«

»O-kay. Das klingt nicht gut.«

»Es sind wahrscheinlich nur Formalitäten. Ein paar Sorgen, die unser Mann Ravi Pollard geäußert hat. Aber Formalitäten, die dich in deiner Entscheidung bestärken werden.«

»Wollen sie skypen? Ansonsten muss es morgen werden.«

»Morgen reicht. Ich lasse es für morgen um zwölf notieren. Danach können wir zusammen Mittag essen. Wie klingt das?«

»Wenn ich um zwölf Zeit habe, warum nicht?«

»Hab Zeit.«

Angela lacht. »Ich bin mir sicher, dass ich es hinbekomme.«

»Ti amo.«

»Ti amo.«

Rej hätte am liebsten das Handy gegen die Wand geschleudert. Es in seiner Hand zerdrückt. Denkt: Fuck! Wiederholt es dreimal laut. Ruft Tyrone Mansoor zum vierten Mal an. Sagt ruhig und entschlossen: »Du bist wirklich besser um halb zehn hier. Hörst du? Halb zehn.«

Dann ruft er Sipho Dube auf dessen privatem Handy an. Eines von mehreren privaten Handys des Generaldirektors.

Ehe er loslegen kann, erklärte Dube: »Ah, Rejab, genau der Mann, den ich sehen will.«

»Das glaube ich verdammt noch mal auch. Worum geht's?«

»Bestimmte Dinge haben sich ergeben, Bruder.«

»Und zwar?«

Ein Zögern. »Nennen wir es die Budgetvergaben bei dem Projekt. Vielleicht können wir noch ein paar Änderungen vornehmen.«

»Ach ja? Und welche?«

»Spesen.«

»Wovon reden Sie, Sipho?«

»Vom Oberst. Ich rede vom Oberst.«

»Ach, kommen Sie. Was soll mit dem Oberst sein? Ich habe dem Oberst schon erklärt, dass uns zehn Prozent das Genick brechen würden.«

»Er ist ein überzeugender Mann. Er ist ein Mann mit Verbindungen.«

Rej tigert durch sein Schlafzimmer, das Telefon im Freisprechmodus, während er es in einem Winkel an seinen Mund hält. »Na und? Sie sind auch ein Mann mit Verbindungen. Mit Ihren Verbindungen können wir das Kind schaukeln.«

»Sie verstehen nicht.«

»Nein! Sagen Sie mir nicht, dass ich nicht verstehe.« Rej weiß genau, was Sipho ihm sagen will, aber er soll es aussprechen. Es sind Leute, die allesamt hohe Prozentsätze mögen. Nicht nur abschöpfen wollen. Sondern nehmen. Leute, die die von Armut Geplagten nicht interessieren. Leute, von Gier zerfressen.

»Es geht nicht um viel, Bruder. Ein paar mehr Prozent. Um der Stärkung willen. Einer breit angelegten, wirtschaftlichen Stärkung. Damit die Leute Ertragsmöglichkeiten haben.«

Rej bleibt vor dem Ganzkörperspiegel stehen. »Wovon reden Sie, Sipho?«

»Von fünfzig Prozent. Das hat mir der Oberst unter vier Augen mitgeteilt. Fünfzig Prozent. Fünfzig Prozent meiner Provision. Er sagt, wenn Sie ihm seine zehn Prozent nicht zahlen, dann muss ich es tun. Ich kann das nicht, Bruder. Das ist Halsabschneiderei.«

»Sie wollen, dass ich die Gewinnmarge drücke? Das kann ich nicht tun. Wir haben bereits die Provisionen zugeteilt.«

»Um des Projekts willen, Bruder. Wir sind schon so weit gekommen, jetzt darf es nicht daran scheitern.«

Rej denkt: Du Arschloch, Dube, ist das eine Drohung? Sagt: »Wir können nicht höher, okay? Ende Gelände. Das ist unser Limit. Richten Sie dem Oberst aus, dass wir vielleicht später über Prämien sprechen. Verstehen Sie mich, Herr Generaldirektor? Lassen Sie das. Sagen Sie dem Oberst, er soll sich gedulden. Zufrieden sein. Wir haben Wichtigeres zu tun. Am Ende bekommt er vielleicht auch ein *Bonsella.*«

Am anderen Ende der Leitung erklingt ein Grunzen. »Mann, Bruder. Das kann schlecht ausgehen.«

Rej tritt von dem Spiegel weg. Nimmt eine Hantel und beginnt ein paar Armübungen. »Herr Generaldirektor, hören Sie mir zu. Ich habe Sie aus einem anderen Grund angerufen. Ravi Pollard macht Probleme. Es wird offenbar Schwierigkeiten mit den Amerikanern geben. Und wenn es Schwierigkeiten mit den Amerikanern gibt, wird uns das nicht gefallen. Ihnen wird das nicht gefallen, Sipho. Sie müssen also Mr. Ravi Pollard erklären, dass es keine Probleme gibt. Sagen Sie ihm, dass die Amerikaner besser als die Chinesen sind. Die Amerikaner helfen uns, sie helfen unserem Land, sie helfen dem Volk. Die Bedingungen sind gut. Sie haben die Kapazitäten. Wir sind bei ihnen in sicheren Händen.«

»Es gibt noch die Chinesen. Dann könnten wir auch den Oberst mit einberechnen.«

»Nein, es gibt keine Chinesen. Wollen Sie diesen ganzen Prozess von vorne beginnen, Herr Generaldirektor? Wenn wir so knapp vor einem Abschluss stehen? Das wollen Sie garantiert nicht, Herr Generaldirektor. Sie wollen auch sicher keine Auslagen erstatten. Überzeugen Sie Mr. Pollard, sich zu entspannen.«

Ende. Rej Ben Ali legt auf. Soll der Generaldirektor nur etwas in seinem eigenen Saft schmoren. Er wird Pollard anrufen. Er wird dem Banker seine Sorgen ausreden.

Um zwanzig nach neun betritt Rejab Ben Ali sein Büro. Niemand anderer als Tyrone Mansoor ist gerade dabei, seine Sekretärin anzugraben. Rej gibt sich kühl. Wünscht lässig einen guten Morgen, sagt Tyrone, er solle hereinkommen und ihm erzählen, was vorgefallen ist. Bittet die Sekretärin um zwei Rooibos-Tees. Hört ein frisches »Natürlich, sofort, Mr. Ali«. Sagt zu Tyrone, er solle sich setzen, und weist dabei auf die kleine Sitzgruppe in seinem Büro. Lässt sich dem Sicherheitsmanager gegenüber nieder. Ganz entspannt. Lächelnd.

»Dann erzähl mir mal von diesem Captain Flip.«

Keine Gereiztheit. Kein Anschiss. Eine einstudierte Ruhe, die auch Gleichgültigkeit sein könnte. Auf Tyrones Gesicht spiegelt sich Überraschung wider. Der Mann ist verwirrt. Rej gefällt das – sein Gegenüber zu verunsichern.

»Muss unerwartet gewesen sein.«

Tyrone nickt. »Ja, Mr. Ali, sehr unerwartet.«

»Hast du herausgefunden, wer das ist, dieser Captain Flip?«

»Das habe ich noch vor, Mr. Ali. Ich habe ein paar Kontakte.«

»Aber er sprach vom Betrugsdezernat?«

»Ja, genau.«

»Bist du dir sicher?«

»Absolut sicher.«

»Gut. Lass es mich wissen, okay? Sobald du diesen Captain Flip auf dem Schirm hast, lässt du es mich wissen.« Rej denkt: Vielleicht ist das ein Fall, wo dieser Oberst hilfreich wäre. Könnte etwas Arbeit für sein *Bonsella* leisten. Der Oberst ist sicher gut vernetzt. Rej betrachtet Tyrone Mansoor, der ihm gegenübersitzt und zu Boden starrt. Man mag kaum glauben, dass dieser Kerl auf jemanden zutreten und ihn geradewegs erschießen kann. Die Sache ist die: Wenn man Tyrone genügend Geld bietet, tut er alles. Momentan wirkt Tyrone niedergeschlagen, was Rej darauf bringt, diese Stimmung für sich zu nutzen.

Er fragt: »Was ist los, Tyrone? Hast du eine Freundin, oder was ist los?«

Tyrone schaut überrascht auf. »Nein, Mr. Ali.«

»Und wo warst du dann gestern Abend?« Rej gibt sich besorgt. »Bist du in irgendetwas verwickelt?«

»Nein, Mr. Ali. Überhaupt nicht.«

Rej wird auf einmal klar, dass genau hier das Problem liegt. Tyrone hat noch etwas anderes am Laufen.

Tyrone erklärt: »Es ist mein Neffe, Mr. Ali. Naasir. Ich besuche ihn gern. Und meine Schwester ebenfalls. Manchmal gelingt es nicht, gleich nach dem Abendessen wieder zu fahren.«

Quatsch, denkt Rej. Laut sagt er: »Familie ist wichtig, Tyrone.« Beginnt einen Vortrag über Familienbande. Leitet weiter zu seinen Sorgen hinsichtlich seiner eigenen Schwester, ihrer stressigen Arbeit, der Bedeutung des Projekts Renaissance. Unterbricht sich, als der Tee gebracht wird.

Fährt dann fort: »Ich möchte, dass du den Banker Ravi

Pollard triffst. Richte ihm aus, was ich dir gesagt habe. Dass er meine Schwester nicht mit irgendeinem Unsinn behelligen soll. Okay? Vielleicht triffst du ihn am besten in seiner Wohnung, High Level Road. Schön ruhig. Da kannst du gut mit ihm unter vier Augen sprechen.«

»Wie genau soll ich sprechen?«

»Na ja, du weißt schon, Tyrone. Ohne dass es problematisch wird. Bloß bis er kapiert, worum es geht. Ich muss dir das nicht erklären. Du weißt, wie diese Dinge gehandhabt werden. Schau dir die Sachen in seiner Wohnung an, seinen Nippes, die Fotografien, was auch immer da so rumsteht. Du weißt, dass solche Dinge einen Wert haben. Niemand mag es, wenn man sie anfasst, weil man sie dabei kaputtmachen könnte.«

Tyrone Mansoor nickt über seinem Tee. Er wirkt nicht glücklich, findet Rej. »Nur die Dinge, Mr. Ali.«

»Damit fängst du an, Tyrone. Und siehst, wie es so läuft. Komm schon, das ist nichts, was du nicht schon mal gemacht hast. Allerdings ganz diskret, Tyrone. Verstehst du mich?«

»Ich glaube schon, Mr. Ali.«

Rej trinkt seinen Tee aus. Lächelt sein Gegenüber an. Er hat keine Ahnung, wie Tyrone das handhaben wird. Vielleicht zertrümmert er die ganze Wohnung. Vielleicht lässt er Pollard vom Balkon baumeln. Tyrone einen solchen Auftrag zu erteilen, ist ein Hasardspiel. Man bittet um Einschüchterung, und es endet mit Leichen. So lief es bereits zweimal zuvor.

»Wann, Mr. Ali?«

»Das kannst du dir überlegen, Tyrone. Vielleicht legst du dich auf die Lauer und wartest auf ihn. Das wäre vielleicht eine gute Idee.«

No one's gonna stop me now, oh yeah!

7

So großartig fühlt sich Ravi Pollard um zehn Uhr an diesem Mittwochvormittag ganz und gar nicht. Er hat vielmehr das Gefühl, als sei die ganze Welt gegen ihn und würde versuchen, ihn aufzuhalten. Tatsächlich hat er den Eindruck, die ganze Welt ist hinter ihm her. Jedenfalls seine ganze Welt.

Da ist zum einen Rej Ben Ali, der bereits drei Voicemails hinterlassen hat, jede klang noch gereizter als die vorherige:

1: »Ich möchte Sie so bald wie möglich treffen, um Ihre Bedenken mit Ihnen zu bereden.«

2: »Wir müssen uns treffen, ehe Sie sich mit Angela hinsetzen, um Ihre Sorgen hinsichtlich des Projekts durchzusprechen. Ich habe mit Generaldirektor Sipho Dube telefoniert, und er wird Ihnen ebenfalls versichern, dass der Vertrag im Sinne und im Interesse aller ist. Bitte rufen Sie mich doch so schnell wie möglich zurück, damit wir ein Meeting vereinbaren können.«

3: »Ihre Einmischungen sorgen für Verwirrung und gefährden das Projekt Renaissance. Ich bin sehr befremdet hinsichtlich Ihrer Haltung. Wir müssen uns sofort treffen.«

Da ist zum anderen Antony Brennan, der zwei Nachrichten hinterlassen hat – unaufgeregt, aber doch dringlich:

1: »Bitte kommen Sie in mein Büro, sobald Sie hier sind.«

2: »Ich nehme an, dass Sie krank sind, Ravi. Wir machen uns im Büro alle Sorgen um Sie. Könnten Sie sich bitte melden?«

Dann ist da die Sekretärin seines Vorgesetzten, die ebenfalls eine Voicemail hinterlassen hat: »Wo stecken Sie, Ravi? Wir machen uns alle Sorgen um Sie. Ich habe heute Morgen den Fahrer zu Ihrer Wohnung geschickt, aber dort waren

Sie auch nicht. Bitte rufen Sie an. Ich hoffe, es geht Ihnen gut.«

Außerdem meldet sich Oberst Kaiser Vula mit einer Drei-Wort-Nachricht: »Rufen Sie an.« Ravi erkennt zwar nicht die Nummer, aber die Stimme. Die Tatsache, dass es der Oberst wagt, so bei ihm anzurufen, bedeutet, dass er ziemlich verzweifelt sein muss. Was Ravi Pollards rechtes Augenlid nervös zucken lässt.

Schließlich spricht auch noch Sipho Dube eine Nachricht auf: »Was ist los, Bruder? Die Amerikaner setzen mir hart zu. Wir müssen vorsichtig mit ihnen umgehen. Rufen Sie mich baldigst an, Bruder. Baldigst.«

Von Vicki Kahn gibt es keine Nachrichten. Er hat sie zehnmal, zwanzigmal angerufen. Inzwischen hat er aufgehört, mitzuzählen. Er hat keine Nachrichten hinterlassen – weder Voicemails noch SMS noch WhatsApp. Dass seine Telefonnummer jetzt auf ihrer Anrufliste steht, ist beängstigend genug. Dass sie nicht antwortet, verursacht bei ihm Durchfall. Schweren. Es überrascht ihn, dass seine Gedärme immer wieder etwas hergeben. Er will außerdem nicht mehr anrufen, denn möglicherweise versucht jemand bei jedem Anruf, sein Handy zu orten. So machen sie das im Fernsehen, weshalb es keinen Grund gibt, dass es in Wirklichkeit nicht auch stimmt.

Ravi Pollard sitzt in seinem Auto im Parkhaus des Kapstädter Flughafens. Er ist hier, weil er dauernd auf die Toilette muss. Weil er Sandwiches, Wasser, Obst und Schokolade bei Woolies kaufen will. Aus der Apotheke braucht er Imodium. Der Flughafen ist zudem einer der wenigen Orte, die er kennt, wo es noch öffentliche Telefone gibt. Gut, dafür braucht man eine Kreditkarte, aber er hat nicht vor, lange hierzubleiben. Jemand, der seine Karte überwacht, könnte nicht schnell genug reagieren, um ihn hier zu erwischen.

Die letzte Nacht verbrachte Ravi Pollard in einem Town Lodge Hotel. Er bezahlte das Zimmer mit seiner Kreditkarte, doch gestern machte sich noch niemand Sorgen um ihn. Nicht einmal Kaiser Vula.

Jetzt sieht die Lage ganz anders aus.

Aber er hat einen Plan entwickelt.

Ravi ist ein vorsichtiger Mann. Er hat miterlebt, was passieren kann. Wie der ehemalige Präsident und seine Kumpanen die Staatskasse plünderten. Weshalb Ravi Geld ins Ausland und zwar nach Dubai brachte. Ein Notgroschen, denn wenn die Schwarzen durchdrehten, mussten als Erstes die Inder daran glauben. So wie er das sah, waren die Schwarzen bereits durchgedreht. Sie trugen rote Overalls, brüllten alle möglichen Provokationen, lösten Aufruhr und Chaos aus, plünderten Geschäfte.

Sein Plan ist: in seine Wohnung zurückfahren und einen Koffer packen; seine Spesen von einer Million nach Dubai überweisen; sich dann auf den Weg nach Namibia machen, zur Grenze am Vioolsdrift. Die einzig mögliche Schwierigkeit wäre, dass Vula seinen Pass sperren lässt. Ravi plant das folgendermaßen zu lösen: Er will den Oberst vom öffentlichen Telefon in der Drogerie aus anrufen und ein nächtliches Treffen vereinbaren. Das würde ihm fünf oder sechs Stunden Vorsprung geben, ehe der Oberst nervös wird, weil Ravi nicht auftaucht. Bis dahin würde er beinahe die Grenze erreicht haben, und es wäre für den Oberst zu spät, noch einzugreifen. Er würde den Stempel für Namibia bekommen und nach Windhoek fahren, wo er den nachmittäglichen Flug mit Ethiopian Airlines über Addis in die Vereinigten Arabischen Emirate nähme. Freiheit. Ein neues Leben.

Das ist der Plan.

Ravi versorgt sich mit Proviant für die Reise. Versucht es

noch einmal bei Vicki, wo er erneut nur zur Voicemail durchgestellt wird. Das quält Ravi Pollard. Er mochte Vicki. Sie hätten es zusammen schön haben können. Vielleicht sogar mehr als das. Ravi ist ein Romantiker, der Gedanke an Hochzeit ist ihm nie ganz fern. Aber momentan weiß er, dass er gesucht wird. Er muss schnell handeln. Wegkommen, ehe sie ihn erwischen.

Das ist der Plan.

8

Fish hat auch einen Plan und zwar in Form einer Liste zum Abhaken:

Antony Brennan;

Mart Velaze;

Rej Ben Ali;

Tyrone Mansoor.

Allerdings nicht unbedingt in dieser Reihenfolge.

Trotzdem beginnt er am Mittwochvormittag doch ganz oben, weshalb er seinen weißen Polo auf den Gästeparkplatz der Capital Trust Private Bank stellt. Er brodelt vor Wut. Stürmt in Antonys Büro, während die Sekretärin noch mitten in ihrem Satz »Das können Sie nicht … Mr. Brennan …« steckt.

Fish schenkt ihr sein Lächeln. Perlweiße Zähne. Blitzende Augen. Das Gesicht, das Vickis Herz noch immer schneller schlagen lässt. Vor allem nach einem von Fishs berühmten Durban-Joints.

»Pescado, was zum Teufel!«, ruft Antony Brennan und wirbelt herum, während er hastig seinen Laptop zuklappt.

»Genau, was zum Teufel, *China*!« Fish stützt sich mit beiden Händen auf Brennans Schreibtischplatte ab und beugt sich vor. »Sie haben einen Mann namens Ravi Pollard, der hier arbeitet?«

»Ja, den haben wir. Was ist mit ihm?«

»Wo steckt er?«

»Hören Sie, Fish, was ist los?«

»Wo arbeitet er?«

»Abteilung Anlagen.«

»Mir wurscht, wie das heißt. Ich will ihn sehen. Los, führen Sie mich hin.« Fish richtet sich auf und wendet sich in Richtung Tür.

Antony bleibt sitzen. »Wozu?«

»Hoch mit Ihnen, Mister.« Fish hebt eine Hand, um Antony zu bedeuten, dass er aufstehen soll. »Eine private Angelegenheit. Sie stellen uns vor, und dann gehen Sie wieder. Das hat nichts mit Ihrem Projekt Renaissance zu tun.«

Jetzt springt Antony Brennan auf. »Davon haben Sie gehört? Wie ist das möglich?«

Fish grinst. »Glauben Sie mir: Ich habe viele Verbindungen. Ich bin Privatdetektiv. Ich höre einiges.«

»Das ist vertraulich. Das geht nur die Bank und unseren Klienten etwas an.«

»Amalfi Civils. Ich weiß, klar. Aber ich habe in Ihrem Auftrag Profile über sie erstellt, weshalb das Ganze nicht so vertraulich ist, wie Sie behaupten.«

Fish genießt es, Antony Brennan mit offenem Mund zu sehen. Seine Miene könnte aus einem Zeichentrickfilm stammen. »Bitte, ich meine es ernst. Was haben Sie gesehen? Was liegt Ihnen vor? Ich muss das wissen. Wir dürfen uns keine undichten Stellen erlauben.«

»Beruhigen Sie sich, Mann. Das ist nichts Großes. Ein paar Seiten über Regierungsaufträge. Nicht gleich ein Waffengeschäft, oder? Es sei denn, ich habe etwas übersehen.«

»Aber wie sind Sie zu diesem Dokument gekommen?«

»Wurde mir unter der Tür durchgeschoben. Oder an meine Windschutzscheibe geklemmt. Ist doch egal, wie ich dazu gekommen bin. Ich möchte mit Ihrem Mr. Pollard über eine andere Sache reden. Sagte ja schon, es handelt sich dabei um eine Privatangelegenheit.«

Antony Brennan ist entnervt, seine Hände fuchteln unruhig herum. Fish denkt: So sieht es also aus, wenn man die Hände ringt. »Ich kann nicht einfach in sein Büro platzen, mit Ihnen im Schlepptau.«

»Doch, können Sie. Wir können das. Kommen Sie, gehen wir. Je schneller wir es hinter uns haben, desto schneller bin ich wieder weg.«

»Und dieses Renaissance-Dokument zerstören Sie.«

»Ja, ja, Mann. Beruhigen Sie sich. Sie sind der Einzige, der weiß, dass ich es habe.«

»Außer der Person, die es Ihnen gegeben hat.«

»Außer der.« Fish schnalzt mit den Fingern. »He, konzentrieren Sie sich. Ravi Pollard.«

Aber niemand in Ravi Pollards Abteilung hat ihn am heutigen Tag gesehen. Auch gestern nicht. Sie haben ihm Voicemails hinterlassen und einen Fahrer zu ihm nach Hause geschickt, um festzustellen, ob er vielleicht krank sein könnte.

»Und wann war er das letzte Mal im Büro?«, fragt Fish.

Die Sekretärin erklärt, das sei am Montag gewesen. »Er hat mir erzählt, dass er nach der Arbeit jemanden auf einen Drink treffen wolle.«

»Ach ja? Hat er Ihnen auch gesagt, wohin er will? Und mit wem? Hat er einen Terminkalender?«

Die Sekretärin beginnt: »Wir sollen eigentlich nicht …« Doch Antony Brennan versichert ihr, dass es diesmal in Ordnung sei. Mr. Pescado arbeite als Ermittler für die Bank.

Der Eintrag in Ravi Pollards Terminkalender, der auf seinem Schreibtisch liegt, lautet: »Vicki, Lily.« Vicki mit einem »i« und keinem »y«. Fish denkt: Whoa, Vics, was ist hier los? Lily könnte eine Person sein, genauso gut aber auch diese Bar Lily's am Mouille Point. Er fragt: »Haben Sie die private Anschrift von Mr. Pollard?«

Die Sekretärin wirft Antony Brennan den erwarteten ehrerbietigen Blick zu. Antony Brennan nickt zustimmend.

Als er Fish zu den Liften begleitet, sagt er: »Ich habe einiges für Sie riskiert, Fish. Im Gegenzug erwähnen Sie bitte das Projekt Renaissance mit keinem Ton. Okay? Niemandem gegenüber. Verstehen wir uns?«

»Das tun wir doch immer, Mann.« Fish grinst ihn unverbindlich an. Denkt: Dieses Projekt Renaissance muss *skelm* sein. Irgendetwas, irgendwer in der Regierung wirtschaftet damit in die eigene Tasche.

Aber das ist nicht seine Sorge. Ravi Pollard wird vermisst. Auch die Leute vom Sicherheitsdienst haben ihn seit Dienstag nicht mehr gesehen.

»Vielleicht ist er geschäftlich unterwegs?«, fragt Fish und zeigt einen Moment lang eine Polizeimarke, die er für solche Fälle irgendwann einmal entworfen hat. Das reichte bei diesen Sicherheitsleuten meist aus.

Nein, die Sicherheitsleute schütteln den Kopf. Mr. Ravi hatte keinen Koffer dabei.

»Haben Sie Videoaufzeichnungen, die ich mir ansehen könnte?«, fragt Fish.

Eish, aikona, das wird schwierig, erklären sie ihm.

Warum denn?

Weil ein Jemand von einer Firma die gestern mitgenommen habe.

Eish, stimmt jetzt auch Fish ein. Das ist schade. Er hält sein

Handy mit einem Foto von Vicki hoch. »Haben Sie diese Frau schon mal gesehen?«

Die beiden nicken. Sie war einmal hier.

Am Montag? Gestern?

Vergangenen Montag.

»Sieh einer an«, sagt Fish und fragt die zwei, wann ihr Dienst angefangen hat. Während des Wochenendes?

Sie schütteln den Kopf. Ihr Dienst begann am Dienstag um neun Uhr morgens. Kurz darauf sahen sie Mr. Ravi.

»Sah er okay aus? Glücklich?«

Sie fanden, schon. Er winkte ihnen zu, lächelte. Wollte wissen, wie es ihnen gehe.

Fish gibt den beiden seine Visitenkarte. Wenn Mr. Pollard zurückkomme, sollen sie ihn anrufen. Und nein, Mr. Pollard sei nicht in Schwierigkeiten. Er müsse ihm nur ein paar Fragen über diese Frau stellen.

Will gerade in Richtung Lily's los, als eine WhatsApp-Nachricht von John Webster bei ihm eintrifft. *Ich meine es ernst. Wie wäre es mit einem Mittagessen im Konsulat?*

Fish ist mit anderen Dingen beschäftigt. Erst recht, als er bei Lily's nachfragt. Er sieht auf den Videoaufnahmen des Lokals vom Montag um 17 Uhr 30, wie Vicki mit einem Mann, der nur Ravi Pollard sein kann, etwas trinkt.

Ein attraktiver Kerl, der nicht sonderlich besorgt wirkt. Er trägt einen Anzug und ein oben offen stehendes Hemd. Die Kamera rotiert, alle fünf Minuten vollendet sie einen Schwenk um hundertachtzig Grad. Jedes Mal, wenn sie zu Vicki und Ravi gelangt, könnte man schwören, die beiden seien gute Kumpel, die zusammen den Tag ausklingen lassen. Allerdings hat sie einmal ihre Hand auf seinem Unterarm. Und einmal schauen sie sich an, ohne dass sich ihre Lippen bewegen. Sie reden da also nicht miteinander. Hätte man nur diese Aufnahme, könnte man einen anderen Eindruck von ihrer Beziehung gewinnen. Vor allem wenn man dann die sieht, wo die beiden ihre Köpfe zusammenstecken. Vielleicht flüstern sie miteinander. Vielleicht sind sie auch dabei, sich gleich zu küssen.

Es ist verstörend.

Hinzu kommt noch die Tatsache, dass Vicki am Montagabend seine Anrufe alle ignoriert hat.

Fish muss sich sortieren. Er muss überlegen. Vicki hatte etwas über einen Whistleblower erzählt; sie hatte am Wochenende ziemlich gestresst gewirkt; am Dienstag, also gestern, schickte sie ihm die Dateien; sie hatte geschrieben, dass sie sich jetzt auf den Weg zu ihm machen würde; wo sie nie eingetroffen ist. Es braucht nicht viel, um zu wissen, wer der Whistleblower war. Ebenso wenig bedarf es, um zu raten, wer nicht möchte, dass das Projekt Renaissance abgebrochen wird. Stets ist der Mann auf der anderen Seite der Rechnung Rej Ben Alis Sicherheitsmanager Tyrone Mansoor.

Die Liste zum Abhaken hat sich gerade geändert.

Das einzige Problem: Fish hat keine Ahnung, wie er mit Tyrone Mansoor umgehen soll. Am liebsten würde er ihm eine Neun-Millimeter ans Ohr halten. Allerdings ist das keine sehr praktikable Option in einem Büroumfeld. Oder auf einer belebten Straße.

Er sitzt in seinem Wagen am Leuchtturm von Mouille Point und starrt auf die Wellen, die dort hereinrollen. Kein besonders aufregender Wellengang. Da könnte es interessantere Strände geben. Aber Fish ist in Gedanken woanders. Die nur durch das Klingeln seines Handys gestört werden.

9

Genau ein solches Handyklingeln bringt Vicki wieder in die Welt der Lebenden zurück. Das Handy liegt auf einem Couchtisch neben einem Glas Wasser. Sie liegt auf einem Sofa, über ihrem Körper eine leichte Decke.

Ihr Kopf tut weh. Ebenso ihr Bauch, wo sie einige Schläge einstecken musste. Auch ihr Arm schmerzt, in den sie eine Nadel rammten. Sie setzt sich auf und reibt sich ihren Oberarm. Starrt das Handy an und schaut sich dann im Zimmer um. Es ist ein großer Raum, mindestens fünf mal fünf Meter groß. Ein weißer Raum ohne Fenster und mit nackten Wänden – bis auf ein eingelassenes Regal zur Rechten. Weiter hinten sieht sie zwei Metalltüren, in der Mitte des Zimmers brennt eine Neonröhre. Der Boden ist gefliest. Auf einer Seite stehen ein Kartentisch und drei Stühle, und dann gibt es noch diese Sitzgruppe mit dem Sofa, dem Couchtisch und zwei Sesseln auf einem Perserteppich.

Das klingelnde Handy: ein altes Tasten-Nokia. Das Display leuchtet auf. Nummer unterdrückt.

Sie fasst nach dem Glas mit Wasser. Ihr Mund ist trocken und ihr Zunge pelzig. Sie trinkt die Hälfte in einem Zug. Man wird sie beobachten. Wer immer das sein mag. Irgendwo muss sich eine Kamera verbergen.

Das Klingeln hört auf.

Sie trinkt das Wasser aus. Würde jetzt gerne pinkeln. Macht innerlich eine schnelle Liste: keine Schuhe, keine Armbanduhr, kein Aktenkoffer, dieselben Klamotten wie zuvor. Abgesehen von den Schlägen auf ihren Körper hat man sie nicht weiter misshandelt.

Drei Männer. Es waren drei Männer. Die zwei, die sie

packten und in den Transporter warfen. Und der im Transporter, der sie geschlagen hat.

Dann gab es da die laufende Pferdeschwanz-Frau.

Und einen Schuss.

Henry Davidson hätte mit der Zunge geschnalzt und den Kopf geschüttelt. Sie haben sich von denen einfach von der Straße weg mitnehmen lassen, Vicki? So etwas Grundsätzliches. Das lassen Sie zu? Ich weiß nicht. Wozu hatten Sie eigentlich die Ausbildung und das ganze Training? Sie müssen wachsamer sein, Mädchen. Denken Sie daran, was Alice sagt: »Der Unterschied ist gewöhnlich im Gesicht.« Nur dass es kein Gesicht gegeben hat. Es war ihr nicht möglich, auch nur einen kurzen Eindruck der Männer zu bekommen, die sie gepackt hatten. Und der Mann im Transporter trug eine Donald-Trump-Maske. Und er war schnell. Zog ihr in null Komma nichts einen Sack über den Kopf. Keiner hat zudem ein Wort gesagt. Das beängstigende Schweigen von Profis. Von Männern, die nicht zum ersten Mal jemanden von der Straße weg entführten.

Das Handy beginnt erneut zu klingeln. Sie lässt es fünfmal läuten, ehe sie den grünen Knopf drückt. Schaltet auf laut.

Und sagt nichts.

10

Wie Fish. Der darauf wartet, dass derjenige, der ihn anruft, zu sprechen beginnt. Er hört seinen Namen und erkennt die Stimme.

»Das ist ja ein Ding, meine Fresse. Der Erzspion höchstpersönlich ruft einen einfachen Bürger an. Welch Überraschung.« Fish denkt, dass er Mart Velaze bei einem der letzten Male, als er mit ihm zu tun hatte, hier am Leuchtturm traf. Zufall? Bei Velaze gibt es keine Zufälle.

Er sagt: »Beginnen Sie Ihre Anrufe nicht lieber mit einem Hallo?«

»Nicht, wenn die Nummer unterdrückt wird. Wenn so jemand anruft, soll er zuerst reden, oder ich lege auf.«

»Knallhart.«

»Finden Sie? Sie könnten ja auch eine Werbeschaltung sein, die durch eine Stimme aktiviert wird.«

»Bin ich aber nicht.«

»Was wollen Sie, Velaze? Verfolgen Sie mich?«

»Nein.«

»Sie wissen also, wo ich gerade bin.«

»Zufälligerweise. Beim Leuchtturm Mouille Point. Sie starren auf einen miesen Wellengang.«

»Und Sie verfolgen mich nicht?«

»Nicht wirklich. Ich habe Sie zufällig entdeckt, als Sie bei Ravi Pollards Wohnung vorbeischauten.«

Fish denkt: Nichts ist zufällig bei Mart Velaze. Er schaut sich auf dem Parkplatz um. Die meisten Autos sind leer. Einige Leute joggen die Promenade entlang, ein alter Kerl sitzt in seinem Wagen, eine Frau schluchzt an der Schulter einer anderen. Keine Spur von Genosse Mart. »Vielleicht sollten wir uns von Angesicht zu Angesicht weiter unterhalten?«

»Finde ich nicht. Diese Verbindung ist sicher, also keine Sorge. Nuckeln Sie an Ihrem Daumen, falls Sie nervös sind.«

»Was zum Teufel wollen Sie, Velaze?«

»Etwas Hilfe. Ein paar Insiderinformationen.«

»Ich bin nicht Ihr verdammter Agent.«

»He, *wena*, *Buti,* wir machen ein Tauschgeschäft. Okay? Sie geben was, ich gebe was.«

»Sie geben nie. Das ist Ihr Problem.«

Fish hört, wie Mart Velaze bis zehn zählt. Dann sagt der Agent: »Sie haben die Capital Trust Private Bank als Ihren Klienten. Genauer gesagt, Antony Brennan.« Das ist keine Frage, sondern eine Feststellung.

»Und? Was geht Sie das an? Ich verrate nichts über meine Klienten.«

»Klar, Mann. Regen Sie sich ab. Ich habe Sie angerufen. Und ich brauche Ihre Hilfe.«

»Haben Sie schon gesagt.«

»Noch einmal: Das sind Ihre Klienten. Die Person, für die wir beide uns interessieren, arbeitet in der Abteilung für ausländische Investitionen. Ich schicke Ihnen ein Bild. Schauen Sie es sich an, und dann sehen wir, was Sie davon halten.«

Es piept auf Fishs WhatsApp-Konto, und da ist ein Foto von Vicki und Ravi bei Lily's. Aus einem anderen Blickwinkel als die Bilder der Überwachungskamera, aber zur selben Zeit und am selben Tag aufgenommen.

»Haben Sie das gemacht?«

»*Yebo* – ja.«

»Wozu? Spionieren Sie hinter Ravi oder hinter Vicki oder hinter beiden her?«

»Es gibt Probleme.«

»Ach ja? Und welche wären das?«

»Wir haben Ravi Pollard seit sechsunddreißig Stunden nicht mehr gesehen. Seinen Handydaten nach befindet er sich noch in der Gegend, aber er ist unterwegs.«

Fish hätte am liebsten gesagt: Sie sind nicht der Einzige, der ihn aus den Augen verloren hat. Sprechen Sie mal mit seinen Kollegen. Stattdessen fragt er: »Warum stecken er und Vicki zusammen?«

»Das fragen Sie mich? Sie ist Ihre Freundin. Glauben Sie, ich kann plötzlich Gedanken lesen? Kommen Sie, Mann, was soll ich darauf sagen? Sie ist Anwältin, sie hat Mandanten. Vielleicht ist er ein Mandant?«

»Sie trifft einen Mandanten auf einen Cocktail im Lily's? Nein, mein Freund. Das macht Vicki nicht.«

»Aber Sie sehen sie dort. Also ist Ravi vielleicht kein Mandant. Vielleicht ein Liebhaber? Vielleicht betrügt sie Sie? Wollen Sie das damit sagen?«

Fish steht der Frage gegenüber, die ihn schon eine ganze Weile quält. Die Möglichkeit, dass die geheimnisvolle Vicki eine Affäre mit einem anderen hat. Nicht sehr wahrscheinlich, nach ihrem Verhalten am Wochenende. Schwer vorzustellen. Nur konnte man bei Vicki nie wissen. Er wusste es auch nicht, als sie wieder Poker zu spielen begonnen hatte. Warum sollte das anders sein?

»Haben Sie versucht, ihn anzurufen?«

»Das tun wir lieber nicht.«

»Ah, Sie wollen, dass ich das mache. Nachdem seine Bank ein Klient von mir ist. Der wahre Grund.«

»Sie haben es.«

»Was kann ich sagen? Ich bin nicht Ihr Geheimagent.«

Schweigen. Fish wartet. Er vermutet, dass noch mehr kommt.

»Okay, hier mein Vorschlag: Haben Sie einen Account bei Instagram?«

Fish erwidert, den habe er. Aber warum?

Mart Velaze erklärt ihm, er solle zu Stem Izwi gehen. »Ich teile hier mit Ihnen, Pescado. Schauen Sie sich die Bilder dort an, und Sie werden das sehen, was man ein Narrativ nennt. Könnte Ihnen weiterhelfen. Noch etwas. Wann haben Sie Vicki Kahn das letzte Mal getroffen?«

Ein echter Kinnhaken. Der Fish unerwartet trifft. »Geht Sie das plötzlich etwas an?« Er schaut zum Horizont hinaus.

Ein Containerschiff von Maersk fährt in die Reede und verdeckt die Insel. Jetzt taucht eine Vermutung in ihm auf: Vielleicht ist Mart Velaze ihr Betreuer? Unmöglich. Doch je mehr er darüber nachdenkt, desto unsicherer wird er. Er fragt: »Sind Sie Ihr Betreuer?«

Velaze lacht. »Netter Versuch. Aber nicht meine Entscheidung.«

Fish hat ein hohles Gefühl im Magen. »Was bedeutet, dass Sie es sind.« Am liebsten hätte er etwas zertrümmert. Das miese Lenkrad des Polo zum Beispiel. Er reißt sich zusammen. »Wie ist das passiert? Warum hat sie da zugestimmt? Mit Ihnen!«

»Fragen Sie nicht.«

»Tue ich aber.«

»Ich sagte ja schon, das geht mich nichts an, Pescado. Diese Seite von Kahns Leben betrifft nur Sie und sie. Was ich wissen will: Ist sie am Dienstagabend bei Ihnen gewesen? Sie hat Ihnen eine Mail geschickt, dass sie auf dem Weg sei. Ist sie angekommen?«

Eine weitere Erkenntnis: Diese verdammten Voliere-Agenten hatten auch ihre Mails im Blick.

»Nein, ist sie nicht.« Fishs Blut beginnt zu gefrieren. »Was bedeutet das, Velaze? Was verdammt noch mal bedeutet das?«

Keine Antwort. Am anderen Ende ist die Leitung tot.

11

Mart Velaze redet inzwischen nämlich mit der Stimme. Oder vielmehr hört er der Stimme zu.

»Häuptling, wahrscheinlich wissen Sie es noch nicht. Gestern Abend wurde eine Agentin angeschossen. In der Roeland

Street, um die Ecke von Buitenkant. Gummigeschosse aus einer Pistole. Wer macht so was? Jedenfalls wurde sie getroffen und liegt jetzt im Krankenhaus. Hässlicher Schuss in die Brust. Genau zwischen ihren Busen. Guter Schütze, meinen Sie nicht?«

Mart Velaze denkt: Ja. Und?

Als ob sie seine Gedanken lesen könnte, fährt die Stimme fort: »Ich komme gleich dazu, Häuptling. Sie brauchen erst die Hintergrundinformationen. Geduld. Es stellt sich heraus, dass sie eine von Oberst Vulas Leuten ist, mit dem Auftrag, unseren wertvollen Schatz im Auge zu behalten. Wussten Sie das?«

Mart Velaze erklärt, er habe das nicht gewusst.

»Haben Sie unsere Heldin im Auge behalten?«

Mart Velaze erklärt, dass er das getan habe.

»Sie sind der Hüter Ihrer Schwester, das wissen Sie. Und Sie hatten das Gefühl, dass alles sauber ist?«

Mart Velaze erklärt, er habe das gedacht.

»Sie hat nichts zu Ihnen über eine Überwachung gesagt? Ich kann mir nicht vorstellen, dass sie das nicht gemerkt hat. Unsere Alice ist zu schlau dafür. Aber zwei verschiedene Paar Augen haben sie beobachtet, und wir wussten nichts davon, Häuptling. Das ist nicht gut. Das ist sogar verdammt dürftig.« Die Stimme macht wieder einen auf britischen Akzent.

Mart Velaze schweigt. Es ist tatsächlich verdammt dürftig. Er hat Dinge übersehen. Vielleicht wäre es an der Zeit, dass die Stimme noch andere Agenten einsetzt und die Arbeitsbelastung auf mehrere Schultern verteilt. Das kann er ihr allerdings nicht vorschlagen.

Die Stimme fährt fort: »Jedenfalls hat sich Folgendes aus meinen Informationen ergeben: Vulas Missy biegt um die Ecke. Sie ist etwa dreißig Meter zurück, als sie diesen Transporter am Straßenrand halten sieht. Zwei Männer springen heraus und schnappen sich unsere Frau wortwörtlich im Handumdrehen. Simsalabim, und sie ist verschwunden. Oberst Vulas Mädchen stürzt hin, um einzugreifen, versucht ihre Waffe zu zücken – peng, wird sie mit einem Gummigeschoss niedergestreckt. Die Frage lautet jetzt: Wer hat Vicki Kahn entführt?« Eine Frage, der ein langes Schweigen folgt, als ob die Stimme aufgelegt hätte.

Mart Velaze wartet. Er weiß, dass die Frage rhetorisch gemeint war.

Plötzlich: »Wie wäre es mit den Amerikanern? Das hatten wir schon von Anfang an vermutet. Meinen Sie nicht?«

Er meint das durchaus. Sagt es aber nicht.

»Haben Sie mit ihrem Liebsten geredet, dem goldigen Blonden?«

Mart Velaze bejaht ihre Frage.

»Er wird versuchen, Ravi Pollard anzurufen.«

»Gut. Sehr schön. Und über die süße Alice? Ahnt er, dass sie mit dem jungen Banker was am Laufen hatte?«

»Er ahnt etwas.«

»Oh, das wird hässlich für die beiden werden. Männer mögen es nicht, wenn ihr Besitz aller Welt zugänglich ist. Selbst in Ausübung ihrer Pflichten. Dass eure Frauen für Volk und Vaterland in fremde Betten springen, könnt ihr Männer schlecht ertragen – nicht wahr, Häuptling?«

Mart Velaze bevorzugt, sich in dieser Hinsicht nicht festzulegen.

»Von Ihnen vielleicht abgesehen, Häuptling. Sicher wird Ihre Mossadi auch in dieser Richtung ihren Dienst erfüllen. Dazu brauchen Sie nichts zu sagen. Sprechen wir weiter. Wir müssen jetzt herausfinden, welcher der Amis genau unsere Agentin geschnappt hat. Ganz zu schweigen von der

Frage, was sie mit ihr machen. Außerdem, wie wir dieses Projekt Renaissance diskret stilllegen. Mir scheint, die Antwort auf dieses zweite Problem liegt erstens bei Amalfi Civils und zweitens bei unseren Staatsbeamten Dube und Ich-will-auch-ein-Stück-vom-Kuchen-Vula. Sind Sie da meiner Meinung?«

»Soll ich sie mir näher betrachten?«

»Sehr nahe. Sodass ein Flüstern reicht. Zeigen Sie ihnen, was wir haben, Häuptling. Machen Sie zum Beispiel alle mit dem Instagram-Narrativ vertraut. Lassen Sie sie wissen, dass wir wissen. Gefolgt von einem kleinen Geplauder unter vier Augen. Nichts ist so wirkungsvoll wie der Anblick eines Hohlspitzgeschosses. Das müsste Ihnen Spaß machen.«

»Selbst beim Oberst?«

»Hm. Nein, nicht beim Oberst. Noch nicht. Laut meiner Information fliegt Angela Amalfi heute am späten Abend nach Hause zurück. Das könnte eine Möglichkeit darstellen. Wie auch immer. Ich melde mich bezüglich der Yankees wieder. In der Zwischenzeit mögen die Vorfahren mit Ihnen sein.«

12

Fish Pescado schickt Ravi Pollard eine SMS. Eine kleine Warnung. Nennt seinen Namen. Erklärt, dass Vicki Kahn eine Kollegin sei. Schreibt, dass er für Antony Brennan von Capital Trust Ermittlungen anstellt. Er tippt: *Ich kann Ihnen helfen. Ich rufe Sie in fünf Minuten an. Sie sollten abheben.*

Er sitzt da und starrt aufs Meer hinaus, während er sich fragt, ob dieser Ravi Pollard Vicki vögelt oder ob Vicki Ravi Pollard vögelt als Teil einer verdeckten Ermittlung für Mart Velaze.

Wie auch immer – Fish leidet. Er betrachtet das Foto, das im Lily's aufgenommen wurde, und würde dem Arschloch am liebsten einen Ziegel ins Gesicht schlagen. Eine schmetternde *Snotklap.*

Er holt tief Luft. Erinnert sich daran, was Mart Velaze über den Instagram-Account Stem Izwi gesagt hat. Etwas über ein Narrativ, das dort ausgebreitet werde.

Er klappt seinen Laptop auf und klickt sich bis zu dem Account durch.

Nicht gerade eine Schatzkiste. Nur vier Bilder. Zuerst von vier Leuten im Restaurant Harbour House. Nicht unähnlich dem Bild, das er selbst von diesem Mittagessen gemacht hat. Man sieht Generaldirektor Sipho Dube, den Banker Ravi Pollard, Angela Amalfi sowie Rej Ben Ali. Es war klar, dass es einen guten Grund gab, warum Mart Velaze an diesem Tag dort gegessen hat. Das nächste Bild ist von ihm selbst auf der St. Georges Mall, wie er gerade Tyrone Mansoor folgt. Dann sitzt Tyrone Mansoor hinter dem Steuer eines Wagens, der die Regierungsgarage verlässt, sein Beifahrer muss dieser Oberst Kaiser Vula sein. Und schließlich das Foto, das er bereits viel zu oft angesehen hat: Vicki und Ravi Pollard im Lily's. Ganz offensichtlich kommt Mart Velaze ziemlich herum.

Ein Narrativ ergibt sich daraus nicht für Fish. Es sind vielmehr ein paar Punkte, zwischen denen Fish, wie ihm jetzt dämmert, eine Verbindung darstellt. Auf einmal erinnert er sich, dass ihn Mart Velaze direkt nach seinem Hinweis auf dieses Narrativ fragte, wann er Vicki das letzte Mal getroffen habe.

Vicki steckt offenbar tief mittendrin. Deshalb hat sie ihm auch diese Tabellen für das Projekt Renaissance geschickt.

Jetzt ruft Fish Ravi Pollard an. Durchatmen, *Boykie*, tief durchatmen.

Ravi Pollard hebt ab.

Fish fragt: »Können wir uns treffen? Vielleicht in Ihrem Büro?«

»Wozu?«

»Um ein paar Details im Projekt Renaissance auszubügeln. Provisionen, finanzielle Ablaufpläne, solche Sachen. Nur um sicherzustellen, dass Sie Ihren steuerlichen Pflichten nachkommen.« Fish saugt sich irgendwelche Begriffe aus den Fingern.

Ravi Pollard will wissen, ob Vicki Kahn auch bei dem Meeting teilnehmen wird.

»Selbstverständlich. Sie macht sich Sorgen.«

Er hört ein erleichtertes Seufzen.

»Nicht im Büro. In meiner Wohnung, in einer Stunde. Nur Sie und Vicki.«

»Kein Problem. Wir sind da. Wenn Sie mir noch sagen, wo wir hinkommen sollen.«

Das tut Ravi Pollard.

Fish legt auf. Murmelt vor sich hin: »Wir sehen uns gleich, *China.*«

13

CIA-Emblem
Informationstypus: Sprachaufnahme
Sammlung: GEHEIM SÜDLICHES AFRIKA
Aktennummer (VO): 0000414423
Ursprüngliche Klassifizierung: (50X1)
Datum der Aufnahme: 18. Juli 2018
Fallnr.: John Webster-2017-00550
Operation Fynbos

Kontextanmerkungen plus Transkriptionen von Aufnahmen mit Vicki Kahn
Transkription Textverarbeitung: TS

Anmerkung: Die Zielperson wurde durch ein ferngesteuertes Audiogerät befragt, während sie in einem Kellerraum der Dienststelle in Kapstadt festgehalten war. Während der Befrager Bilder der Zielperson über eine Kamera erhielt, konnte die Zielperson selbst unsere Agenten nicht sehen. Sie gab sich entspannt und zeigt darin, dass sie eine gut ausgebildete, beherrschte Agentin ist, die mit belastenden Situationen umzugehen weiß. Sie stellte eine Reihe von Fragen und wirkte trotz ihrer Lage nicht eingeschüchtert.

Tonaufnahme 1

JW: Hi, Vicki Kahn!
VK: Wer sind Sie?
JW: Sagen wir, ein besorgter Mitmensch.
VK: Warum bin ich hier, besorgter Mitmensch? Warum das ganze Schauspiel?
JW: Ja, ich muss zugeben, es ist eine gewisse Show gewesen. Sagen wir, zum einen, weil Sie für uns von Interesse sind. Zum anderen, weil wir Ihre Aufmerksamkeit wollten.
VK: Meine Aufmerksamkeit hätten Sie durch einen Anruf gehabt. Eine Verabredung in einer Hotellounge hätte gereicht.
JW: Möglich. Aber ich denke, vielleicht auch nicht. Wir müssen Sie dazu bringen, sich zu konzentrieren.
VK: Und Sie glauben, ich schaffe das nicht unter normalen Umständen?

JW: Wir wissen, dass Sie das können. Keine Frage. Aber das sind keine normalen Umstände, Vicki Kahn.

VK: Das kann man laut sagen. Ich will auf der Stelle freigelassen werden.

JW: Ja, keine Frage. Natürlich. Das wird Teil unseres Gesprächs sein.

VK: Also, wer sind Sie? CIA? Amerikanische Botschaft?

JW: Amerikaner, Sie haben es erfasst. Den Akzent kann man wohl nicht überhören. Aber vor allem sind wir besorgte Mitmenschen, die mit Ihnen reden wollen.

VK: Worüber?

JW: Über vieles. Plaudern wir.

VK: Von Schuhen, Schiffen, Siegellacken. Ja, ich kenne das Zitat.

JW: Selbstverständlich kennen Sie das. Sie hatten einen guten Lehrer, einen der besten. Allerdings denken wir mehr an Könige. Oder nennen wir sie lieber moderne Arschlöcher, Präsidenten.

VK: Was ist mit denen?

JW: Es geht uns um ihre Schwachstellen, wie man das gerne nennt. Aber nicht zu schnell, Vicki Kahn. Ehe wir uns damit beschäftigen, machen wir es Ihnen bequem. Wir wollen doch nicht unsere guten Manieren schleifen lassen. Amerikanische Gastfreundlichkeit. Was möchten Sie essen und trinken? Es gibt eine Speisekarte, die wir für Sie auf den Kartentisch gelegt haben.«

VK: Ich möchte meine Sachen zurück.

JW: Klar, kein Problem. Darum kümmern wir uns später. Eines nach dem anderen. Etwas für das leibliche Wohl, dann möchten Sie sich vielleicht etwas frisch machen. Das Badezimmer finden Sie hinter der Tür auf der linken Seite. Es hat Ihre Seifenmarke, Shampoo, Spülung, Deodorant. Es gibt zudem T-Shirts und Jeans in Ihrer Größe, ebenso Unterwäsche. Und einen Schlafanzug. Die Couch fungiert auch als Schlafsofa, was angenehmer ist als ein Schlafsack in der Wüste.

VK: Ich stehe kurz vor meiner Periode. Ich brauche Binden.

JW: Wissen wir. Im Kosmetikschrank liegt eine Schachtel. Zudem Tampons.

VK: Wie überaus umsichtig.

JW: Wir versuchen, genau zu sein.

VK: Das alles hier wird nichts, ehe ich nicht weiß, wer Sie sind. Warum ich hier bin. Was Sie wollen. [Ein Lachen.]

JW: Sie stellen viele Fragen, Vicki Kahn. Nun, Ma'am, Sie sind hier, weil Sie für uns von Interesse sind. Das sagte ich ja schon. Was wir wollen, ist, mit Ihnen zu einer Vereinbarung zu kommen. Wer wir sind? Ich nehme an, das haben Sie bereits kombiniert.

VK: Ach, verpissen Sie sich.

Ende von Tonaufnahme 1

Tonaufnahme 2

Anmerkung: Zwischen dem Ende der Aufnahme 1 und dem Beginn der Aufnahme 2 gab es eine Pause von fünf Minuten. Während dieser Zeit wurde die Zielperson genau beobachtet. Sie blieb auf dem Sofa sitzen, die Hände im Schoß, die Augen auf den Fernseher gerichtet. Sie war offenbar der Meinung, dass wir im Bildschirm eine Kamera installiert haben. Sie war aufmerksam, aber ruhig, und zeigte keine Anspannung.

JW: Bitte machen Sie das nicht mehr, Vicki Kahn. Das ist nicht hilfreich, Ma'am. Wir wollen doch im Gespräch bleiben.

VK: Wie einschüchternd.

JW: Das möchten wir nicht sein.

VK: Tätlicher Angriff. Unfreiwillige Medikamentengabe. Entführung. Geiselhaft. Das soll nicht einschüchternd sein? In welcher Welt leben Sie eigentlich?

JW: Dieselbe, in der auch Sie leben, Ma'am. Wir haben den gleichen Beruf.

VK: Für einen Anwalt haben Sie eine sehr fließende Vorstellung davon, was legal ist.

JW: Nicht diesen Beruf. Ihren anderen Beruf.

VK: Ich habe keinen anderen Beruf.

JW: Hübsch pariert. Wir wissen, dass das nicht ganz stimmt. Allerdings habe ich keine andere Antwort erwartet. Demontage bei jeder Gelegenheit. So macht man das in unserer Branche, nicht wahr? Sie haben die Ausbildung durchlaufen. Eine kurze Zeit lang haben Sie für die *State Security Agency* gearbeitet. Für die Organisation, die Sie gerne die Voliere nennen. Netter Witz übrigens, wir mögen Ihren Humor. Ihr Vorgesetzter war Henry Davidson, uns wohlbekannt. Sie waren eine seiner besten Agentinnen. Ich möchte noch sehr kurz anfügen: Nachdem Sie dort gekündigt haben, wurden Sie von ihnen kontaktiert – oder um genau zu sein – von Ihrem Betreuer. Sie begannen dort auf freiberuflicher Basis zu arbeiten, und zwar bei verdeckten Einsätzen. Nach allem, was wir wissen, könnten Sie immer noch bei der Voliere beschäftigt sein. Einmal Krähe, immer Krähe sozusagen [Lachen]. Wie schlage ich mich? Ziemlich gut, oder? Geben Sie es zu, Ma'am. Wir haben unsere Hausaufgaben gemacht. Sie können uns beglückwünschen. Unsere wirkliche Professionalität bewundern.

VK: Was haben Sie? Eine Kamera oder ein Guckloch?

JW: Ich will Sie nicht anlügen. Es ist eine Kamera.

VK: Wo?

JW: Im Flachbildschirm. Zur gegebenen Zeit werden Sie uns dort sehen können.

VK: Und im Badezimmer haben Sie auch Kameras?

JW: Nein, nein. Wir sind schließlich keine Voyeure.

VK: Was Sie nicht sagen.

JW: Wir möchten, dass Sie sich wohlfühlen. Wir wollen, dass Sie mit uns reden. Wir haben gemeinsame Interessen, Ma'am. Wir wünschten, es wäre anders, aber für den Moment ermöglicht uns die Technologie, auf diese Weise miteinander zu kommunizieren.

VK: Was besser als Waterboarding ist. Zumindest von meiner Warte aus. [Lacht.]

JW: Wie ich schon sagte: Uns gefällt Ihr Humor.

VK: Hatten Sie auch Kameras in meiner Wohnung?

JW: Nein. Da haben Sie uns überlistet, Ma'am.

VK: Aber die in Fishs Haus waren von Ihnen?

JW: Ja, waren sie. Die im Haus von Fish Pescado waren von uns. Wir wussten nicht, dass Sie sie gefunden haben. Interessant. Das ist sehr Vicki Kahn. Deshalb wollen wir auch mit Ihnen reden.

VK: Sind Sie der Donald Trump? [Lachen.]

JW: Volle Punktzahl. Sie haben es erraten. Bin ich ein guter Präsident?

VK: Sie haben mich geschlagen.

JW: Ich gebe es zu. Das tut mir aufrichtig leid, Ma'am. Gehört zum Einschüchterungsprozess. Sie wissen, wie es ist. Bin ich ein guter Präsident?

VK: Wenn Sie ein Clown sind.

JW: Touché. Scharfe Erwiderung, Vicki Kahn. Jetzt zur Speisekarte: Ich empfehle die Cannelloni und den Salat. Danach ein Kaffee und eine Lindt-Kugel. Der Kaffee ist gut. Kann mit Truth's mithalten. Nachdem Sie gegessen haben, reden wir weiter.

VK: Bevor Sie verschwinden: Gehe ich richtig in der Annahme, dass Ihr Name John Webster ist?

Ende von Tonaufnahme 2

Anmerkung: Auf ihre letzte Frage bekam sie keine Antwort. Die Befrager waren überrascht und bewunderten ihre Fähigkeit zu Schlussfolgerungen in einer Situation, die nur als außergewöhnlich bezeichnet werden kann. Diese Zielperson zeigt großes Potenzial.

14

Auch Tyrone Mansoor und Janet befinden sich in keiner gewöhnlichen Situation. Er fragt sie zuerst höflich, wo denn die Herrschaften seien. Nein, erwidert Janet, sie sind nicht zu Hause. Sie sind bei der Arbeit. Madam sei eine Anwältin in der Stadt, und der Herr sei ein privater Ermittler. Tyrone zeigt ihr einen Telkom-Ausweis und erklärt, er komme von der Telefonfirma. Ja, sagt Janet, sie erinnere sich an ihn, als sie ihn weggejagt habe. Tyrone lacht. Meint, er sei damals verwirrt gewesen, das tue ihm leid. Er habe nicht gewusst, dass sie die Hausangestellte der Herrschaften sei. Er müsse aber dringend wissen, wann Madam zu Hause sei, denn er wolle mit ihr über ein besonderes Angebot sprechen. Mit extraschnellem Breitband, vier Gigabyte für ihren Laptop, einem Anrufbeantworterdienst und freien Inlandsanrufen. Ein unglaublicher Deal, für beide Herrschaften ausgesprochen geeignet.

Sie stehen im Hinterhof von Fishs Haus. Vor der Küchentür. Davor saß Janet in der Sonne und genoss die Wärme in ihren Knochen. Plötzlich tauchte der Telkom-*Skollie* um die Ecke auf. Blieb abrupt stehen, als er sie sah.

»Sie schon wieder«, sagte sie und nahm ihren Platz an der Küchentür ein. Während sie reden, öffnet sie die Tür. Fragt den Telkom-*Skollie*, ob er vielleicht eine Nachricht hinterlassen will. Vielleicht eine Telefonnummer. Er solle warten, bis sie Papier und Stift geholt habe.

Nein, erwidert er. Am besten lasse er seine Visitenkarte da, wenn sie sicherstellen könne, dass die Herrschaften diese auch bekämen.

Aber Janet ist schon im Haus, wo sie ein Messer mit einer breiten Klinge aus dem Messerblock auf der Arbeitsplatte zieht. Springt kreischend und wild um sich stechend wieder heraus. Ihr erster Streich – von links nach rechts mit der Rückhand – lässt Tyrone zurückzucken und aus dem Gleichgewicht geraten. Er sieht, wie die *Bergie* mit voller Wucht das Messer nach oben reißt, diesmal mit der Vorhand von rechts nach links. Spannt sich an, um den Angriff mit seiner Schulter abzuwehren. Dann spürt er das Messer in sein Fleisch fahren. Merkt das Brennen.

Die *Bergie* steht da und schaut ihn an – ebenso überrascht wie er selbst. Schließlich brüllt sie: »Ich hab dein Blut, *wena, skollie, voertsek*!«

Sie sieht so aus, als würde sie erneut ausholen, um ihn diesmal in die Eingeweide zu stechen.

Aber er hat sein Gleichgewicht wieder und springt von einem Fuß auf den anderen, während sein Körper hin- und herschwingt. Mit einem Hieb im Karatestil schlägt er ihr das Messer aus der Hand. Es schlittert über den Betonboden außer Reichweite.

»Fok, poes.«

Tyrone Mansoor zückt seine Waffe.

15

Dieselbe Waffe baumelt jetzt mit ihrem Abzugbügel an seinem Finger. Er lässt sie vor und zurück schlenkern. Bei jedem dritten Mal fängt er den Griff in seiner Faust.

Er hockt auf Ravi Pollards Sofa. Vor ihm auf dem Couchtisch ein Haufen von Erste-Hilfe-Verpackungen und Müll: blutige Wattebäusche, Verbände, antiseptische Salben. In Ravis Badezimmer fand er einen Medizinschrank mit den wichtigsten Dingen: Bandagen, Pflaster, Mull, Gaze, Sicherheitsnadeln. Man könnte annehmen, die Ausrüstung müsse einem Sanitäter gehören. Oder einem Paranoiker. Brachte Tyrone dazu, einen zufriedenen Pfiff auszustoßen.

Als Erstes warf er sich drei Schmerztabletten ein. Dann kochte er Wasser. Zog sein Shirt aus, was die Wunde erneut bluten ließ. Er goss das kochende Wasser in eine Schüssel und fügte eine Kappe Dettol hinzu. Tauchte etwas Watte in die Flüssigkeit, um die Wunde zu reinigen. Sie ist nicht tief. Dennoch hätte ein Arzt sie sicher zugetapt, aber Tyrone macht sich über solche Dinge wenig Gedanken. Er hat Salbe daraufgeschmiert, sie mit einer Mullbinde bedeckt und dann noch einen festen Verband mit einer Sicherheitsnadel befestigt. Wie von einem Profi.

Jetzt lehnt er sich zurück. Auf seiner Stirn steht Schweiß.

Tyrone gelangte über die Feuertreppe in Ravi Pollards

Wohnung. War acht Stockwerke hochgelaufen. Das Schloss an der Tür hatte er in dreißig Sekunden offen. Machte es sich sogleich bequem und versorgte seine Wunde.

Seine Jacke hängt über einem Stuhl. Es ist eines seiner Lieblingsstücke, eine Wildlederbomberjacke, die jetzt ruiniert ist. Blutbefleckt und am Oberarm durchschnitten. Nicht mal ein pakistanischer Schneider würde das wieder hinbekommen. Vielleicht würde er einen neuen Ärmel annähen, aber das sähe seltsam aus.

Zusammengeknüllt in einer Ecke liegt Tyrones Hemd. Er trägt eines von Ravis taillierten, rosafarbenen David-Jones-Baumwollhemden. Den linken Ärmel hat er oben an der Schulter abgetrennt, um Platz für den Verband zu haben. Das Hemd hat einen guten Schnitt. Sie haben die gleiche Figur. Was praktisch ist, denn Tyrone hat im Schrank außerdem eine Bomberjacke aus Leder gefunden, die fast für ihn angefertigt zu sein schien. D & G. Von Ravi in New York erstanden, ein Schnäppchen, 1000 Dollar statt 2850.

Tyrone hat sich einen Kaffee gemacht, eine Packung Mantelli's Shortbread im Küchenschrank und einen reifen Brie im Kühlschrank gefunden. Während er auf dem Flachbildschirm Trevor-Noah-Clips auf YouTube ansieht, verspeist er die Kekse und den Käse. Ravi hat die Möglichkeit, direkt zu YouTube durchzuschalten. Was Tyrone davon überzeugt, seinen eigenen Flachbildschirm gegen einen einzutauschen, der auch eine solche Auswahl hat wie dieser. Er genießt Trevor Noah, wobei er manchmal laut lachen muss. Bis er das Kratzen von Ravi Pollards Schlüssel im Schloss hört. Da schaltet er den Fernseher stumm. Lehnt sich auf der Couch nach vorne. Lässt die Waffe von seinem Finger baumeln. Vor und zurück. Vor und zurück. In die Faust. Vor und zurück. Vor und zurück. In die Faust.

Die Haustür schließt sich. Und hier kommt Ravi Pollard. Bleibt stehen. Mit erstarrtem Gesicht. Wollte ganz offensichtlich abhauen.

»Setzen Sie sich«, sagt Tyrone Mansoor. »Echt, *Bru*, das wäre besser.« Er sieht, wie Ravi von ihm zum Bildschirm blickt und dann wieder zu ihm zurück. Oder vielmehr zur Waffe in seiner Hand.

Auf dem Bildschirm redet Trevor Noah gerade mit einem Eskom-Telefonberater über den Stromlastabwurf.

»Er ist witzig«, meint Tyrone und zeigt mit der Waffe auf den Bildschirm. Schaut Ravi Pollard zu, der sich auf einen Sessel ihm gegenüber niedergelassen hat. Der Mann bewegt seinen Mund, als wollte er etwas sagen.

»Ja, *Bru*«, beruhigt ihn Tyrone. »Sie wollen wahrscheinlich wissen, wer ich bin. Und warum ich hier bin. Das beantworte ich gerne. Es ist egal, wer ich bin. Jetzt das Warum: Sie haben etwas getan, was den großen Bossen nicht gefällt. Deshalb müssen wir darüber reden. Okay? *Verstaan?* Bevorzugen Sie Englisch oder Afrikaans? Inder sprechen meist lieber Englisch.«

»Englisch«, erwidert Ravi Pollard, wobei das Wort zerbrochen klingt, und der zweiten Silbe scheint die Luft wie aus einem Ballon zu entweichen.

»Das geht in Ordnung. Ich habe zwei Muttersprachen. Wenn Sie auf *Darkie* reden wollen, geht das für mich auch – solange es Xhosa ist. Ich persönlich werde nicht all deren Sprachen lernen. Die kennen sie ja selbst gar nicht alle. Der eine auf Xhosa hat keine Ahnung, was der auf Zulu von sich gibt. Sie wissen Bescheid?«

Er sieht, wie Ravi Pollard nickt.

»Also, wir verstehen uns, Sie und ich.« Tyrone Mansoor benutzt seinen verwundeten Arm, um die Verbindung zwischen ihnen zu signalisieren. Bei der Bewegung schneidet er eine Grimasse. »Diese verdammte *Bergie*-Frau hat mich verletzt. Schneidet einfach mit einem Messer in meinen Arm. Will mich sogar in den Bauch stechen. Ich sage Ihnen, bei diesen Leuten muss man höllisch aufpassen. Also, ich hoffe, Sie haben nichts dagegen, dass ich Ihr Verbandszeug benutzt habe. Arbeiten Sie eigentlich in Ihrer Freizeit als Sanitäter?«

Er beobachtet, wie Ravi Pollard den Kopf schüttelt. »Sagen Sie mir, was Sie wollen. Ist es Geld? Ich kann Ihnen Geld überweisen. Oder auch bar geben. Wir können zu einem Geldautomaten gehen.«

Tyrone Mansoor lehnt sich entspannt zurück. »Reden wir also Tachels. Das gefällt mir.«

»Tacheles.«

»Wie, Tacheles? Hä?«

»Es heißt ›Tacheles reden‹.«

Tyrone Mansoor setzt sich aufrecht hin. Die Waffe ist auf Ravi Pollard gerichtet.

»Eine Sache, Kumpel. Kein blödes Gerede. Das gefällt mir nicht, okay? Für so etwas habe ich keine Zeit. Wir sind direkt. Wir kommen zu einer Vereinbarung. Sie und ich, hier und jetzt kommen wir zu einer Vereinbarung. Verstanden?«

»Ja. Ich wollte nicht blöd reden.«

»Alles klar.« Tyrone Mansoor trinkt den letzten Rest Kaffee aus seinem Becher. Ravi Pollard bietet ihm an, noch einen zu holen. »Vielleicht später. Zuerst die Vereinbarung.« Tyrone hält inne. Lächelt. »In Ordnung?«

»Ja. Ja. Was Sie wollen.«

»Nein, nein.« Tyrone wedelt drohend mit dem Finger. »Nicht, was ich will. Was die großen Bosse wollen. Sie kennen Oberst Vula, Generaldirektor Dube und den Vorstand für das operative Geschäft von Amalfi Civils, Mr. Rejab Ben

Ali. Sie kennen diese Männer. Sie wissen, was die wollen. Sie sind Ihr Banker.«

Ravi Pollard hat die Augen gesenkt. Das irritiert Tyrone Mansoor.

»Ravi, Sie müssen mich anschauen. Nennt man Blickkontakt. Wenn man Blickkontakt hat, kann man Fake News erkennen. Wenn wir uns ansehen, wird Wahrheit zur Macht. Ja, genau. Sie verstehen, was ich meine?«

Ravi Pollard erwidert, dass er glaube, ihn zu verstehen.

»Nein, Mann, nicht nur glauben. Sie müssen positiv sein. Sie müssen eine Haltung einnehmen.«

Ein verwirrter Ravi Pollard wagt den Blickkontakt.

»Gut«, stellt Tyrone Mansoor fest. »Jetzt können Sie hören, was ich Ihnen erkläre. Für den Präsidenten, für den Neubeginn, für jeden in diesem Land, für Ihre Bank, für den Oberst, für den Generaldirektor, für Mr. Ben Ali, für jeden und alle ist dieses Projekt Renaissance von großer Bedeutung. Nicht zuletzt weil die Amerikaner hier investieren. Das ist gut. Als Bankertyp wissen Sie, dass das gut ist. Deshalb bitten sie Sie, Ravi, dass Sie es nicht kaputtmachen, indem Sie von Korruption sprechen. Kommen Sie auf deren Seite. Diese Seite. Verstehen Sie mich?«

Ravi Pollard hat den Blickkontakt wieder abgebrochen. Er lässt den Kopf hängen, die Schultern ebenso.

»Folgen Sie mir«, fährt Tyrone Mansoor fort. Er steht auf, schiebt sich die Pistole in den Gürtel und geht zu den Türen, die auf einen Balkon hinausführen. Winkt Ravi zu sich. »Schauen Sie sich diese Aussicht an. Während Sie das tun, denken Sie: Okay, ich habe eine falsche Haltung eingenommen, ich muss das ändern. Es ist nicht zu spät, Mr. Ravi, denn bisher wissen nur wenige davon. Kommen Sie, genießen Sie diesen Ausblick.« Ravi Pollard tritt an der offenen Tür zu ihm. »Schauen Sie. Wir haben den fernen Horizont mit seinen Versprechungen. Wir haben Robben Island, wo unser großer Präsident Madiba für unsere Freiheit eingesperrt war. Wir haben alles unter uns: das Fußballstadion, alle gehen ihren Geschäften nach. Das wollen Sie doch nicht zerstören, Mr. Ravi.«

In diesem Moment klopft es an die Wohnungstür. Und das nutzt Ravi Pollard, um anzugreifen. Er erwischt Tyrone unvorbereitet mit einem Schlag gegen seinen bandagierten Arm. Ravi Pollard ist fit, er hat Kraft. Aber er ist kein Kämpfer. Er bleibt nicht dran. Er zögert.

»*Fok!*« Tyrone dreht sich halb. »*Fok!*« Sieht, wie Ravi Pollard dasteht, die Fäuste geballt, die Arme herabhängend. »Warum hast du das gemacht? *Fok*, Mann!« Holt mit seiner rechten Hand aus und verpasst Ravi Pollard einen Karatehieb auf seinen Hals. Vielleicht härter, als er wollte. Ravi Pollard kommt ins Schwanken und stolpert zum niedrigen Balkongeländer. Ein letzter Stoß, und er kippt.

Tyrone Mansoor sieht zu, wie Ravi Pollard acht Stockwerke nach unten fällt.

Ein stummer Sturzflug.

Dann ein Klatscher auf ein Betondach. Wo er zertrümmert liegen bleibt.

»*Fok*. Ein *Bunny Chow*.«

16

Fish klopft an die Tür. Ruft: »Ravi Pollard, hier ist Fish Pescado. Für unser Treffen.«

Ein Nachbar kommt ein paar Türen weiter aus seiner Wohnung. »Ich glaube kaum, dass Sie Glück haben werden. Habe ihn schon ein paar Tage nicht mehr gesehen. Er ist oft geschäftlich verreist.«

Fish spielt den Verwirrten und hält einige Papiere hoch. »Wir wollten uns hier treffen. Ich habe erst vor kurzem mit ihm geredet.« Wählt Ravi Pollards Nummer und hält das Handy hoch. »Ich kann es in der Wohnung klingeln hören.«

»Vielleicht ist er auf der Toilette.« Der Nachbar zuckt mit den Achseln und geht zum Lift. »Sie sollten ins Foyer runterfahren und den Sicherheitsdienst bitten, bei ihm anzurufen.«

»Ich warte noch ein paar Minuten.«

Fish wartet, bis sich Ravi Pollards Voicemail einschaltet, und legt dann auf. Er tut so, als müsste er seine Papiere durchsehen. Stattdessen wartet er, bis der Nachbar im Lift verschwunden ist. Dann klopft er wieder. Presst sein Ohr an die Tür. Hört, dass jemand drinnen ist. Kann ferne Stimmen vernehmen.

Jetzt kommen zwei Sicherheitsleute aus dem Lift und stürmen auf ihn zu, während sie etwas rufen. Sie schubsen ihn beiseite und öffnen Ravi Pollards Wohnung mit einem Generalschlüssel. Sie schreien ihn an, schreien sich gegenseitig an. Dann sind sie drinnen und schlagen die Tür vor seiner Nase zu. Allerdings sieht Fish gerade noch die weit offen stehenden Balkontüren. Er beschließt, dass das eine Situation sein könnte, die er vielleicht besser aus sicherer Entfernung beobachtet.

Er fährt mit dem Lift ins Foyer hinunter und trägt sich aus dem Besucherbuch aus. Der Sicherheitsmann hängt an seinem Funkgerät und achtet nicht auf ihn. Fish schlendert davon. Er hat ein Stück die Straße hinunter am Bordstein geparkt. Sitzt im Wagen, während sich die Szenerie vor seinen Augen entwickelt.

Zuerst treffen Rettungssanitäter ein. Dann die Polizei. Danach ein Krankenwagen. Schließlich zwei Männer, die er erkennt: Sipho Dube und Kaiser Vula. Sipho Dube schiebt Kaiser Vulas Rollstuhl in den Wohnblock. Fünfzehn, zwanzig Minuten später sind sie wieder auf der Straße. Diesmal wird Kaiser Vulas Rollstuhl von Tyrone Mansoor geschoben.

Hey, Mann, welche Überraschung. Aus welchem Loch bist du denn herausgekrochen?

Kaum hat Fish das gedacht, erhält er eine Instagram-Benachrichtigung. Er betrachtet das neueste Foto von Mart Velaze: Sipho Dube und Kaiser Vula in einem Auto an einer Kreuzung. Aufgenommen vor zwanzig Minuten. Dube sitzt am Steuer. Er hat die Hand erhoben, während Vulas Gesicht vor Verblüffung verkniffen wirkt. Es ist derselbe Wagen, mit dem Tyrone Mansoor gleich wegfahren wird.

Fish wartet ab. Er beobachtet, wie sich Leute am Pannenstreifen neben dem Apartmentblock sammeln. Beschließt, ebenfalls hinüberzugehen. Dort hört er, dass jemand vom Balkon gesprungen ist.

»Direkt aus dem achten Stock, Herr im Himmel. Man weiß einfach nie, was in den Menschen so vorgeht. Ganz gleich, wie viele Seelsorgetelefone es gibt, nie sind es genug. Der Stress der modernen Welt ist zu groß. Ich muss schon sagen. Und noch dazu so ein junger Bursche. Hatte alles. Hatte einen guten Job als Banker, sagt der Sicherheitsmann. Und hat immer gelächelt, immer gelächelt. Soll ein gewisser Ravi Pollard gewesen sein, hab ich gehört. Klingt indisch. ›Pollard‹ könnte allerdings auch englisch sein.«

Typisch für Fish versucht er, die Informationen noch von jemand anders bestätigt zu bekommen.

Er spricht mit den Sanitätern, die gerade den Leichnam in den Wagen laden. »Ich glaube, ich kenne ihn. Er ist ein Kollege. Bitte, Mann, lassen Sie mich sein Gesicht sehen.«

»Das wollen Sie nicht sehen«, erwidert der Sanitäter.

»Glauben Sie mir, das wollen Sie garantiert nicht. Außerdem ist das jetzt die Sache der Polizei. Sie müssen mit den Beamten reden.«

Mit der Polizei will Fish garantiert nicht reden. Polizisten hassen Privatdetektive, die ihre Nase in alles reinstecken. Also entscheidet sich Fish zu einem Schritt weiter. Er hat einen Kontakt beim Salt-River-Leichenschauhaus. Zwei Stunden später steht er in einem hinteren Gang der Leichenhalle neben einer Bahre. Sein Kontaktmann schlägt das Laken zurück. Sagt: »Verdammt, nur noch Matsch.«

Kann man wohl sagen.

Aber das Gesicht ist noch so weit intakt, dass Fish ihn als Ravi Pollard identifizieren kann. Er verspricht, dafür zwei Gläser mit Cannabis vorbeizubringen.

»Deins ist das beste, *ek se*, Fish«, meint der Mann. »Wann immer du einen toten *Oke* sehen willst, lass es mich wissen.«

Als Nächstes will Fish Antony Brennan kontaktieren. Sitzt in seinem weißen Polo in der Shannon Street und ruft ihn an. Durch die Palisadenabsperrung um das Schauhaus herum sieht er die Leichenwagen raus- und reinfahren.

»Hallo, Antony. Sind Sie unterwegs? Können Sie irgendwo kurz anhalten? Steigen Sie aus Ihrem Audi, damit wir ungestört reden können. Es ist nicht gut, Mann. Ich habe schlechte Nachrichten. Rufen Sie mich zurück.«

Während er wartet, denkt Fish über Tyrone Mansoor nach. Das tut er schon seit Stunden. Sieht ihn vor sich, wie er aus dem Wohnblock herauskommt. Aber wann ist Tyrone Mansoor hineingegangen?

Als Antony Brennan zurückruft, erklärt er: »Es tut mir leid, ich muss Ihnen mitteilen, dass Ravi Pollard tot ist.«

Ein lautes »Was?« Dann leiser: »Oh, verdammt. O mein Gott. Nein. Wie? Wie ist er gestorben?«

»Sieht nach Suizid aus. Als ob er vom Balkon seiner Wohnung gesprungen wäre.«

»Mein Gott, das ist schrecklich. Geben Sie mir eine Minute. Warten Sie bitte kurz.«

Fish schweigt, bis Brennan sich wieder im Griff hat. »Sie sagten, es sieht so aus. Warum formulieren Sie das so?«

»Weil es bei einem Selbstmord eine Autopsie geben wird.« Fish verrät nichts über Tyrone Mansoor oder Sipho Dube oder den neuen Mann auf der Bildfläche, Kaiser Vula. Für einen Tag ist das genug, findet Fish. Sein Klient weiß, was er wissen muss.

Fish fährt nach Hause und denkt an Vicki. Daran, was sie mit Ravi Pollard zu tun hatte.

Zu Hause erwartet ihn ein großer Blutfleck auf dem Boden vor seiner Küchentür.

17

Vicki Kahn denkt nicht an Ravi Pollard. Auch an Fish denkt sie nicht. Sie denkt vielmehr an ihre Entführer. Seit dem letzten Gespräch hatte sie keinen Kontakt mehr zu ihm oder ihnen. Sie hat sich geduscht. Hat eines der T-Shirts und eine Jeans angezogen. Hat Cannelloni und Salat gegessen (wie empfohlen), den Kaffee getrunken (so gut wie behauptet), die Lindt-Kugel genossen. Der sie nicht widerstehen konnte.

Das Essen wurde ihr über einen Speiseaufzug geliefert. Was sie zuerst für ein eingelassenes Regal gehalten hatte, entpuppte sich als Verbindung zur Welt da draußen. Nachdem sie gegessen hatte, stellte sie die leeren Teller und Schüsseln auf das Tablett, damit es nach oben geholt werden konnte. Zurück kamen ein Laptop und ein Ladekabel. Außerdem ihre

Kreditkarte. Sie fuhr den Computer hoch. Der Browser öffnete automatisch die Full-Tilt-Poker-Seite. Alle anderen Internetverbindungen waren blockiert.

Sie versuchte es mit neuen Tabs, neuen Fenstern. Nichts geschah. Klappte den Laptop zu und ließ ihn auf dem Couchtisch stehen. Kehrte in Gedanken zu ihren Entführern zurück. Sie hatten offenbar Zeit. Folgten glücklich und zufrieden den Standardabläufen. Zuerst einmal schwitzen lassen. Abwarten, bis sich innere Anspannung, Nervosität und Unsicherheit in Panik und Angst verwandelten. Dann beginnen. Mit den Fragen anfangen. Fragen, Fragen, Fragen. Die langen Stunden des Fragens. Durch mitfühlende Befrager. Dann eine Steigerung in den Fragen. Zunehmende Entbehrungen. Wegnahme letzter Annehmlichkeiten. Schließlich die Kapitulation. Oder auch nicht. Das Gebrochenwerden. Was Henry Davidson »das Zerschmettern« nannte.

»Und danach, meine liebe Vicki, rettet auch der König mit seinem Heer Humpty Dumpty nicht mehr.«

So weit würde es nicht kommen, beschloss Vicki. Garantiert nicht.

Sie zittert. Nicht aus Kälte. Im Zimmer ist es warm. Aus Nervosität. Weil sie nicht weiß, was als Nächstes passieren wird. Es ist eine Anspannung, die sie ihren Beobachtern nicht zeigen will.

Vicki starrt auf den Laptop. Das wäre eine Möglichkeit, mit dieser Situation besser zurechtzukommen.

18

In unserem Spiel geht es um Zufall und Glück, denkt Mart Velaze. Er sitzt auf dem Sofa in der Wohnung der Mossadi, balanciert den Laptop über den Oberschenkeln und postet gerade ein Bild auf Instagram.

Miss Mossadi öffnet ihm ein Bier.

»Du hast Glück, mich heute hier anzutreffen.«

Ihre Abmachung ist gelegentlicher Sex. Als sie sich kennenlernten, behauptete sie, dass sie in einer Reiseagentur arbeite. Er erklärte, er mache Marketing. Er glaubte ihr nicht und sie ihm wohl auch nicht. Mart nahm an, dass sie beim Mossad war und dass sie bei ihm auf Staatssicherheit tippte.

Das Arrangement war für beide vorteilhaft. Sozusagen ein inoffizieller Kanal unter Agenten.

Die Stimme bestärkte Mart Velaze. Nannte sie Mossadi, wie in »Ihre kleine Mossadi«. Er hatte nichts dagegen.

Er selbst nannte sie seine *Intombi*, was er immer sarkastisch gemeint hatte. Denn eine Jungfrau war Miss Mossadi wahrlich nicht. Diesen Zustand hatte sie schon lange ohne jegliches Bedauern hinter sich gelassen. Sie nannte ihn *Habibi*. Ebenfalls sarkastisch. Denn ihr Liebling war er nicht.

Sie reicht ihm das Bier und lässt sich neben ihm auf der Couch nieder. Wirft einen Blick auf das Bild von Angela Amalfi und Juzia Malik im Valet-Bereich des Parkhauses am Cape Town International Airport.

Fragt: »Welchem Zweck soll das dienen? Für die Vermarktung von Autos? Oder von Valet-Parkservice?«

Mart Velaze grinst. »Valet-Parkservice.« Er zeigt auf eine Gestalt in einer schwarzen Lederbomberjacke neben einer Säule im Hintergrund. Zufällig mit auf dem Bild.

»Wer ist das?«, will sie wissen.

»Einer vom Valet-Parkservice«, erwidert Mart Velaze. »So einen gibt es in jedem Betrieb.«

»Du bist ein großer Schwindler, *Habibi*«, meint sie und wandert mit ihrer Hand zwischen seine Beine. »Nur hier nicht. Hier sagst du die Wahrheit.«

Vier

… und natürlich kommt das Verbrechen zu allerletzt.

Alice hinter den Spiegeln

1

Fish fand Janet auf einer Transportliege. Ihr Kopf ist verbunden, und sie klagt über Hunger.

»Mister Fish, die geben einem nicht mal eine Tasse Tee. Es ist eine Schande. Ich bin hier seit Ewigkeiten, ohne dass mich diese dämlichen Krankenschwestern fragen, ob ich ein Paracetamol will. Mein Kopf brennt, aber da fragt niemand. Und das im verdammten Groote Schuur! Wo sie diese Herztransplantationen gemacht haben. Das ist *Kak*. Sie sollten hier mal ordentlich putzen. Die Böden von dem ganzen Blut und der Kotze befreien. Sie müssen mich hier rausholen, Mister Fish.«

Janet schwingt ihre Beine von der Bahre und schlingt ihre Arme um Fish.

»Retten Sie mich, Mister Fish. Bitte, Mann.«

Fish hat lange gebraucht, um sie zu finden. Er begann mit seiner Suche bei den Nachbarn. Niemand hatte etwas gesehen oder gehört.

Dann rief er seinen Kontakt im Leichenschauhaus an.

»Wir haben heute zwei weibliche *Bergies* reinbekommen. Übliche Gründe: Die eine wurde erstochen, die andere ist mit dem Blue Train gefahren – Brennspiritus getrunken.«

Als ob Fish nicht wüsste, was Blue Train bedeutet.

Dann versuchte er es im False Bay Hospital, im Wynberg Military, im Somerset und im Groote Schur. Sie alle stellten dieselbe Frage: nach Janets Nachnamen. Fish sagte, den kenne er nicht. Weshalb sollte sie denn eingeliefert worden sein? Auch das wusste Fish nicht. Vielleicht wegen einer Prügelei. Vielleicht wegen einer Messerstecherei. Vielleicht wegen einer Schussverletzung. Man antwortete ihm, dass es viele davon gebe. Er solle sich entscheiden.

Die einzige Möglichkeit, die ihm blieb, war, von Krankenhaus zu Krankenhaus zu fahren. Und so fand er sie auch: in einem Korridor der Notaufnahme des Groote Schur. Kurz vor Mitternacht am Mittwoch, den 18. Juli 2018. In der Notaufnahme herrschte ein Chaos wie in einem Kriegsgebiet.

»Hat mir fast das Ohr zerrissen, der Schuss«, erklärte sie ihm. »Hätte mich töten können, Mister Fish. Peng mit seiner Waffe. Ich falle wie ein Sack zu Boden und denke: Janet, du bist tot. *Vrek soos a mossie.* Und ich liege *tjoepstil*, während mein ganzes Gehirn aus meinem Ohr läuft. Das ist alles, was ich noch habe. Ein verdammtes Loch in meinem Kopf, wo früher mein Ohr war.«

»Wer«, will Fish im Auto nach Hause wissen. »Wer hat auf dich geschossen?«

»Dieser Scheiß-Telkom-*Skollie*.«

Tyrone Mansoor.

»Was hast du der Polizei gesagt?«

»Dass ein *Skollie* auf mich geschossen hat.«

»Das ist alles, was du gesagt hast?«

»Ich hab eine Aussage gemacht. Ich bin ein normaler Mensch. Hab denen erklärt, dass ein *Skollie* versucht hat, in Mister Fishs Haus einzubrechen, und ich ihn aufhalten wollte. Dann hat der *Coloured* auf mich geschossen. Unterschrieben: Janet Verwoerd.«

Fish fährt einige Kilometer weiter, ohne etwas zu sagen. Denkt: Zwei Besuche an einem Tag sind kein gutes Zeichen. Wenn Antony Brennan nichts gegen Tyrone Mansoor unternehmen will, kann er ihm gestohlen bleiben. Es ist Zeit zu handeln, Mann. Fragt Janet: »Ist das dein echter Nachname – Verwoerd?«

»Steht in meinem Pass.« Sie zieht das Büchlein aus den Tiefen ihrer Klamotten. Zeigt ihn Fish. Der in der Dunkelheit nichts sehen kann.

»Wie Verwoerd, dieser Premierminister vor langer Zeit?«

»Ich bin eine Enkelin.«

Fish lacht. »Ja. Klar.«

»Es stimmt, Mann. Ich hab das ausgecheckt. Es ist wahr, Mister Fish, ich schwöre. Dieser Typ Tsafendas hat *Oupa* Hendrik sechs Monate vor meiner Geburt im Parlament ermordet. Echt schade, was?«

Fish sieht das anders, äußert sich aber nicht dazu.

Zu Hause schläft er die restliche Nacht in einem Sessel. Mit einer Z88 in seinem Schoß. Er hat Mart Velazes neuestes Instagram-Bild vom Flughafen gesehen, auf dem Mansoor im Hintergrund lauert, und vermutet, der Mann könnte durchaus wiederkommen.

Der Mann kommt nicht wieder.

Am Morgen hat sich nichts geändert. Vicki ist immer noch verschwunden. Fish starrt auf seine Pistole und beschließt: Ja, Mann, es ist Zeit zu handeln.

2

CIA-Emblem
Informationstypus: Sprachaufnahme
Sammlung: GEHEIM SÜDLICHES AFRIKA
Aktennummer (VO): 0000414424
Ursprüngliche Klassifizierung: (50X1)
Datum der Aufnahme: 19. Juli 2018
Fallnr.: John Webster-2017-00550
Operation Fynbos

Kontextanmerkungen plus Transkriptionen von Aufnahmen mit Vicki Kahn
Transkription Textverarbeitung: TS

Anmerkung: Vor dem Interview lag die Zielperson auf der Couch und las den *New Yorker*, der ihr mit dem Frühstück gebracht worden war. Sie wirkte entspannt. Sie hatte ihre nackten Füße auf dem Sofa. In Griffweite stand ein Glas Wasser auf dem Couchtisch. Sie trug dieselbe Jeans und dasselbe T-Shirt wie am Tag zuvor. Sie hatte ein paar Dehn- und Kraftübungen gemacht, geduscht sowie ihre Haare gewaschen und geföhnt. Diese trägt sie jetzt kurz, im Gegensatz zu den Fotos aus den Akten, wo die Haare noch länger waren. Sie aß ihr Frühstück mit sichtlich wohlüberlegter Bedächtigkeit. Beim Klang meiner Stimme schwang sie ihre Beine von der Couch und blieb während des Interviews aufrecht sitzen.

Tonaufnahme 3

[Räuspern.]
JW: Funktioniert das? Können Sie mich hören?
VK: Ja.
JW: Hi, Miss Kahn. *Sawubona*, wie ihr sagt. Wie geht es Ihnen? Ich hoffe, alles ist in Ordnung?
VK: Ich kann mich in keinster Weise beklagen.
JW: Wunderbar. Das ist super. Wir möchten, dass unsere Gäste sich wohlfühlen. Haben Sie gut geschlafen?
VK: Habe ich.
JW: Tut mir leid, dass es kein Bett gibt. Das spricht gegen uns. Wir arbeiten daran. Die Verwaltung soll uns demnächst

eines irgendwo bestellen. Aber, he, die Couch ist nicht unbequem. Und das Essen? Schmeckt es Ihnen?

VK: Keine Beschwerden meinerseits.

JW: Rundum also alles bestens. Das wollen wir, zufriedene Kunden. Hatten Sie gestern Abend eine gute Hand beim Pokerspiel?

VK: Ich bin mir sicher, dass Sie jeden Tastenanschlag mitverfolgt haben.

JW: Nein, haben wir nicht. Das geht uns nichts an. Wir dachten nur, dass Sie eine gewisse Ablenkung gebrauchen könnten. Sie wissen, um die Zeit rumzukriegen. Die kann sich in einer solchen Situation ziemlich hinziehen. Außerdem muss ich gestehen, dass ich auch hier und da ein kleines Spielchen wage. Vor allem Roulette. Waren Sie jemals im Grand West? Ein toller Ort an einem Freitagabend, um sich zu entspannen. Ich vermute, Ihre Stimmung ist darauf zurückzuführen, dass Sie verloren haben?

VK: Habe ich.

JW: Das tut mir leid. Was kann ich sagen? So ist das eben manchmal. Aber he, vielleicht haben Sie ja bald wieder mehr Glück. Möglicherweise gelangen wir rasch zu einer Art Übereinkunft, und dann geht es rasch zurück in die Welt da draußen. Ich persönlich hoffe auf dieses Ergebnis.

VK: Welche Übereinkunft lässt mich hier wieder rauskommen? Als ob niemand da draußen bemerkt hätte, dass Vicki Kahn eine Weile verschwunden war.

JW: Je schneller wir dazu gelangen, desto leichter wird es für Sie da draußen.

VK: Und Sie wollen, dass ich es Ihnen leicht mache?

JW: Das würde uns freuen. Wir haben uns eine Tarnung überlegt.

VK: Das kann ich mir denken. Lassen Sie mich raten: Ich wurde entführt, und Sie fordern Lösegeld für mich. [Lachen.]

JW: Das ist gut. Sie sind schnell, Vicki Kahn. Wir mögen, wie Sie denken. Da sind wir uns alle einig. Das ist erstklassig. Das macht es spannend. Also, Sie sind eine Geisel. In Ihrer Stadt passiert das schließlich die ganze Zeit, nur dass es so etwas nie in die Nachrichten schafft.

VK: Wer, glauben Sie, wird die Lösegeldforderung bezahlen? Mein Arbeitgeber?

JW: Nein, Ma'am. Zuerst einmal haben wir an Mr. Fish Pescado gedacht.

VK: Fish! Sie machen Witze. Sie wollen ihn da hineinziehen?

JW: So etwas lassen wir gerne in der Familie. Sie beide sind Familie, soweit ich weiß. Oder könnten es sein. Eigentlich könnte inzwischen doch sogar ein kleines Kind mit von der Partie sein. Das wäre was. Ein kleiner Fish, dem sein Vater das Surfen beibringt. Würde dem großen Fish sicher nicht gefallen zu erfahren, dass sein Baby umgebracht wurde. Abgetrieben. Meine Vermutung: So etwas würde Fish nicht auf die leichte Schulter nehmen.

VK: Lassen Sie das. Das ist privat. Es geht niemanden etwas an außer mir.

JW: Und vielleicht Mr. Pescado, falls er davon erfahren würde.

VK: Wem wird er wohl glauben? Ihnen oder mir?

JW: Das wäre keine Pattsituation, Ma'am. Wissen Sie, wir haben nämlich eidesstattliche Erklärungen der anwesenden Krankenschwester und des Arztes vorliegen.

VK: Ihr Leute seid ziemliche Arschlöcher. So viel zum Thema ärztliche Schweigepflicht.

VK: Ärzte halten sich nie ganz daran, wie Sie aus Erfahrung wissen.

VK: Echt, ihr Leute. Was wollen Sie?

JW: Wir kommen noch dazu. Seien Sie geduldig, Ma'am. Zuerst noch eine Sache. Nennen wir es mal Plan B. Das ist ebenfalls eine typische Kapstadt-Story, nur diesmal für Sie unangenehm. Aber auch in dieser Geschichte finden sich viele Dinge, die heutzutage täglich passieren, eine Art von Kapstadt-Spezialität, wie mir scheint. In dem Szenario tauchen Sie wieder an irgendeiner Landstraße auf, vielleicht da draußen bei den Weizenfeldern. Ihnen hängen blutige Fetzen am Leib, Ihre Kleidung ist zerrissen. Keine Schuhe. Ihr Gesicht ist kaum zu erkennen. Ihnen tut alles weh. Sie wurden geschlagen, geschnitten, anderweitig verletzt. Man hat Sie vergewaltigt. Mehrere Männer. Sie stehen unter Schock. Sind benommen. Haben vielleicht auch eine Gehirnerschütterung. Schwer traumatisiert. Sehen Sie, wohin ich damit will? Einfach nur eine weitere Gruppenvergewaltigung. Passiert schließlich immer wieder.

VK: Vielen Dank. Ist das die Option, die Sie vor Augen haben?

JW: Nein, Ma'am. Das haben wir nicht. Es gibt keine Notwendigkeit dafür, wenn sich vernünftige Leute zusammensetzen und die Dinge ganz rational diskutieren.

VK: Vor allem wenn diese vernünftigen Leute zuerst genötigt, erpresst, bedroht und gegen ihren Willen festgehalten werden.

JW: So sehen Sie das vielleicht, Ma'am. Wir hingegen finden, dass wir ein brauchbares, praktikables Umfeld geschaffen haben.

VK: Die Art von brauchbarem, praktikablem Umfeld, das

dazu führte, dass Sie Henry Davidson umgebracht haben?

JW: He, Moment mal. Sie sind wirklich eine sehr direkte Frau. Da muss ich leider passen. Das ist oberhalb meiner Gehaltsklasse.

VK: Mit anderen Worten: Sie waren es. Mein Gott, warum? Er war alt. In Rente. Welches Risiko hat er noch für die USA dargestellt?

JW: Alte Leute haben ein langes Gedächtnis.

VK: Sein Gedächtnis! Das hat Ihnen also Angst gemacht. Sein Gedächtnis. Sie konnten ihn keine Verschwiegenheitserklärung unterschreiben lassen, ihn nicht etwas einschüchtern, nein, Sie mussten ihn ermorden.

JW: Darauf habe ich keine Antwort.

VK: Ein klareres Eingeständnis könnte ich mir kaum vorstellen. Ihr Leute meint, ihr seid besser als der Rest von uns. Alphatiere. Alpha-Donald-Trumps. Was? Was wusste er, das jemandem hätte schaden können? Jemandem peinlich wäre? Bitte. Das darf doch nicht sein. Heutzutage ist keinem Politiker mehr irgendetwas peinlich. Vor allem nichts aus der Vergangenheit.

JW: Sind Sie fertig, Ma'am? Wir sollten nämlich beim Thema bleiben.

VK: Noch eine Frage. Eigentlich noch zwei Fragen.

JW: Ich bin nicht befugt, weitere Fragen zu beantworten.

VK: Das sind Sie sehr wohl, John Webster. Was ist mit Andreas Hansen passiert? [Eine Pause.]

JW: Diesen Namen kennen wir nicht.

VK: Seltsamerweise fand ich sein Haus unverschlossen und menschenleer. Nicht mal seine Hausangestellte war da. Es sah so aus, als wäre sie gerade dabei gewesen, das Abendessen vorzubereiten, und schwupp – weg. Als

Nächstes wird sein Auto von einem fremden Mann in die Garage gefahren. Während ich im Haus bin. Ich beobachte, wie dieser fremde Mann die Schlüssel an ein Brett an der Wand hängt, und dann schwupp – duckt er sich unter das Garagentor, ehe es sich schließt. Andreas Hansen wurde entführt. Von Ihren Leuten. Wo ist er verblieben? In einem flachen Grab in den Sanddünen? Am Meeresgrund von Table Bay? Oder zerhackt zu Schweinefutter?

JW: Zu viel Fantasie, Vicki Kahn. Wie ich bereits sagte: Wir kennen diesen Namen nicht. Das ist keine Operation, die wir durchgeführt haben.

VK: Dann möchte ich das hiermit festhalten: Andreas Hansen, Henry Davidson und eine Amerikanerin namens Amelia Lockhart, augenblicklich Nummer zwei der CIA, vorgesehen als republikanische Kandidatin für die Vizepräsidentschaft, handelten mit Knarren – oder sagen wir besser Waffen –, mit militärischer Ausrüstung, Munition, Maschinenteilen und Dynamit für die Apartheidsregierung. Zu einer Zeit, als es Sanktionen gegen das Apartheidsregime gab. Ein Regime, das von den Vereinten Nationen der Menschenrechtsverletzungen beschuldigt wurde. Vor allem wegen Mord, Folter, Zwangsumsiedlungen, willkürlichen Inhaftierungen, dem Verschwindenlassen von Gegnern. Sanktionen, die die UN verhängt hatte und die von den USA und allen wichtigen westlichen Nationen unterstützt wurden. Nun fügen Sie dem noch Amelias Vergangenheit als Folterin hinzu. Für diese Frau haben Sie zwei Männer ermordet. Ihre früheren Geschäftspartner. Ihre früheren Mitverschwörer. Ihre früheren Genossen.

JW: Klingt ganz nach einem guten Hollywood-Blockbuster.

Meryl Streep in der Hauptrolle, am besten reden wir mit ihrem Agenten. Vielleicht Clint Eastwood als Henry und Robert De Niro für den anderen Typen. Denjenigen, den Sie erwähnt haben.

VK: Andreas Hansen. Der Mann, der Ihnen ganz und gar unbekannt ist.

JW: Sehr wahr.

VK: Werden Sie auch mich umbringen, John Webster?

JW: Ich sehe das so: Wenn wir wirklich so schlimm wären, wie Sie behaupten, dann hätten wir das inzwischen erledigt. Nein, Vicki Kahn, Ma'am, wir haben etwas anderes mit Ihnen vor. Jetzt wünsche ich Ihnen erst mal einen schönen Vormittag. Wir sprechen später weiter. Hat mich gefreut, mit Ihnen zu plaudern.

Ende von Tonaufnahme 3

Anmerkung: Obwohl die Zielperson ihr ungerührtes Pokergesicht fast die ganze Befragung über durchhält, gibt es bei dem Thema Pescado und Abtreibung doch etwas, was im Kartenspiel als Tell bezeichnet wird. In ihrem Fall sind es die Zehen, die sich bewegen. Hätte sie Schuhe getragen, wäre das nicht aufgefallen. Während sie zu keiner anderen Zeit emotionale Verletzlichkeit zeigt, ist sie bei Pescado und der Abtreibung unsicher. Das wird von Nutzen sein, sollte sich ihre Haltung verhärten. Die Zielperson wurde bei der Erwähnung des Namens Henry Davidson lautstärker, aber das kann auch ein bewusster Versuch gewesen sein, ihre Verbundenheit zu ihrem früheren Betreuer zu signalisieren. Es ist nicht sicher, wie die Zielperson auf unseren Vorschlag reagieren wird, aber aufgrund ihrer allgemeinen Gesinnung sind wir ausgesprochen zuversichtlich.

3

Rej Ben Ali frühstückt. Er löffelt Granola mit Erdbeerjoghurt und einigen darübergestreuten Bio-Kakaonibs von Health Connection. Er isst automatisch. Knackt die Nibs bei jedem neuen Löffel. Seine Augen sind auf den Berg gerichtet, hinter dem sich schwarze Wolken aufzutürmen beginnen. Er starrt in die Ferne.

Hat Tyrone Mansoor in das Gartenhaus geschickt, um Ferdi anzuketten. Tyrone schafft das mittlerweile ohne Probleme. Ferdi wimmert zahm auf allen vieren. Bei Rej kann Ferdi wild werden. Er kann knurren, die Zähne fletschen, beißen, schlagen, kratzen. Wenn es möglich ist, überlässt Rej diese Aufgabe Tyrone. Der Mann gibt Spritzen inzwischen besser als eine Krankenschwester.

Am heutigen Morgen hört er Angela über Lautsprecher zu. Angela und Juzia.

Es überraschte ihn, Juzias Stimme zu hören, als er sich einwählte. Oder vielmehr war er geradezu schockiert. Und dann wütend. Schließlich vor Zorn kochend. Aber er hatte sich zurückgehalten. Hatte sein Granola weitergegessen.

Da war sie also und erzählte Angela alles brühwarm über Rej Ben Ali und was er von Antony Brennan hält. Einschließlich seiner Äußerung über die himmlischen Chöre, in denen er bald spielen werde.

Angela: »Das hat er gesagt?«

Juzia: »Seine Worte.«

Angela: »Es tut mir leid, dass Ihnen das aufgebürdet wurde.«

Aufgebürdet? Wer zum Teufel benutzt Wörter wie ›aufgebürdet‹?

Angela: »Ich glaube, Sie sollten sich den heutigen Tag freinehmen. Überlassen Sie alles Weitere mir.«

Alles Weitere! Nur eine Person hier würde sich um alles Weitere kümmern.

Juzia: »Es war krass. Er war wirklich irre wütend. Wie ein Besessener. Er hat getrunken und herumgebrüllt und ist durchs Zimmer gerannt. Ich musste ihn bitten, sich zu beruhigen, so nervös hat er mich gemacht.«

Jetzt berichtet Juzia, dass Rej erklärt hat, er würde das Projekt durchziehen, ganz gleich, was Angela wolle. Angela solle ihm lieber nicht in die Quere kommen.

Verrat. Das ist eindeutig Verrat. Da denkt man, man habe sie an der Angel. Man denkt, man könne sich ihrer Liebe sicher sein. Und dann so was. Man darf einfach nie, niemals vergessen, dass sie nur hinter dem Geld, den Geschenken, der ständigen Bewunderung her sind. Sie versuchen, alles an sich zu reißen, was sie in die Finger kriegen.

Angela berichtet Juzia von Ravi Pollards Selbstmord und dessen Auswirkungen auf das Projekt. Er könnte zu einer Streichung, sicher aber zu einer Verschiebung führen. Die Bank würde heute Vormittag die neue Situation besprechen.

Rej vermutet, dass Antony Brennan ihr die Nachricht weitergegeben hat. Konnte es wahrscheinlich gar nicht abwarten, den dramatischen Effekt einer solchen Neuigkeit zu erproben, sie ihr zusammen mit seinem üblichen erotischen Mist ins Ohr zu flüstern. Diese ganze Verbindung zu Angela macht Rej wahnsinnig wütend. Mehr als wütend. Am liebsten hätte er ihm die Augen ausgestochen.

Rej brodelt. Er isst sein Granola, schiebt sich den letzten Löffel in den Mund und hört über das Knirschen zwischen seinen Zähnen hinweg: »Wir haben es bisher noch niemandem erzählt, aber wir sind verlobt. Ich bin mit Antony Brennan verlobt. Wir werden es bald offiziell machen, aber ich finde, bei all dem, was los ist und was noch passieren wird, sollten Sie davon wissen. Ich bitte Sie momentan noch um Stillschweigen, aber glauben Sie mir, Juzia, es wird einige Änderungen in der Firma geben. Dazu gehört auch, dass ich Sie gerne in meinem Team haben würde.«

Niemals. Niemals im Leben.

Ihre Antwort: »Ich würde sehr gerne Teil Ihres Teams sein.«

Rej hört auf, das Granola zu kauen. Überlegt, was Angela meinte mit diesem ›was noch passieren wird‹. Was glaubt sie denn? Es wird das passieren, was schon vor Ewigkeiten hätte passieren sollen. Und zwar zur selben Zeit, als dieser selbstgerechte Rick Khabone Thulo sein Craft-Beer-Festival besuchte. Wenn Angela damals nicht die Ausrede mit der Arbeit gehabt hätte und zu Hause geblieben wäre, sähe es jetzt anders aus. Dann gäbe es diesen ganzen Blödsinn nicht.

Er hört, wie Angela sagt: »Warten Sie einen Moment. Ich muss kurz einen Anruf erledigen.« Dann: »Noch mal eine Planänderung, Antony. Kannst du zu mir kommen? [Pause.] Ich weiß, ich weiß. Ich würde nicht fragen, wenn es nicht wichtig wäre. Es geht um Geschäftliches. Eine sehr ernste Angelegenheit. Ich werde hier sein. Ich gehe nirgendwohin, ehe wir nicht gesprochen haben. [Sie hört zu sprechen auf.] Was? Du machst wohl Witze? In meiner Wohnung. [Pause.] Abhör… [Hält inne.] Woher weißt du das? Das tust du nämlich nicht. Und was soll ›vielleicht‹ heißen? [Pause.] Du musst nicht gleich scharf werden. Ich kann mir einfach nicht vorstellen, dass jemand das bei mir tun würde. Ich bin schließlich keine Geheimagentin oder so. Es gibt nicht den geringsten Grund, warum man hier … [Pause.] Okay, okay, ich werde es nicht. Ich werde unsere Leute bitten, das zu tun, was du vorschlägst. Mansoor. Ich bin mir sicher, er kann das. [Pause.] Grundgütiger, Antony, wo liegt das Problem? Kestrel ist unsere eigene Firma. [Pause.] Hör zu, ich kann das jetzt nicht. Wir reden später. In der Zwischenzeit … Ja … Nein, werde ich nicht. Versprochen. [Pause.] Es geht mir gut, Antony. Ehrlich. Heute Nachmittag? Gut, wenn du da erst Zeit hast. An welche Uhrzeit hast du gedacht? Ich habe um fünf einen Termin. Sollte nicht lange dauern. Danach wäre gut. Auf ein frühes Abendessen? Gerne, wir essen bei mir. Pizza oder Sushi oder so etwas.«

Rej lehnt sich zurück und streicht sich über den Ansatz seines Goatees. Nicht schlecht, Banker Brennan. Offenbar wusste er von den Abhörgeräten, ließ sie aber vor Ort. Cool. Sehr berechnend. Er schenkt einen koffeinfreien Kaffee aus einer Cafetière ein und rührt ein Tütchen Süßstoff hinein. Sieht, wie Tyrone Mansoor vom Gartenhaus herüberkommt. Aufgabe erledigt. Zweifelsohne. Ferdi, der Wolfsmann, liegt gezähmt auf dem Boden.

Angela sagt zu Juzia: »Mögen Sie Joe Bonamassa?«

Juzia: »Absolut. Er ist eine Legende. Einer meiner Gitarrenhelden.«

Angela: »He, willkommen im Club. Bisher kenne ich nur zwei andere Leute in dieser Stadt, die überhaupt von ihm gehört haben. Mein Favorit ist momentan seine CD *Black Rock.*«

Juzia: »Bird on a Wire.«

Angela: »Unglaublich, oder? Wissen Sie, Juzia, ich finde, Sie sollten heute wirklich zu Hause bleiben. Für mich ist das in Ordnung. Sie können von dort arbeiten. Schauen Sie immer wieder in Ihre Mails, es wird Bekanntmachungen für die Mitarbeiter geben. Morgen findet vermutlich eine Mitarbeiterversammlung statt. Ich möchte das Ganze offen und transparent handhaben.«

Offen!

Transparent!

Wovon redest du?

Dann singt Joe auf einmal dröhnend laut. *Steal your heart away.*

Rej denkt: Juzia wusste auch von den Abhörgeräten. Sie wird vermutet haben, dass er Angela gerade belauscht. Okay, sie hat nichts davon erwähnt, aber die Bonamassa-CD muss sie daran erinnert haben. Sie würde alles verraten, jederzeit. Und damit Arschloch Antonys Misstrauen bestätigen.

Tyrone Mansoor klopft ans Fenster und signalisiert Rej, dass er geht.

Rej schüttelt den Kopf. Er winkt ihn zu sich herein. Trinkt seinen Kaffee aus und verschränkt die Arme vor der Brust, als Tyrone eintritt.

»Mr. Ali, alles erledigt.«

»Ah. Setz dich. Ich will dich etwas fragen.«

»Mr. Ali?« Tyrone lässt sich auf der anderen Seite der Frühstückstheke nieder. Hände im Schoß.

»Willst du Kaffee?«

»Nein, das geht, *dankie.* Alles gut.«

Rej mustert den Mann, während er sich fragt, wie er das Folgende wohl aufnehmen wird.

Er sagt: »Ich habe einen Auftrag, der eine Million wert ist. Interessiert?«

»Wow, Mr. Ali, das ist eine Summe.«

»Interessiert?«

»Mr. Ali weiß es. Ich bin für Mr. Ali da. Jederzeit.«

»Gut. Du erinnerst dich an die Sache mit Rick?«

»Ja.«

Rej sieht, wie Tyrone Mansoor kurz zu ihm hochschaut.

»Du weißt, was ich meine?«

Es dauert eine Weile, ehe Tyrone Mansoor antwortet. »Ist sich Mr. Ali sicher?«

»Hast du ein Problem damit?«

»Nein, Mr. Ali. Aber für Mr. Ali ist das seine Schwester.«

»Ich habe meine Gründe.«

»*Oraait*, Mr. Ali.«

»Da wäre außerdem … Du weißt schon, der Mann, den sie hat.«

»Ja, Mr. Ali, ich verstehe. Aber, Mr. Ali, ich muss Mr. Ali noch etwas fragen.«

»Ja?«

»Mr. Ali ist immer fair zu mir. Keine Frage. Mr. Ali sorgt für mich. Mr. Ali weiß, dass sein Mann nie undankbar ist. Aber diese Sache, Mr. Ali, diese Sache ist anders. Das ist eine große Sache.«

»Wieso?«

»Wegen der Verwicklungen. Der Verbindungen.«

Rej löst seine Arme aus der Verschränkung und zuckt mit den Schultern. »Spuck's aus, Tyrone. Lass mich dein Problem hören.«

»*Oraait*, Mr. Ali. Ich möchte dafür einen Anteil.«

»Einen Anteil? Einen Anteil wovon?«

»Von dieser Sache, diesem Projekt Renaissance.«

Rej lacht. »Nie im Leben.«

»Ich denke schon, Mr. Ali.«

»Willst du mich erpressen? Ich bin dein Boss, Tyrone. Ohne mich bist du niemand. Wie kannst du es wagen, mich das zu fragen?«

»Weil Mr. Ali mich das andere gefragt hat.«

Rej starrt den Mann an. Die Dreistigkeit. Der gute, treue Diener beißt auf einmal die Hand, die ihn füttert. Der gute, treue Diener, der ihm dabei nicht in die Augen sieht. Rej beschließt: okay, wegen der erschwerten Umstände. Nur dieses eine Mal. Er gibt nach.

»Ein Prozent.«

»Mr. Ali kann vielleicht zu fünf Prozent hochgehen?«

»Das kann Mr. Ali nicht, Tyrone.«

»Vielleicht …«

Rej wird klar, dass er über den Tisch gezogen wird. Er kennt keinen anderen, den er in »dieser Sache« fragen kann. Rej muss das erledigt bekommen. Wegen der erschwerten Umstände. Wieder gibt er nach.

»Okay.«

Tyrone Mansoor steht auf. »Danke, Mr. Ali. Mr. Ali ist ein gerechter Mann.«

»Bald, Tyrone. Bald. Sie ist den ganzen Tag zu Hause. Den anderen direkt danach, und vergiss nicht die Apparate. Erledige es schnell.«

4

Ehe er es erledigt, berichtet Tyrone Mansoor seinem Betreuer davon. Nennt die Zielpersonen und den engen Zeitrahmen.

»Hat der Herr Oberst andere Pläne?«

Nicht dass Tyrone Mansoor seine Abmachung mit Rej Ben Ali brechen würde. Aber es ist immer nützlich zu erfahren, was die anderen Spieler denken.

Er steht vor dem Schreibtisch des Obersts, den verletzten Arm mit der anderen Hand haltend. Etwas in einer schrägen Position, um dem Oberst mit den Augen folgen zu können, dessen Rollstuhl zwischen Tisch und Fenster ständig hin- und herfährt.

Oberst Kaiser Vula ist gerade an seinem bevorzugten Platz

im Büro: am Fenster. Um auf den Regierungsbezirk hinunterzuschauen. Und hoch zum Berg.

Er spricht, ohne sich umzudrehen. »Der Mann meint das ernst? Seine eigene Schwester?«

»Ja, Herr Oberst.«

»Dann liegt es im Blut. Das ist wie eine Zulu-Geschichte. Wir haben solche Menschen mit verrücktem Blut. Aber er hat recht. Die Frau steht unserer Revolution im Weg. Und Ravi Pollard war ein schwacher Genosse unserer Revolution. Meinen Sie nicht?«

»Ja, Herr Oberst.«

»Und das Gleiche gilt für diesen Banker Brennan. Er ist weißes Monopoly-Kapital.«

»Ja, Herr Oberst.«

»Jetzt erzählen Sie mal, Mansoor: wie viel? Wie viel zahlt er Ihnen dafür?«

Damit hat Tyrone nicht gerechnet. Er fragt sich, wo der Oberst mit einer solchen Frage hinwill.

Der Oberst wirbelt in seinem Rollstuhl herum und fährt durchs Zimmer. »Sagen Sie es mir. Ich muss diese Dinge wissen. Haben Sie mit Rej Ben Ali einen Preis ausgemacht? Sonst würden Sie es nicht erledigen.«

Tyrone Mansoor versteht allmählich, was der Oberst beabsichtigt. Er reduziert den Preis für die Auftragsmorde auf 250 000 Rand und erwähnt die prozentuale Beteiligung mit keinem Wort.

»Das ist billig. Sie führen mich doch nicht an der Nase herum, Mansoor?«

Tyrone Mansoor versichert ihm, dass er das nicht tut. »Nein, Herr Oberst. Der Herr Oberst wissen doch, dass ich dem Herrn Oberst gegenüber immer ehrlich bin.«

»Zehn Prozent, Mansoor. Das ist meine Vergütung. Damit

alles vorwärtsgeht. Es sollen daraus keine unangenehmen Folgen entstehen.«

»Ja, Herr Oberst. Vielen Dank, Herr Oberst.«

Fok jy, Oberst.

»Hat Herr Oberst vielleicht eine Waffe für mich?«

Oberst Kaiser Vula lacht. »Sie sind ziemlich dreist, Mansoor. Ich vermute, Munition wollen Sie auch?« Er zieht ein Paar weiße Handschuhe an. »Was macht Ihre Schulter?«

»Kein Problem, Herr Oberst.« Tyrone gab zu, dass er eine Wunde hat, erzählte aber nicht, wie es dazu kam.

»Sie meinten, es sei bei einem Überfall auf der Straße passiert?«

»Ja, Herr Oberst. In der Long Street. Das ist keine gute Gegend, Herr Oberst.«

»Kriminalität gibt es überall, Mansoor. Sie müssen aufpassen.« Vula holt aus einer unteren Schublade einen Schalldämpfer und eine FNX Tactical heraus. Er kontrolliert das Magazin. Fünfzehn, plus eine. Lässt die Pistole auf dem Tisch liegen.

»Schätzen Sie mal: Was ist das?«

Tyrone Mansoor vermutet, dass es sich um eine Neun-Millimeter handelt.

»Da liegen Sie falsch. Das ist eine amerikanische Fünfundvierziger. Kompakt und leise. Für mich ist das ein besonderes Stück – ein Geschenk von meinem Mann aus der Zentralafrikanischen Republik. Ein Gefallen für einen Gefallen. Ich mag diese Waffe. Sie können sie benutzen und mir dann zurückbringen. Es ist besser, wenn ich sie aufbewahre.«

Was das Letzte ist, was Tyrone Mansoor zu tun gedenkt.

»Ja, Herr Oberst«, erwidert er. »Danke, Herr Oberst.«

5

Fish strukturiert den Donnerstagmorgen – 19. Juli 2018 – so logisch wie möglich.

Zuerst ruft er Vickis Handy an. Voicemail. Er ruft Vickis Festnetz an. Anrufbeantworter.

Um acht Uhr ruft er Legal Resource an und erfährt, dass Vicki Kahn vermutlich mit einem Fall beschäftigt sei, der sie aus der Stadt geführt habe. Nein, sie habe niemandem etwas gesagt. Aber das passiere manchmal. Vor allem bei Vertragsanwälten. Besonders wenn sie an einer Landanspruchssache arbeiten sollte. Wahrscheinlich werde sie ein oder zwei Tage weg sein. Ob er eine Nachricht hinterlassen wolle? Fish möchte das nicht.

Um zwanzig nach acht ruft er bei Amalfi Civils an und erfährt, dass Rejab Ben Ali nicht zu sprechen sei. Er würde zurückrufen, wenn er könne. Mit unterdrückter Nummer versucht Fish es auf dessen Handy. Wird zur Voicemail durchgestellt. Das Gleiche bei Tyrone Mansoor.

Um halb neun erreicht er Angela Amalfi. Er stellt sich ihr vor und erklärt, dass er früher einmal für sie tätig gewesen sei.

»Ja, ich erinnere mich. Sie sind der Surfer. Was kann ich für Sie tun, Mr. Pescado?«

Er meint, er habe neue Informationen hinsichtlich des Mordes an ihrem Mann.

»Ich verstehe. Waren Sie schon bei der Polizei?«

Noch nicht, er habe erst mit ihr sprechen wollen.

»Heute ist schwierig. Ich werde nicht im Büro sein.«

»Es ist dringend, Miss Amalfi«, insistiert Fish. »Ich kann überallhin kommen.«

»Ich bin zu Hause. Warum erzählen Sie es mir nicht am Telefon?«

»Das würde ich lieber nicht tun.« Fish weiß, dass Rej Ben Ali bei allem zuhören könnte, was Angela sagt. Er wartet, während er denkt: Vielleicht räuchere ich das Ganze gleich aus, wenn ich dort bin. Zum Teufel mit Brennan.

Dann: »Gut. Dann muss es heute Nachmittag sein. Passt es Ihnen so gegen siebzehn Uhr?«

»Ich kann jederzeit kommen«, entgegnet Fish und versucht, ihr die Dringlichkeit klarzumachen. »Ich kann auch in einer Stunde da sein, wenn Sie wollen.«

»Es muss bei siebzehn Uhr bleiben, Mr. Pescado. Wir sehen uns dann. Sie haben meine Adresse?«

Fish bejaht.

Dann bereitet er sich auf den Tag vor – die übliche Ausrüstung plus ein paar Dietriche.

Um die Mittagszeit verlässt er gerade einen Kunden, als es ein Ping von Instagram gibt. Ein weiteres Angebot aus den Beobachtungstätigkeiten von Mart Velaze. Diesmal ist es Antony Brennan in Freizeitklamotten, der versucht, sich an Rej Ben Ali vorbeizudrängen. Rej trägt eine schwarze Hose, einen schwarzen Mantel und hat die Arme aggressiv in die Seiten gestemmt. Brennan hält den Kopf gesenkt, als ob er einem Schlag ausweichen wollte. Von rechts hinten kommt ein Wachmann auf die beiden zu. Das Bild zeigt im Hintergrund Signal Hill mit dunklen Wolken. Sieht nach einer Konfrontation vor dem Royal Cape Yacht Club aus. Fish fragt sich, welchen der beiden Männer Velaze verfolgt hat. Zumindest weiß er jetzt, dass Rej nicht zu Hause ist. Er fährt dorthin.

Parkt zweihundert Meter von Rej Ben Alis Grundstück entfernt unter ein paar Platanen. Er läuft das Stück zurück zum Haus, wo er die Straße hinauf- und hinunterblickt. Hier herrscht nicht viel Verkehr. Keine Jogger. Keine Hundebesitzer. Nur gelegentlich ein Auto. Von den Häusern aus kann man die Straße nicht sehen, sie liegen zu weit zurück. Und ihre Mauern sind zu hoch. Das Laubwerk der Bäume ist zudem zu dicht. Fish hat seine Ausrüstung in einem kleinen Rucksack verstaut. Er findet die Stelle, die er schon einmal genutzt hat. Blitzschnell ist er oben und im Garten. Lässt sich zwischen Rhododendronbüsche fallen. Dort bleibt er erst einmal in der Hocke und schaut zum Haus hinauf. Niemand ist an den Fenstern zu sehen. Nirgendwo ein Hausangestellter. Auch kein Gärtner weit und breit.

Das Gartenhaus zu seiner Rechten umgibt eine geschnittene und gekappte Kampferhecke. Von der Tür des Gartenhauses bis zum Haupthaus führt ein Weg. Hinter den Rhododendronbüschen liegt eine Rasenfläche. Wenn er sie überquert, kann man ihn von allen Seiten sehen. Dieses Risiko muss er eingehen. Fish duckt sich zwischen den Büschen durch, überquert den Rasen in großen Schritten und bleibt hinter der Hecke stehen. Horcht. Wartet. Niemand ruft. Niemand nähert sich. Er steht dem Gartenhaus gegenüber. Im hübschen Kap-Stil gebaut. Mit Reetdach. Weiß getüncht. Vorne eine *Stoep*, auf der eine verwitterte Bank am anderen Ende an der Wand steht. Das Haus ist nordöstlich ausgerichtet, damit es die Morgensonne bekommt. In der Mitte eine stabile grüne Tür. Große Aufziehfenster mit grünen Fensterläden. Die geschlossen sind.

Fish geht zur Tür. Sie ist versperrt. Ein Mehrpunktschloss, das aber problemlos zu knacken ist. Mit seinen Dietrichen ist er in dreißig Sekunden drinnen. Er bleibt mit dem Rücken zur Tür stehen, um ein Gefühl für den Ort zu bekommen. Die Fensterläden sind geschlossen, also ist das Licht düster. Dieser Raum ist das Wohnzimmer. Ein kleiner Esstisch unter einem Fenster zu seiner Rechten. Im hinteren Teil sieht er eine Küchenzeile. Komplett ausgestattet: mit Herd, Backofen auf Augenhöhe, Spülbecken und Abtropfständer. Spülmaschine. So ordentlich wie in einer Werbeanzeige. Zu seiner Linken führt eine offene Tür ins Schlafzimmer.

Er schleicht lautlos vorwärts über die Tonfliesen. Kann ein gemachtes Bett sehen. Auf der Matratze hockt die Gestalt von Ferdi Amalfi. Er ist mit dem Eisenring um den Hals an die Wand gekettet. Seine Augen sind auf Fish gerichtet.

Fish sagt: »Ganz ruhig, Kumpel. Ich werde Sie jetzt losmachen.« Er kommt näher.

Wolfsmann Ferdi rührt sich nicht. Er ist weder aggressiv noch ängstlich. Nur seine Lippen sind nach hinten gezogen.

»Guter Junge, braver Junge«, murmelt Fish. Denkt: Verdammt, Mann, er ist doch kein Hund. Er sieht einen blauen Fleck auf Ferdis Gesicht. Striemen auf seinen Händen, als hätte er diese vor sein Gesicht gehalten, um es zu schützen. Jemand hat ihn mit einer Peitsche attackiert. »Wollen Sie mir sagen, wer Sie geschlagen hat?«

Ferdi antwortet nicht.

»Hat Ihr Bruder Sie geschlagen? Oder ist sein Faktotum dafür zuständig? Sein Faktotum, nehme ich an. Ich habe recht, oder? Das ist Tyrone Mansoor, der Sie so quält.«

Ferdi rührt sich nicht.

Fish betrachtet den Mann, der auf der Matratze zittert. Denkt: Da hat diese Familie genug Kohle, um halb Afrika kaufen zu können, und hält ihren Bruder in einem besseren Zwinger gefangen. Was sind das für Menschen?

Laut sagt er: »Hier, Ferdi, sehen Sie das?« Er zeigt ihm seinen Bund mit den Dietrichen. »Ich werde einen davon benutzen, um das Schoss an Ihrem Hals zu öffnen. Sie bleiben ruhig, okay? Wenn Sie mich das machen lassen, sind Sie frei. Wenn Sie wollen, dass ich Sie irgendwohin bringe, ist das kein Problem. Zu Ihrer Schwester. Zu einem Freund. Wohin auch immer Sie wollen. Verstehen Sie mich? Ich versuche Ihnen zu helfen.«

Ferdi reagiert nicht.

»Ich brauche ein Zeichen, Ferdi. Nicken Sie einfach, dass wir uns verstehen. Dass Sie kapieren, was ich will.«

Ferdi nickt.

»Guter Mann.« Fish hockt sich neben ihn und nimmt das Vorhängeschloss in seine linke Hand. Mit der rechten schiebt er einen Dietrich hinein. Stochert darin herum. Während er arbeitet, riecht er den Schweiß und die Angst und das Adrenalin, alles, was Ferdi ausströmt. Genug, um zu würgen, wenn man sich nicht zusammenreißt. Es ist offenbar eine ganze Weile her, seitdem der Typ geduscht und sich die Haare gewaschen hat. Fish hört das leise Klicken, als sich das Schloss öffnet. Er klappt den Eisenring auseinander und nimmt ihn von Ferdis Hals. Steht auf. »Sie sollten sich anziehen und ein paar Dinge packen, damit wir loskönnen. Ich warte im Wohnzimmer.«

Ferdi reibt sich mit beiden Händen den Hals, die Augen geschlossen. Dann springt er auf, hüpft über das Bett und ist in einer Geschwindigkeit aus dem Zimmer, die Fish völlig überrumpelt.

Er hechtet ihm nach. »He, Mann, warten Sie! Wo zum Teufel soll es hingehen?«

Ferdi hat das Gartenhaus verlassen, Fish rennt ihm hinterher. Der Wolfsmann mag zwar nach nicht gerade vital wirken, aber er ist schnell und beweglich. Weicht aus, duckt sich unter den Büschen hindurch und lässt Fish wie einen Tölpel aussehen. Er erfasst Ferdi ein letztes Mal, als der über die Mauer in den Nachbargarten verschwindet.

Fish gibt auf. Er will nicht, dass ein Hausangestellter aus dem Fenster schaut, einen Mann im Garten entdeckt und sofort Alarm schlägt. Oder dass der Gärtner ihn mit dem Spaten verfolgt. Okay, das ist zwar nicht ganz das gewünschte Ergebnis, aber der Wolfstyp ist frei. Fish belässt es dabei und läuft durch den Garten zu jener Stelle, wo er wieder über die Mauer auf die Straße klettern kann.

Er setzt sich in seinen Wagen. Wartet, falls Ferdi doch plötzlich auftauchen sollte. Fragt sich: Sollte er Angela Amalfi mitteilen, dass ihr Bruder abgehauen ist? Zugeben, dass er ihn freigelassen hat? Nein. Das würde nichts bringen. Nach fünfzehn, zwanzig Minuten immer noch kein Ferdi. Er könnte zu den Nachbarn gehen und sie bitten, sich auf ihren Grundstücken umzusehen. Und wie? Ihnen sagen, sie sollten nach einem entlaufenen Wolfsmann Ausschau halten?

Fish will gerade los, als zwei WhatsApp-Nachrichten auf seinem Handy eingehen: (1) John Webster: *Ich meinte das wirklich ernst mit dem Mittagessen. Melden Sie sich.* (2) Unbekannt: *50 000 R wenn du deine Vicki wiedersehen willst.*

6

CIA-Emblem
Informationstypus: Sprachaufnahme
Sammlung: GEHEIM SÜDLICHES AFRIKA
Aktennummer (VO): 0000414425
Ursprüngliche Klassifizierung: (50X1)
Datum der Aufnahme: 19. Juli 2018
Fallnr.: John Webster-2017-00550
Operation Fynbos
Kontextanmerkungen plus Transkriptionen von Aufnahmen mit Vicki Kahn
Transkription Textverarbeitung: TS

Anmerkung: Die Zielperson stand nach der ersten Sitzung des Tages dauerhaft unter Beobachtung. Sie zeigte keinerlei äußere Anzeichen von Anspannung. Im Gegenteil: Sie las eine Weile, spielte ein paar Runden Online-Poker (wo sie 120 Dollar verlor) und machte für eine Stunde ein Nickerchen. Ebenso aß sie ihr Mittagessen, einschließlich der Lindt-Kugel.

Tonaufnahme 4

JW: Miss Kahn, hi. Ich möchte da weitermachen, wo wir beim letzten Mal aufgehört haben.

VK: Wo Sie unser Gespräch abrupt unterbrochen haben. Worum geht es wirklich, John Webster?

JW: Das kommt noch.

VK: Aber sehr langsam.

JW: Wir bevorzugen es, genau vorzugehen. Wobei wir jetzt schneller vorankommen müssen. Die Zeit ist gegen uns. Haben Sie sich … Sind Sie für eine alternative Vorgehensweise empfänglich?

VK: Ich weiß nicht, worum es geht. Wie kann ich da für eine alternative Vorgehensweise empfänglich sein?

JW: Grundsätzlich.

VK: Habe ich eine Wahl? Ich bin in irgendeinem Bunkerkeller ohne natürliches Licht weggesperrt. Man hält mich gegen meinen Willen fest. Und Sie fragen, ob ich grundsätzlich für etwas empfänglich bin, was Sie eine alternative Vorgehensweise nennen? Eine alternative Vorgehensweise zu was?

JW: Zu Ihrer augenblicklichen Situation.

VK: Mein Gott, John Webster, könnten Sie vielleicht einen Moment lang vernünftig reden?

JW: Sie sind ziemlich beherzt, wenn ich das sagen darf, Ma'am – vor allem angesichts Ihrer augenblicklichen Lage. [Stille.]

JW: Wie bereits erklärt, nehmen wir an, Miss Kahn, dass Sie weiterhin für die südafrikanische *State Security Agency* tätig sind. Allerdings wahrscheinlich nicht mehr für die Voliere.

VK: Ach.

JW: Momentan fragen wir Sie nicht, ob Sie das bestätigen oder bestreiten, Ma'am. Wir stellen nur fest, dass wir das wissen. Wie bei einem Spiel legen wir unsere Karten offen auf den Tisch. Alle, mit der Vorderseite nach oben.

VK: So metaphorisch.

JW: Miss Kahn, Ma'am, es geht um Folgendes: Wir möchten Ihnen ein Angebot machen. Werden Sie für uns zu einer freien Mitarbeiterin. Dieses Angebot geht einher mit einer Bezahlung in Dollar auf ein internationales Konto Ihrer Wahl. Ich bin befugt, Fragen Ihrerseits in dieser Hinsicht zu beantworten.

VK: Wer ist wir?

JW: Ich denke, das wissen Sie bereits. Wir sind die Central Intelligence Agency.

VK: Ich bin beeindruckt. [Stille.]

VK: Das Geld käme von einem geheimen Konto?

JW: Korrekt.

VK: Was erwarten Sie als Gegenleistung?

JW: Zuerst einmal Ihre Verschwiegenheit hinsichtlich der amerikanischen Vizepräsidentschaftskandidatin. Zweitens was auch immer Sie liefern können. Vor allem Informationen hinsichtlich renommierter Politiker. Militärischer Anschaffungen. Einstellungen in puncto internationaler

Aktionen der Amerikaner. Informationen über die Entwicklung US-amerikanischer Investitionen.

VK: Das meiste davon erfahren Sie auch durch Zeitungslektüre.

JW: Wie Sie wissen, Ma'am, verbreiten Ihre englischsprachigen südafrikanischen Zeitungen schon länger keine Fakten mehr. Wir wollen zuverlässige Informationen von jemandem vor Ort. [Stille.]

VK: Nur um das eindeutig festzuhalten: Sie wollen, dass ich für Sie und gegen mein Land spioniere?

JW: Das sollten Sie etwas anders formulieren, Ma'am. Wir möchten von Ihnen zuverlässige Angaben, die zu einem besseren Verständnis globaler Beziehungen führen würden. Wir betrachten unseren Vorschlag als ein Angebot, das sich an den Prinzipien einer offenen Demokratie orientiert. Weltweite Transparenz. Das Teilen von Informationen innerhalb aller westlichen Geheimdienste würde die Welt sicherer machen. Wir verstehen es weniger als eine Frage bestimmter Loyalitäten, sondern vielmehr als eine unseres gemeinsamen Interesses.

VK: Und das wäre?

JW: Frieden, Wohlstand, Wohlergehen.

VK: Wunderbare Dinge.

JW: Das ist etwas, was wir alle wollen, Ma'am. Deshalb machen wir diese Arbeit.

VK: Das mag sein, aber Sie schlagen mir dennoch vor, Hochverrat zu begehen.

JW: Ja, das stimmt, Ma'am. Ihre nationalen Gesetze definieren das so. Wir jedoch glauben, dass ein höherer moralischer Wert bedroht wird.

VK: Das sagten Sie bereits. Trotzdem könnte ich ins Gefängnis wandern.

JW: Natürlich ist uns bewusst, dass Sie ein gewisses Risiko tragen. Wir auf unserer Seite tun unser Bestes, um Ihren Status geheim zu halten. Wir kümmern uns um unsere Leute. [Stille.]

VK: Und wenn ich Ihr Angebot ablehne?

JW: Ernsthaft?

VK: Ernsthaft.

JW: Das würden Sie nicht tun wollen.

VK: Warum? Wegen der Dinge, von denen Sie bereits gesprochen haben?

JW: Ich bin nicht befugt, genauere Details darzulegen.

VK: Und Sie bedrohen mich in keiner Weise. [Stille.]

JW: Ein Vorschlag, Ma'am. Wir lassen Ihnen Kaffee oder Tee bringen, was auch immer Sie möchten. Und geben Ihnen fünfzehn Minuten, um sich zu entscheiden.

VK: Es scheint so, als bliebe mir keine Wahl.

JW: Es gibt immer eine Wahl. Tee oder Kaffee?

VK: Kaffee. Kein …

JW: Kein Zucker, keine Milch. Wir wissen Bescheid. Shortbread oder Schokoladenkekse? Wissen Sie was? Sie können beides haben.

Ende von Tonaufnahme 4

Anmerkung: Die Zielperson lief nachdenklich im Zimmer herum, bis der Kaffee und das Gebäck eintrafen. Es war schwierig auszumachen, ob das eine absichtliche Demonstration von Bestürzung um unseretwillen oder echte Bestürzung war und somit ein Anzeichen emotionalen Stresses. Sie verzehrte die Erfrischungen auf der Couch sitzend. Dabei aß sie sowohl das Shortbread als auch einen Schokoladenkeks. Wir hielten uns genau an die Zeitvorgaben.

JW: Fünfzehn Minuten sind vorüber, Miss Kahn.
VK: Werde ich Sie sehen?
JW: Das hängt von Ihrer Antwort ab, Ma'am.
VK: Meine Antwort lautet Ja.
JW: Wir sind froh, das zu hören.
VK: Können wir jetzt mit der unsichtbaren Stimme aufhören?
JW: Das können wir. Und zapp. Sehen Sie mich jetzt?
VK: Ich kenne Sie. Ich habe Sie schon früher einmal gesehen.
[Ein Lachen.]
JW: Ich habe so ein Gesicht. Wir müssen noch ein paar Sachen besprechen. Ich komme zu Ihnen herunter, damit wir das persönlich gestalten. Davor jedoch zwei Dinge: zum einen Ihre offizielle Geschichte. Vielleicht dauert es noch ein paar Tage, ehe wir Sie gehen lassen. Wir werden unser Bestes tun, um es Ihnen in dieser Zeit so bequem wie möglich zu machen. Leider bedeutet das aber, dass Sie dort bleiben müssen, wo Sie jetzt sind. Wenn es Bücher, Filme, Serien gibt, die Sie gerne möchten, dann sagen Sie Bescheid. Natürlich haben Sie auch weiterhin Zugang zum Online-Poker, allerdings auf Ihre eigenen Kosten. Um eine geeignete Geschichte zu schaffen, werden wir 50 000 Rand Lösegeld von Mr. Pescado verlangen. Weniger wäre nicht realistisch.
[Wutausbruch von VK]
VK: Glauben Sie, er kann eine solche Summe einfach so aufbringen?
JW: Er ist erfindungsreich. Wir sind davon überzeugt, dass er das kann. Wir geben ihm vierundzwanzig Stunden.
VK: Und wenn er es nicht kann?

JW: Es gibt Geiselunterhändler, die auf solche Situationen vorbereitet sind.

VK: Das ist grotesk.

JW: Es ist wichtig, dass wir ein plausibles Szenario schaffen. Wir haben Leute, die sich darum kümmern. Und dann gibt es etwas, worüber Sie nachdenken müssen, bis wir uns gleich treffen: Wir glauben, ein Agent namens Mart Velaze war in die Tötung von zwei unserer Agenten verwickelt. Wir glauben, dass Sie Kontakt zu Mart Velaze haben. Ihr erster Auftrag wird sein, ein Treffen mit ihm zu vereinbaren.

VK: Mein erster Test, meinen Sie.

JW: Nennen Sie es gerne so. Wir fänden es besser, wenn Sie es als Chance sehen würden, Ihre gute Absicht unter Beweis zu stellen.

VK: Und was wird bei diesem Treffen passieren?

JW: Das können wir nicht offenbaren. Nur dass es informatorischer Art sein wird.

Ende von Tonaufnahme 5

Anmerkung: Während der Befragung wurde die Kamera angeschaltet, damit ich für sie auf dem Bildschirm erschien. Ihre Reaktion darauf war vorhersehbar, da sie als Agentin dazu ausgebildet ist, Gesichter wiederzuerkennen. Mehrere Male hatten wir uns in der Nähe voneinander aufgehalten. Ihr Zweifel, dass Pescado es schaffen wird, das Lösegeld aufzubringen, war ebenfalls zu erwarten gewesen und zeigte ihre Kenntnis seiner finanziellen Lage. Ihre Reaktion auf den SSA-Agenten Mart Velaze war ungezwungen. Heute tolerieren sie sich gegenseitig, doch früher war ihre Beziehung feindselig. Wir sind zuversichtlich, dass sie ihren Auftrag erledigen und das Notwendige veranlassen wird, sodass wir diesen Fall abschließen können.

Kurz vor ihrer Einsetzung unterzog ich sie einem letzten Briefing, um unsere Vereinbarung noch einmal klar darzulegen. Ich erklärte ihr dabei die Zahlungen an sie und unterstrich die Loyalität, die wir erwarteten. Zudem betonte ich, dass wir kein falsches Spiel tolerieren. Wie bereits einmal zuvor wollte sie herausfordernd wissen, ob ich ihr drohe: »Was wollen Sie dann tun? Mich töten?« Ich antwortete nicht direkt darauf, sondern meinte nur, dass bestimmte Aktionen Folgen hätten. Trotz ihrer unorthodoxen Tendenzen wird sie ein Gewinn für uns sein.

Fünf

Jedenfalls ist so viel klar:
Irgendjemand hat irgendjemanden getötet.

Alice hinter den Spiegeln

1

Fish sitzt in seinem Auto in der Canterbury Street und starrt auf die WhatsApp-Nachricht von John Webster: *Ich meinte das wirklich ernst mit dem Mittagessen. Melden Sie sich.*

Fish denkt: Zum Teufel, Webster, lass mich in Ruhe. Zuerst die kalte Schulter und jetzt diese Aufdringlichkeit. Er will gerade antworten, als die zweite WhatsApp eintrifft: *50 000 R wenn du deine Vicki wiedersehen willst.*

Zeitgleich gibt es ein weiteres Ping von Instagram. Er entdeckt ein Video von Vicki in Jeans und T-Shirt. Ohne Schuhe. Sie ist auf einem Plastikstuhl nach vorne gesackt. Die Arme sind hinter ihr. Offenbar wird sie von jemandem, der hinter ihr hockt und nicht zu sehen ist, so gehalten. Dieser Jemand streckt eine Hand ins Bild, um einen handschriftlichen Zettel auf ihren Schoß zu legen. Die Botschaft wiederholt die Worte der WhatsApp-Nachricht.

Eine Stimme befielt: »Sag ihm, dass es dir gut geht, *Poes.*«

Kapstädter Dialekt.

Vickis Kopf rührt sich nicht. Sie hängt auf dem Stuhl, als wäre sie bewusstlos.

Die Kamera gibt wenig anderes preis. Sie ist nach unten gerichtet. Der Boden besteht aus Beton, ein kaltes Neonlicht erhellt den Raum. Keine Hintergrundgeräusche. Die Person hinter der Kamera zeigt kurz abgetretene Converse-Sneakers ohne Socken. Der elastische Aufschlag ihrer Trainingshose ist ebenfalls einen Moment lang zu sehen.

Das auf Vickis Gesicht könnte ein Bluterguss sein. Sonst erkennt Fish keine Verletzungen. Nur diese Flecken auf ihrem T-Shirt. Könnte Blut sein oder auch Schmutz.

»Sag ihm, dass es dir gut geht, *Poes.*«

Keine Reaktion.

Ende des Clips.

Fish spielt den Film noch einmal ab. Die Szene lässt ihn an eine Bandenentführung denken. Er hat schon einige Geschichten über solche Lösegeldforderungen gehört. Meist ging es um muslimische Geschäftsleute. Niemand Bekanntes, niemand, der es bis in die Medien geschafft hätte. Die Opfer waren häufig Besitzer von kleinen Steuerberatungskanzleien oder Import-Export-Betrieben gewesen. Einmal ein Zahnarzt. Ein paar Gebrauchtwagenhändler oder die Inhaber von Baufirmen. Männer mit Unternehmen, die ein paar Millionen Umsatz im Jahr machten.

Vicki passt nicht in dieses Schema. Vor allem in diesem Fall nicht in das Lösegeldschema. Zu willkürlich. Zu zufällig. Fish ist überzeugt, dass es sich hier um etwas anderes handeln muss.

Er schaut sich den Videoclip zum dritten Mal an. Hält ihn an, um den Bluterguss genauer zu betrachten. Denkt: Ja, okay, sie wurde überfallen und unter Drogen gesetzt. Diese Entführer versuchen einfach ihr Glück. Wie bei einem Spielautomaten. Da weiß man auch nie, ob man eine komplette Reihe von Kirschen erhält oder nur zwei Bananen. Wahrscheinlich sind sie offen für jedes Angebot. Wenn nichts kommen sollte, würden sie Vicki vielleicht vergewaltigen und irgendwo auf einer Straße rauswerfen. Oder sie töten.

Fish spielt den Film ein viertes Mal ab. Diesmal mustert er genau die Hand, die Vicki hält. Könnte weiß, könnte *Coloured* sein. Auch die Haut, die man an den Knöcheln sieht, könnte beides sein. Der einzige Hinweis ist die Stimme. Die verweist auf Gangster. Bei Gangstern ist es das Beste, nicht zu reagieren. Sich zurückzulehnen und erst einmal weitere Anweisungen abzuwarten.

Durchatmen. Tief durchatmen.

Woher zum Teufel soll er so schnell fünfzig Riesen kriegen? Er kann sich nicht vorstellen, dass seine Mutter bereit ist, diese fünfzig für »dein indisches Mädel« zu zahlen. Und wie scharf Professor Summers darauf wäre, ihm einen Kredit zu halsabschneiderischen Bedingungen zu geben, daran mag er erst gar nicht denken.

Fish würde am liebsten schreien. Etwas zertrümmern. Etwas treten. Etwas erschießen. Vorzugsweise den Dreckskerl, der seine Hand nur einen Finger breit von Vickis Brust hat. Er zwingt sich dazu, stillzusitzen. Klammert sich an das Lenkrad. Atmet tief ein und aus.

Mart Velaze.

Mart Velaze ist eine Möglichkeit. Fünfzigtausend müsste er als gute Investition betrachten, schließlich arbeitet sie für ihn. Das Lösegeld könnte aus seinem Spesenkonto gezahlt werden. Das sollte kein Problem darstellen.

Fish schickt Mart Velaze über Instagram eine Nachricht: *Schauen Sie sich das an, China. Was wollen Sie dagegen tun? Rufen Sie mich an.* Dann hängt er den Link zu dem Film mit der entführten Vicki an.

Kaum eine Minute später klingelt sein Handy. Über WhatsApp.

Es ist nicht Mart Velaze. Es ist die Stimme aus dem Video.

»Du musst zahlen, *Pellie.*«

»Ja, klar«, erwidert Fish. »Nur hab ich keine fünfzigtausend, *Pellie.*« Er versucht das Wort *»Pellie«* scharf klingen zu lassen.

»Tut mir leid für dich. Hast eben eine teure Tussi. Dann mach dich lieber ans Betteln, *Bru*, denn heute Abend musst du uns bezahlen.«

»Das schaffe ich nicht.«

»Das schaffst du.«

»Ich will ein Video von ihr sehen, wie sie läuft. Ihre Stimme hören.«

»Heute Abend.«

»Wo? Wo machen wir das, *Pellie*?«

»Hey, du machst hier gar keine Ansagen. Wenn du deine *Stukkie* zurückhaben willst, dann lieferst du das *Kroon* dahin, wohin wir sagen, und zwar genau zu der Zeit, die wir festlegen.«

Ende Gelände.

Fish versucht es mit der Rückwahltaste. Keine Antwort.

2

Tyrone Mansoor hingegen wird geantwortet. Er klingelt bei Angela Amalfi. Wartet im Foyer ihres Apartmentblocks, wo er weiß, dass er auf Kamera festgehalten und in den Videoaufzeichnungen des Tages gespeichert wird. Egal. Darum konnte sich der Oberst später kümmern. Trotzdem hat er sein Gesicht abgewandt und mit einer Schirmmütze verdeckt. Der Stich in seiner Schulter schmerzt wie verrückt.

»Ja?«, meldet sich Angela Amalfi.

Tyrone Mansoor erklärt, dass er gekommen sei, um ihre Wohnung nach Abhörgeräten abzusuchen. Er zeigt ihr seine Karte von Kestrel Security.

»Das ist erledigt, Tyrone«, erwidert sie. »Ich habe es privat machen lassen. Sie haben nichts gefunden.«

»Mr. Ben Ali hat mich darum gebeten, Miss Amalfi. Um Industriespionage vorzubeugen. Er hat diese Anweisung für die ganze Firma gegeben. In Kapstadt. In Johannesburg. Dazu die Wohnungen und Häuser der Führungskräfte. Als Vorsichtsmaßnahme.«

»Ich glaube nicht, dass das nötig ist.«

»Vielleicht kann Miss Amalfi mit Mr. Ben Ali sprechen, wenn das bitte möglich wäre. Wissen Sie, ich muss meinen Anweisungen folgen, Miss Amalfi. Und einen Bericht abliefern, dass alles erledigt wurde.«

»Ja, natürlich. Ich verstehe.« Eine Pause. »Wie lang, glauben Sie, werden Sie brauchen? Ich bin gerade mitten in einer Sache. Wenn Sie morgen zurückkommen könnten, wäre das besser.«

»Es wird nicht lange dauern, Miss Amalfi. Etwa zwanzig Minuten. Das geht sehr schnell. Ich werde Sie garantiert nicht stören und muss Sie morgen nicht wieder belästigen.«

Erneutes Schweigen. Dann: »Also gut. Kommen Sie hoch.«

Tyrone Mansoor hört, wie sich das elektronische Schloss öffnet, und stößt die Tür auf. Fährt mit dem Lift zu Angela Amalfis Wohnung hoch. Er überlegt: Soll er sie einfach sofort erschießen? Nein, er will erst die Wohnung betreten und sich das Weitere dann durch den Kopf gehen lassen. Er klopft. Eine junge Frau öffnet.

Sie stellt sich vor. »Ich bin Miss Amalfis Assistentin. Kommen Sie herein, Miss Amalfi ist hier drin.«

Nun gut.

Er folgt ihr in das Wohnzimmer. Angela Amalfi beugt sich gerade über einen Tisch, auf dem sich Tabellen und ein offener Laptop befinden. Sie schreibt etwas auf einen Block. Eine Brille sitzt ihr auf der Nasenspitze. Sie schaut zu ihm herüber: »Ich lasse Sie dann Ihre Arbeit machen.«

»Kein Problem, Miss Amalfi. Ich werde Sie nicht stören.« Er zeigt auf das aufgepeitschte Meer und die dunklen Wolken, die durch die Doppeltür zum Balkon hinaus zu sehen sind.

»Sie haben eine schöne Aussicht, Miss Amalfi. Scheint bald

einen Sturm zu geben. Wenn ich Sie wäre, würde ich den ganzen Tag hier arbeiten statt im Büro. Finden Sie nicht auch?«

Angela Amalfi lächelt. »Vielleicht haben Sie recht, aber ich befürchte, das wäre nicht gut für die Firma.« Sie zeigt auf einen kleinen Gang und meint, die Schlafzimmer seien dort entlang.

Tyrone Mansoor holt ein Paar Handschuhe heraus. Er wiederholt, dass er nicht lange brauchen werde.

Da er weiß, wo die Abhörgeräte sind, entdeckt er sie sofort. Sie befinden sich tatsächlich noch dort: in ihrem Badezimmer und im Schlafzimmer. Er nimmt sie heraus. Kehrt damit ins Wohnzimmer zurück.

»Hab die gefunden«, sagt er.

»Was?« Angela Amalfi ist schockiert. Sie betrachtet die Apparate in seiner Hand. »Wo?«

»Einen im Schlafzimmer und einen im Badezimmer. In den anderen Räumen war nichts.«

Die junge Frau am Laptop hält mit dem Tippen inne und schaut ihn an. Sie wirkt fasziniert.

»Ich habe einen Mann alles absuchen lassen. Er hat nichts entdeckt.«

»Vielleicht wurden die erst später eingebaut«, vermutet Tyrone und beobachtet, wie sich auf Angela Amalfis Gesicht eine Erkenntnis zeigt. Ihre Hand wandert zu ihrer Wange. Erstaunlich, dass das wirklich alle so machen.

»Sie meinen, jemand ist hier gewesen? Wie ist dieser Jemand in meine Wohnung gelangt? Warum weiß ich nichts davon? Sie haben die Sicherheitsvorkehrungen gesehen. Im Foyer. An meiner Tür. Es gibt ein Alarmsystem. Man muss den Alarm erst deaktivieren. All das – und trotzdem konnte jemand die hier installieren?«

»Vielleicht sind weitere in diesem Raum«, meint Tyrone,

der den Einsatz gerne erhöht. »Ich schaue mich mal um.« Er wirft einen kurzen Blick auf den Busen der jungen Frau. Sie ist eine scharfe Braut. Fragt sich, warum er sie bisher im Büro nie bemerkt hat. Ihm gefällt, wie sie ihn ansieht. Er hält den Detektor hoch. »Der Zauberstab. Der findet alles.« Dann lässt er ihn über die Wände, Lampen und Bilder wandern. Die beiden Frauen arbeiten nicht mehr, sondern schauen ihm zu. Rej hätte ihn warnen sollen, dass noch jemand in der Wohnung sein könnte. Vielleicht muss er ein andermal wiederkommen. Um das Mädchen am Leben zu lassen. Er könnte nachts mithilfe des Schlüssels und der Codes eindringen. Angela Amalfi im Schlaf ermorden. Rej würde diese Möglichkeit nicht gefallen. Ihm wäre es am liebsten, wenn alles schon gestern über die Bühne gegangen wäre. Könnte sogar die Provision dafür verringern. Wie würde er das nennen? Vertragsstrafe? An der Wand gibt es ein Piepen. Er hat den Detektor über seinen Kopf gehalten, unterhalb der zentralen Lampe. Es sind vier kleine Spots im Industriedesign. Ein leichter Ort, um ein Mikrofon zu verstecken. Wie er es getan hat.

»Einer muss in der Lampe sein«, sagt Tyrone. »Darf ich auf einem Stuhl stehen, um hochzugelangen?«

Angela Amalfi nickt.

Tyrone klettert auf einen Stuhl. Er streckt den Arm nach oben, wobei die Wunde in seiner Schulter schmerzt. Holt zwei kleine Apparate heraus. Den einen kennt er. Der andere ist auch für ihn eine Überraschung.

»Oh, wow«, sagt die Assistentin.

»Ich kann es nicht fassen«, stellt Angela fest. »Das ist unglaublich. Wir müssen die Polizei rufen. Wir müssen herausfinden, wer das gemacht hat.«

»Ich schaue erst noch in der Küche nach, Miss Amalfi.«

Tyrone geht in die Küche. Durchläuft dasselbe Spiel wie

zuvor. Stellt sich auf einen Stuhl und lässt den Detektor oberhalb der Hängeschränke an der Wand entlanglaufen. Hinter einer Reihe von Vasen entdeckt er die vierte Wanze, die er eingebaut hat. Keine weiteren Überraschungen.

»Oh, wow«, sagt die Assistentin.

»Unglaublich«, meint Angela. »Einfach nur absolut unglaublich.«

»Lassen Sie mich Mr. Ben Ali anrufen«, verkündet Tyrone und springt vom Stuhl. »Ich will ihm mitteilen, was ich gefunden habe. Als Sicherheitsdienst müssen wir diese Apparate untersuchen. Entschuldigen Sie, Miss Amalfi, dass ich Sie bei Ihrer Arbeit gestört habe. Das wäre so weit erledigt.« Er tritt auf den Balkon, um seinen Anruf zu machen. Dort holt er den Schalldämpfer für die Pistole heraus.

3

»Das ist wie bei einem Puzzle, Häuptling, bei dem man die einzelnen Teile langsam zusammenfügt«, sagt die Stimme zu Mart Velaze. »Außerdem wird es eine fantastische Story in den sozialen Medien. Eine Marvel Graphic Novel. Aber Sie meinten, dieses Bild von Alice hat nur eine begrenzte Freigabe?«

Mart Velaze bestätigt das. Er sitzt hinter dem Steuer und fährt. Sein Handy ist auf die Freisprechanlage geschaltet und in die Buchse seines Nissan Almera gesteckt.

»Schade. Gibt es keine Möglichkeit, das viral werden zu lassen? Das wäre doch etwas.«

Mart Velaze erklärt ihr die Folgen. »Die Entführer wollen nicht, dass die Polizei hineingezogen wird.«

»Schon lustig, wie *sie* das immer sagen. Als ob das einen

echten Unterschied machen würde.« Sie schweigt. Mart Velaze wartet. Konzentriert sich auf das Auto zwei Wagen vor ihm. Ein schwarzer Nissan Armada. In einem solchen Fahrzeug erwartet man eigentlich einen Chauffeur und auf der Rückbank eine wichtige Person an mehreren Handys. Dem ist aber nicht so. Am Steuer sitzt Rej Ben Ali.

Die Stimme kehrt zurück. »Also, das wurde einfach an den blonden Surfer geschickt? Und er hat es Ihnen gesandt?«

Mart Velaze bestätigt.

»Bequemer kleiner Kommunikationskanal, den Sie beide da haben.«

Mart Velaze sagt nichts dazu.

»Mit wem, glaubt er, hat er zu tun?«

»Mit Gangstern.«

»Interessant. So würde es zumindest plausibel scheinen. Du meine Güte, Häuptling – es ist schwer, noch den Überblick zu behalten bei all den Dingen, die gerade passieren: Agenten werden entführt, es gibt Lösegeldforderungen, unser Rej dreht draußen vor dem Yachtclub durch …«

Ja, klar, denkt Mart Velaze, der Stimme entgeht grundsätzlich nie etwas.

»Wir können davon ausgehen, dass die Amerikaner sie geschnappt haben, Häuptling. Dieses kleine Geiseldrama sieht mir extrem nach einem Fake aus.«

Für diese Vermutung kann Mart Velaze keinerlei Hinweise erkennen. Wohl das Bauchgefühl der Stimme. Aber er nimmt an, dass sie recht hat.

»Gangster! Das ist ja wohl kaum sehr originell. Egal. Sie hat uns geholfen, also müssten jetzt wir ihr helfen. Ich vermute, dass man sie auf amerikanischem Grund und Boden festhält. Das ergibt Sinn. Keine Komplikationen. Dieses Konsulat ist geradezu ein ideales Fort. Ich finde, wir stecken etwas in der Klemme. Sie ist unsere Frau, und gleichzeitig dürfen wir uns nicht einmischen. Surferboy ist der Kontaktmann, und ihn werden sie beobachten. Sind übrigens seine Haare inzwischen wieder nachgewachsen?«

Mart Velaze bejaht ihre Frage.

»Ein weißer Mann mit geschorenem Kopf sieht irgendwie unfertig aus, während man einem Schwarzen mit blankem Schädel lieber nicht auf die Füße tritt. Der ist ernst zu nehmen. Also. Jetzt zu unserem Plan: Lehnen Sie sich zurück, und lassen Sie die Dinge ihren Lauf nehmen. Unser Surfer ist erfindungsreich. Er wird die Knete auftreiben und sie befreien. Halten Sie sich da raus, Häuptling. Wir wollen nicht, dass die Yankees denken, wir hätten irgendetwas mit der Sache zu tun.«

Mart Velaze fährt in dichtem Verkehr von der Buitengracht ab und die Orange hinunter. Er fragt sich, ob Rej nach Hause zurückkehrt.

Die Stimme sagt: »Ich vermute, dass sie unsere Alice so schnell wie möglich wieder auf der Straße sehen wollen. Sie wird in kürzester Zeit frei sein. Bis dahin zwei Dinge: Zum einen gibt es etwas, wo wir aufholen müssen. Zum anderen müssen wir den Ingenieur Rej Ben Ali im Auge behalten. Sobald er sich Generaldirektor Sipho Dube nähert, lassen Sie es mich wissen. Beim Aufholen geht es um Folgendes, Häuptling: Als man Alice entführte, habe ich mir mal die amerikanischen Konsulatsangestellten näher angesehen. Ist ja sinnvoll angesichts ihrer Rolle beim Projekt Renaissance. Dabei konnte ich feststellen, dass ein Mann namens John Webster in den letzten Monaten ständig zwischen den USA und Kapstadt hin- und hergeflogen ist. Nennt sich Wirtschaftsberater für das Handelsministerium. Als ob ihm das irgendjemand abnehmen würde. Es hieß, er sei vor ein paar Jahren in Angola im Zusammenhang mit Blutdiamanten ums Leben gekommen. Aber offenbar doch nicht. Es ist allgemein bekannt, dass Johnny Boy seit langem zur CIA gehört. Ein robustes Kerlchen. Seine Verbindung zu Afrika reicht Jahrzehnte zurück. Neben den besagten Blutdiamanten hatte er wohl seine Finger auch im Waffenhandel. Anscheinend hat er die Großen und Mächtigen des Kontinents gerne in einer Hütte der CIA in den schottischen Highlands als seine Gäste begrüßt. Im Sutherland County, wenn ich mich recht erinnere. Anscheinend ist Johnny Boy jetzt jedenfalls wieder zurück und interessiert sich für unseren kleinen Flecken Erde. Wobei er besondere Aufmerksamkeit unserer Alice zu schenken scheint. Könnte nur um das Projekt Renaissance gehen, aber dafür ist Johnny Webster zu ranghoch. Es muss etwas anderes sein. Möglicherweise räumt er in der amerikanischen Hierarchie auf. Oder er will alte Rechnungen begleichen, wie den Tod ihrer beiden Agenten. Ich frage mich …«

Die Stimme bricht ab.

Mart Velaze überquert die Kreuzung an der Long Street und folgt dem Armada die Grey's Pass hinunter in die Queen Victoria Street. Jetzt weiß er, wohin seine Zielperson will. Rej Ben Ali parkt rückwärts am Bordstein in der Nähe der französischen Botschaft. Mart fährt weiter und bleibt in einer Ladezone stehen. Im Rückspiegel beobachtet er, wie Rej Ben Ali den Apartmentblock St. Martini Gardens betritt. Eine seltsame Uhrzeit für ein Liebespaar.

»Ich weiß gerade nicht, was wir tun sollen, Häuptling«, meint die Stimme. »Momentan scheinen wir in einer Art Schwebe zu sein. Wir müssen darauf warten, bis es hart auf hart kommt. Typisch für unsere Branche, mag man da sagen. Wann ist es jemals anders gewesen?«

Die Stimme beendet das Gespräch. Mart Velaze fragt sich, ob sie etwas über die Vorfahren weiß, was er nicht tut.

4

In Juzia Maliks Wohnung kommt es hart auf hart. Sie hat ein Apartment im vierten Stock mit einem Ausblick nach vorne über Company's Garden, hoch zum Devil's Peak in der Ferne. An den Wochenenden, die sie nicht mit Rej verbringt, ist sie gerne nachmittags auf ihrem Balkon, entspannt sich in einer Hängematte und beobachtet die Familien, Liebespaare und älteren Leute, die ebenfalls die Sonne genießen. Momentan scheint die Sonne nicht, sondern die Wolken werden dichter. In der Wohnung ist das Licht grau. Rej Ben Ali steht mit dem Rücken zu dieser Aussicht, bereit, alles explodieren zu lassen. Seine Kiefer sind verspannt, sein Blick wirkt wild und unbeherrscht.

»Ich dachte, du liebst mich.«

»Du hast mich hintergangen.«

»Ich habe alles gehört, was du zu Angela gesagt hast.«

»Du bist reine Zeitverschwendung.«

Er war mit seinem eigenen Schlüssel hereingekommen. Hatte nicht einmal geklopft. Stattdessen schlug er die Tür donnernd ins Schloss und brüllte ihren Namen. Ihren Nachnamen.

»Malik! Malik! Wo verdammt steckst du?«

In einer Zwei-Zimmer-Wohnung gibt es nicht viele Orte, um sich zu verstecken. Wobei sich Juzia Malik nicht versteckte. Sie saß auf dem Sofa und ging die Tabellen durch, die mit dem Projekt Renaissance zu tun haben. Tabellen, die sie von Angela erhalten hat.

Als er die sah, drehte er völlig durch.

Schlug sie ihr aus der Hand.

»Wer hat dir die gegeben? Wer, hä? Angela? Deine neue

Freundin. Will dich in ihrem Team. Meine großartige Schwester hält sich für eine Fürstin. Dieses Arschloch. Sie glaubt, sie kann mit der Firma machen, was sie will. Falsch. So wird das nicht laufen. Hörst du mich? Niemals. Hundertprozentig nicht.«

Er schnappt sich auch die Papiere, die in Juzias Schoß liegen, und schleudert sie zur Seite. Dann zerrt er sie an ihrem Pulli hoch.

»Wer glaubst du eigentlich, die du bist?«

»Lass mich los.« Juzia hat jetzt ebenfalls die Stimme erhoben. »Lass mich los. Verschwinde.«

Rej sieht die Angst in ihren Augen. Trotz ihrer Streitlust. Er wirft sie auf das Sofa zurück und geht mit großen Schritten Richtung Balkon, wobei sich seine Hände derart heftig bewegen, dass man glauben könnte, sie hätten ein Eigenleben. Die Finger öffnen und schließen sich. Er atmet heftig, das Blut rauscht in seinen Ohren. Rej bekommt sich nicht in den Griff. Will sich auch gar nicht in den Griff bekommen.

Während er sie beschimpft, reißt ein Strick nach dem anderen in ihm.

Sie hat sich auf dem Sofa zusammengerollt. Tränen stehen ihr in den Augen. Sie schreit ihn an, um ihn zu beruhigen.

Beruhig dich. Beruhig dich endlich. Aber das wird nicht passieren. »Du stinkende Schlampe!« Rej steckt in einem blutroten Nebel.

»Nach allem, was ich für dich getan habe. Die Chancen, die ich dir gegeben habe. Und du, du behandelst mich so. Trittst mir in die Eier. Du Schlampe! Du total widerwärtige Schlampe!«

Mit einem Schlag reißt er eine Stehlampe um. Sie schlittert krachend über den Parkettboden. Eine stylische Stativleuchte, die Juzia ein Vermögen gekostet hat. Mit der Linken schleudert er Glasnippes von einer Hampton-Kommode. Nicht irgendeinen Nippes, sondern Familienerbstücke. Zerbrochen. Er tritt in die Möbel. Reißt die Schubladen der Kommode heraus. Läuft Amok.

Er hört, wie sie ihn kreischend anfleht, sich zu beruhigen. Wieder diese Herablassung. Ihre Stimme bohrt sich in sein Hirn, eine schrille Sirene.

Sie springt von der Couch auf und stellt sich vor ihn. Immer wunderhübsch in diesem Pulli mit Wasserfallausschnitt. Sie sagt ihm, er solle tief ein- und ausatmen. Runterkommen. Oder vielmehr schreit sie diese Ratschläge, um zu ihm durchzudringen.

Die Fotze.

5

Dreckskerl.

Dieses Wort fällt Fish Pescado ein, als er Mart Velaze eine weitere direkte Nachricht über Instagram schickt. Sie lautet: *Rufen. Sie. An. Sie. Dreckskerl.* In Großbuchstaben und nach jedem Wort ein Punkt.

Nicht dass sich Fish große Hoffnungen macht, von dem Agenten tatsächlich zu hören. Aber wer weiß? Vielleicht berührt das Bild seiner gefangenen Mitarbeiterin ja den Betreuer.

In solchen Situationen neigt Fish zu Kategorisierungen. Er packt seine Angst um Vicki in eine Schachtel. Vicki ist eine taffe Frau. Es sieht zwar so aus, als sei sie die Geisel einer Gangsterbande und als habe man sie misshandelt. Aber: Sie lebt. Jetzt muss er sich darauf konzentrieren, wie er sie da herausbekommt.

Die erste Frage: Warum hat man sie entführt?

Kapstadt ist nicht Rio. Schnelle Entführungen gibt es selten, im Grunde nie. Es sei denn, die Gangs hätten ein neues Feld eröffnet. Eine praktische Art und Weise, rasch an Kohle zu kommen. Das glaubt Fish nicht. Er glaubt, es muss etwas mit diesen seltsamen Vorkommnissen in letzter Zeit zu tun haben. Diese seltsamen Dinge, die mit Mart Velaze zu tun haben. Weshalb Mart Velaze ihn wahrscheinlich auch nicht zurückrufen will.

Die zweite Frage betrifft die Lösegeldforderung. Das schlimmste Szenario: Er muss zahlen. Was bedeutet, dass er das Geld vorrätig haben muss. Was er nicht tut. Crowdfunding wäre eine Möglichkeit. Und wo ist es besser, damit anzufangen, als bei Professor Summers? Vor allem da Fish gerade sowieso auf die Universität am Rhodes Drive zufährt.

Er findet den Professor in seinem Labor vor, wo er etwas destilliert.

»Ah, Mr. Oilman«, begrüßt der Mann Fish. Er trägt eine Lederjacke, eine neue graue Chinohose und italienische Slipper. Seine Haare hat er sich kurz schneiden lassen. Alles in allem sieht er gar nicht mehr aus wie der Kerl in dem Pulli mit Essensflecken, den Fish kennt. Die Stimme ist noch dieselbe. Und das Gerede: »Sie kommen wegen der Medikamente für die Legionen der wahren Gläubigen, nehme ich an.«

Fish tritt einen Schritt zurück. Sagt: »Hey, Professor, was für eine Typveränderung! Sie könnten jetzt direkt Malcolm McDowell sein. Sie wissen schon, in dem Film.«

»*Gangster No. 1.*«

»Ja, genau der. Was ist passiert?«

»Manche von uns entwickeln sich weiter, Mr. Pescado. Wir erkunden neue Wege der Lebenserfahrung.«

»Klar«, erwidert Fish und steckt einen Finger in das Öl. Klebrig wie Schmiere.

»Was wollen Sie, Mr. Pescado?«

»Vielleicht fünfzig Riesen?«, entgegnet Fish.

Der Professor hält beim Gießen der Mischung inne. »Also nicht nur ein paar Kröten. Für welchen Zweck würden Sie diesen schnöden Mammon denn benötigen? Hat Ihre Freundin wieder einmal gepokert?«

Fish erklärt es ihm. Zeigt ihm das Instagram-Bild.

»Oje. Das ist aber ein herber Schlag. Es tut mir leid. Niemand verdient so etwas. Wie auch immer. Zufälligerweise«, sagt der Professor, der jetzt auf einem hohen Hocker sitzt und seine Finger an einem Papierhandtuch abwischt, »gehöre ich inzwischen einem Syndikat an, das Ihnen eine solche Summe vorstrecken kann.«

»Einem Syndikat?« Fish sieht ihn stirnrunzelnd an. »Was meinen Sie mit ›Syndikat‹?«

»Einige Kollegen hier auf dem Campus. Wir verleihen Geld. An Studenten. An Hausangestellte. An jeden, der bei der Bank keinen Kredit bekommt. Der kurzfristig dringend Geld braucht.«

»Sie meinen, wie Kredithaie?«

»Oh, da zeigt sich der Drogenhändler schwer geschockt und erschüttert. Wir bieten eine Dienstleistung an, Mr. Pescado. Für Menschen in Not sind wir ein Rettungsanker.«

»Und zu welchen Zinsen?«

»Durchschnittlich um die dreißig Prozent.«

»Jährlich?«

»Monatlich.«

»Ich glaub's nicht.« Fish wendet sich zum Gehen.

»Das sollten Sie aber, Mr. Sugarman. Wenn Sie in Not sind, können wir Ihnen helfen. Sofort. Wir haben Bares. Sie verstehen diesen Ausdruck? Tatsächliche, echte Währung. Kennen Sie sonst jemanden, der Ihnen so etwas bietet?«

Fish hat einen Plan B: Antony Brennan. Er findet den Mann im Yachtclub. Einen aufgewühlten Antony Brennan, der sich noch von seinem Zusammenstoß mit Rej Ben Ali erholt. Er beendet gerade sein spätes Mittagessen und trinkt dazu einen Sauvignon blanc.

Fish erwähnt als Erstes genau diesen Zusammenstoß.

»Woher wissen Sie davon?«

Fish zeigt ihm das Instagram-Bild, das Mart Velaze gemacht hat.

»Wer hat das geschossen?«

»Jemand auf der Straße. So was passiert.«

»Heutzutage filmt irgendjemand alles, was irgendwo geschieht.«

»In dem Fall nicht schlecht.« Fish nimmt einen Schluck Wein. »Aber hören Sie, deshalb bin ich nicht hier.« Er holt das Bild der bewusstlosen Vicki auf sein Handy und hält es Antony Brennan hin.

»Was zum Teufel ist das? Was ist da los? Warum zeigen Sie mir das überhaupt?«

Fish erklärt es ihm. Mehr oder weniger. Er lässt seine Beziehung zu Vicki aus, aber betont, dass sie mit Ravi Pollard liiert gewesen sei. Sah ihn noch am Tag, ehe er vom Balkon sprang. Er zeigt Antony Brennan auch das Bild der beiden im Lily's.

Antony Brennan stottert. »Wer … Wer macht all diese Bilder?«

»Das ist unwichtig«, sagt Fish. »Hier besteht eine Verbindung. Oberflächlich betrachtet wirkt es wie eine Entführung durch eine Gangsterbande, aber das nehme ich denen nicht ab. Solche Kidnapper suchen sich Leute wie Sie. Leute mit Geld. Nicht Anwälte, die für Nichtregierungsorganisationen arbeiten.« Fish lehnt sich zurück. Grinst den besorgt aussehenden Mann an. »Was ich wissen will: Kann Ihre Bank das Lösegeld aufbringen?«

Antony Brennan schüttelt den Kopf. »Nein, das können wir nicht. Das verstößt gegen unsere Richtlinien. Wir lassen uns nicht auf Entführer und Terroristen ein. Das ist unumstößlich. Tut mir leid.« Er erhebt sich. »Ich bin spät dran. Es tut mir leid, dass ich Ihnen nicht helfen konnte. Hören Sie, bestellen Sie sich etwas zu essen und setzen Sie es auf meine Rechnung, wenn Sie wollen.«

Das tut Fish nicht. Er denkt an Plan C. Plan C ist seine Mutter Estelle. Fish ruft sie von seinem Auto neben dem Yachtclub an. Wird zu ihrer Voicemail durchgestellt: »Hi, ich bin gerade in Portugal auf Häusersuche. Ich freue mich, von Ihnen zu hören. Bitte hinterlassen Sie mir eine Nachricht.«

Das tut Fish nicht. Er sitzt da und starrt hinüber zum Signal Hill. Wirft einen Blick auf die Uhr: noch eine Stunde bis zu seinem Treffen mit Angela Amalfi. Sein Handy klingelt. Unterdrückte Nummer. Die Stimme von *Pellie* lässt sich jedoch nicht unterdrücken.

»Bruder.«

6

Tyrone Mansoor lehnt am Geländer und schaut auf die Wellen hinunter, die über die Felsen spülen. Der Wind wird stärker und die Luft feuchter und kühler. Er steht auf dem Balkon von Angela Amalfis Wohnung. Hört die Stimme von Rej Ben Ali in seinem Ohr.

Rej fragt: »Hast du die Überweisung erhalten?«

Tyrone Mansoor bejaht. Er hat den Vorschuss von einer halben Million auf dem Konto.

Rej ruft: »Was ist los? Was hast du gesagt? Ich höre dich bei dem ganzen Wind kaum.«

»Habe ich«, wiederholt Tyrone Mansoor und versucht, das Handy mit seiner Hand zu schützen.

»Dann erledige den Auftrag, Tyrone. Jetzt. Ich will es abschließen.«

Tyrone Mansoor dreht sich zu Angela Amalfi und ihrer Assistentin um. Sie sitzen in der Wohnung am Esstisch und schauen auf ihre Laptopbildschirme. Ohne ihn zu beachten.

»Okay«, sagt er und legt auf. Schraubt den Schalldämpfer fest.

Die beiden Frauen schauen auf, als er eintritt. Ein Windstoß lässt die Papiere flattern.

Angela ruft: »Schnell, schließen Sie die Tür.«

Tyrone gehorcht. Entschuldigt sich sogar. »Sorry, sorry.« Dann wendet er sich ihnen wieder zu, diesmal mit gezückter Waffe.

Zuerst erschießt er die Assistentin. Direkt in die Stirn. Wegen des Winkels muss er Angela mit einem Schuss in den Körper töten. Der erste geht in ihre Brust. Beim zweiten steht er über ihr. Feuert direkt auf sie hinunter, oberhalb ihres Ohrs.

In der Wohnung ist es still. Selbst der tosende Wind ist einen Moment lang nicht zu hören. Tyrone Mansoor steht da und lauscht dem leisen Pochen seines eigenen Bluts. Schraubt den Schalldämpfer ab, steckt ihn ein. Dann schiebt er die Pistole in seinen Gürtel. Aus einer offenen Wasserflasche, die auf dem Tisch steht, trinkt er zwei große Schlucke. Er läuft durch die Wohnung und sammelt die Wanzen ein. Kann die Frauen immer noch riechen. Ihr Parfum. Nur dass es sich jetzt mit dem Geruch von Kordit mischt.

Es ist an der Zeit, zu Antony Brennan zu fahren. In einem

Regal findet er die Fernbedienung für die Stereoanlage. Schaltet Joe Bonamassa ein: »When the Fire Hits the Sea«. Wie der Soundtrack für eine Gedenkfeier.

7

Der Soundtrack in Fishs Ohr ist die Stimme des *Pellie*, der zu ihm sagt: »Wir machen das so, *Bru.*«

»Warten Sie«, unterbricht ihn Fish. »Einen Moment, *Pellie*. Wer zum Teufel sind Sie?«

»Unwichtig, wer wir sind. Du hörst jetzt einfach zu, *Bru*. Gib uns keinen *Kak* und nichts. Verstehst du? Wir haben deine wertvolle Fracht, Mann.«

»Und wo ist sie? Ich will sie sehen. Ich will sie sprechen hören.«

»Verdammte Kacke, Mann, du bist doch nicht ganz sauber, weißt du das? Du musst mir zuhören. Ich sage dir, wie es läuft. Du stellt mir keine Fragen. Was soll der Scheiß? Du hältst die Klappe. Wenn du deine Braut wiedersehen willst, hörst du mir verdammt noch mal zu, kapiert?«

»Okay, okay.« Fish beschließt, erst mal ruhig zu sein. »Ich bin ganz Ohr, *Pellie*, aber zuerst musst du mich davon überzeugen, dass es ihr gut geht.«

»Das mache ich schon. *Fokit, Bru*, was denkst du eigentlich? Ich mache das jetzt. Schick dir ein Bild. Du schaust es dir an, und dann quatschen wir. *Lekker* spitze Möpse, die Tussi.« Ein tiefes Lachen ist zu hören, ehe aufgelegt wird.

Fish versucht, nicht die Nerven zu verlieren. Er atmet tief ein und aus, während er mit beiden Händen das Lenkrad umklammert. Jetzt wischt er zu seinem Instagram-Account. Da ist ein Bild von der bewusstlosen Vicki, das T-Shirt hochgezogen, sodass ihre Brüste zu sehen sind. Sie scheint auf einem Betonboden zu liegen.

Er vermag es kaum, vor Frustration nicht loszuschreien. Nicht etwas zu zertrümmern. Fish zoomt auf ihren Körper, um ihn nach Blutergüssen, Rissen und anderen Wunden abzusuchen. Sie sieht nicht verletzt aus. Ihre Haare sind zerzaust. Sie hat Schmutzflecke auf der Haut, aber auch auf dem T-Shirt. So wie sie daliegt, könnte sie schlafen. Nur dass es sich um einen Betonboden handelt und ihr Kopf zur Seite gerollt ist. Sie könnte bewusstlos geschlagen worden sein. Oder unter Drogen gesetzt. Sie könnte tot sein.

Fishs Handy klingelt. Wieder eine unterdrückte Nummer.

»Zufrieden, *Bru*?«

»Woher soll ich wissen, dass sie lebt?«

»*Fok, Pellie*, wann glaubst du mir endlich? Die Kleine ist nicht *fokking* tot. Wir sind keine Mörder. Wir wollen sie nur gegen Geld austauschen, ganz einfach. Bist du jetzt dabei oder nicht?«

»Ich will sie sprechen hören. In echt. Über WhatsApp. Sie soll auf dem Bildschirm live mit mir reden. Sonst kann ich nicht sicher sein …«

»*Wena!* Mann, *Pellie*, du machst es mir vielleicht schwer. Wo ist das Vertrauen, *Bru*?«

Fish zwingt sich zu einem Lachen. »Vertrauen? Euch *Okes* vertrauen? Ihr entführt eine Frau. Ihr verprügelt sie. Ihr fotografiert sie bewusstlos und halb nackt auf dem Boden. Ihr wollt, dass ich euch vertraue? Ihr könnt mich mal, *Pellie*!«

»Nein, *Bru*, das ist die falsche Haltung. Wir sind ehrlich, Mann. Wir haben sie nicht berührt. Echt, Mann. Wir wollen ein Gespräch mit dir, um sie zurückzugeben.«

»Ach, echt.«

»Ist wahr.«

»Wann?«

»Später, Bruder. Heute noch.«

»Wo?«

»Das versuche ich schon die ganze Zeit zu sagen, *Bru.* Wir machen das alles in einem Restaurant. Im Tiger's Milk, da bei dir in Muizies. Viele Leute, wo niemand eine Schießerei will. Hör genau zu, *Bru.* Zuerst auf dem Parkplatz, da zählen wir das Geld. Ich. Ich mache das. Keine krummen Dinger. Wir zählen es in deinem Auto. Wenn du dabei eine Fünfundvierziger auf mich halten willst, ist das in Ordnung. Aber keine Tricks. Wir haben den sechsten Sinn. Baust du irgendeinen Mist, sind wir weg. Keine Kumpel von dir dort. Keine Bullen. Sonst steckt Vicki tief in der *Kak.* Wir verstehen uns?«

Fish bejaht.

»Wenn ich die fünfzig Riesen gezählt habe, gehen wir rein. Drinnen ist Vicki bei uns. Du trägst die fünfzigtausend in einer schwarzen Tasche, so wie wir das aus Filmen kennen. Dann der Austausch: Du gibst mir die Tasche, ich gebe dir Vicki. Haben wir einen Deal, *Bru?*«

»Wann?«, fragt Fish.

»Nicht so spät. Um neunzehn Uhr. Wir kennen deine Karre. Wir finden dich, *Bru.*«

»Seid besser dort«, erwidert Fish. Aber die Leitung ist bereits tot.

8

Rej Ben Ali beendet sein Telefonat mit Tyrone Mansoor. Er hat Tränen in den Augen. Tatsächlich weint er schon seit zehn Minuten. Er läuft in Juzias kleiner Wohnung hin und her, sein Gesicht eine Miene der Qualen. Ganz gleich, wie oft er sich »Reiß dich zusammen« sagt – er schafft es nicht. Die Tränen fließen weiter. So ist es ihm noch nie ergangen. Er vermag das nicht zu kontrollieren. Bis er in einem Schränkchen Juzias Alkoholvorrat entdeckt: Whisky, Cognac, Gin, Wodka, Sherry, ein halbes Dutzend Flaschen Wein. Im Kühlschrank stehen einige Dosen Soda. Er macht sich also einen starken Wodka Soda. Trinkt ihn wie Medizin. Schenkt sich noch mal drei Finger breit ein. Nimmt einen großen Schluck. Jetzt hören die Tränen auf. Er kann sich zusammenreißen. Schnäuzt sich. Im Bad wäscht er sich das Gesicht. Starrt im Spiegel seine roten Augen an. Denkt: Rej Ben Ali, was tust du? Mann, was hast du getan?

Ein weiterer Schluck von der Wodka-Medizin. Rej kommt allmählich wieder zu sich.

Du musstest es tun.

Du musstest die Kontrolle übernehmen.

Was passiert ist, ist passiert. Das kann nicht rückgängig gemacht werden. Diese blöde, blöde Schlampe.

Im Schlafzimmer geht er zu Juzias Kleiderschrank. Darin findet er in einer Jeans einen Ledergürtel. Das sollte reichen. Zwischen den Kleidern gibt es ein tailliertes mit einer langen Kordel. Ihm wird klar, dass er sie nie in diesem Kleid gesehen hat. Das hat ihr sicher gut gestanden. Er zieht die Kordel heraus. Die sollte besser sein.

Als Nächstes braucht er eine gewisse Höhe. Über die Schlafzimmertür sind drei Chromhaken geschraubt. Daran hängen *Kikois.* In denen hat er sie gesehen. Ein atemberaubender Anblick.

Rej macht eine Schlinge aus der Kleiderkordel und knotet sie an einen der Haken. Er zieht fest daran, um zu sehen, wie viel Widerstand sie leistet. Sie gibt selbst unter seinem vollen Gewicht nicht nach.

Dann kehrt er in die Küche zurück, um seine Medizin auszutrinken. Jetzt zittern seine Hände nicht mehr. Das Adrenalin stockt. Er wird ruhig. Der alte Rej Ben Ali ist zurück. Der leitende Geschäftsführer. Der wichtige Mann. Der Typ, der alles im Griff hat. Er schenkt sich noch einen ein. Diesmal mit mehr Soda als Wodka. Steht im Wohnzimmer am Fenster und schaut über Company's Garden, während er an seinem Drink nippt. Stellt das Glas beiseite.

Beschließt: Gehen wir's an.

Er schiebt die Hände unter Juzias Achseln und hebt ihren Körper an. Dabei riecht er ihr Parfum auf dem Pulli mit dem Wasserfallkragen, den sie trägt. Sie hat dort am Boden die ganze Zeit über gelegen. Zwischen dem Sofa und dem Couchtisch. Wo er sie fallen ließ, nachdem sie von ihm getötet worden war. Mit seinen Händen um ihren Hals. Drückend. Das Leben aus ihr pressend. Sie hatte um sich geschlagen. Ihn getreten. Versucht, ihn mit den Fäusten auf den Kopf zu treffen. Ihm die Augen auszukratzen. Aber er war stärker. Die wahnsinnige Kraft des Zorns. Das ging so lange, bis sie sich nicht mehr rührte. Ein toter Körper. Dann hatte er sie zu Boden gleiten lassen. Und war aufgestanden, während er nach irgendwelchen Anzeichen schaute, ob sie vielleicht doch noch atmete. Aber das tat sie nicht mehr.

Jetzt hebt er sie hoch und stützt ihren Körper mit seinem. Ihr Kopf baumelt auf seiner Schulter hin und her. Diese Weichheit. Scheiße, sie könnte noch am Leben sein. Er könnte sie zum Bett tragen. Wie er das schon gemacht hat. Wie in jener Zeit, als sie sich mit Champagner, echtem Moët, betranken und das Getränk sie so richtig geil werden ließ. Rej beginnt erneut fast zu schluchzen, schafft es aber gerade noch, das zu unterdrücken. Er hält sie fest und schleift sie rückwärts ins Schlafzimmer.

Nein!

Da im Spiegel sieht er sich, wie er sie an sich presst.

Nein!

Er wendet sich ab und schaut lieber Richtung Badezimmertür. Die Kordel hängt an dem Haken. Zerrt sie näher heran. Während er Juzias Körper mit dem linken Arm hält, zieht er mit der rechten Hand die Schlinge über ihren Kopf. Langsam lässt er sie los. Ihr Körper sackt nach vorne, die Knie angewinkelt, die Füße schleifend.

Und jetzt nichts wie raus. Rej wäscht in der Küche das Glas ab und wirft die Sodadosen in den Müll. Stellt die Wodkaflasche in das Schränkchen zurück.

Er verlässt die Wohnung. Rasch eilt er die Treppe hinunter und durch die Haustür auf die Queen Victoria Street hinaus. Am besten jetzt erst mal nach Hause, wo er den Nachmittag über arbeiten will. Als er mit seinem Nissan Armada losfährt, bemerkt er den weißen Almera nicht, der hinter ihm ebenfalls seinen Platz verlässt.

9

Fish Pescado setzt auf einen Platz an der Victoria Road in Bantry Bay zurück. Der Wind ist stark und bläst den Regen gegen die Windschutzscheibe.

Es ist jetzt 16 Uhr 57. Fish spielt mit seinem Handy. Er denkt: Fünf Minuten Verspätung werden Angela Amalfi nicht groß stören. Was er ihr mitteilen muss, bringt ihre Welt sowieso zum Explodieren. Er ruft Professor Summers an.

»Mr. Sugarman, was verschafft mir die Ehre, zweimal an einem Nachmittag von Ihnen zu hören?«

»Mir bleibt nichts anderes übrig, als Sie anzurufen.«

»Denn nur Bares ist Wahres, und Fish Pescado will was Klares.«

Schweigen.

»Sie dürfen ruhig lachen, Pescado. Das war als Witz gedacht. Etwas lahm vielleicht, aber doch nicht so schlecht.«

»Ha, ha.«

»Nun, das ist das Problem mit euch Surfern. Zu viel Wasser im Hirn. Kein Verständnis für die feineren Dinge des Lebens. Wie viel wollen Sie? Die ganze Summe, nehme ich an?«

»Ja.«

»Demnach konnten Sie diesen Berg Mäuse nirgendwo sonst auftreiben. Erstaunlich. Der erfindungsreiche Fish Pescado ist so tief gesunken, dass er an den Toren der Akademia betteln muss. Wieder einmal beweisen die Universitäten ihren Wert für die Gesellschaft. Wie Sie sehen, leben wir nicht nur in Elfenbeintürmen. Wir haben auch unseren Nutzen.«

»Ich bin in einer Stunde da.«

»Oh, solche Dringlichkeit. Es wird hier auf Sie warten, Mr. Sugarman. Wir stehen Ihnen gern zu Diensten.«

Fish steckt sein Handy ein und schließt den Reißverschluss seiner Jacke. Mit gesenktem Kopf und eiligen Schrittes läuft er zur Eingangstür der Atlantic Heights. Im Foyer klingelt er bei Angela Amalfi. Niemand öffnet. Er ruft sie an. Ebenfalls keine Antwort. Fish steht da und überlegt, was er machen soll.

Sie erwartet ihn. Garantiert hätte sie ihn benachrichtigt, wenn sie verhindert wäre.

Fish steht unter Zeitdruck. In einer Stunde muss er das Geld holen. Eine Stunde später ist die Deadline des *Pellie.* Dabei muss er vom einen Ende der Halbinsel zum anderen fahren. Und Verzögerungen durch viel Verkehr mit einberechnen.

Er klingelt bei der Gebäudeverwaltung. Erklärt der Frau, die ihm antwortet, dass er ein Problem habe.

Die Frau sagt: »Wenn Miss Amalfi nicht öffnet, ist sie nicht da. Sorry. Da kann ich Ihnen nicht weiterhelfen.«

»Könnten Sie nicht bei ihr an die Tür klopfen?«

»Wir stören unsere Bewohner grundsätzlich nicht. Die Leute hier legen Wert auf ihre Privatsphäre. Bei uns wohnen berühmte Persönlichkeiten, die ein normales Leben führen wollen.«

»Bitte«, fleht Fish. »Sie sollte da sein. Ich mache mir Sorgen. Sonst würde ich Sie nicht fragen.«

Am anderen Ende entsteht ein Schweigen. Dann meint die Frau: »Also gut. Wie war doch gleich Ihr Name?«

Fish wartet. Fünf Minuten vergehen. Keine Celebritys weit und breit. Niemand kommt oder geht. Er hört die Stimme der Frau: »Sind Sie noch da, Mr. Pescado?«

»Ja.«

»Sie ist nicht zu Hause. Ihre Tür ist zu. Ich habe geklopft. Ich habe angerufen. Keine Antwort. Bewegungen in der Wohnung waren auch keine zu hören.«

»Können Sie mich reinlassen?«, fragt Fish.

»Ich lüge nicht, Mr. Pescado. Warum um alles in der Welt sollte ich Sie anlügen? Sie können mir glauben.«

»Das tue ich auch. Ich will nur etwas ausprobieren.«

»Sie sind ziemlich hartnäckig.«

Aber sie lässt ihn ins Haus. Trifft ihn am Lift zu Angela Amalfis Etage. Eine rotblonde Frau um die siebzig. Mit Rouge auf den Wangen und rot geschminkten Lippen. Sie hat eine weite Hose an und einen Mohairpulli. Um den Hals hängt eine Goldkette. An den Händen zahlreiche Ringe. Es ist eine kleine Frau, die zu ihm hochschauen muss.

»Was genau wollen Sie ausprobieren?«, fragt sie und stellt sich ihm in den Weg.

»Nichts Großes«, erwidert er. »Ich will nur vor ihrer Tür stehen und sie dann auf dem Handy anrufen.«

Die Frau nickt und tritt zur Seite.

Fish ruft an. Er presst ein Ohr an die Wohnungstür und hört Angela Amalfis Handy klingeln. Die Frau vernimmt es ebenfalls.

»Vielleicht hat sie es ja zu Hause vergessen«, schlägt sie vor.

»Leute wie sie vergessen nie ihr Handy«, entgegnet Fish. »Kann ich mir die Aufzeichnungen der Überwachungskameras von heute Nachmittag anschauen?«

»Sie lassen nicht locker, was, Mr. Pescado? Hat man Ihnen schon mal gesagt, dass Sie eine ziemliche Nervensäge sind?«

»Schon oft«, erwidert Fish. Aber er darf die Aufzeichnungen sehen.

Und da ist der Mann mit der Schirmmütze. Im Foyer, im Lift, auf Angela Amalfis Etage. Er kommt, und er geht. Von Angela Amalfi gibt es keinerlei Anzeichen.

»Oje«, sagt die Frau.

»An Ihrer Stelle würde ich Ihren Sicherheitsdienst hochschicken und nachsehen lassen, ob alles in Ordnung ist«, schlägt Fish vor.

Zurück im Auto ruft er Antony Brennan an. Er wird zur Voicemail durchgestellt. Hinterlässt eine Nachricht: »Tyrone Mansoor war bei Angela Amalfi. Ich wollte Sie wissen lassen, dass da etwas nicht zu stimmen scheint.«

10

Antony Brennan hört sein Handy piepen. Eine Nachricht. Er zögert. Das kann warten. Tyrone Mansoor füllt den Bildschirm seiner Haustürkamera. Er hält den Verlobungsring hoch, der an Angela Amalfis Finger steckte.

Für Antony Brennan sollte das ein Warnsignal sein. Ist es

aber nicht. Er verspürt nur blinde Wut. Er zieht einen Golfschläger aus der Tasche, ein Neuner-Eisen. Öffnet die Tür, den Schläger drohend über der rechten Schulter.

»Woher zum Teufel haben Sie den? Sie verdammter Dieb. Geben Sie ihn mir.«

Tyrone Mansoor verschließt den Ring in seiner Faust. »Mr. Brennan! He, Mann, he!« Er tritt näher an Antony Brennan heran. »Ich komme von Mr. Rej Ben Ali. Ich bin sein Sicherheitsdienst. Das können Sie mit ihm abklären.«

»Ich weiß, wer Sie sind. Sie haben Angelas Mann umgebracht.«

»Nein, Mann, Mr. Brennan. Da haben Sie was falsch verstanden.«

»Sie haben meinen Wagen verwanzt.«

»Bitte, Mr. Brennan, Mann, können wir drinnen reden? Ihre Nachbarn fühlen sich sonst sicher von den wütenden Stimmen gestört, die sie hinter der Mauer hören.«

Tyrone Mansoor tritt vor und schiebt Antony Brennan in den Flur hinein. »Legen Sie das Eisen wieder weg. Das wird es nicht brauchen.«

Antony Brennan weicht vor dem großen Mann zurück. »Bleiben Sie stehen. Zurück. Ich habe einen bewaffneten Sicherheitsdienst. Ich drücke sonst den Alarmknopf.« Er behält den Schläger in der Hand.

»Das wäre keine gute Idee, Mr. Brennan. Wie ich schon sagte: Ich komme von Mr. Rej Ben Ali. Schauen Sie selbst nach, ich arbeite für ihn. Wenn Sie ihn anrufen wollen, können Sie das gerne tun.« Tyrone Mansoor schließt die Haustür hinter sich.

»Es gibt Zeugen, die Sie gesehen haben«, erklärt Antony Brennan. »Die können Sie identifizieren. Sie haben sie sogar schon identifiziert.«

»*Ag*, Mann, wovon reden Sie, Mr. Brennan? Welche Zeugen?« Tyrone Mansoor schaut sich um. »Hübsch hier. So was nennt man viktorianisch, nicht wahr?« Er weist auf eine Tür, die vom Flur abgeht. »Ist dort das Wohnzimmer, wo wir reden können? Ehrlich, packen Sie den Schläger wieder weg.«

»Es gibt nichts zu besprechen. Ich will, dass Sie jetzt gehen.«

»Wir haben darüber zu reden, Mr. Brennan.« Tyrone Mansoor zeigt den Ring, der auf seiner Handfläche liegt. Golden auf dem schwarzen Leder seines Handschuhs. »Mr. Rej Ben Ali hat mich gebeten, Ihnen den zurückzugeben.«

Sie sind jetzt im Wohnzimmer, wo Tyrone Mansoor Antony Brennan bedeutet, sich hinzusetzen. Er lässt sich ihm gegenüber nieder und legt den Ring auf einen Beistelltisch. Antony Brennan hat noch immer das Neuner-Eisen in der Hand.

Er steht wieder auf. »Das ist Blödsinn. Ich lasse mich nicht einschüchtern, schon gar nicht in meinen eigenen vier Wänden. Ich will, dass Sie jetzt gehen. Sofort.« Er zeigt zur Tür. »Los, Sie sollen verschwinden.«

»In einer Minute«, entgegnet Tyrone Mansoor. Er beugt sich vor, um die Pistole aus seinem Gürtel zu ziehen. »Setzen Sie sich, Mr. Brennan.«

Antony Brennan stockt der Atem, als er die Waffe sieht. »Was wollen Sie? Was machen Sie damit? Für eine Pistole gibt es überhaupt keine Veranlassung.«

Er denkt: Renn. Renn zum Alarmknopf. Press den Alarmknopf. Verlass das Haus. Schrei. Er wird draußen nicht schießen.

Antony Brennan springt wieder auf. Fuchtelt mit dem Golfschläger wild durch die Luft.

Auch Tyrone Mansoor erhebt sich. Er packt das Eisen und reißt daran, sodass Antony Brennan das Gleichgewicht verliert. Dann verprügelt er ihn mit dem Griff der Pistole. Als der ältere Mann stöhnend auf dem Boden liegt, schraubt Tyrone Mansoor den Schalldämpfer auf.

Job erledigt. Eine Million mehr.

Er fährt nach Bishopscourt zum Haus von Rej Ben Ali.

11

»Alles hier«, sagt Professor Summers. »Die ganzen fünfzigtausend.« Mit dem Fuß schiebt er die schwarze Sporttasche über den Boden in Fishs Richtung.

Sie befinden sich in Professor Summers' Küche. Der Mann mochte sich äußerlich vielleicht geändert haben, der Geruch in seinem Haus ist derselbe geblieben. Für Fish stinkt es hier immer noch nach gekochtem Kohl, Zigarettenrauch und toten Nagetieren, die unter den Dielen vermodern.

Von der Küche geht eine Speisekammer ab, die jetzt zu einem begehbaren Tresor umfunktioniert wurde. Sehr praktisch. Bündel zu je eintausend Rand liegen gestapelt auf den Regalen. Alle in Plastikfolie gewickelt. Am anderen Ende steht eine Gefriertruhe mit Plastikeinsätzen voller Cannabisöl. Bereits in Zäpfchenform gefroren.

»Die beste Art der Verabreichung«, erklärt der Professor immer seinen Kunden, »ist hinten rein. Damit gelangt es direkt in den Blutkreislauf. Es sei denn, Sie wollen sich bekiffen. Dann nehmen Sie besser eine winzige Dosis auf die Zunge.«

Fish stellt sich gerne vor, wie die Menschen in Kapstadt überall gefrorene Cannabiszäpfchen in ihre Hintern stopfen. Richter, die Urteile fällen. Frauenärzte, die Babys auf die Welt bringen. Aufsichtsräte, die beim Mittagessen große Aufträge verhandeln. Anwälte, Steuerberater, Versicherungsmakler, Statistiker, Angestellte, Sekretärinnen, Banker, Assistenten – alle rutschen auf ihren Stühlen herum, während das Eis schmilzt.

Doch momentan beschäftigt er sich mit dem Inhalt der schwarzen Tasche zu seinen Füßen. Er hebt sie hoch. Fühlt das Gewicht der fünfzigtausend. Kilo für Kilo ein guter Preis, um Vicki zurückzubekommen. Wobei Fish nicht vorhat, diesen Preis auch zu zahlen.

Er hört, wie Professor Summers fragt: »Was genau wollen Sie tun? Zum vereinbarten Ort kommen, den Kerlen das Geld mit einer Hand geben und mit der anderen dafür Vicki entgegennehmen? Soll das so laufen?«

»In etwa«, antwortet Fish.

»Sind Sie wahnsinnig, guter Mann? Hören Sie, Mr. Sugarman, sind Sie völlig übergeschnappt? Das sind Gangster, mit denen Sie da zu tun haben. Die töten Menschen zum Frühstück. Und auch nach dem Frühstück. Solche Leute töten, ohne mit der Wimper zu zucken. Haben Sie die Polizei informiert?«

»Die Polizei würde das alles vermasseln.«

»Und Sie nicht?«

»Ich habe eine bessere Chance.«

»Okay, wie Sie wollen, Mr. Pescado. Sie wissen es am besten, Herr Privatdetektiv. Was versteht ein windiger Professor schon von den Umgangsformen der Unterwelt?«

Fish wirft einen Blick auf seine Uhr. Halb sieben. Sagt: »Ich muss los.«

»Sagen Sie nein zu Granatäpfeln«, entgegnet Professor Summers.

Fish bleibt stehen. »Hä? Welche Granatäpfel?«

»Nur so ein Spruch, Mr. Sugarman. Wir Altphilologen mögen unsere Zitate.«

12

18 Uhr 30. Rej Ben Ali trinkt seinen zweiten Whisky. Er ist blau. Zuerst die Wodkas, jetzt die Whiskys. Zugegebenermaßen merkte er den Wodka auf der Fahrt nach Hause gar nicht mehr. Er kann sich an die Heimfahrt kaum erinnern. Aber hier ist er jetzt, in seinem Wohnzimmer. Entspannt, ein Feuerchen im Holzofen, Regen und Wind draußen in den Bäumen. Er hält ein Glas mit zwei Finger breit eines zehnjährigen Single Malt Glenmorangie. Eine Art von Gedenken an die tragischen Ereignisse. Eine Art von Vorbereitung. Die Geschäftsführerin von Amalfi Civils ist tot, lange lebe die Geschäftsführerin von Amalfi Civils.

Das Glas in der einen, die Flasche in der anderen, geht Rej in der Dämmerung den Weg zum Gartenhaus hinüber. Der Sturm braust, Blätter, Zweige und feiner Sand wirbeln durch die Luft. Blumentöpfe werden umgeblasen. Aus einem verstopften Ablauf spritzt Wasser.

Mit gebeugtem Kopf eilt er dahin, wobei ihm der Regen ins Gesicht und in den Nacken tropft. Auf Ferdis *Stoep* ist er etwas vor dem Wind geschützt. Er stellt das Glas und die Flasche auf den Boden, während er die Schlüssel aus seiner Hosentasche zieht. Erst beim zweiten Versuch hat er den richtigen Schlüssel erwischt. Aber das Schloss ist unversperrt.

Rej merkt das jedoch gar nicht. Er stolpert ins Haus und ruft: »Ferdi, he, Ferdi! Willst du einen Whisky? Eine kleine Überraschung!«

In Ferdis Zimmer bemerkt er, dass die Kette locker an der Wand hängt. Entdeckt den offenen Eisenring. Das lässt ihn innehalten. Er braucht einen Augenblick, um zu verstehen, was er da sieht. Jemand hat Ferdi losgemacht. Nur Tyrone

Mansoor hat noch einen Schlüssel. Das größere Problem ist allerdings: Wo steckt Ferdi?

Rej zögert. Ratlos. Er rennt zum Haus zurück. Befragt den Gärtner und die Hausangestellte: Wo ist Ferdi? Keiner hat ihn den ganzen Tag lang gesehen.

Er will gerade Tyrone Mansoor anrufen, als dieser genau in diesem Moment hereinkommt.

Wo ist Ferdi?

Tyrone Mansoor steht da und schaut ihn an, als wäre er verrückt geworden. Rej hat nämlich wieder das Glas und die Flasche in der Hand. Seine Haare sind feucht und zerzaust, seine Kleidung ist klatschnass. Wasser tropft von ihm herab.

»Der Auftrag ist erledigt«, erklärt Tyrone Mansoor. »Kann Mr. Ali jetzt den Rest des Geldes überweisen?«

Rej denkt: Was zum … Kapiert der Kerl nicht, was hier gerade vor sich geht?

Er entgegnet: »Halt, Tyrone, einen Gang zurück. Ferdi ist nicht in seinem Haus, Tyrone. Hallo? Hallo? Wie konnte das passieren?« Er hebt seinen Arm mit der Flasche und fuchtelt mit dem Glenmorangie in Tyrones Richtung. »Erklärst du mir das? Du hast heute Morgen sichergestellt, dass alles bei ihm in Ordnung war. Wie ich dich gebeten habe. Wie du auch behauptet hast. Und jetzt ist er nicht mehr da. Simsalabim – weg! Mein Bruder ist verschwunden. Allah allein weiß, wo er gerade herumläuft. In welchen Schwierigkeiten er steckt. Das Letzte, was ich brauche, sind die Bullen oder irgendwelche Sozialarbeiter oder Nachbarn oder Mutter Teresas, die ihn hierher zurückbringen. Wie konnte er sich losmachen? Hä? Das würde ich gerne wissen. Wie hat er die Eisenfessel abbekommen? Hä? Hä? Jemand muss sie aufgesperrt haben. Oder du hast sie nicht richtig zugesperrt. Ist es das, was passiert ist? Warst du nachlässig?«

Rej tritt ganz nahe an Tyrone Mansoor heran. Dieser weicht zurück.

»Ich habe ihn angekettet, Mr. Ali. Ich schwöre. Der Eisenring war verschlossen, als ich gegangen bin.«

»Aber jetzt nicht mehr. Ferdi ist verschwunden. Das lässt sich nicht bestreiten, Tyrone. Wie konntest du das geschehen lassen?«

»Das war nicht ich, Mr. Ali. Ich habe die Aufträge für Mr. Ali ausgeführt, über die wir gesprochen haben. Jetzt muss sich auch Mr. Ali an unsere Vereinbarung halten.«

»Du kannst mich mal, Tyrone. Du hast meinen Bruder entwischen lassen. Du weißt, dass er krank ist. Du weißt, dass er Probleme hat. Warum hast du ihn entwischen lassen? Hä? Beantworte meine Frage. Los, beantworte meine Frage.«

Rej Ben Ali holt mit der Whiskyflasche aus und versucht, Tyrone Mansoor damit zu schlagen. Das hat Tyrone nicht kommen sehen. Er wird seitlich am Kopf erwischt, und Blut spritzt aus seinem Ohr. Er geht zu Boden, wo er sich auf allen vieren zu halten vermag. Sein Kopf scheint zu explodieren, und das Zimmer um ihn herum beginnt, sich zu drehen. Rej setzt jetzt einen harten Tritt, der Tyrone unter dem Kinn trifft. Und ihn flachlegt. Der große frühere Gangster platt auf dem Bauch. Er spuckt Zähne zwischen seinen aufgeplatzten Lippen heraus.

»Das wird dich lehren, Tyrone. So nicht mehr, Freundchen. Wenn du willst, dass ich mich an meine Abmachungen halte, dann halt dich ebenfalls an deine. Du bist echter Abschaum aus Cape Flat. Wertlos. Nicht das Geld und auch sonst nichts wert, was ich dir gegeben habe. Du bist Geschichte, Freundchen. Verpiss dich. Brauchst nicht zurückzukommen. Weg mit dir. Die Buchhaltung kümmert sich um dein letztes Gehalt.«

Tyrone schafft es, wieder auf alle viere hochzukommen. Er sagt: »Mr. Ali denkt nicht klar. Das meint Mr. Ali nicht so. Wir können morgen reden, Mr. Ali.«

»Nie im Leben. Wir reden nicht mehr. Das war's, Tyrone.« Rej holt erneut mit dem Fuß aus und trifft Tyrone diesmal im Magen.

Tyrone ächzt und stöhnt, während er versucht, Luft zu holen. »Hören Sie auf, Mr. Ali. Ich muss Sie warnen. Stopp.«

»Du musst mich warnen? Du? Auf den Knien im Dreck warnst du mich?«

»Ja, Mr. Ali.«

»Leck mich.« Rej hebt die Whiskyflasche für einen letzten Schlag. Doch ehe er sie auf Tyrones Kopf schmettern kann, wehrt sie dieser mit einem Karatehieb ab. Tyrone schneidet schmerzverzerrt eine Grimasse, während die Flasche durchs Zimmer fliegt und gegen eine Wand knallt.

Langsam steht Tyrone auf und weicht zurück, die Pistole in seiner Hand.

Rej hält jetzt inne. Keucht. Starrt den Mann an. Er ist sich offenbar nicht mehr sicher, wie es weitergehen soll. Tyrone steht schwankend vor ihm, Blut tropft aus seinem Ohr, in der Linken hält er die Waffe. Fick dich, denkt Rej. Er reizt ihn: »Ah, der Gangster mit der Knarre. Der Obermacker. Du hast doch gar nicht die Eier, um mich zu erschießen. Ohne mich bist du nichts. Du windiger Schwächling, du Arschloch. Verschwinde, verpiss dich.«

Tyrone hebt die Pistole und schießt. Die Kugel trifft Rej in den Bauch.

Was diesen überrascht. »Du hast auf mich geschossen. Du hast echt verdammt noch mal auf mich geschossen.« Er hält sich die Wunde. Blut läuft durch seine Finger. »Im Namen des Propheten, Tyrone, was tust du?«

»Respekt, Mr. Ali. Wo bleibt der Respekt?« Er schießt erneut.

Rej wird nach hinten geschleudert und stürzt auf die Couch. Dort liegt er und denkt: Ich werde sterben. Er sieht, wie Tyrone die Pistole wieder hebt, den Arm ausstreckt. Da bemerkt er im Augenwinkel eine Bewegung.

Herein tritt Ferdi. Er hält ein Knochenmesser. Ein großes Zwilling mit Zwanzig-Zentimeter-Schneide.

Aber Ferdi hat seine eigenen Pläne. Er trägt einen Wintermantel mit einem Pelzkragen. Seine Füße stecken in Ugg-Stiefeletten.

»Schnapp ihn dir, Ferdi«, kreischt Rej. »Er hat auf mich geschossen.«

Rej hustet. Die Schussverletzungen lassen ihn den bitteren Geschmack von Blut schmecken. Am liebsten hätte er über Tyrones überraschtes Gesicht gelacht.

Du Cape-Flat-Abschaum, hätte Rej am liebsten geschrien, aber er bringt die Worte nicht mehr aus seinem Mund. Stattdessen spuckt er einen blutigen Klumpen auf den Teppich. In diesem Moment rast Ferdi an ihm vorbei und streift ihm gleichzeitig das Messer übers Gesicht, sodass ein langer Schnitt entsteht. Rej blinzelt vor Schmerz. Verschwommen sieht er Ferdi, der wie ein Wolf heult, die große Klinge in Tyrones Brust stoßen.

Dann hört Rej weitere Schüsse. Vielleicht drei. Vielleicht vier.

Ferdi liegt tot auf dem Boden. Tyrone lehnt schräg an einem Sessel, das Zwilling in seiner Lunge, die FNX noch immer in seiner Linken. Er hebt sie zu einem letzten Schuss.

13

Mart Velaze hört die Schüsse. Die Rufe. Die Schreie. Das Heulen. Die Stille. Er wartet. Er wartet an einer dunklen Stelle des Gartens. Der Regen prasselt herab, in den Bäumen rauscht der Wind. Nach der Stille ertönt ein Wehklagen.

Er schleicht zum Wohnzimmerfenster, durch das er den erhellten Raum sehen kann. Eine Frau und ein Mann stehen wie versteinert vor der Szene, die sich ihnen bietet. Es ist die Frau, die diese Laute von sich gibt. Vermutlich sind es Hausangestellte.

In der Mitte des Raums liegt Rej Ben Ali tot auf der Couch. Sein Bruder Ferdi tot auf dem Boden. Der Sicherheitstyp Tyrone Mansoor sitzt nach vorne gebeugt da. Mart Velaze sieht ein Messer aus seiner Brust ragen. Und eine Pistole in seiner Hand.

Das ist alles, was Mart Velaze wissen muss. Er schleicht durch den Garten davon und klettert wie zuvor Fish Pescado an der bestimmten Stelle über die Mauer. Joggt die Straße hinunter zu seinem Wagen. Drinnen in der Wärme schickt er der Stimme eine Nachricht für einen Rückruf.

»Häuptling«, sagt sie. »Was ist los? Haben Sie irgendetwas über Alice herausgefunden?«

Er verneint, erklärt aber, andere Dinge hätten sich eröffnet.

»Alice. Zuerst zu Alice.«

Mart Velaze berichtet, es gebe ein weiteres Foto. Es sehe nicht gut aus.

»Glauben Sie, dass ich vielleicht doch falschliege? Dass es nicht die Amerikaner sind?«

Auf diese Fragen weiß Mart Velaze keine Antworten.

Die Stimme setzt ihren Monolog fort. »Okay, Pescado hat

die Übergabe also gegen sieben Uhr ... Angenommen, er hat das Geld, dann wird das wahrscheinlich passieren. Oder auch nicht. Jedenfalls wird sich die Situation weiterentwickeln. Für mich steckt ganz klar unser Johnny Webster dahinter. Sie müssen den Faden wieder aufnehmen, Häuptling, und herausfinden, ob Alice das Wunderland verlassen hat. Gut. Jetzt zu unseren anderen Spielern. Zuerst einmal habe ich erfahren, dass Angela Amalfi tot ist. Wussten Sie das?«

Mart Velaze wusste das nicht.

»Offenbar in ihrer Wohnung erschossen. Zusammen mit einer jungen Frau. Die Polizei wird sicher ihren Ingenieursbruder als nächsten Verwandten benachrichtigen. Apropos, was hat der heute Nachmittag getrieben?«

Mart Velaze berichtet. Danach folgt am anderen Ende der Leitung eine Weile Schweigen.

»Schrecklich. Schreckliche Dinge. Dieser Rej Ben Ali hatte alles. Warum wollte er noch mehr Macht? Noch mehr Geld. Das ist wie eine jakobinische Tragödie, Häuptling. Überall Tote. Oh, der finstern Welt, in welchem Dunkel, welchem Abgrund ...«

Mart Velaze erwidert nichts. Manchmal gibt die Stimme unergründliche Dinge aus ihrer eigenen Welt von sich.

Er fügt hinzu: »Vielleicht ist da noch jemand in St. Martini Gardens.«

»Was sagen Sie da?«

»Eine junge Frau. Eine Praktikantin, die mit Rej Ben Ali zusammen war. Die auf dem Foto mit Angela Amalfi am Flughafen geredet hat.«

Das lässt die Stimme tief aufseufzen.

»Tot?«

»Wahrscheinlich.«

»Es gibt Zeiten, Häuptling, da will ich an einem neuen

Morgen aufwachen. Feststellen, dass alles nur ein Albtraum war. Aber das ist es nicht, ich weiß. Wir erleben all das, Minute für Minute. Oh, die Uhr. Sie müssen bald woanders sein. Mögen die Vorfahren mit Ihnen sein, Häuptling.«

14

Es ist neunzehn Uhr. Nahe dem Strand von Muizenberg. Ein Parkplatz am anderen Ende des Kreisverkehrs, an dem das Tiger's Milk liegt. Dort sind hinter der langen Scheibe all die fröhlichen Menschen zu sehen, die es sich gerade gutgehen lassen. Mit Surf 'n'Turf. Burgern. Pommes. Fish hat ein Loch im Bauch. Allerdings nicht vom Hunger. Von dem Adrenalin, das durch sein Blut rauscht. Er sitzt in seinem weißen Polo. Der dunkle Strand und der Ozean liegen hinter ihm. Wartet auf *Pellie*. Die Sporttasche mit dem Lösegeld befindet sich im Fußraum des Beifahrersitzes. Fish hat *Pellies* Ratschlag befolgt: In seinem Schoß liegt ein Astra Police .38, ein spanischer Revolver – robust, mit kurzem Lauf und ausgezeichnet für geringe Entfernungen geeignet.

19 Uhr 05. Fish wartet noch immer. Regen schlägt gegen die Windschutzscheibe. Windböen lassen das Auto schaukeln.

19 Uhr 07. In seinem Rückspiegel zeigt sich ein Schatten. Jemand klopft an sein Seitenfenster. Ein Gesicht grinst ihn an. Kein Gangster-Alkoholiker-Gesicht. Dieses Gesicht hat noch alle Zähne, eine gerade Nase, keine Narben, keine Tattoos. Fish weist auf den Beifahrersitz. Sieht zu, wie der Mann vorne um den Wagen eilt. Er trägt eine Mütze, Jeans, eine Lederjacke, Turnschuhe. Sauber und ordentlich.

Steigt ein und bringt eine Wolke Gestank mit sich.

Fish hustet. »Mann, was soll das ganze Aftershave, *China*? Das ist kein Date.«

Pellie grinst noch breiter. »Tom Ford.« Er zieht die Sporttasche auf seinen Schoß. »Fünfzig Mille, *Bru*? Ehrlich?«

»So wolltet ihr es.«

»Ich glaube dir, *Bru*. Echt. Aber sicher ist sicher, was.« Er wirft einen Blick auf Fishs Revolver. »Hübsches Ding.«

»Er funktioniert.«

»Den brauchst du nicht, *Bru*. Wir haben einen Deal. Wir wissen, dass du nicht falsch spielst. Alles bestens.«

»Wo ist Vicki?«

»Mein Gott, *Bru*, da hast du echt eine *kwaai*, knallharte Tussi, Mann. Wie schaffst du das, mit ihr zusammenzuleben? Diese ganzen Wörter, die sie benutzt. Wir mussten ihr eine scheuern, damit sie die Klappe hält.«

»Ihr habt sie verletzt?«

»Nein, Mann. Nur eine gescheuert. Als Erinnerung daran, was hier abgeht. Dass sie eine Geisel ist.«

»Yeah. Und wo ist sie jetzt?«

»Ganz in der Nähe, *Bru*. Ich zähle jetzt das Geld, und dann kommt sie dir noch näher. Gehört wieder ganz dir, *Bru*. Ich persönlich würde sie gleich nehmen. Alle anderen in die Wüste schicken. Die Flucherei nervt zwar tierisch, aber der Rest …« *Pellie* holt ein Bündel Geldscheine heraus. »Hübsch eingepackt. Das sind jeweils eintausend?«

»Zählen Sie nach.«

»Das muss ich.«

»Dann legen Sie los.«

Pellie wickelt die Folie ab und zieht sich einen Gummifingerhut zum Zählen über, ehe er seine anderen Fingerkuppen ableckt. Dann blättert er durch die Scheine, als würde er das täglich tun.

Was Fish auf den Gedanken bringt, dass er in einer Bank arbeiten könnte. Er fragt ihn.

»Hab ich, *Bru*«, erwidert *Pellie*. »Jetzt bin ich Buchhalter. Studiere in meiner freien Zeit Rechnungswesen. Werde Wirtschaftsprüfer. Das ist meine Berufung, *Bru.*« Er unterbricht das Zählen. »In unserer Welt muss man sich mit Geld auskennen. Man muss seinen Fluss bewahren. Seinen Umlauf. Und man braucht internationale Finanzexperten. Wir reden hier von viel Knete.« Fährt mit dem Zählen fort, als hätte er nie eine Pause gemacht.

Fish wartet. Denkt: ein seltsamer Gangster. Er hat zwar die Sprache drauf, aber der Rest stimmt nicht. Allerdings brauchen Bandenbosse heutzutage Buchhalter, Anwälte, Berater. »Stimmt alles?«

»Tausend.« Pellie wickelt die Scheine wieder in die Plastikfolie. Wühlt in der Tasche herum und zieht weitere Bündel heraus. Hält sie zum Vergleich gegen das erste, das er abgezählt hat. »Ich würde sagen, das ist gut so, *Bru.*«

»Ist es.«

»Ja, denk ich.«

»Und was passiert jetzt?«

Pellie schiebt die Tasche in den Fußraum zurück und zieht den Reißverschluss zu. »Wir können los. Du und ich, wir beiden laufen rüber zum Tiger's Milk. Du hast die Waffe, du hast das Geld, kein Problem. Drinnen warten wir auf Vicki. Dann machen wir den Tausch.«

Fish zieht den Schlüssel aus dem Zündschloss. »Ihr habt das alles genau geplant, wie.«

»Wir sind nur vorsichtig, *Bru.*«

»Und wenn ich die Waffe auf Sie richte, sobald wir drinnen zwischen den anderen Gästen sind?«

»Wir haben einen Mann dort. Der wird dich dann umnieten. Ein Schuss. Blitzschnell. Ende Gelände. Da hast du keine Chance, *Bru.*« *Pellie* schaut ihn an. »Das wirst du aber nicht machen, Mann. Bitte.«

Beinahe hätte Fish aufgelacht. Ein Gangster, der ihn um etwas bittet. »Ich werde das nicht machen.«

»Dann ist ja alles cool.«

Die beiden Männer steigen aus dem Auto. Fish trägt die Sporttasche. *Pellie* läuft in seinem federnden Gang links von ihm. Beide kämpfen gegen die Regenböen an. Sie umrunden den Kreisverkehr bis zum Eingang des Tiger's Milk. Der Wachmann dort kennt Fish. Er zeigt auf die Tasche: »Was ist da drin, Mr. Fish? Muss ich leider abchecken.« Fish erwidert: »Fünfzigtausend Rand in gebrauchten Scheinen.« Der Wachmann lacht. »Sie und Ihre witzigen Geschichten, Mr. Fish.« Er lässt sie die Treppe hochgehen.

In der Mitte fragt *Pellie*: »Und wenn er jetzt nachgesehen hätte, *Bru*? Das war gefährlich.«

»Wäre nie passiert«, entgegnet Fish. »Wenn man die Wahrheit sagt, glauben alle, man macht Witze.«

Oben auf der Treppe lächelt ihnen eine Kellnerin entgegen. Will wissen, wo Miss Vicki ist.

»Sie kommt in ein paar Minuten«, erwidert Fish. »Wir nehmen ein Bier, während wir warten.« Er bestellt ein Devil's Peak First Light. Er weiß zwar, dass es ihm nicht den ersehnten Kick geben wird, aber es ist das beste, das sie hier haben. *Pellie* entscheidet sich für ein alkoholfreies. Was Fish echt überrascht. Ein Gangster, der keinen Alkohol trinkt.

Sie setzen sich.

Fish schaut sich um.

»Du wirst ihn nicht entdecken, den Schützen, *Bru*«, erklärt *Pellie*. »Ich auch nicht. Kenne ihn nämlich nicht. Könnte jeder *Oke* sein, der hier hockt.«

Die Biere treffen ein.

»Dürfen Sie nicht trinken?«, will Fish wissen.

»Bin seit fünf Monaten trocken, unter uns gesagt. Nicht schlecht für einen Alki.«

Sie stoßen an. Dann steht *Pellie* auf. »Ich muss mal schiffen, *Bru.* Wo ist das Klo?«

»Da hinten«, antwortet Fish. Er rührt sich nicht von der Stelle. Von seinem Platz aus hat er einen unverstellten Blick zu den Toiletten. Er beobachtet, wie sich der Kerl einen Weg zwischen den Tischen bahnt. Innerlich gibt er *Pellie* drei Minuten.

Der taucht nicht wieder auf.

Fish schaut nach. Mit der Tasche in der Hand.

Kein *Pellie.* Weder bei den Herren noch bei den Damen. Ein paar Fenster stehen offen, aus denen man mit einem kurzen Sprung auf ein nasses Dach gelangt. Ein Leichtes, um abzuhauen, wenn man sich auskennt.

Fish eilt die Treppe hinunter, wobei er zwei Stufen auf einmal nimmt, und rast dann Richtung Parkplatz.

Der Wachmann ruft hinter ihm her. »He, Mr. Fish, was ist los?«

»Haben Sie einen Mann hier herauskommen sehen?«, will Fish wissen. »Meinen Begleiter?«

Der Typ schüttelt den Kopf. »Nein, niemanden. Sie waren die Letzten, die reingegangen sind. Und seitdem ist auch niemand rausgekommen.«

Im Licht der Mastleuchten sind einige Leute zu sehen. Paare, die gemeinsam zu ihrem Auto rennen. Eine Gruppe, die sich trennt, als der Regen stärker wird. Autos parken, andere fahren weg. *Pellie* musste sich längst einen Weg überlegt haben und in ein wartendes Fahrzeug gesprungen sein. Aber warum ist er abgehauen? Welches Spiel treibt dieser

Mistkerl? Vor fünfzig Riesen weglaufen? Wenn das Ganze fast sicher in trockenen Tüchern war? Sie hätten nur noch Vicki zu bringen brauchen. Scheiße, Mann. Wie schwierig konnte das sein?

Fish geht wieder ins Lokal zurück. Er überlegt: Soll er noch eine Viertelstunde warten? Soll er gehen? Er beschließt, sein Bier auszutrinken.

Er sitzt da – das Handy vor sich auf dem Tisch, die Tasche fest zwischen seinen Füßen – und schaut sich im Lokal nach jemandem um, der nicht hierherpasst. Alle amüsieren sich. Alle fühlen sich sichtlich wohl. Es ist laut. Stimmen und Gelächter hallen in dem Raum wider.

»Noch eins?«, fragt die Kellnerin und deutet auf sein Glas. »Während Sie auf Ihre Liebste warten. Ist der andere gegangen? Soll ich seine Flasche wegräumen?«

Fish nickt. Er sieht sein Handy aufleuchten und hört das Ping einer neuen Nachricht. Wieder die unterdrückte Nummer. *Da war ein Bulle.*

Mann, echt jetzt? Ein Bulle? Da war kein Bulle. Da ist kein Bulle. Ein offenbar paranoider *Pellie*. Oder gehört es zu einem merkwürdigen Gang-Ding, dass sie im letzten Moment doch abhauen? Um dem Gegenüber noch mehr Angst einzujagen. Falls es das ist, funktioniert es jedenfalls. Fish hat wieder dieses hohle Gefühl in seiner Magengegend. Dieses Gefühl, dass jeden Augenblick etwas echt Schlimmes passieren könnte.

Er trinkt sein erstes Bier aus. Er befürchtet, dass sie das Ganze an Vicki auslassen. Und er kann nichts tun, nur auf einen weiteren Anruf warten. So etwas reicht, um durchzudrehen.

Als das zweite Bier kommt, lässt er sich die Rechnung geben.

»Hat Miss Vicki Sie im Regen stehen lassen?«, fragt die Kellnerin. »Heute Abend sind Sie ein einsamer Mann.«

»Sieht so aus«, erwidert Fish. Rasch trinkt er das zweite Ale. Und geht.

Beim Wegfahren behält er den Rückspiegel stetig im Blick, um zu sehen, ob ihm jemand folgt. Niemand. Trotzdem dreht er vor seinem Haus lieber eine Extrarunde und hält in einer Seitenstraße. Er befürchtet, dass *Pellie* und seine Kumpanen planen könnten, ihn zu überwältigen, wenn er sein Haus betritt. Ein schwacher Moment ist die beste Zeit zuzuschlagen.

Der Regen wird schwächer, der Wind hingegen braust noch immer. Fish bewegt sich von Schatten zu Schatten und gelangt so auf der anderen Seite der Straße zu seinem Haus. Er bleibt stehen. Schaut sich um. Keine verdächtigen Autos. Dann dreht er dem Sturm den Rücken zu und ruft Janet an.

»Mister Fish, warum wecken Sie mich? Heute bin ich früh schlafen gegangen. Ich bin schließlich eine Patientin in der Genesung.«

»Sorry, Janet«, erwidert er. »Kannst du nur kurz nachschauen, wie es bei mir im Hinterhof aussieht?« Er hört Janet stöhnend etwas murmeln.

Dann: »Da ist gar nichts, was ich sehen kann. Nicht mal eine Katze bei dem Regen. Wovor haben Sie Angst, Mister Fish? Vor den Schatten?«

Genau davor hat Fish Angst: vor den unsichtbaren Dingen. Den Dingen, die er nicht kontrollieren kann. Wie das, was mit Vicki passiert. Wie das Foto, das ihn nun über WhatsApp erreicht. Er steht in der dunklen Straße, und sein Handy leuchtet wie Kryptonit, sodass er für alle Beobachter zu erkennen ist. Das Bild zeigt Vicki in Embryonalhaltung auf einem Betonboden. Wahrscheinlich demselben Betonboden. Sie trägt dasselbe schmutzige T-Shirt, wobei diesmal ihre Brüste bedeckt sind. Stattdessen ist die Jeans verschwunden. Sie hat nur einen weißen Slip an. Ausgeliefert, verwundbar. Das ist es, was Fish so an die Nieren geht. Und zwar sehr. Wie in einen roten Nebel gehüllt, denkt er bloß noch: Ich bring dich um, *Pellie*. Um ihre Fesseln liegen nun auch Handschellen.

Das Foto wird von einer Nachricht begleitet: *Leg dich nicht mit uns an.*

Sechs

Und schlugst du tot den Jabberwock?

Alice hinter den Spiegeln

1

Freitag, 20. Juli 2018, 6 Uhr 57. Vicki Kahn kommt auf einem Rugbyfeld zu sich. Zuerst hört sie die Schreie von Möwen in der Ferne. Dann spürt sie das nasse Gras. Ihr ist übel, sie hat kein Gefühl für oben und unten. Ihr Kopf schmerzt. Ihr Mund ist trocken.

Es muss etwas gewesen sein, was sie ihr zu trinken gegeben haben.

Sie steht auf und schlingt die Arme um sich, wehrt die eisige Kälte ab. Sie trägt nur ein schmutziges T-Shirt, Jeans und verdreckte Turnschuhe.

Mein Gott, wo ist sie?

Auf einer Seite des Rugbyfeldes befindet sich eine Sanddüne. Auf der anderen sieht sie in der Ferne Häuser stehen.

Sie fährt sich mit eisigen Händen über den Körper. Keine Verletzung. Nicht vergewaltigt. Sie kann sich noch daran erinnern, dass sie in einen Transporter getragen wurde. Das ist alles. Aber sie müssen sie hierhergebracht und auf das Feld geschleppt haben, um sie im Regen zurückzulassen.

Super, Jungs. Herzlichen Dank auch.

Sie erinnert sich, wie John Webster sagte: »Ihre Story lautet so, Vicki. Sie sind den Gangstern entwischt. Sind blind durchs Gebüsch gerannt. Fanden sich auf einem Rugbyfeld wieder. Dann haben Sie Häuser in der Nähe gesehen. Dorthin sind Sie gelaufen, um Hilfe zu holen.«

Dieser Dreckskerl John Webster und seine Spielchen.

Sie geht über das schlammige Feld zu den Häusern. Es ist früher Morgen. Die Wolken hängen tief. Immer wieder gibt es Regenschauer. Der Wind wird stetig schwächer.

Sie sieht schrecklich aus. Heruntergekommen. Nicht sonderlich selbstbewusst. Sie hat kein Handy, keinen Pass, keine Kreditkarten, keine Bankkundenkarte, kein Bargeld.

»Es tut uns so leid, Vicki, aber das müssen wir tun.«

»Lassen Sie mir wenigstens meinen Pass.«

»Geht nicht.«

»Dafür muss ich stundenlang anstehen.«

»Umso echter wirkt es.«

Grundgütiger! Dieser verdammte John Webster.

Sie erreicht die Häuser. Es sind bescheidene Gebäude. Einige wirken recht ordentlich. In den Einfahrten stehen Autos. Auf einem Transporter kann sie *Möbelspedition Abrahams* lesen. Den Häusern nach zu urteilen, muss sie sich irgendwo in Mitchell's Plain befinden, nahe der Küste.

Bei der Möbelspedition gibt es kein Schild mit einer Warnung vor einem Hund. In den vorderen Zimmern brennt Licht. Vicki betritt den Garten durch das kleine Tor und läuft einen Ziegelweg zur Haustür hinauf. Klopft. Sie kann einen Fernseher hören. Klopft noch einmal. Lauter.

Die Frau, die ihr öffnet, spricht Afrikaans: »Mein Gott. Mädchen. Was zum Donner ist denn mit dir passiert?«

Vicki spielt Nervenzusammenbruch. Sie schafft es zu weinen. Da sie sich inzwischen selbst etwas leidtut. Sie lässt sich von der Frau an der Hand ins Haus führen.

Eine Stunde später stürmt Fish in das Wohnzimmer dieses Hauses. Vicki sitzt auf der Couch. Sie trägt einen alten Trainingsanzug der Frau, ist in eine Decke gewickelt und trinkt den dritten Becher süßen Tee.

Sie sieht die Angst in Fishs Gesicht. Allein dafür war es wert, auf einem Rugbyfeld ausgesetzt worden zu sein.

Sie hört, wie er sagt: »Mein Gott. Vicki. Ich hab mir solche Sorgen gemacht.«

Im Auto auf dem Nachhauseweg erzählt sie ihm die vereinbarte Geschichte.

»Und sie haben dir nichts angetan? Es sah so aus, als hätten sie dich geschlagen.« In seinen Augen spiegelt sich Unsicherheit: die Vergewaltigungsfrage.

»Das haben sie nicht, Fish. Sie haben mich geschlagen, aber nicht vergewaltigt.«

Fish atmet hörbar aus.

»Gewöhnlich machen sie genau das.«

»Ich weiß.«

Fish beschreibt *Pellie*. Fragt, ob sie ihn gesehen habe.

Das hat sie. Er ist derjenige, der sie aus dem Konsulat gebracht und unter Drogen gesetzt hat. Sie schwindelt: »Nein, sie hatten mir die ganze Zeit die Augen verbunden.«

»Aber nicht auf den Bildern, die ich von dir gesehen habe. Auf Instagram.«

»Mein Gott, Fish, welche Bilder? Was meinst du mit ›auf Instagram‹? Ich weiß gar nichts von Bildern. Wahrscheinlich war ich bewusstlos, als sie die gemacht haben. Sie haben mir immer wieder irgendwelches Zeug gegeben.«

Er wirft ihr diesen besorgten Blick zu, den sie so liebt. Mit einer Hand lässt er das Lenkrad los und nimmt damit die ihre. Er erzählt ihr von *Pellie*, dem Lösegeld, dem Austausch, der im Tiger's Milk stattfinden sollte. Zeigt ihr die Instagram-Posts.

Vicki denkt: John Webster hat einen fiesen Sinn für Realismus. Sie sagt: »Da war ich eingesperrt. In einer Garage. Das Ganze war total seltsam. Ich meine, ist das irgendeine neue Nachahmung von brasilianischen Entführungen, um schnell an Geld zu kommen?«

Sie beobachtet seine Miene. Sucht sie nach Anzeichen des Misstrauens ab. Aber er wirkt entspannt. Nicht mehr im Geringsten verängstigt. Den Blick hat er auf den Baden Powell Drive gerichtet. Oder auf die Wellen, die an den Strand rollen, als sie an Cemetery vorbeifahren. Die ganze Küste entlang herrscht nach dem Sturm ein großartiger Wellengang. In Fishs Augen blitzt es, wie Vicki das schon oft gesehen hat.

»Vielleicht«, erwidert er. »Man kann am Strand überfallen oder beim Wandern erstochen werden. Warum dann nicht auch von der Straße weg entführt? So was passiert.«

Was Vicki innerlich aufatmen lässt. Sie denkt: Okay, alles gut. Und dann erwähnt er Ravi Pollard.

Ohne Umschweife: »Es sind übrigens seltsame Dinge geschehen. Unser alter Kumpel Mart Velaze hat mich kontaktiert und mir ein Bild von dir und einem Banker namens Ravi Pollard gezeigt. Wie ihr gemeinsam bei Sonnenuntergang etwas trinkt. Worum ging es da genau?«

»Velaze? Ein Bild, das er gemacht hat? Was? Wovon redest du? Soll das heißen, er hat mich verfolgt?« Vicki gibt sich ein wenig hysterisch. »Warum sollte er mich verfolgen? Okay, ich arbeite bei Legal Resource an einer Landanspruchssache und kann mir vorstellen, dass das den Geheimdienst vielleicht interessiert. Ist es das? Oder hat er mich deshalb beobachtet, weil Pollard für deinen Klienten arbeitet, Capital Trust?«

»Gearbeitet hat.«

»Hat? Ich verstehe nicht.«

»Er ist tot.«

Vicki lässt Fishs Hand los. »Mein Gott. Du machst Scherze. Das kann nicht sein. Wann?«

»Am Dienstag.«

»Am Dienstag bin ich entführt worden. Und ich habe dir diese Dateien geschickt. Die Dokumente, die ich von ihm hatte. Ich war auf dem Weg zu dir. Was ist hier los, Fish? Wie ist Pollard gestorben?«

»Angeblich hat er Selbstmord begangen.«

»Nie im Leben. Pollard war garantiert nicht suizidal. Wütend, ja. Aber nicht suizidal.«

»Wütend weshalb?«

»Wegen dieses Projekts, Renaissance. Das war durch und durch korrupt. Irgendein Generaldirektor wollte dabei absahnen. Jemand aus der Voliere hatte seine Hand im Spiel und wollte ebenfalls bezahlt werden. Die Amerikaner hätten uns schwere Schulden aufgebürdet. Und mit ›uns‹ meine ich das Land. Für Jahrzehnte. Das ganze Projekt war eine Schatzkiste für Trittbrettfahrer. Nie im Leben hat sich Ravi Pollard umgebracht.«

Vicki spricht mit ernster Stimme. Sie fragt sich, ob Mart Velaze noch weitere Fotos hatte. Zum Beispiel wie sie am Montagabend Ravi Pollards Wohnblock betritt und wie sie diesen am frühen Dienstagmorgen wieder verlässt. Vielleicht wäre es nicht schlecht, mit Mart Velaze zu sprechen, ehe sie das Treffen mit John Webster vereinbart.

Fish sagt: »Ich denke, es war Mord, aber ich bin noch dran. Alles scheint mit Janets Telkom-*Skollie* verbunden zu sein. Dem Kerl, der unser Haus verwanzt hat. Er war's, der vor zwei Jahren den Geschäftsführer von Amalfi Civils getötet hat. Er leitet Kestrel Security, die private Sicherheitsfirma von Amalfi. Jetzt geht er nicht an sein Handy, und ich kann ihn nirgendwo auftreiben. Das ist alles die reine Kloake. Da glaubt man, die Regierung sei schlimm. Aber die private Wirtschaft ist nicht besser. Durch und durch bestechlich.«

2

9 Uhr 25. Oberst Kaiser Vula hängt ähnlichen Gedanken nach. Genauer: Er hält die ganze Situation inzwischen für einen Riesenhaufen stinkender Kacke. Nicht nur für einen vorübergehenden Rückschlag, wie Sipho Dube das bezeichnet. Für einen gewaltigen Reinfall. Mit Tyrone Mansoor mitten in einem Haufen Leichen, die Waffe noch rauchend in seiner Hand. Kugeln aus dieser Waffe in Angela Amalfi und einer bisher namenlosen Assistentin, in Rej Ben Ali, in Ferdinand Amalfi und hoffentlich auch – das muss noch bestätigt werden – in dem Banker Antony Brennan.

Der Auftrag sollte professionell über die Bühne gehen. Rein. Raus. Keine Spuren. Das Ganze sollte begrenzt bleiben. Überschaubar. Nur zwei Opfer. Kein verdammtes Massaker.

»Herr Oberst, natürlich ist es tragisch«, sagt Sipho Dube, »eine Tragödie in einem Ausmaß, wie es selbst in unserem Land selten vorkommt. Aber es bleibt trotzdem eine Familienangelegenheit. Für uns bedeutet das nicht das Ende.«

Sie sitzen im Wohnzimmer von Oberst Kaiser Vulas Haus, eine Cafetière auf dem Tablett zwischen ihnen. Die Tür ist geschlossen, aber der Oberst glaubt, dass seine Frau auf der anderen Seite ihr Ohr dagegen presst.

Im Inneren vernimmt er ihr ewiges Jammern: Kaisie, hör auf den Generaldirektor, er weiß, wovon er spricht.

Als ob er nach Jahren in der Armee und im Geheimdienst nicht wüsste, wie er sein Leben führen soll. Er beugt sich vor und drückt den Kolben herunter. Weist auf die Kaffeekanne. »Bitte schenken Sie sich ein.«

Generaldirektor Sipho Dube tut es.

»Ausgezeichnet. Auch ein sehr guter Zwieback, Herr Oberst.«

Er tunkt ein Stück in den Kaffee und isst es. Wischt sich die Brösel aus einem Mundwinkel.

»Es heißt, dass die Gelder weiterhin zur Verfügung stehen. Sie sind weiterhin mit dabei. Wir müssen nur ein neues Team zusammenstellen. Wie schwer kann das sein? Wir sind eine Nation, die sich gegenseitig hilft. Wir haben in Rekordzeit Fußballstadien für den Weltcup gebaut, da können wir auch jetzt die richtigen Leute finden. Ich habe eine Akte mit den eingegangenen Angeboten. Lassen Sie uns das Projekt Renaissance neu beleben.«

Oberst Kaiser Vulas Blick ist auf den bedeckten Himmel vor dem Fenster gerichtet. Sonnenstrahlen durchbrechen an mehreren Stellen die Wolken. Sie stimmen ihn jedoch nicht fröhlich. Er hat einen Agenten verloren, eine Informationsquelle. Er hat finanziell verloren. Wobei das wieder einholbar scheint. Falls der Generaldirektor nicht irgendwelche Lügen erzählt. Er rutscht ein Stück auf seinem Rollstuhl, damit sein Stomabeutel weniger an ihm zerrt.

»Mit wem sind Sie im Gespräch, Herr Generaldirektor? Wer sind diese Amerikaner?«

»Ein Mann im Konsulat. Er ist wirtschaftlicher Berater des Handelsministers. Ein sehr erfahrener Mann namens John Webster.«

Der Name lässt bei Oberst Kaiser Vula etwas klingeln. Das sind keine schlechten Nachrichten.

3

12 Uhr 15. Das Gleiche wie beim letzten Mal, erklärte Mart Velaze Vicki Kahn, als sie ihn anrief. »Tafelberg Road. Sie parken und warten.«

Er ist bereits eine halbe Stunde früher dort. Lenkt sein Auto zwischen andere Fahrzeuge, die von Wanderern hier abgestellt wurden. Nickt einem Wachmann in einer orangefarbenen Weste zu. Der Mann grinst zurück.

Von seinem Standort aus sieht Mart Velaze zur Seilbahnstation hinüber und kann sehen, wenn Vicki sich nähert. Und sich zudem nach möglichen Verfolgern umschauen.

Spionagefilmmäßig, nannte sie das bei ihrem letzten Treffen. Sarkastische Kuh. Es gibt Gründe, aufmerksam zu sein.

Die Stimme antwortet sofort, als er anruft.

»Update, Häuptling, Update. Ich sitze hier auf Kohlen und drehe Däumchen.«

Mart Velaze verkneift sich eine scharfe Erwiderung. Er ist heute Vormittag sehr gereizt. Hat die Nacht in seinem Wagen vor Fish Pescados Haus auf Beobachtungsposten verbracht.

Er liefert der Stimme eine Zusammenfassung: die lange eiskalte Nacht mit dem niederprasselnden Regen; die Verfolgung, als Vicki aus der Kälte kam; ihr Anruf bei ihm; ihr geplantes Treffen.

»Wie hat sie geklungen?«, will die Stimme sofort wissen.

Freut mich, dass Ihnen meine Arbeit gefallen hat, denkt Mart Velaze. Laut sagt er: »Gut. Normal. Etwas spitz.«

»Dann ist es, wie wir es uns dachten: Bei ihrer Entführung ging es um etwas anderes. Als Alice Sie kontaktierte, hat sie da eine Kandidatin für die Vizepräsidentschaft, Amelia Lockhart, erwähnt?«

Mart Velaze verneint.

»Nein, das würde sie wohl auch nicht. Das wird sie für sich behalten, bis Sie sich mit ihr treffen. Braves Mädchen. Die Pokerspielerin. Also, Häuptling, hören Sie. Ich weiß, dass sie für das, was sie da durchlebt hat, ausgebildet wurde, und ich weiß, dass sie taff ist. Aber auch taffe Menschen können brechen. Also gehen Sie bei der Nachbesprechung des Ganzen umsichtig mit ihr um.«

Nie im Leben, denkt Mart Velaze. Eine Taffere als diese Vicki Kahn gibt es nicht. Er mag vielleicht ihr Betreuer sein, aber das bedeutet nicht Samthandschuhe. Hört, wie die Stimme weiterredet.

»Und, Häuptling, denken Sie daran: Henry Davidson ist tot. Wegen Amelia Lockhart. Andreas Hansen ist verschwunden. Wir glauben, dass er ebenfalls getötet wurde. Wegen Amelia Lockhart. Alice lebt. Sie weiß über Amelia Lockhart Bescheid – weshalb sie einen Handel gemacht hat. Ich würde sagen, so einfach ist das. Unsere Alice hatte schlechte Karten. Darum hat sie sich für einen Bluff entschieden.«

Mart Velaze antwortet nicht. Die Stimme seufzt. »Aber Sie glauben das nicht. Ich höre das aus Ihrem Schweigen heraus. Sie vertrauen unserer Alice nicht. Sie glauben, man kann sie kaufen. Ich frage mich allerdings, was die Amerikaner genau gemacht haben.«

Mart Velaze ist sich sicher zu wissen, was die Amerikaner gemacht haben. Sie haben Vicki Kahn auf ihre Seite geholt. Was seiner Meinung nach nicht so schwierig war.

»Noch etwas«, meint die Stimme. »Schlagzeilen heute Morgen bei den Polizeinachrichten, Häuptling: Der Banker Antony Brennan ist tot. Erschossen. Vor einer Stunde von unserem surfenden Privatermittler entdeckt. Er führt ein aufregendes Leben. Zuerst zieht er los, seine Freundin zu retten. Dann entdeckt er einen ermordeten Klienten. Wie spannend. Nicht ganz die Anzahl von Leichen, die Sie gemeldet haben, aber dennoch herausfordernd. Nun ja. Ich dachte mir, der ermordete Banker ist ebenfalls das Werk von Tyrone Mansoor – eine Schlussfolgerung, zu der Sie sicher auch gelangt sind. Wenn die Forensiker mal in die Puschen kommen, werden die feststellen, dass die Kugel aus derselben Waffe stammt, die bei den Amalfis benutzt wurde. Sie wird die gleichen Laufkratzer und all solche Dinge aufweisen. Und damit wäre das erledigt.«

Wieder herrscht unvermittelt Schweigen. Mart Velaze hält das Handy weiterhin ans Ohr. Steigt aus dem Wagen und läuft zur Schranke vor. Wirft einen Blick zurück zum Berg. Der Himmel hinter den Felsen leuchtet strahlend blau. Auf den Wanderwegen sind Gestalten zu erkennen, die Seilbahnen fahren hinauf und hinunter. Er nimmt die Intensität der feuchten Vegetation wahr, den Duft von Kräutern. Wünscht sich, dass er gleich die Mossadi treffen würde.

»Häuptling«, sagt die Stimme an seinem Ohr. »Lassen Sie mich sofort wissen, was los ist, sobald Sie sie gesehen haben. Ich will alles erfahren, was Alice erlebt hat. Und ich meine sofort danach. Fahren Sie an einen sicheren Ort und rufen Sie mich an. Okay?«

»Kein Problem«, erwidert Mart Velaze und steigt wieder ein. Fragt sich, warum ihm die Stimme nicht gewünscht hat, dass die Vorfahren mit ihm sein mögen.

Während die Minuten ticken, ist er sehr wachsam. Ein paar Autos kommen vorbei, aber kein weißer Polo. Keiner hält an dem ausgemachten Treffpunkt. Die vereinbarte Zeit verstreicht.

Vicki Kahn ist sonst pünktlich. Sie folgt den Regeln der Spionagepraxis. Vermutlich hat sie irgendwo gehalten, um sich erst von fern ein Bild zu machen. Nach ungewöhnlichen Anzeichen Ausschau zu halten. Sie würde mit einer SMS absagen, wenn sie beunruhigt wäre.

Sein Handy klingelt. Vicki Kahn.

»John Webster weiß, dass Sie es waren.«

»Wo sind Sie? Sie sind spät dran.«

»Hören Sie einfach zu. Er weiß, dass Sie es waren.«

»Er weiß, dass ich was war?«

»Der diese zwei CIA-Typen erschossen hat.«

»Welche Typen? Wovon reden Sie?«

»Ich will Sie warnen, Velaze. Wir beide sind uns nicht unbedingt grün, aber ich will Sie warnen. Passen Sie auf.«

Mart Velaze kombiniert: Vicki Kahn hatte nie vor, ihn zu treffen. John Webster wird kommen.

»Sie haben mich in eine Falle gelockt.«

»Mir blieb nichts anderes übrig.«

Mart Velaze starrt in den blauen Himmel. Noch nie sah er so blau aus. So klar. Ein blauer Vorhang, der vor einen endlosen Raum gezogen ist. Um den Glauben zu bewahren, dass das Leben einen Sinn hat.

»Treiben Sie nicht Ihre Spielchen mit mir, Vicki Kahn.«

»Ich sage es Ihnen doch jetzt, oder etwa nicht?«

»Und hatten Sie das auch ursprünglich vor? Oder wollten Sie einfach sehen, wie das Schicksal entscheidet…«

»Ihre Sache, was Sie denken, Velaze.«

Ende. Mart Velaze legt auf. Ruft die Stimme an.

»Glauben Sie, man hat sie auf die andere Seite gezogen? Oder arbeitet sie als Doppelagentin?«

Rhetorische Fragen. Die nicht beantwortet werden müssen. Langes Schweigen. Dann: »Folgen Sie ihrem Rat, würde ich sagen. Mögen die Vorfahren mit Ihnen sein. Sie werden sie brauchen.«

Diese *Sistas* sind wahrlich herzensgut.

Er wirft einen Blick auf sein Handy. Keine Nachrichten. Er schaut sich um. Der Wachmann ist nicht mehr zu sehen. Nirgendwo. Hinter seinem Auto bemerkt er eine Bewegung. Ein Schatten. Eine Gestalt. Im Seitenspiegel zeigt sich der Oberkörper eines Mannes. In einer Lederjacke.

Mart Velazes Hand wandert neben seinen Sitz. Wo er eine Pistole versteckt hat.

Jemand klopft an die Scheibe. Eine Stimme nennt seinen Namen. Keine Stimme, die er erkennt. Aber das Gesicht erkennt er: John Webster.

4

16 Uhr 9. Fish ist in Surfer's Corner und paddelt den hereinrollenden Wellen entgegen. Er liegt auf einem langen Board. Hat bereits einige wirklich gute Wellen erwischt. Sie kommen so hoch, wie sie das oft nach einem Sturm tun. Klare grüne Wellen, die genau im richtigen Moment brechen. Er würde vor Vergnügen am liebsten laut schreien. Der Bottom Turn kann einem das Herz fast stillstehen lassen. Er ist seit einer halben Stunde hier draußen. Und jetzt rollt fauchend eine besonders hohe Welle heran. Es begeistert ihn hellauf.

Was gut ist. Denn viele Gedanken gehen ihm durch den Kopf.

Wie zum Beispiel: Warum tut Vicki so, als wäre nichts geschehen? Gut, sie wurde für extreme Situationen ausgebildet. Für Gefangennahme, Folter, Inhaftierung. All die Tricks der Agentenwelt. Okay, sie hatte eine Sitzung bei ihrer Therapeutin Aletta van Niekerk. Eine besonders lange Sitzung, laut Janet.

»Miss Vicki hat viel auf dem Herzen«, meinte Janet. »Zwei Stunden war sie bei Miss Aletta. In der Zeit führt einen Miss Aletta an einen unheimlichen Ort. Sie müssen nett zu Miss Vicki sein, Mister Fish.«

Aber Vicki schien nicht durch den Wind zu sein.

Als er zurückkam, machte sie ein Nickerchen. Danach erzählte sie ihm, dass sie sich telefonisch bei Legal Resource gemeldet habe. Neue Kreditkarten bestellt sowie einen Laptop im Internet gekauft habe.

Sie klopfte neben sich aufs Bett, damit er sich zu ihr setzte. Nahm seine Hand. Sagte: »Sieht nicht so aus, als ob dein Tag gut verlaufen wäre.«

Er berichtete, dass er Antony Brennan gefunden habe, auf dem Boden seines Wohnzimmers. Ermordet mit einem Schuss in den Kopf. Erzählte auch, was mit den Amalfis passiert war.

»Ich weiß nicht, was da los ist«, meinte er. »Irgendein Familienmist. Total krass. Ein paar Tage mehr, und wir hätten diesen Mansoor gehabt und den anderen das Leben gerettet.«

Er betrachtete Vicki, wie sie auf dem Bett lag. Ihre kurzen Haare dufteten nach Shampoo, ihre Schultern fühlten sich weich an. Dachte: Nach all den Jahren weiß ich noch immer nicht, wer du bist.

Laut sagte er: »Verdammt, ich hatte echt Angst um dich.«

Sie zog ihn zu sich herunter. Fand seinen Mund, seine Zunge, seinen Körper.

Danach lagen sie nebeneinander da. Seite an Seite, Händchen haltend.

Sie sagte: »Komm schon, du willst garantiert surfen gehen. Diese herrlichen Wellen, die du verpasst. Lass uns los.«

Er hatte nicht gezögert. Es war lange her, seitdem sie das letzte Mal zum Strand mitgekommen war.

Dort hatte sie dann auf einmal den Namen John Webster erwähnt, während er sein Board wachste. Und zwar so: »Du erinnerst dich doch an diesen Typen John Webster bei der Gedenkfeier für Henry Davidson? Dieser Amerikaner, dem du, soweit ich weiß, etwas Gras verkauft hast?«

»Ja, klar. Hab ich. Warum?«

Vicki antwortete nicht. Fragte stattdessen: »Habt ihr noch Kontakt?«

»Mehr oder weniger.«

»Mehr oder weniger?«

»Der hatte sich plötzlich nicht mehr gemeldet, und genauso plötzlich suchte er wieder Kontakt. Seltsames Verhalten. Er hat mich zu einem Mittagessen ins Konsulat eingeladen.«

»Ach, echt? Gehst du?«

»Wahrscheinlich. Wüsste nicht, was dagegen spricht. Vor allem da er momentan echt darauf drängt. Er schickt mir ständig Nachrichten, weil wir noch keinen festen Termin ausgemacht haben.« Fish hatte das Einwachsen beendet und sah sie an. Er wusste, dass Fragen von Vicki einen doppelten Boden haben konnten. »Warum?« Er musterte sie. »Wieso willst du das wissen?«

»Weil er doch mal eine Nachricht an mich ausrichten ließ, dass ich mich mit ihm treffen soll. Das habe ich nie gemacht. Aber jetzt brauche ich einen amerikanischen Kontakt. Für einen meiner Fälle. Würdest du ihn anrufen?«

Plopp, da die Erklärung: einfach, einleuchtend, unschuldig. Gefolgt von einem Zucken dieser schönen Schultern. Aber war sie das: einleuchtend, unschuldig? Etwas kann Fish seit Vickis Entführung nicht abschütteln. Sie ist zu entspannt.

Er tat ihr den Gefallen. Er rief John Webster an und hinterließ ihm eine Voicemail, auf der er ihm mitteilte, dass er gerne seine Essenseinladung annehmen würde. Dürfte ihn Vicki Kahn begleiten?

Während er telefonierte, stand Vicki da und beobachtete ihn. Mit undurchdringlicher Miene. Zuckte mit den Achseln, als er zu Ende gesprochen hatte. Sie wandte sich von ihm ab und schaute aufs Meer hinaus. Sie wirkte verloren.

Zugegebenermaßen denkt er gerade nicht daran, denn

er sieht sich einer riesigen Woge gegenüber. Eine Wand aus Wasser reinigt meist seinen Geist. Bringt ihn in die Gegenwart. Ohne Wenn und Aber.

Im Wellental zieht Fish das Brett herum und spürt, wie ihn die Welle hochträgt, während er schneller paddelt, um die Geschwindigkeit zu halten. Das Board wird zurück- und dann hochgesogen. Jetzt blickt er von oben herab ins Tal. Das ist der kritische Moment. Wenn man hier das Gleichgewicht verliert, schießt man wie ein Pfeil zum Wipe Out. Man muss sich aufstellen, die Spitze des Surfbretts richtig platzieren und die richtige Kante herunterdrücken. Wie Fish es tut. Er saust im Zickzack dahin, kommt die Lip herunter und fährt für den Cutback in das schäumende Wasser, wobei er sich stark hineinlehnt, um noch – tief hinabgebeugt – für das Abreiten über die Oberfläche dahinrasen zu können.

Er kriegt nicht genug davon. Aber zwischendurch denkt er immer wieder an Vicki. Das quält ihn. Ihre Lässigkeit. Ihre Nonchalance. Vielleicht verdrängt sie das Ganze, vielleicht sind das die frühen Anzeichen eines posttraumatischen Stresssyndroms. Das Mir-geht-es-gut-keine-Sorge-Stadium. Er reitet noch zwei herrliche Wellen und paddelt dann Richtung Küste.

Sieht Vicki im Fenster von Tiger's Milk sitzen und ihm zuprosten. Ob sie schon einige intus hat, fragt er sich.

Ein paar, wie er herausfindet. In anderen Klamotten, aber ohne sich geduscht zu haben, lässt er sich neben sie fallen und bestellt ein Ale.

»Eine gute Idee«, sagt sie. »Hier zu sitzen, dich durchs Fernglas zu beobachten und dabei etwas zu trinken.« Das Etwas war ein Gin Tonic. Sie beugt sich zu ihm, um ihn zu küssen. »Mmmh, salzig.« Wandert mit der Zunge über seine Wange. »Lecker.«

Fish vermutet, sie hat mindestens schon zwei getrunken. Je

mehr Vicki trinkt, desto mehr hat sie Lust auf Sex. Nicht dass ihn das gestört hätte. Im Gegenteil.

Sie plaudern. Vicki wirkt aufgedreht. Springt von einem Thema zum nächsten. Redet über ihre Fälle, die Therapie bei Aletta, dass sie vielleicht Wembley Square verkaufen und ganz bei ihm einziehen wolle. Kein Wort verliert sie über die Entführung. Darüber, dass irgendwer sie von der Straße in ein Auto gerissen und gefesselt, verhöhnt, bedroht, unter Medikamente gesetzt hatte. Dass sie wahrscheinlich von den Gangstern angefasst wurde, während sie bewusstlos war. Darüber will sie offenbar nicht sprechen.

Sie rutscht von ihrem Barhocker und sagt: »Komm, ich muss laufen. Ein paar Spannungen abbauen.« Sie schlingt ihre Arme um seinen Nacken und zieht ihn an sich. Ihre Stimme murmelt leise in sein Ohr. »Wir werden beobachtet. Ich habe es schon die ganze Zeit bemerkt, während ich hier saß. Keine Ahnung, wer es genau ist, aber ich bin mir sicher, Fish. Wir gehen jetzt und locken sie so heraus.«

Vickis Instinkt. Fish vertraut ihm.

Aber.

»Wir haben nichts bei uns. Wenn wir da rausgehen, könnte das echt problematisch werden.«

»Ich habe die kleine Zweiunddreißiger. Und einen Elektroschocker. Was davon willst du?«

»Die Pistole.«

»Typisch Macho.«

»Ich schieße besser als du.«

»Ach ja? Wer hatte beim letzten Training die höhere Trefferzahl?«

»Das sagt gar nichts. Jedenfalls ist das verrückt. Schau dir das Licht draußen an. Es wird schon dunkel, Vics. Halb sechs. So gut wie Nacht.«

»Sei kein Feigling. Ich will wissen, was dahintersteckt.«

Und Fish lässt sich darauf ein. Die beiden bahnen sich einen Weg zwischen den Tischen hindurch. Fish überlegt: Ist Vicki paranoid? Ist das eine Folge der Entführung? Oder etwas anderes? Etwas aus ihrem geheimen Leben.

Sie laufen die Treppe hinunter in die winterliche Kälte hinaus und steuern auf den Fußweg zu. Selbst zu dieser Uhrzeit sind noch Surfer draußen im Wasser. Wo Fish in Wahrheit jetzt auch viel lieber wäre. Doch er nimmt die .32 Guardian, die Vicki aus ihrer Tasche zieht, und steckt sie in seine Jacke.

Am Anfang des Fußwegs bleiben sie stehen. Tun so, als würden sie die Wellen bewundern. Schauen sich dabei um, ob ihnen jemand folgt. Offenbar nicht.

»Ich habe mich nicht getäuscht«, sagt Vicki. »Ich habe es gespürt, Fish. Ich kenne dieses Gefühl. Da kann man mir nichts vormachen.«

Fish schweigt. Sie wandern an dem flachen Stück Strand entlang, die Dünen hoch, vorbei an Bailey's Cottage und dann hinunter zu dem langen Teil des Strandes. Hier ist es anders. Sie sind in der Nähe der Felsen. Von der Straße aus nicht zu sehen. Mit einer Fluchtmöglichkeit durch eine kleine Unterführung. Ideal für Bösewichter. Hier wird es zudem noch dunkler. Was Fish wirklich nervös macht.

Vor allem als sich ein Mann aus den Schatten der Unterführung löst. Er kommt auf sie zu. Ohne zu hasten. Scheinbar interessiert er sich nicht für sie.

»Wie wollen wir das machen?«, fragt Vicki. Sie befindet sich zwischen Fish und dem Geländer.

»Ich weiß nicht, ob wir irgendwas machen«, entgegnet er.

»Glaubst du, das ist ein Zufall?«

»Wäre doch möglich.«

»Ist es nicht.«

Die Entfernung verringert sich.

Zwanzig Meter. Zehn Meter. Fünf Meter.

Fish umfasst in der Tasche den Pistolengriff. Finger am Abzug. Er denkt: He, ich kenne den *Oke.*

Drei Meter.

Zwei Meter.

Es ist *Pellie*.

Es sieht so aus, als wollte er rechts an ihnen vorbei. Im letzten Moment wechselt er nach links. Zu Vicki.

Fish hört das Klicken. Sieht das Messer. Eine lange dünne Klinge. Der Mann sticht schnell zu. Fish spürt, wie Vicki an ihm zerrt. Sie ruft: »Schieß!«

Das tut er. Durch seine Jacke hindurch. Drückt ab. Einmal. Zweimal. Der Mann wird zweimal getroffen, geht aber nicht zu Boden. Sondern rennt gebückt den Weg Richtung Unterführung zurück, den er gekommen ist.

Fish brüllt: »*Pellie*, ich krieg dich, du Drecksack!«

Er merkt, dass Vicki an seinem Arm zerrt. Sie ist halb zusammengebrochen. Erst jetzt sieht er den Messergriff aus ihrem Bauch ragen.

»Er hat mich erwischt, Fish. Scheiße, er hat mich erwischt.«

Er packt sie unter den Achseln und hievt sie hoch. Die beiden wanken den Fußweg entlang in Richtung Strand. Vicki lehnt sich schwer gegen ihn. Sie atmet keuchend. Fish sagt: »Bleib bei mir, Vics. Wir schaffen das. Du kannst es. Alles wird gut.«

Glossar

Ag – oh, ach (Afrikaans)

Aikona – Ausdruck starker Verweigerung bzw. Ablehnung (Xhosa)

Asseblief – bitte (Afrikaans)

Babelaas/Babbelas – einen Kater haben (südafrikanischer Slang, ursprünglich Zulu)

Bakkie – leichtes Nutzfahrzeug mit offener Ladefläche, Pritschenwagen (südafrikanischer Slang)

Bankie – Bezeichnung für eine bestimmte Menge Marihuana in einem Plastiktütchen von Banken, in denen sich normalerweise Münzen befinden (südafrikanischer Slang)

Bergie – Bezeichnung für eine bestimmte Gruppe von Obdachlosen in Kapstadt

Biltong – Trockenfleisch; südafrikanische und namibische Spezialität (Niederländisch)

Black Economic Empowerment (BEE) – Förderprogramm der südafrikanischen Regierung für Gruppen, die zu Zeiten der Apartheid benachteiligt waren

Bliksem – schlagen, verprügeln, hauen; wird oft auch als Ausdruck der Überraschung verwendet (Afrikaans und südafrikanischer Slang)

Boet – Bruder, Kumpel, freundschaftliche Bezeichnung von Mann zu Mann (südafrikanischer Slang)

Bonsella – Erkenntlichkeit, Dankesgeschenk (südafrikanischer Slang)

Boykie – umgangssprachliche, herablassende oder auch freundschaftliche Bezeichnung für einen Mann (südafrikanischer Slang)

Braai – grillen, Grill (Afrikaans)
Bru – Bruder (südafrikanischer Slang)
Bunny Chow – südafrikanisches Gericht, das aus einem ausgehöhlten halben Weißbrot besteht, in das ein würziges Currygericht gefüllt wird
Buti – Bruder (Xhosa)
Charra/Charo – abfällige Bezeichnung für einen dunkelhäutigen Inder (südafrikanischer Slang)
China – umgangssprachliche Bezeichnung für Freund, Kumpel; britischer Cockney-Reimslang: »china« (Porzellan) = »plate« (Teller) → reimt sich auf »mate« (Kumpel)
Chommie – Freund, Kumpel (Afrikaans)
Coloured – vor allem im südlichen Afrika gängige Bezeichnung für jemanden, der sowohl schwarze als auch weiße Vorfahren hat
Dagga – Cannabis, Marihuana; zum geläufigen Begriff in Südafrika geworden (südafrikanischer Slang)
Dankie – danke (südafrikanischer Slang, aus dem Afrikaans)
Darkie – eine schwarze/afrikanische Person (südafrikanischer Slang)
Djay bliksem, djay ma se poes! – unflätige Beschimpfung, (wörtlich: Du verfluchter Blitz, du Fotze der Mutter!) (südafrikanischer Slang)
Djy – Ruf im Sinne von »hey« (südafrikanischer Slang)
Doob/Doobie – Cannabis, Marihuana, Joint (südafrikanischer Slang)
Dronkie – Betrunkener, Saufbold (südafrikanischer Slang)
Eish – Ausdruck der Resignation (Xhosa)
Ek sê – sag ich, ich sage (Afrikaans)
Failist – Dummkopf, Irrender, Trottel (Slang)
Fallist – erfolgreiche südafrikanische Studentenbewegung gegen die Erhöhung von Studiengebühren und damit

den Ausschluss weniger privilegierter Studenten sowie für die Abschaffung der nach dem Kolonialisten Cecil John Rhodes benannten Stipendien; eigentlich #FeesMustFall, begonnen im Oktober 2015

Fok(ken) – verdammt, verfickt, fuck (Afrikaans)

Fok jy – fick dich (Afrikaans)

FSB – russischer Inlandsgeheimdienst; steht für »Föderaler Dienst für die Sicherheit der Russischen Föderation«

Gesuip – betrunken (südafrikanischer Slang)

Goffel – Slangbezeichnung für eine Person, die sowohl schwarze als auch weiße Vorfahren hat (ursprünglich Begriff aus Simbabwe)

Haaibo – Ausruf der Überraschung (südafrikanischer Slang)

Habibi – Liebling, Schatz, Freund (Arabisch)

Hamba kahle – leb wohl, leben Sie wohl, ade, gute Reise (auch bei der Verabschiedung von Toten) (Xhosa)

Hamba wena – gehen Sie, geh, leben Sie wohl (Xhosa)

Hoekom – Zusammenziehung von »hoe« und »kom«, ein verballhorntes englisches »how come«: Wie kommt's?

Impimpi – Spitzel, Verräter (Zulu)

Intombi – Freundin, Mädchen, junge Frau, Jungfrau (Zulu)

Izwi – Stimme (Zulu)

Jirre – meine Güte, mein Gott (südafrikanischer Slang)

Jou ma's se poes – stark abwertende Beschimpfung, wörtlich: die Fotze deiner Mutter (Afrikaans)

Kak – umgangssprachlich für »Mist«, »Kacke«, »Unsinn« (Afrikaans)

Kikoi – ostafrikanischer Wickelrock (Swahili)

Khoikhoi – wörtlich: »wahre Menschen«; Sammelbegriff für kulturell und sprachlich eng miteinander verwandte Ethnien in Südafrika und Namibia

Kroon – Geld, Knete (südafrikanischer Slang)

Kwaai – cool, lässig, ausgezeichnet (südafrikanischer Slang)
Larney – Reicher, Begüterter (südafrikanischer Slang)
Lekker – lecker, schmackhaft; aber auch: cool, sexy, super (Afrikaans)
Moegoe – Idiot, Narr, Trottel (südafrikanischer Slang)
Moffie – abfällige Bezeichnung für einen männlichen Homosexuellen (südafrikanischer Slang)
Mos – Hinweis darauf, dass etwas augenscheinlich/offensichtlich sein sollte, im Sinne von »natürlich«, »selbstverständlich« (Afrikaans)
Nou ja – nun ja (Afrikaans)
Oke – Mann, Person (südafrikanischer Slang)
Oraait – in Ordnung, okay (Afrikaans)
Pellie/Pelly – abwertende Bezeichnung für jemanden mit europäischen Wurzeln; für einen arroganten reichen Weißen, der sich für etwas Besseres hält (südafrikanischer Slang)
Poepol – Idiot, Trottel; wörtlich: Arschloch (südafrikanischer Slang)
Pragtig – wunderbar, sehr schön (Afrikaans)
Razzler – Person, die über die neuesten Trends und Moden Bescheid weiß (Slang)
RDP (Reconstruction and Development Programme) – sozioökonomisches Programm des ANC nach dem Ende der Apartheid, um die immensen sozialen und wirtschaftlichen Probleme zu lösen, u. a. durch sozialen Wohnungsbau
Sawubona – Begrüßung (Zulu)
Shebeen – umgangssprachliche Bezeichnung für eine illegale Kneipe im südlichen Afrika
Sista – Schwester, Frau, Kumpel (Slang)
Sisi – Schwester (Xhosa)
Skelm – illegal, verschlagen, hinterhältig, aber auch Unruhe-

stifter, heimlicher Liebhaber, Betrüger (südafrikanischer Slang)

Skollie – Dieb, heruntergekommener Rüpel; kann aber auch eine fast liebevolle Bezeichnung für einen schelmischen Freund sein (südafrikanischer Slang)

Snotklap – Ohrfeige; wortwörtlich: Rotzschlag (südafrikanischer Slang)

State Security Agency (SSA) – seit 2009 südafrikanische staatliche Behörde für Nachrichtendienste

Stoep – erhöhte Veranda vor dem Haus (Afrikaans)

Stukkie – Frau, Freundin (südafrikanischer Slang)

Thawb – leichtes, knöchellanges weißes Gewand, meist aus Baumwolle, das vor allem von Männern auf der Arabischen Halbinsel getragen wird (Arabisch)

Tik – Methamphetamin (umgangssprachlich Meth oder Crystal); in Kapstadt weit verbreitete Droge

Tjoepstil – mucksmäuschenstill (südafrikanischer Slang)

Umqombothi – traditionelle Biersorte der Xhosa, gebraut aus Sorghummalz, Maismehl und Wasser

Unjani – wie geht's? (Zulu)

Vlei – sumpfiger, niedriger Talkessel (Afrikaans)

Voertsek – verschwinde(t), verzieh(t) dich/euch, verpiss(t) dich/euch (südafrikanischer Slang)

Vrek soos a mossie – verreckt wie ein Spatz (südafrikanischer Slang)

Wena – du, Sie (Zulu, Xhosa)

Wragtig – echt, ehrlich (Afrikaans, umgangssprachlich)

Yebo – ja (Mbo-Nguni)

Zol – Marihuana, Hasch, Joint (südafrikanischer Slang)

MIKE NICOL bei btb

Die Kapstadt-Serie

Aus dem südafrikanischen Englisch
von Mechthild Barth

Bad Cop
Thriller, 544 Seiten, btb 74845

Korrupt
Thriller, 512 Seiten, btb 71592

Sleeper
Thriller, 512 Seiten, btb 71731

Das Schupfloch
Thriller, 528 Seiten, btb 77065

»Nicol ist eine Klasse für sich.«
Deutschlandradio Kultur

»Brillant.«
Basler Zeitung »

»Nach Deon Meyer und Malla Nunn können wir nun Mike Nicol entdecken als Autor aus Südafrika – mit Weltformat.«
Tobias Gohlis, Die Zeit

btb

HÅKAN NESSER bei btb

Die Kommissar-Van-Veeteren-Serie

Das grobmaschige Netz. Roman
Das vierte Opfer. Roman
Das falsche Urteil. Roman
Die Frau mit dem Muttermal. Roman
Der Kommissar und das Schweigen. Roman
Münsters Fall. Roman
Der unglückliche Mörder. Roman
Der Tote vom Strand. Roman
Die Schwalbe, die Katze, die Rose und der Tod. Roman
Sein letzter Fall. Roman

Weitere Kriminalromane

Barins Dreieck. Roman
Kim Novak badete nie im See Genezareth. Roman
Und Piccadilly Circus liegt nicht in Kumla. Roman
Die Schatten und der Regen. Roman
In Liebe, Agnes. Roman
Die Fliege und die Ewigkeit. Roman
Aus Doktor Klimkes Perspektive. Erzählungen
Die Perspektive des Gärtners. Roman
Die Wahrheit über Kim Novak. Roman
Himmel über London. Roman
Die Lebenden und Toten von Winsford. Roman
Der Fall Kallmann. Roman
Der Choreograph. Roman

Die Inspektor-Barbarotti-Serie

Mensch ohne Hund. Roman
Eine ganz andere Geschichte. Roman
Das zweite Leben des Herrn Roos. Roman
Die Einsamen. Roman
Am Abend des Mordes. Roman
Der Verein der Linkshänder. Roman
Barbarotti und der schwermütige Busfahrer. Roman